Hermann Broch

1886-1951

DER TOD DES VERGIL

Hermann Broch

维吉尔之死

[奥地利] 赫尔曼·布洛赫 著

梁锡江 钟皓楠 译

译林出版社

图书在版编目（CIP）数据

维吉尔之死 /（奥）赫尔曼·布洛赫著 ；梁锡江 钟皓楠译. -- 南京 ：译林出版社，2024. 11（2025.1重印）. -- ISBN 978-7-5753-0222-7

Ⅰ. I521.45

中国国家版本馆CIP数据核字第2024XG9416号

维吉尔之死 ［奥地利］赫尔曼·布洛赫／著 梁锡江 钟皓楠／译

责任编辑 韩继坤 张紫毫
装帧设计 周伟伟
校　　对 王　敏
责任印制 颜　亮

出版发行 译林出版社
地　　址 南京市湖南路 1 号 A 楼
邮　　箱 yilin@yilin.com
网　　址 www.yilin.com
市场热线 025-86633278
排　　版 南京展望文化发展有限公司
印　　刷 南京爱德印刷有限公司
开　　本 850 毫米 ×1168 毫米 1/32
印　　张 17
插　　页 4
版　　次 2024 年 11 月第 1 版
印　　次 2025 年 1 月第 2 次印刷
书　　号 ISBN 978-7-5753-0222-7
定　　价 88.00 元

目 录

……这个人被命运驱赶……

——维吉尔《埃涅阿斯纪》

第1卷，第2行

……你促使我来到下界，

父亲，让我握住你的手，不要离我们而去。

我的舰队正泊在意大利的西岸。

他三次试图抱住那幽魂的颈部，

那幽魂三次都挣脱了他的手，

像一阵飘忽的风或一个空茫的梦。

——维吉尔《埃涅阿斯纪》

第6卷，第697—702行

我和我的向导开始沿这隐秘的道路
　　返回那光明的世界；
　　唉，我们都不想休息，
就向上攀登，他在前面，我在后面，
　　透过一个圆洞我看到
　　许多美丽的东西在天上；
我们走出去，重新见到了星辰。

——但丁《神曲·地狱篇》

第34首，第133—139行

1

水——抵达

湛蓝而又轻柔，那是亚得里亚海[1]的波浪。迎面拂来的微风细弱得让人无法觉察。它吹动着波浪涌向罗马皇帝的舰队。舰队正驶向布林迪西姆港[2],已经可以望见卡拉布里亚[3]海岸上平缓的山丘正逐渐逼近船的左侧。此时此刻，海洋那明媚却预示着死亡的孤独转化为人类活动的祥和欢乐；此时此刻，海潮上流溢着温柔的灯光，暗示着人类栖居之所的临近，潮水之上是熙熙攘攘的船只，有的和皇帝的舰队一样正驶向港口，有的正从港口中驶出；此时此刻，沿着被海水冲刷得洁白的海岸，在许多村子修筑的小型防护堤那里，竖着褐色船帆的渔船已经离去，为的是夜晚的捕捞。就在此刻，海水变得如镜面般平滑。在海的那一头，天空像是打开的贝壳，焕发着珍珠般的光泽，已经是傍晚了，人们已然闻到炉灶里木柴燃烧的味道，生活的声响此起彼

1 亚得里亚海，地中海北部海域，位于亚平宁半岛与巴尔干半岛之间。

2 布林迪西姆港（Brundisium），古罗马的港口城市，即今天意大利东南部城市布林迪西（Brindisi），滨临亚得里亚海的奥特朗托海峡。

3 卡拉布里亚（Calabria），意大利西南部地区，即亚平宁半岛的最南端凸起，境内多山。

伏，一下敲击，或是一声呼唤，都被风从那边传了过来。

七艘高船大舰首尾相连，正以先进的纵列方式行进。里面只有首尾两艘狭长的、装有船艏撞角的五排桨舰属于战舰队；其余的五艘船航速较慢，但看起来更加气派，分别是十排桨和十二排桨的类型，船上建筑样式雍容华贵，与奥古斯都[1]的宫廷风格完全相称。中间的那艘最为豪华气派，那青铜打造的船艏金碧辉煌，船舷栏杆下面，饰有圆环的狮子头像金光闪闪，侧支索上挂满了色彩斑斓的三角小旗，在紫色的船帆下，耸立着罗马皇帝庄严气派的帐篷。而在尾随其后的那艘船上，创作《埃涅阿斯纪》的诗人就躺在那里，死亡的征兆已经悄然爬上了他的额头。

饱受晕船之苦的诗人绷紧了神经，因为病症随时都会发作，所以他一整天都不敢挪动身体，不过，在船只到达较为平静的海岸区域后，一种松弛感忽然潮水般席卷着他，尽管他被困在了为他搭建的卧榻上，他却终于感觉到了自身的存在，或者准确地说，感觉到了自己的身体和身体的生命，那是多年前就已脱离他管辖的藩属，如今却仿佛成了某种对于松弛感的独特回忆，重新探索着，重新体味着。海风劲吹，益于身心，那潮起的倦怠感能给人以沉静的抚慰，也许本可以转化为彻底的喜乐幸福，然而那扰人的咳嗽却很快出现了，每晚的高烧，每夜的恐惧，人早已憔悴。他，就那样躺在那里，他，创作《埃涅阿斯纪》的诗人，他，普布利乌斯·维吉利乌斯·马罗，他，就躺在那里，衰减的意识，几乎因为自己的无

1　奥古斯都，指古罗马帝国第一任皇帝屋大维（前63—后14）。

助而羞愧，几乎因为如此的命运而恼怒，他呆呆地望着焕发着珍珠光泽的天穹：究竟为何他会屈从于奥古斯都的催逼？究竟为何他要离开雅典？荷马那神圣晴朗的天空本来会有利于《埃涅阿斯纪》的完成，如今这希望已然破灭；他也曾期望在柏拉图的城市里过上一种哲学与科学的生活，远离艺术，远离诗，期待那本将开始的不可估量的全新生活，如今每一个希望都已破灭；他也曾期望可以再次踏上爱奥尼亚[1]的土地，如今这希望也已然破灭；噢，破灭的还有那认识的奇迹以及在奇迹中得到救赎的希望。为何他放弃了这一切？自愿的？不！它就如同那些不容抗拒的生活的强力[2]的一个命令，那些不容抗拒的命运的力量，尽管有时这些力量会潜入地下，潜入不可见、不可倾听之处，但是它们从未完全消失，反而顽强地作为那些强大力量[3]玄妙莫测的威胁出现，这些强力人们根本无从摆脱，在它们面前，人们必须总是表示臣服；它就是命运。之前他听从于命运的摆布，如今命运把他推向了尽头。这不一直就是他生活的形式吗？他曾经有过别样的生活吗？天空那焕发着珍珠般光彩的贝壳，春波荡漾的海洋，群山的歌唱，他胸中痛苦的歌唱，神的笛声[4]，这一切都意味着一个事件，这事件就如同天穹的容器，很

---

1 爱奥尼亚（Ionien，也称伊奥尼亚），古希腊时期对今天土耳其安纳托利亚西南海岸地区的称呼，即爱琴海东岸的古希腊爱奥尼亚人定居地。其北端约位于今天的伊兹密尔，南部到哈利卡尔那索斯（今天的博德鲁姆）以北，此外还包括希俄斯岛和萨摩斯岛。一些重要的古希腊艺术风格均在此形成。

2 原文为Lebensgewalten。

3 原文为Mächte。

4 长笛乃是牧神潘使用的标志性乐器，古希腊悲剧家欧里庇得斯曾言道：“当我们起舞、歌唱和饮食时，没有任何东西像长笛的乐声那样美妙。”

快就要将他吸纳入内，以便送他进入无限之中，对他来说，这一切可曾有过别样的意义？他生在农家，是一个热爱尘世和平的人，一个本该适合于在乡党间过着简朴稳定的生活的人，一个根据出身似乎已经注定可以且必须留在那里的人，然而一个更高的命运虽没有将他与故乡分开，却不让他在故乡继续留下；它把他赶了出去，赶出了乡党，赶进了茫茫人海间最赤裸、最恶毒、最狂乱的孤独之中，它把他从原初的简单中驱逐，驱入了日渐巨大的繁复与广阔中，如果有什么东西由此变得愈加巨大或愈加宽阔的话，那只能是他与本真生活的距离，因为确实如此，只有这距离增大了：他只是在自己田地的边缘漫步，他只是生活在自己生活的边缘；他成了一个动荡难安的人，逃避着死亡，找寻着死亡，找寻着劳作，逃避着劳作，一个有情人，却无法停驻，一个在内外激情的操纵下犯错的人，一个自己生活的过客。而今天，几乎已到了自己气力的尽头，在自己逃亡的尽头，在自己找寻的尽头，他终于痛下决心，准备告别，痛下决心是为了有所准备，准备接受最后的孤独，准备踏上通向它的内在归途，但就在此时，命运和它的那些力量再一次控制了他，再一次阻止他亲近简单、原初和内在，再一次把他的归途引向别处，引向通往繁复的外在之路，把他重新逼向那遮蔽了他一生的恶，似乎命运只还留给他唯一一件简单的事情——死亡的简单。他听见头顶上，桅杆的横桁因为缆绳的牵引而咯咯作响，帆布发出猎猎的声响，他听见，船后的尾流飞溅着泡沫，船桨每次出水都带起了四射的银亮水花，他听见，船桨在桨架上发出沉重而又刺耳的声音，然后再次清脆地切入水中，他感觉到，伴随着几百次桨起桨落的节奏，船只在匀速地向前慢慢推进，他看见，白色的海岸线在身侧徐徐展开，然后，他想起了，在污浊不堪、臭气熏天、隆隆作响的船舱里，那些带着镣铐的沉默的奴隶。从其身后的两艘船那里传来了同样隆隆钝响的船桨击水之声，仿似某种回声，越过了所有的大洋，又被所有的大洋所应和，因为它们一直如此航行于各地，载着人，载着武器，载着小麦和其他谷物，载着大理石，载着橄榄油，载着葡萄酒，载着香料，载着丝绸，载着奴隶，航行于世界各地，交换与贸易，那是尘世间众多堕落行径中最为丑恶的一种。这支舰队运送的当然不是商品，而是饕餮，即所有的朝臣：船的整个后半部分，一直到船尾，都被用于供给饮食，从清晨开始，那里就响起了觥筹交错之声，与此同时，总是有一群饥肠辘辘的食客围在餐室旁，一直窥伺着，期待里面出现空隙，时刻准备着，推开所有的竞争对手，猛扑上去，抢占位置，贪婪地渴望着，终于可以坐下来，开始或重新开始自己的狂欢飨宴；负责服务的仆人们，都是灵活敏捷的男孩，他们衣着华丽考究，其中不乏俊俏清秀的少年，如今却汗流浃背，疲于奔命，一刻也不得清闲，而他们那位永远面露微笑的总管，眼角里闪着冷酷的目光，用他那双惯于彬彬有礼地讨要小费的手，将他们驱来使去，而他自己则在甲板上来回奔忙，因为除了酒池肉林的宴会需要忙碌之外，另外一些人也同样必须照顾到，非常奇怪，这些人似乎已经酒足饭饱，现在正在用其他方式消遣娱乐，有的在来回踱步，双手交叉，要么放在肚子上，要么背在身后，还有的则挥舞着手臂，打着手势，在讨论着什么，有的在躺椅上假寐或打鼾，脸埋在了长袍里，还有的则坐在那里下棋[1]，这些人也必须得到不断的服侍，各式小吃被放在大的银盘子里，从甲板那头一路递送过来，供他们享用，因为饥饿随时都可能来得清新而又猛烈，因为无论其人是胖是瘦，是行是坐，是睡是醒，是动作迟缓，还是敏捷灵活，贪食的欲望都无比清晰地写在了每个人的脸上，永不磨灭，有时甚至是刻在了上面，还有的则是糅在了里面，无论是严厉还是温和，是恶毒还是善良，无论是像狼、像狐狸、像猫、像鹦鹉、像马，还是像鲨鱼，他们总是青睐其自身某种可怕的欲望，他们已经上瘾了，妄图永无止境地占有[2]，不择手段地谋求物品、金钱、地位和荣誉，蝇营狗苟，饱食而遨游。随处可见正往嘴里塞东西的人，到处都是贪欲的火苗，索求无度的欲念在暗暗燃烧，无根无基，随时准备吞噬，将一切都咽进肚子，贪欲的烟雾笼罩着甲板，伴随着船桨击水的节奏，随船而行，无从摆脱，无从消除：整艘船已经为欲望的焰火所包围。啊，这些人理应被认真地描绘出来！应当献给他们一首欲望的颂歌！但这样做又有什么意义！诗人什么也做不了，他根本消除不了任何形式的恶；别人也会倾听他的述说，但只当他赞美这个世界的时候，而不是当他如实描述这个世界的时候。只有谎言带来荣耀，而不是真知！难道他的《埃涅阿斯纪》应当具有某种别样的、某种更好的影响？唉，人们还是会赞美这部作品，因为他之前所写的一切都被赞美过，因为人们在其中读到的只是喜闻乐见的东西，至于他的警告是否会被

1 指古罗马人常玩的被称为“十二条线”的游戏（Brettspiel），即现代西洋双陆棋的前身。

2 有兴趣的读者也请参见弗洛姆（Erich Fromm）的著作《占有还是在》（*Haben oder Sein*）。

听到，既不存在这样的危险，也不存在这样的前景；唉，他拒绝再去欺骗自己，也不想让别人再去蒙蔽他，只是他太过了解这些观众，对于诗人真正的工作，那沉重的、忍受真相的工作，他们毫不在意，正如他们不会在意那些操桨奴隶的工作，那是充满痛苦的、极其繁重的工作，前者和后者对于他们而言，其实是完全一样的：都是既得利益者理应享受的供奉，他们能接收和接受的，只能是供奉带来的享受！那些人绝不仅仅是一些寄生虫，一些在他周围优哉游哉、无所事事、嘴里不停发出咀嚼食物的声音的寄生虫，即便是奥古斯都也不得不容忍这种人出现在他的周围，不，他们中有许多人曾经取得过各种各样的成就和业绩，但是由于旅行的百无聊赖，他们干脆陶醉于某种自我的暴露，将其平时的大部分品行统统抛去，只剩下盲目的傲慢还毅然挺立，保留在浑浑噩噩的贪欲里，保留在满是贪欲的浑浑噩噩中。而在下面，在下面那片昏暗混沌中，一下接着一下不停劳作着的，壮观而又迷乱地劳作着的，如牲畜和贱民般劳作着的，是那些戴着镣铐、划着船桨的奴隶。下面的那些人并不理解他，对他漠不关心，而上面的人则宣称，他们崇拜他，是的，他们甚至相信这一点，然而，无论怎么样，无论是因为审美上存在着重复性的谎言[1]，所以他们误以为自己非常热爱他的作品，还是因为他是罗马皇帝的朋友，所以他们向他表达恭顺和谦卑，这是同样虚假的谎言，他，普布利乌斯·维吉利乌斯·马罗，尽管命

---

1 原文为aus geschmäcklicher Verlogenheit。请参考尼采《道德的谱系》第3章第19节，无论是用词如“重复性的谎言”等，还是背后潜藏的“众人皆醉我独醒”的态度，两段文字都颇有相似之处。

运将他推进了他们的圈子，但他与这些人毫无共同之处，他们让他恶心，若不是暮色降临，海风吹起，将欢宴和厨房的臭气从船上吹散，病症刚才就会发作。他确认了一下，装着《埃涅阿斯纪》手稿的那只箱子，还静静地放在他的身旁，他眯起双眼，望着西边那片深邃的星斗，将大氅一直拽到颌下；他冷。

偶尔他会有一些强烈的愿望，想转头看看身后那群喧嚣的人类，他几乎有些好奇，那些人还会做些什么；但他单靠自己是做不到的，他最好还是不要那样做，他越来越感觉到，类似的动作恰恰是不被容许的。

所以他静静地躺在那里。就在船只抵近布林迪西姆港那如小河般狭长的入口时，第一缕暮色清楚地罩在了天空之上，温柔地笼罩着世界；天气更凉，却更见和煦，咸腥的海风混合着更为浓郁的陆地空气，船一艘接一艘地放慢了速度，它们在侵入陆上的运河。此处的海水已然变成了铁灰色，色如淡铅，再也没有波浪来让水面皱起。运河两侧的要塞的雉堞上，守军列队向皇帝陛下致敬，他们或许也是想第一个为皇帝陛下送上生日祝福，因为屋大维正是为了生日庆典才返回故乡的；是的，没错，两天之后，也就是后天，要在罗马举行庆祝仪式，坐在前面船上的屋大维，将要四十三岁了。岸上的队伍爆发出嘶哑的欢呼声，各个步兵支队[1]侧翼的旗手们，训练有素地将红色的军旗微微高举，旗杆斜着抵在地面上，以便之后

---

1 步兵支队（Manipel），古罗马步兵建制，是其军队的基本战术单位，约120—160人。

能在皇帝面前将其垂下，简而言之，这里所发生的一切，不过是十分普通的欢迎仪式，完全符合军队条例的规定，士兵在粗野中遵守着正确的条令，尽管如此，这一切却显得异常柔和，异常得有如夜色；人们几乎可以称之为梦幻，在光线的怀抱中，欢呼声变得非常甚至极其微小，四散飞舞，在映成灰色的天穹下，红色的旗帜正在凋零，仿佛经历着非常甚至极其肃杀的秋天。比土地更伟大的是光，而比人更伟大的是土地，如果人不朝着故乡呼吸，人便无法继续存在，朝着土地归去，在尘世间朝着光归去，在土地上的尘世间迎接着光，只有通过土地才能受到光的迎接，土地，它变成了光。土地从未如此诚挚地贴近光，而光也从未如此亲密地贴近土地，就在黑夜的两处边界那里，在慢慢开始的黄昏中。黑夜原本还在水域的深处酣眠，但是伴随着细小无声的波浪，它慢慢开始向上渗透，在平滑如镜的大海上，分不清上下四方，夜色有如天鹅绒般沉默的波浪，那是属于另一种无限的波浪，那是超越无限[1]的波浪，里面似乎有所孕育，有所生发，这些波浪悄悄地、轻柔地将那发光者吞没掩盖。光不再来自天上，而是悬停于其自身之中，悬停中的它虽然依旧发出光亮，却不会再去照亮其他事物，所以它下面的那片大地似乎被局限于某种奇特的自发光线上。蟋蟀唧唧的鸣叫，弥漫了整片黄昏中的土地，此起彼伏，却发出了同一个绵延的音调，尖声透耳，却因为不增不减的频率而显得格外寂静；无穷无尽。在要塞的下方，山坡上稀疏地生长着一些野草，一直延伸到石头砌成的

1　原文为Überunendlichkeit。

河岸，尽管稀疏，却有一些东西在生发延展，那是和平，是夜的静默，是深埋的黑暗，是土地的黑暗，就在那行将湮灭的光线之下。然后，整个空间变得更加紧密，植被变得更为丰富，色彩变得更为浓烈，很快就连零星的灌木丛也融入其中。而那些山丘的顶端，在各座农舍的石头围墙之间，有几株橄榄树显露出来，树是灰色的，正如逐渐稠密的暮色中那些稀薄的雾气。啊，有一个愿望突然变得不可遏止，他要将手伸向那些离他无比遥远的河岸，伸向茂密幽暗的灌木丛深处，在手指间感受那破土而出的叶子，将它永久地握住——那愿望在他的双手中颤抖，在手指间不停地抽搐，就因为那无法驾驭的渴望，他渴望那片绿色的树叶，渴望那柔韧的叶柄，渴望那时而尖利、时而柔和的叶缘，还有那紧绷而且鲜活的叶肉，当他闭上双眼，他能够深切地感受到这一切，那简直就是一种感官上的渴慕与憧憬，单纯却又夺人心魄，就像他那双农夫的手所具有的粗粝的雄性的骨感，放纵而又富有情感，就像他那双农夫的手所具有的纤细的近乎雌性的敏感；啊，青草，啊，绿叶，啊，树皮的光滑，树皮的粗糙，生发的活力，那是土地的黑暗的肉身，丰富而又芜杂！啊，手，感知的、抚摸的、吸纳的、包容的手啊，啊，手指和指尖，粗糙、细嫩、柔软，鲜活的皮肤，那是幽深灵魂的最上表面，就袒露在那双抬起的手上！在他的双手里面，他时刻都能感受到那种奇异的、几如火山般的搏动，他时刻都能感受到，他的双手似乎拥有奇特的、属于它们自己的独立生命，他曾经彻底禁止过这种感觉，防止它跨越知觉的门槛，就好像其中潜伏着某种未知的危险。在他右手手指上戴着一枚印章戒指，戒指做工极为精巧，精巧得几乎有些不够阳刚，每当他感受到那未知的危险时，他都会习惯性地扭动印章戒指，仿佛这样就可以将那危险祛除，就可以让那双手的渴望[1]平静下来，就可以让那渴望实现自我约束，恐惧感正在减退，那是痛苦而且热切的恐惧啊，来自他那双农夫的手，那双手再也无法扶着犁杖、把握种子了，它们也因此早就学会了去把握那无法把握之物，双手的忧惧啊，它们失去了土地，其自我实现的意志也仅仅剩下那独立的生命，就在这难以捉摸的宇宙万有之中，饱受威胁且又充满威胁，深入到虚无之内，因为虚无的危险性而深受触动，于是它们的忧惧，在一定程度上已经吞没了它们自己，演变成了一种强劲的努力，努力要将人的生命的统一性牢牢抓住，努力要将人的渴望的统一性加以保持，如此便可防止其崩溃为众多孤立的、渴望微小与微小渴望的局部生命[2]，因为手的渴望是不

1　原文为Sehnsucht。

2　布洛赫的另一本小说《梦游人》中收入了十篇附录，其总标题就是布洛赫的文化批判杰作《价值的崩溃》。这是一部与斯宾格勒的《西方的没落》有着异曲同工之妙的文化哲学随笔。与斯宾格勒一样，布洛赫也将欧洲中世纪，尤其是哥特时期视作统一性文化高度繁荣的典范时期。与此同时，两人也都将20世纪视为西方文化面临崩溃与死亡的时期。布洛赫认为，任何一种文化都有其最核心的部分，即该文化的思维体系，或称“思维风格”（Denkstil）。他认为，从文艺复兴开始，人类在科学上所面临的认识形势使得人们无法再像中世纪经院哲学那样将问题链条的最后动因交给“无限”或者“上帝”，而是试图在“局限的尘世”之中寻找答案。于是，作为中世纪文化的核心，以“思维风格”方式出现的经院哲学及其“思维逻辑性”被宣告破产，而中世纪价值体系内部的理性与非理性之间的平衡也因此被打破，理性与非理性被生硬地剥离，思维与生活也因此变成了两个毫无关系的领域。一方面，在思维领域内，科学理性的发展使得人类进入了一个后宗教社会。另一方面，在生活领域内，天主教的价值体系分裂成无数个部分，无数个小的价值系统。这些系统原来都从属于宗教价值，但是随着天主教体系的崩溃，这些从属的价值系统失去了原本核心价值的统辖，开始各自为政。每个解脱了的价值系统都具有了（转下页）

足够的，眼的渴望是不足够的，耳的渴望是不足够的，因为足够的只有心的渴望与思的渴望的统一体，那是无限的内部与外部所渴望的整体性，观望着，倾听着，领悟着，在一个养分被双倍消耗的统一体里呼吸着，因为只有它得到了命运的垂青，能够克服令人忧惧的孤立化[1]所引起的令人绝望的盲目性，只有在它里面，存在的认识根源才能获得双重的发展，他预感到了这一点，而且一直都有预感——啊，那是一个永远只是过客的人的渴望，那是一个永远只被允许成为过客的人的渴望，啊，那是人的渴望——这始终都是他的预感，在他的倾听里，在他的呼吸里，在他的思考里，他倾听着、呼吸着、思考着宇宙万有里那涌动的光，宇宙周围那遥不可及的知识，还有那永远无法实现的对于宇宙无限的接近，对他而言，甚至连无限那最外部的边缘都是遥不可及的，他那只热切渴望的手根本

（接上页）自由意志，都拥有了各自绝对的价值逻辑和目标。而每个价值行为也变成了纯粹的功能性行为："战争就是战争，为艺术而艺术，在政治上没有任何思考，生意就是生意。这一切都说明了一个同样的问题，所有这些说法都具有同样的攻击性和激进性，具有同样的对于形而上学的背弃，具有同样的针对事物的逻辑性，而且是只针对事物的恐怖的逻辑性，这一切就是这个时代的思维风格。"而作为价值设定的主体，人也因此成了完全实用主义的、对形而上学根本不感兴趣的职业人。在这个失去了核心价值的时代里，人们只能依托于某个以自身职业为代表的特定的价值系统，并且把该系统的价值目标作为追求的绝对目标。在这个价值崩溃的过程里，失去控制的各个价值系统都试图将自己绝对化，试图去扩大自己的势力范围，不同价值体系之间的冲突也就不可避免。所以从这个意义上说，核心价值崩溃的过程也就是原来从属价值冲突与混乱的过程。而在这个冲突的过程中，一旦某个特定的"非形而上的"价值获得了凌驾于其他价值之上的优势地位，它就会将世界带入非理性的黑暗深渊。而在布洛赫看来，第一次世界大战就是这一价值冲突过程的血淋淋的表现方式。

1　原文为Vereinzelung。

不敢有所触碰。尽管如此，接近却依然存在，而且继续存在，那种边呼吸边等候的倾听依然是他的思考方式，他倾听着由海神波塞冬与火神伏尔甘[1]的领域组成的双重深渊，两者被统一起来，因为它们共同为神王朱庇特[2]的天空所笼罩。敞开而且流动着的，那是暮色之光，那是可供人呼吸之物，它流动犹如潮水，船只在里面载沉载浮，那是属于内部与外部的浴场，是灵魂的浴场，可呼吸之物由此岸世界流向彼岸，由彼岸世界流向此岸，暴露出知识的幽径，不，虽然永远不可能是知识，却是对于知识的预感，对于入口的预感，对于道路的预感，对于暮色中行程的朦胧预感。前面船头有一个奴隶在歌唱；也许是聚在那里的宾客们把那个小男孩叫来表演的，他们的喧闹早已被黄昏的寂静所吸收，甚至连他们都预感到家的临近，在里拉琴[3]声响起后不久，同时也在短暂的等待之后，歌声响起，随风飘了过来，这首无名奴隶的无名歌曲，散发着柔和的光芒，仿似彩虹轻盈地飘在夜空，琴声悠扬，如象牙般柔美，这歌声与琴声，均是人间营造，却超脱了人间，变得远离尘世，消解了人情，离散了痛苦，那是天穹的空气亲自在歌唱。天色更暗，那些脸庞更加模糊，河岸逐渐消失，船只更加朦胧，只有那声音存留，变得越来越清晰，越来越有支配性，就好像它要引导那船只，以及

1 伏尔甘，罗马神话中的火神，即希腊神话中的火神赫菲斯托斯，西方语言中“火山”一词即来源于此。

2 朱庇特，罗马神话中的主神，即希腊神话中的宙斯。

3 里拉琴，西方最早的拨弦乐器，又名七弦琴，或七弦竖琴，乃是文艺复兴以来西方音乐的象征。

船桨的节奏，声音的来源已被遗忘，却依然是某个奴隶男孩的引领性的声音，歌曲指引着道路，歌曲平静而和谐，正因如此才能指引道路，也正因如此才能保持永恒的敞开状态，因为只有平静而和谐者才能指引道路，只有那被从万物的河流中挑选出来的，不，被拯救出来的独一无二者，才能向无限敞开自己，只有那被牢牢把握之物——哎，他自己曾经把握过如此真正能指引方向的东西吗？——只有那真正的被把握之物，哪怕它只是时间长河里的某个唯一的瞬间，它也会是永恒的，它会变成指引方向的歌唱，变成引领者；啊，生命的某个唯一的瞬间，被扩展成了整体，被扩展成了整体认识的圆圈，无限地敞开着；在这散发光芒的歌曲之上，在这散发光芒的暮色之上，天空吐露着气息，它那秋天的香甜，明朗而又酸涩，重复了几千年，从未改变，而且还将重复几千年，不会改变，但在此地此刻却是独一无二的，天穹那丝绸般明亮的光辉，也被夜晚降临的静默所掩盖。

歌声还在引领着，却无法再持续太久；运河上的航行很快就要结束，当内河港湾向船只敞开怀抱，甲板上开始了惯常的骚动，歌声也就消散了；那铅灰色的水平面已然泛着黑光，已经可以看到沿着港湾呈扇形分布的城市连同城市的灯火，在黄昏的雾色中如星空般闪烁。天气突然暖和起来。舰队停止了前进，等着皇帝的大船来到最前面，而现在——在秋季天空那柔软的坚定之下，这件事本来也应当作为无限的唯一性而被牢牢把握的——一场小心翼翼的巧妙部署开始了，因为需要安全地引领船只通过这里，因为这里到处停泊着小木船、帆船、拖网捕鱼船、独桅敞篷渔船和运输船；越往前行，可供通行的航道就越狭窄，周围的船就越拥挤，桅杆、缆绳和收起的船帆，鳞次栉比，愈发密集，僵化中死气沉沉，平静中生机勃勃，仿佛一个特别幽深晦暗、纵横交织、错综复杂的根系，从泛着油光的黑暗水面上幽然而出，向上生长，向着天空那片静然的暮晖，那就是一张由木料和麻绳组成的黑色蛛网，水面下，倒映在水中的影子鬼魅重重，水面上，各个甲板上到处都是狂叫着挥舞火把的人们，闪烁而且放纵的火光鬼气森森，广场上，照亮一切的炫目灯火下鬼影幢幢：沿着港口的那一排大楼里，窗子被一扇接一扇地点亮，直至阁楼，柱廊下面的小酒馆也一家接一家地被点亮，四排手执火把的士兵穿过广场，盔甲上闪着金属的光芒，一个挨着一个，他们显然是要让从码头到城市之间的道路保持通畅，堤道旁的海关仓库与官署也被火把照得通明透亮，一个闪闪发光的巨大空间，里面塞满了人的身体，一个闪闪发光的巨大容器，为的是进行同样巨大而且狂暴的等待，里面装满了轰鸣之声，那是几十万只脚在石子路面上发出的声音，他们或是拖着脚走路，或是趿拉着鞋，或是踩踩踏踏，或是不停摩擦地面，简直就是一个全场沸腾的巨大斗兽场，里面充满了时高时低的不详的嗡嗡声，充满了不耐烦的咆哮，然后突然陷入了沉默，变得一动不动，只有内心依然急切紧张，因为载着皇帝的大船，在十二排桨的推动下，轻柔地调整着方向，到达了码头，悄无声息地停靠在了预定地点，那里早有一个手持火把的步兵方队在迎候，站在队伍中间的则是城中的显要；这一刻当然终于到来了，那迟钝的群众巨兽一直都在期盼着，好让自己欢乐的号叫喷发而出，现在一切突然开始了，无休无止，欢庆胜利一般，震人心魄，肆无忌惮，令人恐惧，蔚为壮观，俯首帖耳，形成一个整体人格，对着自己顶礼膜拜。

这就是皇帝为之生存的那群民众，整个帝国正是为了他们而建，正是为了他们而不得不征服高卢，击败帕提亚帝国[1]，遏制日耳曼人，奥古斯都时代的伟大和平正是为他们而创造，而他们则将会为了这样的和平事业，而接受国家的规定和秩序，礼敬诸神，遵从承载神性与人性的美德。如果没有他们，任何政策都无法推行，就连奥古斯都本人也不得不倚仗他们，如果他还想保住自己的地位的话；奥古斯都当然不会有其他的愿望。是的，这就是人民，罗马人民，而他，普布利乌斯·维吉利乌斯·马罗，一个真正的农夫之子，来自曼托瓦[2]附近的安德斯村，他虽然未曾描述过人民的精神与荣耀，却也曾试图去加以颂扬！颂扬而不是描述，这就是错误所在，啊，这里就是埃涅阿斯[3]的后裔！不幸[4]，不幸的巨浪，一股由无法形容、无法言说、无法名状的不幸所形成的巨浪狂澜，在广场这个巨大的容器中沸腾，五万、十万张嘴将那不幸嘶吼出来，向彼此倾泻，却没有听到那不幸，也不想知道它的存在，而愿意在这地狱般的吼叫声中，在喧闹与吵嚷中，扼杀自我，麻痹自我；这是何等的生日问候啊！难道只有他洞悉这一切吗？大地如岩石般沉重，

---

1 帕提亚帝国（前247—后224），又名阿萨息斯王朝或安息帝国，是古典时代伊朗高原地区的帝国，与汉朝、古罗马以及贵霜帝国并列为亚欧四大强国。

2 曼托瓦，意大利北部的古城，建于约公元前2000年，属于今天的伦巴第大区。

3 埃涅阿斯，维吉尔的史诗《埃涅阿斯纪》里的主人公，传说罗马人是他的后代。

4 原文为Unheil。

潮水如铁铅般沉重，这里则是恶魔般的火山口，里面装满了不幸，将它撕扯开的人正是火神伏尔甘，一个喧闹组成的火山口，就在海神波塞冬的领地的边缘。难道奥古斯都本人不知道，这根本不是什么生日欢迎仪式，而是完全相反的东西吗？一种最为苦痛的同情之意在他心内油然而生，这同情针对的既包括奥古斯都屋大维，也包括这里的那群民众，既包括统治者，也包括被统治者，与此同时，与这同情相伴的，还有同样苦痛的，其实根本无法忍受的责任感，他几乎无法解释这一责任感的出现，只知道它与皇帝所担负的重任没有太多相似之处，而是另外一种完全不同的责任，因为面对这样一种不幸，它在昏暗中升腾，充满不为人所知的隐秘，任何的国家手段，尘世间任何一种伟力，也许就连天上的诸神都会束手无策，任何人群的喧嚣都无法将其遮掩，也许只有那微弱的灵魂之声，它的名字叫作歌唱，它因为预感到了不幸的存在，所以也就同时预言了幸福与拯救[1]的来临，它将唤醒世人，每一首真正的歌，都在预见着认识，孕育着认识，指明着认识。歌者的责任，就是他的认知责任，尽管如此，他却永远没有能力去承担和完成这责任——啊，只有通过真正的知识，人们才有可能守候到幸福。为什么当初他不可以超越那预感，贴近那真正的知识呢？！为什么命运偏偏要逼迫他回到这里？！这里除了死亡再无物存在，除了死亡还是死亡！刚才他一直都在半撑着身子，用因为惊恐而瞪大的双眼观察，现在他重新倒在了卧榻之上，心中满是恐惧、同情、悲苦、责任意志、无

1　原文为Heil。

助感，还有虚弱；他面对群众所感到的不是恨，完全不是蔑视，完全不是反感，他从未想过脱离民众，更没有自以为比他们高明，但这一次确实也出现了一些新的东西，在他之前与民众所有的接触中，他从未想要了解过这些东西，虽然无论是在那不勒斯，还是在罗马和雅典，他在所有曾经逗留的地点都曾有大把的机会去了解，如今却令人惊讶地在布林迪西姆了解到了，那就是群众已经全部陷于不幸的深渊，人们已然退化为都市群氓，人已经颠倒为非人，这一切的缘由就在于存在的空洞，在于存在蜕变为完全表面化的欲望生活，人丧失了他的根源，他与根源之间的联系被彻底切断，以至于只剩下一个危如累卵的个人生活还存在，一个昏暗的纯粹外部化的个人生活，里面孕育着不幸，孕育着死亡，啊，孕育着一个神秘的地狱般的结局。这难道就是命运之前想要教谕给他的东西吗？所以当初他才会被驱入繁复之中，被逼入乱世的铜炉之内？这难道是对他从前的盲目的报复？他以前从未如此直接地了解过群众的不幸；现在他却被强迫着去看到它，去听到它，去获知他自身存在的最后的根由，因为盲目也是那不幸的一部分。那自我麻痹的沮丧的欢呼声一再地响起；火把乱舞，各种命令的声音在船上回响，一条缆绳被从岸上掷了过来，飞到了甲板之上，发出了沉闷的响声，不幸在喧嚷，痛苦在喧嚷，死亡在喧嚷，而那个孕育着不幸的秘密也在喧嚷，尚未被发现，却也毫无掩饰，随处可见。在无数匆忙的脚步声中，他安静地躺着，他的手紧紧地攥住装手稿的皮箱的一个把手，防止有人把它夺走，但是他已经厌倦了这些喧嚷，厌倦了咳嗽和发烧，厌倦了旅行，厌倦了将要到来的一切，于是他开始想象，船只到达的时刻将会很轻易地成为他的死亡时刻，这几乎成了他的一个愿望，虽然或者说因为他清楚地感觉到，这一刻尚未来临，是的，这几乎成了愿望，虽然或者说因为那样的轻易死亡将是一个极其邋遢、极其喧阗的死亡，不过这对他而言并不是不可接受，甚至几乎是得偿所望，因为他被迫去直面这火的地狱，被迫去倾听这火的地狱，而他的心也被迫去了解地狱中那暗暗燃烧的罪恶之火。

然而现在，尽管让自己的意识承受眩晕之苦这件事似乎十分诱人，因为那样就可以避开这些喧嚣，屏蔽这些人群的蜩沸，那是来自地狱的火山般的蜩沸，它如同迟缓的潮水，不间断地从广场那边涌向这边，仿佛永无止境，但是那样的逃避却是不被允许的，当然也就更不可能逃向死亡了，因为驱使他的那道命令太过强大，那就是要把时间的每一颗最微小的粒子，事件的每一个最微小的颗粒都牢牢把握，并把它们融入记忆之中，就仿佛那颗粒与记忆都将永恒留存，超越所有的死亡；就像溺水者紧紧抓住水中的浮木一样，他把一切希望都寄托在了自己的意识上，用尽全身的力气，他感觉到尘世生命中最为重要的东西离他越来越近，但他却满心忧虑，生怕自己错过，清醒的担忧带来了清醒的意识，而意识则服从于他的意志：他清楚地觉察到了一切，既包括那个遵照奥古斯都的命令来到他身侧的见习医生，年轻人的脸十分光滑，衣冠楚楚，那些保护性的动作，那些空洞的安慰，也包括那些抬着一顶轿子来到甲板上的轿夫，他们盯着他看，脸上露出诧异的神情，他们是来接他这个生病和无力行走的人的，他们要像接一件易碎而且贵重的商品一样把他接走；他注意到了一切，他必须将这一切牢牢把握，他注意到他们眼睛里封闭的目光，当轿夫们将轿子扛到肩上，他注意到他们彼此示意，发着不大情愿的牢骚，他注意到他们身上浓烈的汗臭，但是他也同样觉察到，他的大氅落在了地上，这时有一个外表天真、留着深色鬈发的男童跳了过去，将大氅拾了起来，跟在队伍后面。大氅当然远不如装手稿的箱子重要，他特意让两个人扛着它跟在轿子旁边，而同时，虽然昏昏欲睡的疲倦感不停袭扰，他却感觉自己有义务保持清醒，而且也真的保持了一小部分的清醒，正是这一小部分清醒使他留意到了大氅的问题，他问自己，这个男孩到底是从哪里来的呢，他感觉这个孩子非常亲密和熟悉，但他在整个旅途中却从未注意到男孩的存在：这是一个土里土气的孩子，动作笨拙，样子有点不够俊俏，肯定不是奴隶，也肯定不是船上的仆人，非常孩子气，棕色的脸庞上一双明亮的眼睛，他站在舷栏杆那里等候，因为到处都在拥堵，这时他不时地偷偷朝轿子这边瞥一眼，只要他感觉到有人在观察他，他就会轻柔、开心、腼腆地掉转目光。这是眉来眼去？这是爱情游戏？他，一个病人，难道还要再次被拖入生活那充满痛苦的游戏中去吗？生活的可爱显得有些愚蠢。他，一个被迫卧床者，难道还要被再次拖入那些被迫直立者的游戏中去吗？啊，被迫直立的他们根本不知道，死亡早已被编织进了他们的眼和他们的脸，他们拒绝去知道这一点，他们只想继续玩他们那彼此诱惑与彼此纠缠的游戏，那是接吻之前要玩的游戏，他们愚蠢而且可爱地垂下目光看着别人的眼睛，他们不知道，所有的为爱而卧也总是为了死亡；而一个被迫永远卧床者却深知这一点，他甚至感到羞愧，羞愧自己也曾经被迫直立，阔步而行，自己也曾经——那是在何时呢？是在远古时代，还是仅仅几个月前？——加入那些生活的游戏，那些游戏可爱地浑浑噩噩，可爱地冲动盲目，是的，那些游戏的纠缠者馈赠给他的几乎就是蔑视，因为他从此已被排除在外，只能无助地躺在那里，这于他而言几乎是一种赞扬。因为甜蜜的诱惑绝不是眼睛的真相，不，只有眼泪才能让他睁大双眼，只有痛苦才能让眼睛睁开，只有他自己的眼泪才能让眼睛里充满世界的泪水，装满关于所有存在的忘川之水的真相。只有在伴随眼泪的觉醒之中，那些游戏的纠缠者所身在和所眷恋的此岸世界的垂死状态，才会变成洞悉死亡与洞悉一切的生活。正是因为如此，那个男孩也——嗯，他长什么样子来着？那是在远古时代，还是刚才的事情？——正因为如此，他宁愿掉转目光，不再继续游戏，这种消遣时光的游戏已经不合时宜；这是多么不协调啊，那样的目光罔顾自身深陷死亡之网的事实，继续欢笑，这是多么不协调啊，那目光竟然还是投向一个被迫卧床者的，卧床者的眼睛已经无法再有所回应了，哎，他也不想再回应了，这是多么不协调啊，在一个噪声与火焰的地狱里，竟然有愚蠢，有可爱，有疼痛，地狱里满是盲目的热闹与奔忙，人被驱驰，人性衰微。三座桥架设在船与码头之间，船尾的那座是专为客人们准备的，那里当然早已无法容纳那些突然不耐烦的拥挤人群，另外两座桥则是为货物和行李准备的，那些负责卸货的奴隶排着长队，他们常常两个人一组，脖子上套着铁环，像狗一样用锁链拴在一起，不同肤色的种族，饱受屈辱的目光，是人却又非人，只是一群被呼来喝去的生物，要么衣衫褴褛，要么半身赤裸，汗水在残忍的火把下面闪闪发亮，啊，太可怕了，啊，太可怕了，他们通过中间的桥走上甲板，然后再从船头的那座桥离开，背着箱子、口袋和行李，身体几乎被压成直角，与此同时，水手们则负责监督，其中还有两个人分别站在两座木板桥靠近甲板的这一端，他们都挥舞着短鞭，随意地抽打着经过身边的肉体，毫无选择性，任意地抽打，那是无所顾忌的强权与生俱来的某种毫无意义的残酷，残酷到无以复加的残酷，他们肆意地抽打，没有任何真正的目的，因为那些奴隶本来就在不停地奔忙，竭尽全身的力量，几乎没有留意到自己到底遭遇了什么，鞭子抽在身上的时候，他们毫不闪躲，反而会露齿狞笑；来到甲板的时候，他们遇到一个矮个子的叙利亚黑人，他毫不理会背上的鞭痕，很冷静地把破布塞到套脖铁环的下面放好，使其尽可能保护锁骨不被擦伤，他在恶意地嘲笑，对着抬上来的轿子嘲笑："下来啊，伟大的国王，下来吧，你也来尝尝我们尝到的滋味！"——回答他的是鞭子的又一次抽击，而矮个子对此早有防备，敏捷地跳开，锁链猛地绷紧，和他拴在一起的同伴被一下子扯到了前面，鞭子呼啸着扫向同伴的肩膀，那是一个粗壮的帕提亚人，红色头发，络腮胡子，他似乎有点吃惊地急忙转头，转过来的半张脸上布满了纵横交错的疤痕，他可能是一个战俘，脸上那红红的、流着血、目光呆滞的，是一只被打坏、被戳坏、被拽出的眼睛，他的目光依然呆滞，尽管看不见东西，但他真的受到了惊吓，因为他转头的动作与鞭子的落下几乎同时发生，所以鞭子从头部划过，把他的耳朵切开了一道血淋淋的口子，然后他就被锁链当啷作响的拥挤队伍推向了前方。这一切都只发生在一刹那间，短得就像是一瞬间的心跳，却也长得足以让心脏停止跳动：

只能呆呆地看着这一切，甚至连最微小的干预都无法尝试，这一刻他深感屈辱，他没有能力，甚至也许没有意愿去干预，令他深感屈辱的还有那要将这一事件牢牢把握的意愿，还有那将要永远铭刻这一事件的记忆！那个矮个子的叙利亚人的嘲笑毫无记忆可言，就仿佛他身上无物存在，除了一个被蹂躏、被强暴的当下，没有未来，所以也就没有过去，没有以后，因此也就没有从前，就好像这两个奴隶从未有过孩提时代，从未在少年的原野上玩耍，就好像他们的故乡没有山，没有牧原，没有花，就连暮色中在远处山谷里潺潺流淌的小溪也没有——啊，留恋于、执着于、护持于自己的记忆，那是多么令人屈辱的事情啊！啊，记忆，永不褪色的记忆，里面满是起伏的麦浪，绿绿的田野，不时发出清脆声响的森林，冷峻的峭壁，少年时期的林苑，清晨，眼醉了，黄昏，心也醉了，微微颤动的绿色和略显模糊的灰色，啊，永远确切地知晓来处与归程，华丽的记忆！然而，战败者遭受鞭打，胜利者不停地欢呼，这一切所发生的空间已然石化，眼睛在灼烧，失明在灼烧——在这样的时候，还要让自己保持清醒，到底适合于何种隐秘的存在？在这样的时候，那种对于记忆的难以名状的执着，到底是为了何样的未来？在这样的时候，记忆到底还会走进何样的未来？是否还有未来？

轿夫们迈着均匀的步子，沉着地通过木板桥，硬硬的桥体微微颤动；桥下是黑色的海水，夹在沉重的黑色船体与沉重的黑色码头堤岸之间，来回晃荡，缓慢而且安静，这一光滑而又黏稠的液体哟，吞吐着自己，吞吐着垃圾，废料、菜叶子、腐烂的瓜果，以及所有出现在下面这碗汤里的东西，那是某种沉重的、味道微甜的死亡气息，它带起了干瘪无力的波浪，那是某个腐烂中的生命泛起的微澜，那是唯一可以在这石缝间存在的生命，它只活在由腐朽中获得重生的希望里。下面的情形就是如此，而上面这里，那镀金的轿杆做工完美，装饰华贵，它们被扛在了几只人形驮兽的肩膀上，那些驮兽像人一样被喂养，像人一样说话，像人一样睡眠，像人一样思考，而那精雕细刻的轿椅同样做工完美，靠背和侧面装饰着经过钣金处理的金色星星，上面躺着一个满是瑕疵的病人，腐朽早已潜伏在其体内。这一切都极端地不协调，这一切之中都蕴含着那个潜藏的不幸，蕴含着某一进程的僵化，这一进程比人更完满，尽管正是人自己修建了堤岸，正是人自己进行的雕刻与锤炼，正是人自己编织了短鞭，锻造了锁链。不予理会，是不可能的，彻底忘记，也是不可能的。无论人们想要遗忘什么东西，它总会一再地以新的现实形态再次出现，再次回归，变成新的眼睛、新的喧闹、新的鞭打、新的僵化、新的不幸，每一个东西都在寻求自己的空间，每一个东西都在彼此可怕的接触中试图压制和征服对方，然后这一切又以最奇特、最不协调的方式彼此错杂交织在一起。与每一个东西跟其他东西之间的接触一样，光阴的流转也是不协调的；每一个时间片段都不愿再与其他片段彼此相和：现在与从前之间从未出现过如此清晰的区别，一道影响深远的鸿沟，没有任何木板小桥可以相连，这鸿沟使得现在变成了某种独立自为的东西，这鸿沟将它与从前、与海上的航行、与之前所发生的一切不可避免地分隔开来，将它与从前生活的种种割裂开来，但是在轿子的微微晃动中，他自己也说不清，到底现在是仍在船上航行，还是真的已经来到了陆地上。人头攒动，他在一片人海的上方观望，他在一片人海的上方飘过，周围全是人的波澜，他们现在还只是站在这人海的边沿，因为他们最初几次尝试通过这片波涛汹涌的险阻之地的努力全部失败了。与那边迎接皇帝的情况不同，这边随行船队停泊点的管理远远没有那么严格，所以可能有几个乘客拿出了紧急冲锋的姿态，突破了这里的阻断，赶上了前面的庆祝队伍，而后者则在士兵的包围保护下，要将皇帝陛下护送进城中的宫殿，但是对于抬着轿子的他们而言，要想采取同样的行动是根本不可能的；本来皇帝委派了一个仆人来负责陪同、引领和监督此次的护送，但是此人年岁已高，大腹便便，性格太过优柔，而且也可能心肠太好，所以他不可能坚决地实施强行突破的策略，他无能为力，而且正因为他无能为力，所以他只能转而抱怨那些负责维持秩序的差人，是他们让那些贫民聚在了这里，他们本来应该至少给他提供一支真正的护卫队才是，所以最终他们只能漫无目的地在广场上被人推来搡去，不时还会被卡在某处一动不动，走起来断断续续，只能以之字形方式前进，一会儿被推到这边，一会儿被推到那边，四处碰壁。那个小男孩也跟着过来了，给人带来了意外的放松；有一点尤其奇怪，他不知从哪里知道了手稿箱的重要性，所以他总是特别留意，让扛着它的人一直挨着轿子前进，而他自己也始终站在旁边，将诗人的大氅甩在肩上，坚决地抵御着各种各样的拥挤，而同时他还会偶尔用他那双清澈明亮的眼睛朝着上面眨呀眨的，眼睛里充满了欢乐和崇敬。从那些房屋的立面那里，从那些巷子深处，涌来了一片难耐的闷热，它如潮水般卷起宽阔的、横向的巨浪，然后一再地被吐着粗气的群众巨兽所发出的永不停歇的叫嚷与呼喊以及营营嗡嗡之声所撕裂，但是它却岿然不动；水的气息，植物的气息，城市的气息：那是已经渗入细方石之中的生命以及它那正在腐烂的伪活状态（它是存在的腐殖质）所形成的某种唯一的、沉重的雾气，这雾气如此地贴近腐朽，它从那些过热的石井中极度地升腾而起，飞向那些石头般清凉的星星，而星星开始罩在了最内层的天穹之上，那里正在向着深沉温柔的黑色转变。生命由那无法企及的深处向上萌发，透过岩石的缝隙，在此过程中，生命就已垂死，在它向上升腾的途中，它就已经垂死、腐烂和变冷，上升的过程也是自我蒸发的过程，但是从那无法企及的高处却降下了那不容更改之物，如石头般清凉，一股沉降式的、暗淡却发光的气息，一旦接触就无法抵御，逐渐僵化冷却成了深处的岩石，上下两方都是石头般的东西，仿佛这就是此岸世界最后的真实——在人潮的顺流与逆流之间，在这样的黑夜与非夜[1]之间，下方是赤红的火热，上空是清朗的微光，在这样一个双重的夜晚，他飘在自己的轿子之上，就好像那是一条小船，潜入了生命的浪尖，被提升进了那不容更改的清凉之物的气息里，被抬向了那些充满谜团与未知的海洋，就仿佛此前的归途；因为他的船乘风破浪，开过了很多广阔的水域，彼处的水面上一浪接着一浪，那是属于记忆的汹涌水面，那是属于大海的汹涌水面，已经不再透明，水域之内无物显露，难以为人所知，只有谜团存留，而那充满

1　原文为Gegennacht。

谜团的往昔却越过了它的海岸，涌入现时之中，于是在这片不断渗出树脂的火把浓烟内，在这片笼罩四野的城市雾气里，在那野兽般散发着黑暗气息的体味中，在这广场之内与那片陌生之中，他非常鲜明地、非常清晰地感受到了海洋的气息，感受到了大海的存在，伟大而且永不磨灭：在他的身后是那些船，它们是属于未知的怪鸟，有号令声从那边传来，然后是某个木绞盘转动时发出的急促的咯咯声，再然后则是敲打某块铅皮的低沉闷响，就好像那已然沉入海中的白昼星球所发出的最后余响，在那之后就是浩荡的海风，还有数不清的戴着白色王冠的喧闹，它们是海神的微笑，时刻准备着，突变成响亮的大笑，就在波塞冬驱赶着他那匹白马的时候，而在那海洋之后，同时环绕着它的，是被海水不断冲刷的陆地，他曾经穿越过这些国家，跨越过上面的岩石，跨越过上面的土壤，参与到生命之中，植物、人和动物，与这一切联结在一处，在如此多的未知面前显得虚弱无力，无力去处理和了结这些未知，交织并迷失在事件与事物之中，交织并迷失在这些国家与城市之中，这一切早已沉入记忆深处，却又仿佛还在眼前，那些事物、那些国家、那些城市，它们就在他的身后，在他周围，在他的内心，它们早已变成了他自己的一部分，如明媚的阳光，又如深沉的黑影，如雷般轰鸣，又如夜般寂静，人所熟知，又神秘莫测，那是雅典、是曼托瓦、是那不勒斯、是克雷莫纳[1]、是米兰、是布林迪西姆，哎……是他的故乡安德斯村，所有这些都在他的面前涌现，就在此时此刻，

1 克雷莫纳（Cremona），意大利北部城市，西北距米兰约80公里。

就在这港口广场之上，在这片杂乱的火光的喧闹之中，呼吸着周遭难以呼吸之气，耳边充斥着稀奇古怪的声响，这一切都聚合成一个独一无二的统一体，在这统一体之中，遥远可以轻松地成为贴近，而贴近变成了遥远，而他自己，在一片狂乱野蛮的包围之中，他这个向彼处飘荡的人，也变得无比清醒，轻松地在人群上方飘荡；那地狱般暗暗燃烧之物，出现在他的眼前以及他的认知中，他同时也就清楚地了解了自己的生命，了解到他的生命被夜的顺流与逆流所托持，在这个过去与未来相交错的夜晚，他了解了自己的生命，就在海岸边港口广场上的这个彼此交错的时间点，它属于这个流溢着火光、辉映着火光的当下，在过去与未来之间，在海洋与陆地之间，他自己就在广场的中间，就好像有人意欲将他引至自己存在的中心位置，引至他所有领域的交错点，引至他世界的中心点，如同命运的安排。但它仅仅是布林迪西姆的港口广场而已。

即使这真的是世界的中心，人们也无法在此处逗留；越来越多的民众从巷子里拥出，出口处被欢乐的火光照得通明透亮，他们拥到了广场上，而轿夫们却逐渐被从广场中心挤到了侧面，而前方，在军号声中，皇帝的队伍已经开始行进，从现在的位置已经不可能跟上步兵方阵以及皇帝的队伍了。而这时，广场上的喧闹声越来越大，呼喊、狂叫与嘘声逐渐将音乐淹没，伴随着噪声越来越大，那种肆无忌惮的暴力推搡也逐步升级，行为几乎演变成了目的与某种自我娱乐，仅仅在这一片暴力之中，那种将他自己也包围其中的飘荡的清醒，它的轻松与容易似乎已经传遍了整个广场，就好似第二道光线，紧紧地与第一道可见的光线贴合在一起，不仅没有改变后者那种刺目的华丽，甚至还有所加深，那种刺目的华丽是残酷的，里面布满了阴影，行将熄灭，尽管如此，这第二道光线仍然在物的可见当下揭示了第二种存在的关联性，那是梦幻般清醒的存在的关联性，它属于遥远，而这遥远则存在于每一种贴近之中，甚至其中的最触手可及与最直接面临者也不例外。似乎就是为了再次证明第二种存在的关联性那轻及遥远的必然性，人们还没有意识到，这一切是何时发生的，那个男孩就突然出现在了卫队的最前端，就像是在做游戏一样，他手里轻松地挥舞着一根火把，那火把很显然是他从离他最近的人手中夺下来的，他拿着火把作为武器，为的是在人群中开辟出一条道路："给维吉尔先生让路！"他轻快地朝着人们高喊，"给你们的诗人让路！"人群之所以有所避让，似乎仅仅是因为看到一个人被抬在轿子里，而这个人是与皇帝同行的，或者是因为生病的诗人那暗黄的脸上一双透着高烧的眼睛让他们觉得很神秘，不管怎么样，人们还是要感谢这个小小的向导，他们的注意力被彻底调动了起来，但显然，不管是这个年轻的、给他拿来大氅的少年恶作剧般的开路，还是火把的光焰，都收效甚微，病人那可怕的外形也不能缓解拥堵，相反，人们起初躲闪的、冷漠的瞥视渐渐变成了公然的回击，回击他那令人生畏的目光，变成了一片半畏缩、半大胆的耳语，渐渐变得咄咄逼人了。一个人兴高采烈、心怀恶意地喊道："一个魔术师，皇帝的魔术师！"并且觉得这个形容恰如其分。"你懂什么，蠢货，"少年喊了回去，"你这愚昧的一辈子里都没有见过这样的魔术师；他是我们最伟大、最最伟大的魔术师！"少年的手飞快地扬了起来，张开手指挡住那些恶毒的目光，而一个涂脂抹粉的妓女斜戴着一顶金色的假发，冲着轿子尖叫："给我表演一个爱情魔术！"——"对，在两腿之间，要用力，"一个黝黑的、鹅一样的年轻人捏着假嗓补充道，他显然是个水手，晃着刺青的手臂灵巧地闪到一边，双手背在身后，"我也会为这个魔术掏钱的；还愿意把它传授给能学会的人！"——"给魔术师让路，让路！"少年命令道，果断地用手肘把这个鹅一样的水手推到了一边，有点让人意外地，少年迅速决定向广场的右缘行进。抬手稿箱的人很愿意跟上，跟在轿子和其他奴隶身后的侍卫就没那么愿意了，但他们似乎都被一根无形的锁链牵动，跟在了少年身后。这个少年要去哪里？他是从哪一个远方、从哪一道回忆的深渊里浮出来的？是被哪一种过去、哪一种未来所注定？出于哪一种神秘的必然而到来？要被从哪一种过去的秘密送往哪一种未来的秘密？难道他不是更像在不可度量的现在永远飘荡吗？他四周是饕餮的嘴、咆哮的嘴、歌唱的嘴和惊叹的嘴，封闭的脸上张大的嘴，这些嘴都张着，都撕裂开来，鲜红、棕褐、苍白的嘴唇后面是一排排被舌头保护起来的利齿。他低头，望向抬轿的奴隶那些沼泽般、云雾般的圆脑袋，望向他们侧脸的下颌和长了丘疹的面颊，他了解他们体内搏动的血液，了解他们刚刚咽下的口水，了解许多他们的思想，尽管思想已经在这些笨拙的、不羁的、未经训化的吞吃和肌肉的机械里遗失了，却永远不会磨灭，温柔而又笨重，透亮而又昏黑，一滴滴水渗出、滴落又消逝，灵魂的水滴。他知道他们的渴望，它在这些痛苦地荒废了的激情和肉体中从未平息，是他们与生俱来的，是那个鹅一样的水手甚至他的妓女与生俱来的，那是人类无法抹去的渴望，从未灭绝，至多会偏离成恶毒和敌意，却依然是渴望。他心醉神迷，但又在难以言表的清醒中摇晃着，他的清醒同时糅合了所有的沉闷，他看出那些一同奔涌、一同畅饮、没有面孔的肉体是多么愚笨、肿胀而强健，他看到了、听到了他们起起落落的偶发激情所藏匿的东西，他们野蛮的、军人般的齐声欢呼和他们愚蠢的凋谢、衰老。他觉得这一切、这全部的知识都扑鼻而来，他吸入了它们，怀着容纳了所有可以看见和可以听见的事物的迷醉之干渴，怀着几倍于这些人形动物的干渴，几倍于他们每天共同找寻、每天反复咀嚼的饲料的干渴。现在，他们终于在这些肉身之间开出了一条路。那些人发现广场的边缘灯火渐疏，终于开始疏散。于是他们渗入了黑暗，终于逃了出来，甩掉了闪着腐败气息的光芒、笼罩了港口广场的鱼摊臭气，在黄昏静静离开，而他还想让这气味继续郁结在身上。水果摊的气味飘向他们，甜腻，却一样腐朽，充满发酵的气味，鲜红的葡萄、蜡黄的李子、金黄的苹果和漆黑如地底的无花果的气味掺杂在一起，在同样的腐烂面前难辨彼此，践踏过度、乱涂乱画的石板路上闪着潮湿的光。广场的中心已经被远远抛在了后面，码头上的船只如此遥远，大海如此遥远，却还没有完全消隐；那边人群的号叫只余下几声遥远的轰鸣，喇叭的吹奏声已经听不见了。

怀着莫大的信心，好像熟知地形，少年领着小分队穿过棚屋，挤入了仓库和造船厂的区域，这一区域紧邻着市场，布满了阴沉的、没有点灯的建筑，在黑暗中几乎看不清楚，只能感到这些建筑在四下扩张。气味又一次改变了：他嗅到了这个国家所有制造业的气味，嗅到了大量的日用品气味在这里弥散，在帝国的土地上弥散、更替，但总会在什么地方交易，经过人类的身躯和他们内脏的搏动粉碎成渣；他也嗅到了谷物干燥的甜香，它们堆在漆黑的谷仓前面，等待被运送进去；他嗅到了装有小麦、燕麦、斯佩尔特麦[1]的麻袋蒙尘的干燥气味，油桶和油罐柔和的酸味，码头沿岸的酒窖发酵的气味；他嗅到了木匠作坊的气味，在黑暗中，有大量的橡木不知堆在哪里，永远也不会死去，他嗅到了它们的树皮以及树心柔和的阻力，嗅到了砍了一半的木料，斧头还插在上面，好像是工作结束后就把它扔在了那里；除了刨得极为平整的崭新船板的气味、刨出的缺口与锯末的气味，他还嗅到了断裂的、生了湿滑青苔的、吸满了贝壳的、浅绿色的古旧船木的气味，它们堆在那里，等着被烧掉。制造业的循环。孕育着香气的夜间劳作，呼出一种无尽的平静，凋敝国土上的平静，农田、葡萄园、橄榄林的平静，农人的平静，他自己，他这个农民的儿子就从中走出，他永恒乡愁的平静，他系于大地、归于大地、在尘世间恒久渴望的平静，始于他的歌唱的平静，哦，他所渴望的、难以企及的平静。这种平静在这里也是难以企及的，好像四下的一切都必须变成自身的图景，这种平静也被迫渗入了石头，被束缚、被滥用，变为了可利用、可交易的贪婪猎物，变成了外界、奴役和不安。它既是内部，也是外部，既是图景，也是反图景，却没有形成一个作为知识的共同体。他发现自己充斥了各处，如果他必

1　斯佩尔特麦，一种在欧洲种植历史悠久的小麦，生长在沿海农业气候地区。

须把一切保存下来，也得到了把一切保存下来的许可，如果他能够成功捕捉世界的繁复（因为这就是他的责任），如果他因此被迫像做白日梦一样献身于它，毫不费力地倾听它、占有它，那么就会是这样，因为它从一开始，在他开始观望、倾听和感受之前，就属于他了，因为回忆和保存仅仅是自己回忆里的自我，是回忆里自己的过去。在那个过去，他肯定饮过酒、摸过木材、尝过油脂，在他还没有油脂、美酒和木材的时候。他重新认识了不认识的东西，脸与非脸上的东西，它聚集了他们的激情、贪欲、肉身、贪婪的冷漠和兽性的肉体存在，也聚集了他们宏大而朦胧的渴望，聚集了一切，而他希望看过或没有看过、经历过或没有经历过这些，与他自己的起源融为一体，成为他自己的存在混乱的原初土壤，成为他自己的肉身，他自己的激情、贪婪和盲目，但也成为他自己的渴望：他的渴望也随着他在尘世间的漫游起了变化，回到了认识，终于变得越来越痛苦，几乎不再是渴望了，对，几乎不再能称作对渴望的渴望了，那从一开始就是一种被驱逐的存在，是一种孤绝，那些孕育不幸的事物，这些赐予福乐的事物，但对一个人的本质来说，两者都是难以承受的，尽管与生俱来的东西依然留存，不可磨灭，存在原初的土壤、认识与重新认识的根基都是不可磨灭的，回忆从中萌芽，又回归了它们。幸与不幸的庇护，难以承受的事物的庇护，一种最后的渴望，如此强烈的渴望，几乎是纯粹以肉体追溯着回忆的所有深渊，连认识那最成熟的、一直存在也永久存在的渴望也在一同摇摆。真的，这是一种难以平息的肉体的渴望。他僵硬地交叉着手指，感到了戒指，感到了它坚硬地抵着他的皮肤和肌腱，感到了手上的骨节像石头一样坚硬，感到了他的血液，感到了他肉体回忆的深渊，遥远的过去阴影的深渊与它的光亮合为了一体，那光亮那么接近现在，那是被现在点亮的光源。他忆起了自己在安德斯的少年时光，忆起了房屋、马厩、仓库和树木，忆起了母亲略微晒黑的、永远笑逐颜开的脸上那双明亮的眼睛，和她自己卷的黑鬈发——哦，她叫玛雅，没有一个名字比这个更富有夏日气息，没有一个名字比这个更适合她——他忆起了她愉快的劳作怎样使身边的人感到温暖，她明快而不知疲倦的性格怎样使一切显得安稳，她还得一直照料住在小屋里的祖父马库斯·波拉，一听到呼唤就跑去帮忙，还要时常平息老祖父孩子一样愤怒的、地动山摇的呼叫。祖父时常这样呼叫，为了寻求安慰，尤其是在牲畜和粮食的买卖价格不合算的时候，时而慷慨、时而吝啬、头发花白的祖父就时常觉得自己被骗了。唉，喧嚣像回忆一样强大，安宁像回忆一样温和，每当母亲带着几近平静的愉快返家，安宁就会重返。他也忆起了他的父亲，直到婚后他才成了真正的农民，因为他觉得过去所从事的陶匠工作没法养活他的儿子，尽管在傍晚，听父亲讲起他过去做的大酒壶和优雅的弧形油罐是一件很美妙的事，关于沾满黏土的拇指、刮刀、轰鸣的旋转台与烧制的技艺的故事，那些美丽的故事，时而停下来唱起古老的陶匠歌谣。哦，时光的面孔，在时光里苦守；哦，母亲的面孔，在回忆中是一张年轻的面孔，然后不断蒸发、深化，在死亡中已经到达了所有面孔的彼岸，几乎成了永恒的风景；哦，父亲的面孔，起初回想不起来，然后渐渐长成了生活的人类相似的面孔，直到死后成了不可磨灭的人类面孔，由坚硬的褐色陶土塑就，定格于和善而强有力的、最后的微笑，难以忘却。哦，不在回忆中扎根的东西就无法生长成真实；哦，不从一开始就赋予他、被他年轻时的面孔所笼罩的东西就无法被他把握。因为灵魂永远在自己的开端，在自己生长的开端，甚至在结局中也保有开端的庄严。抚动七弦琴的歌曲不会消逝，它不断地重下决心，要捍卫自己赖以为生的每个音符。它不会消逝，一再重返，甚至是一再回到这里。他吸了一口气，以捕捉陶罐和堆积的木桶那清凉的气息，轻盈而黑暗的气息，有时会从墙上那些开敞的门里涌出，他要把这气息吸入自己疼痛的肺。然后他不得不猛烈地咳嗽，好像他做了什么不可容忍、不被容许的事。抬轿奴隶的钉鞋继续前行，击打着石板，摩擦着卵石路面，小向导的火把在他们中间摇晃，向着轿子微笑、闪耀，照亮了前方的路。现在他们开始了真正的行军，开始了疾速前进。对那个御前侍卫来说，他们走得实在是太快了，他终生惬意地服侍宫廷，现在已经上了年纪，变得肥胖，在后面气喘吁吁、摇摇晃晃地追赶着。货仓和谷仓的屋顶纷纷耸起，有些是尖顶，有些是平顶，有些斜对着繁星密布、还没有完全黑下来的天空，高擎的灯下，吊车和绳索投下了咄咄逼人的阴影。他们经过空荡的和满载的推车，几只老鼠横穿过道路，一只夜蛾迷了路，栖在了轿子的扶手上，留在那里不走了。新鲜的疲惫与睡意悄悄浸入，夜蛾有六只脚，那么多，这搬运的队伍也有无数只脚，抬着轿子，抬着他与夜蛾，像抬着某种娇贵而易碎的货物，他想转过身，只是因为想数清身后搬运的奴隶和他们的脚，但他还没有数完，队伍就走到了两面墙之间一条狭窄的通道前面，他们再次惊讶地停在了房屋前面，停在了陡峭地爬升的入口前面，那是一条极狭窄、极混乱、晾满了衣服的陋巷：事实上，人们停了下来，是因为少年毫不犹豫地制止了可能还想继续行进的奴隶——事实上，现在抬着他的奴隶只剩下四个了，和在船上的时候一样——这突然的中断和少年出乎意料的目光都激起了宛若重逢的喜悦，激起了惊人的喜悦，使他们所有人，主人、用人和奴隶都大声笑了起来，而少年被他们的笑声感染，轻轻鞠了一躬，骄傲地指向入口，请他们进入深巷。

但这种欢乐的情绪毫无缘故；至少在这条巷子的深处没有什么令人高兴的东西。上坡的平坦石阶一片黑暗，挤满了各种人影，主要是一群孩子，不顾天色已晚，在台阶上跑上跑下，两条腿的阴影，靠近看会发现其中也有四条腿的阴影，因为整面墙边都或疏或密地拴着山羊。深巷的窗户幽黑地凝视着，没有装玻璃，多数也没有住人；像地窖一样昏暗而高大的市场穹顶也一片幽黑，里面充斥着卑贱而嘈杂的讨价还价，贫困的讨价还价，为了下一刻生存的需要而讨价还价，甚至不是为了明天的需要。旁边是敲击的、捶打的、咯嗒作响的手工业者，被阴影所操纵，注定要待在阴影里，发出细弱的响声，几乎不需要照明就可以进行精细的操作，只要有一盏油灯或一截蜡烛头的光芒，他们就会躲进阴影里。这里是赤贫之人的日常生活，不受任何外界的变动影响，几乎完全脱离了时间，好像皇帝的筵席离这条巷子还有几里地远，好像这里的居民根本不知道其他城区发生了什么，这支突然冒出来的抬轿队伍也没有什么值得惊诧的，却迎来了最不友好或者说最幸灾乐祸的抵制。孩子们先开始捣乱了，对，他们甚至牵着山羊钻到抬轿奴隶的胯下，不肯避让，四条腿的山羊咩咩叫着，两条腿的孩子也放声尖叫，拥出所有阴暗的角落，然后又躲了回去。起初他们想抢走小向导的火把，但他拼命守护，没有被他们抢走，这还不是最糟的，尽管他们走得很慢，但还是一级一级地沿这条穷巷向上而行——不，最糟的不是光线太暗，而是那些女人，她们才是最糟的，那些从窗口探出身来的女人，胸部抵着胸墙，蛇一样的赤裸手臂在墙上晃动，手上戴着手套。她们原本只是在胡乱咒骂，当她们撞见这支队伍，她们疯狂的咒骂（像任何疯狂行径一样强烈）就上升成了控诉，上升成了真理，因为那是咒骂。此刻在这里，野兽般的粪味从一扇扇敞开的门里飘出，在这条房屋的运河里，他坐在高高的轿子上被人抬过去，因此他可以、因此他必须注视这些贫穷的小屋，遭受人们抛到脸上的诅咒，愤怒而毫无意义的诅咒；遭受流氓和流浪汉的哭喊，以及四下患病的婴儿的哭喊；遭受开裂的墙上燃烧的松木的浓烟；遭受厨房里蒙尘的陈腐气味，以及铁锅烧焦、老化的气味；遭受漏风的房屋的惨状，在这样的房屋里，到处都是衣不蔽体的老人，躺在破布上面。怀疑开始袭向他，在这些蠕虫的洞穴中间，在这最外在的堕落与最痛苦的腐朽面前，在这最深入俗世的监牢面前，在这个充满了恶毒阵痛的降生与恶毒横死的死亡的地方，生命的进口与出口水乳交融，他怀着阴郁的预感，感到了二者的相似之处，在永恒的不幸阴影笼罩的梦中，在这最无名的夜色与淫乱中，二者是那么相似。他不得不第一次遮上了脸，躲避女人们咒骂的欢笑，不得不对这一切视而不见，当他被一级一级地抬上这穷巷的阶梯——

——:“无赖，坐轿子的无赖！”“他以为他比我们强多了！”“皇帝宝座上的钱袋子！”“如果里面没有钱，就得滚了！”“让别人抬着你去工作！”女人们喊道——

——：她们咒骂的冰雹毫无意义，噼里啪啦地落到他身上，毫无意义，毫无意义，却没有错，却是警示，却是真理，却是上升为真理的疯狂，每一句谩骂都撕下一块他灵魂的骄傲，让他的灵魂赤身裸体，赤裸如婴儿，赤裸如躺在破布上的老人，赤裸地面对黑暗，赤裸地面对失忆和罪孽，融入那些漂流的、难分彼此的赤裸之物——

——：一级一级地穿行于这穷巷，在每一级台阶上稍作停顿——

——：赤裸造物的激流，漫过呼吸的大地，在昼夜交替的、呼吸的天空下流溢，被亘古不变、远远铺开的几百万年的海岸环绕，生活那赤裸的人群之湍流，从存在的土壤里渗出，又一再渗进去，所有生物那不可摆脱的束缚——

——:“你死了以后也和别人一样！”“抬死人的，把他扔下来，把这个死人扔下来！”——

——：时间之山与时间之谷，哦，万千造物，从万古中被送到了这里，永远一再被送入暮光的激流，在万物无穷无尽的激流中，没有一个未曾想过、没有一个不想成为永恒的灵魂，永远地飘荡，在永恒的自由中永远自由地飘荡，远离这激流，甩脱这熙攘，不会坠落，不再是造物，只是一朵透明的花朵，孤寂地向上生长，向上攀缘，直抵星辰，远离一切，甩脱一切，心像透明的血，在渐渐隐匿的藤蔓上颤抖——

——：被抬着穿过穷巷的谩骂，一级一级——

——：哦，在这永恒的疯狂世界里，他的生活也冲破了夜晚的无名之物混乱的土壤，钻出了生物的密林，沿着数不胜数的小路向上攀缘，不时附到纯净或不纯净的东西、逝去或没有逝去的东西上面，附到事物、财产和人们身上，再次附到人们身上，附到话语和风景之上，这总是被人轻视、反复活过的生活，他滥用了它，他一直在滥用它，为了使自己抬升，超出所有边界、所有时间，好像他不会坠落，好像他不会再回到时间、回到这俗世的监牢、回到生物之中，好像深渊的血盆大口没有向他张开——

——："婴儿！""尿裤子！""废物！""真差劲，还得让人抬着回家！""该给你的脑袋打一针！"笑声从所有窗口飘落——

——：街巷里回荡着女人们的嘲笑，但他们无处可逃；只能极为缓慢、一级一级地往上爬——

——：但那真的只是女人们的声音吗，那些公正的嘲讽，那些责骂他的声音，那些揭露了他无用妄想的声音？难道这里咆哮的声音不比世间的任何女人、世间的任何男人、世间的任何疯狂造物的声音都响亮？哦，嘲讽地向他喊叫的就是时间本身，亘古不变地流去的时间带着它的许多声音，带着存在于它体内、只存在于它体内的所有吸吮的力量，化入了女人们的声音，以她们的咒骂抹去了他的名字，而他剥去了名字，剥去了灵魂，剥去了所有歌声，剥去了心中如歌的永恒，坠回了夜晚不可言说的事物与存在的土壤，沦为了最苦的泡沫，一段磨损的记忆最后的残余——

——：时间无所不晓的众多声音，它们知道那不可逃脱的、命运那不可逃脱的监牢！哦，它们知道，就连他也无法逃出亘古不变的命运，那里有一艘船，不管他有多么想要反抗，他都必须登上去，命中注定要被送回去；哦，它们知道赤裸的两岸之间那赤裸的生物激流，它的道路被原初的黏土环绕，没有一艘船能够通航，没有一株绿树点缀，两岸一眼就能看透的妄想，但也是命运的真实，是看不透的妄想的真实；它们知道每个人都注定要沉回到这激流之中，而他再也分不清自己下潜的地方和过去浮出水面的地方，因为他的归途必须使命运之圈合拢——

——："我们逮住你了，你这混球，晃来晃去的混球！"她们骂道——

——：但那确实只是女人的声音在讥笑，好像他只是个不听话的孩子，出来找寻虚妄的自由，现在又想溜回家了，更可怕的是，他必须穿过令人烦闷的甚至是危险的弯路回家，走上这条路已是一种不幸，还要一路挨骂。这些声音也是母亲们的粗声责骂，充满了时间的黑暗，她们知道，命运之路的圈子绕着虚无的深渊，她们知道，所有绝望的人、所有疯狂的人和疲惫的人都不可挽回地坠入了中心的深渊，只要他们被迫中断自己先前的道路——哦，难道没有一个人是自愿这样做的吗？有人能开出一条真正的道路吗？——在愤怒的责骂声中，母亲永恒的愿望也怀着恐惧，无言地飘荡，希望所有孩子都保持初生时的赤裸，赤裸地囚禁于他最初的安乐窝，植根于大地奔流的时间，植根于造物的激流，轻轻升起，又轻轻消逝，仿佛没有命运——

——："赤身裸体，赤身裸体，你这个赤身裸体的人！"

——：他没法从母亲中间逃脱——领路的少年为什么要选这条路，他会不会走错了？队伍被母亲们的呼喊阻拦，好像再也无法向前移动，他们恐惧地停下等待，但不久喊声就平息了，他们继续行进，一级一级地爬上去——

——：难道这些声音中的母性力量还不足以达到永恒？难道她们的知识漏洞百出，不得不再次放过这些被禁止通行的人？哦，母亲的软弱，只知自己的诞生，不知此后的重生，她们不想知道，也不能理解，只有经过了重生，诞生才有意义，不然诞生和重生都无法完成，二者背后是虚无那最后的创生，亘古不变，对，只有当存在与非存在难分难解，低声呢喃着融为了一体，庞大的永恒才能开始放光，那是人类灵魂的自由，是它真实的永恒之歌，不是妄想的场景，不是傲慢，而是人类那不可嘲讽的命运，人类的命数那可怖的庄严——

——：哦，这就是人类的上帝之命运，这就是人类在众神的命运中所看到的东西，是二者那亘古不变的定律，一再转向重生之路，是二者那不可分割的对命运的希望，希望还能踏入那圈子，使此后变为此前，使所有过去的和所有未来的道路完全重合，使终将消逝的现在静静地留在歌声中，带着完满自由的目光、正在成形的上帝目光和那虚无时间的目光，一切在它的注视下都会归入唯一的、永恒的回忆——

——：躁动的不幸之巷，她们也许永远都不会停下，也许永远都不能停下，直到倾空她们最后的谩骂、罪责和诅咒，而他们一直在缓缓前进，一级一级地穿过谩骂——

——：赤裸之罪的荫庇，赤裸真理的疯狂——

——：哦，上帝那亘古不变的人类命运，必须攀登，攀上这俗世的监牢，攀上邪恶，攀上罪恶，攀上起初作为尘世被创造、然后变成了不幸的东西，攀上起初是尘世、在循环中渐渐丰满、越来越急切地变成了看不透的虚无的东西，环绕着诞生的存在根基，环绕着将会变为一切创世的重生，当上帝与人类完成了他们的使命——

——：哦，人类那亘古不变的命运责任，依照上帝的意志铺平道路，不可嘲讽的道路，永恒那重生的道路，上帝与人类齐心协力，驱赶母亲——

——：但这里是穷巷，他们一级一级地穿行而过，这里有可怖的诅咒、可怖而公正的嘲讽，被苦难吐出，哦，而他因苦难而目眩，因诅咒而目眩，对，他，蒙着头，却还是能听见这一切。为什么要把他带到这里？难道是要告诉他，他不能使命运之圈合拢？他的生活之桥伸展得太远了，中心的虚无没有缩小，反而扩大了？以这种虚假的无穷、虚假的永恒和虚假的孤绝，他只能离重生的目标越来越远，而在他生长的时候，坠落的危险会越来越大？这里发生的事是不是一种警告？或者已经是一种威胁了？他过度延展的轨道顶端只有虚假的神性，疯狂地过度延展，伸入欢呼、迷醉、权力和荣耀的伟大经历，穿过他疯狂地称为他的诗和他的经历的东西，幻想着他只需保留一切，以使永无止境的现在长存于回忆的强力，神圣的童年永无止境的永恒。甚至这些现在也被证实为幼稚的虚假神性，像一种粗俗的神圣傲慢，流入了所有笑声，流入了女人们不加掩饰的赤裸笑声，母亲那受骗又不可蒙骗的笑声，他忆起了母亲的庇护，变得极度软弱，在众神幼稚的游戏中尤为软弱。哦，他无以面对赤裸的笑声，面对讥笑没有办法笑回去，他无以掩盖自己的赤裸，自己面孔的赤裸，他蒙着脸躺在轿子上，当他们尽管走走停停，却终于一级一级、有背众望地冲出了地狱般的深巷，冲出了地狱般的野蛮嗤笑，他还蒙着脸，轿子变成了安宁的摇篮，他们又走上了平坦的路。

但实际上，队列的行进并没有因此而加快；他们仍在一步一步地向前挪动，甚至比之前还慢，因为就算他们十分清楚，四周已经没有什么恶毒的障碍了，也还是能感到人类的低语、人类的气味和愈发尘土飞扬的人类的热浪，人群又开始膨胀了，显然还在继续膨胀。只是，尽管他已经逃出了穷巷所能波及的听力范围，他却觉得那些刺耳的咒骂还一直留在自己的耳朵里，他几乎觉得它们要一直跟着他，像复仇三女神[1]一样追猎着他、折磨着他，和周围萌发的、迅速膨胀的人群喧嚣一样响亮，和人群的喧嚣融为了一体。喧嚣声说明皇帝的筵席已经离他们不远了，因此这奔波的痛苦与所有欢呼的喧嚣、权力的喧嚣和迷醉的喧嚣结合在了一起，毫不示弱地闯入了他的体内，内在和外在难以阻挡的众声音，它们刺耳的痛苦几乎

1 希腊神话中，复仇女神厄里倪厄斯是复仇三女神——不安女神阿勒克托、妒忌女神墨盖拉和报仇女神提西福涅——的总称，任务是追捕并惩罚犯下严重罪行的人。无论罪人在哪里，她们总会跟着他，使他的良心受到痛悔的煎熬。

要置他于死地。火光也变得难以阻挡了，难以容忍地喧嚣着、聒噪着，尖锐地刺透了他依然紧闭的眼睑，要他睁开眼来看，他的眼睛起初还违心地犹豫着，很快就惊骇地睁大了：下界的火光向他闪耀，宽阔街口的光线向他闪耀，人潮正在穿过街道，摩肩接踵，向前推挤，人们的眼睛向他闪着骇人而刺眼的光芒，像一道魔幻的光源。行进着的人们都变成了一股强制的同时也是自愿的激流，他隐隐觉得轿子也在随着人们一起自行漂流，一起冲刷而去，几乎不再需要有人抬着，而轿子每走一步、每向前滑一点，这神秘的、孕育不幸的、毫无意义的巨大引力都更加确信自己的权力，变得更可怖、更咄咄逼人、更有穿透力、更靠近心脏，不断增长，准备最终在一瞬间露出自己的完整面目。轿子被推挤着、牵引着，高高抬到了拥挤的人流之上，终于抵达了巷口，因为此刻在这里，在火焰与喧嚣环抱的地方，所有火光的阴影、所有喧嚣的阴影突然都不见了，在这无影的、火光与喧嚣的汇流中，流光溢彩的皇宫突然出现在了眼前，半是住房，半是堡垒，在下界火山般爆发的火光中，在几近圆形的盾形广场的中心升起。而广场变成了众造物汇聚的唯一洪流，变成了聚到一起、已经成形、正在成形的闷烧的人类土壤，变成了闪烁的眼睛和闪烁的目光的洪流。人们都热情地凝视着，不顾所有其他景象，只盯着那无影的、灼烧的唯一目标，一道人类的火流，贪婪地转向了火焰之岸。城堡就耸立在那里，喧闹的火把之海围绕着它，它是那么不可抗拒，那么神秘诱人，那些相互拥挤、喘着粗气、脚步沉重的人群都不可抗拒地为其所吸引，把它看作给出意义和方向的目标，那是人群不可遏止的渴望的意志，那是他们压抑不住的方向欲的目标，而这周围也是一幅神秘力量的图景，那是一种令人惊恐的力量，散发着迟钝、麻木的气息，却从来未曾为人所发觉，对于每个个体的动物，对于每个个体的人，这都是不可捉摸的，噢，这一切是如此地神秘莫测，以至他们每一个的心中都翻滚着那个问题，试图追问潜藏在火焰之堡中，并且从中放射而出的那个巨大的吸引力的意义与原因，每个人都害怕答案，也期待答案，尽管没有人能够给自己一个真正的答案，但是作为对意识的拯救，对人性和灵魂的拯救，就算是最贫乏的、最不充分的答案也适合于给人以希望，这答案完全可以骄傲地宣称自己是对存在的拯救；——“酒”，这是一种答案，“免费的酒”，“看御林军”，这也是一种答案，“皇帝要做演讲”，这是另外一种答案，突然，一个喘着粗气的声音高喊：“他们已经开始撒钱了！”城堡就这样向他们释放着吸引力，他们就这样鼓舞和刺激着自己和其他人，为的是避免自己对那巨大的诱惑感到绝望，虽然确定无疑的失望已经在激发人渴望的神秘城墙那里等候着他们，但是他们唯有刺激自己，以免他们害怕失望的心情会让那狂热的渴望因此熄灭，那是对分赃[1]的渴望：巨大的希望换来的是廉价的回答、廉价的呼唤、廉价的刺激，但是每次都会有一阵强烈的抽搐透过那人群，透过那些肉体，透过那些灵魂，含混地向那共同的目标冲击，猛烈、猥亵，却也不可抗拒，呼喊声与脚步声聚成一团，一步、一步向那燃烧的虚无[2]之内

1 原文为Teilhaberschaft。

2 原文为ein loderndes Nichts。

冲击。而飘浮在人们头上的就是那团浓重的人群的臭气，夹杂着火把的黑烟，浓烈的烟雾，根本无法呼吸，刺人鼻肺，令人窒息，那些浓厚的褐色的烟云就滞留在无法流动的空气之中，懒洋洋地叠在一起，一层又一层，噢，那是地狱之雾的云层，沉重，不可切分，也无法穿透，那是地狱之雾的天花板！是否还有出路？是否还有路可逃？噢，回去！回到船那里去，至少在那里还可以安静地死去！那个少年在哪里？！他必须、他应该指出回去的路！决定权在谁手里？！唉，他被挤在人群里，挤在汇聚的人流里，再也不能做出决定了，他决断的声音也无法挣出呼吸；他的声音盲了！而少年像是听到了他缄默的呼喊，抬头向他微微一笑，眼中的微笑充满了明朗的歉意、明朗的信心和慰藉，知道他早就不再做决定了，是，这个少年没有错，少年的回应令他感到愉快，尽管他即将到达，满怀恐惧。四下挤满了人脸，一张张脸，日常的脸上是他们日常的、显然已经过度膨胀的口腹之欲，膨胀得超出了自身，几乎成为一种彼岸的热情，成为一个兽性的彼岸，把所有日常远远抛在了身后，除了灯火通明、压倒一切的目标的这一瞬间，他们什么也看不到，他们热情地注视着，热情地渴望着、索求着，这一瞬间荫翳了他们的终生，让他们参与了分赃，瓜分了权力、偶像崇拜和自由的尺度，瓜分了皇帝的无穷。人群的聚合体紧张地、爆炸般地向前移动，震动、起伏、闪烁、喘息、呻吟，显然是在顶着某种灵活的阻力向前推进，这种阻力无疑存在，因为他自己就属于这同样躁动的逆浪，这强大而暴力的前行和后退充满了被绊倒的、被踩踏的伤员的惨叫，也许还有死者的惨叫，他们得不到同情，只有欢乐的呼声一再嘲讽他们，然后窒息于愤怒的聒噪，被火焰的毕剥声撕碎。一个骇人的此刻粉墨登场，一个无穷地翻倍的人群的此刻，被人群的吼叫抛出，一个坠入了聒噪又立刻掉出了聒噪的现在，被感官狂乱的人和感官失灵的人抛出，被灵魂荒芜、感官丧失的疯人抛出，却仍在万物中疯狂地生长，吞吃了所有过去和所有未来，容纳了所有回忆深渊的喧闹，将最远的过去和最远的未来都包藏在了它的呼号之中！哦，人类的繁复是多么伟大，人类的渴望是多么宽广！而他清醒地摇晃着，被人抬着，在咆哮的脑袋上面摇晃，在喧闹的布林迪西姆欢庆的火焰上空摇晃，在此刻摇晃的目光之上摇晃，经历了亘古不变的事物里时光无限的缩减：一切都属于他，一切都化入了他的体内，仿佛从一开始就属于他，也将永远属于他。他四下燃烧的是特洛伊，是永不熄灭的世界火海，而他在火焰的上空摇摆，他是安喀塞斯[1]，因为怀着难言的回忆，他盲目而又在观望，既是孩子也是老人，被他的儿子扛在肩上，他就是世界的此刻，被巨人阿特拉斯[2]抬在肩上。他们一步一步地走向了皇宫。

紧靠皇宫的地方有一圈警卫把守。他们紧紧挨着，横着长矛，全副武装地面对人群的冲锋，他们灵活的抵抗使得人浪一再后退，在广场边缘就已经能看到人们一浪一浪地退后的动作了。警卫后面是禁卫军的驻地，只有在重大活动的时候他们才会被从罗马调来，担任荣耀的守夜工作，但在像战时一样浩大的巡逻队、守夜的

1　安喀塞斯，埃涅阿斯的父亲，特洛伊陷落时，埃涅阿斯背着父亲逃上航船。
2　阿特拉斯，希腊神话里的擎天神，被宙斯降罪用双肩支撑苍天。

火焰和高大的军用餐帐中间，他们也只能无所事事地闲逛，高傲而令人生畏。帐中飘出了希望和免费美酒的香气，有些虚幻，却依然使人信服。这些东西好奇的人们都可以看到；再往里就看不到了。希望和失望的天平在这里保持着平衡，神秘而紧张，像生死之间的所有抉择，像生活中的每一刻，因为生活中的每一刻都囊括了生与死。而当火焰的热气掠过奔忙的人群，吹开头盔上高悬的羽毛，照亮镀金的甲胄，当警卫嘶哑的、压倒一切的“退后！”抛向了喧哗的人群，癫狂就像火舌一样升入了不可呼吸的空气，一张张脸喊得口干舌燥，沉闷而贪婪地凝视着不死的瞬息烟火，因为时间正站在刀锋上。小卫队大摇大摆地走向了宫殿的入口，穿过了夹道欢迎的军人。他被人抬了过去。人们意料之外地发现军人的队列松动了，不再能阻挡涌动的人潮。像是被一个旋涡攫住了，许多人黏稠地拥向门口，毫无秩序，而两侧站满了密密麻麻的擎火炬把守的人，像一条火的咽喉，人们流了进去，堵在里面，又被挤了出来，尖叫着、忍受着、粗鲁地跺着脚，在渴望的驱使下发了狂：这里简直是斗兽场而不是皇宫的入口，人们的推搡和冲突太疯狂了，草民和门口的警卫搏斗，展现出了他们的狡诈，想要蒙骗、撞倒那些掌权的官员，而官员愤怒地叫喊着，根本不相信这个小卫队是可以进去的。他们等了几乎难以容忍的一段时间，直到那个年迈的御前侍卫（他只有在这个时候才起了作用）发了话，才被立刻放了进去。很多人没有看到放行的程序，他们的愤怒升到了沸点；他们觉得向后退缩是一件可耻的事，感到了所有人的轻蔑和注视，突然意识到就算曾经有一个人、现在有一个人被放了进去，也不能说明那个重病垂死的人就应该是个例外。四下的人群中，没有一个人比他更可鄙。在一片轻蔑的嘈杂声中，在那无名而不可言说、一再开开合合的嘈杂声中，闪着一个人关于他自己无力为人的知识，担心他会失去赋予他的尊严。轻蔑在狭窄而灼烫的入口旋涡中对抗着轻蔑。因此也不奇怪，当他在后面、在庭院中逃脱了贪婪的斗争，逃脱了下界俗艳刺眼的火光，被所有曾随他穿过街巷、走上广场的谩骂释放的时候，他几乎感到了一种解脱，就像从晕船中渐渐恢复了过来，他感到了一种平静，尽管他现在踏入的地方也没有什么平静，更像是混乱即将爆发的庭院。永远如此，只是一种虚假的混乱；服侍皇帝，习惯这种意外，严守纪律。这时一个宫廷官员走了过来，拿着宾客的名单走向轿子，迎接刚刚到达的客人，镇静地转向用人，听他低声报出客人的名字，准备镇静地记住这个名字，镇静而冷漠地从名单上划掉，这对这位名诗人来说简直是一种凌辱，让他觉得有必要取代用人自报家门："对，我就是普布利乌斯·维吉利乌斯·马罗。"他说，有些生气，因为甚至是在这里，这个人也只是快速而礼貌，却一样冷漠地向他鞠了一躬，甚至那个少年也一声不响。队列正遵照官员的手势走向第二进庭院，那个少年就顺从地走在队尾，他还希望少年能帮自己说话。但他的怒气没持续多久，就在平静中消失了，现在平静真的环绕了这个新来的客人，轿子抬过万籁俱寂的、喷泉流淌的花园，停在了大厅前面，皇帝把这里设为客房；门口站着欢迎的家奴，陌生轿夫的工作结束了。那个少年也得走了；少年把大氅抱了起来，由于他还站在原地微笑，宫廷官员就开始向他发号施令了："你还站在这里干什么？快走！"少年还站在那里，脸上仍挂着顽皮而友好的微笑，也许这就是对他领路的粗鲁报偿，也许这只是徒劳，怎么也不能把他赶走。就算这样——这少年待在这里又有什么意义？他希望少年待在这里吗？他这个疲倦的、需要独处的病人该拿这个少年怎么办？！但是，独自待着是多么可怕！不得不永远失去这个小向导是多么可怕！——“他是我的秘书。”他几乎是违心地说道，好像是他体内某种陌生的东西说了这句话，某种盲目信赖他人的陌生意志，比他自己的意志更强大，毫无意愿，却咄咄逼人、压倒一切，那就是夜晚。轻柔而有力的意志，从夜色中生长而出。花园如此轻柔，花香和两注清泉的低语如此轻柔；一阵微潮的黑暗和风，在秋日带了点春夜的气息，清凉地掠过花床，交织了许多花香，前面那座建筑里的音乐也像薄纱一样，在花床上交织、飘扬，时近时远，一层声音的纱幕，点缀着锣音，嵌在那边的筵席溢出的声音灰雾中，在那边是叮当作响的喧嚣火光，在这边只是稀薄的声响之雾，在夜晚庞大的空间里潺湲。庭院上空铺展开来的天空里又可以看见星星了，它们呼吸的光又变得清晰了，尽管下面飞涌的火炬烟云时不时会遮住天空的一角，但甚至这烟云也会被轻声潺湲的声响之雾渗透，融入渐渐飘散的低语，蹒跚着穿过院落，包藏所有事物，使事物、香气和夜晚融为一体，向着天空，升入夜晚的宁寂，立在墙头，隐隐照亮外表粗韧的树干，耸到屋顶的高度，尖酸的空气里有一株避世的、扇形叶片的黑棕榈，它也负载着夜色。

哦，星辰，哦，夜晚！哦，这是夜晚，夜晚终于降临了！这是夜晚之声黑暗的呼吸，潮湿而深沉，他把它深深吸入自己疼痛的胸膛。但他已经耽搁得太久了，他得准备下轿了，让他有点恼火的是，皇帝特意安排的医生没有跟来，在船上的时候他还觉得医生讨厌，但现在显然没人知道他有多么不堪一击。他们已经把装有《埃涅阿斯纪》的手稿箱抬进了房中，得赶紧跟上。“来，帮我一把。”他命令那个少年，并把自己撑了起来，靠在了少年的肩上，企图走上第一级台阶，却很快就发现他的心脏、他的胸膛和膝盖都软弱无力，他高估了自己；他得找两个奴隶把他抬上去。他们上了三层楼，冷漠的官员走在最前面，宾客的名册像将军的权杖一样抵着他的臀部，许多奴隶在后面抬着行李。他刚进入楼上收拾好的、通过风的房间，就立刻发现房间位于宫殿西南角的阁楼，圆拱形的窗户比民居的屋顶要高出很多。透窗吹来了一阵凉风，一段清凉的回忆，关于被遗忘的土地和被遗忘的海洋，海洋般、陆地般的夜风从房中拂过。房间中央的多枝烛台上挂着一个花环，燃烧的烛焰被夜风吹得倾斜，墙上潺潺的喷泉在大理石的小台阶前展开了一道清凉而柔和的扇形水幕，罩了蚊帐的床已经铺好，床边的桌子上已经摆满了酒菜。房间里应有尽有，外飘窗前摆着一张观景用的沙发，墙角有个浴室。行李都放在触手可及的地方，手稿箱按照他的要求摆在床头，一切都恰到好处，一丝不乱，一个病人已经没有更多的奢望了，但这显然并不是出于奥古斯都的抬爱，只是宫廷一丝不苟、人张旗鼓的礼仪冷淡的关照，毫无友谊的色彩。他必须理解、必须接受的是，他的疾病需要这样的仔细对待，这是他疾病的必然，是一种恼人而苦涩的必然，而他对自己的痼疾本身的抵触从来没有像对奥古斯都的抵触那么强烈，很明显，因为奥古斯都的施舍磨灭了所有感激。因奥古斯都而生的苦涩——难道不是一开始就存在的？的确，一切都要感谢奥古斯都，和平、秩序和个人的安全，除了他没有人能给他带来这些，如果是安东尼[1]而不是他当了皇帝，罗马将永无安宁，的确是这样，但是！对，但是！但他还是会对皇帝怀有几分猜疑。皇帝已经年过四十，但二十五年来，他一直都没有什么变化，好像他没有真的长大，还是一如既往地怀着早熟的圆滑和狡诈，以精妙的手操纵着政治的丝线——如果他的一切都拜皇帝所赐，他还应该怀着苦涩，猜疑这个过老的少年吗？他欣赏皇帝，不是因为皇帝的圆滑，而只是因为皇帝的俊美和友善，人们喜欢把这种情感称作友谊，但它却不是友谊，它自有目的，每个人都会走入皇帝的罗网，圆滑的罗网！现在这种情感又远离了，现在四下只有虚伪的友谊——为什么这个伪君子坚持让一个病人回到他的行列中，随他回到意大利？唉，不如趁还在船上的时候死掉，那也比不得不躺在这里、躺在完美无瑕的宫廷礼仪中好，一切都十分完美，只是太完美了，那边的筵席上，不再年轻的皇帝正沉湎于四周喜庆而嘈杂的灯光和音乐。遥远而陌生的喧嚣传了过来，放荡地起起落落，玷污了夜风。

但一切都融入了夜风，筵席的喧闹、山间的寂静与海上的粼光，过往，此刻，又是过往，一个注入了另一个，一个融入了另一

1　马尔库斯·安东尼（前82—前30），古罗马政治家和军事家，恺撒部将。恺撒去世后，与屋大维、李必达组成后三头联盟。公元前31年，在亚克兴海战中被屋大维击败，逃回埃及，次年自杀。

个——他还能不能再回到安德斯？这里是布林迪西姆，民居众多，街巷明亮，在外飘窗下铺展开来，他让人们把他抬到了窗边，现在正坐在窗前的沙发上，这里只是布林迪西姆，而他倾听着夜晚，倾听着遥远的过往，在那里死去应该不错。不，他不该来这里，至少不该住进这间不友善的、设施一应俱全的客房。烛焰倾斜的蜡烛上，一滴滴烛油在一侧堆出了一条蜿蜒的石蜡小路，还在迅速地拓宽。

“先生……”宫廷官员走到了他的面前。

“我不需要别的东西了。”

官员指向少年：“我们要不要把你的奴隶带到楼下？我们没想到……”

的确，这个讨厌的人说得对；他们都没想到。

“但如果你想让他留在你身边，我们当然马上就去安排，先生，只要你愿意……”

“没关系……他可以去城里。”

“还有这个人”——官员指向奴隶行列中的一个人——“将依照你的要求睡在隔壁。”

“很好……我希望用不上他。”

“那我就告辞了……”

“请吧。”

他们的准备工作做得过于周到了。他的双手不耐烦地交错着，不耐烦地转着戒指，等这个冰冷而殷勤的官员和他的奴隶离开房间，但当他们终于走了，他却发现官员提到的那个奴隶没有和别人一起离开，还站在门边，好像在等他差遣，极度奴性的脸上生着一个东方人的塌鼻子。

“把他打发走吧。”少年请求道。

奴隶问：“你想不想要我在太阳升起的时候叫醒你？”

“在太阳升起的时候？为什么？”一瞬间他觉得尽管夜色沉沉，太阳却从未从空中消失，太阳藏在了西边，却一直都在，太阳神，整晚都在，整晚都不可征服，比生下他的母亲更强大。

但他还是得给这个等待安排的奴隶一个答复：“你不用叫我，我自己会醒的……”

他觉得奴隶好像没听见他的回答，仍站在原地不动。这是什么意思？这个奴隶想表达什么？难道不被他叫醒就没法开始新的一天？现在是夜晚，母亲般宁静的夜晚，夜风温和，夜晚温和地降临，好像可以永远持续下去；不，他不需要这个奴隶，也不需要被他叫醒。“你可以去休息了……”

“终于走了。”奴隶把门从外面关上的时候，少年说道。

“终于，但是……但是现在你，小向导……你在这里到底是要干什么呢？你关心我吗？我很愿意接受……”

少年稳稳地站在那里，他不得不承认，少年那年轻农民一样的强健的圆脸不怎么俊美，因为下唇突出，还显得面有愠色，有些笨拙。“你想把我也打发走……”

“我把别人都打发走了，但我不会让你走……我只是问问你……”

“你不该把我打发走的……”少年粗重而又轻柔的声音推心置

腹地说道，那质朴农民的声调竟和他的乡音如出一辙。这声音像一种遥远的、几乎难以忆起的赞同，来自遥远得难以追想的、母亲般的过往，少年明亮的眼中也闪着关于它的知识。

“我不想赶你走，但我猜你和许多人一样，是被皇帝的筵席吸引来的……”

“我对筵席没有兴趣。”

“所有年轻人都想去赴宴；你不用觉得羞愧，我还是一样感谢你为我带路……”

少年把手背到了身后，微微转动着身体。“我不想去赴宴。”

“相反，我在你这个年纪肯定想要赴宴，甚至现在也想，如果我没有生病，但你可以替我去，就像我自己去了一样……偷偷换一种形象出现很有意思……你看，这里有几朵花，给你自己编个花环吧，奥古斯都会喜欢你的。”

“我不想去。”

“真可惜……那你想做什么？”

“在这里和你待在一起。”

他脑中浮现出少年为了走到奥古斯都面前而混进大厅的景象，之后这景象又消散了。“你想和我待在一起……”

“永远。”

永远持续的夜晚，母亲统治的夜晚，孩子在亘古不变的世界里沉睡，昏昏沉睡，从黑暗到黑暗，哦，永远是多么甜蜜，亘古不变。

“你在寻求谁？”

"你。"

少年有点急躁。我们寻求的是沉沦，我们不该寻求它，它如此难以企及，它会因此而嘲笑我们。

"不，我的小向导，你把我领到了这里，但你寻求的却不是我。"

"你的道路就是我的道路。"

"你从哪里来？"

"你是在伊庇鲁斯[1]上的船。"

"你是和我一起来的？"

少年微微一笑，表示是这样。

"从伊庇鲁斯，从希腊……而且，你讲曼托瓦话。"

少年又微笑了。"这是你的语言。"

"我的母语。"

"这种语言在你口中变成了歌吟。"

歌吟——星体的空气，自顾自吟唱，超出了一切人性。"在我船上唱歌的那个人是你吗？"

"我在听。"

哦，夜晚母亲般的歌吟，响彻了夜晚，从响起的那一刻就一直寻求，当天色欲晓。"我在你这么大的时候，对，甚至在比你还年轻一些的时候写了我的第一首诗，写得乱七八糟……对，那时就是

1　伊庇鲁斯，今希腊西北部地区，西临爱奥尼亚海，由此地乘船往西北行驶即可抵达布林迪西。

这样；我必须找到自我……我母亲那时去世了，只有音容犹在……我再问一遍，你在寻求谁？”

“我谁也不需要寻求，因为你在寻求。”

“我在试着从你的角度看，你真的不想替我赴宴？也许你也像我一样写诗？”

少年信任的脸上显露出了愉快的否认，甚至山根的雀斑也透着信任的光。

“那么你不写诗……我以为你也想让我看看你的诗歌和剧作……”

少年好像没有听懂，或者不想接话。“你的道路是诗，你的目标在诗的彼岸……”

目标在黑暗的彼岸，在母亲庇护的过往原野的彼岸。这少年也想要谈论某个目标，他对此一无所知，他太年轻了，他把他领到了这里，却不是为了这个目标。“你和别人一样，你来找我，是因为我是诗人……是不是？”

“你是维吉尔。”

“我知道……你冲着下面港口广场上的那些人喊得够清楚了。”

“但没有什么用。”少年脸上的愉快变成了一次眨眼、一次鼻梁的抽动，山根处的雀斑也陷入了许多细小的褶皱，他那亮白而齐整的、极具健康的牙齿在烛光中闪烁。在广场上试图为诗人维吉尔开路的时候，他脸上闪动的就是这种喜悦，来自某个极为渺远的过去。

有某种东西强迫他说话，说起一个少年无法理解的危险：“名字只是外衣，不属于我们；我们在我们的名字下面都是赤身裸体的，比父亲举起来命名的孩子还要赤裸。我们越是用我们的存在来填充名字，我们的名字就离我们越远，越和我们无关，我们也就越孤立无援。我们所背负的名字是借来的，我们吃的面包是借来的，甚至我们自己、赤裸地被带入陌生的自己也是借来的，只有当一个人除去了所有借来的碎屑，他才能看到目标，他和他的名字终将融为一体。”

“你是维吉尔。”

“我以前是；可能以后也是。”

“还不是，却已经是了。”少年仿佛是在确认。

这是安慰，但显然只是孩子的安慰，还远远不够。

“这里是借来的名字的房屋……你为什么要把我领到这里？这里是客房。”

微笑重新浮现在少年的脸上，稚嫩而顽皮，却植根于一种极为宏大的、永恒的信任。“我是来找你的。”

奇怪的是，现在的回答对他来说足够了，好像这是一句充分的安慰，甚至对他下一个更加奇特、不可回避的问题来说也足够了：“你是从安德斯来的？你要领我去安德斯？”他不知道自己有没有真的问出声来，因为这个少年不可能来自安德斯，那太惊人了，少年也不可能要领他去安德斯，那毫无意义。不，不应该有任何回答，没有就对了。但留住这个少年的愿望太强烈了，呼吸的愿望太强烈了，呼吸宁静和预感，哦，愿望本身就是预感。烛焰在和风中倾斜，像一种清凉、柔和而强大的渴望涌进、涌出，来自夜晚，又倾入夜晚；床边的银吊灯在长长的链子上轻轻晃动，外面的窗前，城市的尘埃正颤抖着落上屋顶，泛出紫色，在深蓝的、漆黑的、难以理解的躁动中呈现出紫罗兰的颜色。呼吸、静息、等待、沉默。沉默汹涌，来自夜晚，又倾入夜晚，持续了许久，直到被他打断："来，到我这边来。"他让少年走了过来，少年蹲在了他的身边，沉默仍在持续，他们被沉默环绕，浸在沉默的夜色之中。远处传来了喧闹，好奇的人们的喧闹，筵席的喧闹，众生物在闷烧，阴郁、沉闷而不可避免，诱人、放荡而不可抗拒，狂野又疲倦，盲目又在逼视，践踏的人群，挤入火炬无影的光亮和虚无的不幸深渊中的火海，几乎不可救药，不能从中获得救赎，也不能纵入其中——他听得越久，就听得越清楚——就连那沉默的歌声也不能纵入其中，它永远被排除在外面，沉默的钟声，膨胀成夜晚清脆的钟声和所有人群的钟声，人群之夜轻唱，人群在宏大的安睡中叹息：存在的土壤深处是阴影窸窣的夜晚，藏匿了童年，消解了命运和偶然，摆脱了淫乱；众生物从中生长而出，被夜晚温柔的潺湲漫过，在睡梦中蹒跚，永远汲饮着所有内在的泉源，植物、动物和人类从中生长而出，难以描述地彼此遮蔽，众生合一，因为后退的诅咒潜藏于睡眠的福乐，这就是存在那美丽的妆饰，是虚无之上铺展的梦之虚无。

哦，尘世！大气的世界和夜晚的世界都在吹不散的吸气与呼气之中，在浓重阴影和没有阴影的双重诱惑之中摇摆，潮汐亘古不变地在扬弃时间的两极之间奔流，兽性与神性的永恒——哦，在尘世的所有血管里，在大地上所有萌芽的东西中间，夜晚在向上奔涌，它的内在和外在都越来越清醒，越来越有意识，无形的东西形成了容纳黑暗、包藏阴影的图景，在虚无和存在之间，在这种摇摆之中摇摆，世界变成了黑暗与光，在它的光影中可以被人认识。永远在灵魂中敲响，或轻或重，却永远不可磨灭，夜晚的钟声，人群的钟声，白日永恒的狮吼，在光亮与认识中颤抖，那吞吃众生物的金色风暴——哦，人类的认识，还不是认识，却也不再是智慧了，从存在的土壤、原初的生活的人与母亲的智慧中升起，升入了那超越光亮、超越生活的致命澄澈，升入了父亲对于燃烧的认识，升入了寒冷；哦，人类的认识，不曾扎根，永远在飘荡，不在上面也不在下面，而是永远在昼夜之间暮光闪烁的门槛上摇晃，星光朦胧的中间地带的吸气和呼气，在夜间的人群生活和灯光环抱的个体死亡之间，在沉默与回归了沉默的话语之间。没有任何尘世之物可以真正离开睡眠，只有从未忘记夜晚、心中有夜晚的人才能终止这一轮回，才能从永恒的开端回到永恒的终结，才能不断地重新开始循环，他自己就是一颗星，在时间不变的流逝之中，从暮色中升起，在暮色中消隐，生于夜晚，又在夜晚重生，被白昼接纳，白日的光照进黑暗，包藏黑夜的白昼：对，那些夜晚就是这样，他一生中所有的夜晚，那些他彻夜漫游、彻夜不眠的夜晚，惧怕在夜晚的威逼之下失去意识，惧怕笼罩他的无影的黑暗，惧怕离开潘神[1]，更惧怕了解双倍的永恒的危险。对，那些夜晚就是这样，绑在门槛上，那门槛把两侧截然分开；那些不变而恒久的、世间睡眠的夜晚，尽管在广场上、街巷中、酒馆里，在城市和乡村，人们的喧闹从一开始就存在，

1　潘神，希腊神话中司羊群和牧羊人的神，照顾牧人、猎人、农人和住在乡野的人。

从所有渺远的时代毫不间断地传来，并因此穿透了一切，但这也是睡眠；尽管世界的统治者在筵席与非筵席的梦中欢庆，周围是燃烧的火炬和音乐，脸与非脸上浮动着微笑，织入了微笑的肢体与非肢体，与彼此交织，和彼此搏斗，但这也是睡眠；尽管守夜的火焰燃烧，不只是在城堡前面，也在外面，在战场上、在边境、在夜晚漆黑的河边和窸响的森林边缘，在冲破黑暗的蛮族那闪烁的进攻号令中燃烧，但这也是睡眠。睡眠与失眠，像某个赤裸的老人，在恶臭的洞穴中睡着自己的肉身最后的清醒；像某个婴儿，做着无梦之梦，他苦难的降生把他带入了未来的生活里沉重的清醒；像船腹里拴在一起的那群奴隶，他们就像麻木的蠕虫，爬上了长椅、木板和成捆的麻绳。睡眠与失眠，人群与离群，从它们歇息在大地上的、夜晚群山中难分彼此的源地飞升而起，又坠入了亘古不变的母性，坠入了永恒的轮回，这种轮回还没有脱离时间，却在每个尘世之夜都焕然一新。对，那些夜晚就是这样，也将永远是这样，永恒或时间浪脊上的夜晚，诀别或重归、与人群同在或独自保持孤独的夜晚，恐惧或救赎的浪脊上的夜晚。而他被绑在门槛上，夜复一夜地在门槛上等待，在夜晚边缘的暮色里，在世界边缘的微光里如此忧郁，他，他知道睡眠是如何开展的，他被高高抬起，被送入了亘古不变的事物，形成了自己的形体，又坠回了、飘进了诗篇的星体，进入了尘世认识的过渡地带，母性、智慧与诗的过渡地带，进入了梦境，进入了重生激起的彼岸之梦，我们逃亡的目标，诗。

逃亡，哦，逃亡！哦，夜晚，诗的时刻。因为诗是暮色中观望的等待，是微光闪烁的深渊，是在门槛上等待，既是与人同在，也是保持孤独，是融合与对融合的恐惧，在融合中净化，像熟睡的人群之梦一样洁净，但还是会惧怕某种不洁之物：哦，诗是等待，还没有开始，就一直在告别。他感到了他的膝盖，几乎没有注意到蹲在身边的少年的肩头，他看不到少年的脸，却感到了它，因为它沉入了自己的阴影，他看到了少年那乌黑的乱发，烛光在上面嬉戏。他想起了那个可怕的、幸运又不幸的夜晚，在那个夜晚，他被命运驱赶，既是一个恋人，也是一个奔波客，他去找普洛娣娅·希丽娅[1]，却只是给她，给那个蜷在那里的女人，那个冬天般心怀期待、冬天般未经垦殖的女人读了一首诗——是那首关于女巫的牧歌[2]，是依照阿西尼乌斯·波里欧[3]的愿望、在他的委托之下写的，如果不是因为他想起了普洛娣娅，如果不是因为怀着对这个站在教父身边的女人的渴望与愉悦的恐惧，这首牧歌绝不会让他觉得这么幸福，他这么幸福，只是因为他从一开始就知道，他永远也不能离开门槛，走进那圆满的夜晚，与她同在的夜晚。唉，因为自那时起他就不得不逃亡，不得不朗诵那首牧歌，恐惧像希望一样实现了，然后是诀别。那就是之后埃涅阿斯所经历的更伟大的诀别，当他献身于诗中谜一般不可深究的命运，乘船漂流而去，不可唤回，离开了狄多[4]，

---

1 据传普洛娣娅曾与维吉尔有一段婚外情，但根据历史学家苏维托尼乌斯的考证，这只是传闻。

2 这里指的是《牧歌》的第八首，是一首关于男女之间爱情的诗歌。

3 盖乌斯·阿西尼乌斯·波里欧（前75—后4），罗马军人、政治家、演说家、诗人、剧作家、文学评论家和历史学家，是公元前40年时的执政官，维吉尔的赞助人。

4 狄多，《埃涅阿斯纪》中的腓尼基女王，因丈夫被她哥哥谋杀而逃到北非，建立了迦太基城。曾与埃涅阿斯相爱，后因埃涅阿斯执意离开迦太基、遵从神谕前往意大利，而悲伤自焚。

永远不能再躺在她身边、和她相互追逐，他便和她永诀了，和他心中那真实的倩影、欲望的倩影，和雷雨中的爱巢永诀了。是的，埃涅阿斯和他，他和埃涅阿斯，他们真的开始了逃亡，不仅仅逃入了那首苦苦守候的诀别之诗，也逃出了诗歌的过渡地带，好像那里不适于生存，尽管那种爱也不适于生存，——他们要逃向何处？在朱诺[1]母亲般的预兆面前，他们要逃出何等的深渊？唉，爱情已经沉到了夜晚的镜面之下，沉入了夜晚的深渊，梦境在那里变成了永恒，跨过了自己的门槛，走向了永远在场的无形者的起源，狂风骤雨般地粉碎：只有白日会改变，时间只能在白日流逝，天明时波动着的就是万众瞩目的时间。而夜晚的眼睛大而寂静，在它的深处歇息着爱情，星幕中那空洞的、燃烧的、凝视的眼睛，亘古不变，不可驱逐，夜复一夜，超越了所有时代，在它的内部，尘世的永恒重新诞生了——在最深的眼底创造世界，又吞噬世界，不再观看，不再是虚无那目眩的闪电深渊，它吸纳了所有眼睛，恋人、少年和垂死者的眼睛，在爱情之中崩裂，在死亡之中崩裂，人类的眼睛崩裂了，因为它望入了永恒。

逃亡，哦，逃亡！形象在白日生成，在夜晚歇息，现在生成与歇息的过程交织在了一起，变成了永恒那宁静的进程！蜡烛上渐渐结了一层硬壳，蚊虫一刻不息地聚在周围，发出单调而讨厌、无形而尖锐的轰鸣，墙上的喷泉一刻不息地潺湲，奇特地脱离了时间，

1 朱诺，罗马神话里的神后，朱庇特之妻，女性、婚姻和母性之神。在《埃涅阿斯纪》中与特洛伊人为敌，因为特洛伊王子帕里斯判定她不及维纳斯美。

一成不变，像大海一样奔流；画在墙上的小爱神一成不变地嬉戏，凝视着某种餍足，某种死寂。这种死寂几乎是无形的，已经融入了旷野边缘和世界边缘那凝视的嘈杂，彼岸的静夜，在它们气体般的亘古不变中，当梦之潮汐换气的空穴在四下堆砌，梦的潮汐——孕育了阴影，饮醉了阴影——这无形的沉默就飘过了无云星空之下雷鸟的静默。因为总在夜晚静息的东西会饮下平静，饮下彼此，被阴影唤醒，荫翳着彼此，灵魂挤压着灵魂，丈夫与妻子合一，少女拥入少年的怀抱，男孩躺在同性情人的怀里，他们置身其中的黑暗依然庞大，发出昏暗的反光，总在夜晚出现，还有他们暗暗跳闪的闪电，还有那坠入雷雨的深渊，梦境那撕裂的妆饰。当我们也开始呼唤母亲，让她为我们遮挡夜晚的雷雨，她就变得如此遥远，在记忆中如此模糊，只有儿时的阵雨不时飘向我们，不再是慰藉和庇护，至多是久已消逝的故乡那熟悉又陌生的风，平静的风，预示着一场雷雨：是的，就是它，如果夜晚的清风还是那么温润柔和，如果它还会那么清凉地吹进窗户，把世间的一切都囊括在它的浪潮之中，散发出橄榄林、麦垛、葡萄园和鱼摊的气味，像陆地与海洋唯一还在波动的夜之呼吸，如果微风那轻柔的手运送着、糅合了陆地与海洋的物产，如果那轻轻拂过的手还会那么温柔地吹向下界，抚遍街道和广场，吹凉面孔，吹散烟雾，平息激情。这吹拂的呼吸填满了夜的形体，一直填充了最表层，甚至还长成了、变成了那颤抖的空山，超出了夜晚，难以理解，几乎不再属于外在，而是静息在了内心深处，可以成为一切，可以变成一切，却于事无补。于事无补，太晚了，已经于事无补了。睡眠仍像不幸一般在人群中间蹒跚，尘世的喧嚣仍未平息，火焰不会熄灭，爱情传给了虚无那翩跹的目光，雷雨在夜晚的空穴上方永恒地倾泻。

逃亡，哦，逃亡！母亲依然不可唤来。在人群发源的时候，我们就成了孤儿，梦中没有一个名字听从我们的呼唤，在圆满的永灭黑暗中没有一个名字——而你，我夜间小小的旅伴，自告奋勇地为我带路，我真的还能把你唤来吗？是你的命运、是我的命运把你派来的吗，因此我才可以和你说话？你也觉得永恒在威胁你吗？它是否也潜藏在你的夜里——因此你来找我？哦，倚在我身上吧，我小小的孪生兄弟，哦，倚在我身上吧。我把目光从威胁上面移开，转而注视你，心怀希望，最后一次希望能从荒芜之中归乡，和你一起归于黑暗的天穹，那对我来说就像是家乡，像我不再熟悉的家乡；哦，和我一起归于这种信任吧，它像是最陌生的东西，再次满怀信任地在我的血管里搏动，我想要和你分享这种信任：也许我也会觉得我的脉搏变得陌生了，也许这样我就不会再对自己感到陌生。哦，依偎在我身上吧，我小小的孪生兄弟，依偎在我身上吧，若你为你失去的童年、为你失去的母亲而哀悼，你会在我这里将其找回，所以我把你拥入怀中，置于我的保护之下。让我们再一次在夜晚摇摆的空穴里苦守，最后一次，让我们一同倾听夜晚和它摇摆的梦境、它的过渡地带和它甜蜜真实的“尽管如此”——而你还不知道，我的小兄弟，因为你太年轻了，不知道夜晚的希望从我们的自我何等的深处升起，亘古不变地包容万物，包容万物的灵魂，在它的困境中回响着渴望的轻柔许诺，我们需要很长时间才能听清它们，它们和它们的忧惧，像回声之山在我们周围耸起，一道道回声之墙像陌生的风景，尽管如此，却也像我们内心的呼唤。是的，尽管如此，尽管如此，它们还是在发号施令，好像想要再次点亮最持久的过去所有的夜光，尽管如此，还是那么有信心，好像包含了结局的所有预兆——哦，小兄弟，我经历过这一切，因为我已经老了，比我的实际年纪还要老，因为我感到了体内所有的生长和凋敝，我经历过这一切，因为我走到了人生的尽头。唉，只有在渴望死亡的时候我们才渴望生活，而对死亡的渴求从未在我体内停歇，它掏空了一切，它是那么诱人，只要我还可以追溯往事，它就在一刻不停地敲击。我始终都能感觉到它，那既是对生活的恐惧，也是对死亡的恐惧，在所有这许多夜晚，我站在它们的门槛上，站在许多夜与非夜的岸上，这些夜晚从我身边掠过，关于夜晚的知识、关于分离和诀别的知识迷醉地生长，随着暮色飞升，而我身边流过的是死亡，它涨溢的激流触碰着我、打湿了我、拥抱着我，来自外界，却又从我的体内诞生，那就是我的死亡：只有垂死之人才能认识到什么是与人同在，才能认识爱情和过渡地带；只有在暮色中、在诀别时，我们才能认识睡眠，人们以最黑暗的方式纯净地同在，才能认识到我们一旦启程就是不归之路，才能认识到在回归的路上，仅仅在回归的路上才有纯净的萌芽。唉，我夜间小小的旅伴，你也会认识到这些，有一天你也会坐在岸边的门槛上，在你过渡地带的岸边，在诀别与暮色的岸边，你的船也已经准备好要逃亡，那是被称为觉醒的骄傲逃亡，没有退路。梦境，哦，梦境！只要我们作诗，我们就会上路，只要我们在夜晚的过渡地带坚守，我们就能把所有对梦境的希望、所有对同在的渴望、所有对爱情的希望带给彼此，我的小兄弟，我将一直怀揣这种希望，怀揣这种渴望。我不想再知道这个阴影笼罩的名字了，不想再呼唤你了，无论是叫你和我启程，还是和我踏上归途，但你还是留在我身边吧，不可唤来，也不被呼唤，因此预兆会留在它的结局里，留在我身边的暮色中，留在我的河岸上，我们想要眺望河水，却不向它吐露心声，我们远离它的源头和入海口，不被开端处原始的黑暗永灭伤害，不被阿波罗那无影的光斑伤害，哦，留在我身边吧，庇护我，也被我庇护，我也想永远待在你的身边，这也是爱：你听到我了吗？听到我的请求了吗？难道我的请求还能倾听你、倾听自己，还能逃出命运、摆脱苦难？

夜晚纹丝不动地躺卧着，它僵硬的形象在近处和远方都清晰可见，囚禁于此地的空间，囚禁于不断扩展的空间，从可以直接把握的东西扩充为更广大的直接存在，越过群山和海洋，从永远在流逝的东西向着永远不可企及的梦之穹顶扩展，但它的激流从心中涌出，在天穹的边缘燃尽，又流回了心中，吸纳了一波又一波渴望的浪潮，溶解了一个又一个渴望，让起源处的星体摇篮平静了下来，它刚刚还像母亲一样暮光摇荡，在下界的闪电和上空的明亮之间闪动，分割成光与影、黑暗与强光，黑白分明的云朵，两种起源，雷雨的闷热，如此寂静，无空间也无时间，——哦，内部与外部坍塌的空穴，哦，深陷的大地！——于是夜晚开裂了，存在的睡眠崩裂了；暮色与诗被默默冲向它们的国度，梦境的回声之墙全都碎裂了，回忆的声音默默地讥笑着它们，它们背负着罪责，失去了希望，随激流而去，被激流劫持，一个过于庞大的生活行列，陷入了纯粹的虚无。为时已晚，他必须逃亡，船只已经备好，船锚已经拔起；为时已晚。

他仍在等待，等夜晚再度降临，等夜晚向他低语某种终结与安慰，等它的潺湲再度唤醒他的渴望。几乎没有什么可以称为希望了，只有对希望的希望；在永恒面前，几乎不能再逃亡了，只有逃亡前的逃亡。不再有时间、渴求和希望了，无论是在生活中还是在死亡中；不再有夜晚了。也不再有等待了，充其量是焦躁，意料之中的焦躁。他交叉着双手，左手的拇指抚摸着戒指上面的宝石。他就这样坐着，感到膝盖上的温热，少年的肩头靠近了，却没有贴上来，他想要松开交叉的手指，怀着难以察觉的轻柔，抚摸他正在注视着的、夜晚一般漆黑的孩子的乱发，让这柔和如夜、窸窣作响的花朵夜间的萌芽和夜间的人性从指尖滑过，在夜间。他充满了渴望，却没有动，尽管觉得十分艰难，他还是打破了等待的僵局，说道："已经太晚了。"少年慢慢向他抬起脸，脸上满是理解和疑问，好像他在给少年朗读什么，少年只需要跟上他的节奏，而他屈从于少年脸上的疑问，温柔地向少年俯下了身，轻声重复道："已经太晚了。"他还在等吗？他失望了吗，因为夜晚无动于衷，因为这个少年无动于衷，只有少年那苍灰而稚嫩的目光紧紧附在他身上，目不转睛，一直在追问？他希望自己不要焦躁，但他突然又补充一句："对，已经太晚了……如果你要去赴宴。"他突然觉得自己实在是太老了；尘世径直降临，他那么需要睡眠，需要入夜，那么渴望失去意识，渴望忘记永不复还的东西。他感到下颌突然变得无力，感到了一阵强烈的咳嗽的冲动，他的愿望在暗中独自生长，长得巨大："去吧……去赴宴。"他的声音愈发嘶哑，他抬起手，让那个犹豫不决的少年快点去开门，却只是指向了他和少年之间生长的距离。“去吧……去吧。”他再次气喘吁吁地低语。当房间里只剩下他一个人的时候，一阵咳嗽就爆发而出，像胸中的一道黑色闪电，掺杂了夜晚的血液，默默地撞碎了，逼视、开裂、爆炸，夺去了他的意识，这是深渊边缘一场致命的搏斗。这次他没有被袭击，危险又一次掠过了，他又能听到泉水的潺湲和烛焰的毕剥声了，这在他看来几乎是一个奇迹。他拖着步子，费力地从沙发椅上走到了床边，躺了下来，一动不动地躺着。

他再次交叉双手，他又感知到了戒指上的宝石，感知到了宝石玉髓上雕刻的天使，他等待着，凝神倾听，不知道自己是转向死亡还是生命。但他慢慢恢复了——尽管极慢，极费力也极艰难——他又恢复了呼吸，恢复了宁静，恢复了沉默。

2

火——下行

他躺在那里倾听着，病痛不时地发作，虽然间隔越来越长，也没有再咯血，起初他甚至认为，有必要把隔壁房间的奴隶喊来，以便让他去请医生；但喊人太花气力了，而医生的烦扰他也不堪忍受：他想要独处——他极其紧迫地想要独处，可以一次又一次把所有存在聚集到体内，然后倾听；这就是他最紧迫的需求。他微微抬了抬双腿，翻向一侧，头靠在了枕头上，臀部抵着床垫，膝盖像两个奇怪的生物叠在一起，脚踝和脚踵仿佛游离于疆域之外。他经常，哦，他经常会观察自己躺卧的样子！是，他没法摆脱这种幼稚的习惯，简直令人羞愧！他忆起了对他来说最为奇特的那个夜晚，就在那一晚，那时他——八岁——开始有了这种习惯，第一次观察自己躺卧的样子：那是在克雷莫纳的冬天；他躺在自己的房间里，敞向寂静庭院的房门没有关好，开了一条缝，微微晃动，令人毛骨悚然；外面，寒风簌簌吹过覆着稻草的冬日花床；不知道从哪里，也许是从门廊处一盏摇晃的吊灯那里，一道灯光的微弱反光滑进了房间，摇摆有致，一下又一下地晃进房间，像无尽的激流最后的回声、无尽的时光和无穷远的眼睛最后的回声，如此迷茫、如此破碎，因为遥远而显得咄咄逼人，又孕育着远方，同时也在要求他追问，他的自我有什么能持存下去和不能持存下去的东西——一如既往，当然也因为每晚都在重复而渐渐变得更自觉、更清晰，一如既往地追问他的肉体有什么能持存下去和不能持存下去的东西。今天，他也一如既往地察觉到了他的肉体躺卧的地方的所有细节，这地方一如既往，是他乘船驶过的浪峰，当他驶入那深不可测的波浪之谷，他的船就会微微浸湿。当然，他不是想观察自己，就算他想要独处，也真的不是要继续他那幼稚的观察，那样他就不用把他夜间的小旅伴打发走了。不，他要观察的是本质之物和终结之物，它的真实一定极为宏大，甚至比诗和诗的过渡地带还要大；它肯定要比夜晚和暮色更真实，不只是更真实，而且也因此而更世俗；为了观察它，把所有的存在都聚集到自己体内也是值得的。而令人惊异的是，它没有完全压制住那些幼稚的、次要的事物，它们的图景和非图景一如既往地触手可及，在我们锻入其中的回忆链条上，这些图景就是最重要也是最初的一环，好像它们、恰恰它们就是最真实的真实。要把我们最难以抵达的、最真实的真实仅仅局限在记忆的图景里，几乎是不可能的，几乎是做不到的！尽管如此，人类的生活依然受这些图景祝福，被这些图景诅咒。人只有靠图景才能理解自己，图景和我们密不可分，从人群起源的时候就居于我们体内，比我们的思想更古老、更强大，它们是永恒的，把过去和未来都囊括在了自己体内，它们是双倍的梦之回忆，比我们更强大：他自己就是一幅图景，躺在这里，被无形的波浪送往了最真实的真实，潜入了浪中，他航船的图景就是他自己的图景，来自黑暗、驶入了黑暗、沉入了黑暗，自己就是那不可度量的航船，同时也是不可度量本身；他自己就是那涌入不可度量的世界的激流，自己就是漂流的船，自己就是目标，自己就不可度量，不可度量、不可点数、不可设想，他肉体的一片无穷无尽的肉体风景，夜晚那下界的图景，强劲地展开。于是他失去了人类生活的同一性，失去了人类渴望的同一性，早已不能再掌控自己，他了解了自己体内所有分裂的地区和省份，在那里，在无穷之上延展开来的唯一自我不得不崩裂开来；他了解了所有的魔鬼霸权，它们取代了他的统治，崩裂成了各个地带的繁复。唉，那是疼痛的肺中翻耕过的地带，是高烧的地带，是可怕的、从最陌生的红热深渊涌上皮肤的地带，是内脏的深渊与可怖性爱的地带，像蛇一样填充，像蛇一样生长，贯穿了一个又一个人的躯体，那是肢体不羁的个人生活的地带，也包括手指的地带，还有所有这些魔鬼的地带，或远或近，或友善或敌对，交叠着在他体内落户——对他而言，最亲近的和最重要的是那些可以感知的地带，是眼睛、耳朵和它们的地带——所有这些肉体和超越肉体的地带，石化的骨架冷硬的真实，他知道它们是多么陌生、多么脆弱而遥远、多么心怀敌意、多么具有难以把握的无穷，它们可以感知，又超越了感知，因为它们就是一切。他和它们一起坠入了那宏大的激流，好像它们就是那双向的知识，超出了所有人性、所有海洋，在那潮汐般沉重、涌进涌出、晃进晃出的激流中，归乡的火焰永远在心的海岸上拍击，强劲地叩击着，图景的真实与真实的图景合为了一体，激荡着深沉的波涛，最分裂的东西在它们的深渊里聚合，没有融为一体，却融成了未来的重生。哦，认识之岸的火焰，它永远上涨的海潮厌倦了所有慰藉与所有希望的萌芽。哦，重如夜晚、重如萌芽、重如空间的春日海潮，他因此而知晓了自我最为强大的图景，知晓了魔鬼的征服是真实而确凿的，魔鬼征服的图景是不可描述的，却囊括了整个世界。因为这些图景是那么真实，因为真实而显得饱满，因为真实一直都只能被真实所象征——图景与非图景，真实与虚假，没有什么是真正真实的，只要它们彼此孤立，但不可认识的事物每个最真实的、每个孤立的象征就是它们的全部了。在过去的几年间，他越来越贪婪、越来越好奇地追寻着这种毁灭与脆弱，感到它们在自己的肉体里运作，他也怀着令人惊奇也感到惊奇的好奇心，自愿承担了疾病的苦难与痛楚，对，他也——人类的日常行为在他看来变成了或清晰或模糊的象征——默默怀揣着一个愿望，一个他没怎么意识到却越来越焦躁的愿望，想使他越来越表面化的整个肉身最终消散，它消散得越快，结果就越会不同寻常，消散就会变成永灭，变成新的整体，变成最终的意义。这一追寻从青年时代伊始的时候就一直伴随着他、追随着他，至少是在克雷莫纳的那晚开始的，也许在安德斯的童年时代就已经开始了，也许起初只是游戏般轻松的稚嫩恐惧，也许是有力地消磨了记忆的畏惧，现在他全都记不起来了。在他开始他的所有倾听、寻求与感受之前，它就悄悄地潜伏在他体内了，整晚都在，而他也一直都在追问他追寻的意义，一如既往，那个安德斯的孩子，那个克雷莫纳的少年，躺在床上，膝盖紧紧并着，灵魂沉入梦境的序幕，精神和肉体都沉入了他的存在之船，在广大的地面上铺展，他自己就是山岭、就是原野、就是大地、就是航船、就是海洋，他倾听内在与外在的夜晚，他从那时起就预感到了，他在倾听中已经实现了认识，他要用一生来倾听。现在他的倾听又开始了，在此时此地，在今天开始；从那时起就越发清晰、不断重演的东西又一次重演，他做着他一生都在做的事，但现在他知道答案了：他在倾听死亡。

那还会是别的东西吗？！这个人曾经笔直地站立，他独自一人，却平静地走入了睡眠，走入了爱情和死亡——他躺卧身姿的三倍特征把他和所有其他的事物区分开来。这个人的灵魂笔直地站立，注定要生长，从它存在的土壤里，从它根须的幽暗深渊里，伸向了阳光流溢的繁星之寰宇，负载着它火山喷发般的、波塞冬那阴暗的起源，带着它透明的、阿波罗式的目标上升，越是长成一种汲饮光线的形式，就越被它的形式所荫翳，像树一样分叉、生长，就越能够使黑暗和光明在它枝头的阴影叶片上面合二为一。但当灵魂走入睡眠，走入爱情，走入死亡，当它自己变成了那延展开来的风景，它就不必再使相反的东西融合了，因为它睡着、爱着，在垂死的时分闭上了眼睛，不再有好坏之分，只是那唯一的、无穷的倾听：无穷延展的灵魂，时光那无穷的年轮环绕着它，它们歇息、生长，不断地抛下它，而它像风景一样从不生长，像它这片风景，穿过了所有时代，抵达了那不曾改变也不可改变的农神[1]疆域，从黄

1 罗马神话中的农神萨图努斯，相当于希腊神话中的克洛诺斯，被他的儿子朱庇特逐出奥林匹斯后，来到意大利开创了黄金时代。土星和星期六都以他的名字命名。农神节是古罗马在年底祭祀农神的大型节日，一般在每年的12月17日至12月24日间。

金时代到青铜时代，超出了青铜时代，又回归了黄金时代，因为这些时代紧密地结合在一起而进入了风景，因为这些时代的监牢而进入了尘世和尘世的旷野，在这片旷野上，天上光明的星体和地上阴暗的星体区分开来，而这片旷野是既分割了星体又连接了星体的界线，亘在上界与下界之间，像雅努斯[1]一样永远属于两侧，两侧的星辰摇摆，沉重如石头，两侧的大气和下界的火；像雅努斯一样面向两侧的无穷；这灵魂像雅努斯一样无穷延展，像暮光一样静息，于是它倾听上界和下界的认识，它们没有融为一体，却可以存在于同一个意域。但相反，这一切都毫无意义，不值得倾听，也不值得认识，既不是生长，也不是凋谢和干枯，既不是福祉，也不是劳苦，却一再重演，一再回到自己存在的内部，像农神轨道的回归，囊括了一切，无穷地延入灵魂和大地的风景，那里吸气和呼气、萌芽和成熟、丰收和歉收、消逝和复生都没有区别，在它无边的年月里，织入永恒的回归，被永恒的同一轮回所捕捉，静静地走入睡眠，走入爱情，走入死亡——倾听风景与灵魂，像农神一样倾听自我，倾听那抛弃了死亡的死亡，那既是黄金时代，也是青铜时代。

他倾听着死亡；那不会是别的东西。他意识到了这一事实，并没有感到惊恐，至多是感到了一种异乎寻常的明晰，伴随着愈加严重的烧热。现在他躺在黑暗中，倾听着黑暗，理解了他的生活，理解了他一直都在倾听死亡的舒张，他的意识在舒张，死亡之芽在

1 雅努斯，罗马人的门神和保护神，拥有前后两张面孔或四方四张面孔。雅努斯是起源神，执掌着开始和入口，也执掌着结束和出口，同时他又被称为“门户总管”，永远都象征着世界上矛盾的万事万物。

舒张，它从一开始就置于所有生活之中，它双倍地、三倍地舒张，一个从另一个体内走出，舒展开来，所有生长而出的图景都实现了——难道这不就是所有图景在梦中的力量，可以决定一个人的生活的力量？难道它不是也在和世界的夜晚空穴的图景交谈，那奇特的空穴，因为脱离了时间而使人忧惧，在所有存在之上拱起了那繁星密布、预言永恒的死亡？因为在过去，在少年时代，一种幼稚而天真的对死亡的想象、对坟墓的想象就沉入了他的肢体，舒展成了巨大的空穴图景，而那不勒斯海湾和普斯里普[1]岩穴里的墓园不只是对于古老的童年想象的模仿与实践。不，死亡那笼罩万物的穹顶以这些建筑象征性地表现了出来，也许是因为在尘世缩小了，才依然保持着天真，却仍然象征着那强大而无所不包的死亡空间，在那个空间里，他从年少时起就知道了那个目标，却仍在寻求它，他，一个在死亡的穹顶里寻路的人，一生都在醒着做梦。许久以来，事实上已经太久了，在这个目标无所不包的强权之下，他追寻着他实际的使命，在这个他一直知晓却从未有所意识的目标的统治之下，他无法满足于任何先前已经断裂的生活轨道，无法继续从事医生、占星师、哲学家或教师的职业，甚至已经不可以从事这些职业了：这不断索求、从未实现的认识图景，死亡那最为严冷的认识图景，一动不动地立在他眼前，对它来说没有一个职业是真正合适的，因为没有一个职业最终不会归于对生活的认识，没有一个职业，只有他最终选择的职业是个例外，就是作诗，服务于最奇特的人类活

1　普斯里普，那不勒斯的一个居民区，位于那不勒斯海湾北岸。

动，服务于唯一的认识，也即对死亡的认识。只有生活在孤寂的过渡地带的人——哦，他已经把它抛到了身后，没有退路——只有在河岸苦守的人，只有远离源头、远离入海口的暮光的人才能预感到死亡，只有他才会囿于死亡、服务于死亡，他就像神父，凭借他的呼吸，凭借他超越了所有人类职业的神父般的呼吸，在上界与下界之间斡旋，肩负为死亡服务的责任，并因此被逐入了孤寂的过渡地带。是的，他一直觉得诗人的使命就像神父，而所有艺术沉醉的激情都栖于那奇特的死亡圣礼，他到现在也只是敢偶尔涉足，有时也许还要回避它，就像他在自己最早的诗里不敢提及死亡，并且还在更用力地抵御内心之爱的强力，那美好的、满怀爱意的强力咄咄逼人，已经在场了，他不得不一再做出抵抗，因为死亡那作诗的强力还要更加猛烈，一步一步地夺取了故乡的权力，之后出于众神的意志，在《埃涅阿斯纪》中取得了绝对的霸权：命运那铿锵、血腥、振聋发聩而亘古不变的霸权，死亡那克服一切的霸权，甚至因此克服了自己，扬弃了自己。在死亡中有某种共时性，所有生活与诗歌的共时性在死亡的摧枯拉朽中都被永久保留了下来，死亡充满了昼与夜，它们交织成了暮色中黑白分明的云朵。哦，死亡充满了所有繁复，它们从一个共同体里爆发而出，在死后又重归一体；死亡充满了开端时人群的智慧和终结时个体的认识，两者都缩入了存在的唯一一瞬，那一瞬已经不属于存在了，因为在存在那无休无止的交替中，伫立着死亡。汇入死亡的东西不会消散，被死亡接纳的流年又回到了起源，变成了完整的记忆，变成了世界和非世界的记忆，变成了那位上帝的记忆：只有承担了死亡的人才能终结尘世间的轮回，只有找寻死亡之眼的人才不会失去自己的眼睛，因为他的眼睛会望入虚无，只有倾听死亡的人才不需要逃亡，只有他可以留驻，因为他的记忆会变成共时的深渊，而浸入回忆的人会听到那道目光在港口回响，尘世会在声响中敞向未知的无穷，敞向无穷回忆的重生与复苏——童年的风景，生活的风景，死亡的风景，在不变的共时性里都是一回事，它们预感到了上方众神的风景、原初的开端与原初的终结的风景，不可挽回地融入了一道白霜，它在风景之上展开，那是雨水呼出的七色彩虹，哦，父辈的原野。许多事情都是为了回忆而发生，最终才揭示出自己是在倾听死亡，而许多伪装成死亡的东西仅仅是回忆，是忧惧而充满渴望的回忆，人们诚惶诚恐地保护着它，以使它永不消逝。所以那只是普斯里普的岩穴里海水环抱、春意盎然、枝叶青碧的墓园，那些像儿戏一样兴建起来的死亡之家，充满了回忆，充满了童年的回忆，而他也一同建造了这明快的花园，并没有对此做出任何辩解。因此，他儿时在安德斯的父亲的庭院中瞥见的一切在这里都能找到几乎一样的微缩景致，通向庭院大门的车道现在成了穿过花园的主路，这条路也分出了两岔，左侧的路被月桂的灌木环绕，右侧的路通往他儿时嬉戏的山丘，山上也只有几株柏树，而不是古老的橄榄林，而在那些和那里一样赫赫静息着的建筑后面，耸立着榆树，和那里一样，栖满了啁啾的群鸟，一如既往地庇护着园中的孤独和宁静。他仿佛可以用手抚遍树篱，像少年时代一样，他在梦中清晰地回想起了一切，在梦中清晰地预见到了一切，预见到了所有的时代，他梦到了死亡与垂死，梦到了童年时代就开始在梦中倾听的目标，梦到了他回忆的目标和泉源，清亮而不可磨灭，追寻着认识，尽管墓园的图景仅仅是对过去激流的记忆一个小小的、极小的片段，一座真正触手可及的岛屿，偶尔会被轻轻触到，在烟雾缭绕的水面上慢慢消失，几乎不值得被记住，而水面在他难以忽视的倾听中扩张了。不可磨灭的东西强劲地冲向了他，像记忆一样宽广，像波涛一样宽广，强劲、轻柔而宏大，涌了过来，过去看到的东西一浪又一浪地打来，在竖琴的声响中闪光，在未经书写却留存了下来的永存之声中闪光——哦，青年那美好的监牢，隐藏了起来，准备释放——好像过去的所有溪涧和湖泊都汇入了回忆的急湍，在飘香的草场之间潺湲，在香蒲摇曳、绿意盎然的两岸之间潺湲。这些无穷无尽的美好图景，它们就是孩童采下的一束鲜花，有百合、紫罗兰、罂粟、水仙和驴蹄草，那永远在漫游、永远被虚构的风景中的童年图景，父辈原野的图景，无论他被推向何处，他都要在四处寻求它，那是他唯一的、永不离弃的生活图景，未经书写，也不可书写，尽管那么光耀、尖锐、明媚而透亮，尽管这从不疲倦、色彩斑斓的清朗一直伴他左右，却还是无法书写下来。他也尝试过描绘它，但只击响了不可言说的东西，语言永远都无法抵达它，在语言拍向了自己尘世间终有一死的边界的地方，在语言挤入了不可表达之物的地方，它抛下了语言表达——只有他自己还在诗歌的构筑里歌唱——掘开了言语之间那抑制呼吸、掠夺呼吸的瞬间深渊，为了在这深渊里预感到死亡，并紧紧把握住生活；它自己也变得缄默了，为了展现出世间万物，展现出那流动的共时性，永恒就歇息在其中：哦，所有诗歌的目标，语言目光的击打，摆脱了所有叙述和描写，扬弃了自己；哦，语言的目光，在语言的目光的注视之下，语言自己也沉浸于共时性，无法辨认是回忆从语言中流出，还是语言从回忆中流出！哦，在这目光的注视之下，童年的风景开始绽放，超越了自己，从它的自我和所有回忆里生长而出，从所有开端和所有结局里生长而出，变成了黄金年代在乡间潜行的牧人行列，变成了拉丁人启程的景象，变成了迎面走来的、既在统治也在服务的众神的真实。这当然还不是最初的起源，也不是最初的秩序、最初的真实，只是它们的象征。这当然还不是那个声音，它来自最陌生、最难以表达、最不同寻常的世界，来自亘古不变的超神世界，这只是那声音的象征，只是它的存在回声般的预感，几乎是确信它会到来——这象征已经是真实了，而真实会在死亡面前变成象征。这是那些变成了声响的不死目光，几乎是生活那些生机勃发、摆脱了暮色的目光，在这些目光中，死亡最纯净的真正形体展露了出来：最为奇特的仁慈目光，最为奇特的、绝对自由的目光，多数人都不认识它们，许多人寻求它们，但很少有人抵达——这一小部分人获准把这种目光保存下来，却不能捕获那匆匆流逝的死亡形体，他们做出了不可忽视的努力，以倾听和寻求给死亡塑造了形体，因为死亡的真实，他们也找到了自己的形体，塑造出了自己死亡的形体，也因此塑造出了自己的形体，不至坠回无形的土壤。童年那七色的、众神般温和的彩虹在存在之上拱起，每天都有人重新看见，每天都有人重新创造，人类与上帝共同的创世，具有那认识了死亡的道的强力：难道这不是一种希望，因为心怀希望，他必须承受一生奔波的苦难，得不到任何平静的幸福？他回望他所放弃的生活和他今天仍在继续的弃绝，回望他不反抗死亡却全力反抗爱情和与人同在的生活，回望河上的微光，在诗的微光中，在他身后躺着那孤寂的生活，如今他越来越清楚，他承担了这种希望所渴望的一切。也许他会被嘲讽，会被侮辱，因为那极度丰盈的生活直到现在都无法实现他的希望，因为他想完成的使命是他力所不能及的，也许诗艺一直都是力所不能及的，只是现在他知道了这一点。此外，尘世的手段无法赋予这项使命权力，也不能剥夺它的权力，不管他能不能施展出自己的力量，不管是不是有人天生就更有力量，不管有没有比诗歌所能提供的更好的出路，不管是不是总有一天会有人发现这条出路，这些都不重要，因为这不是他自己的选择：当然，他日复一日、他每天都做出了许多自由的选择，或者觉得那是他自由的选择，但他生活的大方向却不是他自由意志的选择，而是一种必然，一种被存在的幸与不幸所规定的必然，听从于命运的命令，却注定会被命令所抛弃，这命运命令他在死亡中找寻自己的形体，以赢得灵魂的自由。因为自由是灵魂的必然，它的幸与不幸轮番上演，而他遵从了这个命令，顺从于他命定的使命。

他从枕头上微微抬了抬身子，以减轻胸口的疼痛，小心翼翼，防止他的自我延展开来的风景、他眼前清晰呈现的风景陷入无序，晃成一片，像在直立的人们身上那样，然后他触到了身边的手稿箱，手指极为轻柔地滑过了粗糙的皮面：一种炽烈而激荡的情感在他的心中觉醒，那是工作的情感，是发现者那征战的情感，是创造中的漫游者那宏大的情感。如果漫游者那宏大的恐惧没有一同萌发，该有多么好，那是在沉沉黑夜中迷路的骇人恐惧，是一种极为深刻的恐惧，伴随着所有创造的过程；如果他胸中热烈而幸福的沸腾盖过了所有其他声音，甚至是警示性的疼痛那死亡的决心；如果呼吸的痛苦也能减轻，高烧的寒热也能被忘掉，如果没有什么阻止他立刻开始工作，重新开始大干一场，致力于他至死都企图完成、至死才能真正完成的使命，该有多么好。不，如果没有什么可以阻挡他工作，如果没有什么阻挡了他的工作该有多么好，但一切都在极力阻挡他，《埃涅阿斯纪》的结尾已经拖了几个月，除了一次又一次的回避，什么也没有留下。问题不在于他早已习惯、早已驯服的疾病和疼痛，而在于某种难以逃脱、难以解释的躁动，在于一种使他提心吊胆的、毫无出路的疯狂，他预感到了一种咄咄逼人、永远在场的不幸，它的本质不可认识，它的源头不可辨认，他难以辨别它是潜藏在内部还是外部。他小心翼翼地呼吸着，一动不动地倾听着黑暗。烛台上的蜡烛一支支熄灭了，只有床边油灯的微光还在耐心守候，有时在风中、在轻轻击响的银链上微微摇晃，在墙上投下一只蝴蝶般柔软、蛛网般纠葛的阴影钟摆，而外面，街巷的野性渐渐死灭，混乱的、难以分辨的喧闹散落成了四下的狂笑、欢呼和叽叽喳喳，筵席的吵闹声流泻了出来，以更明亮、更深沉的鸣声，点染了望远镜里成形的喧嚣图景，队列齐步行进的低音传了过来，表明一些守夜人已经撤回了驻地。然后四下静了下来，突然静了下来，开始了奇特的轰鸣，是寂静本身在轰鸣，振作了生机。突然从那边，从四处——来自城外的田野，来自安德斯的田野？——传来了蟋蟀的鸣声，万千造物的万千声调，在寂静中无穷无尽，笼罩了无穷的世界。现在筵席灯光的红色反光也悄悄地、渐渐地吹散了，房间的天花板变得漆黑，只余下油灯那明亮的光斑，还在上方如钟摆一样轻摇，窗前的星辰立在一片漆黑之中。是这一切使他躁动吗，他正在找寻它们的源头？为何它们如此令人躁动，难道是因为下面绝望的呼喊声远不如一种普遍的平静意蕴丰富？不，不幸仍在这里，现在他认识了它，他必须认识它：那是人类被囚灵魂的不幸，对它来说，所有的释放都只是新的监禁。

他望向窗外，夜晚在它庞大的空间里回环，阿特拉斯旋转着天顶，天顶静息在这巨人的肩上，布满闪光的星辰，夜晚那庞大的空穴，什么也不会释放。他倾听着夜晚的窸响，它们闯入了他发烧的身体，让他在他的表皮之下冻僵又发热。而他极度清醒，立刻感到了它们，愈发尖锐地感到了它们，此刻的图景、气味和声息，与他经历过的、可以经历的过去的图景、气味和声息一起到来，形成了一种既在前进也在后退的双重回忆，从不可回避、不可阐释的恐怖中高高隆起，难以捕捉，逃逸而去，尽管赤身裸体，却充满了秘密，令他既振奋又疲倦地坠回了混乱，坠回了所有个体声音的密林——他以为他能从这无形之物中逃脱，但它再次袭向了他，不再是人群起源时期那难以分辨的东西，反而极其直接，几乎触手可及，是离群与消解的混乱，任何倾听、任何形式的保存都无法把它们再次合为一个共同体。所有个体声音、个体认识、个体事物那魔鬼般的混乱，无论属于现在、过去还是将来，它们的混乱都在此刻挤进了他体内，他被它们的混乱侵占了。是的，这就是街上那轰鸣的、难分彼此的喧嚣变成了个体声音的密林之后所余下的东西。这就是它。哦，每个人都被这声音的灌木环绕，每个人的一生都在其中漫步，却永远无法穿透这片密林，永远被束缚在自己的位置上，羁绊于夜晚的新芽，羁绊于森林的根须，这些根须已经伸到了所有时间和空间的彼岸。哦，每个人都被这不羁的声音和它们的触手所胁迫，被这些声音的枝丫和枝丫的声音所胁迫，它们彼此吞食，也吞食了他，像喷射一样从彼此体内长出，又立刻缠在了一起，魔鬼般地独立，魔鬼般地离群，瞬息的声音、年月的声音、万古的声音，都陷入了世界的罗网、时间的罗网，咆哮而又沉默，不可理喻，也不可看透，被疼痛的呻吟打湿，被全世界野蛮的欢乐冰封。哦，没有人能逃出这原初的喧嚣，没有人能够幸免，因为不管他们知不知道，他们每个人都只是众声中的一种声音，自己就属于众声，属于众声那不会消散、不可分割、穿透一切的威胁——人们怎么还能心怀希望！困在林中的迷途者已经不可救药，他开不出一条新路，也点不亮一盏灯，而他还想让他的希望跨越而过，飞跃而出，进入不可延展的无穷，在那里可以预感到所有声音的共同体、秩序和对万物的认识，它们自己就是满怀预感的大和弦，终结了声音，平息了声音，那回响的回声之和弦，世界的共同体、世界的秩序、世间万物的认识之和弦，来自最后的空间，那是世界使命的出路最后的余音，好像刚好符合终有一死者的希望，但对众神来说它只是一种暴力，好像它打破了无声的墙壁，在声音的密林里回响，在认识的密林、在时间的密林里回响成一声垂死的叹息。因为人们无法抵达时代伊始时的声音泉源，它躺在所有声音之下，躺在所有沉默之下，树林的根源之井也无法穿透它，共同体、秩序和语言的星图都保存在其中，这所有象征的象征不可看透，因为在超越了无穷的空间里，繁复的方向是无穷的，超越了无穷，离群的个体是无穷的，道路及其缠绕是无穷的，甚至语言和回忆的诸多空间，甚至它们的诸多方向和自己无穷的深渊都只是它一个更弱、更小的映象，织入了俗世那些低劣的图景。没有一种思想可以把握它，它以呼吸留住了所有星体的空间，并以此留住了所有细小的星体光点，它吸入又呼出自己，映照自己的内部，也照亮四下，它是认识那幸福的映象，因为极具象征性而完全不可言说、不可追忆、不可通报，以自己的光芒超越了所有时光，把所有瞬息的断片都变成了永恒：那是所有道路的十字路口，没有人可以抵达，是路上永恒而难以动摇、迷醉而难以动摇的目标！向道路之林的任何方向迈出第一步、迈出最初的一步，对他来说就已经意味着走完了道路，这需要整整一生，需要比一生更长的时间，好像需要一段无穷的生活，才能保存回忆短暂的一瞬，需要一段无穷的生活，才能把瞬间的一瞥抛入语言的深渊！他倾听着语言的深渊，他曾希望可以获准倾听死亡，曾希望一种知识，就算只是捕捉到了所有边缘的认识里一种前知识的预感微光，那也已经是超出尘世认识的认识了，但在不可捕捉的认识面前，希望本身就是一种狂妄。不可捕捉的认识冲破了深渊的回声之墙，像一道闪光，几乎已经不再是闪光，不再是对闪光的回忆，不再是回忆的回声；像一阵飘忽的气息，无影无形，音乐也无法触及、无法保存这无形的气息，更不用说把它作为对不可捕捉的无穷之物的预感表达出来了。不，没有任何俗世之物可以摧毁这片密林，没有任何俗世的手段可以完成这永恒的使命，可以发现、宣告那种秩序，冲向认识彼岸的认识。不，只有超凡的权力和超凡的手段可以做到这一点，只有一种表达的力量，把所有俗世的表达都远远抛在了身后，只有一种语言，想必已经超出了所有声音和所有俗世语言的行列，那是一种高于音乐的语言，一种嵌在眼中的语言，像心的搏动，像心的极速悸动，要把握存在那认识的共同体，显然需要一种新的、尚未发现的超凡语言，而试图用可怜的诗节试探这种语言即是狂妄，是徒劳的努力与可耻的狂妄！唉，他有幸看到了永恒的使命，灵魂那幸福的使命，他有幸铲一抔土。此前他从未意识到，他迄今为止的整个生活都被挥霍掉了，他挥霍了生活、荒废了年月、虚度了时光，别无他般，因为他失败了，他证明了自己的无能，甚至不能剪除几根小小的根须，因为最终的决断已将铲子伸进了土里，想要创造一段无穷的生活，更因为死亡追上了每一个灵魂，却无论如何也不能赶超自己，就算拥有一种倾听的语言和一种前倾听的回忆，它也做不到。压倒一切的死亡，压倒一切的密林，没有什么可以照亮它，它冷酷无情，囚禁着迷路者，无助的迷路者，在离群者的行列里，他自己不过是一个无助的声音。人们怎么还能心怀希望？！然后人们破茧而出，一如既往，一如在各处，并不像众生物那奔涌的恐惧一样稳固。一种着了魔的恐惧在这里展开，人们是不是再也逃不出它暮色朦胧的监牢了，因为那是林中迷路的生物的恐惧？他前所未有地深陷于这种恐惧，前所未有地理解了迷路的灵魂那从未消声的愿望，希望扬弃死亡、克服时间；他前所未有地理解了众生物难以磨灭的希望，理解了下界的人们、他们的声音和非声音，理解了他们狂野而充满疑惑的吼叫是在渴求什么，理解了当他们从不间断、不可劝阻地依附于自己的热情，依附于自己暴民的热情，向着外界也向着自己体内呐喊的时候，在人群中应该要有，必须要有一个卓越、强大、不同寻常的声音，一个领袖的声音，他们急需这样的声音，在这声音的光芒之中，在欢呼的、低语的、夜晚的和皇帝那神化的光芒之中，怀着孤注一掷的狂野和蛮横，怒吼着冲锋，这样就能从他们纠葛的存在中开出一条尘世之路。他认识到了这一点，他理解了这一点，他也前所未有地认识到，他自己的寻求尽管流于形式、狂妄自大，却和急速膨胀的人群那粗糙而真挚的、强暴的意志难分彼此，它们的意义和内容都难分彼此，最质朴的生物之恐惧也以同等的强力捕获了他，他只是掩藏着，把自己掩藏在了一种渴望之下，渴望一种人尽皆知的统一秩序；他把自己掩藏在了一种徒劳的，却因此看上去显得加倍神圣的倾听与前倾听之中。于是他只能把他的希望，把对那个开路的、不同寻常的领袖声音的希望推到尘世的边缘，这是俗世暴民的希望，也是他的希望，它伪装着自己，起先在远处震响，然后超越了尘世，他狂妄的幻影，受困于尘世，坠入了所有尘世之物的徒劳。哦，他前所未有地认识到了，人群想要逃跑是徒劳的，想要采撷果实是徒劳的，逃亡的行动是徒劳的；他们怀着希望号叫，感到了失望，沉默了下来，注定要汇入虚无那僵滞的无影世界，在时间里迷失，逃不出时间。他认识到了他所谓的命运已经被注定，一样毫无例外，一样无法逃脱，一样坠入了某种僵化的虚无，这种虚无不能扬弃死亡，它本身就是死亡。哦，他迷路了，他虚度了他的生活，因为他走上的道路从一开始就没有出路，布满了关于歧途的知识、关于疯狂的知识；从一开始就意味着在密林中迷路、摸索、昏聩度日；从一开始就是错误的弃绝、错误的孤寂的生活，恐惧着不可避免的幻灭，他也像对待他的希望一样，把他的恐惧推到了生活和尘世的边缘。他可以抵达这个边缘了吗，如果那里除了幻灭，什么也没有留下？除了寒冷的惊惧，那里什么也没有留下，这种惊惧遮遮掩掩，使人疲倦，掠夺了呼吸，那当然是死亡的惊惧，但也许幻灭的惊惧还要更强大？除了僵滞，那里什么也没有留下，它就像一种惩戒，从群星之上落到了他身上，惩戒他的罪行，这罪行来自某种前命运、来自不可重现的事物，他并没有犯下这一罪行，还不及犯下罪行就已经是狂妄了；他永远也不会犯下这一罪行，它永远站在他的身后，永远面对着永恒的认识使命，永远压在他身上，使他看不到自己的使命，看不到自己使命的实现。这是无形僵滞中无形的惩戒，是永远也不会觉醒的罪与罚，凝滞了时间、凝滞了语言、凝滞了回忆，这是一种暮光朦胧的倾听，僵滞在虚无之中，在死亡的荒原上，而他的躯体孤凄地躺在这种僵滞里，衰弱、疲倦而苍老，在他自我的地带之上铺展，闪着农神的微光；越来越透明，渐渐消失，甚至魔鬼也抛弃了它；越来越荒凉，一动不动，像一扇看不到风景的空窗：除此之外，什么也没有留下，除此之外，什么也不能逃脱，对他而言曾经意味着生之美好的东西、永恒的和必须记住的东西，都已经先于他而老去了，比他老得更快，从他手中滑落，几乎没有被创造出来，几乎没有经历过。而他生活的风景一度那么明耀，那么透亮，带有那么锐利的闪光，现在也衰老了、枯萎了、死灭了。他辛勤耕耘的诗也死灭了、坠落了，像枯叶一样飘过，他无法追忆起来，只是还隐约知道有一声被忘却的窸响，飘过了年月，创造了年月。许多，哦，曾有许多年老的过去、年轻的过去，存在于千倍的繁复和百万倍的个体之中，却从来都不曾抵达他，它们也从来都不能变为一个共同体，这开敞的记忆之环，从未抵达他，他经历了它，又否认了它，使它变成了没有经历过也一直不会经历的东西，像他实现了自己无穷的使命，却又使它变成了从未完成的东西，在他迈出第一步、迈出这一步的时候，他就已经拥塞不前了。尽管他现在已经经历了整个生活，却甚至没有迈出过一步，一直怀着可怕的、不可征服的倦怠苦苦守候，不能前进，也不能后退，因此他在迈出了没有迈过的第一步之后，就再也无法迈出第二步了，因为孤立的生活瞬息之间的距离长成了一个空洞的空间，不可度量、不可通行，无论他走得是快是慢，他都不可能从中逃脱，因为根本不可能再迈一步了，做过的和没做过的事情都无法继续了，说过和没说过的话、写过和没写过的诗都无法继续了，哦——天哪！甚至《埃涅阿斯纪》也注定无法写完了，像他的整个生活一样无法继续、无法完成！这是星宿注定的吗？这就是这首诗的命运吗？！埃涅阿斯的命运，他自己不圆满的命运！这是可以设想的吗，哦，这是可以设想的吗？！沉重的惊惧之门打开了，一个强大的、无所不包的惊恐穹顶在门后拱了起来。有某种可怕的东西同时从内部和外部攫住了他，有某种残暴的未知突然把他抛向了高处，伴着震颤的恶意和剧烈的疼痛，把他和他所有荒废的力量，那些因疲倦而崩溃、因怀疑而窒息的力量抛向了高处，这电闪雷鸣的力量，潜藏于正在酝酿的雷云。它就这样在他体内挖掘，带来了死亡，以死相挟，但那些瞬间再次靠在了一起，他体内闪电般的空洞空间愈加不可把握，当希望又一次在闪电中闪现，他几乎觉得这不可把握的东西就是生活；当他从金属的夹子里挣脱了出来，呼吸急促，目光急促，他几乎觉得这就是生活。而如果确实是这样，那些荒废的、失去的和未完成的东西就可以得到弥补，甚至只靠重焕生机的瞬间所呼吸的此刻就可以得到弥补。他不知道这是希望还是失望，他已经对疼痛感到麻木了，对惊吓和疲倦感到麻木了，因此他不知道。但他知道，重焕生机的生活的每一瞬间都是必然且重大的；他知道只有这种或持久或短促的生活之火能把他逐向上空，逐出僵滞的地带；他知道他逃出了僵滞的封闭空间里不可呼吸的空气，他必须再次远眺，不去看自己，不去看自我的地带，不去看那死亡的荒原，他必须再次、再有唯一的一次、也许是最后一次把握住他终生的所有空间，他必须再一次、最后一次眺望星辰。他从床上僵直地坐了起来，有一只拳头攥住了他，他在里面像木偶一样僵硬地晃动，他的肢体僵硬，像踩着高跷一样摇摇晃晃，回到了外飘窗前，他精疲力尽地靠到了墙上，因为虚弱而有些垂头丧气，却依然坐得笔直，手肘向后撑着，有规律地深呼吸，以满足他对空气的渴求，以使他的存在再次开启，参与到再次清晰可见的星体气流之中。

他急需呼吸，急需生物性的呼吸，他对呼吸的急需鞭策着他，但同时这也是一种非肉体性的急需，他是在渴求可见之物、可见的世界，渴求可见的确凿万物中可呼吸的空气。他怀着窒息的麻木站在窗边，被一只有力的手握住，他不知道自己已经在那里站了多久，一瞬间都仿佛有一小时那么长。关于时间的知识再次断断续续地，只是断断续续地涌入他体内，在广大的窒息的惊惧之上，世界再次建立了起来，笼罩着窒息之苦，知识又成了知识，而他断断续续地预感到了某种进程，把握住了一个又一个片段，不只关于《埃涅阿斯纪》，也关于某种必须最先发觉的东西。

此刻，世界静静地躺在他面前，巨大的喧嚣消逝了，世界安静得惊人，大概已经是深夜了，大概已经过了午夜。硕大的群星在它们硕大的星轨上燃烧，强大而充满慰藉，闪着使人平静的平静光芒，以使人们重新认识它们，但又在无云的空中躁动地模糊了，好像在它们的空间和下界的空间之间绷着一个又一个坚硬而难以穿透的水晶穹顶，只有目光可以穿透。他几乎觉得他被从这里送到了外界，好像穿过了一道魔鬼般的裂隙，当他面对着自己躺卧着倾听、倾听着躺卧的躯体，这道裂隙似乎就变得尖锐、变得不可度量了，好像他从未了解过他自己。这尘世的空间尖锐地抵着上空拱起的、胶囊般封闭的空间，在这无边之物可见的飘浮之中，他什么也感受不到。而对空气的渴求从未平息，他的痛苦从未缓解，之前在城中蒙蔽的饥渴，此刻在晚风中也没有挥发、没有弥散，而是变成了透明的烧热，在世界之胶囊的压迫下，几乎结成了一种黑暗的胶体，平静而不可动摇，在空中飘荡，比他所感到的空气更加灼热，几乎不可呼吸，像房间里的浊气一样压抑。可呼吸与不可呼吸的空气无情地区分开来，漆黑的水晶壳无情地绷在头上，不可穿透，那是一条严密的分界线，分隔了星体的前院、呼吸的前院和他站立的世界的前院。一只金属的手把他立在了那里，握着他。他曾经沿着尘世的地表，一直深入到农神的旷野里，建起了上界与下界之间的边界，这两个世界却直接相属，织入了彼此，他冲破了它们，像一个注定要生长的个体灵魂，在离群与独处的过程中知道了他想要倾听上界与下界的深渊，想要倾听自己：他无法直接参与到那些宏大的星体中间，他在尘世的时间里、在尘俗之人的生长中再次回归了这一倾听。只有凭借自己的目光、自己的知识，他才能越过星体之间不可度量的距离；只有凭借他观望的疑问，他才能把握它们；只有出乎又入乎他询问的认识，他才能重建某种共同体，重建世界和它的星体那共时的共同体；只有在疑问奔涌的循环中，他才能实现他灵魂的此刻，他最内在的尘世的必然，他从一开始就存在的、认识的使命。

时间在上面奔涌，时间在下面奔涌，夜晚那隐蔽的时间，涌回了他的血管，涌回了星轨，再次得到、再次觉醒的时间，无空间的瞬息彼此相连，时间那亘古不变的法则超越了命运，扬弃了偶然，终止了时间的流逝，这永存的此刻，他被那只手推了出来：

法则和时间，
彼此相生，
彼此扬弃又再次孕育彼此，
彼此映照又只能靠彼此洞见，
图景与反图景的链条
囊括了时间，囊括了原初的图景，
两者的共同体都无法把握，却
越来越永恒，
直到在它们合声那最后的回声里，

直到在最后的象征里
死亡与所有生活合为了一体，
灵魂图景的真实，
它的居所，它永恒的此刻与此前
在它实现了的法则里，
它的必然。

一切都成了必然，甚至某种认识的道路也是必然，这种认识消解了内部和外部，使它们变得不可认识、不可度量，使它们分离了、崩散了，变得全然陌生了。但这难以回避、难以逃脱的必然是否也包含着一种希望，寄希望于存在的回声，寄希望于这一进程绝不徒劳，寄希望于进程本身？那些图景必然会浮出，必然会渐渐靠近真实！哦，靠近原初的图景，靠近原初的真实，他就站在原初真实的前院，——现在天空所包藏的水晶穹顶是否会打碎？现在，当夜晚睁开了它的眼睛，它是否会向他、向他这个注定要眼盲的人揭示它最后的象征？他凝视着空中的星辰，现在它们必须走完它们两千年来命中注定也注定了命运的循环，一条条轨道遵循着命运，在时代的更迭中，命运也由父亲传给了儿子。而天空的此刻向他致意，从可见的世界延入了不可见的世界，变成了所有重新得到的知识，它从天空的西南边向他致意，熟悉又可怖，天蝎座的命运图景，捕捉那被银河的柔波危险地压弯的躯体，安德洛美达[1]的

1　安德洛美达，古希腊神话中，埃塞俄比亚国王克甫斯（仙王座）与王后卡西奥佩娅（仙后座）之女，这里指仙女座。

头倚在佩加索斯[1]长有翅膀的肩上，闪着不可见的光芒，向永不消逝的东西致意，先于父辈而存在的龙之星宿在彼岸开创的万古之中点燃了，第十次致意，失去了过去的王位。他凝视着空中冰冷的石头，法则的图景在其中回环，他与这微光闪烁的气息诀别，与这从未降临、永远只能存在于预感中的真理诀别，这真理存在于那使人着迷的必然，只有在实现的图景中，他才能看到、才能预感到它的图景，他靠体内编结的认识知道了这一点，知道这种认识被偶然抛弃了，知道他认识的力量毫无期待地等待着，毫不焦躁，他准备好迎接不圆满中必然的圆满了。于是握着他的那只手越来越柔软，包裹住他。城中的屋顶上落满了如尘埃般清凉的、来自东方的青绿月光；尘世靠近了。

因为把惊惧的第一道门抛在身后的人，就被某种新的、更广大的未知的前院包围，被一种新的思索包围、捕获，重新进入了自己的进程、自己的法则，免于回归，免于农神的循环，免于他倾听的焦躁，他重新直立了起来，重新向上生长，找回了他自己。他的小船依然只靠划动的船桨推动，在他得到的时间里，轻柔而不抱期待，好像马上就要径直登岸，登上最后的真实那弃绝了偶然的水岸；

因为把惊惧的第一道门抛在身后的人，

就走进了真实的前院，

当他的认识发现了自己，仿佛是第一次

1　佩加索斯，古希腊神话中缪斯女神的坐骑，生有双翼，这里指飞马座。

自己直立起来，
那是万物的必然，所有进程的必然，
当必然之物开始理解自己的灵魂；
因为他经受了这一切，
被排除在了存在的共同体之外，
进入了纯净的此刻，它对万物和人类都一视同仁，
那是他的灵魂不可外化的领地，
因此它飘荡，它必须飘荡，
飘过了咄咄逼人地开启的虚无深渊，
飘过了人类的盲目；
因为他被排除在外面，进入了疑问永存的此刻，
在无知的知识永存的此刻，在人类神性预知的此刻，
无知，是因为它询问，它必须询问，
知晓，是因为它先于所有疑问，
神圣地授予那个人，只在开端授予他，
他内心深处人类的必然，
依它的意志，
他一再开始诘问认识，并
一再被它诘问，
这个人惧怕回答，认识惧怕回答，
这个人与认识相连，认识与这个人相连，
他们紧密相连，都惧怕回答，
被预知的上帝之真实所征服，

被知晓的疑问那真实的宽度所征服，没有任何
尘俗之物回答它，没有任何尘世认识的真理
可以抵达它，但只有在这里，
在尘世中它才能得到回答，必将得到回答，
在尘世中成真，
当世界的两种形态交替，
真实变成了真理，真理变成了真实，
遵从灵魂遵从的命令，
它的必然；
因为因疑问而紧绷的灵魂
囿于它真理的幸福，那
受命于认识、受命于疑问、受命于形象的幸福，
绷在知识的确凿和认识的能力之间，
寻求真实，
它了解
被原初的知识呼唤，被这知晓的疑问呼唤的，
创造同一的非偶然的存在，
呼唤上空孕育认识的知识，
呼唤它的实现，
呼唤这剥离了偶然的法则的认识，
灵魂一再启程，
准备好启程，走向自己的本质，
走向它的生物性和外界的生物性，

二者在法则的认识中都剥离了偶然，
出发点和目标在这星体上合一，
使人类变成了人类；
因为在他的灵魂知晓的认识深渊里
困着人类，
在他的行为与寻求、渴望与思想，在他梦境的
认识的深渊里，
他在真实中向无穷的必然而开敞，
在囊括一切的、最强大的
他的自我金属般轻柔的、最真实的真实象征中，
他想回到那里的家，永远
归乡，
囿于他自己的象征的此刻，
而它变成了他持久的真实；
因为这就是他呼唤的“尽管如此”，
里面困着人类。
囚徒的“尽管如此”，
他难以磨灭的自由和他难以磨灭的
认识意志的“尽管如此”，
如此不屈，
令他变得比尘世的不完美还要强大，
生长，超越了自己，
人类巨大的“尽管如此”；

真的，人类被困在他认识的使命里，
没有什么能把他带出来，
甚至那不可逃脱的迷乱也不能，
迷乱的偶然性消逝于
那废黜了偶然的使命；

因为人类被严密地囚禁在了他不完美的尘世监牢里——甚至是这个费力地倚着窗台的病人也被囚禁在监牢里，一个被死亡打上烙印的人，为了呼吸而竭力搏斗——确信自己注定要经历幻灭，所有大大小小的幻灭紧紧相连，所有的努力都是徒劳，过去没有成果，未来没有希望，而幻灭如此乐于驱他前行，从动荡到动荡，从不安到不安，躲避着死亡，寻求着死亡，寻求着杰作，躲避着杰作，爱着，也奔波着，一直都在奔波，被命运从一种认识赶向了另一种，被赶出了曾经的属于朴素创造的家乡生活，被赶进了所有繁复的知识，被赶进了诗歌，开始钻研最隐蔽的古老智慧，对认识毫无耐心，对真理毫无耐心，又被赶回了诗歌，好像诗与死亡最后实现的途径紧密相连——哦，这也是幻灭，这也是歧路——哦，这些无疑都是歧路，是的，只是歧路，是的，甚至还没有迈出第一步，甚至在最初的准备之前就已经被判定为歧路了。哦，他的一生看上去如此失败，实际上也是如此失败，一开始就陷入了不完美，注定要永远失败，因为没有什么能够穿透这片密林，因为终有一死者永远也无法逃出这片密林，因为他在四下纹丝不动的狂乱中受缚于绝望、受缚于偶然，被所有疯狂的恐怖所捕获。哦，尽管如此，尽管如此，没有什么不是必然，没有什么不会成为必然，因为人类灵魂的必然和所有进程中人类使命的必然甚至可以压制住歧路，甚至可以压制住疯狂；

因为只有在迷误中，只有经过了迷误，
经过了他囚禁于其中的那难以逃脱的迷误，
人类才能变成寻求者，
他就是寻求者，
是寻求的人类；
因为人类需要徒劳的认识，
人类必须承担它的惊惧，所有疯狂
的惊惧，并认识它，一滴一滴尝尽它，
必须进入惊惧的内部，
不是自我折磨，不是
因为只有怀着认识进入内部
才能征服惊惧，
因为只有这样才能
穿过嘲讽的惊惧之门
抵达存在；
因此人类被困在所有不确定的空间里，
困在里面，好像没有船可以载送他，
尽管他就是乘着漂荡的小舟而来；
因此他被困在他内化的空间与非空间里，
在他内化的自我空间里，
人类灵魂的命运，

但在一些人身后，
沉重的惊惧之门合上了，他们
抵达了真实的前院，而
那不可认识的流体，他从上面摇摆着滑过，
那不被认识的东西，成了他知识的根基，
他的灵魂流动着生长，
他的自我无法圆满的不圆满，
却扩张成了一个共同体，
当自我走入他体内，
长大了，不会消逝，而万物流动的共同体
进入他体内，被他
在同一瞬间瞥见，由于他的此刻
他囚禁于其中的所有空间都合为一体，
变成了起源唯一的空间，
同时
自我掩饰着自己，为了真正被自我持有，
被灵魂捕捉又捕捉灵魂，
在时间中静息又规定了时间，
捕获认识的法则又创造了认识，
在流动的生长中一同摇摆，
在摇摆着生长的成形之物中一同摇摆，自己
就是那真实的起源，
内外交映的光在彼岸如此宏大，

令摇摆的和静止的、被释放的和被囚禁的，
都融入了难分彼此的共同的透明，
哦，如此坚固，如此必然，
哦，如此通体透明，
上空封闭的星体，
只有目光可以抵达，只有时间可以抵达，
二者都知道它，
都映照它，在开敞的、被金属
温柔的手转向天空的人类面孔上映照，
织入命运，
织入星辰，
照亮绝不徒劳的东西预言的赠礼，
永远摆脱偶然的被赠出的时间，
尘世间那开启认识的安慰——

在月光的摩挲之下，天上和地上的星体都令人安慰地永远连在了一起，像从月光摩挲的万物回归了胸膛的呼吸一样令人安慰，令人安慰地宣告没有什么是徒劳的，出于认识的意志，出于必然，做过的事情都不会是徒劳的。在不圆满的、不会圆满的东西中间有希望，此外还有一个极为羞怯的希望——写完《埃涅阿斯纪》。尘世间的预兆那充满希望的回声，在尘世的信心中回响；某个终有一死者准备好了迎接它，被尘世的存在环绕。

安慰与信心，安慰他这一切都绝对不是徒劳的，尽管天空所包藏的水晶穹顶没有开启，尽管那里没有出现什么图景，更不必说最后的象征了。夜晚的眼睛依然蒙蔽着，他的眼睛没有变盲，而那些不可度量的地带一如既往，只在镜像与反镜像中彼此关联，目光创造的共同体，一如既往地为人所知，其中嵌着上界与下界之间不可测量的界限。一如既往，那只是真实的前院，他站在那里。那只是尘世疑问的空间，他现在被囚禁在其中，无法得到最后的共同体那圆满的真实，尽管如此，那却依然是安慰与信心。月光的寒尘流过了夜晚的热气，饮尽了它，却没有削弱它，没有融入它，石化的闪光那冰冷而盲目的回声，画在灼热的黑暗里。哦，人类的信心，它知道没有什么是徒劳的，尽管在这里只有幻灭，在密林中没有出路；哦，信心，它知道甚至在不幸萌芽的地方，也有经历过的认识在生长，世间仍有认识在生长，必然那清凉的回声仍在认识的内部，人类的俗世活动可以穿透这种必然，只要他的认识注定的必然，抵达尘世与人群睡梦的第一道光。哦，充满信心的信心，没有从空中照耀下界，却由于强加给它的认识的责任而在人类的灵魂中生成，在尘世生成——难道这不会使这种信心成真，因为只要它还可以成真，它就必须服从于尘世？必然在朴素的尘世间趋向圆满。疑问那汹涌的循环永远只能终结于尘世之物，而就算认识的使命常常会涉足超凡之物，甚至愿意凝聚所有分散的星体，所有真正的使命还都是要从尘世出发，就像所有植根于大地的东西都有可能给出答案。月光吹拂、月光飞掠的尘世在他眼前铺展，人性退回了自身，逃入了睡眠，潜藏在了厌倦了睡眠的房屋里，沉到了自己脚下，与飞升的星辰诀别，而世界的寂静在上界与下界之间是双倍的荒凉。没有一种声音打破这无声无息的宁静，什么声音也听不到，除了守夜的火焰腾起和坠地的轻声毕剥，以及巡逻哨兵环绕着墙垣的、无聊而沉重的脚步声。声音呈弧形靠近，发出回响，但还能更清楚地听到某种伴随的声响，好像这里也摇荡着一声不知来自何处的轻盈回声，几乎不再是回响，几乎不会消散，却还是粉碎了，在广场边缘的房屋墙垣上撞碎了，在街巷与居住区的转角、在这城市和其他城市巨大的石质建筑上、在山岭与海洋的墙垣上撞碎了，在天空浑浊又剔透的下界拱顶上撞碎了，在星光里、在不可认识的东西上撞碎了，浸入其中，又碾落成尘，在颤抖的细浪中摇摆，但只要有人想捕捉它，它就会立刻消散。但火焰继续在墙上毕剥作响，存在于尘世间，又奇特地与星体相连，就算有时平息了、变成了不可见的回声，就算自己也列入了图景与非图景的链条，它仍在暗示人类的努力绝不是徒劳的，而人类灵魂与生俱来的、巨大的同一意志发源于尘世；要求某种认识落向地面，转向尘世，找到重焕生机的力量，像普罗米修斯，来自下界的疆域，并非出身于上界。是，他把注意力转向了尘世的疆域，俯在窗台上费力地呼吸着，专注地等待着应该到来的必然之物。

下面，井一样的黑暗裂开了，那是皇宫与围墙之间狭窄的空间，是黑暗的井底，没有光线照耀。墙后燃烧着一支守夜的火炬，完全被墙挡住了，只能看见它的反光，当哨兵穿过火焰照亮的那一小片区域，他红光隐现的影子就模糊地滑过石板路面，一缕昏暗的阴影气息，有时高高跃上对面的墙壁，蜿蜒而行，像目光一样迅疾，摇摆不定，几乎有些虚幻。下面，在那边，在墙后，军人在履行他们最简单的责任，但像所有人类的责任一样，这和认识的知识根基、和认识的使命、和那绝不徒劳的认识使命几乎没有什么关系；那里发生的事也在真实的前院发生，在临近终结的地方。而原初的真实不会冲出星体，冲出星体之间的过渡星体，一切都绝不徒劳的预言也不会在那里实现，而是会在人类的星体上实现，在人群中将有人冲破边界。人类神圣的命运在这里注定了，他被赋予了神圣的信心，他的必然如此神圣，却无法预测那巨大的、真实的成功将在何时到来。没有人会知道，命运所包藏的变动会在不可经历的未来还是就在近在手边的此刻发生，它是不是已经开始了，已经不可动摇地走出了命运的掩饰，推挤着、警示着，命令他保持清醒，命令他保存每一个瞬间，此刻的显像的一瞬间，必然的、遵循法则的、人类之显像的一瞬间。这命令在看不透的事物中间震响，它的声音逐渐消隐，不断叩击，在疲倦、炎热、发烧、月光流遍的黑光中震响。这黑光笼罩了尘世，平静地漫过了屋顶，涌进了窗子，甚至站在这里的他也被笼罩了。这命令裹住了他，使他清醒了过来，好像这也是高烧的影响。他发着烧，清醒地看到了所有可见的事物，满怀着热情，因为在那边的某处，出现了几个人形。什么也没有出现。西南方的天蝎座咄咄逼人，它明亮的图景面向大地，立在一片燃烧的大地上空，外面，城中房屋的边界和被它们掩去大半的、夜晚的山丘之浪在燃烧，原野、树林和草场起起落落的波涛在燃烧，它们草茎的波涛、叶片的波涛在燃烧，流遍了冰冷的、石化的月光，把最后的、无穷的黑暗抛在了身后，在汇流的星辰空间那石般震响、石般冰凉、石般颤抖的高烧之浪中燃烧，被夜晚饮尽，被光亮饮尽，一路漂流，奔流而去，在不可见的事物之中，这道白光永无止境。它就这样流去又流回，它双重的起源灼热又清凉，阴暗又光明，它坠入了黑暗，泄入了庭院、广场和街巷的深井，在尘世间可见与不可见的事物上空铺展。斜对面的一条街道汇入了广场，笔直地闯入了他的视野，被明亮的月光抚遍，只是不时被高楼的影子遮蔽。他看出那些屋顶在逃亡，不断跑向城市的边缘，分成了两条小路，滑过了那边天蝎座的图景，又依附在了上面，它相似的形式是一种误导，向前延伸的形状也是一种误导。而这误导的诱惑如此强烈，变成了一种担忧，变成了对漫游的渴望，想要沿街而去，轻捷地拐弯，走入乡野，走向星宿，穿过一个又一个家乡，横贯发光的与阴暗的高烧之林，梦境的脚步如此欢快，飞掠而过。哦，他想要漫游，想要离开众目睽睽的街道，这些街道又把起源囚禁在了目标里，永远也不会释放它。在如此轻盈的路上，他根本不需要向导，但这里也没有真正的觉醒者，因为世界那透亮的、微光闪烁的昏睡一直在守候。他只是在前行，在向前漫步，走入不可呼唤的事物，所有界限都敞开了，没有什么可以阻挡他的漫游，没有人从后面超过他，没有人迎面走来，没有神灵催促他，他也没有遇到动物，他的脚步不受二者所累，但他行走的方向就是安慰与信心的方向，是必然的方向，是那位上帝的方向。是这样吗？有没有人真的在逆向而行？会不会终于有一个人从反方向走了过来，变回动物，坠回非动物？

他只是在等待，怀着莫大的耐心等待，他已经等了很久，几乎不堪忍受。但之后，有什么到来了。奇特的是，有什么到来了，尽管与所有的预期背道而驰，却仿佛一样遵从了必然的命令。首先是一幅听觉的图景，慢慢地从寂静中释放，充满了拖曳的脚步和模糊的低语。而阴影中仍有一段可怖的时间，之后，属于它的形象浮了出来，三个朦胧的白色光斑，不断摇摆，常常塞住，流入彼此，又挣出了彼此，在月光下清晰可见，沉入了黑暗，又不情愿地浮出了水面。他怀着紧张的清醒，屏住呼吸，在不可呼吸的夜光之忧郁中，屏住了呼吸，双手抽搐着交织，手指在戒指上抽搐着交错，头颅抽搐着俯向窗口，向前伸出，追踪着那三个幻影一点点靠近。有一段时间他们保持着静默，然后，一个声音突然响了起来，异常尖锐、清晰，与先前的模糊低语相反，那是一个嘶叫的男高音；几乎是在喊叫，好像这个人几经踌躇，终于难以抗拒地做出了决断，通报道："六个硬币。"然后又沉默了，好像他已经做出了最终的决断，不需要回应，但之后声音又分了岔："五个硬币。"另一个洪亮而不情愿的男人声音说道，那是一个平静的、几乎带有睡意的男低音，无疑还要继续还价，"五个。"——"混蛋，六个！"第一个声音嘶叫着，毫不退让，而那个男低音含糊地插进了他平静的决断："五个，多一分钱也不行。"他们仍站在那里。他到现在为止也不清楚他们到底在做什么交易。而第三个声音又插了进来，那是一个喝醉了的女人的声音："给他六个硬币吧！"她命令道，尖利的声音油腻而使人晕眩，在她焦躁而急切的要求之后藏着准备好的阿谀，却没有派上用场，因为她得到的回答只是一片喉音粗重的讥笑。女人被他的笑声和温和的嘲讽激怒了，她的声音上升成了恼怒："你们都吃饭，但没有人付钱……你们都想吃肉，都想吃鱼，什么都想吃……"那个男人又开始大笑，她继续说道：

“我得买面粉，买洋葱，我什么都得买，鸡蛋和大蒜，还有油，还有大蒜……大蒜……”——她醉醺醺地嘶叫着，在旁边取笑她的、盖过了四下低语的男人的笑声中，她深深领悟到了大蒜是多么昂贵——“你想要大蒜……大蒜……”——“你说得对，”男高音打断了她，然后又极为唐突地喊了一句，“闭嘴吧！”但她似乎受了启示，不肯停下：“……大蒜……我要买大蒜……”他们又被黑暗吸了进去，而“大蒜”的呼声冲破了黑暗，像一个关键的词，使夜晚那高烧的黑暗再次充满了、孕育着所有厨房的气味，城市只能呼出这种气味，它沉重、倦怠、淫荡、油腻、舒适却可怖，消化并分解一切，毕剥作响，散发着铁锅的恶臭，再次蜷蹲下来，城市那耽于睡眠的养料。有一段时间四下都安静了下来，奇异地窒息了，好像这一刻的水雾也吞食了下面的三个人，就算他们再次走进光亮，也没有什么话可说了。关于大蒜的争论告终了，他们默默地走了过来，身影越来越清晰，但他们并没有完全沉默下来：为首的是一个极其干瘦的年轻人，高耸着肩膀，一瘸一拐地拄着拐杖，当他不得不停下等另外两个人跟上的时候，他就咄咄逼人地举起拐杖；一个胖大的女人走在他后面；最后是另一个男人，比那个女人更胖、喝得更醉，因此也走得更慢，大腹便便，根本追不上那个离他越来越远的女人，终于哭叫了一声，举起孩子一样的手让她停下。他们就这样走了过来，身影摇摇晃晃，走得一点也不稳，当他们走向守夜的火光摇曳的街口，他们的身影还要更加颠簸。他们走到了他的眼前，再次爆发出了争吵，因为跛脚的领路人朝着港口的方向转向了左侧，开始穿过广场，而女人在他身后喊了一句：“混蛋！”于是他停了下来，放弃了自己的打算，转过身挥舞着拐杖走向她，尽管没有吓到那个毫不退缩、仍在咒骂的女人，却吓到了那个胖子，他尖叫着转身奔逃，而女人强迫他跟在自己的身后——结果让后面的两个人感到欣慰，因为第一个男人放下了拐杖，发出了一阵咆哮的、喉音粗重的讥笑，就是刚刚激怒了女人的那种讥笑。现在这也取得了同样的效果，女人发了火："回家去！"她训斥着那个嘲笑她的瘦子，而瘦子伸出手指来回摇晃着，指向港口，强调他刚才的打算。她气喘吁吁地摇晃着，手臂指向相反的方向："回家吧，在这个城市里什么也找不到了……你别想劝我往前走，我知道你要去那边干什么，我认识她，你的荡妇……"——"什么？"晃动的手指停了下来，跛子的手摆出了握杯和祝酒的手势。这个动作是做给倚在屋墙上的胖子看的，让他最终做了决定："去喝酒。"他开心地环顾四下，开始往前走。女人挡住了他："啊，去喝酒，"她流着口水，"喝酒？……他想去找他的荡妇，而我，我要给他做饭……他想吃猪肉，他什么都想吃……"——"猪肉。"男高音叫道。她轻蔑地把他推回了墙上，醉醺醺地转向了另一个人："你什么都要我去买，但你从来都不付钱……"——"我给他五个硬币，我说过了……来吧，来喝酒。"——"去你的酒……给他六个硬币。"——"我给他买酒。"——"他不要你的酒。"——"你这头蠢猪，臭婆娘；我给他五个硬币，多一分也不给，然后给他买酒。"——"那就五个硬币。"靠在墙边的胖子庄严地说道。女人冲他吼道："你说什么？你说什么？！"他惊恐地找着借口，却只是友善而拘谨地说道："混蛋。"——"你跟他说了什么？！"女人毫不手软，把他逼进了墙角，而他强行鼓起了勇气，再次鼓起信心，说道："五个硬币。"——"你说给你五个硬币，你个酒鬼，啤酒肚……我还得给你们做饭……没钱还要做饭……"胖子不为所动："酒……他给我买酒。"他开心地捏着假嗓说话，好像他的勇敢是值得的。她揪住了他的长袍："他要把所有钱都给他的荡妇……他必须给你六个硬币，听着，六个硬币……"——"六个硬币。"胖子顺从地重复道，想坐下来，但女人没有放手。这句话激起了瘦子的不满，他不想就这样结束，挥舞着拐杖咆哮道："他说五个硬币，我就给他五个硬币；就这么定了！"——"不是这样。"她吼道，仍然揪着胖子的长袍不放，冲着他的脸喊道："告诉他，六个硬币，告诉他！"她已经喊得失了声，却还想继续喊叫，而不是低声抗争；但谁也不知道该由谁说了算。瘦子不再那么兴高采烈了："你想怎么样？你得不到更多的钱，反正你是从国王那里白拿面粉……"她愣住了，这对于被她紧紧抓住的胖男人来说，不只是一个喘息的间歇，也是一个了结这桩金钱纠纷的机会。"奥古斯都万岁！"他向着皇宫的方向喊道。另一个人举起手杖，也转向了皇宫，欢乐地嘶声喊道："皇帝万岁！"胖子又激动地叫道："奥古斯都万岁！"瘦子也又喊了一次："皇帝万岁！"——"住嘴，住嘴，你们两个！"女人生气了，而她的命令在几秒之内确实起了作用，两个人都沉默了下来，不是因为注意到了女人的命令，而是因为想到了自己呼唤的皇帝，他们也极为惊诧，胖子张着嘴，瘦子举起了拐杖，在腾空的火光中，他们稳固的影子在墙上高高摇颤。女人把沉重的手臂架在了臀部，注意到她的命令取得了良好的成效。他几乎觉得这种平静可以永远持续下去。但一阵狂笑又重新爆发了出来，打破了平静，两个胖子突然开始大笑，先是胖子明亮而高亢的声音，几乎像优美的鸟鸣，然后是女人那无意识的、摇摆不定的咯咯笑声，跛子的拐杖击打着节拍，三个人一起笑了，摇摆的笑声，从未知的火焰深渊里潮湿地喷涌，三个人互相嘲笑着、讽刺着，那个未知的、最不为人知的上帝的三个躯体。瘦子把笑声推向了高潮：“酒，”他尖叫着，“你有酒喝了，胖子，所有人都有酒喝了，皇帝送的酒！”——“哈，哈，哈，”女人笑着，她的笑声溢了出来，包含了愤怒，因此也包含了过度的淫荡，“你的皇帝，我认识他……”——“皇帝的面粉，”爱国的胖子离开了墙壁，教导她说，“皇帝的面粉，你自己也有……皇帝万岁！”几乎可想而知，她又要开始呼唤大蒜了，而她的周围一片狂乱，另一个男人还在吞吞吐吐地高声确认：“对，明天就要分发面粉了，明天他就要分发面粉了……你一分钱也不用花！”这时她失去了耐心：“分发废物，”——她尖叫道，整个广场都能听见——“皇帝给你们的是一堆废物……你们的皇帝就是个废物，废物，皇帝；他会唱歌跳舞操女人，皇帝先生，但除了这些什么也不会，他给你们的是一堆废物！”——“操……操……操……”胖子开心地重复道，好像这偶然的词在他偶发的激情中打开了全世界的淫乱，“皇帝操女人，皇帝万岁！”瘦子在他们的喊叫中一瘸一拐地又走了几步，可能是怕哨兵过来，但他喉底咆哮的笑声却一如既往，还是那么躁动，他高高耸起肩膀，回过头喊道：“向前走……你就有酒喝了，向前走！”显然他们没有什么可怕的，也许根本没有什么东西可以吓到他们，因为胖子执迷于跳舞操女人的皇帝，坚定不移地忙于谄媚权贵，表现出自己是多么爱国，以父亲奥古斯都、皇帝奥古斯都、骑士奥古斯都万岁的呼喊狂妄地支撑他的求爱，伸出闪闪发光的、祈求的双手，追赶着那个谩骂着、退避了的女人，笨拙而迟钝，小声叫喊着，一个愉快地尖叫着的、求偶的巨人，因为喝得大醉而蹦蹦跳跳，几乎是在头重脚轻地跳着舞，盲目而聋聩地扑向他的目标，如果不是轻轻走在身边的跛子突然用拐杖戳了他一下，结束了游戏，他肯定还不想停下来：一切都静静地结束了，极为迅速，他什么也没有听见，好像拐杖敲打的是一团绒毛，也没有传来任何惊吓或疼痛的喊叫，没有任何呻吟和叹息，胖子摔了一跤，打了个滚，然后就静静地躺在了那里，——那个罪魁祸首也不管他，头也不回地离开了，跛着脚冷漠地走开，但不是去港口喝酒、去找荡妇，而是听从了女人先前的命令，走上了回家的路，担心那些好像还在犹豫的警卫——也许他们会被突然的息声或胖子突然熄灭的偶发激情所影响、所触动——在这个戏剧性的哀悼时刻走过来，俯身查看尸体，迅速地交流一下目光，就立刻决定追赶这个匆匆离去的跛子。这里发生的一切都如此迅速，如此遥远，深深地织入了高烧的平静夜光，没有人可以干涉这一切，至少一个只能在窗边追踪进展的病人不能干涉，他不能叫喊，不能挥手，他灼热的清醒、他所承受的剧痛都令他精疲力尽，他着迷地凝视着，却不能对此做出任何思考。因为两个逃跑的凶手还没有跑过顶部尖利地突出的围墙墙角，那个摔倒的人就能活动了，他弄清了状况，翻了个身，像动物一样用四肢爬行着，像一只失去了两条腿的胖大甲虫，追赶着肇事者。这并不好笑，不，这只怪兽是那么骇人、那么可怖，当他终于站了起来、开始冲着屋墙解手的时候，他也还是那么骇人、那么可怖，但当他扶着墙壁蹒跚而去，那种可怖就在他的每一次停顿和扶墙的动作中消散了。这三个人是谁？是不是地狱的使者，来自那条穷巷，被派到了他从中瞥视的排屋窗口前，而他的命运毫不留情，注定要他看到他们？！他还将看到什么，他还必须看到什么？这是不是还不够，是不是永远都不够？！哦，这一次的谩骂并没有触动他，令三个人颤抖不已的讽刺和大笑也没有，这咆哮的、撕碎一切的男人笑声和穷巷里的女人笑声没有任何相似之处，不，这笑声中透着恼怒、惊惧和恐怖，一种实际的恐怖，既不会影响那些人，也不会影响他，不会影响他这个站在窗口观看、倾听的人，不会影响任何一个人，像一种语言，已经不再是人与人之间的桥梁，像一种超人性的笑声，嘲笑着持存的实际世界，超出了所有人类的领域，不再嘲笑人类，只是以世界的赤裸毁灭他。哦，那三个人的笑声就这样震响，表达着惊恐，传达着惊恐，男人的笑声，开心而高亢的惊恐笑声！为什么，哦，为什么这笑声被送到了他的耳边？！这是必然的吗？他向外探了探身，继续追踪三个人的动静——人马座一动不动的沉默拱桥悬在南天之上，正对着天蝎座，三个人在人马座的方向消逝了，他们的谩骂仍不时从一片静默中飘出来，先是生硬的撕扯，然后轻轻撕碎，先是五彩斑斓，然后是一片灰暗，最终，他们污言秽语的残余也飘散了，一阵黏稠而油腻的、咒骂着的女人的大笑，在哭闹的悲伤中流溢，喉音低沉的跛子说了几个字，然后又响亮地笑了起来。最后只有几声模糊的咒骂了，好像已经飘远，好像已经变得柔和，融入了辽远夜色的其他声响，织入了所有声响，和它们融为了一体，织入了所有从远方飘来的余音，和一只银光闪闪的公鸡在睡梦中的啼叫、两只狗失落的吠叫融为了一体，它们也许是在外面微光笼罩的空地上，也许是在某个酒厂、某座农庄里，向月光中彼此的身影嚎叫。动物那无法沟通的对话，融入了一首人类的歌，从港口断断续续地传来，还能辨认出是从北边飘来的，但几乎已经失去了方向。这歌声也极其柔和，也许是酒臭弥漫、时而爆发出笑声的酒馆里一首水手唱的淫荡的歌，极其柔和，飘得很远，好像在这个沉默的地方，在这个僵滞的彼岸，在束缚人类的界限之上或之下，在这里融成了一种新的语言，在这种语言里，这笑声的恐怖被美之柔和奇异地吸收了，这语言没有扬弃恐怖，反而使恐怖翻了倍，成为远方与荒芜那超人性的、最为僵滞的语言，一种超乎所有母语的语言，一种完全不可看透、不可破译的语言，不可理喻地走入了世界，不可理喻，也不可看透，以自己的辽远穿透了世界，必然会存在于世界之上，却没有改变世界，并因此加倍地不可理喻，像不变的真实里必然的虚假，极度不可理喻！

因为什么也没有改变：人们的形体僵滞而静默，他没有看到任何改变，繁复的星辰沉到了天空的表层之下。在北方，武仙座的手臂扼住了长蛇[1]，在南方，有咄咄逼人的人马座，下面是不变的、黑暗僵持的森林，一成不变，已经看不见了，许多月光窸响的小路从

1　武仙座的名字可追溯至古希腊神话中的赫拉克勒斯，他是宙斯的儿子，据说小时候便能用手杀死两条蛇。

中蜿蜒穿过，厌倦了梦境的野兽奔跑而过，找寻闪光的湖泊，而在看不见的远方家乡的方向，是一成不变的群山，以明亮的、静静闪光的峰顶问候照耀群山的月亮，在最远处，是看不见的海洋那银亮的窸响。于是夜晚在可见与不可见的事物中间，在他面前亘古不变地开启，世界在并非不可见的事物中间开启，从起源时代就一成不变，也是夜晚万千造物中的一种，星体彼此分离，真实的前院一成不变。哦，什么也没有改变，但一切都被推向了新的远方，它扬弃了所有夜晚，穿透了所有夜晚，使它们变得看不透了，使他自己的手变得陌生，使他自己的目光投向了不可见的事物，在所有此刻的远方，饮尽了各处的光线，甚至饮尽了城墙所挡住的、在它的无处腾空的毕剥火焰，远方，生活的所有响动都栖于其中，甚至连下面哨兵孤零零的疏落脚步也渐渐听不见了，近处的远方，过于遥远的远方，最外部也是最内部的边界，两者真实中的虚假，在两者远方的迷醉中着迷——美。

因为
在最迷醉的边界上闪耀着美，
从最迷醉的远方，它在人群中闪耀，
沉醉于认识，沉醉于疑问，
毫不费力，
只有目光能理解它，
审美所建立的世界共同体，
基于超远方的美之平衡，
穿透了这空间的每一点，厌倦了远方，

并且——几乎像魔鬼——在排列均等、意义相同的
东西里，消解的不只是最矛盾的东西，
而且——更像魔鬼——遥远的时间
也充满了遥远的空间的每个点，
时间那潮水的天平静静地站在每个点上，
再次达成了农神的静止，
不是扬弃了时间，而是在它永存的此刻，
美的此刻，好像在它面前，
人，尽管直立着向上生长，却会重新
躺下，回到他暮光朦胧的倾听之中，
重新走入上界与下界之间的深渊，
重新与他抛出的、倾听的目光合一，
好像深谷容许他重新参与其中，摆脱了
认识和疑问，
可以在最初、在最初之初放弃认识和疑问，
放弃善与恶的判断，
逃出人类认识的责任，
逃进新的，因此也是虚假的无罪，然后
应受指责的人和履行责任的人，幸福与不幸，
残暴的人和善良的人，生活和死亡，
不可理喻的和可以理解的事物
可以合成一个唯一的、难分彼此的共同体，
被那带来同一的审美纽带所连接，

毫不费力地射入包含它的目光，
因此仿佛一种魔力，中了魔，也使人中魔，
美像魔鬼一样吸纳一切，
一切都锁在它那农神的平衡里，
却因此而坠回了先于神性的东西，
因此是人对某件事的回忆，关于
他预知到的东西，
关于前神性的创世时代，
关于一次悬而未决、暮光朦胧的过渡的创世，
没有誓言、没有生长、没有重生，
但回忆依然虔诚，尽管是一种
没有誓言、没有生长、没有重生的虔诚，
审美之迷醉那魔鬼般的虔诚
在最外在的边界的迷醉中，
却不想迈过边界，
转向开端之前的东西，
前神性的神圣假象，
美；

因为夜晚在他的面前展开，包容了一切，充满了迷醉，扬满了回声的银尘，在它最远的边界作响，和它所包藏的东西难分彼此，他不知道它是一首歌、一阵大笑、一次动物的喘息还是一声风吟。这种无知与知识为敌，以美掩饰着自己，庇护着自己的娇柔和脆弱，是，它必须掩饰自己，因为它建立起来的世界共同体比认识

更脆弱、更无力、更有争议。此外，和那些随时会被知识伤害的东西不同，这种无知在寰宇所有可见的事物身上向他闪耀着美，极其温柔，带有几乎是魔鬼般的诱惑，像一种同义的、傲慢的引诱，像魔鬼一样从最外部的边界向他低语，一直穿透了最内部的边界，一种海洋般粼光浮动的低语，流遍了月色，流遍了他的周身，像万物摇摆的潮汐一样保持着平衡，它们低语的形象偷换了可见与不可见的事物，自我的整体里繁复的事物，与世界的整体里繁复的思想相连，但两者都变成了美：美的知识即是无知，美的认识即是不识，二者都没有思想上的进步，它们的真实与它们那平衡的僵滞状态都没有任何过渡状态。思想与真实之间那流动的平衡僵滞了，疑问与答案、可追问与可回答之物的交替僵滞了，它们的交替产生了世界。美令内部和外部流动的天平恢复了平静，成为象征之象征那僵滞的平衡。夜晚就这样在他周围拱起，在均衡的美中保持着平衡，夜晚黑光闪烁的空间像农神一样旋入了所有时代，显然还留在时间里，没有超越尘世，绷在边界之间，而最外部与最内部的边界在同一个点上。夜晚就这样环绕着他，在他周围扩展，在他看来，它从它自身、从它尘世的平衡里，带着它的美逃向了象征之象征，所有最外部和最内部的边界的远方都显得陌生，却仍以奇特的信任、以无知掩饰着自己，仍然奇特地掩饰着自己。现在它们向他显现了，在魔术一般突然重新亮起的光中，那是他自己图景的象征，在所有的超远方，如此清晰，好像是他亲自创造了它们，好像那是万物之中自我的象征、自我之中万物的象征、尘世存在中交错的双重象征：美照彻了夜晚，照彻了世界，充斥了无边空间的所有界限，和这个空间一起坠入了时间，穿过了众时代，变成了时间那永存的此刻，变成了无限的时间界限，变成了受到时间和空间限制的、尘世那完整的象征，流露出一种受限的悲哀，因此也流露出此岸的美；

因此怀着哀悼的悲哀，

因此美在人前掩饰自己，

以它的封闭性掩饰自己，象征

与平衡的封闭性，

中魔一般地摇摆，在

观看着美的自我和充满美的世界对岸，

两者都在自己的空间里，都局限于自身，

两者都封闭在自己的平衡里，并且都保持着

和彼此的平衡，因此都在一个共同的空间里；

美丽尘世的封闭性

隐藏在人的体内，

那负载时间、凝滞了时间的空间的封闭性，那摇摆着扩展的空间、中魔般美丽的空间的封闭性，不再提出新的问题，不再扩展它的认识，

空间那永不重生、永不扩展的共同体，保持着它

有效的美之平衡，而这封闭的

空间的共同体显出它的各个部分，

各个点，好像每个点都有自己最内在的边界，

以所有孤立的形态显现，以所有事物，以所有人类的造物，

每个体内都有自己空间的象征，

那是它们最内在的边界，所有实质在那里扬弃了自己，
这扬弃了空间的象征，这扬弃了空间的美，它扬弃空间
是为了使内外的边界之间形成一个共同体，
为了使受限的无穷之物变得封闭，
受限的无穷，人类的悲哀；
而美在他面前也伪装成一种边界，
而边界，内外的边界如一，
也许是最遥远的地平线的边界，也许是唯一之点的边界，
绷在无穷与有限之间，
在迷醉之中，却永远在尘世间，永远
在尘世的时间里，被时间限制，止步不前，
在空间的界限上平静地陷入停滞，
但没有扬弃时间，
只是象征，扬弃时间的尘世象征，
只是扬弃死亡的象征，不再是对死亡的扬弃，
人性的界限，还没有超出自己，
因此也是非人的界限；
美的进程在人前掩饰自己，
扮作它所是的东西，美所是的东西，
扮作有限中的无限，
尘世间显像的无穷，
和它的游戏，
扮作尘世之人在尘世间无穷的游戏，

扮作最外的尘世边界的象征，
美，玩弄自己的游戏，
游戏，人与自己的象征玩着游戏，为了
象征般地——幸好是这样——消除对孤独的恐惧，
美丽的自我幻灭不断重复，
逃入美，那逃亡的游戏；
于是美化的世界在人前掩饰自己的僵滞，
它不能以任何形式生长，它圆满的限制，
只有在重复中消逝，并且
这种虚假的圆满必须一再开始寻求，
服务于美的艺术游戏在他面前伪装，
它的绝望，它绝望的尝试，
用飘忽的存在创造不会消逝的东西，
用言辞、声调、石头和颜色创造，
在塑造成型的空间里
历经世代，
当美带来了将临的一代人，艺术
在所有图景里建立起空间，
空间里有不死的东西，人体内没有，
因此它不会生长，
束缚在那只可重复、不会生长的圆满中，它从未抵达自己，绝望地生长，从未圆满，
囚禁于永恒的回归，归于自己的开端，

因此变得冷酷，
冷酷地对抗人类的苦难，因为对它来说苦难已无意义，
是飘忽的存在，不再是言辞、石头、声音或颜色，
用于寻找美，发现美，
在永恒的循环中；
美在人前以残暴掩饰自己，
以淫荡的游戏那生长的残暴，这游戏
在象征中许诺无穷的享乐，
蔑视认识的、尘世的、虚假无穷的
享乐之享乐，
歌与死亡在上空不假思索地联结，
当游戏在美之边界沉醉了的领地进行，
还能抵达目光，还能抵达时间，
但无法抵达人性和人类的责任；
于是美在人前以没有认识的法则掩饰自己，
一种美的堕落，自我堕落的法则
依照自己的意志
自我封闭，不重生、不扩展、不发展，
享乐就是审美的明镜准则，
享乐的、淫欲的、不洁的、不变的，
被美饮醉并饮醉了美的游戏，输掉了自己的美，
在真实的边缘流尽，
驱逐了时间，却没有废黜它，

利用了偶然，却不能掌控它，
无尽地重复，无尽地继续，却
一开始就注定要失败，
因为只有人性是神圣的；
于是美的迷醉在人前掩饰自己，
扮作一开始就输了的游戏，输了，
尽管还保持着它赖以为生的平衡，
尽管还要在必然中永远重复，
输了，因为不可避免的循环同时也是
不可避免的荒废，
循环的迷醉与游戏的迷醉
不可避免地囿于彼此，
都有其时限，
都暮光闪烁，
都不生长，但它们的残暴显然在生长，
而认识的人真正的生长
没有时限，摆脱了循环，延入了时间，
时间发展成了无时间，因此
废黜了所有时限，和生长的真实一起
冲破、迈过了一道道边界，最内部和最外部的边界，
把一个个象征甩在身后，不想
为此毁坏美最后的象征，
不被必然最后的均衡触碰，

会一样必然地揭露它游戏的尘世，
揭露尘世象征的匮乏，
发现美的悲哀与绝望，
发现觉醒的美之迷醉，
失去了认识，迷失于没有认识的
觉醒的自我，
他的贫困——

而他，这象征化的自我、这种美、这游戏、这一进程都在照耀着他，在世界最内部和最外部的边界上，在夜晚最内部和最外部的边界上，在那不可逃脱的必然之中闪耀，于是他把这一进程纳入了体内，把它藏在、锁在了体内，囚禁在了必然的空间里，囚禁在了自我的边界空间、世界的边界空间和无尽空间的象征里，囚禁在了游戏的空间、超远方的近处空间、审美的空间里，囚禁在处处存疑却提防着、凝滞了所有疑问的象征空间里，囚禁在了所有僵滞的空间里。他自己也僵滞了，因僵滞而窒息，他感受到、领悟到，没有一个空间超出了这绷在上界与下界之间的透明屋顶，一切都依然躺在这依然有限的过渡地带，它的边界已经延入了无穷，自己却仍在尘世：仍在尘世，审美的疆域，那凡俗的、依然凡俗的无穷！他被囚禁在了这里，被锁闭在了这里；他被锁在了尘世呼吸的空间里，却也被锁在了星体的空间和真正的呼吸的空间之外。他感受着这种封闭，感受着封闭中所有僵滞的成因，所有呼吸僵滞的成因，他感到有一场爆炸是不可避免的，他自己的深渊、他灵魂的深渊、他呼吸和非呼吸的深渊都感受到了这一点。他察觉到了一场爆炸，知晓了它，他察觉到也知晓了它是怎样在他体内、在世界上扩张，怎样栖息在了他的体内，同时也包围了他，他几乎是靠肉体感到了它，像是以肉体倾听到了它，他觉得它好像扼住了整个可见与不可见的世界的呼吸。但它却仍像魔鬼的诱惑一样在他体内、在他四周交织，缓缓走向他，在他的体内缓缓攀升，在他的头上击碎，肉体的非肉体化，这毁灭与永灭的诱惑，这碎裂与击碎万物的诱惑，这自我放弃、自我嘲讽、自我毁灭的诱惑，窒息着、挖掘着、猛烈地摇晃着，依然许诺要释放他。他就这样感到了爆炸的前兆和爆炸的决心，接近一种看不透的、往日的非回忆。他就这样感到了它、了解了它，希望它在这里，以最原始的暴乱对抗僵滞，对抗已经成形的事物，对抗有限空间里的房屋和依然存在的不协调，也对抗悲哀，对抗所有游戏与所有审美那地下的悲哀。哦，这是一种巨大的原初欲望的诱惑，是一种巨大的欲念，想击碎一切、击碎世界和自我，有一种还要更强烈、还要更古老的认识的欲望在摇撼着它。哦，这就是感受、是察觉、是知晓，甚至是认识，在他看来，这就是一种认识，是一种自我认识，从他最深的前知识的空间，从他被囚禁的地方，他最后的领悟跑向了他，而他在电光石火间认识到了，美的爆炸就是那赤裸的笑声，那笑声就是世界之美注定的爆炸，从一开始就依附于美，永远栖身于美，先像一个微笑在超远方的虚假边界上闪耀，然后在时机转变的时候爆发，如雷贯耳，使时间崩塌。像片甲不留的魔鬼之力，这笑声是世界之美的反面，绝望地替代着已经失去的认识和信心；是一次逃亡的终点，想要逃入美，却半途而废；是半途而废的审美游戏的终点。哦，悲哀之悲哀，游戏与游戏，享受着享受的蒸腾，双倍的悲哀，双倍的游戏，双倍的享受，这笑声依然是一种逃亡，逃出了避难所，摆脱了游戏、摆脱了世界、摆脱了享乐。世间的悲哀爆炸了，男人的喉底盘踞的无穷欲求、美却僵滞的空间都爆炸了，在笼罩了这一过程的无名的无语之中，甚至连虚无也会迷失，因沉默而发狂，因笑声而发狂，却依然神圣：

因为
先于众神和人类的是笑声，
它源于上帝最初的远方，那位认识了自己的上帝，
默默地预感着，源于自己的前知识，
关于可毁灭之物的前知识，
关于可毁灭之造物的前知识，其中
他作为它的存在一同被创造、一同在创造的一部分而生活，
因世界的认识而生长为自身的认识，并超出了它，
回归了笑声
所起源的前知识；
哦，众神与人类的诞生，哦，众神与人类的死亡，
哦，他们的开端和结局彼此交织，
哦，笑声源于众神那不神圣的知识，
源于上帝与人类共有的知识，
源于那不平静的、躁动而透明的
共同地带，
像魔鬼一样绷在彼岸与此岸之间，

在那里，在那暮光朦胧的魔鬼地带，
上帝与人可以相遇，也许会相遇，
是宙斯在神灵之人的圈子里发笑，
是人唤醒了众神的笑声，
就像
人类在动物体内找回了自己体内的上帝，
动物也这样被人类抬高为上帝，
但上帝通过动物回到了人类体内，
上帝与人类悲哀地合一，尽管被笑声控制，因为这
是在起初突然混淆所有星体的游戏，它的
命运规则
可以把握，
起初突然揭露出来的、最初的他人的游戏，
星体那混杂的巨型游戏，
众神的游戏，消磨了美，扬弃了秩序，
创世的神明与造物可怖地结合在一起，
都甘愿被偶然放逐，
全知的地母的咆哮与愤怒，
那被认识释放又蔑视认识的上帝的乐趣和冒险，
涌遍了笑声，
因为最近的星体结合的乐趣，仅有
认识和疑问最些微的痕迹，
甚至急需某种成就，以

自我放逐，快乐而轻浮地
放逐
偶然，放逐时间，
放逐没有推测到却预知到的东西，预知到却没有推测到的东西，
放逐直接而妙趣横生的前知识，
因此，
也放逐死亡；
看不透的事物的乐趣，乐趣，如此巨大，与
法则最后的残余有趣的毁灭同在，
秩序、边界和桥梁有趣的断裂之中，
美之空间的坍塌之后，
最初和最终都是回头，
回头
归于无限的无知，无名的无语，无桥的无空间，
交错坠入分离，
交错坠入上帝的前知识，怀着人类的前知识，
一同坠入他们共同的创世，但相反，
近在手边的近处和堆积的遥远万古终结了，
非回忆里创世前的图景终结了，这非回忆
对于上帝的前知识还远远不够，
难分彼此的状态终结了，那时
真实与假象，

生者与死者，
有意义者与可怖者
难以设想地结合了，
不可预感的无处终结了，那里
群星在水面上漂流，
不再散布得彼此那么远，
不再有深入彼此的东西出现，
在交叠堆积、体内堆积的东西面前微不
足道，偶然坠入彼此，偶然冲破彼此
萌发出来，
微不足道，
流逝的时间难以分辨的偶然本质，
神灵群体、人群、兽群、植物群落和星群
在彼此体内落户；
笑声的无处终结了，
至少是世上的废墟笑着终结了，
好像从未有过创世的誓言，
因这誓言，上帝和人都对彼此负有责任，
都对认识和真实创造的秩序负有责任，
都有责任救助，这是对责任的责任；
哦，那是背叛者的笑声，
不忠、轻松、轻盈的笑声，
那是创世前的不善与不尽责任，

那就是它，
不善的遗产，容纳笑声的爆炸的萌芽，
世间所有的创世从一开始就居于其中，
不可根除，
已经在微笑的、欢快的背景中闪光，在这背景里
显露出创世前的、充满爱意的优雅，
在创世前的、无情的知识中闪光，在这知识里
甚至可怖者也会输掉它的美，
澄清，变为值得同情、凝滞了同情心的远方，
延伸而出，越出了所有远方，最内部与最外部的远方合一，
在无尽的非空间那有些可怕的表层上闪光，在这表层上
堆积着美，抵达了时间的界限，高高堆起
在它最内在、最深处的背景中，
穿透了它，不断穿透它不可塑造也不被塑造的未完成物，
穿透它，穿过它堆积而起，穿过它坠落，
那笑声，
创世前的语言——

因为什么也没有改变，哦，什么也没有：形体僵滞而静默，深深沉入了天空的穹顶，那里潜伏着充满迷乱笑声的伪证。但在触手难及的群星歌声里，大地再次开始孕育沉默，同时也被尘世的沉默、被世上那巨光闪烁的持存之物所孕育。在可见与不可见的事物中，在逐渐湮灭为歌声的美之中，与美相似的笑声颤抖着，紧张地潜伏着，即将爆发，怀着窒息般的强烈欲求，窒闷地潜伏着，潜

伏在内部与外部那渴望爆炸的诱惑之中，环绕着他，又栖在他体内，表达着惊恐，传达着惊恐。创世前的语言，一种无法沟通的语言，没有人可以靠它沟通，它所流通的空间没有名字，它所存在的星辰没有名字，在众星混杂的语言空间里，有一种没有名字、没有关联、没有表达的孤独，在每种美不可避免地消散的空间里，在美的目光里，但已经被囚禁在了一个新的空间里，这个空间惊恐地发着烧，他自己也惊恐地发着烧。他进入了这个空间，这里不再有任何通往真实的道路，不再有退路，也不再有重生，只有那毁灭了真实的笑声，是的，赤裸裸的世间万物被笑声剥了出来，已经没有一个有效的真实了。这笑声扬弃了答案，扬弃了认识的责任，扬弃了那宏大的希望，希望那认识的责任绝不徒劳，不是因为它们绝不徒劳，而是因为在僵滞之美的空间里、在它们粉碎的空间和笑声的空间里，它们是如此多余——这笑声比人群的睡眠更邪恶、更歹毒。没有人在梦中大笑，好像承受着疼痛，好像承受着死之阴森那生长的恶意，他觉得这种恶意至多会被美愉快地蒙骗，哦，没有什么比那坠入虚假人性的上帝或坠入虚假神性的人类更接近这种恶意，二者都被恶意、被不幸、被创世之前的动物性所吸引，二者都和毁灭、和魔鬼般的自我毁灭玩着游戏，只是偶尔会离开这些东西，因为在一刻不停、滔滔涌来的时间的每一刻都可能有什么发生：二者都嘲笑那交付给了偶然的不确定性，都嘲笑一段不确定的时间里迅速涌现的东西，都陷入了同一种笑声，因为中止了责任和誓约而感到轻松快乐，被偶然觊觎，被偶然激荡，嘲笑每种多余的认识都扬弃了神性和人性，嘲笑孕育不幸的事物从美丽的恶意中萌发而出，嘲笑所有虚假的真实，欢呼着，因为造物的誓约打破了，为完成了的功绩、被骗的非功绩与无所作为疯狂地欢呼，这就是打破誓约的后果。这时他懂了：那三个人，下面摇摇晃晃的三个人，都是这伪誓的证人。

他们前来做证，为了指控他。这是他们的必然：他们为此而来。他为此必须等待他们到来。他们作为证人和原告到来，指控他也背负着他们的罪责，是他们的同谋，和他们一样打破了誓约，因此也一样有罪。因为他和他们一样，对那已经打破了、还将继续破坏的誓约一无所知，忘记了先前的誓言和责任。是的，他们的罪责也因此扩大了，尽管他命中注定，必然要和他们一样驶向某个点，驶向再次放逐的一点：放弃了创世，放弃了上帝与人类，放弃了创世之前从未诞生的事物，它注定了生死都一样毫无意义。因为只有从誓约中才能衍生出责任，只有从誓约中才能衍生出意义，万物的意思都囿于责任，当誓约被打破，当人们忘记了责任，一切就都失去了意义，众神和人类都要遵守那个被设为原初的誓言，尽管没有一方认识它，除了那个未知的上帝，因为所有语言都发源于这位最隐秘的天神，为了回到他那里，为了走向他，他是誓约与祈祷的守护者，是责任的守护者。他期待着一位未知的上帝，他的目光被迫垂向地面，上帝的解脱之道凝视着他，被责任孕育，也孕育着责任，应能重新焕发语言的活力，使人们靠语言共同履行誓约，希望再次挣脱人类陷于其中的——这也是人类的特权——超语言和下语言，把他们救出美的云雾和笑声的撕扯，救出他们所误入的纠葛密林，再次成为誓约的工具。这是一种徒劳的希望，它坠回到了创世前的时代，坠回到了掏空意义的世界，坠回到了未降生者中间，它们被过往逝者的阴影之山环绕，无法飞越任何一种尘世之死。世界在他的面前展开，被美激活，被笑声击溃，失去了语言，无法形成一个整体，这就是打破誓约的后果，因此世界也有罪。到来的不是那个未知的上帝，不是回归了责任的立誓者，而是这三个人，不承担任何责任。

责任，尘世的责任，救助的责任，觉醒的责任；此外没有别的责任，甚至人类对上帝的责任和上帝对人类的责任也是一种救助。而他命中注定不能承担任何责任，这是必然的，也是不可避免的，他像他们一样不愿承担责任，一样不愿接受救助，也许他先前的无欲无求也只是在抵抗救助。救助从四面涌来，他毫无感激地接受了，他和这些暴民一样，尽管索求许多恩赐，却因为自己无力助人而拒绝所有真正的救助：谁打破了誓约，谁在石穴中长大、生活，谁在骨子里就怀有打破誓约的恐惧，从青年时起就十分机智、十分狡诈、十分享受、十分风趣地寻求某种出路，不向微光闪烁的贪欲许诺直接的享乐，也不沦入为所欲为、无法无天的下流交配，而其他不这么做的人至少会去谋求一些金钱的利益。下面那些索要着面粉、大蒜和酒的人，那些渴望着斗兽表演的人想要流血的丑角麻木他们的恐惧，以这种恶作剧般的谋杀表演蒙骗自己、蒙骗众神，这是审美与大笑边缘的表演，是二者阴森可怖的统一体，给天神送去伪誓的、虚假的赎罪祭品。不管这是享乐还是对众神的安抚，这都不会成为觉醒，不会成为救助，不会成为真正的救助，而只是利益，是他们要求的实在的利益，当皇帝想用法制约束他们的无法无天，斗兽表演、酒和面粉就只是一种奖赏，奖赏他们的顺从。奇怪的是他们依然爱他，一如既往地爱他，尽管他们不爱任何人，尽管他们从未和另一个人同在。这就是暴民的非共同体，他们没有任何共同的认识，没有一个人爱另一个人，没有一个人救助另一个人，没有一个人理解、信任、倾听另一个人，失语暴民的非共同体，掠夺了离群的个体的语言：认识变成了完全多余的东西，不只是由于他们狡黠的恐惧和自以为是的猜疑，还因为它既不能带来享乐，也不能创造利益，而人们仍在炮制狡诈的言辞，随时都会被愚弄；不只是由于爱、救助、理解和信任彼此依存，现在都溶解成了空洞的虚无，不只因此。只有可以计数的东西还是可靠的，但对他们来说这也不够可靠了，他们热情地点数着硬币，呼喊着硬币，却不再能平息他们的恐惧，他们看穿了这些也是不可靠的，他们几乎感到绝望，觉得自己被推向了最后的自我嘲讽，依然风趣而机智，风趣而享乐。笑声摇撼着他们，因为没有谁能经受住内心最深处的恐惧，在人们还没有在飞掠的魔咒中吐出硬币的时候，甚至连可以计数的东西都是不可信、不可靠的。但他们却轻信奇迹——出于他们最具人性也是最友善的本性——他们很难相信真理，他们觉得真理是不可信的，是完全不可计数的，于是他们恐惧的封锁线就变得完全看不透了，没有任何出路。如果他遵从了自己青年时代的计划，他本可以作为医生接近他们，如果他提供免费的救助，他们就会嘲笑、羞辱他的救助，宁可找个老太婆给他们治病。他们就是这样，事情就是这样，所以最终他改变了职业，那时他觉得这个理由非常有说服力。但如今他发现，他自己也下行到暴民中间了，好像他从来没有忘记行医的知识，好像他们提供的非救助比对救助他人的虚假希望更光荣，他就是怀着这种希望开始作诗的，他的诗与更高的知识相背，他希望它会变成美的强力，变成魔力之歌那失语的深渊，通向一个美好的结局，而他，诗人，会在人类重组的共同体里上升，成为认识的使者，剥离了暴民的特性，也因此扬弃了暴民的特性，俄耳甫斯[1]被选为人类的领袖。唉，俄耳甫斯从未达到过这一地位，在他宏大的永生中，他也从未为如此虚荣的名誉之梦和对诗人如此不可饶恕的高估而辩护过！当然，许多属于尘世之美的东西，一首歌、一片波光粼粼的湖泊、一首七弦琴的乐曲、一个少年的声音、一首诗、一幅画、一根柱子、一座花园、一朵唯一的花都拥有神恩，可以在人类最内部和最外部的边界上倾听他的存在，因此，俄耳甫斯的艺术当然会拥有权力和崇高的地位，它的轨迹必将激荡起改变的洪流，轻柔地诱来林中着魔的野兽，让它们轻轻停下脚步，不再走向牧场上吃草的牛，梦幻般、中魔般地实现了所有艺术的愿景：世界在侧耳谛听，准备迎接歌声和涌向他的救助。尽管这样，救助和内心的倾听持续的时间也不比歌声更久。歌声也无法持续太久，在它消散之前，这激流不会潜回旧日的温床，林中搜寻的野兽不会袭击无害的、吃草的牛，人类也不会坠回他先前栖身的阴森。因为不只是迷醉不能持久，美所生成的一切都不能持久，那种温和也不能持久，那种俘获了人与动物的温和，仅仅是美之迷醉

1 俄耳甫斯的父亲是色雷斯国王奥阿格罗斯，母亲是司管文艺的缪斯女神卡利俄帕。俄耳甫斯凭着他的音乐天才，在英雄的队伍里建立了卓越的功绩，伊阿宋取金羊毛时，正是靠了俄耳甫斯的琴声才制服了守护羊毛的巨龙。

的一半，当其他并不更弱、多数还更强大的东西超越了最可怕的阴森——最阴森的东西恰恰喜欢沉迷于一朵花——美和以艺术为载体的美很快就失去了作用，没有注意到天平的两侧平衡地交替，只有一侧会转向人类。一如既往，艺术的运作遵循着某种规则，遵循规则是艺术家的根本美德之一，也常常是他所创造的英雄的美德之一，虽然并非一直都是这样：如果高尚的埃涅阿斯有这么软弱，人们或许会有一瞬间希望他萌发出同情心，希望他感到诗歌美丽的张力，犹豫不决地退后，没能诛杀他的死敌；如果他没有去思索更好的结果，最终选择完成那可怕的功绩，他就绝不会成为一个值得追随的、温和的范例，而是一个无聊的非英雄，没有任何诗歌敢于书写他。也许埃涅阿斯就是这样，也许一个英雄和他的功绩就是这样，艺术只关乎平衡，只关乎最迷人的远方边界上巨大的平衡，只关乎艺术那极为颠簸、极为飘忽的象征，根本没有独立的内容，永远只有内容的关联，因为只有从这里出发，才能抵达那个目标，因为只有在事物的关联中，对立的存在才能达到平衡，所有对立的人类部族才能融为一体——人类本可以创造、本可以理解不同的艺术！——在美之语言的平衡中，温和与残暴合为了一体，在自我与万物那平衡的象征中，在某个整体醉人的魔咒中，和歌声持续得一样久，却不会更久了。这既是俄耳甫斯的艺术，也是他的诗艺，因为他曾经是艺术家，是诗人，是倾听的魔术师，既是歌者也是听众，在暮光的环抱之下，像暮色一样、像魔鬼一样捕获了美，尽管得到了神恩，却依然像魔鬼一样，是一个沉醉的使者，却不是人类幸福的使者——也永远无法成为人类幸福的使者：带来幸福的领袖摒弃了美的语言，穿透了它冰冷的表层，穿透了诗歌的表层，抵达了朴素的言辞。这言辞因为靠近死亡、因为认识了死亡而可以打破他人的防线，平息他们的恐惧与阴郁，给予他们真正的救助，那位使者抵达了直接之善的质朴语言，抵达了直接的人类美德的语言、唤醒的语言。这是否就是俄耳甫斯所搜寻的语言，当他找寻着欧律狄刻[1]，下行进入阴影的王国？难道他不是已经深感绝望，认识到了艺术家的无能是人类责任的强力所致？哦，命运把谁抛进了艺术的监牢，谁就再也无法逃脱了。他依然被锁在不可跨越的界限之内，美丽而醉人的进程在边界上发生，但他无法抵达边界，于是他在封闭中变成了一个虚荣的梦者，一个非艺术的名利之徒，却还是一个真正的艺术家。于是他变得绝望，听到了边界对岸的呼唤，他仅仅是把它保存在诗里，却不能随它而去，他不允许这样做，他像瘫痪了一样被束缚在了这里，一个边界此岸的写手，尽管接受了音韵的任命，像埃涅阿斯一样虔诚地立下了誓约，触摸了女祭司高高的祭坛——通向地府的路很容易走，冥界的大门会永远开敞，但如果你要回来，要回到阳世却是十分艰难的，因为回程上布满了漆黑的森林，潜伏着泣河[2]的巨流，布满了它的河湾与旋涡，只有勇士和少数天神的后代才能走完归途，因为主神朱庇特宠爱他们；而你，如

1 欧律狄刻，俄耳甫斯的妻子。她被毒蛇咬死后，俄耳甫斯舍身进入地府，想把妻子找回来。冥王冥后答应让他带走妻子，但在他走出地府之前决不能回头看她。当他们就要离开地府的时候，欧律狄刻禁不住丈夫的冷遇，不高兴地嘟囔起来，俄耳甫斯忘了冥王的叮嘱，回过身来想拥抱妻子。然后妻子的身影消失，又一次坠回了地府。

2 泣河，希腊神话中的阴间河流，为冥河的支流。

果你的勇气过人，如果你坚持要在塔尔塔罗斯[1]的恐惧中两次渡过冥河[2]，那么请先听听你必须做的事：在暮色朦胧的山谷里，在最狂野的密林里，在最浓密的灌木中有一根金光闪闪的枝丫，上面的叶片也闪着金光，这是神圣的地下女神普罗塞耳皮娜[3]的圣物，在你下行之前，你要折断这根闪光的树枝，进献给她，这就是她所希望的，而你每折断一根金枝，树上就会长出一根新的枝条；你要抬起眼睛找寻它，并把它折断，如果你命中注定要折断它，你就会立刻抓住它，徒手就能够将它折断，如果万能的命运不允许你这样做，不管你用多大的力气，就算你用刀斧也砍不下来，还有一件事，还有一项责任你必须履行，你要奉上赎罪的祭品，葬下你那已死的朋友还未下葬的尸体，这是他的权利，也是你的责任[4]——

——于是，听到了上帝和命运的呼唤，顺从于它们的意志，那道边界开启了，敞向一种神圣，责任和救助终于在那里实现了。但谁因命运与上帝的双重意志注定了要成为艺术家，谁就命该面对纯粹的知识与预感、纯粹的书写与传说，谁在生活与死亡之中就不能赎罪，甚至墓碑对他来说也只是一个美丽的建筑物，是自己的遗体在世上的一个家，既不是出口，也不是入口，既不是那

1 塔尔塔罗斯，希腊神话中一位神灵的名字，同时也是冥界的一座城堡，恶人在那里接受惩罚。

2 冥河，希腊神话中阴间的主要河流，是愤怒之河与守誓之河。

3 普罗塞耳皮娜，罗马神话中的地下女神，冥界王后。她是朱庇特和克列斯女神的女儿，冥王普路同的妻子。

4 引自《埃涅阿斯纪》第6卷，第126—152行。后来，埃涅阿斯下到地府见到阵亡的英雄们的鬼魂，亡父向他预示了罗马未来的命运，坚定了他缔造新国家的决心。

不可度量的下行之旅的入口，也不是那不可度量的回归之旅的出口。命运不让他折断那根引领的金枝、认识的金枝，朱庇特宣判了他的罪行。他被宣判为打破了誓约，同时又不再打破誓约了，而他的目光被迫转向地面，遇见了这三个打破了誓约的同谋，这三个判决的使者，蹒跚走过石板路。他的目光没法钻得更深，不能穿透石头的表层，不能穿透世界的表层、语言的表层和艺术的表层。他不能下行，不能从深渊里走上真正的迢迢归路，而所有人都致力于此。他不能走上来，不能回到阳世，重新立下创世的誓约，他一直都清楚，他前所未有地清楚，他囿于幸福的使者那誓约的救助，他永远囿于其中，因为誓约的救助和人类的救助相辅相成，只有与它们同在，那创造了整体的、创造了人类的伟大使命才能够实现。它生于大地，归于天空，因为只有在人性之中，只有在真正的共同体里，才能映出所有人类的整体，才能映出人性，才能完成疑问与答案的循环，那被认识运载又负载着认识的循环，才能把对救助的无能、对责任和誓约的无能锁在门外，把他锁在门外，因为他把自己锁在了人类存在那巨大的征服、实现与神化的过程之外；是这样，他知道，

他也知道，这就是艺术的作用，这就是艺术还能存在的唯一原因——哦，艺术还存在吗，还可以继续存在吗？——只要它还保有誓约和认识，只要它还是人类的命运，是人类存在的征服，只要它还能使不可征服的事物重焕生机，只要它还能维系下去，召唤灵魂继续征服自身，一层一层地剥开它的真实，一层一层地钻得更深，一层一层地穿透它最内部的存在群落，一层一层地接近那永远无法

抵达却永远被人所想望、为人所知的黑暗。自我就起源于其中，又回归到了其中，那黑暗的区域，自我在那里成形，又在那里消解，那是灵魂的入口和出口，也是这一切、灵魂所有真理的入口和出口，在阴影中那驱散一切、金光闪烁的枝丫上闪烁，在真理的金枝上闪烁，任何暴力的行为都不能发现、不能折断它，因为有福发掘和有福下行其实是一回事，都是只有认识了自我才能得到的恩赐，既属于灵魂，也属于艺术，是它们共同的真理、共同的真实认识；是这样，他知道，

他也知道，这真理包含了所有艺术的责任，认识自我、发现真理、表达真理的责任，这是艺术家的使命，使灵魂察觉到自我与万物之间宏大的平衡，在万物中找回自己，使自我在对自我的认识中生长，长成一种生长的存在，存在于万物中、世界上，归根究底是人性中。如果这双重的生长永远只是一种象征，永远和此前美的象征束缚在一起，囿于美之边界的象征，如果它永远只是象征的知识，因为它是象征，它就可以把存在最内部和最外部的边界转化成新的真实。绝不会转化成新的形式，不，而是转化成新的内容，因为它在里面打开了真实最深的秘密，相符之物的秘密，自我的真实与世界的真实相符，因此这象征具有精确的尖锐，上升成为真理的象征，孕育了真理，所有真实的创世都源于其中，一层一层地向前推进、触碰、预感，一直穿透了开端和结局那难以抵达的黑暗领域，一直穿透了万物中、世界上、他人灵魂中的神性，一直穿透了最后一个隐蔽的上帝，那里满是有待发现、有待唤醒的东西，甚至在堕落的灵魂里也是这样——这个过程，通过自我认识发现自己灵

魂中的神性，就是艺术的人间使命、人性使命和认识使命，因此也证明了它存在的合理性。它被逐到了临近死亡的黑暗地带，因为只有在临近死亡的时候它才能变成真正的艺术，因为艺术里只有长成了象征的人类灵魂；是这样，他知道，

但他也知道，象征之美，只要还是精确而尖锐的象征，就永远无法成为自身的目的，当美作为自身的目的向前推进，用它的根须抓住艺术。因为之后它的创世就会毫不留情地颠倒过来，因为之后创生者会被产物所取代，真实的内容会被空洞的形式所取代，正确的认识会被纯粹的美所取代，在恒久的交替和回环往复中，因为陷入了封闭而无法重获新生，不再扩展成任何东西，不再发现任何东西，既没有堕落中的神性，也没有人类神性中的堕落，只有一个空洞的形式，只有空洞的言辞，在这难辨彼此的世界里令人着迷，是的，如果没有誓约，艺术就成了非艺术，诗歌就成了卖弄文学；是这样，他知道，他极为痛苦地知道了这一点，

因此他也知道了所有艺术最深的危险，知道了注定要做艺术家的人内心深处的孤独，知道了他与生俱来的孤独把他更深地推进了艺术，推进了美的失语。他知道艺术家都没能进入这种孤独，他们渐渐对孤独视而不见，对世界视而不见，对自己和他人身上的神性视而不见，他们会沉醉于孤独，仅仅能看到自己身上的拟神性，好像这就是他们唯一可以看出来的特征了，因此，自我的偶像化就渐渐变成了他们创作的唯一内容，渴求着别人的认同——他们背叛了神性，也背叛了艺术，然后艺术品就会变成非艺术品，变成艺术家的虚荣那不洁的外衣，变成一个浮华的国度，在这毫无尊敬的气氛

里，甚至那自甘堕落、供人观赏的赤裸也会戴上面具。就算这种不洁的非艺术，这种自我享乐、自我迷失、牵挂世俗功效、短命而不可重生、有限而不可扩展的非艺术走了一条通往人类的捷径，就算它能像真正的艺术一样找到那条路，那也只是一条虚假的路，是孤独的出口，却不是通往人类共同体的入口，不是真正的艺术所追求的人类之追求。不，这是通往暴民的入口，不能征服真实，也不能创造什么真实，甚至不想去征服或创造什么真实，宁可在暮光中忘掉所有真实，像非艺术一样失去真实，像那些卖弄文学一样失去真实，这就是所有艺术最为内在、最为深刻的危机；哦，他极为痛苦地知道了这一点，

因此他也知道，自那以后，他就陷入了非艺术和卖弄文学的危险，这种危险一直囚禁着他，自那以后——他也一直没敢真正承认——他再也不能把他的诗称为真正的艺术了，因为它不会扩展、不会重生，仅仅是美那不洁的繁衍，从来就不是真实的创世，一直都不是，从《埃特纳火山之歌》[1]到《埃涅阿斯纪》，都一样沉迷于美，一样自我满足，仅仅限于美化那些久已想出、久已认识、久已成形的东西，没有真正迈出内心的一步，仿佛一种不断增加的华贵与累赘，一种从未存在的非艺术，超出了自己，征服了存在，上升为真正的象征。哦，他靠自己的生活、靠自己的作品知道了非艺术是多么诱人，这是一种颠倒的诱惑，产物取代了创生者，游戏取代

1 《埃特纳火山之歌》，维吉尔早年的诗歌作品。埃特纳火山是西西里岛上的一座著名火山。

了共同体，僵滞取代了不断发展的鲜活创世，审美取代了认识，他了解这种交替与颠倒，他十分了解它，他的生活之路也经历了这种交替与颠倒，那条不幸之路，把他从家乡的泥土引向了大城市，从劳作与收获引向了自欺欺人的美之演说，从人类的责任引向了骗人的虚假同情，从高处观察万物，不能提供真正的救助，被人抬在轿子上，一直被人抬在轿子上，从法治的共同体向下行进，进入那些被托付给偶然的个体。这条路，不，这次坠落，坠入暴民，坠入下面最可怜的卖弄文人！他也突然知道了，他总是一再被这种迷醉扼杀，好像那就是美、就是虚荣、就是艺术的丧失和游戏般的遗忘，他的生活也就这样注定了，好像有一条长蛇环绕着他，这种迷醉诱骗着他，让他坚决地颠倒、转身，那是非艺术诱人的迷醉。现在他回望他的生活，感到了其中的耻辱，他也想到达时代的边界，也想立刻终止游戏，他也必须怀着冰冷的、沉醉的清醒承认，他选择了一种一文不值的、蹩脚的、卖弄文人的生活，不比他蔑视的那些空谈家强到哪里去，不管他们是叫作巴维乌斯还是麦维乌斯[1]。是的，他再次发现，他的每种轻蔑里都含有一点对自己的轻蔑，伴随着一种极为羞耻、极为割裂的疼痛，在他体内升高、翻涌，只剩下唯一一种可行的解决方案，就是自我的消解和死亡，只有它是值得期待的。但向他袭来的不是羞耻，而是某种更甚于羞耻的东西：谁清醒地回顾了自己的生活，并认识到他在歧路上走的每一步都是必然

1 巴维乌斯与麦维乌斯是奥古斯都时代的诗人，两人的名字常与诗作蹩脚、爱攻击著名作家联系到一起。

而不可避免的，对他来说，命运的强力和众神的强力就已经注定了他将要翻转。因此他被束缚在了这里，一动也不能动，不再向前抗争一步，迷失于纷乱的图景、语言、话语和声调，迷失于内部和外部的枝条那命定的罗网，一种无人引领的希望，禁绝了命运，禁绝了众神，寄希望于监牢的墙上金光闪烁的枝叶。谁曾经认识到了这些，谁认识到了这些，谁就会更加羞愧，就会满怀惊恐，因为他认识到了对于天神来说，所有的进程都在他们面前平衡地运转，依照朱庇特的意志和命运的意志，变成了一种唯一的进程，在这种可怕的平衡中，向尘世展现出罪与罚坚不可摧的统一体。哦，只有命中注定要负担共同体、要履行救助的责任才是美德，只有这样的人才会被朱庇特选中，被他领出命运的密林，但如果他们都不想履行责任，他们就都无力救助，也不愿救助，就都会受到无助的惩罚：诗人惧怕与人同在，他被锁在艺术的监牢里，在共同体中无力救助、不愿救助，也得不到救助；没有领袖，没有引领的能力，也不再引领了，想要反抗自我。尽管如此，他还是想成为朦胧暮光中的救助者和觉醒者，并因此回到誓约与共同体之中，好像他的追求——哦，他怀着惊恐的羞愧看到，那三个人被派到了他这里！——已经注定要失败了；好像他的救助只是虚假的救助，他的认识只是虚假的认识，会被人们彻底接纳，却只会把人们引向不幸，远离所有幸福的指引，远离幸福。是，这就是后果：对不愿认识的人来说，没有认识的人就是认识的使者；对缄默的人来说，空谈家就是唤醒语言的人；对不了解责任的人来说，忘记了责任的人就是履行责任的人；跛子就是蹒跚者的导师。

他再次被放逐了，在一个再次被放逐的世界上被放逐，哦，那只手不再抓举着他，没有什么遮掩着他，把他直立起来。他掉了下去，从窗台上滑了下来，毫无生气地抓着那蒙尘的、灼热的、毫无生气的砖石，指尖敏锐地感到了这过于灼烫的原初黏土上的尘埃，抓住了这僵滞的原初泥土，他听到了夜晚的石头那灼热的、僵滞的沉默里沉默的笑声，听到了其中打破誓约的沉默，一种知罪的、拥塞的沉默，剥夺了语言，剥夺了认识和记忆，创世之前的沉默，和它们阴郁地生长的死之沉默，在这绝对的沉默中，创世不会重新开展，因为被沉默遮蔽的死亡不了解任何神性：哦，没有任何其他造物像人类一样，如此绝对，如此世俗而易逝，因为没有其他造物像人类一样打破了誓约，他越堕落，就越易逝，但是最彻底地打破了誓约、最易逝的是双脚脱离了泥土、只能踩着石板路的人，是不再耕田和播种的人，对他来说，事情不再依照星辰的运行而发生，森林和泛绿的田野不再为他歌唱。真的，没有谁、没有什么比大城市的暴民更易逝，他们爬动着、滑行着、拥挤着穿过街道，因为吵闹的蹒跚而忘记了该怎么走路，不被任何法则载送，也不再负载任何法则，再次碎裂的人群，失去了往日的智慧，像动物一样不愿去认识，但不像动物的是，他们把自己托付给了所有偶然，最终是偶然的湮灭，没有记忆，没有希望，也没有永生。而他就注定要和这破裂的暴民群体同在，他也是他们中间的一块断片，这就是他命定的必然，不可避免。他已经把惊恐的地带抛在了身后，却为了观看惊恐而坠入了暴民之中，坠入了一个表层，无法通往任何深处——他还会继续坠落吗，还必须继续坠落吗？从表层坠到表层，一直坠入纯然虚无的表层？一直坠入最终遗忘的表层？冥界的大门永远开敞，坠落是不可避免的，没有归路，而在坠落的迷醉中，他会以为他是在向上飞升。直到他看到了永恒的天神进程，突然作为一种平衡与聚合显现在尘世的领域里；直到他抵达了那不再神圣的上帝的时间边界，并追上、超过了那位上帝。而上帝四周是万古的笑声，上帝也在飞升，他们都被抛进了自己的清醒与自我放逐之中，被自己的惊恐放逐，这种惊恐仍在大笑，怀着一种拥塞的、反抗的羞愧，却已经预感到了未来更加骇人的惊恐，想用笑声驱散它：命运驱动的旅程，向着更赤裸的惊恐、更赤裸的羞愧和揭露，向着坠落，向着一种新的、前所未有的可怕毁灭，向着自我毁灭，进入一种新的、前所未有的孤绝，所有夜晚的孤独，所有世间的孤独，不只是被所有人抛弃，甚至也被所有事物抛弃。不可征服的存在的空洞表层突然剥落了，在内部和外部无法接近的星体中，夜晚尽管一成不变，以黑暗笼罩了整个寰宇，却已经溶解了，存在于某个无处，在那里，他把一切都交付给了偶然，认识和知识都显得多余，无用地飘逝了。回忆和希望消逝了，因为偶然那不可征服的强力而消逝了，这说明非创世所统治的偶然是不可逃脱的，被某种迷醉与所有创世之前的非回忆所掩盖，被创世之前的火光、未降生者和已逝者的冰冷火光所环绕，它宣布说，这赤裸的偶然、这最无名的孤寂宣布说，现在它又要开始统治了——这就是他旅程的目标，是他所看见的坠落的目标，那就是无名本身。

无名的偶然孤独，是，他看到它在自己面前，他准备好坠落了，他正在窗边坠落。在它的放逐之中，在他发烧的目光之下，夜晚变得陌生，不被征服，也不可征服，一成不变地开启了，却依然陌生，月光那温和而冷酷的呼吸拂过了它，一成不变的平静银河轻轻流遍了它，他沉入了沉默的星辰之歌，沉入了美与中魔之魔法的统一体，沉入了整个消散的、变美的世界，沉入了它僵滞的、使一切僵滞的超远方。那里的空间美丽、僵滞而宏大，像魔鬼一般，就像这个中了魔的、变得陌生的空间，夜晚和陌生穿过所有时代到来，夜晚和时间之内的永生，极为漫长，却还没有抵达永恒，在所有人眼中都变得陌生，在人类灵魂的眼中变得陌生，因为那寂静的、合一的过程饮醉了远方，又被远方饮醉，绝不容许有任何分裂；真实的前院变成了假象。存在的星体秩序消解了，它那闷响的银色空间沉寂了下来，被极度飘忽的东西封锁、异化，陌生而不可把握，把所有人都锁在自己体内，把月亮、银河和星辰都锁在自己体内，于是它们就都失去了名字。他认不出它们，够不到它们，与它们诀别。它们不可抵达，不可唤来，却都压制着他，强迫他低头，威胁着他，透明而灼烫，世界空间那过于炎热的寒冷。环绕他的东西不再囚禁着他，尽管他依然被夜晚的空穴囚禁，但他已经站到了空穴之外，与命运诀别，与自己和他人的、不可见与可见的世界的命运诀别，与所有神性诀别，与所有人性诀别，与认识和美诀别，因为就连可见与不可见的世界之美也在无名之中消逝了，几乎只余下回忆——

——哦，普洛娣娅，我还记得你的名字吗？你的发间栖息着夜晚，撒满了繁星，预感到了渴望，预言了光明，而我向这夜色俯身，饮下了夜晚闪闪发光的甜蜜呼吸，我没有沉入其中！哦，迷失的存在，最熟悉的陌生，最陌生的熟悉，你这最远的近处，最近最近的远方，诚挚的灵魂最初和最后的微笑，你，哦，你，你曾是与你仍是的一切，如此熟悉，又如此陌生，一个切近而又遥远的微笑，你这负载命运的花朵，我不能让你的生活进入我的体内，因为它过于遥远，过于陌生，因为它过于切近和熟悉，因为它夜晚的微笑过于沉重，也因为命运，因为你的命运，你一直负载着、还将继续负载的命运，你无法抵达它，我也无法抵达它，我不能承担你的命运，因为它太难以企及，它会击碎我的心，我只见过你的美，没见过你的生活！哦，你犹豫着，匆匆离开了，我不能把你唤回来。你是渴望的恩赐，我不能把你唤回来，你一去不还，唉，你那捉摸不透的静寂脚步是多么轻柔，你这阴影背后失落的光，归于何方的家？你在哪里？！你曾在这里。你摘下了手上的戒指，把它戴在了我的手上，然后黑暗封锁了我们，这黑暗环抱、黑暗紧锁的入迷时分，哦，普洛娣娅，我不再知道——

——往事几乎没有留下什么回忆，它们曾经如此真实，比真实还要真实，他爱过的那个女人几乎不再有名字，几乎没留下一道光，没留下一片影，他觉得她坠回了看不透的偶然。什么也没有留下，除了一种惊人的知识，关于一种曾经存在的东西、一种曾经震响的东西，关于美那曾经震响的音乐，关于一种昔日的惊叹与昔日难以阐释的强大遗忘，他追寻着它，怀着一种迷醉之瘾，怀着所有令人惊叹的坚韧。哦，甚至还能在回忆中惊叹，惊叹它现在还在，惊叹美曾经震响，曾经可以震响，曾经沉入了人类的面孔，像一股永恒所孕育、永恒所呼出的轻烟，永远从人类的面孔里闪烁着飘出，那熟悉又遥远、陌生又切近的闪光与错闪，在夜晚微笑，像洁白的女贞花一样转瞬凋落。死亡那轻柔的面纱，在所有人的头上铺开，人类的面纱因美而增厚，同时也越来越透明，好像灵魂开始了遗忘，好像灵魂成了被遗忘的美在世间的永生，完全遗忘了美，当人类之美中仍有最后一丝久已被拆穿的希望残余在闪光，而这希望已经转向了那不可倾听、不可抵达的知识，关于死亡的知识：什么也没有留下，只有那不可征服的死亡，站在那一再重返的、带有死之甜蜜的形象背后，笔直地站着，不可征服，升入了不可度量的高空，头顶着星辰站立，充斥了星体，连接着星体，而星体与他同在，被其沉默所呼唤、所打动，实现了，存在着。所有窸响的东西都被它突然握在了手心，死亡沉默地窸响，它所把握的东西沉默地窸响，死亡使之衰朽、死亡使之燃烧的东西，偶然所孕育的和偶然所捕获的东西沉默地窸响，人类那期待死亡的繁复形象沉默地窸响，跛子成了许多个，胖子成了许多个，唠叨着、咒骂着的女人也成了许多个，他们变成了一片稠密的人形海洋，淹没了广场上空荡的石头房屋，挤入了所有星体的空间，显然还没有填满这空荡的广场和空荡的众空间。好像时间本身中断了、倾空了，平衡的死者群体、尘世间繁复的人类和尘世之人经历着自己繁复的变幻，带着他的骨架和颅骨，他圆润的、扁平的、尖利的颅骨，或发霉，或长草，或锉平，有的光秃秃，有的稻草丛生，一颗颗颅骨，负担着颅骨的人类有繁多的面孔，动物的面孔、植物的面孔、石头的面孔，鲜有皮肤覆盖，或光滑或有丘疹，或皱纹密布，或满脸横肉，或肌肉松弛，生着咀嚼的或说话的下颌，脸的空穴里生满石头般的牙齿；负担着面孔的人类有繁多的皮肤和空穴的骨架，面带微笑，或愚笨或精明，或得意或无助，带着自己最后的堕落那神圣而感人的微笑，展开了他的面孔，而大笑又关闭了他的面孔，因为在大笑的时候，他的眼睛看不到创世的废墟是多么非人；被赐予了目光的人类，睁大的眼睛、僵滞的眼睛、水晶的眼睛、黑暗的眼睛和生活的眼睛，他的命运在眼中揭露，他自己也藏在眼中；负担着命运的人类，在自己目光的力量中，他被命运宣判为可耻；满怀羞耻却仍在说话的人类，带着他无耻地从下颌、舌尖和唇间渗出的声音，负担着从他体内挤出的呼吸的声音，生硬、油腻、谄媚、威胁、摇摆、坚定、气喘、冷漠、嘶哑、咆哮，却始终可以阐释为歌曲，人类，这奇妙的整体，由解剖学的存在、语言、表达、认识和非认识、迟钝的微光闪烁、锱铢必较、贪欲和谜团构成，他的整个实质在风琴声中破碎，在生活的地带、在实体之中、在原子里破碎，增多又简化。所有这些繁复的实质，这组成了人类的乱网几乎没有组装好；这造物的密林，真实又凡俗，像它石化的骨架、像死者的骨架一样凡俗；所有这些躯干、肢体、眼睛和声音的灌木，这半完成的密林，源自偶然的激情，不断从彼此体内萌发，在不断重生的偶然激情中结合、混杂、交媾、编织、分岔，不断地分岔，不断地重生，同时也在一刻不停地死去，于是死灭的、干枯的和凋谢的东西落到了地上，人类的密林保持着他植物般、动物般的生之平衡与死之平衡，现在以死亡的形态涌了上来，与死亡一同窣响，一同聒噪，并一同沉默了下来，自己就是那充斥了星体的死亡，是人性的偶然混乱，如此偶然，又如此易逝。我们几乎无法得知，我们面前偶然浮出水面的生者是否已经死去，或者还未降生，在已逝者中间，在未降生者中间——普洛娣娅，哦，普洛娣娅，从未寻到，也无法寻到！哦，他在死者的灌木中找不到她，他觉得她又被放逐到地下了，他和她的共通之处不比和一个死者更多，因为他自己也死了，死于非创世的前死亡，死了，变成了立下伪誓的人，变成了跛子和隐形人，沦为了一个卖弄文人，已经变成了城市的暴民。甚至是他虚假的回头、他虚假的道路也已经包含了死亡，与美同在的死亡，美催促着死亡，闪着不洁而腐败的光芒，自欺欺人，觉得自己抵达了不可企及的地方，把自己伪装成无声的、关于死亡的知识，但当然，它要把这种伪装过程中的享乐转化为爱，要在爱情那儿戏般的淫荡游戏里达到自己真正的高潮。因为无力去爱的人也无法与爱情同在，他必须完成自救，从他的孤绝进入了“美”，在这残酷的激励之下，他成了一个寻求美、信仰美的人，却从未成为一个恋人，只是一个爱情之美的旁观者，一个想要以美生成爱情的人，因为他混淆了产物与创生者，因为他也在爱情中预感到了、觉察到了某种迷醉，死亡的迷醉、美的迷醉、遗忘的迷醉，因为在美的游戏与死的爱情那暮光朦胧的沉沦中，他感到了遗忘也是一种享受，自愿遗忘，不由自主地遗忘，忘掉爱情尽管有创造美的天赋，却永远不是以美为目的，而仅仅以它最自我的使命为目的，以所有最具人性的使命为目的，也即始终负载着命运；哦，只有这样才是爱情，爱情无法与死者同在，死者已经忘记了彼此——

——哦，普洛娣娅！难以忘怀，也无法忘怀的女人！美丽而流光辉映的女人！哦，在人类的密林里，如果有爱情存在，如果有爱情那区分的力量存在，就意味着我们可以共同找寻金枝，共同下行到那绝不遗忘的泉源，下行到下界最后的清醒之中。我们下行，没有做梦，极度清醒，下到了原初的地面上，没有穿过那美丽的象牙梦门，它已经紧锁，而是穿过了那清醒的牛角入口[1]，我们也要从那里回去，一同攀缘而上，从最后的命运残片中把新的命运带回家，从最后的非爱中把爱情带回家，这焕然一新、正在成形的命运！哦，普洛娣娅，童稚却已不再稚嫩的女人！我们只能承担正在成形的命运，却承担不起已经定型的命运，只有正在成形的命运才是爱情的真实，我们在所有春天的萌芽与开花，在每株草茎、每朵花、每个生长的年轻造物中，尤其是在孩子身上寻求这种真实。承担那将要成形、不再扩展的命运，它想让我们渐渐变得无动于衷，承担那逐渐定型的命运，承担少年长出的男人的强健形体。哦，普洛娣娅，这就是正在成形的命运，这就是我们注定要承担的命运，如果有爱情存在，如果爱情那区分的力量被所有偶然的激情消磨了，却仍有最真实的稳固爱情藏身其中，如果爱情成形、存活，如果爱情要下行到最深处的非回忆里，再重新攀缘而上，回到一切回忆之中，如果爱情是飘散为虚无，是归于不变的均衡，如果爱情是草茎、花朵和孩童，亘古不变，像草茎、花朵和孩童一样保持着原

---

1 在《埃涅阿斯纪》中，埃涅阿斯下到地府会见父亲。离开地府的时候有两扇大门，象牙门是虚假的梦之出口，而牛角门是真实的梦境出口。埃涅阿斯是从象牙门中回到人间的。对于这一情节的解释说法不一，可以理解为他的过去和未来都是虚幻。

样，却变成了爱情，被爱情的金枝照亮，那寻不到的金枝——

——哦，死者无法与他人同在，没有一根金枝照亮他们，他们忘记了彼此。而普洛娣娅的形体，普洛娣娅那未被遗忘、已被遗忘的存在，他一度的光亮，躲在了所有阴影后面，在阴影中蒸发了，在阴影的国度里变得难以分辨，沉入了死者的海洋，成了死亡的一部分，在那些填充的面孔、颅骨和形体中间，几乎还不算死亡的一部分。他觉得它们难辨彼此，都没有名字，都消失了、蒸发了、早已死去了，而他从来也不渴望生者能给他什么真正的救助，因为——众神和命运都注定了他不渴望这些，注定了他无罪却又有罪——在他第一次尝试救助他人之前，在他迈出第一步之前，在他佯作迈出了虚假的第一步之前，他就已经耗费掉了整个一生，他不能和任何一个生者互相救助，更不用说他本可以承担某种鲜活实质的命运了。哦，他和死者度过了一生，却不曾与他们同在，他始终和死者生活在一起，把生者也当成了死者；他始终仅仅把人看作死者，始终把他们当作建造美、生产美的基石，那是死一般僵滞的美，因此他身边的人都变得不可征服了，遁入了永远不会完成的非认识。因为只有在把人类当作人类看待的使命里，才有他认识的幸福，如果他不履行这项使命，他就无法得到幸福。他无力施加实际的救助，无力做出爱的实际行动，他无动于衷地旁观人类的苦难，只顺从于污秽而僵滞的记忆，顺从于那污秽而美丽的图景，旁观着可怖的进程，因此他永远也不能塑造出真的人类，可以吃喝、可以爱也可以被爱的人类，更不用说那些穿过街巷一瘸一拐地走来、拥来的人类了，他不能塑造他们，不能塑造他们的兽性，不能塑造他们对于救助的强烈渴求，不能塑造真正的人类奇迹，而甚至这些兽性的人也可以创造奇迹。在他看来，他们都不是人类，他们是神话里的生物，是以美掩饰自己的美之演员，他就是这样塑造它们的，塑造神话里的国王、神话里的英雄和神话里的牧人，塑造梦境的造物。他本想加入他们身上已经失去、在迷梦中梦想着美的虚假神性，甚至更深地进入暴民之中，也许他本可以加入其中，只要他们还是真正的梦影，而不仅仅是一些辞藻，在他的诗中也不再鲜活，也已经死了，很快将在下一个街角拐弯，从语言灌木的黑暗中浮出，再次进入偶然，进入无爱的世界，进入僵滞、死亡、沉默与虚假，就像这三个人，永远消失不见。当他们逃开了，那嘲笑的恶毒沉默就开始轰鸣，击溃了世界，猛烈地摇撼着他们，那是另一种寂静，和下面广场上、街巷里的寂静一同轰响，和夜晚的寂静一同轰响，被偶然孕育，充盈了陌异，轰响着击碎了空间，扬弃了空间，但显然他们中止誓约的笑声——创世在钢针的刺痛之下崩毁，发出沉闷的雷鸣——还不能扬弃时间。

什么也没有留下，除了一段消逝的记忆那掺杂了嘲讽的羞耻，而记忆变成了一段已死的虚假记忆的污秽。尘世间的任何火焰都无法唤醒天火，而天火沉寂了下来，失去了名字。城市中心的石板路沉寂了下来，和最外部的边界融为了一体，在虚无的风中冷却。现在那流动的共时性也僵滞了，永恒就歇息在其中：唉，他佯作在歧路上转过了身，骗过了那宏大的轮回，过去与未来在其中融成了永恒的此刻；唉，他的转身打破了誓约；唉，虚假的永恒，那就是所有迷醉的实质，为了持续不断地娱乐，必须一再让产物代替创生者，渴求着美，渴求着鲜血，也渴求着死亡。祭品被骗走了，被藏了起来，变成了用以享乐的欲望之迷醉。唉，一段记忆那不洁的虚荣，这段记忆从来就没有真实，仅仅能忆起那些纯粹的回忆。唉，存在颠倒了，誓约没有复苏，火焰不被煽动，这种儿戏必然会失败，也确实失败了，还想要这么多的美、这么多的鲜血和这么多的死亡，在时代的转折点，它起不到任何作用，而尘世的无穷也在那时崩塌。真的，只要祭品不能再次成为真正的祭品，不幸就是不可避免的，在暮光朦胧的睡眠中就不会有觉醒，而狂妄者会永远囚禁在不幸的圈子里，意识到他忽略了自己的誓约，因为他把内部与外部那诱人的平衡、把世界边界上美之涌沫的诱人景象、把这种诱惑当作了一种许可，允许他佯作转身，实际上回忆也佯作转身了，遗忘之迷醉也佯作转身了，都一样虚假——唉，痴迷者，他狂妄地苦守着伪誓，不知是否会被回忆漫过，他忘掉了自己的人类生涯，失去了他的存在那燃烧的核心，不再知道自己是在飞升还是下坠，是在向前看还是在向后看，他的轨迹漫无方向，但他还在来回转着脑袋，呆滞而可笑。死者无法唤醒，那个死去的女人无法唤醒，遗忘的空间像苍灰的湍流在她头上击碎，好像那条穷巷里的女人们知道，有一个没有看过自己生活的人，被带入了他最后的清醒和最后的遗忘。她们的嘲讽是不是有其道理？在虚无的边界之下，在整个地下，是否有人可耻地坠入了虚无，坠入了空洞表层的地带？哦，她们说的对，而他怀着震惊的羞愧，承受了她们讥讽的谩骂，因为使他从无罪变成有罪的那种不洁比暴民一如既往的无耻放荡还要堕落，因为自甘堕落的不洁使他蒙受了罪孽，仿佛是命中注定，他甘愿加入那些立下伪誓的迷失族群，毫无缘故地蹒跚走过虚无的石板路，像动物一样黯淡，像植物一样冰冷，像石头一样麻木，在众多灌丛与自己的灌丛中发疯，最终化为石头，与他人难分彼此。他受到了威胁，和他一起堕落的人都受到了威胁，他和那些隐匿者被一起藏匿了起来。而他所受到的威胁强大如同命运，源于超越了威胁的东西，任何笑声的雷鸣都无法阻挡它，它沉默而又躁动，在石化的、不可逃脱的水晶黑暗里凝滞了声音和光线，在夜晚溶解，又在夜晚凝冻，越来越强大。一切都受到了威胁，一切都不再安全了，甚至威胁本身也不再安全了，因为危险改变了，从行进的地带越到了苦守的地带。夜晚毫不动摇地苦守着，黑而透亮的金黄闪着冷光，绷在四下的人类居所上空，这些石质的居所立在僵滞的大地上，涂抹着干燥的月光，而僵滞的东西深深饮下了星辰的光芒，直到它最深处的火焰深渊变成了透明的石头，变成了大地那开敞的水晶深井里石头的透明的影子，变成了无声之物的水晶回声，织入了下面看不透的东西，织入了上面听得见的东西。这就是石化过程中抢夺呼吸的最后搏斗，已经奄奄一息，一声石头的喘息，祈求它存在的呼吸。甚至墙后那一如既往地坚守着、点数着时间的哨兵的脚步也加入了其中，上下翻涌，被阴影石化，使阴影石化，击响着与石头化为了一体，虚无那欢快的阴影脚步，涌出击响的石板，又钻了回去。这时，在越来越冷酷的光中，只有墙头一排尖利的、阴影尖锐的铁螺栓还清晰可见，依然在闪光，依然有清晰的阴影，围墙与房屋之间的竖井打开了，直到深处都流遍了星体那青银色的闪光，直到沙土与石砾的地面都在沉默的光线中石化、在光线中蒸干、在光线中击响，干燥的阴影里散落着灌木的残枝，几乎无法命名，被灌木那泛着银光的枝叶掩去了大半，木头的器具，抛出自己的阴影，欢快得令人惧怕，像石化的万籁俱寂中一个孤寂的、毫无尊严的回声，映照着危险，映照着复仇与威胁，因为虚无在虚无中映出了自己，透明之物在尘埃中映出了自己，二者上空都有毫不动摇的翅膀掠过，都因悲伤而变得无力，但在二者之中，死亡那听不见的喘息都在被人追猎，被人撕碎——

——但色雷斯[1]的女人啊，他出于爱而蔑视她们，把她们看作死者，她们在众神的宴席上，在酒神的陶醉中把那个男人撕成了碎片，西方的众原野上散落着他的肢体；他的头也被从大理石的脖颈上扯了下来，只剩下他的声音，也已经被母亲河赫布鲁斯[2]的汹涌浊流抓攫，“欧律狄刻”，他以飘忽的气息喊道，“可怜的欧律狄刻”，河岸把“欧律狄刻”的喊声弹了回来[3]——

——没有回声，这死去的回响在塔尔塔罗斯的荒山上没有回声，那些荒山耸向不变的终结。缄默的回声在悄悄枯竭的内部和外部，默默抢夺呼吸的、喘息的缄默回声在石化的干旱山谷与水晶竖井里。他是一颗无眼的颅骨，滚进了遗忘的阴影之滨的碎石，滚到了暮光之河的岸上干枯而密不透风的灌木下面，滚进了没有

1 色雷斯，位于东南欧，包括今天的希腊北部、保加利亚南部和土耳其的欧洲部分。

2 赫布鲁斯河，即如今的马里查河，在巴尔干半岛东南部，源出保加利亚里拉山，注入爱琴海，是色雷斯地区的主要河流。

3 引自《农事诗》第4首，第520—527行。

出路的虚无，甚至遗忘也在其中消亡，他只是一只凝视的盲眼，没有身形、没有声音、没有肺，失去了呼吸，是，他就这样被抛进了下界那没有空气的盲目：他的使命是使阴影消解，但他却创造了阴影，世界那宏大的盟约被托付给了他，但他早就打破了它；哦，他的使命是再一次推开墓石，让人性得以重生，让鲜活的创世成为法则，让这持续的共时性在所有时代绵延，以使此刻的献祭之火立刻唤醒那位上帝，让他回归自己创造的誓约，让誓约摇撼那位上帝、阻挡僵滞、煽动火焰。哦，这就是他的使命，他没有完成它，也不可以完成它。在他开始移动墓石、履行未知的誓约之前，是的，甚至在他触到墓石、举起手臂之前，他就已经感到了墓石的沉重，觉得它会压倒他，觉得它变得透明了，还在不断生长，石头的石化，长成了一道毫不动摇、难分彼此、干涸而透亮的石头激流，石化并使一切石化，从所有星体挤向中心，又退回了星体的边界，生者和逝者都吸吮着阴影的水晶，变成了唯一的一块石头，变成了万物的祭石，没有装饰、不被温暖、不可撼动、不可移动，变成了世界被剥夺了祭品的墓室，掩盖了不可把握的东西，自己就是不可把握的东西。哦，诗人的命数！强大的爱情的回忆迫使俄耳甫斯走进了地府，却同时禁止他下行到最深处，于是他迷失于记忆的下界，急需像先前一样转身，他在洁净中依然污秽，被不幸撕碎。但他却相反，他从一开始就不怀爱意，不能传递爱的记忆，不被任何回忆引领，他甚至从未抵达火神统治的第一道深渊，更不用说那些建立了法则的父辈的疆域了，更不用说更深处那孕育了世界、回忆和幸福的虚无了，他仍滞留在表层僵滞的虚空里。[1]无法征服的东西昙花一现，不放过任何似乎可以征服的东西，吸吮那耗尽了认识、耗尽了法则的沉默，巨大的无名沉默，现在，就连那燃烧又熄灭、运载着生活的巨大潮汐也噤口了。开端与终结的潮汐噤口了，那火光闪烁的、摇撼的潮汐，柔声窸响，使人平静，它们那不断交替、使一件事物变成另一件的创生也停止了，世界的整体不可挽回地丧失了它的呼吸、存在、进程和轨迹，在四下环抱的死寂中剥落，变成了沉默的目光，完全变成了可见又不可见的赤裸目光，剥落成了它们不变的、最终的“永不再现”，没有目光，却仍在凝视：上面石化的僵滞眼睛，下面石化的僵滞眼睛，哦，现在它来了，在长久的期待之后，依然心怀恐惧，它终于来了，现在他看到了它，现在他必须望入这无名的不可预知、望入这不可预知的无名，他为此颠沛流离了一生，为此不遗余力，要给他的生活准备一个结局。那不是夜晚的眼睛，因为夜晚在石化的过程中蒸发了，那不是惧怕，也不是惊恐，因为它比所有惧怕和惊恐都要强大，那是石化的虚空之眼，是撕裂的命运之眼，不再参与任何进程，不参与时间的流逝和时间的扬弃，不参与空间与非空间，不参与死亡和生活、创世和非创世，一只超然物外的眼睛，在它的目光里没有开端和终结，也没有共时性，它脱离了所有持存之物、所有依然持存之物，它和它们唯一的联系就是那威胁、那喧响的等待，是这仍在持续的等

1　原文此处为斜体，以示强调。为与原文一致，此处做了字体变化。后文同类情况不再另做说明。

待的时间，在受到威胁的幸存之物中、在它惧怕威胁的目光中映照，威胁者与受威胁者都在这最后的时间里相依燃尽。不再有逃亡了，只有它气息全无的洁净，不再能前进了——不然还能去哪里？！——这种洁净就像目标后面奔跑的人，从未抵达目标，也永远不会抵达，因为在打破了誓约的非空间里，他一直都在被人追赶，还要继续被人追赶，他不知道目标是否可靠，因此它也一直就都是不可靠的。创世毫无目的，上帝毫无目的，人类也毫无目的，在这生成了非空间的、毫无法则的放逐中，创世、上帝和人类都没有回声。他身边的一切都失去了象征意味，成了非象征，不可映照，也不再映照自己，从中涌出了缺乏象征的悲哀，非空间的悲哀，做着梦沉入了所有非空间的空间造物和已经入睡的原初土壤，剥离了象征，却仍在体内保有所有象征的萌芽，脱离了梦境，却仍像那负载了时光的美的最后残片一样受制于空间。这就是梦之悲哀，栖息在所有眼底，栖息在动物、人类和上帝的眼底，对，甚至在那虚空的万物之眼中，它也像创世的最后气息一样闪烁，在创造完成之前的阴森折磨中感到了悲伤和亲切，好像非空间在悲哀中飞升了，同时悲哀也不断在非空间里飞升，好像在二者的共同体中，所有的创世原初的关联仍在萌芽，仍有不幸，从一开始就是命中注定的，威胁着人类和众神，仍然怀着二者对命运共同的惧怕、二者命中共同的惩戒，惧怕立下了注定要败露的伪誓，惧怕先前没有做出的实际行动，惧怕没有犯下的罪行那隐藏的罪孽，命运甚至可以凭借它统治众神，还有那些不可认识的法则注定要到来的惩罚，惩罚人们失去了认识，在必然盲目的日暮监牢里度过了凄冷的一生，那是不可认识的必然那非认识的凄冷：它越来越近了，被沉默而洁净、气息全无的不幸之悲哀追猎，尽管如此无动于衷，反应迟缓，迷失于悲哀和不幸，迷失于一种内容的虚空，这种虚空甚至吸纳了悲哀与不幸。凝视的虚空飞升了起来，从内部与外部的所有深井里升起，像石头、像铅块，威胁已经到来，飞升如风暴，从未遇见的东西愈加咄咄逼人，封闭的目光渐渐石化，像沉默的墙垣一样推进，在一片令人麻木的缄默中推进，自己的和所有星体的静默，身负重担，又一身轻松，压抑且越发压抑，恐怖那生长的目光，靠近了死亡的中心，而“我”就被这个中心围拢，被圈在其中，夹在目光的墙垣之间，挤入了难分彼此的内部与外部，窒息于加倍的悲哀，窒息于仍然持存的存在那无限的巨大悲哀，它扬弃了所有繁复的、加倍的东西，让它们显得多余，也一同扬弃了“我”，被无限之物和它悲哀的虚空、它恐怖预感中加倍的惊恐所吸吮、所压碎。这种加倍的惊恐被送到了这里，立刻就在自己体内消解了，“我”也一同消解了，又在四下威胁的目光中凝冻，被目光威胁的“我”，长久以来也只是一道僵化的目光，面临威胁的“我”，和自己实质的最后残片挤在一起，被消灭了，变成了它未完成的、无思想的非空间，变得面目全非，不能再被抛回正在认识的实质。虚空一动不动地吞食四下，哦，它被抛回去了，被扔回去了，被抛进了它自己的悔悟，被抛进了悔悟与非悔悟，被贬入了毫无出路的必然，贬入了它必然的悔悟，和那空虚的、纯粹的“永远不再”之物的悔悟。“我”失去了自己，失去了它那已所剩无多的人性，只剩下灵魂最赤裸的赤裸之罪。就算失去了“我”，也仍然坚不可摧的人类灵魂，现在却只是悔悟的、空虚的赤裸，被咄咄逼人的沉默之眼那不可映照的虚空所打落，所吸吮。悔悟不可映照，“我”和灵魂不可映照，熄灭的目光那放逐的力量也不可映照，自己也熄灭了；沉默、虚空和非空间，一片缄默，但在许多万籁俱寂的、黑暗的水晶墙垣后面，在无限之无限并不遥远的超远方，唯一的一个点震响了，模糊又清晰，像存在那荒凉的听觉图景，但已经抵达所有存在的彼岸了，纤薄、明亮、阴柔而可怖，极为细弱，星体中最偏僻的一个点震响了，唯一的一声窃笑响了起来，虚空那空虚的笑声，虚无那空虚的笑声。哦，何处还有救赎？！众神何在？！那是不是他们的强权最后的闪光，是不是他们的复仇，因为他们被人类放逐了，要报复那些被人类放逐也放逐了他人的人？！是不是女神因为人类的悔悟而感到高兴，发出了窃笑？！她们是否因为人性的迷失，因为世界的伪誓不可逃脱而感到高兴？！他谛听着这些难分彼此的声音，听不见答案，答案也没有到来，因为立下伪誓的人像动物一样，不能提出任何问题，而石头已经死了，死去了，未经回答的问题得不到回声，万物的石头迷宫死去了，深井也死去了，在它最深的井底是披挂着问题和答案的赤裸之“我”，将要被虚无毁灭。哦，回归！归于黑暗，归于梦境，归于睡眠与死亡！哦，回归，最后一次回归，哦，逃离，最后一次逃回到存在者之中！哦，逃亡！还要再逃亡吗？他到底有没有逃亡过？到底有没有想过逃亡？他不知道；也许他曾经知道，但现在他不知道了，他已经到达了所有知晓能力的彼岸，他身处一片知识的虚空，一片莫大的虚空，甚至把所有追猎者都抛在了彼岸，唉，悔悟者再也不能逃亡了：但现在，这个不能逃亡的人被伪誓打落了，好像打破了誓约的人自己也必须折断，好像他从来不会、永远也不可以笔直地站立，他感到自己跪了下来；他被盲目而不可动摇、无形而透明的世界虚空那庞大的重负深深压弯了腰，身体变得僵硬，没有逃亡的力气了。他负重的肩部向下弯曲，干枯而无生气的手指在墙上盲目地摸索，盲目的手指触到了月般明亮、月般干燥的墙面上盲目的手指的影子，他沿着墙面摸索，他那深深躬身的影子不离左右，在黑暗中剧烈地颤抖，向身后摸索，毫无知觉地摸向了墙上的喷泉，像动物一样被水吸引，像动物一样渴望仍在尘世、仍有生机、仍在流动的东西。于是他垂下头，像动物一样，出于僵冷的干渴，蜷缩在了所有目标中最具原初兽性的目标——水的旁边，为了在最具原初兽性的必然之中，像动物一样深深俯向银光流溅的水，好舔上一口。

唉，人类，蒙受了恩赐，却没有生长；唉，悔悟者，承担不起自己的悔悟；唉，生物的存在残余，不想杀死存在者，唉，也不能杀死存在者，因为消散的记忆依然存活于虚空；唉，人类，尽管悔悟了，却还是命中注定要沦为生物！他的身边又有笑声响起，这是恐怖的笑声，不再是男人或女人的笑声、众神灵或众女神的笑声，这是虚无那空虚的窃笑，是虚无中终有一死者那永不消逝的存在残余，窃笑着、爆发出大笑，他认出它就是虚无中的存在者，是存在者体内的虚无，是虚假存在与虚假死亡的合一体，是关于这种假死的存在几近笑声的知识，是虚空之中令人惧怕也负载了惧怕的知识残余，在它缄默的笑声中，被迷狂孕育、被迷狂引诱，不断膨胀，直到虚无在赤裸的恐惧中倾空。因为人类在自己的本性中发现了越多悔悟，悔悟就越会直接抓住人类身上属于生物的兽性，而人类就越不能直面这兽性的恐惧，惧怕被人追猎，惧怕被抛入他生物性的孤独，像一块崩裂的、迷失的人群断片，再也回不到人群之中。对所有生于人群的人来说，在一种超乎生物的死亡虚空的面前，这从一开始就是一种嫁接而来的可怖恐惧，是——在恐惧最后的超越和最后的扩张之中，几乎已经抵达了死亡的彼岸——动物那缄默的恐怖，他感到了它略显孤独的无形强权，在漆黑的灌木下面颤抖着爬行，这样没有一只眼睛会看到它的死亡。唉，悔悟者，他的灵魂不能承受委任给他的小小孤独，他没有意识到它，而谦卑的恩赐变成了空虚的俯就。已经差了这么远吗？只要他还在思索，他的思想就在悔悟，只要他还在行动，他的实际行动就像动物，而那盲目的笑声已经听不见了。他突然不假思索地陷进了床上，他的咽喉弯曲着、紧绷着，可怜地贴在床上，他的四肢僵冷，毫无知觉地落到了那加了倍的、黑暗而无形的强权手中，它控制着悔悟与兽性；落到了恐怖彼岸、惧怕彼岸、惊吓彼岸和死亡彼岸，但又开始了新的恐怖、惧怕、惊吓和死亡，在不可感知的东西里感到了恐怖，在不可认识的东西里认识到了恐怖。他坠了下去，有一只手还在握着他，一直握着他，把他留在恐怖的虚空之中，哦，他被囚禁在了恐怖之中，也被恐怖充盈了：开端与结局的回忆彼此交融，二者都在生活的密林那封闭的孤独中迷了路，在声音、图景和回忆的密林中，开端从未销蚀，他仍然想要被这许多年月荫庇，溃散的群居动物的回忆从未销蚀，关于原初恐怖的回忆，唯一幸存的回忆，所有其他回忆都好像是这恐怖的唯一回忆的变体，它坐在回忆灌丛的所有枝丫上，嘲讽地窃笑着，讥笑迷路的人。他被锁在了密林里，无法挪动，不可救药地迷了路，自己就是封锁他的东西，自己就是密林，自己就是不可穿行的东西。回忆的航程静止了，这不息开端与不息结局的航程，穿行回忆的非空间，穿行静止之迷乱的非空间，穿行不可逃脱的虚假生活的非空间，这飒飒作响的航程静静地持续着，穿行了所有非空间的变体，难以逃出它们的陪伴与包裹，在非空间里佯作静止，佯作在移动，却永远身处恐怖的非空间，因为那是被不可逃脱、永远存在、从未消失的监牢所固化的虚假死亡，人类恐怖环生的虚假生活就在其中演绎——他被囚禁在了虚假死亡的非空间里。尽管他正一动不动地躺着，连手指也没有晃动一下，四周的房间也没有一点改变，他却觉得自己是在被送向前方，是，他被送向了前方，从他的前预感与前回忆、从不可见的东西被送向了不可见的东西，繁复的回忆从他体内飞出，好像是它吸引着他向前，好像这航程可以放慢，也应该放慢。他被送出了恐怖，他躺在那里的时候就是被那种恐怖包裹着；他被送向了恐怖的目标，它就立在开端之处。房间也和他一起摇摆，一成不变，却在航程中扭曲了，始终如一，却又在不断变化。那些小爱神从墙纸上僵硬地飞了下来，却还留在那里，叶片的花纹褪去了图案和颜料，变成了人的面孔，藤蔓长成了山鹰搏斗的利爪，在床边晃动，爪子一开一合，好像想试试从这么远的距离能不能抓到他，他觉得叶片的脸孔长出了胡须，又把胡须吞了回去，它们飘进了静止的东西，常常会彼此重叠，常常会像是在静止的旋涡里旋转，越变越多，比墙上的图案多出了许多，而墙上的图案也想要不断重生，飞离了颜料，飞离了赤裸的墙壁，飞离了无处，被虚无那冷冷地燃烧的火山吐出，四处飘散，在可见与不可见的事物中间，在内部与外部，它们是火山的岩浆，是还没有生成的和已经衰朽的气态碎屑，变得越来越繁复，越来越多，走出了它们那源于空虚也生成空虚的形式，一边飞舞，一边彼此融合、彼此分离。这些未经塑形也不可塑形的器具，叶片与蝴蝶的纷飞，许多呈箭状，许多有叉尾，许多拖着长长的鞭形尾巴，许多极为透明，只是像一声沉默而无形的惊呼，在四下默默飘飞，还有一些像无害、愚蠢而浅显的微笑，像阳光的微尘一样繁复，像蚊蚋一样冷漠而空虚地聚集在一起，绕着房屋中央的烛台起舞，啜饮熄灭的蜡烛，立刻又开始向前飘飞，继续飘过那些仍在汹涌、仍在呼啸、仍在起舞的东西，这没有形体的空虚群落，其中除了脸与非脸，除了双重形体的斯库拉[1]、奇特的海豹和怒发冲冠的海德拉[2]，除了她那血腥地瑟响、血腥地环顾的头上飘散的、爬行的头发，还有各种各样的畸形人在嬉戏，各种各样的身躯和蹄脚在飒

1 斯库拉，希腊神话里的海中女怪。据荷马在《奥德赛》中的描写，斯库拉有六颗头、十二条腿，食鱼为生，也会吞吃船上的人，而据后来传说，斯库拉原为美丽少女，后被情敌化为怪物。

2 海德拉，希腊神话中的九头蛇，其中一颗头要是被斩断，立刻又会生出两颗头来。

飒作响，还有略微扭曲或尚未成形的人马兽和人马兽的残片，有的有翅膀，有的没有翅膀。丑陋的贪欲在冥府吹响，蟾蜍、壁虎和狗爪一样的东西浮出了水面，腿脚数目不一的蛆虫，有的没有腿，有的一条腿，有的两条腿、三条腿、一百条腿，常常在无底的水中挣扎；常常伸长了木化的腿，僵直地划动着；常常紧密地挤在一起，好像想在飞行中交配，尽管它们都没有性别；常常像箭矢一样飞速穿透了彼此，好像它们是可以穿行的大气，好像它们是大气的造物，被大气孕育，被大气运载。真的，它们就是这样，一群吞食彼此、爬入彼此又跌入彼此的飞蝇，尽管它们互相掩饰着、遮蔽着，他却可以轻松地一眼望穿它们所布满的空间，望到最后的每一个个体。哦，这些生着大气鳞片和大气羽毛的大气子孙，来自万古的火山，时而飞升，时而沉坠，时而随波流去，一再削弱，一再蒸发，于是空间再一次倾空了，众星体变得空虚，全世界都一样空虚。只有一匹孤独的骏马还会跑过，鬃毛在空中高高飘扬，只有一具孤独的男人躯壳还会摇摆而过，他平板而透明的面孔朝向床榻，消耗成了一声空虚而嘲讽的镜中笑声，在它被重新涌来的恐怖害虫的洪流再次淹没之前——这些造物都没有呼吸，因为未降生的事物得不到空气。房间成了复仇女神的闺房，提供着空间，以使恐怖彻底展开，尽管恐怖还在继续生长，不可遏制：天花板不用再抬高了，尽管烛台已经长成了参天大树，烛枝无限地延展，这阴影浓重的榆树生着原始的高耸枝丫，而门廊中是一片片树叶，许多闪闪发光的梦境坐在那里，像露水一样滴进了深处；墙壁也不用再扩展了，尽管世上的所有城市都已经躺在了墙壁中间，都在燃烧，那些最远的过去与最远的未来的城市，那些怒斥人类又折磨人类的城市，那些剥离了名字却依然熟悉的城市，埃及、亚述[1]、巴勒斯坦和印度的城市，那些被篡权的无力神灵的城市，它们神庙的柱子倒塌了，它们的墙垣崩碎了，塔楼断折了，街上的石板炸飞了。小小的房间足够装下整个庞大的世界了，尽管城市、原野、天空和森林都没有缩小，不如说所有东西，所有大大小小的东西都合为了一体，在榆树的枝叶下，展现出了一种几乎是压倒性的丰富意蕴与相同意蕴，叶片的阴影宛若高空飘飞的雨云，在这可怕的、无法尽收眼底的、最大也是最富于诅咒的庞大城市里构筑了自己，这一再毁灭的荒废的罗马，沾满了猎物碎屑的狼群抚遍它的街道，夺回它们的城市。房间环抱着地球，地球环抱着房间，城市环抱着彼此，一切都没有内外之分，都在飘荡，在高处飘荡，在火山上空、在石化物上空、在叶片上空飘荡。而在天空压抑的铅灰穹顶下，仇恨的鸟群静止的青铜翅膀愤怒地震响，和这些都毫无关联，像光的图景一样闪耀、瑟响，悄悄飞进了暴虐的众国度巨大的阴森领地，怯懦而阴郁，准备张开怒吼的双翼俯冲，把爪子拍向农人血腥的原野和滴血的心，挖出他们的内脏，吞吃他们的内脏，加入了床边的蝶群与狼群，和它们一起逃向了那些不被庇护、不被安慰的海滨，那些布满了火山口和恶龙之草的海滨，从未为人熟知，从未被人命名，却一直被人所知，那野性的蟒蛇之滨。哪一座创世之前的火山还必须开

1　亚述，古代西亚奴隶制国家，起源于底格里斯河中游，后扩张至地中海沿岸。

敞？它还将喷出哪一种新的非动物？难道一切不是已经袒露出了最后的赤裸？难道所有可以厘清的惊恐的最高准则不是已经深入了动物体内？这种透明的恐惧会不会指向一种新的、关于恐惧的知识，指向一种新的、还要更深的恐惧，指向一种新的、更深的原初层面上不可预感的东西？一切都开敞了，没有什么得以留存，没有什么可以留存，只是还在佯作向上飞行，只有冰冷而迷茫的朦胧灰光还在苦守，在光中没有远方和近处，没有上界和下界。他和这非动物的行列一起飞行，和它们一起穿过了冷光，穿过了这茫然的光，被它们夹在中间，被一只手握紧，被一只没有躯体的、飞行的植物之手握紧，它的手指自由不羁。他认出了这虚假的死亡，这灰暗的僵滞，他被送过了它的非空间：他身边流动的图景是冰冷的、没有象征的恐怖，长着尾巴却不是动物，张开血盆大口却不咬人，伸出利爪却不捕获，竖起羽毛却不俯冲，吐出毒液却从未击中，它的尾巴击打着、盘绕着，透明的尾巴，拍向了透明之物，只是默默地威胁着，却比所有嚎叫和所有袭击都可怕。恐怖自身也变得透明，恐怖实质的地表敞开了，在它最深的地下，在它最深的井底躺着时代之蛇，首尾相接，冰冷地环绕着潺湲的虚无。是，那就是虚假死亡的呆滞恐怖，而这动物的面孔几乎已不再是面孔，只是透明的植物，藤蔓萌发，藤蔓交织，缠紧了尾巴的藤蔓，被长蛇的藤蔓束缚，从那不可度量、不可寻得的根源萌发，从那不可测量的整张根须之网之中萌发，它的下兽性融入了他的体内，动物的脸剥落成了无个性的恐怖，被中心的虚无吐出。在死亡面前，没有一种恐惧能比得上这种最为阴郁的恐怖，因为这是面临虚假死亡的恐怖，它周围是下兽性、后兽性的东西；在伤害、疼痛或窒息面前，没有一种恐惧能够比得上这种窒息的恐怖，它自己不可把握的东西一点也没有保存下来，因为在尚未开始的创世中，在它的非空气中，在它呼吸的困境中什么也无法保存下来。那是尚未完成的、尚未开始的创世的呼吸困境，它纯然的透明体现在动物、植物和人类的身上，它们都是透明的，都如出一辙，因为它们无名的惊恐，因为它们与虚无那牢不可破的纽带而显得死气沉沉，却无比渴望和彼此分离，因为极度的相似与极度的敌意使它们都感到窒息，它们都满怀动物的惊恐，认出了自己的非存在中毫无个性的兽性，哦，万物窒息的恐惧！哦，难道它不是一直就存在的吗？他可曾真的被它释放？！难道这不是一直就只是对恐怖的风暴一种徒劳的抵御？！哦，它夜复一夜地走到自己面前，在年月与非年月之中，远离青春，靠近昨天，夜复一夜他怀着虚荣的自欺，误以为自己在倾听死亡，但他只是在抵御自己对虚假死亡的恐惧，抵御虚假死亡夜复一夜到来的图景，他并不想了解它们，他拒绝看它们，但它们却留了下来——

……哦，谁还想要睡觉，当特洛伊起火燃烧！一次又一次！船只相撞，划动的船桨激起了海流的浪沫，三岔的船头将浪沫切碎[1]……

——那些图景留了下来，挥之不去，这恐怖夜复一夜地负载着

1　引自《埃涅阿斯纪》第8卷，第689—690行。

他，带他穿过幽灵盘踞的火山口的沉默，穿过尚未创造出来的非回忆，穿过再次被放逐的存在的万古和远方，它堆积在最近的地方，穿过所有孤凄的、瘫痪的荒原，所有人与物都抛下了它们，而它们也放弃了创世。夜复一夜，他被引向了那不可动摇、冷冷胁迫的假象，引向了虚假的真实，所有神灵都出自其中，所有神灵都在其中存活，而他战胜了无力的众神，面对着命运女神，她们不详的三重身躯[1]等待着他，在她们的图景里，虚假死亡的所有形象都起了变化，他想在她们那瘫软又令人瘫软的、无力的强力面前闭上双眼，在一片迷乱中醉心于盲目，麻木地面对虚无那跳闪的、窃笑的嘲讽，无助的清醒者不能从中逃脱。他想要麻木地面对创世之前的命运那平淡的笑声，它告诉他，不可命名、不可分辨、不可塑造的东西永远也不可征服，并要求他悔悟。哦，就是这样，它暗自孕育着威胁，暗自对抗着他。许多年月都仿佛是唯一一夜，向前漂流，盲目地涌流，盲目地飞驰，盲目地被送入了静止的恐怖，而那夜复一夜预示自己的到来的东西、那些不会缺席也不会回避的东西已经不再抵抗了。这是一场虚假死亡抛出的恐怖战役，在这场战役中，他被棺木捕获，被坟墓捕获，进入了静止的航行，孤身一人，没有人陪伴着他，没有人为他说情，没有人给他以救助，也没有仁慈、没有光线、没有永恒，不可动摇的墓石环绕着他，它们绝不会再次开敞，让他重生。哦，墓穴！甚至它也在这间狭小的房中，甚至它也

1　希腊神话中，命运女神共有姐妹三人，被想象成三位老太婆：克洛托，负责纺绩命运之线；拉刻西斯，负责分配命运之线的长短；阿特罗波斯，负责切断人的生命之线。

被榆树的枝丫触动，复仇女神也绕着它跳舞，复仇的嘲讽也遮蔽了它。哦，它自己就是嘲讽，它也在嘲讽他，嘲讽他还在自欺欺人，嘲讽他用以自欺的幼稚希望。寂静而亘古不变的那不勒斯海湾出现了，海上巨大而明亮的太阳升了起来，大海那深不可测的故乡之光浮现了出来，被死亡的风景轻轻吸纳，变成了从未有人吟唱、从来都不可吟唱的音乐，永远都在倾听生活，也永远都在被生活倾听，应能唤醒死亡。哦，嘲讽与非嘲讽，此刻，当一栋建筑立在无空间的无风景中，当身后没有什么开启，没有大海、海岸、旷野、山峦和岩石，连那不成形的原初黏土也没有，什么都没有，只有那难以捉摸、不可把握的枯冷在虚无中存活，一座赤裸的嘲讽的建筑，只有一道猛烈的、摇摆的激流环绕着它，他在激流中和周围丑陋的造物一起漂流，一起向前漂流，被无呼吸也不可呼吸、不可饮用又使人干渴的大气光辉所裹挟，那不是空气，也不是水。他们被所有恐惧之火的透明烟霭、被创世之前的所有非呼吸所运载，它像干燥的潺湲在指间飘散，而在这可怕地充满了动物、孕育了动物、像动物一样窸响的大气元素里——它吸纳了所有堕入了兽性的东西——许多半鸟蜷在屋檐上，可怕的墓穴之鸟，瞪着鱼眼的假鸟，成群结队，这些灰鸟生着猫头鹰的头、鹅的尖喙和猪的腹部，双脚是人类的手，因为要划水而没有皮肤覆盖，这些蜷蹲的鸟来自没有风景的地方，也不会飞过什么风景。它们就这样坐在那边的恐怖枯枝上，挤在一起张望着，就这样站着，四周是墓穴，不管是仍在监牢里，还是已经出去了、抵达了最难以企及的遥远目标，都是一样的。一切都在互相堆叠，非天空的枯冷被监牢窗边的彩虹遮蔽了，二者都在墓穴上空拱起，都有非空间渗入，却都被群星密布的寰宇的黑丝绒照透了，世间的许多拱顶在生长，穿透了榆树，以难以度量的速度扩张，同时却也在难以度量地缩小。无风景穿透了风景，也被风景穿透，非空间穿透了空间，也被空间穿透，象征性地存于无象征的东西里，就像动物穿透了虚假的死亡，也被虚假的死亡穿透：生活的象征熄灭了，那些含义丰富的、天空的动物图景熄灭了，在它们所遮蔽的枯冷天空下冷却，但死亡的象征犹在，尽管只存在于创世之前不可表达、不可思索、不可预感的非象征里，却留在了绝对无法表达的丑陋动物身上，留在了这些虚假死亡所孵化的恐怖图景里，仿佛直接出自虚空，虚无在虚无之中映照，同时也被映照，图景与反图景合为了一体，因为最深刻的原初孤独销蚀了表达，它从来都不可把握，只是为人所知，被人惧怕，在众时代与兽性的万古深渊里飘摇。象征终止了，因为缺乏表达，因为失去了和其他东西的联系，终止于贯穿了众星体的未完成物，在空虚的万古之远方，它们堆砌成了隐约可见的、空虚的丑陋动物，好像原初孤独的知识图景被送出了所有图景那无穷的圈子，从镜像被送到了镜像，以便在所有终结的终结、在无图景的地方袒露出自己最后的赤裸。在这种袒露之中，在这默默轰响、穿过未完成物和它们的孤独的动作里，人们发现了不幸，它和所有恶意一起爆发，抹杀了那空虚的丑陋野兽的进攻欲望，使它的欲望无望地飘散，人们预感到它就在所有完成的与未完成的事物背后，在创世之前与所有遥远的孤独背后，人们忧心忡忡地预感到了，他们要闯入虚假死亡的不幸，他们依照预感解释道，所有翻转的道路，所有僵滞、游戏和迷醉的道路，都不可避免地通向兽性，所有美的道路都不可避免地终结于恐怖的丑陋。而在墓石上面，在想把死亡转化为美的墓顶上面，坐着一列不幸之鸟。四周，全世界的城市在无风景的风景中燃烧，它们的墙垣倒塌了，它们的石柱炸碎了，旷野上腐朽的尘雾冒着血腥的烟，对于献祭的渴望在四周沸腾，并不神圣，却渴望着神圣，虚假的祭品在献祭的迷醉中堆叠而起，献祭的愤怒在四周沸腾，要杀死身边的人，把自己虚假的死亡转嫁给他，要毁坏他人的房屋，点火燃烧，为了把上帝引向自己的家，不幸的愤怒与不幸的欢呼在四周沸腾，献祭、谋杀、火焰和毁坏都是在尊崇上帝，而上帝自己也想要这种尊崇。因为上帝必须压制住自己的恐惧、自己关于命运的知识，去渴望笑声、渴望毁灭、化解人们的纷争，那些迷醉的纷争、献祭的纷争。上帝渐渐无力掌控局面了，渐渐对这些事感到厌恶了，上帝与人类都被同一种毁灭的愤怒的恐惧所追猎，又没有被它追猎，惧怕在虚假的死亡那石般的孤独中石化，惧怕僵滞。火焰悄悄地追猎那些玩着谋杀游戏的熙攘神灵，追猎人类的谋杀游戏和灵魂虚无的火山，漂进了那漂流的非元素，并静静地留在其中。城市被烧得不留一点灰烬，火苗跳闪，像僵直的舌头，像立起的鞭子，没有跃出任何深渊，在它们那撕裂的、扯破的、为了让自己爆发而出而开敞的表层之下没有另一道表层，也没有任何深渊。火焰本身只是一道呆滞地翻开的表层，许多疲软的声音呆滞地咆哮着，在四周沸腾，它的尖叫只余下了一片捕食的影子，阴森地飞掠而过，中断了、崩溃了的创世感到了刺痛，发出沉闷的轰响，在四周沸腾：四下的废墟中，新的构筑呆滞地生长而出，冲入了惨淡的灰光和无光的非光，从虚空中生长出来，却一直都置身于虚空，自从它开始颂扬那持久的谋杀，开始延长、珍存不幸，它就陷入了无望。虚假生活的构筑，虚假死亡的构筑，它的基石以血浇铸，像石头一样沉重地压抑着生活，鲜血还不足以使不幸建立、不幸包围、不幸石化的东西嵌入法则与创世的进程，誓言也不足以击溃重新立誓的冰冷长蛇。创世前的东西依然比创世的力量强大，非造物依然保持着虚假的死亡，打断了创世，抵制着创世，想使自己体内、自己以外的非造物性永远持续下去，想为自己立起一座纪念碑，为自己掘出一座坟墓，它依然失语，意识到了自己的罪过，失去了空气，依然没有注意到它石质的纪念碑无法永久，无法持久，它——当它摆脱了已经创造出来的东西——进入了坟墓，却没有复生。于是非空间的穹顶、非天空的穹顶变成了唯一的墓穴，嵌在天空内脏的长蛇回环中，嵌在创世前那众神蔑视、带有土壤的小肠里，命运在其中跳闪着，宣告自己的到来，对时代不屑一顾。他被送进了墓穴，好像是在回归，尽管他自己也被那长蛇贯穿，也冲破了天穹，他却仍躺在天空的内脏里。内部与外部彻底颠倒了！可怖地堆叠而起！在死者居住的大地上，四周墓穴的街道和墓穴的房屋在燃烧，四周人类的暴怒、人类胜利的欢呼、人类献祭的迷醉那石化的永恒僵滞了，四周冷冷地燃烧的尘世之火僵直地挺立，人类放弃了创世，上帝放弃了创世，创世已死，剥落了死亡，在自己死亡的辉映中石化　　众神的决议在恐惧的纷争中迷失了，众神的意志注定了这一切。因为创世渴望永久的复活；只有在永久的复活中，创世才能够完成，而创世只要开始过，就算是昙花一现，也会再次复活。哦，只有可以命名造物的才是造物，只有一再下行、一再没入重生之火的才是造物，可以做出难以忽视的努力，以使不可征服的东西不再重新涌流，以使前母性的未完成物不再重新陷入石化的缄默。哦，造物是创世的产物，在下行的时候，它把自己变成了祭品，躁动难安，不需要翻转，不能转向任何复仇，也不能转向任何认识与重新认识，它磨灭掉了自己所有生物性的恐惧，甚至磨灭掉了它最后的、生物性的愿望。哦，我们仅仅是创世的造物，如果我们彻底掸净了自己的生物属性，如果我们甚至学会了把生物与非生物的认识赶出体内，如果我们振作了起来，谦卑地开始了我们最后的悔悟，如果我们可以摧毁我们自己的坟墓，该有多好！这个想法在他体内变得沉重，远离了梦境，好像他躺在一个梦中，好像一个声音从另一个梦中向第一个梦境低语，好像众神的恐惧、众神的复仇、众神的无力再一次告终了，好像众神再一次，也许是第一次展现出了温和的仁爱，好像那神秘的、无词的低语直接出自众神那再次终结了的恐惧，向他耳语着勇气，面对销蚀的勇气、面对渺小的勇气、面对交付的勇气和放弃悔悟的勇气，像一种超越了语言的语言，像一种更为狭窄的丰富意蕴，像那依然遥远的梦中传来的无词之道，好像来自另一个梦。一种更轻、更有穿透力的低语，不可把握，却召唤人们做出实际的行动，飞掠、击响，却是一道更冷酷的命令，不可回避。一切服务于虚假的生活、组成了虚假的生活的东西都必须立刻消失，因为它们从未存在过，这道命令把它们都扬弃了，抹杀了，使它们变成了从未发生的东西，坠入了虚无，与所有回忆诀别，与所有认识诀别，被迫坠入了所有存在过的人与物。哦，这道命令要求销毁所有完成的作品，烧掉他写的所有文章和诗歌，哦，他写的所有东西都必须烧掉，所有东西，也包括《埃涅阿斯纪》。于是在他从中魔的状态中走出来之前，在他仍在窗边凝视的时候，他听到了那些无声的虚假群鸟，它们一动不动地蜷在那里。这时，仿佛有一波难以察觉的巨浪从那些褪色的鸟羽上空掠过、流过，像大气一样飘散，一浪又一浪，突然间，像一注无声的水沫，鸟群喷入了不可见的高空，熟悉的屋檐一瞬间重新显露了出来，但只有这一座屋檐，因为附近的建筑都坍塌了，和鸟群飞离的振翅一样轻悄，和鸟群一样变成了气态，喷入了不可见的高处，喷入了那吮吸的虚无。当他感到了这一切，这种轻悄也开始改变了，变成了寂静：静止变成了平静，载送他的航行在尘世间静止了，这些幽灵——植物和动物的形体，最终变成了唯一一个生着火焰长发的女妖，生着透明又苍白的身躯和飘飞的发缕——不再伴随着他，而是从他身边飞掠而过，滑向了坟墓陷入的地方，尾随着坟墓陷了下去，一个接一个，沉入了那闪着空虚光芒的阴影火山口，他觉得它就像一只逼视的反向之眼，却也是他自己的眼睛，可怖地逼视着。这可怖的虚空最后一次威胁着他，当最后一只鸟身女妖[1]也在这火山口销融，火山自己便也面临着销融的危险，它吸吮的力量变成了承担一切的平静，变成了深渊，变成了尘世之夜的眼睛，变成了满溢着大气之泪

1　鸟身女妖，又称哈耳皮埃，希腊神话中半人半鸟的生物，为海女伊莱伽和海神陶玛斯所生，性格暴烈。维吉尔提到她们长期腹泻，飞行所及，恶臭刺鼻，凡近身者，都受戾气所污，头晕神昏，无力战斗。鸟妖象征着狂风肆虐的特质，故而来去迅捷如风。

的梦境之眼，像灰黑的丝绒歇息在他身上，轻盈地包围了他，在梦中抛弃了梦境，敞向了轮回。夜晚再次开启，在它目光的最深处重新燃起了小油灯那纤小昏黄的火焰，颤抖着跳闪——哦，近处的星辰——照亮了这月光渐暗、夜晚静息的房间，温和的睡意重返了，墙纸几乎不可辨认，墙面变得幽黑，还藏匿着俗世间那些可靠的家产，好像它们从未存在过。这是回归，却还不是归乡，是熟悉的东西，却没有回忆，这是一种温和的重生，却也是一更温和的、逐渐开始的销蚀，这是释放，也是囚禁，二者在一种极其温和的湮灭中难以描述地流到了一起，奇特地吸纳了一切。墙上的喷泉轻轻潺湲，黑暗变成了轻柔的潮气，尽管四下已经没有什么在悸动，而缄默却不再缄默，僵滞不再僵滞，时间重新变得柔软而富有生机，虚假死亡的脆弱月光释放了出来，重新开始了悸动，重新开敞了，于是他也被僵滞释放了，慢慢地，尽管还伴随着最外在的疲惫，却可以重新直立起来了。他张开手指，撑在床垫上，头在高耸的两肩之间下陷了一点，因为紧张而微微颤抖，烧热的头颅微微下垂。他倾听这轻柔的声音，也倾听生活激流那轮回的、在高烧中也不曾扬弃的温和，倾听那几乎无法浮出、无法捕捉也不再能捕捉到的梦境之声，所有梦境低语的命令，让他销毁他所有作品，此刻他真的想要听从这命令，也必须听从这命令，这一定能让他得到救赎：他无法执行这道隐蔽的命令，他听得那么清楚，那么想要遵从它，却依然无法去执行，就算还没有变为无词的低语，这命令也不得不在这神秘而广大的、向他低语的不确定中交织，为了找回它的话语。沉默之墙依然环绕着他，却已经不再是威胁了。哦，惊恐依然持续，但已经不再恐怖了，已经是惊恐中的无恐怖了。哦，最外部和最内部的边界仍在融入彼此，但他感到了他的倾听怎样消解、维系了它们，他显然没有创造认识的秩序、人类的秩序、动物和事物的秩序，显然没有创造他曾在其中活动的世界秩序，世界秩序随着他的记忆销蚀了，不复存在，也不会再存在，几乎已经不再是美的整体了，不再是那闪着微光开敞的、世间之美的共同体了。不，它不是这些，它属于那些不可预感的、潺湲的众流之一，涌入夜晚，又涌出了夜晚，属于那些已经飘散的、关于静止的众回忆，不可圆满的事物在其中圆满，在不可言说、不可抵达的地方，与最后的原初孤独对创世的渴望结合在了一起，在不可预感的新记忆里，与极为庞大的纯正和洁净结合在了一起。而他听到的东西被渴望的激流裹挟，源自最外部的黑暗，同时也在耳朵的最深处、内心和灵魂的最深处震响，在他体内默默无言，在他四周默默无言，在这双倍低语的原初地表上，那索求的、窃笑的、依然强大的暴力握住了他，充盈了他，他越深地倾听它，它就越不再是低语，反而越像一种巨大的轰鸣，显然穿过了许多经验与不再是经验的东西的层面、许多记忆与非记忆的层面、许多阴森的层面而到来，极为细弱，甚至还不是低语。不，那不是低语，不，那是难以计量的声音的和弦，更是所有群体声音的和弦，从时光的所有空间与非空间震响，在隐蔽之物面前清亮地吟唱着、威胁着，因为温和而显得可怕，因为悲伤而充满安慰，因为渴望而难以企及，尽管离得那么远，却依然不可祈求、不可反驳、不可改变，越来越强硬，越来越诱人。而他的自我越卑微，他就越放弃了抵抗，越向着声响开敞了自己，越难以真正把握这声音的规模，也越知晓了自己是多么没有尊严。他也受到了先前的强权胁迫，受到了它的温柔胁迫，被迫臣服，也被迫渴望臣服，被迫惧怕那些他觉得应该撕毁的作品，被迫希望将要下达的宣判，被迫惧怕也被迫希望，被迫依照生活的意志销蚀，被迫销蚀了自我。他囚禁在他渺小的身躯里，又被释放了出来，在万物之声那无形却可见的强力下，知情又不知情。他终于得以捕捉那久已为人所知、久已被人所忍受、久已被人所听见的东西，而它们又挣脱了他，像宏大的万古不可表达的一种表达，极其微小，几乎不可理喻，从来都是不充分的，它们在一次呼吸、一声叹息、一句呼叫中挣脱了他："烧毁《埃涅阿斯纪》！"

他真的组织出了这句话吗？他不确定，他不知道，但当他听到了回响的时候，他却没有感到震惊，那几乎是一个回答："你在喊吗？！"声音轻柔而亲切，几乎带有他的乡音，来自某个无处，来自难以预感的近处，来自难以预感的远方。这声音在难辨彼此的混沌之中摇摆，尽管它还没有抵达无穷，还没有进入那众声企盼的空间，但在一瞬间，他觉得那是普洛娣娅，觉得他听到了她声音中飘荡的黑暗，好像他可以在这个再度获释、再度濡湿、再度团聚的夜晚等待她，甚至必须等待她。但当然，他立刻认了出来，这当然是那个少年的声音，没什么可惊讶的，他又回来了，在尘世的两岸之间，平静的水流将他送向前方，几乎是漠不关心，不关心他是欢愉还是失望，将他送入了轻盈的尘世，他担心只要投去一道目光或转一转头，他就会打断这种流动；他闭着眼睛躺在那里，一动不动。也不知过了多久。然后他重新组织好了语言，说道："你为什么又回来了？我不想再听你说话了。"他既不知道他的声音够不够大，也不知道少年是不是真的在房间里，是不是正在期待一个回答。一种飘忽不定的等待，好像某处有一把七弦琴响了起来，在歌声响起之前，再次在身边响起，自然而然地切近，却又那么遥远，好像来自海上，吹散了月光，闪着极其轻柔的光芒："别赶我走。"——"但是，"他反对道，"你妨碍了我的道路，我想听其他的声音，你只是虚假的声音，我必须找寻其他的声音。"——"我过去是你的道路，我现在也是你的道路，"少年说，"我就是你的共鸣，从一开始就是，历经所有死亡，永远如此。"这像是一种蛊惑，充满了甜蜜的引诱，充满了同一性与梦幻，一声梦的呼唤，他没法再转回身去面对它，这来自孩童国度的回声。轻盈的少年声音带着遥远又亲近的乡音，继续说道："你诗歌的回响是永恒的。"然后他说："不，我不想再听到我声音的回响了；我期待的是我以外的声音。"——"你不能让心中的共鸣沉默。你的回响就在你身边，像你的影子一样不可改变。"这是一种蛊惑，有什么在命令他拒绝它："我不想再做我自己了。我想在我内心最深处的无影地带与最深的孤独中消隐，我的诗必须超出我自己。"没有回答，他的声音像无形的梦一样飘散，像梦一样漫长，像梦一样短促，终于他听到："希望想要和希望相伴，甚至你心中的孤独也是你的开端那单方面的希望。"——"可能吧，"他承认道，"但我还是希望一种声音，它会在我死亡的孤独中站在我身边。如果它拒绝我，我就得不到鼓励，也永远得不到慰藉。"得到回答又等了很长时间，他说不清到底有多久："你从来都不曾孤独，从来没有，也永远不会，因为发源于你的东西比你更伟大，比你的孤独更强大，你已经不能毁掉它了。哦，维吉尔，在你孤独的歌中有所有声音，有所有世界，它们和它们的回响就在你身边，永远在打破你的孤独，永远在织入所有未来，因为你的声音，维吉尔，从一开始就是上帝的声音。"唉，他就像过去梦到的那样，在某个没有过去的时分，当他转身回去，面对着一种前预兆，他一度看到了它，现在它似乎实现了，他自然而然地挣脱了痛苦，因希望而愉悦，还有那忧伤的希望，少年和孩子游戏般的希望，在自欺中蒸发的希望。他直截了当地问道："你是谁？你叫什么名字？"——"我叫吕萨尼亚斯[1]。"少年回答道，难以察觉地靠近了一点，他刚刚肯定是站在门口的。"吕萨尼亚斯？"他重复着，好像没有太理解，好像他实际上期待的是另一个名字，"吕萨尼亚斯……"他一动不动地躺着，低语着这个名字，感到惊诧，因为事情就这么自然而然地推进了，不只是因为这个名字极其不协调，也因为他问起了少年的名字：当少年向他走来的时候，难道他不想让他夜间小小的同伴留在他飘摇的无名状态里？难道他没有因此把他送回无名？他继续惊奇地问道："我确实让你走了……你为什么没走？"——"我也确实走了。"少年略带乡气的声音响了起来，现在已经离他很近了，带着亲切的欢愉，谦逊之下滑稽地隐藏着一点农人的狡猾，暗暗期待着下一个问题。他没有在意这一

1 "吕萨尼亚斯"是一个希腊名字，意为"救赎者"。

点，继续说道："那么，你刚刚走了……但你现在却在这里。"——"你没有禁止我在你门前等着……刚刚你喊了一声。"这是真的，也不是真的，谎言飘闪而过，就算只是一个小小的天真谎言，也像一种巨大的回声，贯穿了他自己的生活，所有狡诈的、比狡诈还要狡诈的虚假真实的回声，这种虚假的真实抓攫了道，与真正的真实从来都不相符，虚假的真实，他从那时起就一直在演练它，唉，从儿时就开始了，因为那时他已经开始妄想要骗过死亡了。真理和谎言、呼唤与没有呼唤、近处与远方都流到了一起，流入了彼此，像那时一样。难以理解的是，孩子应该是一直在门后看着的，而同时，下面有某种骇人的事情发生了，好像注定了那就是永恒，恶魔在那里蹒跚走过。唉，难以理解的是，一切依然如故，像一种曾经存在、还想要继续存在的共时性一样难以捉摸，像另一种真实，没有进程，没有过去，也没有未来，却也因此延入了重生的尘世，几乎像一种披着假名字的虚假真实，在彼岸什么也没有赢得，却失去了一切。而他必将一再证明，对于命运进程之谜的担忧、对于那边击溃了命运的笑声的担忧、对于无名与询问名字的必要性的担忧都是偶然的、错误的。哦，担心重新认识那谜团，转而抵制共时性，从存在过、进行过的事物中逃走，向着此刻的终结、向着直接与肉体相关的东西逃亡，他闭上了眼睛。那边，床边的墙上仍有几缕漫游的月光，阴影锁闭了房间，他的头颅开始了茫然的转动，并不总是没有用的，于是当然，在阴暗的门缝前——他眨着眼睛，斜瞥着门口——就出现了少年那柔和的、极为朦胧的形体。一切都在飘荡，奇特地飘荡，世间的此刻奇特地变轻，抛弃了所有共时性，在此时此刻抛弃了过去，抛弃了未来，没有名字的无名尘世：少年把他领到了这里——现在他要把他领回去吗，因为他不请自来，带着他奇特的异乡名字不请自来？尘世间的领路已经结束了，没有任何人能把他领入没有未来的尘世，就算还有人给他领路，那也已经不是这个少年的任务了，他只是听到了呼唤就来帮助他，而不能求助的人也就不能得到帮助。当少年的形体在阴暗的门前开始消融，他再一次表示了拒绝，像是在强调："我没有叫你帮忙……你弄错了，我没有叫你……"他又轻声补充道，"吕萨尼亚斯。"少年却没有因为他的拒绝而感到动摇，他踏出了小油灯的寂静光圈黑暗的背景；他叫到少年的名字的时候，少年梦境般朦胧的脸上绽出了一个明亮而充满信任的微笑："帮你？帮助救助者？你给他人以救助，甚至在你想得到帮助的时候……我来给你倒酒吧。"少年已经在桌边忙了起来。这少年对于救助又知道什么？他对于一生中助人的能力又知道什么？他对于无助者那可怖的清醒，从来都无法求助，因此也永远被回绝的人的清醒又知道什么？或者，他可知道不愿救助的伪誓和销蚀所带来的罪孽？可想要重新转过身去，命中注定地佯作转向那不可逃脱的迷醉？他再次感到了惊恐，不顾自己高烧的干咳，突然做了一个威吓的手势以示拒绝："不要酒，不，不，不要酒！"少年的回答又一次奇特地、又一次真的使他感到了震惊；尽管少年一瞬间也受到了他的回绝的影响，放下了酒壶，但立刻又拿了起来，用双手晃着，以满足而平静、极度使人平静的神情说道："献祭的酒还有很多呢。"哦，献祭！他刚刚说到了！

是，是献祭，是献祭！这是重新建立的、需要献祭的整体，是重新建立的、映照整体的象征，献祭的迷醉、血的迷醉和酒的迷醉再次征服了，这是自我销蚀的世界之献祭，存在过、创造过的东西要为了创世而销蚀。在献祭之中，他既是祭品也是祭司，既是父亲也是孩子，既是人类也是作品，他自己就应该变成祈祷，回归父亲那圆满的警醒和孩子那圆满的稚嫩，救助渴望救助的人，在完满的销蚀之中，像交织的阴影一样织入阴影，在尘世众多图景的永灭之中，在黑暗深渊最后的窸响之中翻倍，升入动物与植物，血在酒中映照，酒在血中映照，遥远的万古不可预感的东西像回声一样闪光，变得看不透了：这就是献祭所带来的再次净化，而他，这就是他的使命，若他要尝试在这复仇女神盘踞的房中写完这洁净的情节，他就还是无法逃出恐惧，只能在这里饮下几滴酒，这种可怖的酒就会变为更为可怖的鲜血，而献祭依然是不纯净的，销毁他的作品也只是毫无意义地烧毁一些手稿。不，祭坛必须保持洁净，祭品和祭司必须保持洁净，洁净锁闭在洁净之中，纯正的酒耗尽了，在正在消隐的晨星光芒之下的咸涩海流里献祭，清早天空的珠母贝颤抖着打开了，献祭应该在海边进行，那首诗要被颤抖的火焰吞食——但是，难道他的计划要使那平滑的、充满言辞与神秘的审美游戏腐朽地重生，要打破生活的誓约吗？海岸、晨光与献祭火焰的指令不也是那梦游般的游戏，世界在它孕育着鲜血与谋杀的不洁中活动，为了献身于美？这不也是那僵滞的、谋杀般的虚假献祭，因为众神的命令、因为自己的命令还会复活，这不也是歌中的虚假真实那不可逃脱的虚假生活，不也是诗歌那不可逃脱的、虚假真实的过渡地带？不是这样，也正是这样，他必须立刻献祭，就算没有献祭的指令、烈酒的浇灌和审美的仪式。他一刻也不能荒废了，他无论如何都不能等到日出了，不，现在他必须动手，他绝望地把自己撑了起来：他要马上去外面，去任何一个有火燃烧的地方，他要摆脱手稿箱的负担，他的诗作应该在这繁星之夜的某处燃烧成灰；太阳不应该见到《埃涅阿斯纪》。这就是他的使命。他的目光紧盯着手稿箱——但是：箱子怎么了？它好像突然被推到了很远的地方，变得极其微小，一只侏儒的箱子，在渐渐变小的家具中遗失，尽管它还放在同样的位置，他却够不到、抓不住它了。而且少年也挡在他和箱子中间，一切都在收缩，他却保持不变，端着盛满的酒杯。这时少年说道："喝一口吧，就当作睡前安眠用的。"他怀着最热切的担忧说道，像一个出乎意料地懂了事、有了责任心的儿子在和父亲说话，当然还有些稚嫩，却是感人的稚嫩，因为责任的意志和责任的能力正在于一个孩子那低估一切、饶有趣味的自负之中：他觉得他拿来的是一杯安眠的酒，好像这不是觉醒的恐惧、再次战胜了上帝和人类的恐惧，好像这不是现在最必需也最紧迫的警醒，可以再次创世！或者这孩子的低估也有其道理？《埃涅阿斯纪》缩小了，除了那个少年，一切都缩小了，难道这不是一种征兆，显示了少年的自负有其道理？难道他的低估不是一种更高的、源自彼岸的低估的征兆，显示了献祭根本就不可以举行？人们不也一直都在向他解释，做祭司是不值得的吗？他是不是注定要被锁在自己的梦里——不能下行，不能回归，不能远离那扇象牙大门、最终穿过那扇牛角的大门？尽管如此！尽管如此，他还心怀希望，哦，尽管如此，他这个迷途者还有可能被引向洁净的恩赐！当然，尽管他如此痛苦，他的堕落还是没有赎清，但虚假死亡的前穴已经释放了他，也许那个少年会觉醒，会变成真正的向导，也许他一直就是真正的向导，会把他这个病弱的人带过仁慈的大门！哦，少年举起了酒杯，像举起一只闪亮的光之器皿，他向它伸出了手。只是，他还没有握住这闪光的杯盏，少年形象中的所有清醒就都消退了；不是周围缩小的东西恢复了之前的大小，就是——他依然搞不清楚到底是怎么回事——身边的少年现在也缩成了侏儒：少年的形体真的不能再生长了吗？他真的要变成侏儒吗？他被孤零零地抛在了那里，四顾无援，没有向导，一直到最后都要独自承担决断的责任，他不能喝下这杯酒："安眠的酒？不……我睡够了，睡得太久了。是该起来了，是时候起来了……"一切又变得那么疲倦，那么尘俗；少年不想再生长了，不想再帮他了，不想再支持他了，无论是扶他起来还是帮他献祭，更不用说之后的——哦，幻灭，哦，恐惧，哦，他在恳求救助！但他现在只能沉回枕头里，发出一阵失望而疲惫的静默低语，掠夺了呼吸："不能再睡了。"但现在，少年的回答第三次使他感到震惊，仿佛一种救助："没有人比你更清醒，我的父亲，现在休息吧。你需要休息，我的父亲，哦，睡吧。""父亲"的称呼使他轻轻闭上了眼睛，这称呼仿佛一种礼物，报偿他的销蚀，报偿他的清醒，它终于到来了，真正到来了，自从他准备好了要一刻不停地悔悟，这种关于过去与未来的清醒工作就变成了一种自由谦卑的非进程，变成了对此刻的担保：这是恒久的新开端那仁慈的报偿，像罪孽一样无穷，站在所有诞生之前，站在所有实际行动的彼岸。因为献祭与恩赐是一回事，二者的关系不是彼此伴随，而是源于彼此。现在他也当得起“父亲”这个称呼了，他这个有福下行、进入阴影深渊的人，在下行的路上把自己变成了祭品，接受了祭司的授职，承担献祭的职务，并因此置身于那可敬的、无穷的父亲行列，从这里阴影环绕、统治一切的先祖，一直通向了那可敬的、难以企及的庄严，因销蚀而强大，包含了无穷新开端的强大力量，包含了人类的存在那永远的极乐。先祖赐予人们极乐，在僵滞的彼岸，他们是城市的创建者，是命名者和立法者，他们没有开端，没有终结，也没有诞生，永远也不会消逝。他是不是真的被选中了，要走到那张可敬的面孔前面？一个少年，这个少年，能不能真正挣出那扇大门？他对自己感到了怀疑，同时也在召唤这个少年，这两件事奇特地联系在了一起，这是一种无关时间的怀疑。而他怀着疑问，重新打量着少年年轻的面孔，怀着疑问，打着恳请的手势，接过杯子喝了下去：“你是谁？”放下杯子以后，他再次问道，他如此坚定地反复拷问，这也再次使他自己感到惊奇：“你是谁？我见过你……在很久以前。”——“说出那个名字，你知道是什么。”少年回答道。他震惊地沉思着，他只知道这个少年自称吕萨尼亚斯，他刚刚才知道，这一切都飘忽不定；如此飘忽不定，他再也找不到那个名字了，他找不到任何名字，甚至找不到过去他母亲称呼他的名字了。但突然，好像母亲刚刚又呼唤了他，好像她刚刚从消逝的、不可寻得的世界向他抛来了呼唤，呼唤他回到无名，那居于母亲体内和所有母亲的彼岸的无名。唉，在母亲看来孩子都是无名的，母亲想使孩子永远都没有名字，不只希望他没有错误的、带来不幸的偶然之名，也许更希望他没有真正的名字，那抛弃了偶然的、留存在无尽的先祖行列中的名字。因为只有无名地下行的人才能选出这个名字，在所有实质的根须之星中举办属于父亲的祭司授职仪式，这个名字被锁在献祭之中，又把献祭锁在它体内：但母亲囿于诞生的创世献祭，被重生的献祭吓退了，为她的孩子感到畏惧，畏惧重新创世，畏惧那未被征服、不可征服也不可抵达的事物，在深渊中，在一个名字那不可预感的真理之光中，她预感到了它，她畏惧名字里的重生，像畏惧某种不洁的东西，她宁可在无名的状态下了解她的孩子。存在变得无名，母亲呼唤的地方变得无名，觉醒前的无名颤抖着蔓延，他在无名的关爱中呼吸，说道："我不知道什么名字。"——"你，我的父亲，你知道所有名字，你给万物命名；它们都在你的诗里。"许多名字，人的名字，原野的名字，风景、城市和所有造物的名字，家乡的名字，受逼迫的慰藉的名字，事物的名字，和事物一起被创造出来、在众神之前被创造出来的名字，以道之神圣再次复活的名字，一再被真正的清醒者、觉醒者和创神者所寻到的名字！诗人永远不会奢求这种盛名，就算诗歌最终也是最实际的使命就是选出万物的名字，是，就算诗歌那宏大的目光瞥向了永不僵滞的语言，在它深渊的光下，万物之道洁净而平静地摇摆，那是万物的世界的地表上名字的洁净，它可以使诗中之道的创世加倍，却不能再把加倍的东西归为一体，它做不到这一点，因为它缩小了，因为它的预感和它的美，因为所有让它成了诗、把它变成了诗的东西都只能在加倍的世界里存在，语言的世界和事物的世界依旧是割裂的。道的故乡加倍了，人类的故乡加倍了，实质的深渊加倍了，存在的洁净也加倍了，变成了不洁，像一种没有诞生的重生，饮尽了所有美与预感，体内含有萌芽和击溃世界的力量，那就是母亲所惧怕的、存在那原初的不洁。诗的外衣是不洁的，诗永远也不会建立什么，永远也不会从自己预感的游戏中醒来，永远也不会变成祈祷，变成献祭的真理之祈祷，变成潜藏在万物真正的名字深处的祈祷，对于锁闭在献祭之道中的祈祷者来说，加倍的世界又合拢了，对他来说，仅仅对他来说，物与道又合为了一体——哦，祈祷如此洁净，诗无法抵达这种洁净，但不，哦，不，诗也可以抵达这种洁净，只要它献祭了自己，只要它被人征服，被人销毁。一声叹息、一声呼叫又从他体内挣脱而出："烧毁《埃涅阿斯纪》！"——"我的父亲！"他感到这声呼叫中回响着深深的惊恐，坚决反对他的计划；他不悦地反驳道："别叫我父亲；奥古斯都在看着，奥古斯都在看守整个罗马，叫他父亲，别叫我父亲……别叫我父亲……诗人不是守夜者。"——"你就是罗马。"——"每个少年都做这样的梦，也许我以前也做过这样的梦……但我只用那些罗马的名字。"少年沉默了；但之后他又做了一些出乎意料的事：他摇晃着身体，流露出年轻的农民那种笨拙的灵巧，好像从榆树的枝头、从烛台举起的枝丫上掉下了一块蜡烛的残片，以油灯纤小的火焰点燃了他——他想表达什么？在他找到一个解释之前，少年就把那块滴落的残蜡放到了一个烛盘上，跪到了箱子面前："你想要你的诗吗？我可以给你拿过去……"跪在那里的难道不是少年维吉尔？或者是弟弟法拉库斯[1]？他们常常一起跪在地上，有时是在花园里的榆树下，有时是在玩具箱前面——这个少年是谁？这时，箱子的系带猛地弹了回去，皮盖弹开了，发出轻柔的摩擦空气的声响，一朵稿纸与皮革气味的气息之云，一朵久已飘过的气息之云，轻轻刮擦的书写声音，像惨淡的乡音从打开的房间里飘了出来。箱子里面收拾得整整齐齐，手稿卷轴的末端清晰可见，一卷又一卷手稿、一首又一首诗齐整地排列着，他看到了他的作品，感到熟悉，在它们的引诱之下平静了下来。少年小心翼翼地拿出了几卷手稿，把它们放在床上。"读一读吧。"他乞求着，把烛台向他挪近了一点，让他那里更亮一点。难道他不是在父亲的家里？难道那不是他的弟弟？如果法拉库斯还活着，为什么母亲不在了？为什么她必须要和弟弟一起病死？难道那不是昔日阴暗的房间里桌子上燃烧的蜡烛，难道外面不是阿尔卑斯山环绕的曼托瓦原野，在黄昏时分下起了灰暗的小雨？他应该读的——唉，读吧！他还可以读吗？他是不是根本就不能阅读？他是不是就没有学过阅读，没有学过拼写？他犹豫着，几乎是心怀恐惧地打开了一卷，犹豫着，几乎是恐惧地瞥向了打开的卷轴的末端，他感到纸页在颤抖，他干枯的字迹颤抖得更厉害。他的手指从上面滑过，怀着对不可触碰的祭品的所有畏惧，几乎是怀着负疚，因为这就像一种重新认识，对

1　法拉库斯，维吉尔的弟弟，童年早夭。

自己的字迹和自己字迹过去的欲望小小的重新认识，从中却生出了一种巨大的、几乎不够确切的重新认识，在所有回忆与所有遗忘的背后，他重新把握了它，那里不再有学习，不再有执行和计划、希望和愿望。不是他的眼睛在读，只是他的指尖在读，忽略拼写，忽略单词，读着一种无词的语言，读着词语之诗背后那无语言的诗，他读的东西不是由字行组成的，而是由一个充满了无数方向的、无穷的巨大空间所组成，里面的句子不是彼此衔接，而是在无穷的交错中彼此遮掩，不再是句子，而是不可表达的穹顶，生活的穹顶，世界的创世之穹顶，在他知晓之前就已经注定了：他读着不可表达的东西，读着不可表达的风景、不可表达的进程，读着命运那中止了创世的世界，创世的世界像一种偶然嵌在其中，在这个创造完成的世上，在这个他想要仿造、必须仿造的世上，在此刻显现，发展成了一种表达，在所有句子的波浪和句子的疆域所踏过的地方，于是纷争与血祭出现了，要求发动战争；于是死气沉沉的僵滞战争出现了，而交战的人类已经死了；于是众神开始了争端，不再神圣了；于是无名的谋杀在无名中出现了，在仅仅是名字的幻影中进行，在命运使众神着迷的使命中进行，在语言中进行，穿过语言，在语言最无穷的使命中，众神统治的不可表达永远选择了那一种命运，走向了终结。他打了个冷战。尽管他没有用眼睛在读，他却把目光从纸页上转开了，好像不想再读下去了。“毁灭语言，毁灭名字，为了再次得到慈悲，”一阵低语从他的唇间飘出，“母亲就希望这样……无语言的慈悲，没有命运……”——“众神把这些名字赐给了你，你又把这些名字还给了他们……读一读这首诗吧，读一读这些名字，读一读它们吧……”少年再一次请求道，急迫得让他想笑；是，少年没有理解他在说什么，这让他觉得很有趣，也许少年根本就不可能理解到底发生了什么。“读？因为喝了安眠酒，稍微润了润喉咙吗？……不，没有时间了；开始吧，来帮我……”但少年——奇怪的是，这次他也做了正确的事——没有做出要帮他的动作，他没有帮他，就说明他根本不认为他应该帮他：时间也仿佛静止了，界限也仿佛合拢了，燃烧的事物仿佛和熄灭的事物合为了一体，而孩子在母亲的关怀面前的臣服也仿佛融入了那谦卑的臣服，所有圆满的东西都仿佛永远只留存于计划里，甚至他也觉得自己永远，哦，永远都不曾学会说话，所有这些引领和救助都没有领他迈出那最初的圈子。少年的声音变成了回声，已经得到了回答，却只是一个纯粹的回声，一声不可理解的前回声，源自觉醒之前的世界，是一面闪耀的镜子，映照着那无比巨大的、万众期待的消解，那是一种声音的预告，它使道失去了言辞，使从未说出的东西和不会再说出的东西合为了一体，不可表达，在所有语言空间的深渊里闪亮。这种语言不可习得、不可阅读，也不可倾听。“拿上这些卷轴。”他命令道，这次少年顺从了，尽管不怎么情愿，带着稚嫩而失望的违逆和小小的踟蹰，把手稿放到了桌子上，而不是箱子里。这也让他觉得有点有趣。当他再一次观察孩子的面孔，好像这是最后一次，望进他明亮的、永不翳暗的眼睛，尽管这双眼睛还在充满期待地望着他，他却觉得这张熟悉的面孔竟然变得陌生了，这是他意料之外的，而他怀着温和的柔情，像告别一样，又说了一次："吕萨尼亚斯。"一点也不焦躁。桌上的烛光像蛛网一样窃响、跳闪，一种属于彼岸未来的、明亮的、轰鸣的回声之光与前回声，在繁星下等待，期待着祭品，期待着消解的火焰，但墙上喷泉的潺湲像阴影一样呢喃。少年半俯向桌子，半站立着，半阅读着稿子，半追寻着开阔的记忆，用小拳头在桌上敲打着节拍，开始——这是他对他最后的引诱吗？——朗读诗篇，罗马名字的诗篇，而诗篇滑入了夜晚和夜间呢喃的水声：

"他身边的一切都吸引着他的心灵和目光，
这地方充满过往，充满了昔日的功绩。
于是埃涅阿斯倾听伊范德[1]王，
这罗马城的创建者静静地讲述。

潘神和宁芙——据说——曾住在这片土地上，
还有林中的民族，他们生于树皮，
以偶得的林中果实和出没无常的猎物维生，
多结如橡树，这是一个野蛮的民族，不了解耕种，
也不会建造沟渠，不了解如何驯服公牛，
自己也野蛮不羁。向着他们，向着这片蛮荒，农神
最先逃进了他们风景的领地；他称它为'拉丁姆'[2]，

1 伊范德，又译厄万德罗斯，罗马神话中墨丘利与宁芙卡门塔的儿子，阿卡狄亚王。在特洛伊陷落之前他就到台伯河畔建立了帕兰蒂阿姆城，该城后来与罗马城结合到了一起。
2 拉丁姆，原文为Latium，原意为"潜藏"，指罗马以南的沿海地区，居民为拉丁人。

因为这些人在暴怒的宙斯面前把他掩藏起来，当宙斯掠夺了
他的天空、世界和王权。然后这里由农神统治，
他设立了法则，人们开始安居，
在黄金时代，和平而幸福，在黄金的安宁中。
但时代没有平静下来。时代退化了，
释放了更低的欲望，贪欲、贪得无厌和战争，
农神的土壤被陌生人征服，
拉丁语的名字变成了奥索尼亚[1]语，然后是西坎尼[2]语；
甚至阿尔巴河[3]，那激流，人们也忘记了它的名字，
变成了台伯河，以纪念台伯瑞斯[4]，那残暴的蛮人
耸立在许多陌生的新地区之中。
而我，伊范德，宁芙卡门塔[5]的儿子，
走在他们最后，又成了可怜的流放者，
直到命运的强力给我带来了幸福，
坚决而不可逆转地，把我从最远的海畔赶来，
逼迫那些搜寻者在这片土地上定居，
这是我母亲的命令，是阿波罗的箴言。
伊范德这样讲述，和客人一起走着，

1 奥索尼亚人最初指生活在意大利中部和南部的各民族，后来泛指意大利人。
2 西坎尼人是在腓尼基和古希腊殖民者到达西西里之前生活在那里的史前民族。
3 阿尔巴河，台伯河的古称。意大利第三长河，源出亚平宁山脉，向南穿过一系列山峡和宽谷，流经罗马，于奥斯蒂亚附近注入地中海的第勒尼安海。
4 台伯瑞斯，意大利古代君主，著名的强盗。
5 卡门塔，罗马神话中的预言和生育女神，相传是她发明了拉丁字母表。

指给他看大门和祭坛，那是为了纪念卡门塔而修建，
罗马人至今还在纪念这位宁芙母亲，
因为她预言了埃涅阿斯宗族的光耀，
和帕兰蒂阿姆[1]的伟大。然后他们继续
走进那茂盛的树林，罗慕路斯[2]选中这里为庇护所，
然后他们走向卢珀卡尔[3]，它在岩石的阴影中冷酷如石，
人们依照阿卡狄亚[4]的传说将它命名为“狼神之洞”；
现在伊范德指向那颤抖的森林，那就是阿吉勒坦[5]，
他过去的宾客和朋友阿吉斯[6]曾在那里被杀，
他领他去塔佩亚[7]之岩，去卡皮托利诺山[8]，
那里现在金光闪闪，过去却荆棘丛生。——

一贯如此——他说——那地方骇人的恐怖潜入了
农人心中，他们看到森林和岩石就不寒而栗；
因为在枝繁叶茂的峰顶，在树林里住着一位神明，

1 帕兰蒂阿姆，伊范德定居的地点，位于罗马的帕拉蒂诺山。
2 罗慕路斯，古罗马首任国王，传说中的罗马人祖先和罗马城的创建者。
3 卢珀卡尔，位于罗马帕拉蒂诺山下的洞穴，喂养罗马两个奠基人的母狼传说中就住在这里。
4 阿卡狄亚，希腊南部山区，伊范德曾带领部分阿卡狄亚人迁居至意大利。
5 阿吉勒坦，意思是“阿吉斯之死”。
6 阿吉斯，伊范德的客人，阴谋害死主人，结果被主人杀死。
7 塔佩亚，侍奉女灶神的少女。罗慕路斯在位时，她父亲镇守罗马内堡。在与萨宾人的战争中，她接受萨宾人贿赂而让他们进堡，结果萨宾人进堡后将她打死。
8 卡皮托利诺山，罗马城的七座山丘之一。

不为人知，也将一直不为人知；阿卡狄亚人觉得
他们看到了朱庇特本人，以乙己斯盾[1]遮蔽了天空，
呼唤雷暴。那边你可以看到两座城堡
坍塌的墙垣，那是古人的遗迹和纪念物；
一座城堡属于雅努斯，另一座是农神所建，
有名字为证：雅努拉姆堡和农神堡。

他们说着话，终于抵达了伊范德
那简朴的居所，看到畜群在四下吼叫，
像是在罗马的公会所，和华贵的克瑞内区[2]一样。

这门槛——伊范德进门时说——胜利者
赫拉克勒斯已经迈过；这皇宫也欢迎他。
我的客人，你要敢于与天神为伍，
要敢于轻视财富，不要因饥馑而感到羞愧。——
说完后，他陪着伟大的埃涅阿斯
走到了这崇高居所的房顶下，走向他的床，
它由叶片堆成，上面铺着利比亚[3]母熊的皮毛。

1　乙己斯盾，宙斯所用的神盾或胸甲，能令敌人惊恐而瘫痪。

2　克瑞内区，共和政体末年起罗马的上流社会生活区。

3　在古希腊，利比亚是埃及以西北非地区的统称。其东部是希腊人建立的昔兰尼，而西部海岸线（的黎波里）则属于迦太基的势力范围。的黎波里在公元前46年成为罗马帝国的一部分，后来又成为拜占庭帝国的一部分。

夜晚升起，它棕褐的翅膀遮蔽大地。[1]”

夜晚升起，夜晚升起……朗读的声音变得越来越轻，然后完全平息了。诗篇还在继续吗？还在声音之外继续吗？或者它也完全消失了，为了保护他臆想中的睡眠？也许他是真的睡着了，没有注意到少年已经走远了：他闭上眼，好像没有什么是确定的，他等着，一个像埃涅阿斯一样倾听的客人，等那个声音再次响起，但四下一片寂静。最后的几行诗句仍在耳中回响，继续回响，不断改头换面，更确切地说，这几行诗加厚了，几乎变成了一幅感官的图景，实际上却不是图景，恰如这月光照亮的窗口，尽管它的图景依然悬在眼帘后面，却已开始在形式和光影之中飘散，变成了一种声音。那是耳中的回响、眼中的残象，二者都带有非肉欲的感官特质，交织成了一个整体，变得看不透也听不见了，只能被可感的东西把握，而那声音像少年的微笑汇入了其中，奇特地彼此相属，也奇特地融为了一个整体，好像要永远留在那里。农神会不会夺回曾经赐予他的名字？诗的风景、大地的风景和灵魂的风景变得无名，他越是长久地闭着眼、深入农神的原野，越是感受着、体察着这种非肉欲的感官显像，他就越深地感受到、体察到了他自己，就越希望退回完全的真实。他越是渴望这朗读的少年能够回归，就越希望能和他一起回归，好像一切都消失了，因为少年对他的引诱解除了他的痛苦，不只是捕获了他，不只是像终结的预告和预先的前回声一

1　选自《埃涅阿斯纪》第8卷，第310—369行。

样为他响起，也扭转了他的道路，使他通向那最终的声音，不只是为他打开了那通往不可预见的事物的大门，也为他砌起了墙垣。那响亮地低语、轻柔地轰响的声音，那统领万物、遥远又切近、不可预感的万物之声，他所从属却听不清的万物之声，不也藏在后面？比所有尘世的东西藏得都深，却仍在尘世，声音诞生的坟墓就藏在后面，那是开端的墓穴，是正在酝酿的终结那源流的空间，众声音在所有可以看见、可以听见的事物下面聚集，包含了所有声音，声音从中走出，又回到其中，它们的地点是听不见的，它们的关联与和弦、它们的齐声作响是听不见的，其中有一个最强大、最独特的声音，包含了其他所有声音，却唯独不包含它本身。把所有生活包含在自己体内，又置身于所有生活之外——这是否已经是死亡的声音了？是不是死亡的声音，或者还有什么隐藏的东西，比死亡的声音更强大？他倾听着听不见的东西，竭尽全力，怀着所有赤诚倾听，他的意志可以做到这一点，但还有一缕微弱的气息，飘过了沉默的海洋，飘过了原初的声响那隐蔽的风景，在原初的开端与原初的终结里飘忽，从原初的认识那默默作响的天空下飘过，被遗忘锁闭，也锁闭了已经遗忘的事物，那是最温柔的露水，飘出了无色地震响的透明草地，飘出了默默地震响的透明原野。那是那个少年声音的图景，只有它还在，只有它还袒露着，当然很快也要再次掩藏起来，那是一声尘世的回响，不再是道，不再是诗句，不再是有色和无色的东西，不再是透明的东西，只是一个微笑，是一幅过往的图景，是一个微笑的图景。名字？诗句？那是一首诗吗，那是《埃涅阿斯纪》吗？它又开始在名字里闪烁，渐渐消失——《埃涅阿斯纪》？——好像这个名字曾经预感到了那强大的、最终的命令，预感到了那已经永远消失的命令，它曾经存在，但已经再也找不到了：所有祈祷、所有造物、存在的广大海流和它所有的内容，一切都游离了，一切都逃开了，他在他搜寻的记忆中找不到年月，找不到日子，也找不到时间，他找不到他过去所熟知的任何东西。他倾听他的回忆，却只是像一张易碎的网一样捕捉着声音，这张网尽管仍在尘世，却已经脱离了尘世的时间，抛弃了尘世的回忆，从没有时限的东西里生长而出，从没有时限的东西里扩展开来，一张易碎的、发烧的、歌唱的形式之网，他的记忆越是追寻着《埃涅阿斯纪》，它就越迅速、越不留痕迹地溶解，一首又一首诗歌，在交织的、作响的光芒中响起：这是要回到诗歌源头的家吗？回忆的内容消逝了；诗歌反复传诵的东西，海上的航行与太阳之岸，战争与打斗的喧嚣，众神的缺失与星轨的潮汐，这些东西和许多其他东西，被写下的和还没有被写下的东西都凋落了、拂掉了，诗抛弃了它们，像抛弃了一件无用的衣服，回到了它诞生前无遮无拦的赤裸，回到了作响的、不可见的事物中间，所有诗都起源于它。诗恢复了它纯净的形式，他在其中找到了自己和自己的回声，像灵魂在自己的水晶房中回响。多余的东西被抛弃了，却依然存在，在不可磨灭的形式中变得持久而纯洁，不容许遗忘，甚至给最飘忽易逝的东西赋予了个性。诗和语言不复存在了，但它们共同的灵魂还在，存在于水晶之镜中；人类的灵魂死灭了，失去了所有回忆，但他灵魂的语言还活着，存在于它的形式那吟唱的澄明之中；灵魂和语言彼此割裂，却又彼此交织、彼此映照——它们有没有接纳那道镜面的光亮，那道来自不可预感的深渊、来自所有出口与所有归路的深渊的光亮？它们封闭着自我，有没有被一起封锁在家乡的声音里，这声音一再挣脱每一道边界，因为它在所有边界的彼岸响起，预言了一个目标，预言了一种信心、一种陪伴和慰藉？哦，往日的声音，成形又消逝，柔和的摇篮之声，摇篮之夜的群星之声，曾经响起，掩藏又揭露了世界，柔声共鸣的整体！“我孤身一人，”他说，“没有人为我而死，没有人和我一起死；我期待救助，我争取救助，我也恳求救助，却得不到救助。”——“还没有得到，却已经得到了。”这梦般轻盈的回答仿佛出自他自己的胸膛，仿佛已经不再是少年的声音，更像是这个夜晚与所有夜晚的声音、这个银色房间的声音，它本身就是夜晚的孤独，是夜之穹顶的声音，被无数人看到，却从未被人看透，他无数次触摸它的墙垣，现在它也变成了声音。“还没有得到，却已经得到了。”近旁响起的道，近旁响起的灵魂，温和而专横，引诱而负责，在夜晚闪耀着，却又深藏不露，语言与人类形成了一个整体，像是同尘世间所有没有年月的年轻过去割裂开来，向无欲无求的家乡问好，甚至石头也变得透明，墓石也变得那么透明，宛若水晶和大气。他就这样走了过去，不，他没有迈步，他突然间就站在了梦境穹顶的中间，那里除了闪光的确凿一无所有。他站在没有地板、没有墙壁，也没有天花板的闪光世界里，站在闪光的透明穹顶里，观看着看不见的东西，他看不到他自己，他自己也变得透明了。他没有迈出一步，甚至不能做出些微的尝试，他依然在向前移动，却没有穿越这穹顶；环绕他的依然是真实的前院，他依然没有离开尘世，这依然是尘世间的梦境，他知道这是一场梦中之梦，他经历了它的梦幻；这是梦境边界上的梦境。因为尽管在这闪亮的、透明的、不断增强的光中，除了过去事物的喧哗，他什么也记不起来了，尽管他看不到任何事物、人类和动物，是，甚至连回忆也没有了，一切都被听不见的沉默海浪的喧响盖过了，但他却知道，他依然身处那喧响的、没有出路的纠葛之中，只有那些声音、事物和生物，那些植物、动物和人类，他们都变成了最难以把握的实质，变成了澄明之物，他们的名字仍像星辰一样在其中闪烁，又立刻消隐了：他身处的区域只有尘世的数字、秩序和关联，还有从所有存在的造物和它们过去的形体中走出的认识，进程、认识、视野和话语都得到了一种唯一的、闪光的认可，那就是创世之繁复不可把握的赤裸，没有内容，却已经完备，是所有事件的进程和它的可能性的集合，离散成了万千个体，却难分彼此，内容的无内容化为了纯净的形式，化为了赤裸的形式，仅仅是水晶的光亮，仅仅是一道不可穿透的透明闪光，在存在者中间形影无存，没有源头。这是一个完全无穷的区域。上百万年的街道像无数漫无方向的光束，把无穷带到了这里，把有限带入了最外在的永恒，完成的和未完成的造物一样重要，善与恶在所谓的光芒力量的穿透中交织，而梦境观望的盲目和倾听的聋聩毫无出路，梦境的穹顶和梦境的闪光毫无出路，这闪光不想做出决定，不放过一条通往善的路，像一条激流，没有海滨，也没有河岸。而梦中光亮那银色的闪光——击中了灵魂，击中了上帝？哦，如果梦境依然属于尘世，他就也到达了尘世之人的彼岸，做梦的人就也失去了他人性的诞生、他人性的生殖，他从一开始就没有父母：他身处纯净的命运那前母性的穹庐，身处最难以逃脱的穹庐。没有人在梦中发笑，没有人在没有出路的绝境里发笑，梦境是不可挣脱的。哦，当所有反抗都沉寂了，谁还敢发笑！没有人反抗梦境，只是忍耐着，与梦境交织在了一起，织入了梦的进程。他也织入了光亮的灌丛，织入了梦境那枝杈丛生的内部和外部，织入了梦境的每一个点，织入了万千透明之物每一束水晶的光亮；他自己也变得透明，他自己也失去了故乡和根，从一开始就是一个做梦的孤儿；他自己也既是过程，又是知识，自己也在梦中行进，在自己体内了解了梦境；他自己就是梦境。他讲话，从已经不再是胸膛的胸膛里讲话，从已经不再是嘴的嘴里讲话，呼吸着已经不再是气息的气息，讲着已经不再是话语的话语，他说道：

命运，你走在所有神灵前面，
准备好迎接每次创世，
你是原初的赤裸，只忠于
你自己，穿透一切的冰冷形式。
既是创世也是创世者，
既是进程也是知识与阐释，
你的纯粹穿透了上帝和人类，
号令造出的事物。
当你下令，上帝溶解了
自己的非存在，变成了父亲，
光的名字从沉默中呼唤，
从原始的、原始之夜的母亲子宫里，

难分彼此的事物，呼唤可以命名的事物——
呼唤有形与无形之物。
于是原初的沉默变成了语言，原初的喧嚣
以你的道歌唱星体。
但在梦中，哦，命运，你再次夺回
你的命运，沉默地退回赤裸，
以你的赤裸可怖地遮掩着，
而上帝以水晶的雪花飘落
在梦境空荡的穹顶之下分解光线。

梦境的穹顶接纳它们，一动不动地照耀，默默地映照，这些缄默的话语，把它们带入最后的光之回声，好像它们自己就是光芒的回声。然后他继续说道：

沉醉于梦境的、梦境般冰冷的命运，你
在梦中显露，把梦境变成伟大的
过去，真实歇息在其中，把梦境
变成创世的容器，因你而发挥作用，和你一起
永恒；因为你不了解此前和此后，
你就是真实。——
你汹涌地飘荡，哦，原初的形式，飘荡
分散，在沉默而有力的闪电云团之间
孕育着本质，在夜晚与光亮之间
因你的命令而成为创世的创世；但你
和你飘荡途中的、吞咽的激流

变化，从一个变成另一个；你想向着
那光亮涌流——你能抵达吗？——但在
你繁复的激流盘踞的目的地，
激流彼此相依，只有静息的你生长，
世界之真理的事物和名字，合为了一体，
受召成为一个整体，映照着你；
存在的原初形式打下了命运的烙印，
真理那原初的形式。
梦的形式源自梦的形式，交错，扩展，
在梦中你就是我，是我的认识，是
和我一起降生的、未降生的天使，
在偶然的彼岸，实质与秩序
闪耀的所有形体认识到了变化，
我自己的形体，我的知识。
它那抛弃众神、毁灭众神的命运，
无尽的真实，我和你无尽地同在，
一个终有一死者，在梦中诛杀了众神，当我
进到了你体内，在你的光芒中消逝，
我是那锁住了童年的众神之空间。

那是最后的空间吗？是最后的安宁吗？一切仍在悸动吗？他不能推进这种平静吗？他尝试着迈出一步，尝试着举高手臂，加入他曾是的光亮空间，尝试着付出巨大的意志和努力，尽管那脆弱的透明销蚀了他自己的实质，不让他挪动一步：一阵梦般渺远的战栗贯穿了他，哦，那几乎还不是对颤抖的预感，哦，几乎还不是关于这种预感的知识，只有，只是在——好像还有其他可能性——和梦的穹顶一起摇颤，涌进又涌出，好像这阵战栗贯穿了许多无动于衷、径直延伸的光亮街道，穿过了这些交织的街道，穿过了有方向和没有方向的街道，穿过了它们闪光的、可说与不可说的东西，好像这是最后一次也是第一次摇撼，几乎无法察觉，却可以预感到，一阵微暗的气息，几乎没有气息，却是对尘世的回忆。然后他继续说道：

不可逃脱之物！我是攀上了你
还是坠入了你的深渊？
形式的深渊，
上界和下界的深渊，梦境的深渊！
没有人可以在梦中大笑，也没有人
可以在梦中死去；看，笑声离死亡
那么近，看，两者离命运
都那么远，命运最纯粹的形式
没有学会死亡和发笑——
命运，你的自欺。
但我，终有一死者，我，居于死亡，
死亡强迫我发笑，我反抗自己，
并不相信你。我无视梦境又知晓梦境，
我知晓你的死，知晓边界，那是你的
法则，梦的边界，与你合为一体。

你自己知道吗？你自己想要吗？
你的进程是否因你的命令停滞？或顺从于
更强大的意志？站在你后面，比你高大，
依然不可逃脱，不可看透，
一种不同的命运和其他、其他，
命运与命运相连，空洞的形式与空洞的形式相连，
永远不可抵达的虚无，孕育中的死亡，
只有偶然与它们相符？
所有法则变成了偶然，坠入了深渊，
你也变成了偶然，哦，命运，被结局的偶然
一并撕碎，在你的领域里暴怒；
生长突然停滞，还有一根根冒出的
认识的枝丫，突然坠入
被毁灭的语言，在事物中离群，
在道中离群，秩序毁灭了，
真理毁灭了，共同体和同一性
在半完成的东西里僵滞，在存在那虚假的
真实的灌木中僵滞。
你把不圆满的东西带来，忍受着偶然，
你必须忍受不幸，半完成的东西，幻觉，你自己
变得不真实，僵滞的形式
永无止境，命运之命运，你死于
不幸，在水晶中仍与我同在。

不是他在说话，是梦境在说话，不是他在思考，是梦境在思考，不是他在做梦，是闪闪发光的命运穹顶在梦中做梦，是不可企及的东西、是不可跨越的僵滞光芒的拱顶在做梦，他那不可企及的灵魂拱顶，因不幸而僵滞，令不幸僵滞，毫不动摇地涌进光芒的水晶瀑布。光芒气息全无，孕育不幸的不幸寰宇气息全无，气息也气息全无。

而梦境气息全无地继续说道：

形式，甚至是原初的形式，于易逝者也转瞬即逝，
于那位上帝也转瞬即逝，死于虚假，
死于人群虚假的整体。
不可救药！半完成的东西也可能谎称是共同体，
也可能逃回过去的原初之夜
母亲的子宫，也可能
呼唤，妄自成为
共同体，拥有呼唤的父亲的尊严，
没有什么拯救你，命运，不让你归于虚无；
你沉醉于自己的命运，徒劳地转身，
而世界，它那不可跨越、不可阻挡的
徒劳的圈子，被你饮下，
被死亡饮下，
因为创世不仅是形式，造物是区分，
是区分善恶，哦，只有区分的力量
是真正不死的。

你，只是形式，你曾呼唤上帝和人类
寻找真理，是他们而不是你的
可靠的区分度填满了世界的形式：
因此你委任我，在创世中与我结合？
你难以企及，像邪恶的工具。
你创造了不幸，自己就是你承受的不幸；
哦，上帝疲倦了，人类从未
变强——两者，你的作品，是你更大的
命运中的偶然，而被呼唤的人，
和你一样还只是形式，失去了名字，他
不可企及，他没有转身，在消逝的
梦中他听不见呼唤。

是的，他听不见呼唤；沉默环绕着他自身的沉默；没有什么还在和他讲话，他也不再能讲出什么了；没有什么在呼唤他，他也不再能唤来什么了。但梦境的声音闪着不可穿透、不可动摇、不可预见的光亮，在他身边铺展开来，闪烁着那征服了众神的不幸，不可逃脱，扬弃了每一次创世，善与恶彼此交织，它们有无数交集的地方，有无尽的光亮街道，超出了尘世，却依然可数，却是有尽的、世俗的，注定要死灭——这个梦会消逝吗？梦者也会和梦境一起消逝吗？他什么都记不起来了，但一切都是回忆，沉入了无影的审美之光，它不幸地充满了不幸，不能区分万物；沉入了那不可跨越的边界空间的光亮，深深沉入了回忆，沉入了命运那闪光的、不可动摇的边界上的游戏。但他可以跨越它的边界，也必须跨越，只要游戏创造了出来，他就会测出它的繁复最外层的深度，数清它离群而去和交织进去的东西。善与恶的共同体耗尽了，哦，不幸耗尽了，命运的形式蚀空了，在死灭的回忆中慢慢死去，连回忆也不再记得自己。哦，回忆，哦，火光与星体之歌消散了，哦，世界无尽地延展，命运的回环在尘世间熄灭，又重新点燃，一次次尝试创世，但还不算是尝试，不断重复，被迫重复，直到恶意坠出了光亮，把未完成的僵滞之物和自行完成的东西区分开来，为了——最终是重新隆起的天穹——再次成为终结，闪闪发光，把人类的面孔举到星体的边界，举入冰冷地石化的天空那石头的面孔。好像光亮在内部与外部消逝的星图巨光面前陷入了静默，在静默中仍有一丝呼吸的残余，好像那些不可唤来的星图仍保有一丝最黑暗的光明力量，好像空中和心中的七弦琴还没有奏响，它整体的平衡还没有产生，万物的天平还没有完全端平。因此还有知识，还可以有知识，关于自己、未来与终结的知识，关于永远存在却永远无法抵达的东西的知识，从万物最隐蔽的回忆里展露出银子的音色，在梦境的水晶语言中平息，那是未来声响的前回声，也在最后的沉默中说道：

何时，哦，何时？
何时是挣脱了形式的创世，
哦，它会在何时挣脱命运？哦，它曾在，曾经
无梦，没有醒着，也没有在睡，
只是一瞬间，一首歌，曾经的
声音，一声不可呼唤的微笑的呼唤——
曾经是那个少年；

曾经是创世，曾经将要存在，

那废黜了偶然的奇迹。

天穹的寰宇会不会再次在梦的穹顶之上闪光，把交错的星辰带入夜晚那闪烁的中心，被光亮的盾牌运载？新的创世行动想不想在真实的闪光里再次开展？当它作为一种期待，通告了自己的到来，期待已经开始，但创世的行动还没有开始。因为有一种更深的沉默在梦境那沉默的光之声音上空奇异地展开了，变成了等待，沉默而奇特，等待着自己，这是另一种等待，像赤裸的命运再次开始平静地闪光，它的形式还有另一种更为丰富的形式，好像等待已经意味着财富的增长了。尽管还要有一种更强大的扩张，一道更强大的光亮，甚至也许是另一种更强大的无穷，必须等待它的神性重新闪光，再次闪光，永远等待，并扬弃不幸。这是一种漫无方向的等待，像光亮一样漫无方向，却指向了等待者自身，指向了做梦者，像是对他的一种要求，要他再做出最后一次努力，最后一次创世的努力，以逃脱梦境、命运、偶然和形式，也逃脱他自己。这充满期待的要求从何而来？这无方向的整体从怎样的外界，从怎样的无方向中坠入了整个梦境的穹顶？它自己也像梦境一样强大，因为它不是一种呼唤，也不是从某处到来、从某处抵达了他，它只是突然充盈了他，像光芒坠入了光芒，透明融入了透明，它没有呼唤梦境回到真实之中，没有呼唤繁复的方向归于一致，它根本就不是回归，不是终止创世，也不是要重新变得狭窄，不，尽管它征服了梦境，也必须征服梦境，它却依然留在梦中，也声称自己留在了梦中，它是一种要求，要求梦中的知识抵达新的知识。在默默闪亮的回忆中，他从来也没有看见它，尽管他重新认识了它，在梦境的命令中理解了它。而他被囚禁在了梦里，也把梦囚禁在了自己体内，他的透明与梦境的透明交织，他站起身，加入了上帝那伟大的追求，当梦境的边界最终爆炸，当所有图景与话语最终爆炸，梦境和他一起生长，超出了他自身。他的思想变得比思想的形式更强大，当它变大，它也就变成了关于这星体的知识，比命运强大，比偶然强大，变成了另一种无穷，把第一种无穷锁在了自己体内，也被它锁闭。它变成了水晶里生长的法则，变成了音乐的法则，在水晶里说出，在音乐里说出，但又超出了水晶的音乐。这是另一种回忆，世界时间的回忆和所有经历，没有记忆，鸟瞰着世界，鸟瞰着形式，溶解成了另一种形式；这是人类的另一种语言，早已注定了要永存，但还不是永恒本身，而是某种再次寻得的、不可复得的东西。天空再次开敞，再次拱起，星辰再次开始在里面环绕，在它们存在的法则中环绕，在它们飘忽却坚实的世界里环绕，像永存的奇迹，摆脱了偶然，像夜晚不死的清凉音乐，从月亮那温和而冷酷的呼吸中轻轻拂落，平静地拖向了前方，平静地被银河漫过，这击响的银色空间，被极其难以把握的东西锁闭，但每个人最难以把握的东西都锁在自己的体内，归乡，梦境的另一种归乡——

——哦，归乡！哦，那些不必再做客的人归乡了！我们一度嵌入的微笑不可复得，微笑的拥抱、觉醒者和尚未觉醒的人那存在的共同体不可复得，被光线照亮，却依然黑暗，那种温和也不可复得，它埋葬了我们的面孔，使事件的进程不会沦为偶然。哦，一切都是我们的，一切都重新赐给了我们，在我们看来没有什么是偶然的，没有什么是飘忽的，因为世界的时间永远持续，不会消逝，哦，世界的时间，孩子缄默的眼睛在其中不再缄默，一切都是新的创世——

——哦，归乡，哦，内在和外在的音乐！它沉入了我们体内，作为过去的知识留在了我们体内，以它更宏大的存在举起了我们，而我们也沉入了它体内，它比我们本身更强大，我们在偶然的彼岸找到了它。哦，内部和外部的音乐！只有隐蔽在自我之中的东西比我们强大，于我们看来是不死的，抛弃了偶然，和星体之道一同吟唱，但我们觉得我们体内没有的东西就是偶然，一直都是偶然，我们觉得它们终有一死，绝不会比我们更强大，绝不会把我们锁在它的体内——

——哦，归乡！一切都锁在了孩子的体内，一切都变成了他的音乐，都是不死的，都是庞大的整体，永远用它的微笑遮蔽着、充盈着孩子，孩子可以逃入它的拥抱，一只眼睛沉入另一只眼睛，那就是万物。哦，我们的孩子不可复得，因为空虚地生长的一切都不可复得！我们还想要生长，那么想，我们的手臂像河流一样分叉，我们的躯干在大地和海洋之上展开，直到世界的边界，月亮在我们的发间，我们自己就是空间，我们自己就是夜晚的繁星颅顶，那闪光的梦境穹庐，无穷无尽，无穷无尽，一道唯一的光，我们在自己体外，我们被赶了出去，没有夜晚环抱我们，也不会有清晨环抱我们，因为我们彻底中魔了，不能逃亡，也没有逃亡的目标，不能献身，因为我们的手臂从我们的心中什么也取不出来——

——哦，归乡！归于最难于把握的东西，它应该沉入我们体内，因为我们又可以逃向它了。哦，最难于把握的东西，我们仍在梦中寻求它，因为甚至是命运，甚至是我们的命运也会在梦中被我们梦幻地把握，梦境消逝了，命运消逝了，二者都是偶然，所以我们仍在梦中，深深地中了魔，因消逝的东西而中魔，因偶然而中魔，因死亡而中魔，尽管还在试图逃出梦境，却仍在惧怕逃亡，对，我们被逃亡吓退了，被不可抵达的东西剥夺了勇气。哦，偶然的东西在我们看来都是终有一死的，无法被我们锁闭在体内，也不能锁闭我们，我们只能把握住它们的死亡。在偶然中，只有死亡真的向我们袒露了出来，但我们却不能被它锁闭，也不能把它锁在自己体内、承担死亡，我们只能与它相伴，它作为一种偶然站在我们身边——

——哦，归乡！归于神性，归于人性！我们觉得他人是终有一死的，我们不能承担他的命运，我们不能救助他，不能救助无人爱过的人，我们不能把他锁在体内，因此也不能捕获他那锁闭的存在。哦，我们觉得他是不神圣的，我们和他一样不神圣，像一种偶然和另一种偶然一样相似，因为我们几乎不知道，作为生者在我们眼前浮出的人、从我们身边经过的人和下一个街角从我们身边蹒跚走过的人，是不是命运的造物，像每个人一样，像我们一样，是不是早已死去，或者还没有出生——

——哦，归乡！哦，普洛娣娅！——

——哦，归乡！哦，不可复得的归乡旅途。我们和终有一死者一样终有一死，我们自己也终有一死，我们，我们不能承担任何命运，我们，我们把自己变成了偶然。我们的进程、存在和认识都无法逃脱，囿于命运那纯粹的形式，在不死的世界里我们终有一死，在星辰的音乐之下我们终有一死，因负罪而终有一死，在声音的灌丛里迷了路，被犹豫不决的沉默光亮包围，坠入了梦境之死，沉入了生长的残暴的一种死亡，这种死亡体内只潜藏着不死——

——哦，归乡！在无尽延展的农神原野上静息、倾听，在世界与灵魂的农神风景里，在永恒的尘世家乡般的黄金平静里，免于雅努斯的伤害，尽管这是一种双倍的倾听，向上、向下，倾听天之深渊和地之深渊里被农神高举的事物之名，与双倍的平静双倍地结合，不受争吵与战争的伤害，不被消灭，尽管倾听同时也是一种遗忘，遗忘了名字，因为那些名字来自故乡而遗忘——

——哦，归乡！可以归乡的人回归了创世，回到了开端与结局那流动的边界后面，回到了所有可以把握和不可把握的事物的彼岸，他感到了最后的法则，逃出了难分彼此的事物，善与恶在其中僵滞成了单纯的命运形式，他怀着最难于把握的信任把脸埋在了手里，从中飘出了一个极其柔和的声音，和那塑造命运、先于命运的判决，存在再次消解了形式，分崩离析——

——哦，归乡！哦，苦难消解于苦难，不死的奇迹！哦，我们可以触碰它，也许只能持续一次心跳那么久，心接受了奇迹，怀着预感，永远把握了难于把握的东西，当我们那被锁闭起来又锁闭我们的命运承担了他人的命运，在献身之中变大、变宽，流入了他人的命运，藏在他人的命运里，当另一种自我的奇迹、我们负载着穿过火焰的奇迹为我们选中了另一种童年，让我们起了变化，回归了父亲，认识，认识与被认识，偶然，变成了奇迹，他掌控了所有认识、所有进程和所有存在，征服了命运，还没有完成却已经完成，哦，奇迹，哦，内部和外部一再觉醒的音乐，星体那开敞的面孔，哦，爱情——

——哦，回家！因为爱是一种区分！哦，永远回到家中！因为爱是创世的决心——

——：而区分也是一种认识，被梦境孕育，又孕育着自己，从可见与不可见的事物中平静地涌向他，一种无语言也无词的认识，是那唤醒了自己、认出了自己边界的梦境的最后一次努力，是梦境向着自己的诞生那永恒的归家，锁闭在梦境诞生的黑暗里，却又闪着强光，包围了黑暗。这种认识不在他体内，而是像水晶一样来自不可见的水晶之物；这是梦的水晶。那些天才是不是认识到了这些，那些天使是不是认识到了这些，当他们，当这些倾听的使者出生在正在创世的世上，而不是出生在创世已经变得飘忽的时代，并听到了神谕？他是不是正在和他们一起在梦的边界之外飘荡，和他们一起在梦中飘荡，和他们一起在回忆里飘荡？他们没有退缩，仍在继续那伟大的尝试，试图击碎梦境、击碎命运，越来越紧迫，越来越目标明确，越来越针对认识。他们越努力，梦境就越清晰，它难以预见的光亮就越和回忆起来的、回忆之前的知识那凡俗的存在交织在一起，无论形式怎么变化，都可以被人认识，像另一个梦耸进了第一个梦的穹顶，倚在穹顶上不断增加，图景融入了图景，风景在风景之上展开。在这里，像这里曾经的童年那清早的梦幻，因深邃的记忆而显得透明，被水域和花冠所包围，头上那不可看透的天空铺展开来，闪着层层星辰，缄默与音乐合为了水晶，永远在经历，却从来都不被忆起，永远可以感知，却从来都不可把握。而他浸入了图景的进程，听到了梦境的心，起初很轻，然后越来越清晰，他听到了梦境的心跳。因为在向他升起或向他坠落的回忆里，他分不清那静止的进程到底向着什么方向，在这涌流的、吸吮的光中，在这最静止的彼此冲撞中，也一样静止如画，他在语言中和诗中搜寻的东西又因为认识而消解了，每种语言都消灭了，每首诗都消灭了，因此只有梦境最后的根须深渊还在闪烁，像不可逃脱的繁复形式中命运那最后的形式，像闪亮而不可逃脱的地方所有形式的形式，交织、吞噬、流动、僵滞，但在所有形式里，在所有形体里都无穷无尽，不可预见，在梦境光亮的原野上延伸，梦一般地敞向他的根须深渊里梦境的诞生：哦，它，它就是深渊，向着那颗心浮游而上，心也飘进了深渊，二者都照亮了对方，照亮了语言最难以把握的认识，这深渊就是梦境的心，搏动着流入了人们心中的整块水晶，流入了这水晶的结局，他觉得在他沉入其中、向他升起、颤抖不息的光亮的敲击中，命运一定又起了变化，他觉得在这最后的根须深渊里，形式一定正在变成永恒的内容：觉醒。哦，梦中觉醒的觉醒之痛，这也是命中注定的，被梦境的边界环绕，这种梦在认识中也能继续下去，但它已跨过了梦境的边界，已经分崩了，因为心突然开始了搏动，要求永远开敞，准备面对真实，直到边界开始摇颤，开始叩门——

——因为爱是心怀期待的决心，因为爱的一切都是充满耐心的期待，因为爱是创世的决心：还不是却已经是了，爱站在门槛上，站在真实的前院，那里应该有一扇大门开启，然后可以跨过终有一死者那开敞的边界，走向觉醒，走向重生，走向那曾经重生、正在重生的复活之语言。从未有人听到它，但人们一直都在盼望它，它在最后的、消解万物的终结时分，敞向最终的宣判，它会在所有梦境之外、世界之外、空间之外和时间之外震响，哦，在新的创世的面前它是爱，依然暮色环抱，依然在倾听，但救助已经觉醒，觉醒已经开始——

——而梦境穹顶的闪光超出了自身，像心跳一样颤抖，穹顶本身也在颤抖，在那填充了整个闪光穹顶的无数声音里，在它的离群、合一与吞咽之中，在它的光亮轨道与光明之路不可预见的地方，星辰的拱顶也在一起颤抖。梦的共同体，吸入又呼出了自己，呼吸在等待，梦境在等待，在他心灵的深渊里等待，在星体的水晶之碗里等待。这新的语言、新的道、新的声音能不能挣脱这呼吸？会不会通往时代的开端与终结处的声音之源，发现所有道路的目标在那无尽的梦之深渊里的交会点？哦，世界的共同体、世界的秩序和世间万物的认识那不息的回声和弦会不会在梦中震响，会不会成为世界的使命最后的出路，被所有声音环绕，也环绕了所有声音？那仅仅是一种预感，几乎已经不再是预感了，梦的根须在这种预感中扬弃了心灵，但也把心灵举入了最远的梦之远方，以行进的、颤抖的光之气息围拢声音、消解声音。他的心跳依然那么世俗，在他等待的时候已经超越了俗世，却仍像命运的强力梦中的工具一样世俗。这强力毫发无伤地裹挟着不幸、恶意、偶然和死亡，却决心顺从于这道命令，决心觉醒，并因此超越了俗世。这种觉醒的决心的确比任何东西都脱俗，甚至比以死亡和尘世束缚在一起的死亡决心都要脱俗，它沉迷于对自我的渴求与对名誉的渴求，沉迷于迷醉与仇恨，其实更像是死亡的舒张，而不是他自己死亡的决心。他在它强大而不可抵挡的统治下过完了一生，幻想通过他的自我献祭、通过他的死亡归乡，能够征服边界、倾听边界的声音，甚至模仿这种声音，并因此战胜它。但他不能模仿它，也不能战胜它那觉醒的呼唤，这声音不可模仿，也不可战胜。因为它是众声之声，超出了所有语言，比所有语言都要强大，甚至比所有音乐、所有歌谣都要强大，它是一次心跳，一次唯一的心跳，因为只有以心跳的疾速、以目光的疾速，它才能捕捉存在的所有认识。它，一种不可把握的声音，表达着不可把握的事物，自己就是不可把握的事物，人类的语言、尘世的象征都无法触及它，它是最难以触及的，却又近在手边。它是所有声音与象征的原初图景，可以充满不可设想的边界，正因此它才能超越所有凡俗，如果不是这样，它就和尘世之物没有丝毫不同了。它不可能和尘世之声、尘世之道、尘世之语有任何共同点，也不可能是尘世的象征，只有当它在尘世间直接映出了原初的图景，它才能揭露它，直指它那非尘世的原初图景：一幅幅图景，所有尘世的象征之链都直接通向尘世，通向一种尘世的进程，但也必须——这是人类所面临的最外在的强迫——超出它们，必须为属于它们的所有直接的尘世和彼岸更高的尘世找到边界，必须把尘世的进程抬出此岸，再次抬升成象征。不管象征之链是不是总在边界上摇摇欲碎，在超尘的边界上几乎折断，在不可抵达的反抗中几乎消逝、永不复原、永远断裂，危险都会被驱散，会永远驱散，象征之链会永远合拢，只要不可企及的东西一而再地变得可以企及，下行，抵达尘世，使自己变厚、变小、变得可见，加入尘世间的进程，完成尘世间的实际行动。因为这是一种自我意蕴的扩充，它扬弃了边界，使表达之链可以升降自如，围成一个圈子，围出真理的圈子和永恒象征的圈子，在它的图景里显得如此真实，在开敞的边界那平衡的圈子里显得如此真实，在人类与上帝的行动那永恒的交替中显得如此真实，在二者的象征与彼此映象的象征中显得如此真实。真实，是因为一再开始创世，走进法则，走进那不断重生的法则，那征服了偶然、僵滞和死亡的法则。尘世间没有任何死亡的决心可以唤起这超凡又世俗的行动，即便它依照自己的预感，模仿那神圣的献祭。在这里，只有那怀着期待的觉醒的决心是真正有用的，而梦者像命运一样被梦境束缚，像命运一样不可磨灭，对死亡不屑一顾，不了解任何死亡的决心。他的梦中只藏匿着觉醒的决心，他只知道这些，在他梦境的知识里，他没有被欺骗，在他那不可欺骗的知识里，在他关于觉醒和它最后的终结的知识里，梦境在他看不透的深渊里、在他的声音深渊里敞向了这种终结，他在他的光明竖井那光线幽暗的根须深渊里知晓了这一切，他的心也知晓了这一切，颤抖着敞向那声音，那声音已经不再是声音，它已经是一种实际行动了，它沉到下面去撷取那个名字，带着命运赋予他的名字转过身来，受召回归，受召归乡——

——哦，归乡，回到行动之中，行动就是爱，因为只有献身的、救助的行动，只有给人以名字、填满了空虚的命运形式的行动比命运更强大——

——还不是却已经是了！那是关于难以捉摸的、柔情的远方之心的知识，沉入了梦境之心的最深处；那是相似之物汇流而成的知识，此岸之心与彼岸之心，一同搏动、一同跳跃，上帝的象征在人类的象征中燃成了一种共同的语言，上帝与人类盟约的语言，在祈祷与非祈祷中持续的创世的语言，在创世的图景里起落沉浮；那是关于一种解脱之行动的语言的知识，关于一种爱之牺牲的语言，高于所有人类的牺牲，像在所有声音中，彼岸的声音高高飘在尘世众声的上空，像所有认识的彼岸之爱飘在所有爱的上空，一个又一个人类实践着它。上帝与人类的心灵都锁闭在上帝体内，锁闭在人类体内，也锁闭了上帝和人类。但这也是关于那个——因为尘世间所有可以听到的声音都需要有人一直通报——从双重的起源时期就注定要承担这项工作的人的知识，他经过超凡的创生而在尘世间诞生，因为只有从起源时期就被偶然抛弃的人，才能使偶然和奇迹再次结合成最后的法则，而甚至这种法则的权力也会臣服于命运；只有自己就起源于超乎命运的东西并舀空了最后的命运之不幸的人才能使不幸再次化为幸福，只有他才能成为幸福的使者。哦，他，只有他，上帝生下的人形英雄留存了下来，扛着父亲穿过不幸的火海，他必须把生下他的父亲扛在肩上，把他扛到船上，开始归乡的逃亡，逃向预言中的新国度，那里永远是父辈的家乡。还不是却已经是了！在父亲命名的、命令般的呼唤声中，这片国土亘在他面前，在那使人类与上帝的肉身合为一体、人类与上帝的精神合为一体的呼唤声中，在光芒与反光中亘在他面前，在关于幸福的使者的知识里，在幸福使者的知识里，充满了人性。它就这样亘在他的面前，而不幸的火海似乎变成了纯净的献祭之火，击溃了僵化的东西，举起了中心的墓石，善与恶分离了，经过了提纯，上帝与人类一同重新开始创世。在未来，父亲的名字祝福未来，儿子的名字祝福未来，他们的精神许给了未来——还不是却已经是了，这就是预言中提到的一切。他看到的东西是不是已经是认识了？是不是梦境的认识？是不是已经是觉醒了？哦，它还在边界的此岸，梦境还在边界上颤抖，无法穿过边界。他看到的东西是不可把握的，不是认识，只是知识，梦的知识，梦的回忆，对于过去从未听过、从未响起的声音的遥远回忆，永远在边界此岸的土地上游荡，遥远而庞大，遥远而渺小，那起源，那河口，像回忆一样强大，无限靠近边界，却依然不能跨越边界，只是颤抖着，只是叩击着、等待着、倾听着。而正因为此，正因为这观望的知识，正因为这最透明的、没有认识的盲目，一道透明的绷带缠在他的眼前，像认识的形式；是，正因为此，尽管他陷入了不断向上生长的梦境原野，他却突然发现自己置身于一座极高山峰的顶峰，受命望过边界，他，一个观望者，却不是通报者，被一只坚硬而温柔的手放了上去，被它紧紧握着，举入了一种未来、一种不可忽视的过去，一颗心在他四周叩击着，锁在他体内，又像一种更宏大的东西包围了他，呼吸着真实。叩击的声音在他体内搏动，他可以释放怀里水晶的透明，向上伸出手臂，伸向光亮的拱顶，群星在其中闪耀，巨大的太阳已经开始在其中旋转，一颗星悬在所有天体上空：他鸟瞰梦境的原野，鸟瞰众国的原野，那里早已注定要成为实际行动的舞台，他观看这舞台，不能触到它，也不能涉足它，但它从一开始就是他的一部分。他鸟瞰着，被牢牢地束缚在了这里，被梦境束缚着，不能与自己的梦境分割，不能远离自己的梦境。他鸟瞰着他无法触碰也无法涉足的风景，让自己梦境的光束、自己梦境的光芒延向那里；他鸟瞰着梦境和风景，看到了它们的重合之处，看到了所有水晶原野的风景的中心，梦境的所有光之立方体、光之圆环、光之金字塔与光之束，看到了做梦的光轨在有限而不可预见的梦中嵌入了风景，像回忆一样丰盈，像回忆一样透明，像回忆一样迷人。是，这片风景和它所有昼的时代、所有夜的时代一起嵌入了梦境，明暗交替，在清早与黄昏的双重微光中起起落落，充满了各种尘世存在的形象、所有实质的群体、所有尘世的声音，充满了迷醉、磨难与渴望，充满了已经完成和正在酝酿的创世，充满了岸上、颤抖的原野上和正在消逝的群山里的寂静。高山承受着孤独，平原承受着城市，充满了和平与战争，充满了人类居所的柔光，却也充满了不幸火海的沙沙响动，无穷无尽，无穷无尽，无穷无尽，他可以走遍各处，他一处也不能涉足，梦境与风景嵌入了彼此、辉映着彼此、荫翳了彼此，它们一起等待、一起渴望、一起下定了觉醒的决心，苦守着，准备迎接那跨越了它们、带来觉醒之声的人。他也在等待，高举着双臂，和梦境与风景一起等待。他鸟瞰平静的牧场，牛在那里安静地吃草，他感到静静燃烧的火海如此缄默，没有一只鸟可以飞过这大气的帐幔；火苗静静地腾空，众声繁复的喧响在不可打破的沉默中膨胀，他的渴望越来越深，太阳静静地悬在空中，心灵越来越沉重地叩击着内部和外部无限的墙壁——哦，何时才是终结？何处才是终结？不幸何时才能倾空？这渐渐增强的沉默有没有最低的一级？他觉得他已经抵达了最后一级沉默。因为他看到人们充满惊恐地向彼此张开嘴，口干舌燥，发不出声响，没有人可以理解另一个人。他们因为意识到了罪孽而失语，也因为失语而意识到了罪孽；这是尘世间沉默的最后一级，是人类最后的沉默，它在观望，它也想张口发出沉默的惊呼。但它仍在观望，他还来不及看它，它就已经消失了。因为在突如其来的黑暗中，可见之物都消失了，梦境的光亮消失了，风景、火海、人群和众口都消失了，这是夜晚，无时间、无世界也无声响，是空虚的黑暗，是没有形式也没有内容的空虚夜晚。等待又成了一件空虚而黑暗的事，甚至叩击的声音也沉寂了，被空虚吸走了。所有存在都已经倾空。他站在边界前面，站在命运和偶然的边界前面，不再等待，也已经失去了他的听觉、目光和知识，但这种空虚与损耗令他知道了，边界将会开敞。边界极其轻柔地开敞了，好像是怕吓到他。首先是他曾经听到过的低语，在他耳朵的最深处、在他灵魂和心灵的最深处开始了，同时也包围了他，挤入了他体内，它发源于最外在的黑暗，涌入了夜晚，涌出了夜晚。这就是声音那平静的强力，他曾经心怀悔悟，臣服于它，它像那时一样震响，充盈了他，裹挟了他，却已经不再是众声的和弦了，也不再是所有人群声音的和弦、不再是众声繁复的和弦了，更像是一种唯一的、不断变得孤独的声音，一种莫大的孤独之声，像那唯一的星，在黑暗中闪着光，但人们却看不到它，它在不可看透的黑暗中闪烁，而那呼唤越来越响亮，越来越清晰，可能也被这无尽而不可看透、听不见也无法倾听的黑暗吸收了，对，也被吸收了：它被吸收了，看不见也听不见，在夜间强有力的光亮中脱离了所有象征，在没有实质的东西中被吸走，却被所有实质的形体所把握；哦，像一种平衡，在那完全不可感知的平衡秩序中被吸走，那秩序赋予一切以意义、内容、形式和名字，它掌控了所有的存在和所有的回忆，掌控了海洋青铜的轰鸣和秋日银色的窸响、星辰的击鼓和人群温暖的呼吸、月亮的笛声和童年的阳光树篱上的露水，它观望着无法看透的东西，谛听着无法听清的东西。而黑暗在他身边涌流，在世界的繁复与世界的同一之平衡的四周涌流，在平衡那仅仅是真实、扬弃了偶然的法则中，在所有象征无图景的无象征中，在耗尽了美的审美中，他听到了，不，他没有听到，他看到了那激荡的声音，它不属于世上的声音，不属于那些挤进了世间万物的声音，它们的话语使彼此变成了象征；它不是世间的真理，既不是世间的一种真理，也不是世间的全部真理。不，它不在世上，人们听不见它，也看不见它，它在世界之外，它生成了世界之外的真理、世界之外的平衡，它是纯粹的外部，带来了外部的所有力量与所有宽广，带来了它自己，它围拢了内部，也被内部围拢，它就是那海纳百川的星体之碗。他感到了这声音，以观望的耳朵听到了它，以倾听的眼睛看到了它，这声音在他的词场中永远意味着安宁和故乡，这是永恒的声音，是永恒创世的声音，是开端与结局那宣判的声音，是梦境之外那平衡的声音，是隐匿的声音，是青铜、水晶与笛音的合一，是雷鸣与沉默的强权，是一切也是唯一的声响，强硬又温和，宽有一切又区分万物，一道唯一的闪电，哦，一道不可言说的温柔强光，静静地宣告了终结，哦，它揭露了自己的面目，既是仁慈，也是誓约，却不是道，不是语言，而是道的象征，是所有语言与所有声音的象征，是它们原初的图景，是父亲那幸福的呼唤，征服了命运，在通报之行动的声响中揭露了自己的面目："睁开向爱的眼睛吧！"

一种行动，在他看来已经完成。他绝不能睁开眼睛，有一种温和在他身边开启。他绝不能呼吸，这种温和呼吸着他。它曾经是象征，但在它的图景中，夜晚再次交出了自己，在这声音的象征中，沉默又回归了寂静，好像只有寂静才能再次填满这空虚的形式。因为寂静填充了形式，方向繁多的梦境又涌回了尘世的空间，从非空间涌进了空间，变成了奔流的夜晚，自己就变成了空间，再次被夜晚的时间穿流而过。除了寂静，他什么也没有感到，他什么也感不到了，他没有感到体内的东西，也没有感到体外的东西；这饮醉了夜晚的寂静漫过了他，环绕了夜晚。甚至连油灯的微弱火苗也熄灭了，渐渐被这昏暗的温柔所吸吮，以使这充盈万物的寂静不会再被这微小而尖锐的灯光所打破、所惊扰。梦境响亮的叩击声也在消隐，在不断减弱，在银色的潺湲中消逝，潺湲声在无处响起，又在无处流失，但还是来源于墙上的喷泉。寂静在四下洗濯，过去与未来之间不可捕捉的东西又变成了此刻强大的现在，时间的天平轻轻晃动，它秤盘上的银链轻轻击响，秤盘也轻轻沉落、轻轻抬起，衡量着真理，接纳又释放了一个又一个象征，权衡又创造了一个又一个象征；它们彼此联系，在再次充满的存在那温柔的激流中击响。充满无图景的寂静，却填满了图景。而那运载寂静的夜晚在他睁大的眼睛前流逝，再次敲响了它寂静而温柔的钟声，他的眼睛再次睁开，他的身躯再次舒展开来，夜晚也再次舒展开来，因为寂静而显得神秘、盲目，孕育着阴影，宏大而亲切，被送入了它失而复得的自然，也再一次把他送了进去，把他托举在它的枝叶间、肢体里、怀抱中、呼吸里和心头上。他躺着。他躺着，歇息着，他可以再一次歇息。只有在歇息的时候他才知道，对别人来说，夜晚这寂静的进程只是序幕，还必须走向它的终结：因为再次从非空间中汹涌流出的不只是空间，他觉得自己的肉体也又从那边冲了过来，他的肉体躺在床上，他的感觉越来越肉体化，他的肉体在歇息，在歇息的时候感到自己退了烧，恢复了健康，每晚告终时那清凉、寂静的波浪也变得轻盈、令人愉悦，只要他还能回忆起自己。退烧的这一刻那么肉体化、那么世俗，而这一晚也变成了这一时刻的延续，在夜晚的边缘加快了速度，变成了一个尘世间继续填充的时刻，变成了尘世间继续前进的形体——尘世之夜。但什么也没有发生，夜晚的黑暗持续着，只有寂静淡化了，失去了它的浓墨重彩，失去了它清晰的轮廓，变得极度飘忽，只有极其敏锐的耳朵才能听见它，似乎正在它最外部的边界上翻动、吹响；黑暗环流的创世温柔地酝酿着，一只温柔的手充满爱意地描画着它那寂静的非进程。一个又一个名字立在夜晚轻柔的呼唤之下，和记忆融为了一体，变得像回忆一样坚固，加入了回忆中的创世。远处有一只公鸡在啼叫？那边有一群狗在吠叫？——哨兵的脚步又开始像先前一样绕着宫殿转圈，好像非空间又把这脚步声交还了回来，墙上喷泉的潺湲声越来越清晰，好像水流变大了，窗框也重新被繁星填满，起誓之蛇的头颅在中间闪着光亮。寂静唤醒了呼吸，夜晚填满了呼吸，呼吸的世界睡眠永远在场，从夜晚与寂静之中生长而出。黑暗深深呼吸着，越来越具有人形，越来越鲜活，越来越世俗，越来越繁星密布。起初还没有形体，几乎不可辨认，就像一些喧响的小点，它们的声音撕碎了、离散了，但之后又变厚了、聚拢成了一种听觉的形式，接近了生物的听觉！那是一阵吱呀和倾轧的呻吟，是农民推车的声音，他们的行列渐渐变得密集，要把蔬果运到早市上去卖；他们昏昏欲睡、慢慢前进，车轮在石板路上倾轧，呻吟的声音吱吱呀呀，轮缘碰到了路沿石就吱嘎作响，车链与盆碗相击，有时也会传来公牛轰响的鼻息，或一声尖利的呼叫，有时公牛沉重又轻柔的脚步声也会汇成一种节拍，像一次呼吸的进军。这些呼吸的生物穿行了夜晚的呼吸，田野、花园与靠近的队列一起漫游，一起呼吸，万物的呼吸开敞了，准备迎接这些生物，敞向整个世界，而整个世界怀着爱意迎接了这些个体。因为爱始于呼吸，随着呼吸升入了不死之境。农民们在下面行进，睡意昏沉，摇头晃脑，推着运菜的推车，上面高高堆着卷心菜头和白菜头，有一个人的下颌一直垂到了胸口，像牛一样打着鼾。人类的睡眠变得像植物和动物一样，这农民的面孔死后就像坚硬的陶土。这农民的道路从无命运中来，到无命运中去，几乎不再听命于偶然，紧紧走在命运的边缘，走在睡眠的边缘。他的祈祷如此幸福，抛弃了偶然，因此大地、植物和动物对他来说都没有命运，当他前往市场或不得不在夜间为母牛接生的时候，他也想要仰望星辰，也想立刻坠回他日日夜夜无梦的光亮睡眠，他依然满怀爱意地握紧那些命运所抛弃的东西，他让光滑的金黄谷粒从他指间流过，轻轻抚摸着动物的毛皮，在丰收的大地上采下果实，如此心怀爱意，如此充满认识。哦，掌管着大地、动物和果实，他自己也被这只充满爱意与认识的手握住、捕捉、藏匿，被它静静地握着，这只手把他握在掌心，又随着年月的潮汐张开了，他紧紧地依偎在这手心里，依偎在它的潮汐和它静息的温暖里，他所有静息的存在都被它接纳，甚至可以歇息在未来关于它的凛冽的知识里，在这凛冽之中，他将在起源时期那没有命运的安睡子宫里被捏碎。这农人会被埋在地下，但他的呼吸会挣脱尘世，打破枷锁，升入外部，升入那不可见的声音，升入神性！农民在下面行进着，来来往往，一个接一个，有一个人蹲在那里睡着了，摇着头，打着鼾，几乎不再有命运，几乎不再有偶然，一个身处生物之夜的人。他们就这样行进着，有的年老，有的年轻，有的长髯浓密，有的蓄着短须，有的脸颊光滑，他们就这样行进着，像他们的父亲、祖父与先祖一样，怀着征服命运的平静耐心，昏昏欲睡，不去思考他们头上飘荡的声音，那是他们暮光朦胧的渴望，它确实存在，但他们几乎不去注意，因为他们一代一代永恒的行进是没有期限的，因为无论是父亲、祖父还是最远的先祖，他们所完成的事情都是一样的。他们被一种比他们更庞大的行为所囊括，他们也怀着谨慎的爱把它锁在自己体内，谨慎地穿过黑暗，走向夜晚的边缘，他们可以安睡。他曾经也属于他们，他，曾经也是个农民，现在却躺在这里，与他们割离，与大地、植物和动物割离，仅仅还保有他的命运，躺在这里，一个夜间的观察者：哦，每个人的灵魂都有一种行动沉入了其中，极度难以企及，一种比他自己更强大、比他的灵魂更强大的行动，只有抵达了自我的人才能抵达这最后的死亡决心，才能抵达他自己的行动，才能清醒地守护这终有一死的世界的睡眠。哦，归乡，哦，守夜！家乡在哪里？！是谁在看守世界，是谁在看守这些昏昏沉沉地穿行于黑暗中的人？是那个声音吗？是他吗，是他这个蒙受了恩赐、可以听到这声音的人吗？他是不是被选作了守夜人？绝不可能！他绝不可能胜任，他无力救助，也不愿服侍，他只是一个空谈家，必须销毁自己的作品，因为他曾经对人类、人类的行动和人类对救助的渴望都不屑一顾，他无法心怀爱意地把它们保留下来，甚至无法写关于它们的诗歌，这些他都没有书写，只是在无用的提纯和美化中把它们变成了美；在真正的守夜人和声音的通报者出现之前，觉得自己应该守夜是何等的狂妄！难道这还只是一场梦吗？难道他真的觉得这声音是真实的？那它为什么又沉默了？它在何处？它在何处？！他追问，他追问，他追问！他仍在追问它，还没有却已经问了——他不再问了！他仍在追捕它，还没有却已经捕捉到了——他的寻求已不再是寻求！因为那些开敞的东西、那些他不再相信的东西遍布了四处，他听到它们遍布了四处；他在推车的呻吟中听到了它，在动物轻盈的脚步声中、昏沉而惊恐的农人面庞上，在它们的呼吸中、在黑暗的呼吸中、在夜晚的呼吸中听到了它。而所有事物，那些没有命运、背负命运的事物，那些世间和人间的事物都进入了他体内，进入了他的行动，这也是他的命运，这正是他的命运，尽管从未书写下来，尽管永远都不会被写入诗篇，却被赐予了某种不可磨灭的预兆，他所交还的无穷爱情中一种交还的无穷预兆，因极度温柔而永远留存，像泪水一样沉重，倾听着夜晚的消逝。睡眠与非睡眠合为了一体，开端与结局变得相同，清泉与源流、根须与树冠合为了一体，星体上那飞升的茂密树木，人类就栖在它的枝丫上，它得到了命运，却又抛弃了命运。就是这样，已经是了，却还不是。而他和这个整体紧紧联系在一起，被它的命运环绕，把它的命运负载在体内，他也歇息了，幸福地感到了他与整体有所联系，他的所有纤维、他所有不再受高烧折磨的存在都感到了它，他的肉体感到了它，他幸福地感到了凉意越来越紧密地缠进了他的床罩，幸福地感到了时间织入了再次开启的夜晚世界，伴着凉意的延伸，他幸福地感到了他的呼吸渐渐变得轻盈，嵌入了世上所有喷泉那潺湲的黑暗呼吸，他感到了世界的低语，感到了自然。这潺湲的声音越发清凉，星辰、房间和房间里能听到的声响都越发清凉。下面推车的队列逐渐散开了，不断行进的车辆聒噪着拉开了距离，后面只剩下几个来晚的人，零零散散。车辆喧嚣的间歇越长，就越是被什么声音充盈，那是一种窸响，闪着广大的银光，在宏大的黑暗中交织，人们期待着它，而它也充满期待，它是波涛潺湲的海洋，在夜晚窸响，听到了降临的黎明的呼唤。也许，哦，也许是他听错了——他几乎感到惊恐——也许是他的听觉欺骗了他，也许他又在自欺欺人了，也许这只是渴望，只是内心的渴望，海洋的渴望，渴望幸福的声音也在这片声响中窸响，这样他就可以和它交谈了，这样它就拥有了声响的力量，不可反驳，它的通报在自然的形象中不可反驳——但不，哦，不，那是海洋，是海神那不可度量的真实，而这声音不可言说、不可谛听地开敞的行动织入了月光银亮的喧哗，织入了波浪数不胜数的沉坠，织入了下面挣脱的东西和上面获释的东西，织入了黑暗和光幕，夜晚开始在这光幕中消逝，织入了渐暗的星辰，不，还有，还有：水上充满了这声音，水在倾听，大海和星辰在倾听，黑暗和众人在倾听，入睡的人和觉醒的人都在倾听，众世界在倾听，在填充了他们的万物中倾听自己。自然与自然的元素结合，融为了爱。还有没有邪恶？区分的判决是不是已经宣告了，已经割离了邪恶？这声音织入了万物，没有给出答案，好像只有天亮的时候才能给出答案，好像一切都在期待，期待着晨星，好像除了期待，什么也做不了。夜晚全力以赴地针对自己的目标，黑暗渐渐剥落成苍白；外面的星辰之火开始在一片青绿中嬉戏。昏暗中，空气的颜色保持不变，一件件物体静静地跨出了阴影，窗前的一道道屏障变回了一个个房间，墙壁变回了墙壁。烛台幽黑地耸立在窗口，在最后几颗星的辉映之下，像一棵叶片落尽的树，枝头还挂着夜晚的余烬。而在角落里的沙发上，那个少年的身影依然模糊，却已经可以隐约看见了，他睡着了！他的腿蜷在身子下面，脸埋在手里，乌黑的头发是一片阴影，明亮的眼睛看不见了，藏在了紧闭的眼睑的阴影下面，但可以看出他在倾听，倾听睡梦中向他通报的东西；使人痛苦又消解痛苦，孤立无助又施加救助，充满渴求却不贪婪，满怀爱意却没有贪欲；那是已在尘世诞生的人类体内尚未诞生的天使，是沉睡的人。哦，渐渐消逝的夜晚，直到它奄奄一息，它都在运载着入睡的人不断向前，在它的枝叶间、肢体里、怀抱中和心头上，无穷无尽地运载。夜晚巨大的弧形又在他面前张开了，伴着地狱泛红的烟尘和众声的嘈杂，在窗前升起，升入了所有死亡的火山口，伴着死亡所有的丑恶和刺耳的尖叫，坠入了最为悔恨的虚无之空虚，却再次被通报的声音接纳，那强硬而温柔的、呼唤名字的声音，于是，此刻敲响的钟声渗入了清早那渗透的光亮，汇入了那道光线，和它一起汇流成了朦胧的曙光，曙光朦胧的合流。这还是那扇窗吗，光线在它面前汇流，曾在它面前汇流？已逝的东西震响、平息、收缩、展开，变得稳固，而他面前升起的白昼转瞬即逝，他早已不再注视它。他的眼睛蒙上了一层纱幔，尽管依然睁着，却蒙上了一层无泪的泪水纱幔，他透过它看到了陌生的、正在酝酿的白日，看到了曙光，他清晰地看到了它苍白的色彩怎样变得温和，一层一层地落到外面的屋顶上，他看到了这些，他不再看这些了，他不是在观看，而是在体察，他以此感到了白昼的诞生，白昼和着它崭新的光亮，变成了他自己的一部分：清早在生长，和它生长的纯净气息，和它极为清晰、灰光闪现的澄明一起飘向了他，它没有和这种澄明混为一体，只是靠它驱散了最初的炊烟那略带酸涩的丝缕烟霭；朝霞在早晨明朗的清晰中飘向了他，带着银亮而咸涩的大海气息，从远处轻柔的银色窸响中升起，微微闪着银光，从沙石清爽、清凉潮湿的海岸最初的光芒中升起，被早晨的银浪洗濯，准备好接受早晨的祭品；朝霞飘向了他，不断展开，仿佛这自然的清早也加入了重新开始的创世，接纳了创世的结果，也被创世的结果所接纳，他感到自己被它潺湲的行动运载，流动着，却又不在流动，融入了它窸窣的气息，像插上了清凉的翅膀，像身处宏大的呼吸，却已经在尘世间诞生，像在月桂灌木阴影的呼吸中静息，在雨后呼吸，像雨水一样昏暗，像露水一样清亮而生机勃发。他就这样被载送着，越来越远，在航行告终的地方，轻轻登上了金黄的田野那丰收的巨浪，那里麦穗飘舞，鸽子栖在荆棘丛中，水牛卧在狮子身边，那里有一位天使站在他面前，不是一位天使，而是一个少年，但还是一位天使，被九月早晨清凉的翅膀遮蔽，鬈发乌黑，双眼明亮。他的声音并没有像某种宣告行为那样以象征的方式充满整个宇宙，不，它更像是远远飘来的象征原初图景的遥远回声，话音极其轻柔，但依然有着横亘万古的坚硬的阴影："来吧，参与创世吧，它曾经出现，现在又会再次来临；但你将要取名维吉尔，你的时代来了！"天使这样说，因为温和而令人恐惧，因为悲伤而使人安慰，因为渴望而不可企及。他从天使的口中听到了这句话，听到了尘世间所有单纯的语言内部的语言，他听到有人呼唤他的名字，便受召和他的名字合为了一体，他再次看到了田野上的麦浪，从海岸延伸到海岸，丰收的波浪无穷无尽，海浪无穷无尽，二者都被清早斜射的清凉光线涂抹，近处闪着清凉的光，远处闪着清凉的光，随之而来的是认识一切与一无所识的甜蜜，知晓一切与一无所知的甜蜜，觉察一切与一无所觉的甜蜜，然后是遗忘了一切的甜蜜，然后是无梦的睡眠。——

3

土——期待

一种荒废感催生了觉醒：像在入睡的时候一样，这次他也只是隐约有所察觉，却极为紧迫地感到了有人站在他的床边，同时也感到了这个人正在催促他做什么事。他的感知又一次推动着他，让他迈过了知识的门槛，他知道他得在一大清早赶到海边，去烧毁《埃涅阿斯纪》，但现在已经太晚了。他刚刚逃回了睡眠，找回了天使，也许还在希望仍能感到那陌生的目光静静落到自己身上，那消失的天使的目光。他当然没有，他只是感到有一个陌生人站在他的身边，但他最后的希望仍在闪光，希望天使还在，他从睡梦中发问："你是吕萨尼亚斯吗？"

他没有听懂对方的回答，对方的声音也是完全陌生的。

他轻轻叹了口气。"你不是吕萨尼亚斯……走吧。"

"先生……"那声音十分犹豫，几乎是在恳求。

"晚一点再来吧……"夜晚不该结束，他不想看到光亮。

"先生，你的朋友们来了……他们在等……"

他的话无济于事。光线刺痛了他。一阵咳嗽盘踞在他的胸腔里，即将迸发出来，说话是危险的："我的朋友们？……哪些朋友……？"

"普洛修斯·图卡和卢修斯·瓦里乌斯从罗马赶来问候你……在被皇帝召见之前他们想先见见你。"

光线刺痛了他。九月太阳锐利的光轨从南边斜射到了外飘窗上，充满了温暖，一个九月清晨的光亮和温暖，尽管光线还没有抵达整个房间，但房间也已经在光中变得清醒，因为清早的暖意而显得丑恶：微微照亮的瓷砖地板显得脏污，巨大的烛台、上面凋谢的花朵和燃尽的蜡烛显出一副衰朽的样子。浴室就在那边的墙角里，他现在急需去浴室，这对他来说简直是一种诱惑。一切都在刺痛着他，一切都开始变得疼痛。朋友们应该等一等："我得先洗漱干净……帮帮我。"

他的双腿跨过了床沿，他俯下身，和一阵喉咙的刺痒搏斗着，强劲的疼痛再次袭击了他；发烧的轻微倦意也重返了，首先回到了垂在床边的腿上，然后向上攀爬，像轻柔的波浪在整个身躯里僵硬地扩散，终于吞没了他的头颅，他被疲倦笼罩，目光也渐渐变得疲倦，却目不转睛，久久地盯着赤裸的脚趾，好像在脚趾上能找到什么重要的东西，甚至是高烧的源头，而脚趾不断机械地弯曲着，不愿停下——唉，器官与感官的个人生活又要开始了吗？尽管这个奴隶也无法给他任何可靠的回答，他询问的目光还是投向了他，几乎无欲无求，几乎是在抵抗他的疑问，显然很快也感到了失望，因为在用人那生着扁平鼻梁的东方面孔上，在他面具般无法看透、没有年龄的脸上没有任何可以称得上答案的东西，没有任何严肃的恭敬和恭敬的严肃，没有丝毫不耐烦，但也十分疏远，等着主人给他下命令，等着他自己站起来。只是，要他自己站起来似乎是不可能的，一切都那么不协调，不只是他的肉体；世界也是不协调的，但没有世界的配合，他就无法活动肢体：一个想要站起身的人、想要赶到海边献祭的人不能容忍这种不协调与分裂。献祭者必须毫发无伤，祭品必须毫发无伤，这样祭祀才会实现它的全部价值，而他还不确定卷轴是不是都在箱子里，是不是可以把整部作品都烧掉，是不是有一卷在夜晚的流逝中逃逸了——谁能给出答案？当然，皮箱的盖子还紧紧地扣着，他满可以相信根本没有人打开过它——但谁敢触碰祭品，解开系带？他的肢体是那么不协调，世界是那么不协调——他们还能达成一致吗？他等着，奴隶也等着，两人都极有耐心。但这时，有人极其粗暴地打开了房门，普洛修斯·图卡和卢修斯·瓦里乌斯等得不耐烦了，显然是在外面听到他已经醒了，就径直闯进了房间。他把腿收回到了床上。

还没进门，普洛修斯就像往常一样，真挚而高亢地喊道："有人告诉我们你生病了，躺在这里休息，我们就连夜赶来了，然后就发现你想偷偷溜下床；幸好我们发现了，你一向如此……那么，你到底感觉怎么样？感谢众神，你看起来很好。这十年来你都没怎么变样，像一块坚韧的皮革……现在你当然又有些咳嗽和发烧了，以前也常常有……如果你问问你的朋友，他们就不会允许你进行这次疯狂的旅行！我们是从贺拉斯那里得知的，你可以告诉他，因为你知道他不会阻拦你，对他来说只有他自己的诗才重要！你在该死的雅典到底写了什么？你当然要保密，因为让皇帝再来找你，再把你带回来是你的荣幸……奥古斯都一直都那么有智慧，而你，对，你一直都那么毫无顾忌……因为我们，你的朋友们要帮助你好起来！”他沉重的身形陷入了吱呀作响的沙发，弯着手臂，攥着拳头，像船夫或车夫一样坐在那里，肥胖而笨重，两颊垂着赘肉的红脸膛上闪耀着诚挚。

卢修斯却相反，他根本没有坐下，因为他必须使长袍背部的褶皱保持优雅和光滑，他以惯常的姿势站着，一只手撑在臀部，另一只手劝诱地举向右侧，瘦削而威严：“我们很担心你，维吉尔。”

尽管他已经下定了死亡的决心，对于疾病的恐惧却又苏醒了，没有人可以从中逃脱：“那么你们知道了我的什么情况？”他刚刚回了话，可怕的咳嗽就突然袭击了他，这也是他预料之中的。

“咳一咳也没关系，”普洛修斯劝慰着他，揉了揉因为赶夜路而黯淡无神的眼睛，“在早晨都会咳嗽的。”

卢修斯的劝慰听上去更有道理：“我们上次听到你的消息已经是在一周以前了……奥古斯都给梅塞纳斯[1]写了信，他知道你病了，本来想来接你，但因为奥古斯都过生日，元老院今天要开会，梅塞纳斯不能来接你，我们很乐意接受他的委托来迎接奥古斯都，也趁这个机会见见你……就是这样。”

他的话听起来合理又可信，但还是普洛修斯的那句“咳一咳也没关系”更令他安心。“嗐，”普洛修斯又说道，“我们一整夜都在

1　梅塞纳斯（前68—前8），奥古斯都的朋友和政治顾问，也是贺拉斯、维吉尔这代诗人的重要赞助人。

赶路；没有睡好，每次换马我都要醒一次……我们的队伍里有至少四十辆马车，我们还不是唯一的车队，我估计从昨天开始至少有上百个车队赶了过来……”

普洛修斯是坐着农民的推车过来的吗？他生着一张老农民的面孔，和善而强健，他满可以认为，不，他不得不认为他是坐着农民的推车过来的，摇头晃脑，下巴垂到了胸前，几乎要开始打鼾了。“是，我听到你们的车声了……”

“而我们现在到了。”普洛修斯说道，恢复了船夫一样的姿态。

“有很多车……很多……”

“如果你想咳嗽，就不要说话。”卢修斯说道，整理着赶夜路时弄乱的长袍褶皱，“你不该说话的……你忘了吗？医生一直禁止你说话！”

是，他想起来了，卢修斯当然也是好意，虽然他还是保持着优雅的身姿，但也是一片诚挚，可是看起来那么自相矛盾！“没什么，如果皇帝不带我去墨伽拉[1]，我根本就不会生病……我只是在庆典上受了暑热……”这段详细的解释引起了一阵新的咳嗽，他感到嘴里有血味。

“别说了。”普洛修斯说。

但他不想沉默，尤其是现在，他发现普洛修斯坐到了那个少年刚刚坐过的沙发上，就迫不及待地问道：“吕萨尼亚斯呢？”

“一个希腊名字，”卢修斯沉思着，“那是谁？你说谁？”他指

1 墨伽拉，希腊古城，位于雅典西北偏西42千米。

向那个奴隶，奴隶现在退回了门边，站在那里等着，面容依然毫无波动。

“不……不是他……是那个少年……”

普洛修斯有了兴趣：“那么说你带了一个希腊少年过来……所以你的状况没有那么糟……你看看，一个希腊少年！”

那个少年——那个少年消失了。但酒杯还立在那边的桌子上，一只银铸的、象牙雕镂的酒杯，里面甚至还有一点残酒。“那个少年……他刚刚还在这里。”

“那他还会回来的……把他叫来，让我们看看他！”

如果他消失了，他怎么能把他唤回来？！他也根本不想让别人看到他。“我必须和他去海边……”

“我们在干燥的海沙上歇息疲惫的身体，而睡意在肢体里潺湲，”卢修斯背诵道，显然是想要改变话题，“但你今天不能去，我的维吉尔，你应该养精蓄锐，这样才可以康复……”

“没错。”普洛修斯在墙角表示同意。

他们在说什么？一切都那么不协调；他几乎听不到他们的话。“吕萨尼亚斯在哪里？”

普洛修斯转向那个奴隶，命令道：“去把那个少年叫来。”

“先生，这里没有什么少年。”

好像是从那里，从门边，少年朦胧的声音在和他讲话，向他低语，幸亏奴隶站在那里，可以多少遮掩住那遥远而亲近的声音，他向那边招了招手：“过来；我要起来了。”“别动，”普洛修斯命令他，“医生应该已经在赶来的路上了，你得卧床休息；这么胡闹只会损伤你自己的健康……你没必要急急忙忙地起来，不用怕我们看见你的少年。”

这个奴隶是少年的替身吗？少年是不是派了一个有力的同伴过来，帮他把祭品搬到海滩上？“拿上那个箱子。”他听到自己说，为自己的话感到惊恐，也瞥向了他的朋友们，想看看这句话有什么影响，或没有什么影响。

尽管身体笨拙，普洛修斯还是立刻站了起来，而卢修斯已经靠近了床榻，像医生一样给他摸脉：“你发烧了，我的维吉尔，安静点。”

普洛修斯开始给奴隶下命令：“去找医生……快点……”

“我不需要医生。”这句话也是违心的。

“这由不得你。”

“我要死了。”

四下陷入了寂静。他知道他说出了真相，他竟没有感到什么波动。他知道他很难活过今晚了，但他却感到从容而惬意，好像面前还有无穷的时日。他很高兴自己终于说了出来。

可能另外两个人也意识到了事情的严重性；他看得出来。在一段可怕的静默之后，普洛修斯终于想出了回答：“别胡说，维吉尔，比起我们两个，你离死亡还有很远……我刚刚怎么说的，我这十年来老了很多，还中过风……”

卢修斯什么也没说。他默默地坐在了床边的椅子上。他坐下的时候甚至忘了整理长袍，这一点触动了他。

“我要死了，也许不是在今天……但在死前，我要烧毁《埃涅阿斯纪》……”

“放肆！”一声真正的尖叫扑面击来，那是卢修斯的尖叫。

之后又是沉默。房间里充满了九月的寂静与明亮。外面有一位骑士策马驰过，可能是皇帝的信使。马蹄尖锐地敲击着石板，然后在远处城市的喧闹声中消失了。一个女人在什么地方喊叫；好像是在喊她孩子的名字。

然后普洛修斯开始在房中踱步，迈着沉重的大步，长袍的衣角拖在身后，突然他开了口："如果你想死，那是你自己的事，我们不会阻拦你，但《埃涅阿斯纪》早就不是你自己的事了；你只是心血来潮……”他眯起来的眼睛闪露着凶光。

看到普洛修斯表现得这么凶狠是一件很奇怪的事，因为他们早就心照不宣地达成了一个共识，尽管二人都不完全相信它，就是关于农产与牛羊几小时的长谈比关于艺术与知识的话题更重要，比那些在卢修斯、梅塞纳斯和许多其他人面前，在属于这个圈子、组织了这个圈子的人面前谈论的话题更重要。现在普洛修斯赋予了《埃涅阿斯纪》的存在与非存在如此重大的意义，显然是违背了这个共识，显然是违背了普洛修斯·图卡那农人的身躯里潜藏的良知。他不能忍受："世界不会因为一两句诗变得更富有或更贫困。这一点我们都同意，普洛修斯。”

卢修斯严肃地摇了摇头："你不能把《埃涅阿斯纪》称作一两句诗。”

“那它是什么？”

普洛修斯笑了；完全是强颜欢笑，却依然在笑："以谦虚换取恭维是诗人的惯用伎俩，维吉尔，只要你还在玩惯用的伎俩，就没什么可怕的。”

卢修斯补充道：“你真的想再听一次吗？难道你自己不是最清楚，罗马的伟大和你诗歌的伟大已经不可分割了！”

他心中升起了一种不悦，越来越沉重；两个人都不愿意去理解那个少年理解了的东西，但他最终下定了决心，坚定地说道：“不真实的东西不可以留存。”

他的话坚定而恰当，饱含着他的谆谆教诲，但卢修斯似乎没有理解这是什么意思：“所以你的意思是《伊利亚特》和《奥德赛》也不真实了？哦，神圣的荷马！还有埃斯库罗斯和欧里庇得斯？这些都是不真实的？我还要给你举出多少名字、多少作品，它们都是永恒的真实？”

“比如某个卢修斯·瓦里乌斯的《梯厄斯忒斯》[1]和恺撒史诗。”普洛修斯打断了他，补充道，他的笑脸又变成了一个善良的胖子的笑容。

卢修斯被击中了软肋，酸涩地微笑着：“《梯厄斯忒斯》上演了十七场，这当然还不足以说明它的永恒价值，但是……”

“但是它会比《特洛伊女人》[2]上演得更久……你不觉得吗，维吉尔？……好，你笑了，我很高兴你又能笑出来了。”

是，他在笑；当然，他还不能放声大笑，因为他的胸口依然十

1 《梯厄斯忒斯》，卢修斯·瓦里乌斯最著名的代表作，是一部悲剧。

2 《特洛伊女人》，古希腊悲剧作家欧里庇得斯代表作。

分疼痛，他甚至为自己的笑声感到羞愧，羞愧于自己在拿卢修斯的软肋取乐，却不曾注意卢修斯是否真的想称赞《埃涅阿斯纪》的永恒价值，就像他所说的那样，因此他言归正传："荷马是众神的通报者；他和他们的真实同在。"

卢修斯完全没有在意他刚刚的嘲笑，他反驳道："而你是罗马的通报者，你和罗马的真实同在；只要罗马在，你就在……永远都在。"

永远？他感到了手上的戒指，感到了自己的肉体，感到了往事。"不，"他说，"尘世间没有什么是永远的存在，包括罗马。"

"你亲自赋予了罗马神性。"

是这样，也不是这样。卢修斯在说什么？这不正像是梅塞纳斯的桌边谈话，和真实擦肩而过，几乎没有触及真实？这句话阴沉地环绕着他，于是他说："尘世间没有神性；我装饰了罗马，我的行为不比梅塞纳斯花园里的雕像高级多少……图景的作品将会堕落，烧毁《埃涅阿斯纪》……"

普洛修斯已经笑不出来了，他站住了脚："想想最近的艺术家都创造了一些什么艺术品，你也已经计划好了明年要清理的东西……烧掉什么，毁掉什么……这是一件艰巨的生活作品，就像你自己计划的那样。"

想到大规模的清理工作，卢修斯立刻变得开心起来；他庄重的文人面孔上泛起了欢乐的皱纹，大规模焚书的场景让他振奋，几乎没法立刻接上话："索西乌斯兄弟拿到了贺拉斯的《世纪之歌》[1]的版

1 《世纪之歌》，公元前17年，贺拉斯奉奥古斯都之命，为罗马每隔110年举行的世纪庆典而作的颂诗。

权；如果你想把他的书也烧掉，他们肯定会损失一大笔钱……当然，贺拉斯也不能例外……”

“我乘船去雅典的时候，贺拉斯送了我一首告别的诗。”

“那也一样，”普洛修斯愉快地赞同了卢修斯，好像是想盖过死亡的声音，“那也一样，那就是他的罪过，还有他的长短句、他的颂歌，简而言之，他写的所有东西都是犯罪，你必须相信……”

他登船的时候，贺拉斯到底为什么要送给他那首美丽的祝福诗篇？是想要以此平复他对《埃涅阿斯纪》的嫉妒吗？他是一位善妒的朋友，但也还是一位朋友。

但卢修斯说：“应该让我来做选择；我会保护贺拉斯的诗的；他真的很有天赋……但我会清理掉所有平庸之作，所有那些平庸之作……它们现在势头正旺，而且还在继续发展……这是一种堕落，哦，真的是堕落！不再有雄辩了，不再有戏剧了，也不再有艺术了……我们可能要后无来者了……因此必须清理，必须有一次可怕的清理！”他再次爆发出了笑声。

“他在死亡的天穹下放声大笑，变成岩石沉入了闪光的海。”

卢修斯托着腮。“这句诗很美，维吉尔；说下去，或者不如写下来。”

这句诗是从哪一个看不透的深渊里浮出来的？是从何而来的？他很喜欢这句诗，卢修斯的称赞也令他开心，尽管这句诗的美不足称道；不，美从来都不足称道，值得称赞的是其他东西，是某种更伟大的东西，在真理中得到了称赞、希求着称赞。哦，现在他明白了，现在他才明白！真正的称赞所褒扬的永远只是诗歌提到的东西、诗歌背后的东西，那不可企及的完全真实，当一个词挤入了它的内部，而不是从它石化的光滑表面上弹了回来，它就会揭示出它的宝贵价值。谁称赞这样的诗，却不关心诗中提到的真实，谁就混淆了创生者和产物，谁就有意无意地犯下了罪行，打破了誓约，否认了真实，也消灭了真实。哦，真实那庞大的石头山峰，所有挤入它体内的东西都无法制服它，至多是触到了它；哦，真实那庞大的山岩，人类在上面无路可走，只能紧紧抓着光滑的岩壁，永远在坠落，永远有坠落的危险。卢修斯根本不知道他在坠落；他觉得表层已经是真实了。哦，真实的岩石之山，高高耸立，却陷入了所有深渊，它光滑的表面不可穿透，却敞向了存在，人类坠入了开敞的深谷。

普洛修斯甩着手臂，像船夫休息的时候一样。“好，那就把贺拉斯保护起来，让他继续写诗……而你也会继续写诗，就算你把你所有的诗都烧掉；你当然还会继续写诗……”

贺拉斯！对，他曾经以士兵的身份为罗马战斗，他把自己献祭给了罗马的真实，因此他的诗中才有那么惊人的、一再迸发的诚挚。普洛修斯一直都不明白，永远也不会明白，诗人一定要做出实际行动来服务他人。“哦，普洛修斯，服务他人的实际行动，它的真实……没有它就没有诗歌。”

“《埃涅阿斯纪》。”卢修斯断然说道，普洛修斯只是点着头。

埃斯库罗斯曾以重步兵的身份在马拉松和萨拉米斯[1]战斗过；普布利乌斯·维吉利乌斯·马罗从来没有为什么而战斗过。

1　马拉松战役和萨拉米斯战役都是希波战争中的重要战役。

但普洛修斯诚挚地低语着，继续表达着他的思虑："那首诗还要继续书写，因为你，对，在你烧掉《埃涅阿斯纪》之前，你必须把它写完……你不能烧毁没有写完的东西，只要几个月，对，只要几周你就能完成这项小小的工作了……别急着死，你还要再活下去。"

写完这首诗？还是说他已经写完了？他从来就没有真正地完成过什么。在那些真正的罗马历史面前，在撒鲁斯特[1]的著作面前，在那些只有李维[2]才能完成的巨著面前，《埃涅阿斯纪》又算得了什么？在那些真正的知识面前，在最博学的学者、可敬的特伦提乌斯·瓦罗[3]关于罗马农业的著作面前，《农事诗》又算得了什么？！在这些成就面前他一事无成；他一直想写的东西，他还将写下的东西都不可以完成！当然，盖乌斯·撒鲁斯特和提图斯·李维真的为罗马所有坚固的真实服务过，普布利乌斯·维吉利乌斯·马罗从来没有为什么服务过。

这时，普洛修斯下了断言："哦，维吉尔，你还可以继续写《埃涅阿斯纪》，你的能力是足够的，但不要设想你已经了解了你的能力。你既不了解你的真正能力，也不了解维吉尔这个人；你只是听到了关于他和他的能力的传说。"他双手捧着腹部，坠回了床边的沙发上。

---

1 撒鲁斯特（约前86—前34），最早有完整作品存世的古罗马历史学家，著有《喀提林阴谋》《朱古达战争》《历史》等。

2 李维（前59—后17，或前64—后12），古罗马历史学家，著有长达142卷的巨著《罗马自建城以来的历史》。

3 特伦提乌斯·瓦罗（前116—前27），古罗马博古学者，著有《论拉丁语》《农业志》等。

维吉尔这个人！是的，他就躺在这里，这就是他的真实，别无他般。他的真实就是他得到了梅塞纳斯、阿西尼乌斯·波里欧和奥古斯都的资助，一直都在养尊处优。他们为罗马而战，为罗马服务，他们所说的和他们所创造的事物一起构筑了罗马的真实，而且还在继续构筑，他们为他的作品里那浅薄的虚饰买单，一直不知道他们只是在为一堆垃圾买单。普布利乌斯·维吉利乌斯·马罗的真实就是这样。他说：

“我写不完《埃涅阿斯纪》了。”

这时卢修斯微笑了：“你想让别人给你续写吗？”

“不！”他失声喊道，他极度惧怕卢修斯会毛遂自荐。

现在卢修斯真的笑了：“我想也是……这样一来你也知道了，你对我们、你对艺术犯下了罪……”

犯罪？是！他曾经犯了罪，他依然有罪——下面穷巷里的人们已经知道他的罪孽了——是，他对自己的存在犯下了罪孽；而且，他的存在对他也别无所求了。他的目光够不到它。他只望到了面前的海洋，它在遥远的天边滑出了流动的岩石，闪着蓝光，负载着太阳，滑入了群山开敞的拱顶，滑入了它闪闪发光的巨大深渊，准备好接纳、孕育所有的真实，再吐出它们，日日夜夜都发出青铜般的轰鸣。他从这不断轰响的窸窣声中听出了真实的象征：“我写下的一切都会在真实中焚毁。”

“你现在为什么要把真实和真理区分开呢？”卢修斯接了话，向前倾了倾身，好像还想要继续解释，他在准备开展讨论之前一贯都是这样的：“伊壁鸠鲁说过……”

普洛修斯打断了他："伊壁鸠鲁爱说什么说什么，我们两个要说的是，《埃涅阿斯纪》不会在真实中焚毁。"

卢修斯没有理他："美、真理和真实是一体的……"

"正是。"普洛修斯温和地赞同道。

上午的光线变得尖锐，窗外的天空变得更加湛蓝，烛台的根须与枝叶变得更加幽黑。普洛修斯没有起身，他坐在椅子上，往后蹭了蹭，从阳光照射的地方躲进了阴影清凉的角落。为什么这两个人不能理解真正的真实？为什么他三十年来的密友到了这里，却变得不可信了，变得陌生了？好像尖锐的光越来越尖锐，刺穿了存在的星体，好像存在的表层和存在的真实越来越泾渭分明，他难以理解，为什么没有一个人渴望真正的真实。普洛修斯本可以给出答案，普洛修斯，这个回归了世界、在世上做着实事、极为重视这世界的成熟的人曾说出了那么多振聋发聩的话，像一个童年时就已开启、永远不会终结的秘密，像一个秘密内部的、尘世间那腐朽而柔和的暖意，在此岸捕获了一个人，不可反驳地流入了他那不可抗拒的、对康复的渴望。对，普洛修斯本可以给出答案，但他没有意识到：他胖大的身形有些漠然地坐在那里，拇指相抵，时而投来关切的目光——一如既往——在他和善的、日益发胖的脸上，几乎已经找不到往日少年的痕迹了。

但卢修斯的面孔依然俊美。"维吉尔，你和我们一样尊敬卢克莱修[1]，他和你一样伟大，维吉尔，却不比你更伟大，他把握了真实

1　卢克莱修（前98—前55），古罗马诗人、哲学家，著有长诗《物性论》。

的法则，因此他的诗成了美与真理。美永远不会在真实中碎裂，永远不会在真实中燃尽，不，在真实中消逝的、在真实中坠落的东西还会重返，只要它们认清了真实的法则，并把它通过美表现了出来，只有美会留存，作为唯一的真实留存下来。”

唉，他熟悉这些话，文学和哲学日薄西山时的说辞，这些僵滞的、还未降生就已经死去的话语，他也说过这样的话，那时他当然相信它的含义，或者自以为他相信，现在这话在他看来却如此陌生，几乎不可理喻。法则？只有心的法则！真实？只有爱的真实！他该不该、是不是必须把这些高声喊出来？他该不该、是不是必须告诉他们，让他们领悟到这一点？！唉，他们不会领悟，他们根本就不想领悟，因此他只是说：“没有别人的认同，美就不能存活；真理却不需要认同。”

“几百年和几千年的认同不等于如今的认同，不等于极易着迷的大众那可鄙的认同……艺术品将会永生，艺术品已经得到了永生，变成了对真理的认识。”卢修斯匆匆回答道，“在永生的艺术品里，真理与美会合为一体，这对你来说也是一样的，我的维吉尔。”

卢修斯所抵达的是尘世间的永生，不是永恒的永生，他至多可以抵达一段永恒时限的永生，但他却连这也没有抵达！因为在永恒的时限里，农神的原野无穷地铺展开来，在永恒的轮回中陷入了神圣的遗忘，而这里的一切却只关乎名声。对永生者来说，这是否就是最可怕的无能，不能死亡？！是不是一种诅咒？！谁觉得真理等同于永存的美，谁就扬弃了永恒的生活，扬弃了那声音中的幸福与仁爱！那样的话，荷马和埃斯库罗斯会变得骇人，索福克勒斯和欧里庇得斯也会变得骇人，这些威严的老者，甚至早已长眠的卢克莱修也会变得骇人，永远在尘世之死中骇人地生活，这种死亡注定会持续下去，直到他们最后的诗行在人类的思想里死灭，直到没有一个人可以念诵他们的诗歌，表演他们的戏剧；他们注定要经历上千倍的死亡，一再被唤出地府，受召进入尘世间的永生那鬼魅般微笑的过渡地带。如果是这样——也确实有可能是这样——这些最能抵达永生的人是不是就该不惜代价地焚毁他们创造的作品，这样才能在神圣的原野上生活？哦，欧律狄刻，哦，普洛娣娅！是，正是这样。“阿波罗的箭矢消隐了，如同已经死亡；但它却无法死去。”

“正是，”普洛修斯说，“如果我每个月不放一次血，我早就和我的先祖长眠在一起了。”

卢修斯点头表示同意。“在阿波罗面前永远消失……如果消失的永生者想要依照伊壁鸠鲁的崇高榜样生活，他就只能保持均衡而庄严的姿态，”——他自己就保持着最高雅的姿势，跷着二郎腿，手肘支在上面，手掌摊开，像是要对他说的姿势做出解释——“因为如果美与均衡都具有高贵而纯正的形式，人类的生活无法超出他们的视觉、听觉和其他感觉，该怎么办？最高的美是可以听见、可以看见的，阿波罗会宽恕它，而那些被选中的、要神圣地表现这一切的艺术家，必须承担自己的命运……”

“你觉得这困难吗，卢修斯？”普洛修斯问道。

“我没有在说我自己。我说的是那一类艺术家，其中首屈一指的就是我们的维吉尔……他会承认遵从伊壁鸠鲁的原则不仅仅是一种必然的要求，根据柏拉图的观点，这也是在接近美，在我看来还不止于此，他们都没有考虑到的是……”

“我承认是这样。”也许卢修斯说的有道理，但那也无关紧要了。

但是，但是，尽管人类的生活无法超出美与均衡的视觉和听觉，尽管心脏跳动的时候不再发出清响，尽管照这么看，那种均衡在人类面前保持了最后的尊严和效力，具有命定的唯一形式，尽管如此，纯粹的审美所生成的一切还是注定要沦为空虚的虚无，注定要滞留在虚无之中，因为甚至在均衡的寒凉之中，这种均衡也陷入了迷醉，只有在道路扭转的地方，只有在没有抵达认识的最终想象里，才有众神居住。哦，在这金光灿灿的存在把握了审美的目光之上，依然笼罩着铅般的盲目！哦，被美充盈、被美装点的世界！罗马在这个世界上建立了起来，充满了花园，充满了宫殿，这城市的图景，这高高耸立的图景渐渐靠近了，沉迷于自身，充斥了近旁的蓝天：奥古斯都和梅塞纳斯的房屋、不远处的埃斯奎利诺山上他自己的家宅、立柱装点的街道、雕塑装点的广场和公园；他看到了马戏团里和斗兽场上那野蛮而喧嚣的搏斗，看到了角斗士怎样为了美而殊死搏斗、野兽怎样追猎着人类，看到了人们怎样满怀着欲望欢呼，围拢到十字架前面，上面钉着痛苦地咆哮、痛苦地呻吟的反叛的奴隶——血的迷醉，死的迷醉，却仍是美的迷醉——他看到十字架不断增多、翻倍，被火炬环绕，被火焰环绕，火焰从木头的嘶鸣和人群的号叫声中升起，一片火海迎面扑向了罗马城，要把一切都烧成平地，只留下焦黑的废墟、炸毁的柱基、倒塌的雕像和寸草不生的焦土。他看到了这一切，知道这一切终将会发生，因为真实的法则将毫不动摇地报复人群，也必须报复人群，它比所有美的进程都强大，如果人们把它和美的进程混为一谈，并因此冒犯了它，它就会因为人们的不屑一顾而显露出轻蔑：在美的法则之上，在艺术家只贪图共鸣的法则之上，是真实的法则，是——柏拉图的神圣智慧——生命流逝中的爱神，是心的法则，唉，还有这世界，忘记了最后的真实。为什么他只能独自意识到这一点？难道别人比他还要盲目？为什么他的朋友从来也看不到，从来也领悟不到？为什么他这么无能、这么软弱、这么笨拙，不能让他们领悟到这一点？或者是因为他自己也如此盲目，才不能让他们领悟？他看到眼前有血，感到嘴里有血味，一声嘶哑的叹息挣脱了他的胸膛，在他的咽喉里吱呀作响，他必须躺回枕头上。

只有真理是不死的，在真理中，只有死亡是不死的。谁闭上了眼睛，谁就能预感到自己的观看是多么盲目，谁就能预感到命运将会征服他。

因为这种法则永远只能被他命中注定、亘古不变的形式所把握，这形式可以和它的命运一起躺在农神辖区那冰冷而亘古不变的监牢里，像普罗米修斯一样，在上界与下界共同的深渊里，找寻熊熊燃烧的火焰。冲破那纯形式的监牢，冲破永恒轮回的监牢，征服命运，征服形式，闯入统治一切的先祖那最后的深渊，真实的真理法则就歇息在它的手中。

而周围，在真实的最外缘，可怖的笑声与死亡融为了一体，以一种可怖的平衡，可怖地悬在所有黑暗与所有深渊上空，那是对生活的渴望与自我的毁灭之间摇摆的边界，此岸是大地上火山的呼啸，彼岸是黄昏在海上的微笑，铺展在世界上空，击溃了世界。但他已经听不见笑声了，已经感觉不到微笑了。普洛修斯严肃地说："医生早就该过来了……我们现在去拜见奥古斯都，然后亲自去请医生来。"两人都站了起来。

但他还想要他们留下，他必须要他们留下；他必须征服他们的盲目：他那么想要他们留下，想要他们理解这一点，他也那么想告诉他们，他们有什么东西没有领悟，而且根本也不想领悟。尽管他自己都没有完全领悟，他还是说道："真实就是爱。"

他的话就是这样，在一瞬间，他好像领悟了它的意思。因为纯粹激情的疼痛平息了，众神把爱赐给了人类，得到爱的人就能看到真实。他不再只是个人意识的空间里的一个过客，一个囚禁在那个空间里的过客。他又说了一遍："真实就是爱。"

"正是这样。"卢修斯赞同道，好像既没有被触动，也没有感到惊讶，"是的，这一点你已经教给我们了，当我观察提布卢斯[1]、普罗佩提乌斯[2]甚至是那个不修边幅的年轻的奥维德的时候，我就敢断言你已经把这一点透彻地教给了我们和他们了，因为他们是那么不成熟，他们本来可以效仿你，效仿你这个不可企及的目标，也许还能超过你，但现在他们除了爱根本不写别的主题，我得说我已经看腻了，我是不会向爱的主题低头的……你刚刚提到的那个希腊男孩在哪里？"

1　提布卢斯（前54—前19），古罗马诗人，著有哀歌体的爱情诗两卷。

2　普罗佩提乌斯（约前50—约前15），古罗马诗人，著有诗集四卷，多为爱情诗。

他理解错了。他们又滑进了虚饰和文学，从存在之真实的表面滑了过去，好像这说明了他自己也没有做得更好，他身处一个文学的无处，无边无际，连最外在的表层都没有抵达，触不到天空，也触不到大地的深渊，至多是触到了审美的空穴。因为他，这个在不幸的道路上转身的人；他，这个曾经只能沉迷于美、被美点燃的人；他，妄想靠宏大的外在遮蔽自己的无力；他，本不该在人心中寻求不变的东西，却被迫要唤醒星辰、原初的时间和众神的所有进程；他从来没有爱过别人，他觉得是爱的东西只是渴望，只是对那失落的风景的乡愁，过去的风景，哦，过去的、一再失落的风景，忘记了童年，忘记了彼岸，那对他来说也曾经是爱。他的诗中只有这些风景，他的唇上从来没有一首歌是献给普洛娣娅的，甚至在那时，当阿西尼乌斯把阿荔吉送给他的时候，他理解了这个少年的美，想要歌颂他，但那也不是一首情歌，只是一首向阿西尼乌斯·波里欧致谢的牧歌，根本不值一提，只是把握住了他所渴望的风景里的一点爱意。[1]不，卢修斯的想法是错误的，他从来没有爱过别人，因此也从来没有写过一首真正的情诗，从来没有影响过那些年轻的情歌诗人，甚至从来没有成为他们精神上的祖先。他们没有效仿他，他们比他要真挚。“哦，卢修斯，他们有一个比我更好的榜样，就是卡图卢斯[2]；他们没有效仿我，也不应该效仿我。”

“你没法摆脱掉他们，就算你不再放牧他们了，就像你在《牧

1 据说维吉尔因波里欧家的少年奴隶阿荔吉的美貌，而写出了其《牧歌》中的第二首。

2 卡图卢斯（约前84—约前54），古罗马抒情诗人，著有《阿提斯》等。

歌》里写到的：‘我不再放歌，也不再放牧你们！’不，维吉尔，你就是他们的榜样，一直都是，当然，他们永远不可能拥有你的能力。”

“我很软弱，卢修斯，我一直就很软弱，在软弱这方面，我也许可以做他们的榜样，因为一直以来，他们和我……我们唯一的共同点就是我们的短寿……”

“据我所知，卡图卢斯和提布卢斯三十多岁就去世了，而你现在已经年过半百了。”普洛修斯说道。

唉，文人的软弱也在于自欺，觉得他也许渴望的童年风景就是无穷的农神原野，而他将在这里听到天地之深渊的声响，他觉得自己真正拥有的风景是一个纯粹的平面，他什么也听不到，至少没有听到死亡。“提布卢斯是什么时候过世的，普洛修斯？仅仅在几周以前……普罗佩提乌斯像我一样卧病在床……神灵显然不再能容忍我们的软弱了，他们现在不得不彻底抹去我们的意志……”

“我们的朋友普罗佩提乌斯还活着，这是他的幸运，也是我们的幸运，而你也是……二十年后他五十岁，你七十岁，尽管你们还像现在一样常年卧病，还会像今天一样接见那些年轻人，就像接见奥维德或者其他什么人……”

“就是这样，他们会感谢你写出了《牧歌》和《农事诗》，”卢修斯继续说，又开始发表他那正统的文学观点，“感谢你为年轻人指出了一条道路，通向田园、通向牧歌和忒奥克里托斯[1]的道路，

1 忒奥克里托斯（约前310—前250），古希腊诗人，留存作品以田园诗为主，对维吉尔及以后的欧洲田园诗影响很大。

感谢你为他们开辟了一条新路……”

“我和忒奥克里托斯没什么关系，这个描述倒是更适合卡图卢斯，尽管这也有争议……”

卢修斯闷闷不乐地中断了他对于文学的预言：“不管怎么样，卡图卢斯是你的农民，维吉尔，共有的风景常常能引发共同的态度和共同的喜好……”

“不管什么卡图卢斯，”普洛修斯嘟哝着，“不管什么忒奥克里托斯，不管有什么后来者，你都是维吉尔，你就是你，就算再过二十年，如果那时我还活着，在我看来你也比他们都可敬，你真的比他们所有人都可敬；在我看来你和他们完全不能同日而语。”

普洛修斯拉出了一条尖锐的界线，他高估了他，低估了那些年轻人，令他高兴的是普洛修斯把他归入了成熟的作者，归入了那些有力的、不必早夭的人。但他必须纠正这种错误的判断：“不要对年轻人抱有偏见，普洛修斯；他们自有一种诚挚，也许比我以前更诚挚。”

卢修斯又接上了话：“谈起艺术的诚挚，我们就跑偏了。你可以说一个艺术家是诚挚的，如果他忠于艺术流传下来的永恒法则；你可以说一个艺术家虚伪，如果他把自我隐藏在了流行的趋势背后。难道我们想要模仿荷马的形式就是虚伪吗？难道年轻人想要效法维吉尔就是虚伪吗？或者要他们丧失品味，这样才更诚挚？”

“卢修斯，关于诚挚与虚伪的问题实际上已经不再是艺术的问题了；这事关人类生活最本质的东西，相比之下艺术只是次要的，它表达的永远是人类的生活。”

“你们在说什么？”普洛修斯问道，“我绝不会参与你们的狡辩。”

“维吉尔认为那些年轻人比他更诚挚，我们不能容忍这种说辞。”

“这我同意，”普洛修斯依然坚守着他正直而友善的盲目，“对我来说维吉尔已经足够诚挚了。”

“谢谢，普洛修斯……”

“我也很想感谢你，维吉尔……你还是给卢修斯一个台阶下吧；承认吧，你比那些年轻人更诚挚。”

“那样的话，我就是真的虚伪了……我觉得这些年轻人的情诗触及了某种起源，而我却没有……卢修斯不愿意承认诗中的真实，真实藏在这些他不喜欢的情诗的背后，那宏大的、起源时期的真实……真实就是诚挚……”

卢修斯似乎有一点不悦；他来回晃着手指，表示反对：“对艺术来说，这种廉价的诚挚是绝对不够的，维吉尔；只有你书写的那种崇高的爱，只有狄多与埃涅阿斯之间辉映的爱情，只有这种爱在艺术中才恰如其分，那些年轻人的诗中小小的风流韵事则不然。”

这时普洛修斯微微一笑：“我不写这种诗，但阅读它们令人愉快。”

“我们知道你的品味出众，卢修斯，我们也知道，你像我们一样对卡图卢斯的诗艺毫不质疑……还是说我得亲自向你证明，甚至奥维德也称得上一位真正的诗人？”

“真正的诗人？”——卢修斯激动了起来，威仪赫赫——“什么叫真正的诗人？只有天分还不够，很多人都有天分，天分一文不值，爱甚至更为低贱，通常只是一阵最外在的低贱嘟哝，就算那些年轻人已经尽力打磨他们的诗句了……我当然不会公开发表这种评论，不管好坏，我们毕竟都是作家；但在这里，在这个小圈子里我们不该有所隐瞒，就要实话实说……简而言之，我在这种淫荡的袒露之中看不到诚挚，只有真正的艺术和真正的诗才有诚挚……”

卢修斯说得对吗？这不可能是对的；卢修斯的话那么偏激，行家的话都那么偏激，但也仅仅局限于行家的圈子，卢修斯看不到有某种强力正在袭来，要击溃这个圈子。卡图卢斯注意到了，他最先指出了一条新的道路，他必须承认那是正确的：“真正的艺术要打破界限，跨入新的、迄今为止尚不为人知的领域，灵魂的领域、观看和表达的领域，进入起源，进入直接经验，进入真实……”

“很好，而你想要在一首极其诚挚的情诗里找到这一切……但《埃涅阿斯纪》的任何一行诗里都有更多真正的真实！”卢修斯真是不可救药。

“我不想和你争论这一点，卢修斯；从某种意义上来说，你称赞我的诗就是在为你自己的诗辩护……我得说我的问题比你要轻，所以你只想谈我，只想谈《埃涅阿斯纪》。但我还是得说，新的艺术不能继续沿着我们的轨道行进了，它的信条是直接经验和起源，指向真实的原初根基……真的，就是这样，遵从这个信条的人必须回到原初的根基，回到真实的原初根基，必须再次去爱……”

现在普洛修斯站到了卢修斯那一边：“我确实很喜欢读那些东西，但至于你提到的起源，那些年轻人还是无力抵达；只有真正的少年才可以真正地爱别人。你刚刚说的毫无意义。”

“无力？是什么更需要生长的力量，是茂密牧场上柔嫩的青草，还是必须冲破石头生长而出的单薄草茎？看上去无力的东西却在萌发，却是青草……罗马就是石头，我们的城市就是石头，这几乎可以被称为奇迹，它看上去确实有些无力，但它是起源，是真实，是诗……”

普洛修斯笑了：“据我所知，目前还没有一株青草幸运地找到了自己生长的空间，也许它们自己也更想在美丽的牧场上被牛吃掉；青草紧紧地束缚在石头上，每个年轻人都可以去那里寻找起源，起源就在人类播种它的地方生长。没有一个神灵强迫他们留在城市的石头里，除了他们自己的欲望和喜好，他们想要在罗马昏沉度日，把零散的吻塑造成零散的韵律。他们应该先学会给牛挤奶，学会驯马，学会拿镰刀。”

大城市的居民卢修斯觉得自己受到了冒犯：“生来要做艺术家的人无论是做伟大的还是平庸的艺术家，都不是要做农民的；你不能把一切都归结为驯马的问题，普洛修斯。”

“我只是在反对维吉尔所说的青草之爱的直接经验；我就是这么理解他的话的……无力的东西还是那么无力。”

“而我反对你们把压抑着你们的那种正义传授给年轻人。”

卢修斯不断挥舞着手指，赞同普洛修斯的观点：“就是这样；他们那么无力，因此他们只会模仿……那已经不是不正义了！他们是忒奥克里托斯和卡图卢斯的门徒，极尽能事地模仿我们的维吉尔！”

唉，这两个人都那么顽固不化，都局限在自己思想和话语的圈子里，都在其中变得昏聩，无法冲破他们的圈子，无法摆脱过时的语言。一个人把那称为青草之爱，称为无力，另一个人称之为模仿，两人说的都对，但两人都没有注意到、都不想注意到的是，就连这种无力的青草之爱，这种在大城市的墙垣与石头之间潜行的青草之爱，就连这种弯曲而稀薄、常常淫荡地袒露的、尘世间个人的爱情，就连这种依然囿于人类存在宏大的奇迹法则的爱情也会被众神的影子触碰，而当它被触及，自我就能扩展成另一个自我，预感到它的恋人在自己体内，和对方融为了一体，永不消逝。是，这就是他在那些年轻人的诗中感受到的，这就是新的、人性的、真理的真实，从他们的诗中飘出声响，如果他们做了他的门徒，他们就永远不会写出这样的诗了。因为正是爱的真实把死亡包含在了体内，并以此扬弃了死亡，使死亡变成了真正的不死，正是这种真实，是他，是被高估的诗人维吉尔一生也没能抵达的。他歌颂的一切都如此空洞，甚至《埃涅阿斯纪》也是空洞的，诗和诗人都局限在自己冰冷的圈子里，而他也没有什么可以传授给别人的东西。甚至接受赛贝斯做自己的门徒，接受那个最温柔、最敬仰他的人，也只是因为他爱上了这个年轻人倒映出来的自己，想把他——唉，像是听从了魔鬼的指令——照自己的榜样塑造成一个冰冷的、为美痴狂的文人。卡图卢斯、提布卢斯和普罗佩提乌斯都可以去爱，他们在爱情中预感到了真实，这比任何一种均衡都强大，超出了尘世。只有出自这种预感的东西才能击响人类暮光朦胧的心灵，可以让他在响声中做好准备，准备面对即将到来的通报之声，准备像竖琴一样在风中吟唱。说话令他的呼吸感到疲倦，而他再次把呼吸聚合成言语，既是再次要求普洛修斯认识真正的真实，也是在感谢普洛修斯那正义而盲目的友谊："只有心灵的纯净是不死的。"

尽管没有领悟他的意思，普洛修斯还是怀着愉快的善意表示了赞同："我懂，我的维吉尔，因为你的纯净就是不死的。"

"如果不是这样，"卢修斯补充道，"他们就不会模仿你了。起源、直接经验和新事物，这些在你面前飘过的东西一直都是真理那纯净的均衡，你把这些展现给了后来者；谁追求它们，谁就要找寻同路人。因为'所有新生的世代都重新迸发出崇高的秩序'，你这样通报过了，你放牧着新的一代人。"

爱的真实，死的真实，二者是一回事；年轻人知道这些，但这两个人却从未察觉到，死亡已经站在这个房间里了——还有可能让他们觉醒、让他们认识到真实吗？他必须让他们明白，但这几乎是不可能的，他只是回答道："是，卢修斯，我曾经这样写过……但相信我，我什么也没有通报，我只是触摸到了山岩……也许我滑了下去……我不知道。"

"你是在折磨自己，你想留下一个谜团；这对人们来说可不好，"普洛修斯说，"黑暗是不好的。"他紧紧裹着长袍，好像觉得冷。

"很难说，普洛修斯，也许这不只是我的软弱，也许最后的真实根本就不可言说……我写过诗，那些仓促之辞……我以为那就是真实，但那是美……诗起源于暮色……我们所做的、所创造的一切都起源于暮色……但通报真实的声音需要更深的盲目，就像寒冷的阴影之境……更深、更高，是的，真理还要更黑暗，但也更明亮。"

这时卢修斯说道："只有真理是没有用的；甚至疯人也在谈论真理，也可以通报最赤裸的真理……真理必须有限，这样才会有用，它必须保持均衡。许多人说诗人是在妄想，"——他抬头瞥向正在点头的普洛修斯——"但诗人也是人，他只是能够约束、能够驾驭自己的疯狂。"

"真理……它可怕的疯狂……真理中的不幸。"女人们的声音如此赤裸，像真理一样赤裸，不得不宣告真理，却是不幸。

"不，"卢修斯坚持，"有限的真理就不是疯狂，更不是不幸。"

盲目中的真理，那没有善恶、没有深渊也没有空穴的平面真理，农神疆域的永恒轮回中那赤裸的真理，却无关真实。"哦，卢修斯，是这样……但这首诗不可以通报最纯正的真实之真理……诗歌没有区分的力量……我也没有……我只是尝试了一下，只是吞吐着……"——烧热又漫上来了，现在蜷在他的胸口，他的声音发不出来，卡在咽喉里——"连第一步也没有迈出……只是吞吞吐吐地尝试，这绝不是……不是纯净……"

"你可以说这是吞吐和尝试，"——卢修斯的声音变得极为轻柔，带有罕见的暖意——"但它依然保持着均衡，因此它就是最纯净的通报。"

"你现在最需要的是医生，"普洛修斯断言道，"时间不多了；我们去找他，然后再回来找你。"

黑暗，沉重，无声的窸响。恐惧重返了。他们还没有领悟他的话就想要走了。他们还要回来——那样的话会不会太晚了？必须先说服他们，必须让他们知道——哦，在人类灵魂微光闪现的沉睡之中，是他们所有人的不幸——他与咳嗽的冲动搏斗着，发出了几句几乎听不清的嘶哑呼喊："你们是我的朋友……我必须保持双手干净……在结局和开端都要干净……而《埃涅阿斯纪》不重要……没有真理……只是美……你们是我的朋友……你们要把它烧掉……你们要为了我烧掉《埃涅阿斯纪》……你们保证……"

他紧盯着普洛修斯的脸，那张脸依然沉重而缄默。脸上充满了爱与愤怒。这在潮红的脸颊和乌青的胡须之间清晰可见；爱意可以用眼睛看见，像希望一样。但他的双唇依然保持着缄默。

"普洛修斯……你保证……"

普洛修斯又开始在房中踱步。他来回迈着均匀的大步，便便大腹撑开了长袍的褶皱，光亮的秃顶周围的一圈灰发微微竖起，手臂像所有肥胖的人一样微微弯曲，轻轻攥着拳头：他已经年过六十，火气却依然旺盛。

好像他想匆匆抛出一个多余的回答，他又走了几步，站到他面前，从容地回答。"听着，维吉尔。"他以他所有成熟的坚定说道，像是在下命令，"听着，你还有充裕的时间……我看不出来你为什么要着急……"

他的坚定、他向他做担保的样子都不容反驳；他的命令一如既往地震慑到了他，让他不得不再次遵从他的命令，觉得自己可以痊愈。他在这个命令的面前屈服了，他很乐意屈服，也没有别的选择，他感到平静，他的话也变得平静而轻松了："这是我最后的愿望了，普洛修斯，希望你和卢修斯立刻烧毁《埃涅阿斯纪》……你们不能拒绝我……"

“哦，我的维吉尔，我还要再说多少次，你和我们都有充裕的时间！你肯定还有足够的时间来考虑你的计划……但请你注意，”——尽管他命令的姿态已经变得从容，却仍带有紧迫的焦躁，已经要抬手按铃了——“一个拿种子喂牲口的农民什么也种不活。”

卢修斯显然也被他惊到了，他不敢反驳也不敢赞同，只是和普洛修斯一起走出了房间；房门有些粗鲁地关上了，脚步声在门外渐行渐远。

这既是恩赐，也是掠夺，对，他们就这样抛下了他，抛下了他一个人：这两个恼怒却心怀好意的朋友给了他平静，消除了他的恐惧。但除了恐惧，他们也带走了什么别的东西，好像带走了他自我的一部分，好像普洛修斯把他从成人的行列挤回到了孩子中间，把他抛回了一种正在酝酿的不成熟，他年少的时候、他在米兰的时候就是这么不成熟，只有普洛修斯知道该怎么摆脱这种不成熟。哦，他觉得自己被抛回了未完成的东西，好像他的朋友把《埃涅阿斯纪》和恐惧一并扛到了自己强健的肩上。但箱子依然毫发无伤地站在那里，紧紧地关着，还是说这只是幻觉？最好不要去证实，他平静的虚弱阻碍着他，他的羞愧显然也在妨碍他。他感到羞愧，因为他的自我在吕萨尼亚斯的面前缩小了，因为吕萨尼亚斯正坐在——如此惊人，却也是意料之中——沙发上，好像整个晚上都坐在那里。这张沙发上有可能同时坐两个人吗？普洛修斯刚刚也坐在上面。真的，他更希望的，甚至也更确切的情况是，普洛修斯从来就没有踏进过房间。阳光明媚的海洋在远处窸响，温柔如遗忘，少年倚在沙发上，解脱了痛苦，也使人解脱痛苦。如果仔细看，他就能看到昨天那张年轻农民朴拙而矫健的面孔，但如果更细地端详，他就能看到他脸上充满了迷梦，极为俊美。少年前夜读过的手稿躺在他膝上。

好像终于等到了命令，少年读道：

“梦有两道出口：如果是一个真正的梦，
它真正的图景就会走出那扇牛角的大门；
但亡灵有时会表演虚假的戏法，
虚假的脸就飘出那扇闪光的象牙大门。
安喀塞斯领着他的儿子，和西比尔一起走到了门前；
在象牙的闪光中与他们诀别。
埃涅阿斯匆匆赶往船队，和他的同伴一起
像箭一样笔直地穿过激流，驶向卡耶塔的港口；
铁锚在船首作响；船骨停泊在海滩上了。”

他确实写过这样的诗，为了赞美卡耶塔；他记得那一段：“是这样写的……卡耶塔就是这样，奶娘卡耶塔，因为现在埃涅阿斯从地府回来了……回来了，成长了……一个重生者……”他的声音异乎寻常地轻盈，好像根本不需要空气。

“难道埃涅阿斯的道路，维吉尔，不是你的道路？你也曾深入黑暗，为了回归海流之上，在颤抖的光中航行……”

“我被赶进了黑暗，但不是出于我的意志，我被赶了进去，被赶进了子宫，却没有潜到深处。那道空穴石化了，没有任何水浪可以漫过它，在夜晚僵滞之眼的深渊里，有一片无人发现的海域……

我看到了普洛娣娅，却找不到我的父亲，现在她也消失了……我没有重生，没有人引领我；但我还是听到了那声音，现在它那么明亮……”

“……而你自己变成了向导。”

“被驱赶，被命运驱赶，我连自己都不能引领，更不用说引领他人了。”

“你被赶向了哪里，哪里就有道路，你已经证明了这一点。”

“在夜晚嚎叫的街巷里，难道我是那个找到路的人？难道不是你吗？”

“一直以来只有你是向导，你也将一直都是向导；我会一直陪伴着你，跑在你面前，只有你能看见，我常常在你眼前消失，但现在我又回来了，在时间那永恒的流逝中听到了你的呼唤，你是这个时代使人平静的向导。”

他抑制不住地微笑了：做人类的向导、统帅、神父和君王曾经是他少年时的梦想，现在被那个少年说了出来。难道普洛修斯真的变成了那个少年？

但吕萨尼亚斯继续说道：“统帅不能引领人们，君王不能引领人们，是，甚至诗歌都不再能引领人们穿过永生强力的众时代；永远存在、不断引领人们的，是纯净的、沉思的意志的实际行动。”

房中变得明亮，空气轻轻地摇晃，神圣的呼吸变得明朗。一切都变得更加亲切，像已经寻得、已经实现的梦想一样亲切，闪耀的太阳海岸，不可穿行的树林，在永远吟唱的口中，在太阳之歌里吟唱，太阳的女儿闪烁。

“吕萨尼亚斯，你看到那只眼睛了吗，青紫蓝天里金光灿灿的眼睛？正午张开了它的眼睛，把最内在的目光投向了闪光的夜晚。”

“你引领人们去往的目标是阿波罗，目标融入了太阳，是与你同在的大地，现在是与你同在的白日。”

“阿波罗那金色的目光，他那咄咄逼人的银亮拱桥，他的认识闪闪发光，它带来的死亡也闪闪发光：阿波罗神圣的道、阿波罗神圣的箭矢闪着光芒，融为了一个共同体，这个共同体也闪着光芒，回到了那神圣的起源。哦，它是不可捉摸的，目光源泉的夜晚，静息在上帝的目光之中，只有被箭矢射中的人，只有被光线刺穿的人才能撕碎这黑暗的纱幕，才能张开他已经失明，却仍在张望的眼睛，望穿整个原初的穹顶，看透开端和结局，这原初的穹顶，他源自其中，恰如夜晚，也恰如光亮。”

“不可征服的太阳。”——他听到一声轻轻的呼唤，却是出自那个奴隶的口中，他又出现了。

“不可征服，却顺从于父亲，顺从于一再吹响的白日之父，宙斯，众神的命运握在他闪电燃烧的有力手中，他既赋予命运，也驱逐命运，宙斯，被夺权的宙斯永远逃不出克洛诺斯的掌心。”

“但逃亡结束了，不再向着不断得到、不断剥夺的霸权逃亡了。”——奴隶说道——“当众神世代的链条上出现了一个生下圣母的人：他是第一个不反抗他自己的人；他走入了父亲体内，他的父亲也走入了他体内，他们合为了一种精魂，永远三位一体。”

“你是叙利亚人吗？你是波斯人吗？”

“我是被人从亚洲带来的，那时我还是个孩子。”

他的回答干涩而礼貌，他的脸依然敞向太阳，脸上又现出了那种看不透的奴性。这可能吗？他突然意识到吕萨尼亚斯不在房间里了，好像被人卖掉了，呼吸变得沉重：“你是谁？”

“我是一个家奴，先生，众神庇护的奥古斯都高贵的家中的家奴。”

“你的信仰是谁教给你的？”

“奴隶崇拜他主人的神灵。”

“你父亲的信仰呢？”

“我父亲像奴隶一样钉在十字架上死去了，我和我母亲分开了。”

一种可怕的痛苦在泪水中升起：哦，蒙蔽了双眼、疼痛地挤压胸口的是泪水，不可度量的深海泪水，人类在这片海中不断复生。但奴隶的面孔无动于衷；赤裸而封闭，悬在深渊之上。

又过了片刻。“我能帮你做点什么吗？”

“先生，我不能接受你的好意；我赞美我的命运，我什么也不需要。”

“但你来了。”

“因为我得到了命令。”

这个奴隶真的只是一件工具吗？人们叫他在客人面前隐瞒自己的面目，因为客人不可以知道这些？他到底隐瞒了什么？这个孤儿的举止难以看透；他的灵魂裹在一件冰冷的大氅里，惊恐之光遮蔽着惊恐之光，这个奴隶惊恐地成了孤儿。他被派到这里，是要来夺走《埃涅阿斯纪》和那个少年吗？是要让吕萨尼亚斯也成为孤儿吗？外飘窗前的沙发空了，他向消失的少年伸出手，什么也没有碰到，他必须防止那个少年也沦为孤儿！于是他惊呼："你把他卖掉了！"

"哦，先生，如果我卖掉了什么，不管是该受惩罚的还是可以原谅的，都不是出于自己的目的。我的使命就是帮助你，遵从你的命令。"

但他的猜疑仍未散去："你是他的化身吗？是你让他消失了吗？你继承了他的名字吗？"

"奴隶什么也无法拥有，先生，奴隶没有名字，他赤身裸体地戴着枷锁。你叫我什么，我就叫什么。"

"吕萨尼亚斯？"

这是一个问句。但像是被名字的魔咒召唤了，吕萨尼亚斯又回来了；他倚在外飘窗前面，是他而不是那个奴隶快速地做出了回答："你一直在寻求你自己，为了找到我，你找到了你自己，也就找到了我。"

寻求，哦，寻求——哦，起源！哦，迷失的人又出现了，哦，喷泉的一道道深渊开启了，回忆的空间，过去无限的深渊，像长蛇一样环绕着世界，充满了从未发生的事件。在长蛇阴森的圈子里，第一位泰坦神从未迷失，人们始终记得他，克洛诺斯，轰响的脚步第一个踏上了大地，

——而在回忆的喧响里，传来了那个奴隶的回答："选择自己的名字的人是在反抗自己的命运……"

——寻求，哦，寻求——泰坦神被打倒了，英雄的世代与人类

的世代都在服侍众神，一代又一代无穷的行列，长成了责任，长成了死亡，在泰坦神的血液重新涌起之前，这些世代已经忘掉了它，而他的孙子生下来就是泰坦神，庞大而可怖，他创世的原野就像他先祖那时一样，他再次开始了游荡，怀着对过去的无为那尖锐的记忆仰天长啸，受到了记忆的重创，想要诛杀他体内的祖父，惊恐地复仇；蒙骗光明之神，推翻统治的圣父，向上攀爬，他将会抵达目标，从神灵的眼中夺出闪烁的火光，而宙斯将再一次征服，把泰坦神抛回去，把他打入岩石的地下：责任将继续统治，太阳之手在上面驾着火焰马车，坚固的闪光天柱再次撑起了天空之帐，日照中天，日复一日——

——奴隶在光亮中继续说道："你从来没有呼唤过我，就算你想要呼唤我；我只是强加给你的；我是你的责任，因为我服侍……"

——寻求，哦，寻求——泰坦神逃离了；在这徒劳的逃亡之后，繁星密布的众星体上燃起了熊熊大火，连泰坦神也无法抵达那神圣的天穹，连他也不能对抗他的父亲，不能使自己成为先祖，使时间平静下来，因此降生者挣脱了时代的胁迫，他自己的名字已经不再是责任，永远不死，负载着他。哦，但降生者也没有做到这一点，在密布的星辰之间，星体变得温和，在群星的法则之中，责任、胁迫和死亡变得柔和——

——这时少年说道："我是吕萨尼亚斯，维吉尔，当你的生命伊始，无忧无虑，被童真庇护，当母亲无忧无虑地抱着你，你在她的怀中露出无名的微笑……"

——奴隶接着说："我没有名字，维吉尔，不管你叫我什么，无名者如此宏大，赤裸地在你身边飘荡，永远遮蔽着你……”

——寻求，哦，寻求——哦，归乡——结局嵌入了开端，开端嵌入了结局，众神在统治，他们依然在统治，责任依然在统治。这就是那位挥霍了光亮的上帝的命令：在生活中理解死亡，以死亡照亮生活。只有走向开端的人——哦，上帝的记忆在钻研——只有忆起了也没有忆起那根须地带的前开端的人，才能使终结变成他的开端，才能忆起所有潜藏在过去深渊里的未来；只有保留了流逝之物的人才能在流逝中克服死亡。过去的深渊无限而无名。缪斯服务于死亡，服务于祭司般守护的生活，阿波罗的金光。

眼前是少年的面孔、奴隶的面孔，迷失的东西开启了，生活庄严地藏匿了死亡，知晓了真理的认识，知晓了爱中之爱，拒绝疯狂的真理那挣脱了疯狂的意义，再次走出虚无，千变万化，却保持不变。奇迹宏大如真实。哦，归乡！

是那个奴隶，还是那个少年？他们中的一个人再次认识到了这一点：“我现在走向你，你永远包藏着我，对你来说我永远是服侍的救助，永远是胁迫。”

然后少年提高了声音，继续说道：“不可见的东西惧怕你，变成了服侍你的东西，现在你到达了，它也不再领路了。你寻求它，你也找到了它，它的寻求就是你的寻求。”

这句话得到的回应更加严苛，却依然使人安慰：“尘世间没有给注定只能服侍的人留下什么，他自己什么也不能拥有，他被迫回到了童年，连命运也没有。但他越受剥削，就有越多直接的经历；只有赤裸地背负锁链的人，才会觉得质朴的思索是谦卑的恩赐，只有他能重新学会哭泣，而奇迹为他留存，他变回了孩子，第一个看到了光亮。”这就是那唯一声音的回声，此外众声俱寂，少年的声音在回声之网中清亮地响起：“出口与入口是同一处，童年的开端与终结是同一处，像孩子一样逃向了爱。”

但奴隶的话仿佛泪水的回声，来自笼罩了这星体的苦难：“服着最苦的劳役，没有父亲呼唤，没有母亲爱护，没有任何过去，也不能踏入任何未来，一个个锁在一起的孤儿，我们这群人都是奴仆，连成了无穷的行列，我们的命运都被剥夺了，我们那蒙受了神恩的命运，在兄弟中间了解了兄弟。”

“人类永远都是赤裸的，他的开端和结局是赤裸的，责任的枷锁磨伤了他赤裸的肌肤；泰坦神也是赤裸的，赤裸就是他的英雄气概，他无遮无拦地反抗他的父亲，他的双手赤裸地燃烧，他手中是行将燃尽的撕裂之火。”

奴隶补充着，与少年的话奇特地吻合，好像它们呼应着彼此，好像它们就等同于彼此：“武器杀死了先祖，谋杀还在一再上演，人类在武器轰响的暴力中堕落了，人消灭了人类，变成了奴隶，人类变成了武器的奴隶，终止了创世，燃成了冰冷的僵滞。放下武器的人才是英雄。”

“你歌颂的当然是武器，维吉尔，但你爱的不是残暴的阿喀琉斯，而是虔诚的埃涅阿斯。”

“我们这些奴隶没有武器，我们被迫放下了武器，但墓穴充满生机地开敞了，为我们这些手无寸铁的期待者而开敞，僵化的事物在我们眼前消融了，石头心甘情愿地俯向了我们的手。”

“人类在终结的面前是手无寸铁的，人类在重生的开端面前是手无寸铁的，从夜晚的石头里，温和上帝走向了他的巅峰，而创世变得天真。”

“因为你看到了我们，维吉尔，你看到了锁链，因为你的目光哭泣了，所以你看到了开端，它注定要承担我们的泪水。”奴隶说道，又变回了——看不透的——奴仆模样，只是站在一旁帮忙。

“你看到了那开端，维吉尔，自己却还不是那开端；你听到了那声音，维吉尔，自己却还不是那声音；你感到了创世的心灵，自己却还不是那颗心；你是永恒的向导，自己却还没有抵达目标：你将是不死的，作为向导而不死，还不是却已经是了，你的命数在这时代的所有转折点。”

“你和我们一起负担着锁链，但你，哦，维吉尔，你已经轻轻地卸下了它。”

众声沉寂，他们一同倾听。三人一同倾听铺展的光线。这光线仿佛一阵窸响，像麦穗的窸响，太阳那窸响的金雨，温柔而强大，不言自明，这通报的声音不曾迷失，也不会迷失。白日之歌，在幽暗之上飘荡，闪闪发光。

然后少年抬起了手，说道：“看看星辰，看看那些指路的明灯。”

一颗晚星站在青紫的太阳天空的正中间，闪着柔光飘向东方。

奴隶又跪下了，开始祈祷，他的脸垂向地面，先是平静地等待着，然后高高举起了手臂，挺直了身子，跪在那里轻轻地前后摇晃。奴隶祈祷着：

“最陌生者、最不可见者、最不可说者，你在无穷之中登基，以你的眼通报了你自己，你俯视着万物，令人目眩，闪着过于强烈的光芒，却依然只是你那隐蔽存在的阴影，是你黑暗中的一道光亮，一道过往的光可以投向你的光，不是要在你体内歇息，而是要痛苦地回到预感之中。雄狮与公牛倒伏在你脚下，苍鹰在你头上飞旋。你的眼睛就是你的声音，你的眉弯行雷霆之怒。没有谁能够取代你，取来火种的人不行，征服公牛的人不行，自己变成了先祖的人也不行，没有谁能够取代你。你把幸福赐给了从不反抗自己的人。在你运送他们的光芒中，天真的星辰从你的光中剥落，又回到了你的命令之中，回到了你曾经逗留，还将继续和曙光一起逗留的地方。你创造了我，从生到死的我，我是你的形体。只因为你创造了我，你这最不可见的世界里的最不可见者，你就同时也创造了归途。当繁星沉落，当你，最无名事物中的最无名者，当你呼唤你所负载的名字，为了降临到尘世，为了在尘世死去，尘世的东西可以看到你的另一种形体，你在其中再次升起，回到自己的光中，星辰会再次长成太阳，那唯一的眼睛。那么让我，你的无名最后的阴影，奴隶的奴隶，让我分享你的名字、你的面孔、你的光亮，哦，最陌生者、最不可见者、最不可说者，我今天、我永远属于你，我今天、我永远赞美你。”

正午的风吹了起来，生活那热情的空气之吻，难以察觉地从南方吹来，一道轻轻涌来的波浪，世间呼吸的海洋，每天都踏上它的海岸，那自我圆满的气息，从未圆满的时代，星辰在其中变迁：成熟大地的气息，橄榄、酒窖和原野的气息，关爱和质朴的气息，马厩与踩碎的水果的气息，和他人同在的气息，平静的气息，国家与非国家、耕地与非耕地的气息，充满爱意、服侍他人的工作的气息，正午的气息；哦，最神圣的伟大正午，歇息在世界与众世界之上，好像太阳马车的车轮依然神圣地歇息在巅峰。吊灯在这气息中轻轻摇摆，链条闪着银光。

人的一生是不够的。做什么都不够。哦，回忆，哦，归乡！

而在最陌生、最不可见、最不可说的东西里，在最缺乏神性的东西里，仍有谁的阴影之光在统治，永远都被人预感到，从来都不被人认识，那不可命名、最为隐蔽的人。难道那不是民众所崇敬的人，是在卡皮托利诺山狂喜的原初霜冻中所想望的人？他没有看到什么图景，也不会看到什么图景，他就是他自己的象征，在声音的象征中通报了自己。哦，睁眼看看爱情吧！在正午之歌的气息之上，在这平静而温暖的汹涌气息之上，充满了人类对大地关切的爱，充满了大地对人类阴郁的爱。那颗漫游的晚星从上空飘过，它也是象征，是一种不可命名的爱之象征，想要升起，想把尘世举到太阳的高度。正午就在上界与下界的气息中歇息，火焰的车轴飞驰，车轮飞驰，太阳飞驰。

他所感到的是幸福吗？他不知道，也不太想要知道。这肯定是一种希望，一种极为强大的希望，像一道极为强烈的光线，像一声极为响亮、简直难以承受的声响，是，当寂静突然中断了，他感到了一种纯粹的解脱。他也不知道这到底持续了多久。但当寂静结束了，当正午重新开始悸动，当闪光的车轮重新开始旋转，当它轨道上的横木再次铺好，那颗多变的星就又在空中消隐了。房门打开了，少年敏捷地溜走了，好像是他把房门打开的，但实际上是一个有点肥胖、满脸胡须的人打开了房门，他的脸上挂着友善的微笑，好像马上就要发出欢呼，他站在门框里，抬手向他致意，没有注意到少年从自己身边溜了过去：无疑这个人就是他们之前请的医生了；他的夸张的动作和样貌，甚至修短的、金光中已有银丝闪现的学者式胡须都有点像艺术家，那几缕银丝提醒着人们他的年纪；如果说他还心有疑虑，那么当他看到他身后更加庄严的拿器具的随从，他的怀疑也会消散。医生带着职业性的老练，友善地向他致意，双唇上带着微笑，圆滑地奉承道：

“我作为一个治愈者来这里，却见到了一个已经痊愈的人。”

“事实上，是这样。”他迅速回答，满怀着信心，比自己料想的更有信心、更迅速。

“没有什么比证实自己的诊断更让医生开心的了，尤其是对一位如此伟大的诗人的诊断……除非你说自己已经康复了只是为了把医生打发走……你的梅纳伽怎么说的来着：‘今天你绝对无法从我手中逃脱，无论你向何方呼唤，我都会出现！’”[1]

这位御医的老练令人难堪，在他神秘的医者魔力面前，没有一个病人可以逃遁；甚至一个乡村郎中都会让他觉得更舒服——他可以把一切都告诉他。但现在他必须听天由命，不管他是不是觉得舒服：“我没法从你手中逃脱……而且，忘掉那首诗吧。”

1　出自维吉尔《牧歌》第三首。

“忘掉那首诗？你看上去这么好，却说这种话，我得说你已经烧得说胡话了，维吉尔！不，你没法从我手中逃脱，我也不会忘掉那首诗，忒奥克里托斯和希波克拉底都不会这么做，他们和我们两个的先祖都有亲缘关系，他们都来自科斯岛[1]，所以我也很荣幸能和你攀上亲戚……”

“你的亲戚问候你。”

“我是来自科斯岛的卡戎达斯。”他强调道，庄重的语气与他的赫赫大名相符。

“哦，你是卡戎达斯……那么说你不在那边授课了，真是可惜。”

这不是责备，至多是震惊于他授课的目标永远那么高远，实际上却不可企及。但这位御医的良知却受到了触动，觉得自己受到了侮辱：“我不是因为愿意遵从奥古斯都的命令才来的；我是为了钱而来的，我本可以继续照顾我那些数量众多、状况良好的病人，但要是想挣钱，就得直接服务于神圣的奥古斯都！此外我也觉得我在国家领导的中心位置可以促成某些知识、某些人民福乐的萌芽，尽管我现在发挥的作用微不足道，不如我执教的时候发挥的作用大……我们将在亚洲和非洲建造城市，这当然也需要医生的帮助，这只是一个例子……当然，我最痛心的还是放弃了我的教学生涯；已经过去很多年了，我那时候有四百个学生……”——他半是直爽、半是坦率地和他闲聊着，一个朋友，一个毛遂自荐的朋友，他

1　科斯岛，希腊佐泽卡尼索斯群岛第三大岛，位于爱琴海东南。

坐在了床边，靠沙漏的帮助点数他的脉搏，沙漏正像幸福的救助一样放在墙角——“……那么，安静下来，我们很快就会看出……”

玻璃中的沙子稀薄而平滑地流下，没有声音，那么神秘，同时又那么缓慢。

“脉搏没有意义。”

“等等，你刚刚说话了……”——沙子快要漏完了——“……但我不觉得脉搏没有意义……”

“当然，希波克拉底教导过我们脉搏的重要性！”

“那个伟大的亚历山大人，如果他是在科斯岛的学校毕业的，他本可以取得更高的成就；现在，在这里……我觉得你的脉搏已经十分微弱了，你的脉搏很不稳定，从整体情况上看本应该更好的。”

“这没什么可说的……我因为发烧有点虚弱，脉搏也受了影响……我很镇静；我还记得一点医学知识，我没有把它们都忘掉……”

“最糟糕的病人就是同行，我现在是站在诗人的床边，不只是一个病人的床边……你还咳嗽吗？有没有痰？”

“痰中带血……但不会有事的；那种轻柔的感觉又恢复了。”

“可敬的希波克拉底啊……你已经忘了医学与诗艺之间的联系吗？”

“是的，应该忘掉诗艺；我本该做医生的。”

“只要你恢复了健康，我很乐意和你交换身份。”

“我很健康，我现在就起来。”又是这样，好像有另外一个人在他体内发声，一个真正健康的人。

现在医生不再油嘴滑舌了，他满不在乎的老练也不再能使人难堪了；他光滑而肥胖的脸上露出了微笑，那双闪着金光的黑眼睛变得极其尖锐，充满了审视，几乎是充满了担忧，但他那略带欢快的语调却和目光不怎么相符：“我真的很高兴，你觉得自己完全恢复健康了，但奥古斯都肯定会让你慢慢来的……在康复的路上你也得一步一步来，至于你到底走到了哪一步，是你的医生说了算……”

他探寻的目光和欢乐的话语都令他感到不安：“你是说我在康复的路上迈出了太大一步……你是说我觉得自己完全康复了……你是说回光返照吗？”

“唉，维吉尔，如果是这样的话，我希望你能拥有一段极其漫长的回光返照。”

“这不是回光返照。我很健康；我要去下面的海滩上。”

“好吧，我是不会让你去海边的，相反，不久以后我就会让你去山里……如果我和奥古斯都一起去了雅典，你一到埃皮达鲁斯我就会让你康复的；我保证，我确定……现在我们在这里必须互相配合，一起使你康复……如果医生和病人都怀有痊愈的意志，就没有什么是不可能的……你吃早餐了吗？你觉得饿吗？”

“我想要保持清醒。”

“这就更好了……那个家奴呢？我们先来喝点热牛奶……家奴可以去一下厨房……”

奴隶无动于衷地接受了命令，跑去了厨房。

“别叫他去，不……别叫他去……他得准备给我洗澡。”

“今天不能洗澡……虽然我们以后也可以试试浴疗；两百年前

克利奥芬多教给我们的浴疗的方法在今天也适用……人类的天性没有变，过去发现的真理依然是真理，不管我们现在有幸发现了什么新药……”

“如果我没有记错，甚至连老阿斯克莱皮斯在这一点上也赞同克利奥芬多。”

医生的反驳中带了意料之中，甚至是期待之中的愤怒，却依然十分克制："是，那个来自比提尼亚[1]的老狐狸，他是这么说的，好像他是靠水、空气和阳光制服了他的魔鬼……我年轻的时候，阿斯克莱皮斯的名声还没有传得这么远，浴疗和卧床静养就已经卓有成效了……我当然很尊敬他，但也不排除他那时风闻了我的治疗效果。我的立场一直是，我们医生就是为了治愈病人而存在的，绝对不该去争抢医疗成果是谁首创的，那只是无足轻重的同行相妒……医生应该精进自己的医术，而不是为了自己的成果吵吵闹闹，虽然许多人都习惯这样……我三十年前就可以写一本关于浴疗效果的书了，但我没有写……老阿斯克莱皮斯关于红酒疗法的文章造成了多少伤害！我可以大胆地推测，他需要浴疗只是要平复红酒疗法造成的伤害……”说话声在一阵明亮、平滑的笑声中淹没了；好像笑声那平滑的镜子一面一面地堆叠而起，一小块碎片从上面滑过。

“所以你永远也不会写关于红酒疗法的文章？”

“以合理的方式？为什么不呢？我只是不想让我的病人都变成醉鬼……阿斯克莱皮斯听到这句话肯定会生气……好了，不管了，

1　比提尼亚，小亚细亚西北地区，曾是罗马帝国行省。

你不能喝酒，也不能洗澡，而是要喝热牛奶……”

“牛奶？这是药？”

“你可以说这是早餐，也可以说是药，都是一回事，你要觉得是别的东西也无所谓。”

医生要像对待孩子一样给他灌牛奶；医生要让他沦为孩子。他必须拒绝他；他有必要拒绝他：“晚上我过得不太好，太热了……”——他干枯而烧热的手指机械地摆动着，表现着他对于水的渴求——“我需要洗澡……”

但他的拒绝没有用。奴隶匆匆回来了，没有注意到他的抗议。这个奴隶要背叛他了？哦，桌上的酒杯消失了，那个少年当然也溜走了。发生了什么？他的手指依然不受控制地、机械地摆动着，戒指压着他的手指，好像是它太紧了。为什么会这样？为什么他们不让他和少年单独待在一起？为什么他们总是一再把他推入这种熙攘的孤独？他们甚至不让他洗澡。

“我得把自己收拾干净，我需要洗澡。”

“你当然得把自己收拾干净，不只是你，这个房间也要收拾干净，因为奥古斯都让我告诉你，他要来看你，很快你就要见到他本人了……我会用温热的醋给你清洗……”

他放弃了抵抗：“奥古斯都要来看我……你们都安排好了。”

“是的，我的维吉尔；但还是要先给你吃药。”医生递给他一杯澄澈的液体。

这杯液体看上去不太可怕。“这是什么？”

“石榴籽熬成的汁。”

“这没什么害处。”

“绝对没有。只是让你的肠胃恢复消化的能力。在终于度过了一个艰难的夜晚以后，我觉得你需要喝点它。”

杯中的汁液带有纯净的苦涩。“客随主便，我也得服从你；残缺的人必须服从。”

“生病的人必须心甘情愿地服从；这是医生对你最大的期待。”

“当然，每种疾病都是一种残缺。”

“自然的残缺。”

“病人的残缺……自然什么也不缺。”

“幸好你不觉得是医生的残缺。”

“医生在救助病人的过程中成了共犯；医生只是幸福那虚假的使者。”

“我可要对号入座了，哦，维吉尔，但你还说你自己还想做医生呢。”

“我这么说了吗？”

“你就是这么说的。”

“我这一生都在生病；幸福那虚假的使者一直都坐在我的体内……我一直都是残缺的。”

“你应该好好读一读我们的朋友阿斯克莱皮斯的著作，我的维吉尔。”

“为什么？”

“嗯，他认为所有疾病都可以靠正确的生活方式规避，这和你认为疾病是一种残缺的观点有点相似……不管这个观点多么受推崇，我敢说这是一派胡言，几乎会发展成巫医……关于原子的观点还要更荒谬，阿斯克莱皮斯觉得这些东西在人的体内漫游……”

“你这么反对巫术吗，卡戎达斯？到底有没有不包括巫术的幸福？我觉得几乎没有，只是我们学会了正确的巫术。”

“但我只相信你的女巫的爱情巫术，它可以把达芙涅带回来，哦，维吉尔。”

遗忘惊人地涌了上来。达芙涅！女巫的牧歌！他那时是不是已经预感到了，爱情恰恰发源于巫术？所有不幸、所有缺憾都是爱的缺失？不能深爱的人会被疾病打垮，只有再次醒来去爱的人才能康复。“哦，卡戎达斯，所有医生都拥有真正的、治愈的巫术，可以弥补病人们的残缺，你做得就很好，但你自己不知道这一点。”

“我根本也不想知道这一点，因为我不觉得病人是残缺的……动物和孩子也会生病，他们当然没有残缺……虽然阿斯克莱皮斯提出了那些观点，但他也承认这一点。”

沦为孩子，沦为动物，因疾病而沉沦，因疾病而逃往更深的地方，逃向比动物和孩童的边界更深的边界：“哦，卡戎达斯，动物也会因疾病而感到羞愧，躲藏起来。”

“但我不是兽医，维吉尔；而且，我认识的多数病人都为他们的疾病感到自豪。”医生只是要随口聊聊，日常的梳洗还得继续，因为皇帝稍后要来探访，御医要在他的面前保持整洁。于是医生从长袍上解下了一面镜子和一把梳子，侧过身去，在阳光下专心地梳理着他金黄的学者式胡须。医生一边梳理胡须，一边绷紧皮肤，轻轻蠕动着下唇，向他解释：“只有医生治病的虚荣心能超过病人患病的虚荣心。”

医生说得很对；没有一种患病的羞耻心能挤掉患病的虚荣心，一种傲慢的、献祭的虚荣心，觉得自己做出了什么成就，因为疾病磨灭掉了人群的熙攘，因为所有渴望与值得渴望的东西都从病人的脸上消磨了，庸人自扰的虚荣心。正因为此，尽管如此，他说道：“给我镜子。”

“等等，我们先要给你梳洗一番；现在你看上去有点颓废。”

“别管什么患病的虚荣心了；给我镜子。”

当他拿到镜子，面对着自己熟悉又陌生的面孔的时候，面对着这漠然回绝又不断索求的面孔，这橄榄色的、胡子拉碴的皮肤下面多层的脸孔，这黑暗的、暗影荫蔽的眼中多义的脸孔和这变得单薄、戒除了亲吻的唇上那多重沉默的脸孔，当他凝望着这张凝望的空洞面孔，这张谦卑的、同时容纳了所有生活面孔的面孔，这道过往的面孔深渊，一张脸在其中坠入了另一张脸，却永远留在另一张脸里面，母亲的脸倒映在孩子的脸上，而孩子的脸却不想背负母亲明亮的眼睛。哦，当他凝视这一串面孔的链条，他就看到了那张最后的面孔，他所希望的面孔，因为生病，他想要变成那张面孔，那是父亲死去的面孔，是那死去的陶匠的面孔，他那塑形的手曾经抚过少年的头顶，那是呼唤他名字的面孔；从这张面孔里飘出了一种奇特的平静，吹散了身后的其他面孔，不管是走上了这条路还是那条路，不管这疾病是不是正确的道路，对他来说都是很遥远的事了，几乎无足轻重：“你是治愈我的医生，你让我可以死去。”

“没有人是全能的，你自己也这样写过，维吉尔；我只能治愈你，让你活下去，我将靠医神的帮助治愈你。”

“我已经准备好了给他的祭品。”

“让他把你带入不朽？哦，维吉尔，你在死前就可以达到不朽，我们现在更想要给你清洗一下，刮刮胡子，以免吓到皇帝；时间已经很紧了。”

“还得把我的头发剪短一点。”

“把镜子还给我，维吉尔，不然你的虚荣就要扩展得无边无际了。尽管之前没有宫廷理发师来给你理发，但我觉得你的头发现在还没有必要修剪。”

“剪短祭品的额发；这是规矩。”

“你又开始发烧了吗？或者你只是觉得医术是一种巫术？如果是这样的话，我会很高兴我的治疗不是单方面的；我得说这就是治疗的效力……你满可以把自己当作祭品，修剪你的头发，但不能这么着急。”

他的语气像是在平息孩子的愿望。此外，不管献祭的念头是不是有点疯狂，那都只是一种自我满足。他无欲无求地顺从着医生的安排。医生熟练地把他扶了起来，带进了浴室，医生看他的样子就像在照顾一个幼童。“好的，”他说道，“现在我们去晒晒太阳，这样你就有胃口喝牛奶了。”

于是他就盖着被子，坐在阳光照耀的沙发上吞着热牛奶，牛奶轻微的热浪流进了他干渴的身体。奴隶站在他身边，等着把杯子拿回去。但奴隶的目光投向了窗外，严肃而坚定，充满了回绝，却那么谦恭。

“你看见那个跛子了吗？”

“没有，先生，我没看见什么跛子。”

房间里一片忙碌的景象；挂在烛台上的鲜花被拿走了，它疲惫的、甜蜜的凋敝气息还在烛台上萦绕，蜡烛换了新的，地面擦干净了，床罩被拿了出去。医生又拿起镜子和梳子，走了过来：“什么跛子？”

“晚上经过的跛子。”

医生极度忧虑地寻找着解释，继续问道：“哦，你是说那座火山，你在《埃特纳火山之歌》中歌颂的火山？”

医生的忧虑触动了他，但他努力找到的解释又那么好笑：“哦，忘了那首诗吧，我的卡戎达斯；不要让我的诗给你的记忆增加负担，至少忘掉这些不完美的早年拙作吧，我还得加以完善。”

“你想完善《埃特纳火山之歌》，却想烧毁《埃涅阿斯纪》？”医生现在充满忧虑的不解也显得好笑。但也许他真的应该再修改一下关于埃特纳火山的那首诗，怀着比过去更多的威严、肃穆和透察，谛听那摆脱了恶魔的青铜深渊里一瘸一拐的锻造声音，它因下界俗艳的光而变得盲目，却因这种盲目——哦，歌者的盲目——在所有高处都感到了光亮：普罗米修斯化身为火山，不幸中的大幸。

“不，我的卡戎达斯，我只是希望你忘掉那首诗，像希望你忘掉其他诗一样。”

看到医生的面孔焕发出光芒，他又感到了一些触动，因为现在终于架起了一道理解的桥梁。“哦，维吉尔，也许渴望不可能的事也是诗人的特权，我的记忆可不能被这个命令欺骗……哦，维吉尔，曾经歌唱阿波罗、幸福地倾听埃夫罗塔斯河[1]的一切诗歌，曾经歌唱那……”

“而群山把回声带入天空。”一个回声般渺远的声音轻轻补充道，它自己就是一个回声，映照着那个少年逝去的声音。

这声音上升成了天空的回声；白日的喧响上升，上千个工场、房屋和店铺的喧响上升，彼此交织、彼此燃烧的城市喧响，和所有城市的喧响交织在一起，一起燃烧，白日声音那摇摆的灌丛升上了天空，像鸽子与麻雀的啁啾一样彼此交融，没有包含多少恐惧。带有黑色条纹或全黑的砖瓦屋顶上笼罩着一层稀薄的、颤抖的炊烟，时不时闪着古铜或青铅的光芒，在渐渐黯淡下来的晨星之下闪着铜色的光芒，在正午的阳光之下，蓝天也渐渐失色了；尽管晴朗无云，却失去了尖锐的湛蓝，在正午颤抖的世界上空铺展。

他该不该再次让医生平静下来，向他问起那消失于不可见的透明天穹的星辰？那颗并未消逝，却也无从感知的星飘向了东方，穿过了天穹，躲在了所有穹顶后面，沉入了所有海洋的明镜，在它的深渊里，天空与非天空的回声永远合为了一体。那颗漫游之星，连接了众星体！不可复得，穿过了所有语言，触到了下面光芒的根须，不可复得，穿过了所有语言，触到了上面目光的枝丫，但也带着穿透一切的光亮，无穷无尽地穿透了我们，眼与非眼穿透了我们，我们必须回到我们最深的深渊里，我们在那里抵达了海洋回声的深渊，我们的目光闪了回去，变成了天空与非天空，变成了上帝

1　埃夫罗塔斯河，希腊伯罗奔尼撒半岛主要河流之一。

的眼睛。我们的使命就是必须向大地俯身，谦卑地俯身，已经感到了深渊，这是不是已经是一种充满感知的努力了，想找到更高的图景？我们面向大地的使命会不会抵达那最无穷的深渊，深藏在所有下界之下的深渊，那同时也是最高的天空？我们是不是必须等待，直到上帝以最后一道光、以最后的致命光线致命地闯入我们体内，以夺回我们神性的存在中他自己的回音，落向万古的君王阶梯，落向开敞的平面？那颗游荡的指路明星在哪里？！

他靠在沙发上，眨着眼仰望燃烧的无色太阳，小心翼翼，好像这是不允许的。他感到痛苦，却毫不间断地眨着眼，这既是一种行动，也是一种进程，图景有时会浮出水面，奇特地扭曲，但边缘又十分清晰——是在这里，是在哪里？——像在手镜里呈现的那样，坚定地回绝，有许多层次，但并不完满，光芒之光，像影子一样浮出了最深平面的镜面，浮出了它的深渊最黑暗、最遥远的光亮地底。真的，它没有攀上万古的阶梯，更像是穿过了背景中最谦卑的、最小的一扇门，愧疚地向上空眨着眼睛，唉，但没有真的照透。

然后奴隶接过了杯子，把它放到了一边，并说道：“先生，保护好眼睛，阳光太强烈了。”

“我来照顾他吧，”医生从帮忙收拾的人群里转过身来，说道，“醋水加热好了吗？”

“好了，先生。”昏暗的房间里传来了回答。

看到医生的示意，奴隶又退回了阴影，开始铺床。他的目光依然紧盯着窗外的一角天空，无法抗拒地被光亮吸引，自说自话：“谁从井底的深渊望向白日的天空，谁就觉得白日昏黑，可以看到星辰。”

这时医生站到了身边：“你的视力受了影响吗，维吉尔？你不用那么紧张，没什么奇怪的……”

“不，我的视力没受影响。”这个御医是多么盲目，他不知道一个盲目的人、一个希望自己更加盲目的人的视力不会受到影响。

“你说到了星辰。”

“星辰？是的……我想要再一次看到星辰。”

“你还想要看到……但我不让你看到，我，来自科斯岛的卡戎达斯。”

“真的吗，卡戎达斯？一个病人的愿望真的无法满足了。”

“哦，别那么伤感；我可以向你许诺很多东西……比如说，我保证你在几天之内，是的，甚至在几个小时之内就会觉得自己康复了，因为你显然经历了一次危机，经历了最激烈的一个晚上，在这之后你会明显感到自己有所好转……我们医生实际上最希望见到的就是这种危机，在这一点上我和整个学派都有分歧，我的理由很充分，尽管我的观点是个例，但根据不同情况，甚至可以人为地制造这种危机……”

“我觉得自己现在就完全康复了。”

“真是令人开心，令人开心，我的维吉尔。”

是的，他觉得自己完全康复了：为了给他止咳，人们给他垫了一个枕头，他背靠着枕头，赤裸地躺在床上，用温热的醋仔细地清洗过了，用热毛巾擦干了，这温和的梳洗游戏持续得越久，他就越觉得烧热的疲惫在他的身体里消失了。他的头仰在枕头边缘，把下颔和颈部都露了出来，让理发师给他剃须，刀片柔软而安稳地滑过他紧绷的皮肤，这种满足感渐渐变成了一种解脱，扫地的人扫着飞溅的胡茬——这已经不是解脱了，已经成了惩罚——有人给他刮干净的面孔敷上时冷时热的纱布。之后，理发师还想给他理发，而他打断了他："先把我的额发修短一点。"

"听您的吩咐，先生。"

剪刀清凉地抵着额头，清凉地游走，伴着短促的响动移向太阳穴，在空气之外作响，因为理发师每剪一下都会发出一声技艺非凡的震音，因为理发的艺术追求的是平衡的美感，所以也要对颅顶和脑后的头发进行修剪。然后，理发师在他的颈下放了一个盥洗盆，先用冷水反复冲洗，再用油和石盐清洗。当人们有条不紊地为他清洁着身体，幸福的救助就注入了他的肢体，从脚趾开始，小心翼翼地揉遍了他的全身，几乎像一种艺术。

洗完头以后，理发师问道："您想要百合、玫瑰还是木樨草味的发油？或者您更喜欢麝香味的？"

"都不要。给我梳头，但不要抹发油。"

"西塞罗说，没有味道的女人味道最好，"医生说，"他说的这些鬼话连他自己都不相信，木樨草很适合你，可以安神。"

"但是，卡戎达斯，我宁可不用。"

麻雀在外面叽喳，一只灰蓝色的鸽子点着头，咕咕地吹嘘着，明亮的天空辉映着它们，开敞的天光裹挟着它们。

医生微微一笑："如果我不让你用发油，你就想用了；你这种喜欢反抗的病人我们见多了，我们得学着对付他们，不瞒你说，我已经经验丰富了……你看，我先要个花招，反而会赢得这场游戏。但这一次你有权选择，因为你确实不需要安神，你更需要的是焕发生活的意志，我在想我该不该给你吃一剂强力春药。是，我没有在开玩笑，你这种情况我很建议这么做，因为我们生活的意愿、意志和生命力不仅没有告终，反而依然强烈，甚至可以断定，它们比我们希望的或预感到的更强烈，我们的中枢决定了我们的肌体，有时我们的肌体会因我们的中枢而感到振奋，我们医生认为这就是催生康复意志的关键……好，这一点你和我一样清楚，我只是想说，再多一点生活的意志和痊愈的意志，对你肯定没有害处……”

“我生活的意志不需要春药，我觉得它已经足够强大了。”

“你得到生活回报给你的爱了吗？那你还是爱得不够！”

“我不会为此抱怨，卡戎达斯。”

不，要焕发生活的意志并不需要春药。谁献身于爱，谁就闭上了眼睛，谁就觉得有一只陌生而熟悉的手握住了他，他被这只手合拢在手心，躺下来准备迎接死亡。但谁想要生活，谁就会站起来生活，谁就会向着天空、向着开敞的天光睁开双眼，怀着所有生活的希望、所有生活的意愿而诞生：哦，可以一再看到蓝天，明天、后天、许多年，不必终日卧床，闭着盲目的眼睛，黏土般棕褐的僵硬面孔已经踏进了棺材，看不到外面绷紧的明亮蓝天，渐渐听不到鸽子咕咕的叫声。那天就是这样，明亮而湛蓝，父亲下葬的那天就是这样。哦，让我生活吧！

理发师拿着镜子走了过来，欣赏着自己幸福的作品：“先生，您觉得满意吗？”

“很好……我信任你，连看都不用看。”

“你现在看上去很威严，”卡戎达斯一脸陶醉地称赞道，右手的一根手指轻轻叩击着肥胖的左手心，以示赞美，“极其威严，但我还是希望你能再振作一点。要想恢复血液和脉搏，没有什么比彻底、谨慎而专业的全身按摩更有效的了。你很快就会觉得自己好转了，是的，我发现你已经好转了！”

外面的蓝天上，没有星辰的开阔天光在闪烁。哦，让我一直望着蓝天吧！就算要永远在病中，永远这么疲惫！哦，让我看着天空吧！多嘴的卡戎达斯还想要什么样的回答！尽管他其实已经说过了，他是真的感到了振奋，当然那只是一种振奋的疲惫，却依然是一种振奋。摆脱了恐惧。他疲惫的肢体感到振奋，它们的个人生活摆脱了恐惧；在按摩的过程中渐渐有了意识，甩脱了旧日的恐惧，好像按摩不再是一种被动的进程，而是一种关于进程的知识，好像只存在于镜像里，不在他自己的肉体里。但镜像就是肉体本身，而肉体既是镜像也是镜面，不只映照着进程，也映照着知识，然后可以毫无恐惧地遗忘知识，但知识依然留存在肉体的近旁，从未断裂，一种新的、肉体性的知识，从未断裂，他已经不再知道它了，他想在每个远处失去它，也确实失去了它。一切都变得轻柔，世界轻轻搏动，内在与外在都在搏动，昼夜的潮汐在搏动，那宏大的、轻柔却从未噤声的存在秩序也在搏动，甚至潮汐也因这种秩序而流到了一起，沉默了下来，夜晚的钟鸣和白日的太阳激流融为了一体，呼吸者轻轻搏动，呼吸轻盈而平静地在胸中起起落落，一只轻柔的、看不见的手的按摩使它平息，引导着它：肉体的重生，解除了痛苦，又赋予他痛苦，解除了知识，又赋予他知识，织入了一片同样属于镜像的寂静，平滑而缄默，好像房中忙碌的人都置身于镜像之中，被医生渐渐消隐的声音所操纵；奴隶们无声地跑进跑出，装有干净床品的篮子像羽毛一样轻盈地抬了进来，有人把他轻轻地抬了起来，干净的床单突然铺在了他的身躯下面，一件干净的长袍裹住了他，烛台上挂上了新的花环，花香和醋味掺杂在一起，潮湿而明快地吹拂着，一阵潺湲的香气，被墙上喷泉那潮湿的潺湲所载送，灵魂那滴落的水滴呢喃着。隐蔽之物奇异地铺展开来。当然，他的肉体，人们精心照料的这具肉体是一具衰朽的肉体，是，一具彻底衰朽的肉体，但关于自己镜像的知识让他可以保留自己的形体，那松散、摇摆的形体，在过去与未来之间隐秘地摇摆，显然也织入了过去与未来，自己就是镜子，自己就是平静，自己就是大气般的现在，永远被呼吸运载，望着开敞的蓝天。尽管如此，好像这里发生的一切，好像所有这些安静的关照都笼罩在一种纯然的透明之中，好像某种明亮的、空气般嬉戏的支撑物因此建立了起来，一副空空如也的骨架，好像它就是轻盈本身，它也确实是；好像是某种过于庞大、幽灵般的隐蔽之物解离了，耗费了，已经没有什么可以隐藏，本来也没有什么能藏在它体内；好像是一种已经游离、已经流去的东西；好像某种虚无的镜像，从中飘出的也是它自己；好像某种游离的、流去的镜像；好像几乎无法捕捉的放逐者，尽管自己也放弃了，却奇迹一般地在最后的目光中、在崩散之前得救了，免于朽坏，保留了自己的样子；好像有一种知识接纳了形式和形体，尽管自己只是镜中的知识，却足以拥有尘世的强力，想悄悄藏匿不可捕捉的东西，在隐蔽中再次形成真实：因为那满怀爱意、服务他人的实际行动，即便在它最后的余晖里，也依然是构筑了真实的强权，就算它在这里只是儿戏般的镜像，像一种幸福的游戏，已经不再是幸福，儿戏般地走到了死亡的门前；就算这样它也是不可见的世界内涵，是创世那拥有意识的知识，藏匿一切的东西变成了隐蔽之物，坚信它封锁的力量可以把一切锁在体内，如此剧烈地回到尘世间的创世，使这创世的世界——那些极为确凿的、寻常或不同寻常的在场之物都注定要到来——变成自己的镜像，同时也是人类的镜像，既是内在也是外在的镜像。他所感到的还是自己的镜像吗？存在者的真实何在，那平静地充满了他、就是他自己的真实何在？没有答案，没有人给出答案，但没有给出的答案和周围的一切都让他这个存在者感到平静，肉体和非肉体的平静，在唯一的呼吸、唯一的脉搏中，在原初的图景与映象之间摇摆，没有触到它们，而是触到了它们的象征，在可以忆起和可以看见的东西间摇摆，平静地织入了二者的镜面，大气般的现在，在镜面里，在平静的地面上，深深沉入了现在与真实。在白日光亮遥远而昏暗的深渊里，有星辰闪耀。

为什么不能就这样下去，永远就这样下去？为什么要结束这轻松的幸福？这幸福不会再有了。他甚至觉得房间里的人们尽管仍在忙碌，却没有任何改变。尽管房间里的人越来越多，也越来越忙乱。存在那平静的呼吸充满了花香和醋味，依然如故，却在生长，世界的秩序变成了一声温煦而清新的低语；那就是圆满，惊人的是它过去从未圆满，从未有达到圆满的可能。现在一切都得到了恰如其分的位置，永远在他身边存续。房间与风景没有缄默下来，却轻柔地融为了一体，原野中的鲜花仍在窸窣作响，仍然高昂着，长得比所有房屋都高，冲进了树冠，被枝丫环抱。广场上聚集了一群人，滞留在自己的阴影里，倚在藤蔓上，同时也笼罩在不可名状的透明之中，对，笼罩在明朗之中。甚至依然站在窗边的卡戎达斯也仿佛被仙女的轮舞包围了，他依然带着礼貌而深思熟虑的神情，金黄的胡须在肥胖的脸上闪着光，他举着镜子，映照着一切：苔藓般的泉源，来自更温柔的睡眠；青绿的草莓树，单薄的树影在潮湿的苔藓上颤抖着勾画，在正午的阳光下发热、干枯；一切就这样映照了出来，刺柏和挂满带刺果实的栗树映照了出来，在挂满莓果的成熟子宫里，映照也被映照——哦，镜子是多么切近，镜子是多么轻盈，哦，变为其中的一件事物、成为其中的一件事物是多么切近、多么轻易的事，和那些人一起放牧，一起在石头叶片的穹顶下榨取葡萄酒。哦，透明之物掠过了透明之物，但自己的存在犹存。人们的肤色与衣装难分彼此，人们的灵魂融入了最外在的表层，好像融入了那最不可见又清晰可见的人心，随着它无穷的搏动向外眺望。无数人在这里相遇，无忧无虑，永远也不会分离。月桂的香气、鲜花的香气笼罩在河流之上，从树林飘向树林，运载着那些快活的、彼此理解的轻盈呼唤，而城市的渺远灯火闪着微光，抹去了它的名字，像空气一样轻柔地颤动。那个奴隶是否还端着牛奶，想向肉欲之神的金像献祭？红热的金光潜入了牛奶，浮在牛奶的镜面上，在流水环绕的、赫拉克勒斯受召的白杨丛中，在酒神的葡萄园、太阳神的月桂林和美神所珍藏的香桃树中，但榆树都俯向水面，叶片的尖端濡湿了，普洛娣娅从一棵树干中走了出来，跨过了许多桥梁。她迈着轻捷的脚步靠近了，蝴蝶和轻鸣的群鸟在她周围翩跹，她穿过了手镜的平面，穿过了那张开又在她身后合拢的光滑平面，穿过了金光灼目的彩虹拱门和象牙色的牛奶小径，她站在那里，离他还有一段距离，而他在烛台的榆树枝叶下面倚着床榻。“普洛娣娅·希丽娅。”他满怀希望地说道，因为他之前从来没有遇到过她。她站住了，点了点头，像是在问候他，她的秀发闪烁如繁星密布的夜空，尽管他们之间还隔得很远，他们还是向对方伸出了双手，极为诚挚，于是二人生活的激流在他们之间涌来涌去。但这可能只是幻象，他必须加以确认：“你是偶然间走上了这条路吗？”——“不，”她回答，“我们的命运从一开始就是一体的。”两人的手相触了，合为了一体，他的手在她的手中，她的手在他的手中，哦，简直难以区分哪一只手是他的，哪一只手是她的，但他不断晃动的手指还能握住鲜花和果实，好像他自己就是那烛台，枝叶繁茂，一个不充分的答案从鲜花中萌发，他必须继续追问：“但你是从另一棵树里走出来的，你走了很远的路，才到了这里。”——“我穿过了镜子。”她说。这个解释令人满意；是，她穿过镜子到了这里，她穿过了使光线翻倍的镜子，穿透了光线双重的根须，下行抵达了他们共同命运的起源，在那里，有什么重新开始了搏动，变成了新的同一之多样、新的多样之同一，开始了新的创世。哦，大地那美丽的表层！环绕他们的既是正午也是黄昏，畜群在那里缓缓踱步，水牛垂着头站在潺湲的水塘边，嘴和舌头滴着水，他们想在那里散步，在牧场茂密的灌木丛中，在清凉的泉边，手挽着手：“来吧，普洛娣娅，你还想听那首诗吗？”现在普洛娣娅微笑了，十分缓慢地微笑了：笑意首先出现在眼睛里，然后滑向了柔光闪烁的太阳穴，好想要抓住皮肤下纤柔的血管，十分缓慢、十分难以察觉地漫上了双唇，而双唇颤抖着，好像在亲吻，然后那笑意才绽成了微笑，剥出了牙齿的边缘，剥出了逝者白骨的边缘，人世间那凡俗的、象牙山岩的边缘。这微笑就停在了脸上，这尘世之岸的微笑，永恒之岸的微笑，太阳之海那银亮的无穷粼光在那里微笑着变成了话语：“我想永远留在你身边，永无尽头。”——“留在我身边吧，普洛娣娅，我永远不会离开你，我永远保护着你。”那是请求的誓约，是心的誓约，同时也实现了他的请求和誓约，因为普洛娣娅并没有迈出一步，就已经靠近了一些，茂盛的榆树最外端的枝条已经触到了她的肩头。“在这里歇息吧，普洛娣娅，在我的影子里歇息。”——这句话是在他口中酝酿成形、在他口中说出的，却像是由枝条说出的，好像枝条触到了这个女人，中魔一般地学会了说话。而她把脸埋进了那根繁茂的枝条，低语着回答那枝条，这也是顺理成章的：“你就是我的家乡，你的影子就是我的家乡，平静地环抱着我。”——“你就是我的家乡，普洛娣娅，我感到我的体内有你的平静，因此我永远静息在你的体内。”她坐在了皮箱上，在她轻飘的身姿下面，皮箱的盖子一点也没有起皱，她的手和他的手的血肉交会到了一起，当她像那个少年一样，把脸埋进了手心，他的手指就幸福地感到了她柔软的面庞。她就这样坐着，阴影笼罩了她，他们共同的存在从他们的手中长出，长成了某种亘古不变的东西，它极度丰盈，却只能靠呼吸和预感才能察觉到。但他们的交融依然还只是肉体性的，他们的呼吸与血液互相交融，他们的存在互相交融，而那个奴隶自如地穿过了他们共同的存在，好像他，好像他们两人的怀抱只是大气——他想要分开他们吗？他的努力是徒劳的，他们的手伸入了、织入了、长入了彼此的手，永远合为了一体，甚至普洛娣娅手指上的戒指也成了这只难分彼此、合二为一的手共同的宝藏。他们必须赶走那个奴隶，而普洛娣娅的形象又被那个奴隶挡住了。“离远点，”她说，“离我们远点；没有任何死亡可以分开我们。”但那个奴隶没有听从，他没有从路上闪开，而是对着他倾听的耳朵俯下了身：“你不可以转身；你会吓到那些动物！”什么动物？是泉水边漫步的畜群？是忧郁的帕西法厄[1]那雪白的公牛，那母牛群中流连的公牛？或者是那些奔跑的、交媾的山羊？潘神正午的寂静无声地笼罩着开满鲜花的树林，但现在已经是黄昏了，潘神们跳起了轮舞，跺着蹄子，高举着沉重的生殖器。在他们起舞的地方，遥远天空的歌声明亮如黄昏，飘到了这里，青苔般的流水在岩洞里潺潺流过，冰冷地石化，在那边的入口处，灌木笼罩在阴影里，忘掉了黄昏，被鸽子的啼叫包围，变得更大、更黑暗；黄昏，在甜美而危险、甜美而崇高的单调氛围中显得美好而痛苦。这就是回头了吗？就是回归了吗？他又听到了普洛娣娅的回答：“我从来都不在你的记忆里，哦，我的维吉尔，就算你认识我，你每次看到我也都是第一次。”——“哦，你就是归乡，没有归路的归乡。”——“你只是找到了归乡的目标，维吉尔，你还要继续跋

1 帕西法厄，克里特国王米诺斯之妻，因被波塞冬诅咒而爱上公牛。

涉，”奴隶打断了他，递给他一根美丽而多节的铜手杖，“你身边没有什么驻留，你心中也不再有记忆，拿上你的手杖，握紧它，开始跋涉吧！”奴隶的要求宛若一种祈祷，好像如果他遵从他的命令，握紧这根手杖，他就能抵达那幽暗的山谷，在山谷的蛮荒中有金黄的稻米萌发。真的，奴隶像是在强迫他，好像他必须无条件地顺从，好像手杖仍在普洛娣娅那温柔的手中也没什么奇怪的，奴隶够不到那根手杖，一切都像过去那无记忆的认识引发的迷醉，像过去他通过这个女人所认识到的一切：“哦，普洛娣娅，你的命运就是我的命运，你在你的命运里认识了我。”——“那是幻象，”奴隶严肃地说，像阴影一样闪了过去，把手杖从她手里夺了回来，“那是幻象；那个女人的命运是过去，而你的命运，维吉尔，是未来，囚禁于过去的人不能使你解脱。”他的警告如此严厉，与那明快的、绽放的花朵针锋相对，却陷入了他内心的最深处：男人未来的命运，女人过去的命运——虽然怀有对幸福的渴望，他依然觉得二人永远不可能合为一体，现在这个念头又成了他和普洛娣娅间的障碍。真实何在？在奴隶那一边，还是在普洛娣娅那一边？普洛娣娅说：“接受我的命运吧，维吉尔，塑造过去，它会在你体内变成我们的未来。”——“那是幻象，”奴隶重复道，“你是女人；也许就是那个跟在跛子身后的女人。”——“唉。”普洛娣娅叹了口气，被他残暴的严肃征服了，趁着她这一瞬间的柔弱无力，奴隶举起了手杖，击碎了树冠，正午的阳光严酷地倾泻而下，刺痛了双眼。显然他也赶走了那些猴子，它们刚刚还坐在树上，玩弄着自我满足的巨大镜子，现在都伴着微弱的尖呼声逃走了，白日的明朗重返了。房中的一切都在嘲笑上面那些受到惊吓的猴子，当它们从空中掠过，医生就把手镜转向它们，好像他想要用吓退它们的光线再一次捕捉它们，至少是嘲笑它们，他引用道："现在好像有一只狼，在睡眠面前逃遁，坚硬的橡树结出金苹果，水仙绽放，赤杨放光；琥珀渗出沼泽的灌木，而提屠鲁[1]和俄耳甫斯吟唱着穿行树林，像海豚中间的阿里翁[2]。"而普洛娣娅也抑制住了自己的软弱；她的手更亲切地按进了他的手中，她的目光转向了头上敞开的光亮："我和光亮一起听你读你的诗，维吉尔。"——"我的诗？我的诗也已经属于过去了。"——"我在听你从未吟诵过的诗歌。"——"哦，普洛娣娅，你能听到绝望的东西吗？没有吟诵过、没有完成的东西都是绝望的，只是一种寻求，没有希望也没有目标，而我歌唱的也只是它有多么徒劳。"——"你寻求你体内的黑暗，它的光亮塑造了你，这种希望永远不会离你而去，当你站在我身边，它就在不断地实现。"永存的未来始料不及地掠过，镜面的光芒始料不及地浸入镜面的光芒。他的手放到了她胸前，她高挺的乳房在他的触摸之下变得坚硬——是她在引领着他的手吗？——和她身体的温柔合为了一体，他听到她说："你体内有诗歌无法抵达、从未吟诵的东西，正在成形的东西比已经成形的东西更广大，它塑造了你，你觉得它遥不可及，因为你自己就是它，但在我身边的时候，你离你自己很近，你抵达了它。"不只有她的面孔、她的乳房在他手中成形，不，

1　提屠鲁，维吉尔《牧歌》中的牧人。

2　阿里翁，古希腊诗人，据说因遭海盗绑架而落入海中，后被海豚所救。

还有她那无形的心灵，在亲昵的拥抱中和他彼此依偎。他问道：“你是我所变成的形式吗？你是我正在酝酿的形式吗？”——“我在你体内，但你闯入了我体内；你的命运在我体内生长，因此我在从未有人吟诵的未来认出了你。”——“哦，普洛娣娅，你就是那难以企及的目标。”——“我是黑暗，我是空穴，我把你吸入了光明。”——“你就是家乡，不可复得的家乡。”——“我拥有关于你存在的知识，它期待着你；来吧，你找到我了。”——“你的知识里静息着不可寻得的东西，静息着未来。”——“我平静地背负着你的命运；在我的知识里有你的目标。”——“那么把你未来的命运也交给我，我和你一起背负它。”——“我没有命运。”——“普洛娣娅，哦，普洛娣娅，我怎么才能找到你？！在不可复得的东西里，我该去哪里找你？！”——“不要找寻我的未来，承受我的开端吧；了解它，它会变成我们此刻真实里永存的未来。”哦，声音，哦，语言！她还在说话吗？她还在低语吗？还是说他们的对话已经沉寂了，只能靠束缚在一起的透明肉体和透明灵魂互相理解？哦，灵魂，仅仅靠没有吟诵、没有完成的东西存活，仅仅靠未来的、塑造了命运的形式存活！哦，灵魂，渴望把自己塑造成不死之物，并因此期待着危险，期待着认识自己体内的目标！哦，归乡，哦，共同的存在那无尽的永恒，握在彼此交织的手中！水流轻声潺湲，喷泉轻声潺湲，在他的灵魂里，在他的心中、他的呼吸里轻声低语，极轻地在他体内向外界低语：“我爱你。”——“我爱你。”她的回答寂静无声，好像她只是握了握他的手。他们的双手交织在一起，他们的灵魂交织在一起，他倚着树枝，她坐在箱子上，两人都没有动，都没有前进一步，却靠近了彼此，因为一种飘荡的力量缩小了他们之间的距离，而榆树的枝条把摇摇欲坠的叶片又吸了回来，让叶片在他们头上拱起，形成了一个金绿色的明亮空穴，很快就不再能容下其他人了：像岩穴裂隙中的叶片，为了狄多和埃涅阿斯而缩小，并因此带来了幸福。唉，这透明的金绿叶片也是假的吗？也是幻象吗？它闪着金光，却没有附在任何一根金枝上，灌木中也没有金子的声响。唉，那对英雄眷侣只享受了片刻真实的幸福，只有一瞬间，狄多过去的命运和埃涅阿斯未来的命运合为了一体，吹散了她少年时的恋人、早逝的苏塞俄斯的过去图景，吹散了众神所选中的意大利统治者的未来图景，两人的命运交织在一起，结合在一起，塑造了它们永存的此刻，它们的真实，尽管只存在了一瞬间，尽管已经被法玛[1]巨大的形体遮蔽，她有许多眼睛、许多舌头、许多嘴、许多翅膀，飞掠夜晚，残酷地把恋人赶出彼此的体内，赶进羞愧。哦，这种事还会在这里发生吗？他们还要重新经历这样的命运吗？这种事还可以发生吗？他们是不是已经水乳交融，形成了最终的真实？普洛娣娅那浩渺的微笑在大地上展开，带着明朗的平静，几乎是忧伤的，而那微笑的风景渐渐变得透明，渐渐揭露了过去的深渊，准备孕育未来，诞生与孕育。叶片、花蕾、果实、树皮和人地都触到了他的手指，而他触到的永远是普洛娣娅，永远是她的灵魂，微笑着穿过风景的无数层次。但树冠中传来的却是吕萨尼亚斯的声音："回归开端的微笑吧，回归微笑的拥抱吧，你曾藏匿

1　法玛，罗马人对希腊神话中的传闻女神俄萨的称呼。

在那怀抱之中！”——“不要转身。”奴隶的声音又在警告他。医生沉重而使人平静的声音回应着他：“安静点；他已经不能再转身了。”尽管风景有一点翳暗了，却依然保持着透明，普洛娣娅的微笑也没有丝毫翳暗，她说每一个音节的时候都在微笑，她在这片风景中说道：“我从一开始就是你的目标，从来就不需要转身，你在我眼中是无名的，因为我爱你；你在我眼中像孩子一样无名，你这成形中的灵魂。”——“哦，普洛娣娅，你在你的名字里变成了我，因为我爱你，我选择了你的存在。”——“逃亡吧。”奴隶的声音最后一次警告他，充满令人恐惧的紧迫。而枝条已经被葡萄藤紧密地环绕了起来，锁在了荫翳的岩穴里，逃亡似乎是不可能的，他也不想逃亡，他本不该再次折断那根金枝，那个奴隶本可以告诉他：他可以多么宁静地爱着普洛娣娅，多么宁静地靠近她女人的赤裸，多么宁静地让目光越过枝条，延向林木环绕的原野和鲜花盛开的树林，那里没有孤狼伏击畜群，没有苍鹰扑向幼鹿，潘神和牧人、宁芙和树精都陶醉于这欢乐的喜悦，而小奶牛惧怕着公牛，不断找寻着，毫无渴望地歇息在那潺湲的溪畔。他没有感到一点充满恐惧、流溢着恐惧的东西；甚至在那闪着绿光的树干周围盘踞的蛇头也是那么温柔，它的眼睛闪着金光，发出极其轻柔的颤音，充满信任地嘶响着。寰宇中的万物都织入了这亲切的暮光——谁还想要逃亡！不，他不想逃亡，不，他下定了决心，他的决心就是爱，他的决心比被爱者更强大，不只是把握了、理解了被爱者体内可见的东西，也理解了其中不可见的东西：“我绝不会逃离，绝不会从你身边逃开，普洛娣娅，哦，我绝不会离开你。”普洛娣娅靠得更近了，她的呼吸如此冰冷："你离我很近，你曾经是、你依然是那决心，我期待着你。"是，那决心，他的手指突然清晰而确凿地感到了普洛娣娅的戒指，也许是它自己跑到了他手上，也许是她悄悄戴到他手上的，为了和他相连，为了与他合一，为了那永无止境的甜蜜。因为过去和未来在戒指里都汇成了永不终结的此刻，汇成了一再重生的命运知识和一再重新开始的重生："你是我归乡的决心，普洛娣娅；你来了，这就是我们永存的此刻，家乡的此刻。"——"你回到我身边了吗，我的恋人？"——"你就是我的家乡，我回到了家乡。"——"是，"——她的声音宛若气息——"是，你应该渴求我。"她这么直接地说出了这一点，他先是感到了惊异，然后又觉得这也没有错，肯定没有错，因为在这充满渴求的此刻，过去和未来的天平达到了平衡，因为在这近乎僵滞的寂静中，爱情那宏大的微笑没有面孔，亘古不变的进程形成了透明的澄澈，因为有一种胁迫，几乎是甜蜜地胁迫着他，胁迫他直接给事物命名。这一进程注定包含了最寻常和最不寻常的东西，二者都受到了召唤，走出它们的掩饰，进入一种无遮无拦的表达，他也这样说道："你存在的激流涌向了我，普洛娣娅，无尽而永恒，而我渴求你。"她却像纱幕一样后退了一点，更确切地说，她从他身边飘走了："那么把阿荔吉打发走。"阿荔吉？真的！阿荔吉就站在窗边，站在风景中间，萨梯[1]绕着他起舞，他的鬈发金黄，颈项洁白，裹着短袍站在那里，梦想着游离而去的东西，他的梦境飘到了遥远的山间，群山的峰顶

1　萨梯，希腊神话中低级的森林诸神。

在地平线的太阳之雾中航行，花枝泛红的气息笼罩了他。“把他打发走，”普洛娣娅命令道，“把他打发走，别再看他了；你一直盯着他。”把他打发走？他可以这么做吗，如果他承担了他的命运，哦，未来的命运，那么就连温柔的赛贝斯，连那个想做诗人的赛贝斯也要被打发走——他可以这么做吗？这样一来，人类的命运不就沦为了偶然吗？当然，在这直接的、真实的赤裸之中不能有踌躇和思索，普洛娣娅就径直闯入了这种赤裸和透明："难道比起我的乳房，你更渴求那个少年的背影？”听到这句判决，阿荔吉并没有挪动，医生讽刺的声音也没有触动他："可爱的少年，别那么信任你的玫瑰色。”而那个少年没有流露出任何听到了、理解了这些话的迹象，他依然梦想着外面的风景，梦想着正午热气中鲜花盛开的树林，梦想着树影婆娑的山谷，橡树石化的枝条投下了神圣的阴影，黄昏的冷风变得柔和，这少年梦想着那明朗的、静止的透明；但普洛娣娅却仿佛受到了一种深切却温和的惊吓，呼唤着那渴求她的灵魂、渴求她的肉体的恋人："维吉尔！”——尽管那么轻柔，却既是恐惧的呼唤，也是胜利的呼唤——因为少年的形体消失了，好像是被太阳吸走了、溶解了、变成了大气，而普洛娣娅微笑着，发出了一声解脱的叹息，微笑着抬起了头："别再犹豫了，我的恋人。”——“哦，普洛娣娅，哦，恋人。”好像是听到了她的命令，枝叶变成了无法穿透、无法看透的密林，而他——被她的手牵引着跪下——跪了下来，他的手在她的手中，他亲吻她的乳峰。他们一同飘荡着，被一种飘荡的权力所扬弃，他们对视着，在这灼灼的目光之中飘荡，飘到了空中，又轻轻飘向了床榻，落了上去，尽管他们没有脱去衣服，却赤裸地躺在了那里，肌肤相融，灵魂相抵，倚偎着躺在一起，满怀着躁动的渴念，在沉重的星辰中间，他们什么也听不见，但那越来越明亮的太阳雷霆已在寰宇中震响。过去与未来的回忆融解成了无记忆的洁净。他们躁动地躺着，嘴唇与嘴唇相吻，舌头僵硬地摇摆，像风中的树枝。他们就这样躺着，然后她的嘴唇对着他的嘴唇颤抖，低语道："我们还不可以；医生在看着我们。"那么这密林的屏障也遮不住他们！怎么可能？怎么会有目光穿透这片密林？！但是，但是，确实有目光透了进来！暗绿的叶片一点也没有变亮，但床榻已经被推了出去，放逐到了所有目光之中，那些目光不可阻挡；那些讥讽地伸出的手指不可阻挡，从四面伸来，包围了床褥；那些猴子也不可阻挡，发出了越来越狂野的欢乐窃笑，抛下了许多坚果；那些愉快地咩咩叫着走来的山羊也不可阻挡，而一只田鼠强大的阴影大笑着延伸开来；哦，法玛的阴影不可阻挡，她可怕的、令人羞愧的巨大形体的阴影不可阻挡，她发出了幸灾乐祸的可怕笑声，通报着进行的与不在进行的事情："他们不可以上床，他们不可以上床；只有皇帝可以！"哦，喧嚣不可阻挡，光亮的轰鸣不可阻挡，混杂的许多光亮也不可阻挡，在他找到一个回答之前，在他迎上普洛娣娅的目光之前，在他的双唇和她的双唇分开之前，她就已经变成了笑声，像石头那冷漠的笑声，像象牙一样光滑地从他身边滑过，像光芒之风托举的叶片一样消失，然后又坐到了箱子上。她是想以此克服那喧嚣声所通报的胁迫吗？她没有成功——以放弃作为祭品是远远不够的——光线的叛乱一点也没有平息，雷声一点也没有削弱；反而越来越清晰、越来越狂暴了，盈满了四下清晰可见的旷野，盈满了树林与群山、房间与水域，变得强大而躁动，让人们停下了手头的工作，呆滞地站立，甚至排成了有序的行列，好像在这轰响的、充满预感的强力面前一切都难分彼此——哦，预感中的紧张变得可怕而强大，无穷无尽；哦，通往风景的众门无穷无尽地开敞，用人站到两侧守候着，在他们中间，响起了那可敬而具有人性、庄严而轻柔的脚步声，奥古斯都走进了房间。

静默迎接圣者，渐渐沉寂的风景里只有群鸟还在啁啾，只有鸽子还在窗台上竖着羽毛啄食，无忧无虑地咕咕叫着，在外面，在远处，在刚才人群起舞的地方，有一个人还在继续吹奏，好像没有注意到他的同伴丢下了他；显然，他的笛声也已经变得断断续续了。雷雨已经停歇，世界却没有恢复原色，因为在世界和世界的缄默之上，在众多色彩均保持缄默的平静之中，依然悬着微光闪烁的黑白云彩，仿佛雷雨僵滞的残余，不可动摇。一阵冰冷的穿堂风从昏暗的石头走廊里吹来，灯焰一瞬间又重新开始了摇晃，因为这时房门突然被拉开了，然后连灯焰的晃动也平息了，所有人都在等奥古斯都发话。

“让我们单独待一会儿吧。”

用人们退了下去，在统治者的权威，也是在死亡的权威面前毕恭毕敬地躬下了身，依次退出了房间，风景也倾空了，好像也跟人们一样产生了崇敬，把所有生物都赶出了它的疆域。风景黯然失色，尽管还保留着自己基本的特征，却在越来越强烈的停滞中消失了，最终只剩下一些暗示，像一幅羽毛画，以羽毛的笔迹在万物中刻画。树木、树林、鲜花和岩洞都简化成了羽毛的笔迹，轻描淡写的桥梁在渐渐难以察觉的两岸之间摇晃，剥落了色彩、阴影和光线，连朦胧的云层都变成了纸上腐烂的白色，几乎不成形状，而那睁得大大的、没有颜色的天空之眼也是一片空虚，只是空虚的梦之悲伤。房间变得触手可及，因为墙壁、家具、地板、烛台和灯都重新变得确凿了，普洛娣娅在这触手可及的房间里消失了：在所有真实的重压之下，她的轻盈只能飘散，尽管她来到这里是为了永存，她不属于这里的其他东西，因此也当然没有远离它们，她一定还在房间里，一如既往，只是他看不见她。

但他无疑看得见奥古斯都，他就站在触手可及的地方，那十分熟悉的、比他稍矮一些的身影，几乎可以说是矮小，却依然庄严，他的面容依然稚气未脱，但头上的短发已经泛出了灰白。他说："既然你不肯费力去找我，那么我就来找你，我在意大利的土地上问候你。"

奇怪的是，对话该有的顺序颠倒了，周围触手可及的东西再次催生了病痛，却使讲话变得容易了："你强迫我顺从于你那糟糕的医生，屋大维·奥古斯都，但因为你来了，我也觉得这是值得的。"

"从上岸到现在，我刚刚才得空，我很高兴能陪着你。布林迪西姆一直能给我和我的朋友带来好运。"

"你从阿波罗尼亚来布林迪西姆的时候只有十九岁，来继承你神圣的父亲的遗产，你在布林迪西姆和敌对势力签订了条约，为你那神圣的统治开辟了道路；这之间只隔了五年，我记得。"

“你的《小蝇》和《牧歌》之间也隔了五年；你把第一首诗题献给了我，把第二首题献给了阿西尼乌斯·波里欧，那时他远比我有实力，但他也配得上这首诗，后来你把《农事诗》题献给了梅塞纳斯，他也配得上，因为没有这两个人，就没法签订布林迪西姆条约。”

皇帝说这句话的时候，他脸上轻盈的微笑意味着什么？他为什么要提起献诗的事？皇帝从来不会说没有含义、没有目的的话；最好把他的注意力从那些诗上面引开：“你从布林迪西姆动身前去和希腊的安东尼作战；如果我们早两周回来，你就可以在你开始的地方庆祝亚克兴战役的纪念日了。”

“在亚克兴的海滩上举办特洛伊的赛会。你在《埃涅阿斯纪》里写了类似的话。对不对？”

“正是，你的记性真让人叹为观止。”

“很少有什么东西对我的记忆来说如此珍贵。是不是我刚从埃及回到家里，你就把这部史诗的第一稿给了我？”

“你说得对。”

“在那首诗的中间，也就是诗的核心和高潮部分，你把亚克兴战役的场景放到了诸神赐予埃涅阿斯的盾牌中央。”

“我是这么写的。因为亚克兴战役的那一天是罗马精神的胜利，罗马的德行战胜了东方阴郁的蛮力，战胜了所有几乎征服了罗马的阴暗秘密。这是你的胜利，奥古斯都。”

“你能把那一段背出来吗？”

“我当然不行！我的记性可不如你。”

哦，他不能再蒙混了：奥古斯都的目光精确投向了手稿箱；他紧紧盯着它，哦，不能再蒙混了，他来这里是为了把这首诗拿走！

奥古斯都微笑着，望向满脸惊恐的他："怎么，你对自己的作品这么不熟悉？"

"我不记得这一段了。"

"那么我只好再努力发动我的记性了；希望我还记得。"

"我相信你的记性。"

"那么我们来看看：而在盾牌中央站着皇帝奥古斯都，率领意大利人民打起海战，那……"

"抱歉，皇帝，不是这样的；那句诗是以装甲战舰开始的。"

"以阿格里帕[1]的装甲战舰？"皇帝明显有点恼火了，"总之，装甲战舰是个伟大的发明，还有阿格里帕出色的统帅，是他决定了战局……我的记性确实不行了；现在我想起来了……"

"既然你被画在了盾牌中央，你人也要出现在诗句的中央，这样才对。"

"给我朗读一下那一节诗。"

朗读？把手稿拿出来，展开它们？皇帝在手稿箱边踱着步，真的和他玩起了那残酷的游戏。在这样的重击面前，他该怎么保护他的手稿？普洛娣娅会这样做吗？他绝对不能打开箱子："我想试试把那节诗背诵出来。"

1　阿格里帕（约前63—前12），奥古斯都的朋友和女婿，曾率军取得过多次胜利，包括亚克兴战役。

尽管皇帝好像猜出了他的想法，微笑却没有从他俊美的脸上消失，那不是微笑，那是某种恶意和残暴。皇帝仍以他独有的从容姿态站在床边，没有坐下来，他猜不出皇帝下一步要做什么，然后他突然有了一个猜测，皇帝要把普洛娣娅从手稿中抹去。也许这只是发烧时常有的幻觉，当然这只是幻觉，因为这里的一切都真实而稳固，带有鲜艳的色彩，几乎不需要去看窗外的风景图画，只要看得更仔细，就会发现纸上的白光，尽管有些地方也笼罩着灰暗的阴影，一直延伸到了这空间可以把握的东西中间，挤入了所有在场之物，赋予了它们一种不真实的苍白标记。轻描淡写的恶意像一种美丽的诱惑，刻画在事物之中，甚至刻画在了花环的色彩里，轻描淡写地立在奥古斯都两眼中间的一道皱纹里。他只说道："开始吧，我的维吉尔，我听着。"

"如果你愿意，你可以坐到我身边，我必须躺着背诵，你的医生不让我起来。"

幸好奥古斯都愿意遵从他的要求；他没有坐到箱子上，而是坐到了床边的椅子上，好像他正好也想坐下来：他劈着腿坐着，把椅子挪到了他的臀下，一点也不像皇帝应有的姿势，他微微叹着气，放松下来，根本不顾及他伟大的先祖埃涅阿斯的风度，埃涅阿斯坐下来的动作显然要更加威严。埃涅阿斯的孙儿就这样坐在那里，已经渐渐松懈了，有些轻微的疲惫，这已经暗示着衰老将近了，给他增添了一点动人而温和的色彩；他倾斜头颅、交叉手臂、准备倾听的动作也极为温和："好了，让我听听。"

这节诗是这样的：

“在盾牌的中心可以看到亚克兴海战的场景，许多
装有沉重铜甲的战舰，在留卡特岛的海岸后面；
阳光明媚的海流上激战正酣。
且看奥古斯都率领意大利人作战；
他与人民的精神同在，与家神和天神同在，
且看他站在金光闪耀的甲板上，两鬓起火，
他父亲的星辉照耀着众人的头顶。
而侧翼的舰队被神风鼓舞，
阿格里帕乘风破浪，额上戴着一只
船头形状的金冠，那是海战功勋卓著的标志。
面对着他的，在野蛮激战的风口浪尖的
是披挂华丽的安东尼，东方的征服者，
他偕东方的子嗣，偕埃及人和大夏[1]的人民作战，
他身边——真可耻——是他埃及的娇妻……”

皇帝沉默着，好像还想继续听下去。过了一会儿，他说道：“明天是我的生日。”

“普天同庆的日子，全罗马欢庆的日子；愿众神赐予你永恒的青春。”

“对，我的朋友，三个星期后，当我们庆祝你的生日的时候，我也会这样祝福你。让我们一起永葆青春！那时你就五十一岁了，但你看起来还是这么年轻，没有人敢相信你比我大了七岁。当然，

1　大夏，中亚古国，地在今兴都库什山和阿姆河上游之间。

因为旅途的不适，今晚你狠狠捉弄了我一把；我马上就要动身了，至少明天要出席罗马的晚宴，我本来希望能带你一起去。”

“这就是告别了，屋大维，你知道。”

回答是一个不情愿的手势：“当然是告别，至多是告别三个星期；等你过生日的时候，你应该早就到罗马了，如果你可以给我朗诵一段《埃涅阿斯纪》，该多么美好啊，比那些国家的庆典美好得多。后天我还要安排更盛大的表演。”

皇帝是来和他告别的，尽管带走《埃涅阿斯纪》对他来说更重要，他把他的目的尽力藏匿在这许多言辞之下。这是那条真实征服了虚假的道路吗？或者是虚假战胜了真实？哦，甚至皇帝也活在虚假之中，而天光——太阳已经走得这么远了吗？——暗了下去。“你的生活是一种责任，皇帝，但你期待着的罗马的恋人，也是给你的补偿。”

皇帝一贯肃穆的面孔突然变得十分轻松了：“莉薇娅在等我，而且和朋友重聚也很愉快。”

“更幸福的是，你爱你的妻子！”——普洛娣娅从某个轻盈的无处飘来。

“而这样的庆典独独缺了你一个，维吉尔，我们都会很痛心。”

谁可以真正地爱一个女人，谁就可以做别人的朋友，可以陪伴别人，屋大维就是这样。“谁能拥有你的友谊，屋大维，谁就是幸福的。”

“友谊使人幸福，我的维吉尔。”

皇帝的话又变得坦率而温暖，他几乎可以希望，皇帝不要再和他抢夺手稿箱了。“我很感激你，屋大维。”

“你这就言过了，维吉尔，友谊不是靠感激产生的。”

“你一直都是施予的一方，其他人也没法表达感激。”

“众神赐给我常常能够帮助朋友的幸运，但我更希望他们的恩惠是让我找到朋友。”

“因此感激你才更是一种责任。”

“你一直都尽了礼尚往来的责任，以你的存在，以你极其重要的作用……为什么你要改变自己的心意？为什么提起这空洞的感激，却显然不愿承认你负有任何责任？”

“我的心意没有变，哦，皇帝，我只是无法承认我的成就足以报答你的恩赐。”

“你一直都过于谦虚了，维吉尔，虽然谦虚没有错；但我很清楚，你故意贬低你的作品，是为了在最终把它们藏到我们的背后。”

现在他说穿了，唉，现在他说穿了——皇帝坚定地追逐着他的目标，没有什么能迷惑他，没有什么能阻止他夺走手稿箱。“屋大维，把那首诗留给我吧！”

“很好，维吉尔，就是这样……卢修斯·瓦里乌斯和普洛修斯·图卡已经告诉我你那可怕的计划了，我刚刚还不相信他们……你真的想毁掉你的作品吗？”

沉默在房中扩散。这紧张的沉默，苍白而轻描淡写地出现在皇帝那思虑的、紧绷的面容中心。一声极轻的声响在某个无处响起，像奥古斯都两眼间的皱纹一样轻浅、笔直，奥古斯都的目光落到了他的身上。

“你不说话，”皇帝说，“这也许意味着你确实想收回你的赠礼……你想想，维吉尔，这可是《埃涅阿斯纪》！你的朋友们都会很伤心的，包括我，你知道，我也算你的朋友。”

普洛娣娅的哀叹又飘来了；她的话语无声地飘来，轻轻浅浅，语字相连：“毁掉那首诗，把你的命运交付给我；我们必须爱彼此。”

毁掉那首诗，爱普洛娣娅，像朋友一样对待他的朋友，诱惑一个接一个，从未如此有说服力，但那不是普洛娣娅，她不能干涉这件事。“哦，奥古斯都，这是为了我们的友谊而写的，别逼迫我。”

“友谊？……你这话的意思像是在说，你的朋友们不配保留你的礼物。”

皇帝的嘴唇几乎没有颤动，不断地说着话，尽管他有权力夺走，也想要直接夺走手稿箱。普洛娣娅也沉默了，好像她期待着他们的对话能给她一条出路：存在的形式不可击溃，冷酷而生硬地立在周围，现在只能遵照奥古斯都的意志了，这也已经被注定了。

“哦，奥古斯都，是我的诗、是我配不上我的朋友。请你不要再说我谦虚了，并不是这样；我知道这是一首伟大的诗，尽管比起荷马史诗，它简直微不足道。”

“既然你承认这一点，你就无法否认，毁掉它的计划是很可耻的。”

“遵从神命就不是犯罪。”

“你在逃避，维吉尔；犯罪的人总是在怪罪众神的意志；但我从没听说过，是众神命令你毁掉这份公开的宝藏。”

“我很荣幸，皇帝，你把我的作品抬高成了公开的宝藏，但我得说，我不只是为了读者，而首先是为了我自己才写了这首诗，这才是它最内在的必然，这是我的作品，我必须遵从，也有权利遵从众神为我注定的必然。”

“我可以为了我自己而放弃埃及吗？我可以让军队洗劫日耳曼尼亚吗？我可以把边境交还给大夏吗？我可以再次放弃罗马的和平吗？我可以这样做吗？不，我不可以，就算我得到了神谕，我也不能遵从，尽管这是我为之拼搏的和平，我的作品……”

这个比喻并不恰当，因为胜利是皇帝和所有罗马人民、所有罗马军队的共同作品，而诗歌是一种孤独的行动。但这个比喻是否矛盾并不重要，因为皇帝是不会自相矛盾的。

“你的作品由你对国家做的贡献衡量，我的作品由艺术上的完美衡量。”

艺术的完美，创作那温和的必然不容许选择，高于所有人类、所有凡俗！

“我没看出区别；艺术品也要服务于大众的利益，从而服务于国家，国家本身也是建立国家的人所创造的艺术品。”

皇帝流露出了一种确切而痛苦的疲倦。对皇帝来说，艺术的问题并不重要，他这样苦苦坚持是不明智的。“如果国家是艺术品，那么它也是一件不断运动、不断完善的艺术品，但诗一旦写就，就在自己体内静息，在它达到完美之前，创作它的那只手不可以停止工作；必须调整，必须剔除不够格的地方，必须这么做，即便有使整部作品功亏一篑的危险。在这里只有一种衡量的尺度，就是作品的目的。只有作品的目的可以衡量作品，什么是值得留下的，什么是应当销毁的，真的，只有这个目的可以衡量作品，这和作品的完成度，和艺术家都……”

奥古斯都不耐烦地打断了他："没有人指责艺术家完善不够格的部分，或者干脆删除那些部分，但也没有人会相信你的整部作品是不够格的……”

“它就是不够格。”

“听着，维吉尔，你早就没有权利做出这个判决了。十多年前你告诉我你想要创作《埃涅阿斯纪》，那时我们都真心感到喜悦，都想参与其中，都赞同你和你的计划。之后几年你把它一节一节地读给我们听，你在构架诗篇的繁重压力面前——这也确实经常发生——感到气馁，但又因为我们的赞叹，不，因为所有罗马人民的赞叹而重新站了起来。你想想，这部作品的一大部分已经广为人知了，罗马人民已经知道了你写完的部分，他们对此交口称赞，从来没有一首诗可以到达这样的高度，把完成的作品赠给他们是有利于人民的，绝对是有利于人民的。这已经不是你的作品了，这是我们所有人的作品，在这个意义上我们都参与了创作，这部作品应该属于罗马人民和他们的伟大。”

光线变得更惨淡了；可以猜出来，阳光变得更阴郁了。

“向人民呈现没有完成的作品是因为我的软弱，是因为艺术家飘忽的虚荣心。但促使我这样做的，屋大维，还有我对你的爱。”

皇帝的眼中闪现出一种熟悉的信任；带着点稚气，几乎透着狡诈："你说你的诗是不够格的？是不完美的？你本可以或者本应该写得更好？”

“正是你说的这样。”

“我为之前错误的背诵而感到羞愧；现在请允许我挽回我的荣誉……我想给你再背诵几句你自己的诗。”

他怀着些微的、友好而天真的幸灾乐祸，希望皇帝的背诵再次出错，但皇帝也激起了他那——唉，诗人的虚荣心！——极度渴望夸赞的好奇心：“是哪一段诗，屋大维？”

罗马的统治者、地球的统治者抬起手指打着拍子，轻盈地按着节拍，背诵着诗句：

“其他人里，有些人能锻造更栩栩如生的青铜像，

有些人能用大理石雕出更生动的面孔，

有些人在法庭上更为善变，有些人擅长绘制星轨，

用量尺作画，预言星宿的流转：

但是你，罗马人，想想如何统治万民，

这是你的专长，确立和平的德行，

对遵从的人要温和，对违逆的人要征战。”

皇帝那敲打的手指仍停留在空中，像是在提醒，像是要提炼、保留诗中的教诲：“怎么了，维吉尔？被自己的罗网捕获了？”

他当然是在暗示纯粹的艺术品多么低级，这是一种完全透明的暗示，暗示在罗马真正的使命面前，这些转瞬即逝的事物是多么低级，但这还是太平庸了；不需要深入的品评。“是这样，奥古斯都，正是这样，你背得一字不差；这是安喀塞斯的话。”

“难道这不是你写的？”

“我没法反驳。”

“这段诗完美无瑕。”

“就算是这样，它也不是整首诗！”

“那不重要。我也不知道其余的诗行哪里不够格，但你自己也承认了，罗马精神是建立在一些无伤大雅的形式缺憾上的，它不能应付其他形式……罗马精神是你的诗，不是艺术，因此……是，你的诗就是罗马精神，它是伟大的。”

奥古斯都对真正的缺憾又能预感到什么？！他对于笼罩了所有生活、所有艺术的深刻不协调又知道些什么？！他会把什么东西称为艺术？！他怎么理解世间万物？！当皇帝说那首诗是伟大的，当皇帝以此谄媚作者——唉，没有人能完全回绝这种称赞！——他期待着称赞，因为看不出明显缺憾的人也不了解诗歌内在的伟大！“不完满的地方，哦，奥古斯都，别人是预感不到的。”

皇帝没有理会他的打断。“你的作品就是罗马，因此它是罗马人民和罗马帝国的财产，你服务于国家，我们也都服务于国家……只有未完成的东西属于我们，也许只有错误和失败；因为真正的成品属于所有人，属于世界。”

“皇帝，我的作品没有完成；远远还没有完成，但没有人相信我！”

皇帝封闭的面孔上又闪现出了熟悉的信任，这次还多了几分深思熟虑。“我们都知道你容易气馁和失望，维吉尔，尤其是今天你卧病在床，更容易受到这些情绪的影响；你想用这些情绪来蒙蔽别人，但至少我还没有被你昏聩的意图所蒙蔽……”

“这不是气馁，不是你所想象的、你多次把我从中拯救出来的气馁，屋大维，这不是因为没有征服和不能征服而感到的气馁……不，我回顾我的生活，看到的都是未完成的东西。”

“这你得适应……所有人的生活、所有人的作品都有无法完成的一部分；这是我们都要承担的命数。”皇帝的话听上去很悲伤。

“你的作品还可以不断完满；你的后来者都会遵从你的意志，但我后继无人。”

“我本想让阿格里帕接班的……但他太老了；不然他就是最佳的人选。”皇帝好像突然被一阵担忧抓攫住了，起身走到了窗边，好像远方的风景能给他什么慰藉。

人们一个个走过，他们终有一死的肉体一个接着一个，只有认识在继续流淌，流进了过于遥远的远方，人们在那里无言地相遇。

“阿格里帕很快就要来了。”奥古斯都说，望了望下面，阿格里帕肯定会从那里过来。

马库斯·维普撒尼乌斯·阿格里帕，他严肃而智慧的军人面孔，他强健而简单的身躯；这些都清晰地呈现在一种突如其来的知识里，好像有一种声音，也许是奴隶的声音在低语，说这具强健身躯的生活很快就会把自己消耗殆尽，甚至是在奥古斯都之前。但奥古斯都肯定不愿意听到这些；他希望听到一些别的话。“你这么年轻，屋大维，你也有孩子，也许还会有更多孩子，你的血脉会延续下去。”

一个疲惫的手势就是回答。

然后一切又变得寂静而沉默。奥古斯都站在窗边，身形纤长，极度瘦削，一个终有一死者那终有一死的肉体，肢体裹在长袍里，被洒落的光线勾勒成剪影，长袍凌乱的褶皱里一个瘦削的凡人背影，尽管正面仍是一张充满了目光、闪烁着目光的面孔，以前就很少有人知道，以后将更少有人知道，他到底在看哪里。站在那里的不就是阿荔吉本人吗？是，确实是，他曾是阿荔吉，带有童稚的纤瘦和几乎是感人的美貌，几乎像他的儿子。他想要承担他的命运、他的成长，想要照顾他，不只是像父亲一样，不，他想像母亲一样照顾他，也像父亲一样让他长成自己的样子。阿荔吉站在那里，转过了脸，好像觉得被他欺骗了，依然承受着命运的伤害，却没有在意，仍在入梦的风景里做着梦，在梦中催动花开的阳光下，在梦中月桂飘香的平和气氛里，为了他、为了这美丽的少年，原上饮醉的牧神沉迷于笛声的节奏，翩翩起舞，风景为他而开启，在内心的最深处起舞，连橡树也随着节奏猛烈地摇晃着树冠。一切都为了这个少年而发生，造物唯一的欲望之舞一直跳到了所有边界，在看不见的世界里也清晰可见，这转过脸的人清晰可见，怀着涌流不息的渴望，织入了这唯一可见的人，这种渴望充满了认知，它颤抖的流体裹挟了所有可以看透和不可看透的东西，并以此铸造成为人所知的形体：对，被认知的渴望裹挟，渴望着自己，阿荔吉站在那里，当他赢得了形体，他周围的一切也都具有了形体，形成了一个为人所知的共同体，因此正午和黄昏也可以汇成唯一一种光亮的存在，这里的一切都消失了，甚至在无穷的、比远方更远的地方，静息的夜晚山脉也消融了，化为了虚空，被遍布的风景虚空吸收了，而风景的虚空只是缄默而稀疏的乱线，线条坚硬，在腐朽的、褐色的惨淡光线里绘入了渐渐增强的太阳的阴暗。花朵的色彩越来越沉闷，皇帝的朱紫长袍变成了黑紫色，笼罩它们的光线干燥得像烧焦的纸张，这一切都毫无联系，完全没有彼此消耗，没有看到彼此，因此站在窗边的瘦削形体那单方面的严苛也没有消耗，他的严苛、冷酷和尖锐都没有消耗，他所起到的表面作用尽管触手可及，却那么不真实，就连人类，唉，就连人类之间的联系也坠入了这种单方面的情感那自由飘荡的神秘表面，而表面之下已经没有什么可以掩盖。因为有一种强大的、几乎是严苛的联系，极度不理智，极度无欲无求，也极度清醒，连接了他与那个一动不动地站在那里的瘦削人形，这就是他们之间的关联，无关联的关联，极度稳固。没有什么还在活动，甚至连群鸟的叽喳也在这幽暗而惨淡的光中死灭了；唉，那个梦永远也不会重返了。但普洛娣娅从梦中探了出来，触手可及，他已经预感到了她的呼吸，呼吸着通报了神秘："别为他伤心，我会在无人歌颂的未来认出你。过去的事已经与你无关了，回到我身边吧，我的恋人——"她就这样低语着，像梦中平和的温柔生机，在所有听觉之外低语，进入了一个触手可及的世界，世界也变得生气全无，变得惨淡，她就这样对着世上僵滞的东西低语，然后，她轻悄的低语沉寂了，好像她那柔弱的力量已经完成了它的使命。只有寂静长存，皇帝依然站在窗边眺望，没有回头，那个以众神的名义统治世界的人，那个瘦削而凡俗的上帝的化身，他没有回头，眺望着屋顶与线条荫翳的、还在不断陷入荫翳的风景。一切都寂静而平和，但已经不是此前轻轻飘荡的梦之平和了，这是奥古斯都那坚韧不屈的平和，只有月桂的香气像梦境一样呼吸，一如既往地飘过了房间，仍在这里苦守，却只是对那鲜活之花的回忆了，在回忆那几乎可以听到残酷之事的边界上，曾经站立着月桂，现在站立着月桂。

意料之外的是，奥古斯都突然又转过了头，怀着反常的热切问道："说正事，维吉尔……你为什么想要毁掉《埃涅阿斯纪》？"

他始料不及，一瞬间竟无法作答。

"你说它是不够格的；你是这么觉得的，但我不信，没有连维吉尔都无法补救的艺术缺憾……你显然是在搪塞我。"

"我没有达到我的目标。"

"我不明白你的回答……你的目标是什么？"

这个问题如此尖锐，又如此直接；奥古斯都又走到了床边，像父亲一样严厉地审视着他，带着赫赫的威严，但这种威严对他的影响却极为奇特，不仅仅是由于他们年龄的差距，更是因为所有认识奥古斯都的人都对他一贯的尖锐诘问习以为常了，不再感到惊恐。他的赫赫威严显然不可避免，向他索求一个答案；而他已经被震慑到了，不知如何作答。他的目标是什么？他找不到它，它也在这一瞬间触手可及的沉重中蒸发！唉，目标在何处？哦，普洛娣娅！哦，西比尔的声音！他有什么目标？！

普洛娣娅发话了，像一种回忆："我背负着你的命运；你的目标在我的知识里。"

而奥古斯都——如果他一定要问出什么，就连这他也愿意盘问出来——改变了语调，他觉得他变得亲切了："有很多目标，维吉尔；我自己就有很多目标，其中之一就是你的友谊，这个目标显然也很重要，因为做维吉尔的朋友是我的荣耀……那么，现在告诉我，是什么可怕的目标推动着你，让你下定了那难以理解的决心……”

他又烧起来了；他感到自己的手指变得灼烫，戒指挤压着手指。但他必须回答：“我的目标？……知识……真理……万物的目标……认识……”

“这就是你觉得你没有实现的目标。”

“没有人能够实现。”

“那么……既然你自己也承认没有人能够实现，那你还这么折磨自己，就有些不可理喻了；……终有一死的人不是全能的。”

“但我还没有向认识迈出第一步……真是谬误，一切都是谬误。”

“怎么能这样说呢？你自己都不相信；就这样吧。”奥古斯都的声音变得气恼；他有些不悦。

“就是这样。”

“我的维吉尔……”

“哦，屋大维……”

吊灯轻轻地摇晃着，尽管没有一丝风；吊灯的银链轻轻地击响；幽暗的太阳下面是否正积蓄着一场地震？他没有感到惊恐。他的身体像轻舟一样微微摇动，像一叶准备出航的轻舟，而奥古斯都在岸边伸出了友善的援手。外面，海洋的镜面不起波纹，整个海面都在一起波动，水面上闪着惨淡的光。

奥古斯都友善地开了口，他也没有注意这场地震：“听我说，维吉尔，听我说，我是你的朋友，也了解你的作品：你的诗充满了最崇高的认识。整个罗马都在其中，你的诗包罗了罗马的众神、它的战士和农民、它的荣光与虔诚，包罗了整个罗马的空间、罗马的时间，从它的起源时代一直到它强盛的特洛伊先祖，你保存了一切……这些认识对你来说还不够吗？"

"保存？保存……哦，保存……对，我曾经想把一切都保存下来，发生的一切，发生过的一切……所以我没有成功。"

"你已经成功了，我的维吉尔。"

"我追求认识的时候太过焦躁……因为我想把一切都书写下来……因为那就是诗；唉，诗焦躁地追求着认知，认知是它的愿望，它不能实现它的愿望……"

"我同意你，维吉尔，那就是诗；它包罗了一切生活，因此它是神圣的。"

皇帝不理解这一点，没有人能理解真理，没有人知道审美的神性只流于表面，只是前神性的神圣假象。

"认识生活不需要诗歌，哦，皇帝……至于你说的罗马的空间、罗马的时间，我觉得撒鲁斯特和李维的著作比我的诗歌更相称，如果我也是一个农民，或者更确切地说，我本可以做一个农民，如果我要认识农业，可敬的瓦罗的著作远比《农事诗》重要得多……我们诗人和他们比起来算得了什么！我不想贬低我的同行，但只靠美化是什么也做不到的，至少无法得到认识。"

"每个人的存在都在为生活的认识做出贡献，每件完成的作品也是，包括我的作品；只是你的伟大著作是诗歌的认识，因此也是你的伟大，维吉尔，所有生活，我敢说，都在一次注视里，在唯一的一部作品里，只需一瞥就可以把握。”

他写下了内在与外在发生的一切，尽管如此，他却一无所获。“唉，奥古斯都，我过去也想要这样，我觉得这，觉得这恰恰就是诗艺的认识使命……但我的诗却成了对认识的一种寻求，不会成为认识，不是认识……”

“那我就得再问你一次了，维吉尔，如果你写诗的目的不是对生活的认识，那是什么？”

“对死亡的认识。”

一片静默；存在那地震般的轻摇持续着，但皇帝还是没有留意，他似乎被他听到的东西震慑到了。过了许久，他说道：“死亡也是生活的一部分；认识了生活的人也能认识死亡。”

是这样吗？这听起来好像是一种真理，却不是真的，或者不再是真的了。“在我的一生中，屋大维，没有一刻我不想要保存下来，但也没有一刻我不在求死。”

皇帝显然深感震惊，却还是强迫自己亲切地说道：“你求死的愿望迄今都没有实现，维吉尔，这只能说是一种幸运；这一次，你的愿望就让你生了病。你求生的愿望会在众神的救助之下再次变得强大。”

“可能是……我当然贪恋生活，是，我承认我贪恋生活；我没有厌倦生活，那是因为我极度渴求死亡……我对死亡还一无所知……”

“死亡即是虚无；谈论死亡是多余的。”

“你目睹过许多死亡，屋大维；也许这就是为什么你比别人更了解生活。”

“也许我目睹过太多的死亡了，但真的，我的朋友，生活就像死亡一样贫乏。生活通向死亡，二者都是虚无。”

如果奥古斯都不是随随便便、极为疲倦地说出了这句话，他将感到极度震惊，因为这完全不符合皇帝一贯的作风。但奥古斯都显然没太当真：“这不符合斯多葛学派的观点，而你一直说你是斯多葛学派的门徒。”

“只要我还负有行善的责任，我就会赞同斯多葛学派的观点。但这对于我们来说其实不太重要，不关乎本质。”

奥古斯都坐了下来，他那不怎么英武的姿态又显出了疲惫。他闭目休息了片刻，手在空中摸索着一个支撑点，终于搭在了挂着花环的烛台上，他的手指玩弄着一片月桂叶，揉碎了它。当他再次睁开双眼的时候，他的目光如此倦怠，显得有些空虚。

哦，他本该把这一切也都保存下来，书写下来，像这许多年来其他流逝的、未经书写的事情一样，像所有那些几乎不可追忆的人类故事，一片模糊的颅骨与脸庞的海洋，村民、市民的颅骨与脸庞，长着头发，覆盖着皮肤，或起了皱纹，或依然光滑，或长了丘疹，一片模糊的形体海洋，那些路过的、溜过的、一瘸一拐地经过的永远多样的人类。奥古斯都，这上帝在尘世间的化身当然也属于他们，他也像整个不可穿透、不可计数、不可塑形的鲜活造物的海洋一样不可追忆；像里面的每个个体一样不可追忆；甚至像纯粹的生物一样不可追忆，那栖在他们所有人体内的生物，吞吃、入睡，体内填满了多余的半固体；像血肉下的骨架一样不可追忆，他们都靠它活动；像人类一样不可追忆，哦，人类，尽管如此，他的微笑中却栖息着所有神性，他在微笑中认识到了他人的灵魂和他人都是神圣的——人性的理解、人类的语言都诞生于微笑。他无法保存这些，只保存了一个幸运的、前荷马图景的仿品，一种空虚的虚无，充满了荷马式的众神和英雄，甚至疲倦的孙辈也在反抗他们的虚假，孙辈坐在这里，还有力气：因为甚至连皇帝脸上最疲倦的微笑也是神圣的，但在诗中，亚克兴的征服者却没有一张脸，没有一种微笑，只有一副盔甲和一顶头盔。在那首诗里没有真理，英雄埃涅阿斯离真理那么遥远，埃涅阿斯的孙儿离真理那么遥远；在那首诗里没有深刻的认识，它没有真正地保存下来什么，它什么也不能保存下来，因为只有在认识中，光影才能成形：那首诗仍然带有无影的惨白。这时，一个声音发了话，不是普洛娣娅的声音，不，是一个陌生的声音，不，是那个奴隶的声音，极其陌生，因为他在这里什么也不寻求，他说道："你不应该再保留什么了。"——"为什么是你来给我建议？为什么不是普洛娣娅？"现在回答的真的是普洛娣娅了，她轻柔的气息一如既往："听他的吧，你不该再书写什么了。"因为她，不再书写成了一种责任，但普洛娣娅也可能只是因为惧怕这个奴隶才这样附和的，她惧怕他，她本可以跻身于那不可逃脱的本质；但这也还是一种责任。为什么要这样命令他，要他履行责任？为什么？！因为甚至现在，对，甚至现在他也必须尝试唤回荒废的时光，这样的话那首诗还有救，这也是最后的一瞬间了，做任何努力都太晚了。但他必须成功，如果他能保留这一刻，保留此时此地唯一的一刻，保留周围触手可及的存在者，那石化的坚固墙壁、地板、房屋、城市、静止之物中的奔流之物，保留所有穿透性的、地震般的摇撼，人们从上面滑过，像小舟滑过如镜的水面，映在渐趋惨白的正午阳光里——哦，如果他能保留这些，保留皇帝冷酷而温柔的表皮下属于尘世的疲惫，保留谈话的一些残片，这谈话像一根无形的链条延向了他，两人之间的对话，两人都坠入了潮湿的人海，他们之间的理解、他们目光神圣的接触是不可把握的。哦，如果他能保留这些，如果他可以保留这些，如果他还需要这样做，那么这也许会是对生活的真正的认识，是它最初与最后的闪光。是这样吗？“你在尘世间一直在这样做，此岸对你来说已经不够了。”奴隶说，这句话让他醍醐灌顶，根本不需要普洛娣娅来确认。因为认识的精神还能深深挤入存在者体内，他还能分裂成原初的元素，把平静的受难从躁动的东西里区分出来，他认清了二者，一个像水和大地，另一个像火和大气，他能溶解成许多片段，钻进原子神秘的旋涡，他也能发现人类最内在的本质，能看透一个又一个人类的断片，看透对上帝的预感、人类的行动和语言的自欺，能剥出人性最深、最后的赤裸，把血肉从骨架上剥下，把表皮从骨头上吹掉，粉碎人的思想，除了分崩的、神圣地悔悟的、不可把握的自我什么也不留下，而认识的精神使一切圆满。他想要一步一步地钻研，想要保留一切，但目前看来他还没有迈出一步，认识仍留在此岸，仍囿于尘世，仍是对生活的认识，而不是对死亡的认识：一片片举出开端那夜色朦胧的混乱，一个个连成了真理的链条，无穷无尽的链条，无穷无尽的真理本身，像生活一样无尽，显然也像生活一样毫无意义，囿于无意义，在生活认识它之前，死亡就认识了它，也仍在认识它。不死之死的光亮开启了，那是人类存在最朴素的意义，创世的过程，所有的真理。哦，对生活的认识与俗世束缚在一起，从未脱离认清的东西，给了他一种同一性，永存的同一的意义，因此生活也成了一种创世，在永存的事物之中，永远被人忆起。

只有那些意识到自己关于死亡的知识是无穷无尽的人，才能把创世的过程保存下来，这创世中的个体，好像创世的过程就在个体之内。因为个体不能保存在自己体内，只有在关联中，只有在和法则的关联中，它才能保存下来。而被所有存在者的关联运载的无穷之物、被法则和法则的形式运载的无穷之物就是命运本身：无穷之物那无尽隐匿的存在，也是人类的灵魂。

奥古斯都不为所动地坐在那里：他的手指揉碎了月桂的叶片，好像在期待他的赞同，至少是一个回应。

“哦，奥古斯都，你讲到了本质……这不像你的作风，你好像没有意识到，生和死都不是虚无，这不像你的作风，你好像也没意识到，你的认识可以把这句话颠倒过来，就好像你还在继续说话……真的，只有认识死亡的人，才能认识生活……”

皇帝漫不经心地微笑了，这显示出他根本不在意这句题外话，他依然保持着平和：“可能是这样……”

“是，没错，是这样，只有当死亡的意义达到圆满，生活那不可度量的意义才会诞生。”

“我可以把你说的这些理解为你诗歌的目的吗？”

“这不只是我的行动的目的，也是真正的诗歌的目的，这是所有真正的诗歌的目的；如果不是这样，如果不是所有思想、所有想象都必须竭力试探死亡，如果没有这种巨大的胁迫，没有这种死亡将近的胁迫，就没有悲剧诗人，就没有埃斯库罗斯！”

“但人民觉得诗歌还有其他的目的。有人在诗中寻求美，有人寻求智慧。”

“这些都是副产品，是不费吹灰之力的、几乎是廉价的副产品；当然，人们可能只想寻求这些东西，但在后面，真正的目的呼之欲出，因为它才是本质，因为在它内部只藏匿着生活本身的目的。”

“而你没有达到这个目的？”

“我没有达到。”

奥古斯都揉了揉额头，拨弄着他的头发，好像大梦初醒，必须努力集中精力，他说道：“我了解《埃涅阿斯纪》，因此你的书写不可能是错误的。那里面有死亡的所有变体，不仅如此，你甚至追随着死亡走到了下界的阴影里。”

皇帝好像永远也不会明白，诗的献祭是一种不可避免的必然；他根本没注意到太阳光变暗了，海平面也在摇晃，没有预感到大地上的不幸火海，它在万物中真切、强劲而清晰地通报了自己；他没有预感到创世将要开始了，也永远都不会承认献祭——不只是《埃涅阿斯纪》的献祭——必须进行，只有这样，太阳和星辰才能不再停滞在它们日夜轮回的轨道上，不再翳暗世界，只有这样，创世才能继续，死亡才能变成重生，变成重生的创世。

埃涅阿斯追随着死亡走入了下界的阴影，他两手空空地归返，他自己就是一种空虚的比喻，没有幸福，没有真理，没有真实的真理，他的冒险就和不幸的俄耳甫斯的冒险一样徒劳，尽管他还没有下到俄耳甫斯为其所爱之人所下的一半深的地方，只是抵达了那些建立了法则的先祖——不，他的力量还不够，还不足以下到更深的地方，而现在他要完成献祭，现在他要和所有诗歌一起抵达虚无，死亡的真实期待着它，击溃了这空虚的比喻。“我只是以比喻展现了死亡，奥古斯都。但死亡比诗歌的象征更狡诈，死亡逃出了这些象征……比喻不是认识，不，比喻紧跟着认识，但有时会跑到认识前面，像一种不被允许、不曾圆满的预感，只有言辞才需要比喻，然后比喻会取代认识，站在认识前面，像一块幽暗的屏风遮挡着认识……”

“我觉得所有艺术都需要比喻，对埃斯库罗斯来说也是这样；所以艺术都是象征……不是这样吗，维吉尔？”

皇帝显然找到了正确的切入点来反驳他：“要表达自己，我们也确实没有别的手段。艺术只有比喻……”

“而死亡会从比喻中逃脱，这是你说的。”

“是这样……所有语言都是比喻，所有艺术都是比喻，甚至连实际行动都是比喻……认识的比喻，应该是这样，可能是这样……”

“很好，这样我就理解了，这对于我也成立，对于埃斯库罗斯也是，”——奥古斯都微笑了——“这么说我们都同意统治是一种艺术，是属于罗马人的艺术。”

要跟上奥古斯都那跳跃性的狡辩并不是一件轻松的事。皇帝坐在他的床边，这个事实比皇帝说的话更好理解，当皇帝提到罗马帝国，提到他所创立的太平盛世——他的真实何在？国家在外面轻描淡写地建立了起来，在风景中，在风景之间，在人群中，在人们之间，那里有边界，那里有人与人之间的关联，无形却触手可及，他需要竭尽全力，才能在所有这些空间里感受到它："你的作品，奥古斯都……当然，是，是一个比喻……这是你的国家……是罗马精神的象征……"

"但在这个充满了象征的世界里，在这个充满了创造了我们生活的比喻的世界里，你创造的比喻就那么差吗，就必须毁掉吗？我希望我创造的一切都能留存下来……在这一点上我很像埃斯库罗斯，他也没有毁掉他的作品……你想做一个例外吗？还是你不满足于自己挣得的名声，还要把赫洛斯塔图斯[1]的名声也归到你的名下？"

皇帝是那么渴望名声，他不停地说着名声，也不停地追逐着名声，所以他不能告诉他，名声可以持续到死后，却不能扬弃死亡，因为名声之路是一条世俗之路，是此岸没有认知的道路，是一条表面之路，是颠倒和迷醉之路，也是一条不幸之路："名声是众神的恩赐，但不是诗歌的目的；只有鄙陋的诗人才以之为目的。"

"你当然不属于他们的行列……那么为什么你的象征就不能留存呢？你的诗和荷马的诗不相上下，如果说你不如埃斯库罗斯，那也很荒谬。但你却声称你只是掩盖了认识，而非发现了认识，不能以此接近认识；如果你是这样，那么埃斯库罗斯也是这样。"

1 赫洛斯图塔斯，公元前4世纪希腊人，为追求名声而焚毁古代世界七大奇迹之一的阿耳忒弥斯神庙。

奥古斯都还在坚持，刁钻而可恶，他明显有些焦躁了，但他却不能立刻给他一个清晰的答案，给他一个他想要的答案："埃斯库罗斯的诗从一开始就是认识，而我想在诗中找寻认识……他的象征源自最内在的认识，既是内在也是外在，像伟大的古希腊艺术的所有图景一样，跨入了持存的东西；生于认识，变成了持存的真理。"

"你也该享此盛名。"

"我不行……我只是带来了外在的图景，它们囿于尘世，因此肯定比它们原初的图景要小；它们不能成为认识，不能成为真理，既不在内在也不在外在，只是单纯的表层……我也是这样。"

"维吉尔，"皇帝的步伐加快了，又带了少年的感觉，"维吉尔，你这是在旧调重弹，只是换了一种更好的说法。但我也可以重复我的话，继续指责你针对自己作品的昏聩指责，指责你说自己失去了目的或失去了认识，实际上那只是一些形式塑造的缺陷，除了你没有人能发现，除了你没有人会觉得你的诗不够动人。对自己作品是否成功的怀疑折磨着所有艺术家，而它在你身上已经发展成了一种狂热，也许是因为你是所有诗人里最伟大的吧。"

"这不是事实，奥古斯都。"

"不然呢？"

"你还要赶路，我不该再发表长篇大论了，我想要向你证明，《埃涅阿斯纪》仍然是不完善的，尽管它拥有一件完美艺术品的所有特征。"

"你在玩文字游戏，维吉尔，你说你只是在表层活动，你现在就是。"

“唉，屋大维，相信我吧。”皇帝站在那里，远得不可度量，没有任何话语可以抵达他。

“长篇大论的证明总想揭露什么，尤其是当它们想建立在哲学的论点上面，现在显然就是这样。”

“这不是哲学，屋大维。”

“但这是你想对《埃涅阿斯纪》做出的评注。”

“是，可以这么看。”

“维吉尔对自己作品的评注！这个怎么能错过！我们得告诉梅塞纳斯，他一定会兴高采烈地参与其中的。等你到了罗马，你要好好给我们讲讲，还得找个奴隶做笔录，把你的话记下来……”

“在罗马……？！”——他再也见不到罗马了，这种感觉多么奇特！而且，罗马在哪里？他自己在哪里？他躺在哪里？这是布林迪西姆吗，这城市的街道在哪里？难道它们不是通向无处的吗，不是彼此盘绕、交错在一起的吗，和罗马的、雅典的以及世界上所有其他城市的街道盘绕、交错在一起的吗？许多门、许多窗户、许多墙垣，都改换了站立的地方，都不断地变幻着位置，眺望的目光和逃离的出路都不知通向何处，唯一的风景就是无影的大地，就是这唯一的城市，它无法转向天空；没有人知道哪里是东方。

“当然，我的维吉尔，罗马期待着我们的到来，”皇帝说，“我该动身了，几天后你就会恢复健康，会在我之后安然无恙地前往罗马……但在这之前你不要考虑康复和手稿的问题。你和手稿都必须毫发无伤，我们需要你们，这一点我要请你向我发誓，你应该也不会觉得这是件很困难的事。你要照顾好自己，照顾好你的手稿……

你到底把它藏在哪里了？是在这里面吗？”皇帝指向了手稿箱，准备走过去，他好像是顺手一指，但实际上却是蓄谋已久的。

哦，这是勒索，纯粹的勒索，他显然没有别的选择了：“我要向你发誓？！”

“这首诗的许多地方还没有誊写下来……在你意气用事之前，我得把这首诗救下来，得把你拦下来。可能你会说服我，会说服其他人你的评论是多么正确。但你不能着急，我们都得先听听你的评论。如果你不想发这个誓，我就把箱子拿走，替你好好保管，等你到罗马再还给你。”

“屋大维……我不能把我的手稿给你。”

“看到你这么烦闷，我的维吉尔，我也很难过，但我向你保证，你这都是心血来潮。你根本没有什么理由感到烦乱，也根本没有理由烧毁你的作品……”现在他站到了床前，温和地鼓励着他。

“哦，屋大维……我要死了，但我对死亡还一无所知。”

普洛娣娅从远处说道：“对孤独的人来说，死亡就是终结；对于两个人来说，那就是关于死亡的知识。”

奥古斯都伸出手，抓住了他的手：“这都是悲伤而无用的杂念，我的维吉尔。”

“这是不可避免的，我也不能摆脱它们。”

“你还有充裕的时间，众神会帮助你，给你更多关于死亡的知识……”

许多东西在四周摇晃，许多东西掠过了彼此，奥古斯都的五根手指握在他的手里，自我俯向了自我，但这不是普洛娣娅的手。在死亡面前没有漫长或短暂的时间，但死亡那带来认识的最后一瞬肯定比他经历过的一生都要漫长。普洛娣娅说道："我们合为一体，没有时限，我们的知识没有时限。"

"那首诗……"

"好，我的维吉尔……"还是那种温和的激励。

"那首诗……我必须抵达知识……那首诗站在知识面前，它挡住了我的路。"

奥古斯都把手收了回去，他的脸色变得严峻："这无关本质。"

手上的压力消失了；他再次感到了他的戒指，感到了他在发烧，皇帝的声音陷入了不可理解的远方。"你说到了本质，奥古斯都……那就是死亡……是对死亡的认识……"

"这一切在责任面前都不是本质……你在你的诗里也那么倾心于死，如你所说，以比喻展现……"

他的话在飘飞，他必须尽力把它唤回来："唉……把生活保留下来，是为了在生活中找寻死亡的比喻……"

"可能是吧，是，可能是……没有人会问一个战场上的士兵有没有找到死亡的象征，有没有找到死亡的知识；如果有一支箭射中了他，他就一定会死。他不会顾忌到自己知晓了什么，不知晓什么，他履行了自己的责任……愿众神阻挡你的死亡，我的维吉尔，他们会阻挡你的死亡，但我不能忍受你这样玩弄死亡，你的死亡，不管你知晓了或者不知晓什么，都和你对全人类的责任没有半点关系……如果你不改变你的想法，我就要强行把你的诗拿走了。"

皇帝表现得十分焦躁，已经怒火万丈了，到了千钧一发的关头。

“认识不是一个个体的事情，哦，皇帝。认识是全人类的事情。”

他的认识无法抵达任何深渊，只能留在表层，留在那暴民横行的石化表层。他对死亡的认识没有超脱尘世，仅仅知道尘世间那石化骨架的死亡，也就是一无所知，忧伤而无助，无力施加任何救助。因此皇帝不能理解他，他不解而愤怒，在他说话之前就拒绝了理解。

“那么说，你想靠毁掉你的作品来造福全人类？你是当真的吗？你的责任呢？你对责任的意识呢？我求你，我真的求求你，别再迷惑我了。”

有什么东西沉入了这个愤怒的人的眼睛，他的怒火不再那么严厉，他的善意还在；如果他能诱发这种善意，事情就还有救。“我没有逃避什么责任或义务，奥古斯都，这一点你清楚；但只有当我真正地达到了认识，我才能真正地服务于大众和国家，因为我有责任帮助别人，没有认识，我就做不到这一点。”

皇帝的怒火果然平息了：“那么我们想要把《埃涅阿斯纪》作为一个暂时的认识妥善保管起来……虽然你错认了它，觉得它还不是死亡的象征，但它也是罗马精神和罗马人民的象征，是他们的共同财产，你和你所说的错误的比喻就是你对你的人民最好的帮助，也将一直都是。”

“皇帝，你的作品、你的国家是罗马精神完美的比喻，《埃涅阿斯纪》不是，因此你的作品会长存，而《埃涅阿斯纪》注定会被遗忘，注定要没落。”

“世界上难道容不下两种完美的象征吗？难道真是这样吗？我

当然愿意承认罗马帝国是一个更完美的象征，但难道使你的作品服务于这个包容万象的象征，不才是你理所当然的责任吗？”——怒火又一次在他紧张的脸上闪现，现在还包含了一种愤怒的不信任——“但你，你根本不关心这一点。你出于骄傲推卸你的责任；让艺术，也就是让你的艺术服务于国家并不能满足你的骄傲，你还没有让它们为国家服务，就想要完全销毁它们……”

“屋大维，你觉得我是个傲慢的人吗？”

“到现在为止还不是，但你似乎已经成为那样的人了。”

“好吧，奥古斯都，我知道人应该努力保持谦虚，我也希望我一直都保持着谦虚；但相反，在艺术方面，如果你愿意这么说，我就是傲慢的。我清楚一个人所有的责任，因为人类本来就是责任的履行者，但我也知道人们不能把责任强加在艺术之上，不管是服务国家还是别的什么责任；这样只能让艺术不再是艺术，而当人类的责任渗入了艺术，就像今天这样，人们就没有别的选择了，出于对艺术的尊敬，人们必须放弃艺术……这个时代要求的恰恰是个体的极度谦卑，心中怀着极度的谦卑，还要隐姓埋名地为国家服务，像国家里许多无名小卒中的一员，像一个士兵或者其他什么人，但诗歌不是这样，诗歌不能存在，它更像是极度傲慢的非艺术，肯定是非艺术，只要它试图以它多余的存在造福国家……”

“埃斯库罗斯那多余的诗作嵌入了克里斯提尼[1]的国家架构，因

1 克里斯提尼（约前570—约前508），古希腊雅典政治家，前509年当选为雅典首席执政官后对雅典政治机构和法律制度进行了大规模改革。

此雅典城邦留存了下来……我只希望我的作品可以像《埃涅阿斯纪》一样持久。”

他说得很直接，但必须注意，这种亲切只是皇帝和朋友说话时所采用的委婉的反对。

“埃斯库罗斯的情况，我的皇帝，对我来说已经不适用了；时代不同了。”

“当然，维吉尔，已经过去五百年了；但你没法否认，事情还是这样。”

“你说到了责任，奥古斯都，救助他人的责任当然不会随时代而改变，但人们所需要的救助方式不同了，如今艺术已经不能再提供救助了……责任还在，只是它的使命会随时代变迁……只有在无责任的世界里，时代才不会变化。”

“艺术不囿于任何时代，这五百年恰恰证明了诗是永存的。”

“时间所证明的是真正艺术品的永恒价值，仅此而已，屋大维……埃斯库罗斯可以创造出永恒的作品，是因为他完成了自己时代的使命，因此他的艺术也是认识……时代规定了使命的方向，逆向而行的人注定会失败……在时代方向之外的艺术完成不了任何使命，它既不是认识，也不是救助，简而言之，它已经不再是艺术了，不能存活下去。”

皇帝在摇晃的海面上来回踱步，在每次波浪沉落的时候转身，这样他一直都在向上行走——也许他感到了海洋的躁动——他抓住了烛台。“你现在的话也是无法证实的。”

“我们的艺术是在照搬希腊的形式；而你治国理政的时候走的

却是全新的道路。你完成了时代交给你的使命，我没有。”

“这证明不了什么。我的新道路仍有争议，而永恒的形式将永远是永恒的形式。”

“唉，奥古斯都，你只是不想看见，只是不想承认，已经不再有诗歌的使命了。”

“已经不再有了？不再有了？你说得好像我们正站在一个终点……”

“也许更确切的说法是：尚未！有朝一日还会再出现艺术的使命的……我们满可以这样猜测。”

“不再和尚未，”——皇帝被触动了，不安地衡量着这些话——“中间裂开了一个空虚的空间……”

是的，不再和尚未；就是这样，一定是这样，迷失于虚无，这梦境走失的过渡地带——但是，之前难道没有其他的说法吗，类似的却不一样的说法？少年的声音又传来了，少年吕萨尼亚斯的声音，他说道：“还不是却已经是了；就是这样，将会是这样。”

“时代之间空虚的空间，”——皇帝继续说道，这句话好像是浑然不觉地从他体内飘出的，像是在自说自话——“空虚的虚无，突然开裂的虚无，对它来说，一切都太晚或者太早了，那时代之下、众时代之下的深渊，空虚的虚无深渊，那惊恐的、发缕稀疏的时代，一瞬接着一瞬，它想要跨越而过，而那石化的、使万物石化的深渊已经看不见了。哦，未成行的时间深渊，永远不会有人看到它，永远也不会开裂，永远也不会有人闯入；它必须继续涌流，不受打扰，在那些既是开端也是终结的每一刻，已经成形的时间……”

这些话真的是奥古斯都说的吗？或者这是他最隐秘的恐惧之辞？时间神秘地流逝，这空虚的、没有水岸的激流，流向死亡，永远被此刻分流，永远不可捕捉地溅上了此刻。“我们站在两个时代中间，奥古斯都；称之为期待吧，而不是空虚。”

“两个时代之间就是没有时间的空虚，不可塑形，不可以诗歌表达；你自己也发现了这一点，因此你仅仅在一息之间称赞这时代，称赞我不遗余力缔造的我们的时代是人类存在的实现，是诗歌的实现，是，是一个真正的繁荣时代。我提醒你，你在《牧歌》里已经预言过了，这个时代会使那福乐的纪元实现。”

“它快要实现了，我们现在只是几乎实现了它。我们的时代只是充满期待的等待，只是关于实现的知识，我们等待，我们有福等待，有福觉醒，我们自己就是这种期待，期待着它的实现。”

时代之间的等待，也是时间那无形的两岸之间的等待，是难以企及的生活的两岸之间的等待！我们站在桥上，站在连接了无形之物的桥上，自己就是那种紧张，尽管如此，却也被激流裹挟；普洛娣娅想要阻挡这神秘而不可阻挡的激流，也许她本可以阻挡住它，也许她还将再一次阻挡住它。哦，普洛娣娅——

皇帝摇了摇头：“实现是一种形体，不只是一种期待。”

“哦，奥古斯都，只要我们后退，我们就会坠入无形之物，坠入虚无；你是建造桥梁的人，你把时代救出了最深的堕落。”

皇帝点了点头，好像对他的称赞感到满意：“是这样，时代完全堕落了。”

“堕落的征兆就是这些时代失去了认识和上帝，死亡就是后果；几十年来都只有最赤裸、最血腥、最无耻的对权力的欲望，只有内战，只有不断的生灵涂炭……”

“是这样，但我重建了秩序。”

“因此这秩序就是你的作品，它已经成了罗马精神唯一的完美比喻……在你到来并拯救了我们之前，我们的恐惧之杯几乎已经满溢了；因为那个时代深深陷入了无情，充满了鲜血，而现在你使那不幸的权力噤声了，这一切绝不是徒劳的……哦，绝不可能是徒劳的，从最深的谎言中，新的真理一定会闪着光芒升起，死亡最荒芜的地带将会成为一种救赎，扬弃死亡……”

“正因为此，你才觉得今天艺术已经完成不了什么使命了？”

“我就是这么想的。”

“那么请你记住，斯巴达与雅典的战争比我们的内战持续得要久得多，只有更大的不幸才能使它中断，那是不可避免的新的不幸，因为那时的雅典受到了波斯军队的蹂躏。你也要记住，在那时，在埃斯库罗斯的时代，诗人的家乡埃琉西斯，甚至连雅典都被付之一炬了，但那时他却不顾这种恐怖，摘得了雅典第一次戏剧比赛的桂冠，好像要以此宣告希腊即将复兴……世界一直都没有改变，那时诗歌就在，现在也依然可以存在。”

“我知道世上的暴力是永无止境的；我知道人们因为权力斗争而分帮结派，却永远比邻而居。”

“也请你记住那时的萨拉米斯和普拉蒂亚[1]……”

---

1 公元前479年的普拉蒂亚战役是希波战争中的重要战役，希腊人在此后由防御转入进攻。

“我记得。”

“你歌颂的亚克兴就是我们的萨拉米斯，亚历山大就是我们的普拉蒂亚……我们同样有奥林匹斯的诸神伴随，虽然我们经历过上帝的丧失，但我们同样以众神的名义，像希腊一样，重新战胜了东方的黑暗强权。”

东方的强权，沦入了尘世，沉沦已久，直到净化了自己，摆脱了时代的激流，摆脱了一切，升到空中，一颗照耀群星的星，不会翳暗的天空。

“一切都没有改变。当有一个人创造了和平，明智而令人敬佩地统治着雅典，所有艺术都在神圣地发展，这仍是一个伟大的范例，这就是伯里克利[1]的和平。”

“是这样，奥古斯都。”

“扬弃死亡？这是不可能的；在这世界上，只有名声比死亡更持久。甚至是战争和恐怖造就的名声，但我当然不希望得到那种名声；我追求的是和平的名声。”

名声！又是名声！无论统治者还是文人，都在追求名声，追求名声那可笑的、对死亡的扬弃。是的，他们为名声而活，名声是他们唯一看重的价值，是他们的本质，但令人安慰，也令人惊异的是，名声的征兆可能比名声本身更接近本质。

“超尘的扬弃死亡在尘世间的象征就是和平，你禁绝了死亡在

1 伯里克利（约前495—前429），古希腊雅典政治家，曾连续15年当选为将军，其执政时期被誉为希腊的“黄金时代”。因染瘟疫而病逝。

尘世间横行，你建立了你和平的秩序。”

“你说的象征就是这么一回事吗？”奥古斯都刚刚还打着夸张的手势，像是在元老院里慷慨陈词，现在他突然把手放到了椅子的扶手上，提了个唐突的问题，“你就是这个意思吗？你觉得雅典人民反抗伯里克利，是因为他虽然开创了和平，却没有阻止死亡？因为瘟疫成了征兆？你觉得人民渴望这样的象征？”

“人民很了解象征。”

奥古斯都没有理会这句话：“现在我们还没有遇到瘟疫，我有幸能放下武器，治理幸福的、统一的罗马。如果众神继续帮助我，这种和平就会不囿于罗马的内部，它还会扩展，很快我们就会给各地以和平，以此推进帝国的疆界。”

“众神一定会继续帮助你的，皇帝。”

皇帝若有所思地沉默了下来；然后，他的脸上浮现出一个几乎是稚气的微笑。“那么以众神的名义，我也不能在我的国家里放弃艺术；艺术需要我带来的和平，就像伯里克利建造了直冲云霄的、美丽的雅典卫城。”

皇帝成功地把话题引回到了《埃涅阿斯纪》上面。“真的，奥古斯都，你没有让我的生活变得轻松，真的，你……”生活？难道他不是因为死亡才有权这样称呼它吗？在某处，有某种可怖的东西开裂了，不可捕捉，不可通行，拥塞在自己的体内；时间神秘地流去，他却觉得它从未流去。

“你想说什么，我的维吉尔？”

奴隶的声音替他回答了：“没有时间了，我不能再谈艺术了；

艺术无计可施，不能扬弃死亡。因为我的力量更强大。”他还没说完，普洛娣娅就补充道：“时间的变迁废黜了所有变迁，时间会静静地立在不变的世界里，你在那里变成了我……握住我的手吧，你还有时间。”她默默地说道，她的手伸了过来，在时光的寒凉中显得极为寒冷，在不可见的事物中清晰可见，像羽毛一样轻盈地握住了他的手。

皇帝的目光望了过去，望到了那只纹章戒指，不，他望到了普洛娣娅那气息般温柔而无形的手指，他还在微笑。“难道我建立的和平时代不如伯里克利的时代吗？这是我的和平，是我们的时代，我们和平的时代。”

“唉，奥古斯都，你真的没有让人的生活变得更轻松，尤其是当人们想起你装饰罗马的建筑，那当然可以和伯里克利的卫城相提并论。”

“木头的城市变成了大理石的城市。”

“正是，哦，奥古斯都，建筑的艺术繁荣昌盛，富丽堂皇，甚至有一点过于富丽了；不管怎么说，它还是充满了力量，像你建立的国家一样占据着空间，是秩序的一种比喻，我们秩序的一种比喻。”

“所以你觉得建筑艺术可以例外？”

“秩序静息在时间的变迁里，空间静息在尘世之间，哦，奥古斯都，在大地上成功地建立起了秩序的地方，在建立起了人类存在的真正秩序的地方，也会有人不可避免地想要建立空间中可见的秩序的比喻……雅典卫城就是秩序的比喻，金字塔和耶路撒冷的神庙都是秩序的比喻……它们都是空间中的秩序企图扬弃时间的见证……”

“现在，好……你终于让步了，你承认建筑是个例外，但令人开心，也很重要的是，就比如维特鲁威[1]，总有人不停地问我能不能拆掉他的建筑……严肃地说，我不想拿建筑艺术和诗歌做比较，也不想拿维特鲁威和维吉尔做比较，尽管如果我没记错，维特鲁威曾把他的建筑著作献给我，维吉尔却想从我手中夺走《埃涅阿斯纪》。我最想提醒你的是，你刚刚说的建筑艺术的例外也适用于所有艺术。艺术是一个不可分割的整体，你承认建筑有生存的权利，那么诗歌当然也有，这样我就可以说，我不用呼唤伯里克利，就可以从你的意义上证明，没有一个国家全面繁荣的时代不能让所有艺术同时繁荣，也包括诗歌。”

“毫无疑问，奥古斯都，艺术是一个高贵的整体。”

“你这么快就赞同了，这很危险，维吉尔；你赞同得越快，就代表你越快地找到了反驳的理由。”

“不，我是真的赞同……不管艺术通过什么手段表达，不管它伸出什么枝丫，不管是建筑还是音乐，都服务于认识，都表达着认识；认知的整体就是艺术的整体，它们形同手足，都源自阿波罗。”

“什么认识？对生活的还是对死亡的？”

“都是。两者唇亡齿寒，好像具有同一个形体。”

---

1 维特鲁威，古罗马建筑师、军械师，所著《建筑十书》是欧洲中世纪以前遗留下来的唯一的建筑学著作。

“那么又是对死亡的认识?！承认吧，你否认了自己刚刚的让步。”

“但艺术认识的责任只有在诗的领域里才受到如此强制、如此极端的规定，因为诗就是语言，语言就是认识。”

“所以呢?”

“你之前还那么崇敬我，你引用了安喀塞斯的诗节……”

“我崇敬你，维吉尔，但现在不那么崇敬了，因为你又在试图转移话题。但我引用那句话只是想让你看清楚，你这么吹毛求疵，这么追求最无瑕的完美是不应该的，你这儿戏般的行为对于你自己，对于罗马艺术的庄重和尊严都是不应该的……”

“尽管如此，这修改和润色的游戏还要一直持续下去……”——哦，他还要再次开始这游戏，那是多么诱人。箱子立在那里，所有整整齐齐地书写过的卷轴、所有手稿都在里面，好像他看到了一行行字迹，看到了它们的音节、韵律和吟唱的旋律，哦，多么诱人，多么、多么诱人！但那个奴隶现在靠近了，几乎是紧贴着床沿，轻声说道：“别想了。如果你这么做，你就会感到厌恶。”普洛娣娅的双手又飘走了。

但皇帝站在幽暗的太阳那沉寂而惨淡的光中，说道：“你的安喀塞斯就是这么说的，但也不能证明你这样使艺术沦为儿戏就是合理的；你不能让你的观点挺立在世上，也不能压制住它。”

“安喀塞斯的话……”安喀塞斯站在阴影中，他的话依然在；不只是光线如此惨淡，不，时间也像阴影一样惨淡。

“安喀塞斯的话，也是你自己的话，维吉尔。”

“现在，当它们从阴影中浮现的时候，我才知道我想以此表达更多东西……”

“那么……”

“你的解释还是太浅了，奥古斯都。”

“既然我解释得太浅，你就得纠正我。我为我的肤浅感到遗憾。”皇帝放开了烛台，用双手把自己从椅背上撑了起来，两眼之间又现出了一道尖锐而不悦的皱纹，他的脚急促而沉重地敲着水磨石地板；一直都是这样，小小的反击就能激起如此突然、如此出乎意料的怒火。

“你的解释不是肤浅，只是不够确切……许多东西一开始只是预感到的意义，会随着时间拥有真正的意义。”

“给我讲讲。”

“在统治的艺术面前，在治国理政与和平的艺术面前，在这些本质性的罗马艺术与使命面前，所有其他的艺术表达都会黯然失色，不只是那些艺术的美妙儿戏，是的，实际上，所有负载幸福、被幸福负载的崇高艺术都会失色，只是纯装饰性的非艺术，是生活的虚饰，永远在不断涌现……是的，就连这种崇高也会失色。这就是我想要借安喀塞斯的话表达的，我在称赞你的作品、你的国家、你罗马精神的比喻是唯一超过了所有艺术的作用的艺术品的时候，也在一直重复这一观点……”

“而我已经反对过你了……艺术还会持存，不受时间流逝的影响。”

如此神秘，一条空虚的激流，时间在涌流。

“请允许我说出你想要的结论，奥古斯都，最尖锐的结论。”

“说吧。”

“就算最伟大的、知晓了它认识使命的艺术也知道，我们经历了认识的丧失和上帝的丧失；被死亡蹂躏的恐怖永远站在它的面前……”

“我已经提醒过你波斯战争的事了。”

“……因此它也知道，在你创造的新秩序里，一定会有新的认识绽放，从我们丧失了认识的深渊里生长而出，它陷得多深，就长得多高，不然就连新的秩序也会失去目的，我们从你那里得到的救赎也是徒劳的……”

“这就是全部？”——皇帝看上去很满意——“这就是你的最终结论吗？”

“就是这样……一种艺术，首先是诗歌，它越是意识到了认识，就越清楚靠它那比喻的力量是不能抵达新的认识的；它知道这种认识将要到来，但它也清楚自己无法涉足这更强大的比喻。”

“好，我不反对新的认识，我只是觉得，你把自己的目的扩展成了艺术普遍的认识使命……”

“那就是艺术精神的核心。”

“但你故意忽视了，精神的整体会延伸到艺术里……”

“新的认识在艺术之外，在它比喻的权力范围之外；那甚至就是本质。”

“你故意忽视了，所有国家的繁荣期都是艺术的繁荣期，都是认识的繁荣期；你故意忽视了在伟大的雅典时代，不仅是所有艺术，而且哲学也繁荣昌盛，你忽视了这一点，你坚持对这一点视而不见，因为哲学不能契合你那不可理喻的、扬弃死亡的认识目的。但愿你能看出你有多么不公正；而我要暂时求助于哲学了，它会找到你渴望的认识。”

“哲学已经不再能找到它了。”这句话脱口而出；完全不假思索，直接从眼睛和舌头里冒了出来，因为在话语的构筑背后——在这阴影惨淡的房间里？或者是在外面羽毛笔绘出的风景里？不，还要更远，奇特地从众时代里升起——雅典出现了，渴望的城市，柏拉图的城市，禁止一切保存下来的城市，命运禁止它们保存下来，现在命运也还悬在城市的上空，像一片死亡的阴云，但在惨淡的光中却没有投下任何阴影。

“已经不再能了……”奥古斯都重复着，“不再能了，不再能了！先是艺术，现在是哲学，维吉尔！难道哲学也出现得太早或者太晚了？难道哲学也不再能做到这一点了？！”

那边，城市在话语那无空间的空间里升起，自己就是话语的构筑，是空洞的无影闲聊，潺潺流去，不能持久，没有象征，失去了象征，陷入了停滞。他的命运真的控制了他，好像他不再能留在那里了：“时间不够了，奥古斯都；思想已经到了极限。”

“人类可以构想出众神，人类应该对此感到满足。”

“哦，人类的智力是无穷的，但当它触碰到了无穷，它就会被抛回来……它没有认识……死亡的蹂躏踏上了大地，大洪水，武器的喧闹，可怕的血流成河……”

“哲学和内战没有关系。”

“但是时候了……该重新拿起犁耙了。”

“每天都可以说是时候做某件事了。”

“没有共同的认识根基，没有基本的条件就没有理解，没有解释，没有证明，也没有坚信；人们的目光一同望向无限，这是所有理解的根基，没有它，连最简单的共识都无法达成。”

“好，维吉尔，你终于要告诉我什么东西了，但我们理解的根基没有那么可怜；对我来说它已经足够了。”

唉，皇帝是对的——这到底有什么意义？皇帝为什么要和他争论？他感到疲惫，几乎是受到了胁迫，好像事关《埃涅阿斯纪》的命运。“哲学是一门科学，是理解的真理；哲学一定要证明它需要认识的根基，而认识……”某处传来了笑声，沉闷而自负。

是那个奴隶吗？或者是恶魔以笑声通报了自己的重返？

“为什么你不继续说了，维吉尔？”

雅典又出现了，又是那奇特的幻象，那曾是雅典。哪里有人在笑？是在雅典吗？

“认识的根基先于所有理解，先于所有哲学……它是最初的先决条件，既是内在也是外在……你把我从雅典带了回来，屋大维？是这样吗？”

天空的珠母贝在亚得里亚海上开启，船只摇晃，波塞冬的白马从水面探出头来。客房里可以听到大笑和喧嚣。在渐渐变得惨白的光中，一个歌奴站在船头歌唱，一个少年孤独的声音。

“我把你从雅典带回来是很正确的选择，这有利于你的康复，我的维吉尔……或者你想说，哲学现在也抛弃了它的责任，因为我没有把你抛在那座哲学之城里，让你经受他们草率的照料？”

皇帝是对的，因为他在另一艘船上，他不在这里。“哲学失去了认识的根基，它沉得那么深……在海底深处……它必须生长出来，必须触到无穷，它的根须已经不再向上生长了，就算它已经钻进了无穷……我本不该和你一起回家的，屋大维……根须不再钻入的地方是无影的虚空……认识的根基漂远了，船上有太多空洞的闲谈。你没有像我一样意识到这一点，因为你晕船了，你的双眼不再明亮……哲学曾有认识的根基，它可以建立在其上……我和你都不愿意看到哲学失去了它的根基……我去了雅典，对，我去了那里……但如今哲学最终失去了它扎根的肥沃土壤……思想变得软弱了。”

是的，就是这样，没有人可以嘲笑这句话。甚至那位认识了虚无、渴望着虚无的上帝也不可以。实际上，放肆的笑声已经平息了。而普洛娣娅说道：“理解的过程是沉默的，不需要任何证明。回到那默默开敞的贻贝里吧。”他静静听着，觉得船只的航行放缓了，流水也变得平缓；船夫的划桨声几乎听不到了，船桅之间已经没有什么响动了，只有锁链还在不时击响。

皇帝倚在烛台的桅杆上，一只手又放到了月桂的船帆上，向前行驶着，一个热恋中的丈夫，气宇轩昂地回家去找他的妻子，去找期待着他的莉薇娅，时间在航行中流逝。无法计算过了多久，皇帝接了话；他终于说道：“如果哲学失去了认识的根基，那么它现在的责任就是重建它的根基。”

皇帝一定是在另一艘船上，在他听不清的地方，在根须无法触及的地方。也许他可以说些更实在的东西，皇帝就会理解：“榆树不适合做船桅；它必须笔直地站立，长出许多羽状的斜枝……”

“你累了吗，维吉尔？你想把医生叫回来吗？”屋大维急忙把椅子拉了过来，俯向床榻，他的脸近在咫尺。

他的脸近在咫尺，恰如之前普洛娣娅的脸。浓雾撕裂了。“我感觉很好，屋大维……非常好，但也有可能一时失控……”

“你的话有点晦涩……当然你以前也常常说这种话；有智慧的人都是这样的。”

“智慧？我？我从来就没有过智慧！……现在我这样说，是因为我只是在找一个恰当的例子来回答，但我没有找到……但你，我知道，你谈到了哲学认识的根基。”

“当然，维吉尔，我们不必再为这件事伤神了。”

“哲学没法生成自己认识的根基……”

“你没解释清楚……”——奥古斯都有些心不在焉——“这个问题对我们来说也不重要，维吉尔。”

地震一般的摇晃还在继续，但所有其他事物都显得明晰而寻常，像窗外那逐渐消逝的、羽毛笔绘出的风景一样明晰而自然，像榆树的烛台一样明晰而自然，床榻不再是一艘大船，它缩小成了一叶简朴的小舟，明晰而自然，他舒服地躺在上面，漂流而去。而皇帝登船的身姿尽管那么熟悉，却既不明晰也不自然，至少目前还不是，他还要继续努力说服他，把他唤回真实："理解力不能创造自己的先决条件，哲学也不能；没有人可以成为自己的祖先，"——那笑声！难道那笑声一直都出自他自己的咽喉、他自己的胸膛？现在他感到了笑声在那里，痛得惊人——“祖先与原初的先祖都不能自行生成，先决条件也不能自行生成，没有什么东西、没有什么人拥有普罗米修斯的权力，能跨越自己的界限，没有什么东西和人能跨越……不是这样！”

不是这样，不是这样——有什么在低语，说出了这句话，从无处低语，他不知道是那个奴隶还是普洛娣娅在低语，这更像是普洛娣娅的低语，因为这声音继续说道：“爱一直在突破自己的边界。”——“你的爱也是吗，普洛娣娅？哦，是吗？”——“我的爱曾经是这样，也仍然是这样；深爱的人在自己边界的彼岸。”——“哦，普洛娣娅！”——“你感受到我了吗？我爱你，我如此强烈地感到了你。”——“普洛娣娅，我感到你就在我身边，我知道你在。”——“是的，维吉尔，是的。”——他们身体的边界彼此交织，灵魂的边界彼此流汇，身体与灵魂生长，越过了边界，认识着彼此，也被彼此认识。

奥古斯都惊异地问：“什么不是这样，维吉尔？”

“跨越自己的边界。”

“这对我来说很新鲜，你之前做出的让步又是怎么回事？”

“跨越边界……”

“是哲学？还是诗歌？是什么跨越了边界？”

“柏拉图在某种程度上让哲学也变成了诗歌……诗歌的顶峰就是跨越边界……”

奥古斯都突然友善地点了点头，有些漫不经心，也有些仓促：“你作为艺术家的谦虚一直以来都在贬低你的智慧，但你的艺术野心却一直在关注着它，至少是在艺术方面……”

"这不是智慧，屋大维……智者不会成为诗人，诗人只是受到了智慧的感召……不，那是一种预感中的爱情，有时可以跨越边界……"

"我很满意，至少你觉得你受到了智慧的感召……我们不要再讨论哲学了，如果它真的不能创造自己的先决条件，那我们就回过头谈谈诗歌吧。我们想要哲学从艺术里取得自己认识的基础，如你所说，在聚集了所有智慧的艺术之美中。"

"我只承认极少的、极严苛的艺术品才能做到这一点，只有极遥远的过去的几部作品。"

过去突然又站到了此刻面前，充满神秘，它的后果如此神秘，它的起源如此神秘，二者都宛若命定。"我不得不再让你失望一次，奥古斯都，我得重复，我得顽固不化地重复说，艺术比喻的力量是由冷酷无情的时代决定的，对新的认识来说，它已经不够了。艺术有时会预感到认识的基础，但要塑造它，要重塑它，这已经超出了艺术的能力。"

"那不是什么重塑，只是再创造，它不受时代影响，一直都在进行，也许有时会变得隐秘，比如在今天。人类的本质没有变，你所说的认识的根基也没有变，永远不变，对，永远不变，有了它你就能够拥有所有认识，也可以拥有所有认识。根本的条件没有改变，它不能改变，也从未改变。"

"哦，奥古斯都，众神曾经环绕着终有一死者，众神认识了他们，也被他们认识。"

"你是说在埃斯库罗斯的时代？"

“在这个时代也是这样。”

“众神没有消失，而且真的，你的话恰恰是对我说过的话最好的证明，真的，我的朋友。正因为奥林匹斯的众神曾经不受质疑、不受制约地统治过，我们才必须回归父辈的信仰，才必须使艺术和哲学找回它们认识的根基，我们的人民一直就站在这个基础上面，正因此，只有这样才是正确的。”

永远是新的话语，永远需要新的回答——这种胁迫太折磨人了。“父辈的信仰……那时人们还不会坠入认识的深渊……”

“那已经被征服了。”

“它是被征服了，那只是因为你来了。在父辈的时代却相反，人们不需要唤醒信仰，信仰是鲜活的，它和人类内在与外在的生活是一体的。”

“如今的信仰也是鲜活的，而众神以最鲜活的形体穿行了你的诗篇，维吉尔。”

“他们是从外部走进了诗中，我必须感知他们更遥远和最遥远的过去。”

“你感到了他们的起源，感到了他们认识根基的起源，因此你一劳永逸地把众神的真实，把对众神真正真实的认识再次赐给了人民。维吉尔，你描绘的图景就是最鲜活的真实，它们是你的人民的真实！”

皇帝的话听上去十分诱人，使他感到幸福，皇帝是真心相信这一点。尽管如此，那也只是一句空话，皇帝称赞《埃涅阿斯纪》也只是要为他自己的作品辩护；或许皇帝也会因为自己的作品而放弃

《埃涅阿斯纪》。“哦，皇帝，我说过了，我描绘的图景只是表层！”

“它们不能让你满意，因为你想要靠它们认识死亡，扬弃死亡，尘世间没有任何事物可以做到这一点……你对我的作品也提出了这项苛求！”

“我描绘的图景不能令人满意，因为它们……”

“你词穷了……维吉尔，你也知道你说的没有道理。”

“时代，奥古斯都……时代神秘地拘捕了我们，它神秘地流去……一条空虚的激流……表层的激流，我们不知道它流向何方，也不知道它有多深……它必须走完自己的循环。”

“那你怎么能断言，艺术就没有顺着时代使命的方向发展？哪个肠卜师向你透露了这一点？维吉尔，这些都不对！时间没有什么神秘之处，你也不需要什么肠卜师。”

时代有什么神秘之处？这空洞的激流空洞地流向死亡，一旦它抵达了它的目标，时代和激流就都会消失。如果扬弃了死亡，这一时代也会被扬弃吗？梦中的声音聚合如梦境，它说道：“时代那长蛇的圆环……天空的内脏。”

“你想把这称为你认识的根基？这简直是肠卜师认识的根基！你在隐藏什么，维吉尔？”

“我们都囿于这个时代，我们都是，甚至认识也是。”

奇怪的是，皇帝明显地变得不安了：“你觉得时代要为人类的行为负责，甚至要为人类丧失了认识而负责……这样你就使人类，当然也使你自己卸下了所有责任；这很危险……我宁可要人们对自己生活的时代负责。”

时代是什么？它到底是不是一条奔流而去、永不停息的激流？是不是更像一种激荡的运动，有时像一片近乎死寂的湖面，一片沼泽的水面，静息在曙光中，静息在那黑白分明的云层下面，然后又像一道倾泻的瀑布，溅着闪光的七色水沫，永远会漫过一切，呼啸，奔流？

“皇帝，人类的责任依然很重要。一个人可以或好或坏地履行自己的责任，但他所能完成的使命也是由时代规定的，他没法影响时代给他规定的使命，但他所负有的责任不会改变，人类对于责任的责任不会改变，不受使命范围的变化所影响。”

“而我绝不容许责任的范围随着时代变化……人要承担责任与使命，把它当作自己行为的目的。人类要把它建立在所有时代、所有大众和国家之上，如果不这么做，时代就失去了形状。但人类塑造了时代，人类在国家里塑造了时代，国家从一开始就是人类的最高责任。”

时代的神秘，空虚的神秘！人类责任的范围为何会随着时代而改变？农神的原野无尽地穿过时间，亘古不变地穿过所有时代，但灵魂局限于时代。在时代表层的彼岸，在天空的深渊和大地之上静息着认识，那是人类的目的。

“认识永远是责任，永远是人类那神圣的使命。”

“而认识在国家之中。”奥古斯都投来了挑衅的目光，却依然带有忧虑的不安。

时代是什么？在时代的命运之下，人类使命的范围又会如何变化？内部那变幻无常的东西，那神秘地自行生成的东西又是什么——那变幻无常、必须回归自身的东西是什么？

这旅程要去往何处？轻舟摇晃。“正在认知的人……囿于时代……”

“正相反，维吉尔，他把时代握在了自己的手中。”

哦，此刻改变的正是认识，时而犹豫不决，时而停滞不前，等待之后像瀑布一样疾速倾泻。存在者的认识，笼罩了所有存在者，世界那认识的罗网，规定了人类必须相信的东西。人类被这奔流的行军所裹挟，却还在不停地织着这张网，以使它包罗万象，永不撕裂：它与存在神秘地合一，和存在一起扩张，一起变迁，使存在者神秘地变成了认识者，认识就这样前进，出于创世的意志，出于时代的意志而必须前进，创世的过程随着时代而实现，因为时代也只是认识的变化。

“人类必须创世，他手中有创世的力量……哦，奥古斯都，这就是那个时代，却还不是那个时代；人类会怀着这样的认识塑造时代。”

“我绝不承认时代比人更强大……”

比时代更强大的是命运，在命运中藏着时代最后的秘密。因为命运甚至可以使创世的力量死灭，使众神死灭，但命运那使人重生的命令也永远端着天平，禁止人类和上帝撕碎认识的罗网，它不断纺着线，在认识中认识一切，也被人们认识，永远保存了众神创世的作品，甚至神性本身。上帝与人结成了认识的誓约。

“认识的改变就是时代，仅此而已，奥古斯都，谁得到了新的认识，谁就奠定了之后的时代流转的方向。”

奥古斯都没有理会他："我也绝不承认我们的时代不如埃斯库罗斯的时代；哦，绝不，甚至在很多方面，我们都是无以匹敌的，我敢宣称我也出了一份力。我们在许多领域都比希腊人先进，我们的知识也在不断扩展……"

"哦，奥古斯都，我们说的显然是两码事……可能认识的表层是扩展了，认识的核心却萎缩了……"

"所以我的工作也仅仅是一个转瞬即逝的、表面的比喻？"——奥古斯都的忧虑一定已经变成了激怒的抗拒——"你就想告诉我这个？"

时代的秘密！认识那农神般的秘密！命运带来的秘密！誓约的秘密！光明与黑暗，融成了黑白交错的曙光，尘世间的创世铺展出七种色彩，但当存在的变迁超越了万物的认识，它的整体保持不变，时代就静止了，却没有淤塞，不是一片湖，而是永存的一瞬间，众流在这一瞬间汇合，在这真实之中，最年轻的日子的七种色彩最后融为了一体，发出了最年轻的白日那明亮象牙的光芒，在所有尘世的光亮面前变得惨淡。所有尘世的真实都被一种阐释所遮蔽，仅仅是尸布的游戏。

"时代会载送你的作品，皇帝；它完成了它的使命，它遵从了命运的命令，提供了新的认识，这个认识将会再次促成创世，产生创世的神性。"

奥古斯都一副受到了侮慢的样子，流露出了拒绝和失望："只是抵达了认识，还不是认识。"

"你的作品就是和平。"

"但如果我相信你的话，那么和平就是以比喻扬弃了死亡。如果我下定了决心，立刻关上了雅努斯神庙，这对你来说也只是个比喻，远远还没有扬弃死亡。”

“罗马就是你创造的比喻，罗马就是你创造的象征，皇帝。”

“罗马要归功于先人的实际行动，而它创造的真实已经远远超出了象征。”

“罗马也归功于你的实际行动，奥古斯都，在罗马帝国里有罗马的秩序。”

“那也只是我比喻的国家，像你说的那样；但在罗马帝国里，除了认识那无内容的比喻还有别的东西。”奥古斯都屈辱的回绝已经爆发成了一种反抗；皇帝马上就要爆发了，他好像已经把《埃涅阿斯纪》忘到了脑后。

“你在尘世间重建了秩序，使它变成了现实，它就是你的认识。”

“那为什么它还只是一种比喻？你为什么坚持这一点？”

比喻，认识，真实——皇帝是那么骄傲，他怎么能接受这些都是比喻，既然他从来没有学会认识的谦卑？既然他从来都不想要看一看深渊？既然真实对他来说永远都只是表层？但认识已经浮出了深渊，谦卑地浮出了谦卑的忏悔，变成了一种新的谦卑，真实从虚无中归乡了，为了重生必须归乡：认识，那生于比喻的黑暗回归，真实的重生，在深渊中变幻，却永远不变。

“你在超凡的事物中认识到了众神规定的秩序，并在罗马精神里再次认识了它，使它在你的国家里成为现实，变成了可见的形体，罗马精神那完美的象征，超凡的认识秩序那完美的象征……”

“这些话也可以用来评价《埃涅阿斯纪》。”

“绝不！”

话语从他们潮湿的嘴里喊出，两张注定要吃喝、咳嗽、吐痰、在这里争论的嘴巴，观点与回应不断交替，不洁而毫无意义；因此他们互不理解也就没什么奇怪的了。一切都渴望沉默的洁净。

“绝不？”——奇怪的是，奥古斯都这次没有急于反驳，而是稍微让了让步——“为什么呢？到底为什么呢？”

“实际行动才是时代的使命，话语不是，艺术也不是；只有认识的实际行动才是。”

“那我还得问你，维吉尔：那为什么它还只是一种比喻呢？”

讲话让他的精神极度紧张，唉，思考让他更紧张了：“哦，奥古斯都，在尘世中认识到超凡的事物，因为认识了它，而把它塑造成尘世的形体，成形的作品、成形的文字或成形的实际行动，这就是真正象征的本质。它原初的图景烙在了象征的内在和外在，既环抱了它，也被它环抱，就像你的国家充满了罗马精神，但同时也嵌在罗马精神里，也被塑造了它的那一种无穷所运载，不仅如此，它还进入了那种无穷的内部，成了一个永存的比喻，和它的时限一起生长，长成了扬弃死亡的真理，那从一开始就是它的象征……”

“所以真正的比喻就是这样……”——皇帝似乎正在沉思，但他的神情显示出他并没有理解——“这种比喻比表层的比喻要丰富得多……”

“是的，真正的比喻会持续下去，真正的艺术，真正的国家……比喻中持存的真理。”

“我没法检验你说的条件是否可信……它们太复杂了。”

皇帝什么也不需要检验；一个人不需要检验自己不理解的东西；就算他是皇帝。“你缔造了和平与秩序。你的实际行动在大地上扩展，在未来会发展成扬弃死亡的、认识的实际行动，而你的作品现在已经是它的象征了，正在向着它生长……这还不能让你满意吗，奥古斯都陛下？”

皇帝已经转身要走了，却又若有所思地微笑了。“这些都太复杂了……已经不属于你的评注了，我们不能把这些留给梅塞纳斯吗？”

“也许……我不知道……”——皇帝确实已经想走了，但他为什么又不走了？是的，这一切都太复杂、太令人疲倦、太令人紧张了，真的，应该等梅塞纳斯在场的时候再说，应该再等一等。也许要等上很久。墙上的喷泉轻声潺湲，水流的回声在四下潺湲，在深渊里潺湲，向着大海潺湲，向着大海夜晚的波浪潺湲，它自己就已经是波浪了，在黑暗中举着洁白的头颅，和普洛娣娅潺潺交谈，而她缄默的无声之声晃过了潺湲的水声，以银光照亮了夜晚，等待皇帝离开，期待着夜晚的孤寂。现在是夜晚吗？哦，再次睁眼是多么艰难。再等一等，入夜吧！

但皇帝不顾自己马上就要动身，他突然不再着急了；他关切地坐了下来；虽然不能久留，却也不愿离开。皇帝轻轻向椅子的边缘欠了欠身，手臂在扶手上晃着，沉默了片刻，然后说道：“可能是这样……可能你说的都对，但人们不能生活在一团比喻里。”

“生活……？”是它吗？是生活吗？在四下轻柔而诱人地潺湲——生活，哦，活下去是为了死亡。

是谁决定了这些？谁的声音会给他启示？普洛娣娅沉默着。

但奥古斯都说："别忘了还有真实，我们自己也可能囿于真实，它只能以比喻表达，被比喻塑形……我们在生活，这就是真实，质朴的真实。"

现在生活被比喻把握了，比喻只能通过比喻表达。比喻的链条无穷无尽，只有死亡在它之外：比喻之链延向了死亡，好像死亡是它的最后一环，却还在它之外——好像所有比喻都只是为了死亡，但也是为了把握非比喻的死亡，是，好像只有面对死亡，语言才能赢回它原初的质朴，好像死亡是尘世间质朴语言的发源地，是那最尘俗也最神圣的象征之语言的发源地：死亡在人类所有的语言里微笑。这时普洛娣娅说道："真实是缄默的，我们活在它的缄默之中；踏入真实吧，我跟着你。"

"穿过比喻之链，行至增长的永恒……比喻进入了比喻，变成了真实，变成了不死之死……"

这时皇帝微笑了。"是的，这就是极其复杂的真实……你真的觉得，真实需要如此复杂的条件吗？在这些条件和你给出的象征的条件之间，我没看出什么区别……"

奥古斯都坐得那么近，他的声音却像是从不可度量的远方飘来的，像是从他的背后飘来的："真实的比喻和比喻的真实……哦，最后它们会融为一体……"

"我相信的是更简单的真实，我的维吉尔，比如我们日常生活中确切的真实……对，维吉尔，就是我们日常生活中最质朴的真实……"甚至在最质朴的意义上，人类的话语也源于死亡，源于那孕育了真实的虚无天顶，它在死亡的二重大门后面开启，不可度量。人类的话语源于不可度量的东西，对于听者来说，说话的人已经不是他本身了；说话的人变成了另一个人，因为他融入了不可度量的东西。

“祖先与最早的先祖的质朴，维吉尔，你的埃涅阿斯的质朴；在他们日常的质朴中，罗马帝国建立了起来。”

天上的太阳那么昏暗，它微弱的光芒是狮鬃的颜色，波塞冬的白马奋起疾驰，月神的狮子已经看不到了——天宇是否已经松开了缰绳，让它们忘记了神灵的驯养，回到了水上的马群中间？哦，路西法升了起来，在海浪中洗濯干净，维纳斯选中了它，要让它追随自己，成为一颗明星，哦，它向东方抬起了它神圣的头颅，它抬起目光，驱散了暮色——这就是埃涅阿斯的真实吗？他可以把质朴的尘世远远抛在身后吗？他真的挤进了那个区域吗？他见过它吗？“哦，奥古斯都，荷马所写的都是质朴的真实……是他的认识。”

“当然，你只是确认了我的论断。对祖先来说是真实的东西，依旧是真实，依旧藏在所有艺术里……”

“哦，奥古斯都，大地在摇撼，不是荷马和他构筑的大地……是埃涅阿斯的大地……”

“你是在说真实还是在说艺术？”

“都在。”

“如果两者都是，那么你要知道，罗马和你的诗是一体的，因为你的诗中有罗马质朴的真实……没有什么在摇撼；你的真实和意大利的土地一样稳固。”

甚至是明耀的月球，甚至是火炽的太阳也被这种精神滋养，灵魂流遍了世界的肢体，与它们合为一体，合为了万物的肢体——认识着人们，也被人们认识，那颗星会飘向东方吗？“哦，奥古斯都，所有真实都是正在生长的认识。”

“罗马曾是我们祖先的认识：罗马曾是埃涅阿斯的认识，你比所有人都清楚，维吉尔。”

那颗星会在地球上空漫步，不是在国家上空；奥古斯都不想知道这一点。尽管如此，他却不能隐瞒：“祖先给了我们认识的核心，因为他们创造了罗马的秩序……”

“我不想再听你说它只是一个比喻了……我不想再听你说罗马的真实、已经创造出来和有待创造的真实、我的作品的真实只是一个比喻了……”

“罗马建立在认识的比喻之上；它包含着真理，会发展成真实，越来越多……只有在生长和酝酿的过程中才有真实。”

“所以你不关心当下？”

“罗马帝国生于认识，会不断生长，会超越它自己；它的秩序会变成知识的国度。”

“这个国度已经不需要再生长了。我们会借神灵的帮助把日耳曼人的边境推到易北河，在大洋和死海之间建立一道最短的防线，这样国度的疆域就到达了极限，还要防范北方的不列颠和达契亚[1]……”

1　达契亚，古代喀尔巴阡山脉和特兰西瓦尼亚地区，现为罗马尼亚中部偏北和西部地区。

“哦，皇帝，你的国度还会更大……”

“不能再扩大了；不然意大利的后人就没法在全境推行罗马的风俗和秩序了。”

“在你的帮助之下，真实的国度将会成形，它不仅仅意味着军人的扩张和护卫。”

“真的，你根本不在乎已经完成的行动……因为你不在乎，你才把它们贬低为不符合真实的比喻。”

呼吸是如此费力，讲话是如此费力，更何况还要和皇帝一直警醒的猜疑与敏感的自信做斗争：“你在国家内部建立的和平不需要武器，哦，皇帝，不需要武器就能掌控全世界。”

“是的……”——皇帝看来对他的解释很满意——“我也在努力通过条约而非武力缔造和平；但条约的背后一定要有武力，这样条约才不会被破坏。”

“在认识的国度里，武力是多余的。”

皇帝几乎是惊诧地抬起了头。“那你想要怎么维护条约与誓约？没有军团你怎么能做到这一点？黄金时代还没有开始呢。”

在黄金时代，青铜会变回黄金，在寂静无声的农神时代，亘古不变的事物听不到时代永恒的变换——但那倾听既是大地也是天空的深渊的人会预感到彼岸的农神国度，会预感到神性与人性在未来合为了一体。“只有真正的认识会履行誓约。”

奥古斯都露出了微笑。“可能吧，但如果有军团的护卫，誓约会履行得更好。”

“要维护意大利内部的和平，你早就不需要军队了……”

“没错，维吉尔，我当然也不需要卫队了……”——皇帝脸上浮现出了一种狡诈的坦率，眼中流露出了好友才懂的暗示——“层层包围着元老院和议事厅的卫队对我来说确实是一种实实在在的真实。”

“你很不信任元老院。”

“人没有变好，但也没有变得更坏，二十五年前，使我神圣的父亲尤利乌斯·恺撒蒙辱的恶语直到今天还在元老院的会议中风行。就算我在任免元老上面有了更大的权力，那些先生还是要在知道我可以把高卢和伊利里亚[1]的军团随时调回意大利的情况下才值得信任；我很担心他们是否知道这一点。”

“你统治的支柱是人民，奥古斯都，不是元老院……”

“是这样……保民官是我最重要的职务。”他的脸上又现出了那狡诈的坦率，皇帝在暗示，保民官对他来说这么重要，并不是因为有人民的支持，而是因为能否决元老院的决议。

“对人民来说，你是和平的象征，所以人民爱你……黄金时代还没有开始，但你的和平已经预言了它。”

“和平？战争？”——皇帝脸上的狡诈几乎变成了痛苦——“对人民来说都没有区别……我和安东尼打过仗，结过盟，我消灭了他，而人民对这些变化都毫无察觉。他们不清楚自己真正的意愿，我们只能防备着第二个安东尼出现……人民为胜利而欢呼。他们爱的是胜利，不是胜利者。”

1　伊利里亚，古地区名，在今巴尔干半岛西北部，亚得里亚海东岸。

“这句话可能符合那些被城市引诱而来的汹汹人流，奥古斯都，却不符合那些农民。农民爱和平，爱带来和平的人。农民爱你这个人。农民才是真正的人民。”

在一瞬间，在一次心跳之间，唉，在消隐的昏暗太阳一次痛苦的换气之间，惨淡的光和亚麻的风景、那静静摇摆的风景消失了，却没有真的消失，依然环绕着曼托瓦平原广场上的图景，原野被微光闪现的群山环抱，充满孩子的低语，在阳光下延伸，穿过所有季节，穿过生活的所有时代。

皇帝好像不急着动身了，他又挪回到了沙发上。“我不能把城市从大地上根除，维吉尔，相反我还得建立城市，因为是城市支撑着罗马的秩序，一向都是这样……我们是建造城市的人民，我们首先建造了罗马城……”

“不要建立商人和放贷者的城市。他们的黄金时代已经被铸造成了硬币。”

“你这就不太公正了；商人是罗马和平时期的士兵，我希望商人存在，我当然也希望银行业发展起来……这些都属于国家的财富。”

“我很公正，我在街巷里看到了贪婪的人潮，看到了他们的不虔敬。只有农民还拥有罗马人民的虔敬，尽管他们也很危险了，马上就要沦为贪婪的人群。”

“这一点你说得没错，我们急需发展教育。我们必须让城市里的人群意识到自己的公民权，成为统一的罗马人民。”

“他们会在一种认识里成为罗马人民，他们渴求这一点。”

“他们更渴求斗兽表演……这当然没有削弱我们的使命，没有减缓它的紧迫性。”

“斗兽表演！他们那么丑恶地渴望着表演……那条颠倒之路！”

“那是什么道路？”

“谁没有认识，谁就必定会在他的空虚中、在迷醉中崩散，就算那是胜利的迷醉，就算他只是旁观了胜利……也一样血腥。”

“我一直在观察实际的情况，思考怎样才能使人群形成一个整体，我不能忽略这一点。在胜利的情绪中，人群会联合成一起流血的人民，在胜利的情绪中，他们已经准备好了踏入他们的国家。”

“农民作战是为了国家那神圣的平静，”——哦，曼托瓦的平原在那里铺展开来——“农民永远在人民的整体里生活，在田野上他属于人民，在市场上他属于人民，在节庆的日子里他属于人民……”

“我一直想要农民的支持；我削减了赋税，我分割了领主的田产，我建造了四通八达的道路。但在老兵殖民地的悲惨经历已经清楚地说明了，我们国家的经济形势改变了……罗马是靠农民起家的，但当今，埃及的粮食产量已经超过意大利和西西里的粮食产量了。我们不能只依靠农民的支持，更不能让那些人变回农民，我们必须和他们一起建设国家的经济，建设国家本身……”

“但你所庇护的罗马的自由，可一直都是由农民维系的。”

“自由？当然，当然，我给罗马人民创造了自由；没有人敢于尝试这一点，不管是安东尼还是什么人。这就是罗马帝国的使命，必须创造自由。这样国家就使人民成了推动国家发展的力量，让他们拥有了他们所追求的自由的感觉，因为追求自由是人类的天性。而自由只能诞生于国家的富足。现在人人都过得十分富足，甚至是奴隶，因此富足不仅仅是你所说的自由的土壤，还是自由那神圣的秩序！是的，维吉尔，就是这样。此外都是不真实的梦想，只是关于黄金时代的梦想，那个时代没有秩序也没有责任。在农神节的时候，在这种无序的自由之梦里自我陶醉一下已经足够了。如果我们每天都庆祝农神节，国家就无法存在了。农神节是一个比喻，但国家是真正的真实。我不能建立一个黄金时代，也没有受到它的感召，我建立的东西属于我，我的时代会成为我的国家的时代。”

这时奴隶说道：“自由属于我们；国家是可笑而世俗的。”

皇帝却没有回到这个话题上。他站了起来，极度冷漠，极度不可动摇，但他的内心却好像受到了触动，开始了激奋的长篇大论：“只要自由还是国家的福利，我们就必须把它当作一种真实来谈论，而不仅仅是表面的真实，因为自由也不仅仅是一个比喻；只是有人经常把它贬低为一个比喻，元老院自己就是这么做的。那些裹着朱紫长袍的先生一直都在呼唤这种虚假的自由，欺骗人民，挑唆他们发动内战！当然，元老院的大门永远都是开敞的，只要愿意，谁都可以去旁听元老院的会议；但这是人民能得到的唯一一种自由了，他们失去了所有属于人民的自由，却有权旁听那些压榨人民、毫无良知的法律是如何制定的！不管是不是比喻，这些法规使真实颠倒成了虚假的真实，使自由颠倒成了虚假的自由，给所有罪行提供了最佳的土壤。我得把这些法规废除掉。对，在你提到的古老的农业国度，那些法规都有积极的意义，那时公民还有机会参政，公民会议还掌握着真正的、自由的实权。但今天我们有四百万罗马公民，我们今天要面对的是极其庞大的盲目人群，他们毫无判断力，谁穿上了虚假的自由那闪闪发光的长袍，他们就追随谁，而那个人把自己藏在长袍的褶缝里，巧妙地瞒天过海，长袍用残留下来的、无以言表的丑陋可怜地连缀、缝补而成。人民群众的自由就是这样，别无他般，而且真的，他们自己也知道这一点！他们知道，他们的肉体和灵魂都生活在一种深刻的不稳固之中，他们知道这一点，却不知道他们周围始终有一种新的真实，他们既不能把握它，也不能引导它；他们只知道自己被交付给了一些从未中断的强力，它们的覆盖面是不可预感的，有时可以用饥荒和瘟疫、非洲的歉收和蛮族的入侵来命名，但对于这些强力来说，名称只是一种表达，它们背后站着更深刻、更不可打破、更不可预感的威胁。真的，群众知道个人的自由有多么危险，他们知道这种虚假的自由会让他们成为惊弓之鸟、无首群龙。考虑到这种深刻的危险，考虑到人民群众所遭受的内在与外在的所有威胁，我要重申，我必须重申，只有在罗马的秩序里，只有在所有人的福利中，简而言之只有在国家里才有真正的自由。国家是我那神圣的父亲所渴望的，是我努力在他的遗产之上建立起来的，这个国家本身就是自由，它不会消逝，极其真实，是罗马精神那真实的自由。”

“在精神的国度里，你创立的国家的真实将会实现。”

“精神的国度已经有了；那就是国家，是罗马这个国家，是罗马帝国的整个疆域。国家与精神是一体的。”

回答在他的口中成形，但也是从远方传来的：“自由之国……

人类与人性之国……”

“罗马帝国，维吉尔！希腊的自由、希腊的精神在罗马复兴了。没有人比你做出的贡献更大！希腊是预兆，罗马帝国是预兆的实现。”

奴隶说道：“那国度将会永生，在那里没有死亡。”

皇帝又开始说话了吗？很难判断他是不是在说话。话语静静地立在房中，像皇帝内心深处的思索：“人们失去了肉体和灵魂层面的稳固，国家把它再次赋予了人民，国家给人们创造了持久的和平，保护他们的众神，出于共同福利的需要而给他们自由。这就是人性的国家，只有这样才是人性的国家，也许这是唯一可能的人性了，当然也是最高的人性，虽然它有时也会反人性，不能顾及个别人或个别群体。只要我们追求共同的福利，个体的权利就必须让位于整体的权利，个体的自由必须让位于罗马共同的自由，邻国的和平必须让位于罗马的和平。诚然，国家给人们的是一种冷酷的人性，而如果国家要服务于共同的福利，实现共同的福利，它还会更残酷，还会要求个体完全服从于国家权力的秩序，国家有权收回或毁灭那些依靠它的权力而生存的个体，只要这有利于整体的稳定和安全。国家追求的是一种充满信心的人性，我们通过国家追求的也正是这一点，一种真实的人性，充满信心，毫不退缩，服从于真实的法则，罗马那冷酷的人性，罗马因人性而伟大……”

哦，曼托瓦的风景，哦，童年的风景，人性那温柔的风景，不可磨灭，父辈的风景——他已经看不到外面的风景了；它在无雨的干旱中黯然失色。那个一动不动地站在窗边的存在者已经不再是屋大维了，而是一幅温柔而严苛，同时又极为冷酷的图景，几乎是在人性的彼岸，城市巨大的尸布在他四周像幽灵一样旋转。

“哦，皇帝，也许你现在还必须维持国家的边界，但你的国度将会变得无穷无尽。也许你现在还觉得需要把伟大的和卑小的权利区分开来，但公正是不可分割的，整体在所有个体的身上都是易碎的，整体的权利要维护个体的权利。也许你现在还想挤压人们的自由，不给奴隶留下什么自由，只给罗马人民留下很少的自由，以便维护整体的自由，但在自由的国度里，人类的自由是无限的，这种自由将会到来，在这种包揽一切的自由之上，世界的自由可以建立起来。因为你的国度会绽放成为认识的国度，真正认识的国度，而不是人民群众的国度，是的，甚至不是人民的国度，而是人类的共同体，被人类的个体灵魂所负载，被它的尊严和自由所负载，被它似神的相貌所负载。”

“我们的认识产生于我们谦卑的解脱。”奴隶的声音总结道。

奥古斯都似乎什么也没有听见，他不为所动地继续说道：“罗马的真实是尘世的真实，罗马的人性也是尘世的人性，对于那些构成了它的人，它表现出朴素的温和，对于那些反对它、胆敢破坏它的秩序的人，它表现出朴素的冷酷。我不只是在意大利的土地上保护着农民，不让他们失去财产，我在整个国家都是这样做的。我减轻了各省的税务负担，我把各种权利和特权还给了人民，我纠正了管理部门的问题，这些部门声称自己属于共和国，却伤害了共和国。我的反对者谴责我说，这些都是十分朴素的成就，算不得辉煌灿烂。但现在我以我朴素的成就恢复了共和国的名誉，平复了内战的蹂躏，给整个帝国带来了新的福祉。罗马的光辉是朴素的，罗马的人性是朴素的，它的朴素服务于大众的福利，不希求任何恩惠。是的，它看上去确实经常阻碍我们向着更好的人性发展，至少是推迟了我们的发展。就像我虽然着力于改善奴隶的境遇，因为国家的富强需要奴隶，但他们接受了这种真实，他们不知道他们有权逃脱压榨。真的，我必须不情愿地狠下心来，毫不留情地制定法律，防止他们拥有过度的自由，让他们明白不会再出现一个斯巴达克来领导他们了，我要像克拉苏一样把他们中的上千人钉在十字架上，[1]必须震慑住他们，让他们服务于人们的利益，必须永远残暴，永远充满恐怖，永远以骇人的方式促成全国境内个体的消解。”

“不，”奴隶说，“我们的精神会站立起来。因为所有囚禁对于我们都是新的释放。”

皇帝没有理会他，继续说道：“我们自己也是人民的一部分，我们属于整个国家，我们所是和所拥有的一切都属于国家，我们属于人民；因为人民是国家的化身，国家也是人民的化身，而国家的统治权毫无争议地属于我们，属于我们的功绩，人民也赞同这一点。人民有权利，也有责任决定我们的成就是大是小，决定《埃涅阿斯纪》算不算我们的成就。我们每个人都是人民的奴隶，是一个稚嫩的、渴望统治的孩子的奴隶，他反对我们的所有成就，却又需

1 公元前73年，角斗士斯巴达克率奴隶起义，活动几乎遍及整个意大利南部。前71年，奉命镇压起义的罗马将领克拉苏在阿普利亚决战中击败起义军，斯巴达克战死。战后，克拉苏下令将六千名被俘奴隶沿阿庇乌大道（又译亚平大道，从罗马通往布林迪西）钉在十字架上。

要那些成就。”

“这些人民称你为父亲，他们期待你拥有父亲的认识，奥古斯都。”

“人民就像孩子一样靠不住，他们充满恐惧，随时准备着逃亡，如果对他们放任不管，这些不可靠的人民就会变得危险，他们的所有要求、所有思考都会变得不可理喻，远离人性，毫无良知，变幻无常，心血来潮，不可信任且残酷无情，但又大方而仁慈，勇敢而乐于献祭，如果他们觉得自己充满了孩子的信心，隐约地预感到了正确的道路，他们就会怀着梦游的恍惚追逐他们的目标。哦，我的朋友，我们生于人民，人民是伟大而庄严的，我们有责任以我们的成就服务人民，引领人民，这是我们的幸运，最幸运的是，我们可以把正在酝酿的神谕转化成实际的行动。我们约束着信任我们的童真人民，却没有夺走他们的任何东西，我们把所有珍贵的东西都留给了他们，包括那些幼稚的游戏和残忍的迷醉，让他们以此抵御自己的软弱，但我们也必须留意，把一切都局限在良知的界限里，不让他们伤害别人或自己，不让他们发狂，因为没有什么比人民那孩子般的野蛮疯狂更可怕、更危险了；那是一个被遗弃的孩子的疯狂，所以我们必须要注意，永远不要使人民有被遗弃的感觉。哦，我的朋友，我们要保护人民的童稚，我们要让他们的童稚居于父亲安稳的房屋，谁能给人民提供这种父亲般温和的严酷，谁就给人民创造了生活、灵魂和信仰的安稳；谁做到了这一点，谁就会被人民选中，也只有做到了这一点的人会被人民选中。人民受到了国家的感召，不只是受到了在安全的国家里生活的感召，更是受到了在危急时分拼死保家卫国的感召。哦，我的朋友，只有对自己的道路十分自信的人民才会一直保卫着国家，为了和国家一起永存，也就是为了所有永恒而挣脱他们短暂的死亡。这就是我们的目的，永远如此，永远为了国家，永远为了人民。”

谁能做出回答？有人能做出回答吗？但回答自行浮现了："只有真理是永恒的，那使人摆脱疯狂、阻挡疯狂的真实的真理，形成于上界和下界的深渊，只有它才是亘古不变的真实，而人民将会受到真理、认识、真理的实际行动的感召，人性会超越所有公民性，永远成为这国度的一部分，无穷无尽。只有真理的实际行动才可以扬弃死亡，扬弃现在的死亡和未来的死亡；只有这样，那些暮光朦胧的灵魂才会觉醒，意识到万物的认识，意识到它的仁慈与生俱来地伴随着每个人，人类的面孔负担着它。国家向着真理生长，进入了真理，而真理只在乎内在的生长，在真理中有国家的终极真实，可以找回它神圣的、脱俗的起源，在这个时代实现幸福的纪元，实现人类之国、神圣的人性之国，超越万民，又拥有万民。国家的目的就是建立那真理的国度，它笼罩了所有国家，又像一棵树从大地的深渊里冲向云霄，像国度那生长的形式，和平之国的形式，真实就是生长的真理。”

奥古斯都依然不为所动，好像他们谁都没有听见对方的话，他们的话淡漠地从另一个淡漠的人身边滑过："对个体来说，众神的爱没有意义；个体觉得众神无关紧要，众神也不认识个体的死亡。众神眷顾的是人民，永存的众神眷顾永存的人民，对众神来说，只有使人民永存才是重要的，因为他们知道他们会和人民一起消亡。

他们也会表彰某个终有一死者，但只是为了赋予他一种能力，让他建立一种全国通行的生活方式，统治、保护那些注定要成为永恒的人民的人，保护那些将要持存下去的人。众神那强大的光辉就是世俗的权力，它连接了众神的真实和人民的真实、永恒的众神秩序和永恒的人民秩序，二者都在国家中实现，统治权本身也会永远持存下去，与众神、与人民同在，比死亡和生活更强大，因为它具有双倍的真实。而在神性与公民性之间是二者的反光，二者彼此映照着。世俗的权力不会眷顾个体，国家不会眷顾繁多的人性，它永远只会考虑人民这个整体，国家存在于这个整体永存的真相。没有一个政权可以宣称它只想依靠一个人的支持，它会和这个人一起覆灭，对，它会覆灭，但它也有幸拂去人类那易变的气息了。伯里克利创造的和平就是这样，他被易变的人性追猎，因为他没有把瘟疫之死拦在城外，我也遇到过类似的事，就是三年前罗马的饥荒。当然，是赠予我们喜爱的面包的众神，是掌有面包之权的众神把这项使命交给了元老院，让元老院把谷物分发给人们，那时众神向我证明了，出于巨大的仁慈，我可以打开亚历山大的谷仓，海上的运输一路顺风，我阻止了最可怕的灾难。如果我没有实施救援，躁动肯定会在四下燃起，我的权力肯定就没法建立在众神的整体和人民的整体之上了。我将会不断放逐自己，不，我将会把整个罗马帝国放逐到开放的议论游戏的所有偶然里，我将会让权力分散到终有一死的个体生命之上。国家是至高无上的真实，无形地笼罩在风景之上，它不允许自己的权力范围里有任何终有一死、终将消逝的东西。我在这里是一个终有一死、终将消逝的人，但在国家的权力范围里，在我的权力范围里，我就摔掉了我身上那个易逝的人，变成了一个永不消逝的象征，因为终有一死者只有通过象征才能永存，像罗马帝国一样永存，因为真实而站立在所有比喻之上。城市的双重真实不仅象征着众神，人民不仅是为了赞美众神才建立了雅典卫城，它也给人民，给人民的第二重真实提供了一个象征，一个强大的象征，一个人民想要看到，也可以理解的象征，他们个人权力的象征，他们想臣服于它，也可以臣服于它。他们预感到了世俗的权力永远是罪恶的，就像安东尼那样，只有一个当权者，一个既是象征也是永存真实的人可以终结这种危险。因此我把维护罗马秩序的权力当作众神的嘱托和我神圣父亲的遗产继承了下来，这样永存的世代之链会继续继承它，直到我最后的孙辈。因此我让人们，我命令人们把我的画像摆在神庙里，不受帝国人民依然依赖的众神摆布，一张国家一统的画像，一张国家的生长过程和共同秩序的画像，从海畔直到幼发拉底河岸。我们不强迫别人接受我们的法规，我们不需要仓促行事，我们有时间，可以等人民自己认识到我们的司法制度、我们的规定和权力架构、我们的货币制度是多么优越，尽管已经有许多迹象了，我们还是有不可推卸的责任，要尽力促使人民向着罗马思想过渡，我们必须立刻引导全境人民进行这种过渡，必须刻不容缓地唤醒所有人民对国家的意识，这也属于罗马思想的一部分。出于众神的意志，我们必须这样做，众神是罗马思想上空的压力，我们只能以象征表现它，以象征和象征的图景。这就是那些罗马人民认识到的，别无他般，罗马人民渴望我建立起来的制度，不是因为出于迷信而把我当作一个神，我本来也不是神，而是因为我履行的、我神圣法则的职务引起了人民虔诚的敬仰，甚至对于帝国疆界内的外国人也一样，我的职务促成了国家真正的、内在的生长，这是它生长成为统一国家的必要条件，罗马的和平在所有时代统治着它。”

在所有时代！皇帝结束了演说，他的目光投向了远方，投向了无空间与无时间的地方，那里，罗马帝国裹着无形的尸布，在大地的风景上铺展开来，光亮全无，却又充满了光亮，期待着光亮。时间神秘地流逝，波塞冬颤抖的马蹄在一片空虚中回响，没有海水也没有海岸的汹涌波涛。墙上的喷泉潺湲，却好像要流尽了。世界在等待。

“人们越虔诚，时代就越进步，哦，奥古斯都，那国度会在这样的时代生长，不被世俗的权力和法规影响，也永远不会被它们影响，这一切还都只是象征。但当创世的镜像在这个国度成真，这一切就也会成真。人们越虔诚，你的作品就越进步，你已经指出了通往虔诚的道路。”

奥古斯都迷失于远方的目光又回到了近处的房间里。“我重建了祭司学院和观象机构，我改革了卢库鲁斯[1]节，我呼吁人民回忆古老而可敬的信仰，我也致力于创造虔诚与严肃的节庆，框定人们的古老信仰。对众神来说这足够了，对人民来说这也足够了，这也是你的埃涅阿斯的虔诚，他忠诚而强烈地怀念着安喀塞斯，怀念着他的父亲。我证明了我也忠诚地爱着我的父亲，而人们因为怀念我

1　卢库鲁斯（前118—前57/56），古罗马将军，以生活奢靡著称。

的父亲把我选为了统治者。他们在我的行为中再次认识了父辈的信仰，他们渴望回到这种信仰，就把我选作了信仰的实体，选作了人民权力的实体，不仅仅靠国家部门的委任，也要靠最高的神权机关，靠充满象征地保卫信仰的最高机构的委任。罗马已经不需要更虔诚了；罗马的虔诚从一开始就等同于它所服务的罗马众神，它只是重新赢回了他们。”

“哦，奥古斯都，你献身于你父亲的意志，因此了解了人类生活的虔诚，你以他神圣的名字有力地庇护着信仰的形式，以使人民热忱地服从于你，不再敢于渎神，这种形式符合众神的法则，符合你的新秩序。哦，奥古斯都，人民激发的虔诚和你的国度已经越过了繁多的众神的范畴，越过了你父亲光辉的链条，因为虔诚通向原初的父辈，因为充满期待而如此虔诚，原初的父辈会宣告自己的到来，他的消息和他的创世已经委托给了那虔诚地守候着的儿子……”

“阿波罗是我家乡的守护神，他既是太阳神也是大地神，他建立起了秩序，阻挡一切灾祸，他是天空之父宙斯的儿子，我们都臣服于他。所有澄明都起源于他。”

奴隶的声音又传来了；从极远的地方，他的声音干涩而单薄、轻描淡写地传来：“甚至宙斯也服务于命运，还不止于此，他一直在服务，在看不透的光线遮蔽了所有思想的地方，在边界的彼岸，命运在服务，服务于原初的未知，人们不可以妄称他的名字。”

皇帝沉思着，倚在了外飘窗上，四下一片寂静。一切依然保持着静止，只有惨白的光线退缩了，光线恢复了形体，好像想变成太阳的雄狮，在边界上守候，变成那强悍又温柔的狮子，卧在这虔诚的征服者的脚边。大地上的浪花压低了，波塞冬安静了下来。阴沉的太阳令人晕眩。

“每种澄澈都会产生新的虔诚，哦，奥古斯都。”

“但我们的虔诚必须通向澄澈。”

“虔诚的人，奥古斯都，已经进入了知识；他回忆着原初的父辈制定的法则，因此尽管他还没有听见那将临之人的脚步，他的记忆却可以和他对话，尽管他还没有听到他的命令，他却怀着服侍的爱服务于他；他呼唤着那不可呼唤的人，他靠呼唤创造了他……虔诚是一种知识，是要追忆他不可追忆的孤独。虔诚是盲目的观看和聋聩的倾听，因为虔诚是一种单纯的认识……众神脱胎于人类的虔诚，虔诚服务于众神，变成了爱的认识，扬弃了死亡，在众神的彼岸……虔诚，从深渊里回归……扬弃了迷乱和狂怒……负载认识的真理……是，这就是虔诚。”

“然后呢，维吉尔，然后呢！这一切都远远超出了尘世，不再有任何尘世的使命了。但我置身于尘世，我决定了要留在尘世。罗马人的法则符合众神的意志，因此他们限制了自己的自由，他们在自由周围建起了国家，并因此指出了一条通往阿波罗的澄明与秩序的道路。他们必须走在这条路上，而我看守着他们，人类虔诚的强力会使这条路开敞，虔诚也不能超出这条路和它的目的，它可以，它只能局限在国家的范围里，因为如果国家不能控制人们的虔诚，国家的真实就会崩塌，众神的和人民的真实也会崩塌。虔诚属于国家，服务于国家，受国家的控制；虔诚就是全心全意地服务于罗马帝国……我不需要别的虔诚，这是一种责任，不管是对于你、对于我还是对于别人，都没有例外。”

奥古斯都所说的一切都极其虚伪，极其虚伪，带有一种不真诚的刺痛；像一种丧失一样令人刺痛，像一种幻灭、一种回绝，或许也像是一种耻辱，因为它依然被什么局限着，或许是不可逃脱的友谊，或许是不可逃脱的死亡。难道注定要死去的人不是奥古斯都吗？他的话像是在垂死时分说给罗马帝国未来的统治者听的，他的话无法通向任何地方，不通向众神，也不通向人类。奥古斯都显然已经很累了，他又坐了下来；他剥去了所有和别人的关联，回到了自身。他略微向前倾身，俊美的少年面孔没有转过去，但他的手搭到了狮首上面。皇帝丈量着他的俗世疆域最远的边界，却依然被囚禁在俗世里；现在他累了，却还是一位君王。

正因此，正因此他必须说话，他必须说出来：“在众神的彼岸是个体灵魂的虔诚，它在国家的彼岸，在人民的彼岸；众神只想认识人民，却不想认识个体，而灵魂几乎不需要它创造的众神，它不再需要众神了，甚至也不再需要那个上帝了，只要它正在和不可看透的东西进行虔诚的对话……”

和神性对话！哦，只要上界和下界之间那无形的暮光穹顶没有被打破，祈祷就只能带回自己的回声。那一位上帝依然不可企及，没有给出答案。

但皇帝说道：“没有人可以证实你在进行虔诚的对话，甚至你自己也不能证实。在你进行这种对话的时候，你就割断了你对国家与人民的责任，你的作品应该属于他们，我就是这么理解你的话的，但我不认可你。如果你还是要发表这种言论，企图贬低祖先的信仰，把罗马的虔诚等同于蛮族的虔诚，我就必须提醒你，你自己也曾把埃及的神灵描绘成了怪物……”

“只有一种虔诚，蛮族的虔诚比罗马人的虔诚要好，因为它在生长，而罗马人虔诚的灵魂已经停止了生长。”

皇帝的回答传了过来，他有点厌倦了，半是因为这专注的对话使人感到无聊，半是因为他想好了最终的回答：“带来怪物的虔诚说不上虔诚，带来怪物的国家也不是国家。不，没有众神的虔诚是不可设想的，没有国家和人民的虔诚也是不可设想的，只有在整体里才有虔诚，因为只有在祖国罗马这个整体里，一个人才能和他的众神联系在一起，人性和神性才能联系在一起。”

“那如果整体的秩序从来就没有产生，个体的灵魂就不能和超凡之物直接相连了；只有直接服务于超凡之物的作品是在服务于世间大众。”

“这就是现在最危险的新思想，维吉尔；这对国家是有害的。”

“这种思想会让国家圆满，成为天国，从公民的国家变为人类之国。”

“你打碎了国家的根基，让它碎成了不成形的均衡，你撕碎了它的秩序，你毁坏了人民坚固的构筑。”皇帝的疲惫消失了；这是他最在乎的东西，他激动了起来。

“秩序会变成人类的秩序……法则会变成人类的法则。”

“法则？说得就像我们没有立了太多法律一样！元老院最可怕的时候就是制定坏法律的时候……人民渴望秩序，但当然不想要拖后腿的法律，它们会毁掉国家……这一点你真的一无所知。”

“生长的虔诚之国不会摧毁国家，反而会使国家如虎添翼，它不会扬弃它的人民，反而会使他们如虎添翼……人民，对，人民负担着国家的秩序，但人类负担着认识。人类虔诚地服务于认识，他们自己的认识将会成形，新的国度会建立起来，认识之法则的国度，受福完成创世的国度。”

“你说起了创世，好像国家的权力可以影响它一样。幸好元老院还没开始创立认识的法则……否则创世就不可能持续下去了。”

“如果人类摆脱了自己的认识，如果他失去了真理，他也就无缘参与创世了。国家不能参与创世，反而会阻碍创世。”

“这个问题我们留给众神去解决。相反你却承认，我一直在履行自己的使命；我在关注人类的知识，只要它还在我的权力范围内，我就会继续关注它。开办的学校越来越多了，不只是在意大利，也在外省，我把全部注意力都转移到了提高教学的质量上面，以培养出专业的医生、建筑师和水管工；你也知道，我早就建立了阿波罗图书馆和屋大维图书馆，也没有忘记维护现存的图书馆。但在我服务于民的工作中，这恰恰是人民提起最少的一项。人民群众不想要知识的传播，他们想看到强烈而单调的图景，他们只能理解这些图景的内容。”

“在所有认识之上是纯粹的认识，人民期待它变为认识之行动的宏大图景。”

皇帝的脸上现出一丝忧郁的轻率。“世界上充满了实际行动，却没有认识。”

"认识就是誓约，屋大维。"

"好吧，维吉尔，我的工作就是发誓，我发誓要做的东西我都做到了……你也许会觉得这符合你说的认识之行动……你还想要什么？"

为什么虚荣的皇帝没有照他所想的那样回答他？皇帝的回答简单而实在。但他还是要反驳，要解释："当然，实际行动就是你的作品，是那发誓的行动，它身后紧跟着认识，认识那给一切塑形的行动，真理的行动，这只关乎人类的灵魂，奥古斯都，要对它有耐心。"——哦，尽管皇帝的脸上现出了厌恶的回绝，他也必须说出这一点，因为这本来就是关于人类的灵魂、关于那克服了死亡的觉醒的——"是的，你的实际行动缔造了罗马的和平，你的作品创造了比喻性的国家的整体，现在真理登场了，把共同的神圣认识赠予人类，公民聚拢起来，形成了人类的共同体，然后，哦，奥古斯都，你的国家会变为永恒造物的真实……因为只有这样……奇迹……"

"也就是说你坚持认为，国家如今的形态只是一个飘忽的比喻……"

"一个真正的比喻。"

"好，一个真正的比喻……但你坚持说，国家实际的真实形态只能在未来形成……"

"是这样，陛下。"

"你的奇迹什么时候会到来？什么时候会变成真正的真实？什么时候？"皇帝俊美的脸庞咄咄逼人，显露出了急迫与恼怒。

何时，你们众神！何时，哦，何时？哦，那不拘形式、从不衰落的创世将于何时开始？一位未知的、守护誓约的上帝可以完成它。现在大地不再摇晃了，轻舟平静地滑过，肺里、咽中和鼻子里的空气又变得极为沉重了，他的心在呼吸，他的心知道，灵魂那永存的气息在他体内摇晃，一丝气息，只是一丝气息，却那么强大，他几乎觉得它要呼啸着穿过整个世界，吹走那些岩石。何时，哦，何时？有人在某处呼吸，他将要完成创世，有人在某处生活，还没有出生，就已经在呼吸了；他曾在创世，他有朝一日将会创世，那是抛弃了偶然的奇迹。在渐渐消逝的惨白的光中，在遥远的、最遥远的东方，那颗星又出现了。

“有朝一日他会到来，会重新进入认识。他的存在会使世界得到解脱，变为认识。”

“我觉得你最好专注于尘俗的使命。你所说的使命超越了尘俗，我短暂的一生没有办法完成它。”

“这就是幸福的使者的使命。”

“但你想要我完成这个使命……不是这样吗？”

“幸福的使者克服了死亡，你似乎也克服了死亡，因为你带来了和平。”

“你没有回答我，因为我只能把和平建立在尘世之间，只能在尘世间管理和平，尘俗就是它的实质……你是说我只能胜任尘俗的使命吗？”

“在神话之人的儿子身上，人们已经看到了把他们救出不幸的救世者。”

“人们是这样说的，人民是这样说的……那你怎么说，维吉尔？”

“在二十年前，在我开始写《农事诗》的时候，那时你还是个少年，那时我就在寰宇的天象里看到了你的图景。因为你代表着时代的转折点。”

“你为什么这么说？”

“你就是崭新的星辰，被迟钝的月光环绕，在厄里戈涅[1]的星轨引诱天蝎座的地方，那颗炽烈燃烧的星辰也在你面前黯然失色，它在你面前收起了利爪，为你腾出了服务于你的天空。”

“好，你在二十年前写过这样的诗……那今天呢？”

“你在摩羯座的图景里诞生，它迎接了你；它在稳固的山岩上耸向尘世的最高峰，你选择了它作为你的象征。”

“尘世的高峰……那么显然我还是没法攀上超尘的高峰。”

“想想贺拉斯给你写的那首诗，奥古斯都。”

“哪首诗？”

“天上有雷神宙斯统治，但在地上你就是可见的神明，哦，奥古斯都。”

“你在回避，维吉尔；你在引用许久以前的诗，你引用别人的话，却隐藏自己的观点。”

“我自己的观点？”奥古斯都离得那么远，他的话飘来飘去，话语的飞行如此奇特，已经不再是桥梁了。

奴隶说道：“这与你无关。”

---

1 厄里戈涅，指室女座。

“我自己的观点？”

“我就想听你自己的观点，不要绕弯子。”

“你是终有一死的人，奥古斯都，但也是在世的人里首屈一指的。”

他认出了皇帝那恼怒的目光，皇帝不想听这个观点：“我知道我既不是一个神，也不是一颗新星，你不用提醒我这一点。我一直就是一个罗马公民，不是别的，而你一直都没有回答我的问题。”

“幸福会一再降临尘世，奥古斯都，幸福的使者是终有一死的尘世之人，必须是这样；只是他的声音来自超尘的地方，只有靠他的声音，他才可以唤起想要得到幸福的人们体内不死的东西。但你已经在世界上开始了神圣的革新，在你的世界上可以听到这声音。”

“所以你是说我还没有受到召唤，你觉得我要迈出最后一步了，却还没有迈出去？所以你是说我的作品一直只是在做准备工作，不会受召了，不会给世界带来最终的幸福了？所以你是说你在我的作品里一直看到的象征还没有包含真实？所以你是说我在我的作品里一贯的亲力亲为还不是认识的行动？”

“我不是这个意思，屋大维；你是上帝的象征和罗马人民的象征。如果你永远也不会受召，你的象征就不会包含那些原初的图景了。认识的行动最先在你体内成熟，比别人都早。但现在还没到时候。”

“维吉尔，你只有在谈到我的时候，才对时代这么仁慈；照你的观点，我们不需要等很久了……也许我走的是一条歧路，并不能解决问题。”他的声音听上去那么愉快，但他的愤怒难以掩饰，仍在心中咆哮。

“甚至是幸福的使者和他的真理，甚至是他也被束缚在时代认识的网中，当时机成熟，他就会到来。”

皇帝一跃而起。“你想把这项使命留给自己。”

唉，皇帝说的有道理吗？唉，他难道没有意识到自己在说什么？难道解脱的愿望不能像一个伟大的梦境眠在诗人体内，一如眠在所有其他人体内？俄耳甫斯难道不是在用自己的魔咒引诱动物，使它们解脱、具有人性的吗？但不是这样，绝不是这样：艺术依然束手无策，甚至俄耳甫斯也做不到这一点。诗人听到的西比尔之声来自欧律狄刻，来自普洛娣娅，他永远不会找到解脱的金枝，这是上帝的意志，也是命运的意志。

“哦，奥古斯都，作家活不下去了；但救世者活着，他比一切都强大，因为他的生活就是他认识的行动，他的生活就是他的死亡。”

愤怒的奥古斯都突然微笑了，这是一个真正开心的微笑。“你会活下去的，维吉尔，你会恢复你的力量，写完你的作品。”

“就算我还能康复……那首诗越圆满，它就离所有救世的行动越远，因此也就越无用。”

“好吧，那么我们两个都不能做出救世的行动了，你不行，我也不行，我们要把这项使命留给那位幸福的使者，他从你的面前飘过，我却不怎么相信他。在他来临之前，我们必须继续履行我们的责任，你有你的责任，我有我的责任……”

“我们必须为他的来临做准备。”

“好。我的作品无疑是在为他做准备。但对于你来说，你要为你的人民写完《埃涅阿斯纪》……”

“我不能，也不可以写完它……我不能写完，因为这是错误的准备工作。”

“那什么是正确的准备工作呢？”

“献祭。”

“献祭？”

“正是。”

“你想要为什么而献祭？向谁献祭？”

“众神。”

“众神已经规定了什么是他们乐于接受的献祭，他们因此庇护着国家，我很关心这些献祭是否在全国依照秩序准时举行。在国家的威严以外没有献祭。”

奥古斯都毫不退让，他对那命令一无所知，不知道要和那位未知的上帝立约。他没法说服皇帝：“哦，皇帝，没有人胆敢触犯你制定的信仰的神圣仪式，但不被触犯的东西也是不完善的。”

“它要怎样才能完善？”

“每个人都可以依照神谕献祭，每个人都有资格去献祭。”

“我现在理解你了，所以你现在想把人民这个整体排除在献祭的秩序之外，只让那些不知为何把握了超尘之物的个体了解献祭；维吉尔，这无疑是不可靠的，非常不可靠。你再次拿众神的意志做幌子，只是为了给自己营造一个公正负责的假象。尽管如此，你还是十分不负责，至少按照你的看法，众神会承担你的责任，因为除了古老而可敬的献祭仪式，你说的这种献祭规则对于众神和人民也足够了。我不允许他们往这个方向迈出半步。”

“迈出去是危险的，奥古斯都！人民默默地感到了有某种新的真理在面前展开，默默地感到古老的形式很快就要扩展，他们感到了古老的祭礼是不充分的，狂热地渴求新的祭礼。在这种对献祭的疯狂渴求的驱赶之下，他们冲向你建造的行刑广场和竞技场，挤向不虔诚的虚假献祭，那种血腥的死亡使他们的残暴生长，最终会仅仅满足于鲜血的陶醉和死亡的陶醉……”

“我把他们的疯狂变成了信心，把不羁的残暴引向了角斗。这是罗马人民所必需的冷酷，他们根本不需要预感到什么献祭。”

“人民的预感比个体的预感更强烈。因为他们整体的感觉比个体的思考更沉默、更重要，在人民的内部，救世主的呼唤更沉默、更重要、更野蛮，也更疯狂。在行刑广场和斗兽场上血腥的嚎叫声中，人们恐惧地预感到一个真正的献祭行为将由此诞生，那是真正的献祭，将成为尘世间的认识最终的形式，也是决定性的形式。”

“你作品的深渊常常像一个谜团，维吉尔，现在你的话也像一个谜团。”

“幸福的使者会献祭自己，他爱人类，也爱人性，他会通过死亡变成认识的行动，变成面向万物的行动，在服务的救助那最高的真实图景里，再次开始创世。”

皇帝裹紧了长袍。“我一生都在服务于我的作品，服务于大众，服务于国家。我对献祭的需求只是一种表面工程。我建议你也这么做。”

他们之间回荡的只是空洞的话语，或者已经不再是话语了，一个空洞的空间匆匆跑过，那已经不再是空间了。那只是虚伪的、不可通行的虚无。

“你的生活就是行动，皇帝，是服务于大众的行动，是在大众之中的行动，一直以来都是。众神选中了你，命令你来完成献祭，这是他们对你的表彰。而你站到了他们中间，你的生活比任何一个终有一死者都要接近众神。”

“那么你还想要什么样的献祭呢？要真正完成任何作品，都需要一个人全心全意地付出他的一生；在你看来，我做的一切也是这样，你满可以把这当作一种献祭。”

存在层次的内核流失了形体，卧在所有空虚的彼岸；看不到一条界限，甚至连界限的一点影子也没有——他该怎么回答？“我的行动就是寻求自我，这几乎不算是一种行动，更不用说一次献祭了。”

“那么就学习我的典范；洗刷你的罪孽，把人民想要的东西交给他们，把你的作品交给他们。”

“像所有作品一样，我的作品也诞生于盲目……虚假的盲目……我们创造的东西都是这样……只是盲目的作品……我们不够谦逊，没有抵达真正的盲目……”

“那么我呢，我的作品呢？”

“不再有存在的层次了……”

“什么？”

什么也没必要说了。他只能重复自己的话：“你的行动在人民中间进行，在人民中间变成了功绩；而我的行动一定要接近人民，却不是为了服务他们，而是为了得到承认和赞扬。”

“够了，维吉尔！”——皇帝已经表现出了极度的不耐烦——“如果你觉得发表《埃涅阿斯纪》是自私的，那我们就在你死后发表它。这是我最后的建议了。”

“诗人对名誉的渴望会超越死亡。”

“那又怎样？”

“那部作品不能活得比我更久。”

“天啊！又来了，为什么？！告诉我你真正的理由！”

“因为我的生活没有成为献祭，像你的作品一样，我的作品也注定要献祭……它应该被人遗忘，我和它一起……”

“这不是理由，这只是疯狂。”

“记忆是那么不洁……我要忘掉……忘掉一切……我要被人忘掉……这很有必要，奥古斯都。”

“你可真是友善，这么对你的朋友说话！真的，维吉尔，如果你的记忆是洁净的，如果你还记得我们的友谊，你就不会陷入这种空虚而邪恶的愿望，你现在说的只是空虚而邪恶的托词。”

“解救众人的认识行动站在面前。正因为此，正因为与它的誓约，我想要这样……在誓约中有幸福，奥古斯都……万物的幸福，我的幸福……”

“啊，你的幸福，又是你的幸福……好了，你幸福的使者不会因此而早来一天；你却剥削了所有大众，你剥削了你的人民，还称之为幸福！这是疯狂，这只是疯狂！”

“没有认识的真理是疯狂的；但这是认识的真理……它是真实的，绝无疯狂。”

“所以有两种真理？你那充满认识的真理，我这没有认识的真理……你的意思是我疯了？你是这个意思吗？那就说出来吧！”

“我必须毁掉没有认识的真理……那是不幸……是监牢……是不自由的……我们靠献祭得到解脱……这是最高的责任……没有认识的东西必须在认识面前退散……只有这样，我才是在真正地服务于大众和人民的幸福……真理的法则……从朦胧的暮光中觉醒！”

奥古斯都匆匆迈了一大步，站到了床前。

“维吉尔……”

“是，奥古斯都。”

“你恨我。”

“屋大维！”

“如果你恨我，就别叫我屋大维。”

“我……我恨你？”

“你那么恨我！”皇帝尖叫道。

“哦，屋大维……”

“住口……你比世上的任何一个人都恨我，也恨我恨得比恨世上的任何一个人都深，因为你最嫉妒的就是我。”

“不是这样……不是这样……”

“别说谎，就是这样……”

“这不是真的……这不是真的……”

“这就是真的……”——奥古斯都生气了，愤怒地撕碎了烛台上花环的月桂叶片——“是的，这是真的……是的，你恨我，因为你自己想当皇帝，但你太软弱了，根本没法实践你的嫉妒；你恨我，因为你除了在诗里表达你做皇帝的愿望，根本没有其他选择，至少在作诗上面你比你的皇帝强；你恨我，因为一直以来我争取到的一切都是你想要的，尽管我根本不可能让帝国的皇冠易主；你恨我，因为你觉得你的无能是我的责任……你恨我，你嫉妒我……”

“屋大维，听我说……”

“我不想听……”

皇帝吼叫着，奇怪，真是奇怪：他吼得越响亮，世界就越丰富；可见之物诸多的存在层次又涌现了出来，周围那惨白的死灭又变得生气勃勃，如同希望。

“屋大维，听我说……”

“听你说什么？告诉我，听你说什么……你只是在用虚伪的谦虚贬低你自己的作品，也以此轻而易举地贬低了我的作品，你想把它贬低成飘忽的、比喻性的、盲目的虚假构筑，是的，不仅如此，你还以此辱骂了罗马人民和他们父辈的信仰，你不喜欢我的作品的表达，你认为它还需要改革，你清楚这些都于你无益，你清楚这些肯定都于你无益，我依然比你强大，也必须比你强大，你清楚你不能推翻我，所以你现在就逃向了超尘的东西，逃向了超尘的地方，我和任何其他人都不能抵达那里。我要扼死我的幸福使者，它不会存在，永远也不会存在，却可以代替你推翻我……我认清你了，维吉尔，你看上去很温和，你想要人民把你尊为最纯净、最德高望重的人，但实际上，你那所谓纯净的灵魂却一直因为仇恨和阴险而颤抖，是的，我再说一遍，因为最卑劣的阴险而颤抖……”

当然，神圣的皇帝在大喊大叫，一直在大喊大叫。但他的喊叫又是异乎寻常地美妙，异乎寻常地美妙，哦，几乎是不可能的，好像在无形的地方出现了一片无形的坚实土壤、一片无形的坚实大地，一道无形的桥梁再次跨过了它，那是人类与人性的桥梁，连接了话语和应答，连接了目光和对视，因此话语和目光再次有了意义，人性那相遇的桥梁！哦，但愿他继续说下去。

奥古斯都继续说着，不，继续吼叫着，完全没有克制自己疯狂的大喊大叫："你的举止纯净、高尚而谦逊，但也太纯净、太高尚、太谦逊了，简直令人怀疑……你从来就没有在我分配给你的什么职务上施展过你所谓的谦逊，我也从来都不敢给你提供这样的职务，实际上也不可能有这样的职务能让你满意，你想要担任元老、资深执政官或者更高的职务，至少你想要从我手中得到某种职务，因为你恨我恨得那么深，那么彻底！是的，因为恨我，你不得不写诗，你拼凑出了一个诗歌的独立世界，那就是你想从我这里得到的，你想要我退场，把我的位置留给你，我过去不能，现在也不能给你提供什么职务，更不用说把我的位置腾出来了，你根本就坐不住这个位置，而你因为深知自己的无能，还强迫自己鄙视这个位置……这一切都出于仇恨，现在我又激起了你的仇恨……"

"我从来都不认为我的诗歌比你可以提供给我的任何职务更高尚。"

"闭嘴，不要再浪费我的时间了……你一直都想要我放弃自己的职务。也许只是为了鄙视我的职务，你才说了这些冗长的、关于认识的行动的话，才有关于献祭的争论，才想要焚毁《埃涅阿斯纪》，你只是想让我知道，一个人是怎样放弃并毁灭自己的作品的……是，你宁可要《埃涅阿斯纪》从世上消失，只要你能继续骗过我的作品的审视，或者是承受住它的审视！”

存在的诸多层次在他的喊声中重新建立了起来，而奥古斯都愤怒地踏过的房屋又变成了尘世间一间正常的房屋，像所有尘世的房屋一样蜷缩在楼房里，像所有尘世的房屋一样摆满了家具，像所有尘世的房屋一样洒满了午后三四点钟的阳光。现在他甚至可以试着迈上那无形的桥梁了：“屋大维，你对我很不公正，你的不公正令我难过……”

“那么，是我对你不公正？我对你不公正？但你想要烧毁《埃涅阿斯纪》，是因为你不想把它献给我！你把《农事诗》献给了梅塞纳斯，你心甘情愿地把《牧歌》献给了阿西尼乌斯·波里欧！但你恨我，你想用《小蝇》搪塞我，对那时的我来说，《小蝇》已经足够好了，你觉得它对于今天的我也是足够好的，显然你是想以此证明，这二十五年来它对于我都是足够好的，我不该要求更好的东西，不管是在那时还是现在……但在这二十五年里，我完成了我的作品，是我的作品授予了《埃涅阿斯纪》存在的权利，它可以完全植根于我的功绩，植根于罗马和罗马精神的真实，没有它们，《埃涅阿斯纪》永远也不会完成，这对你来说太沉重了，你没法承受它，你宁可毁灭它，也不愿把它题献给我……”

“屋大维……！”

“对你来说，一部作品是不是比生活和死亡更伟大，无论是你的还是我的作品，都是无关紧要的，你觉得这无关紧要，是因为你恨我……”

"屋大维，拿走那首诗吧！"

"我不想，我不愿意，我不需要；你可以自己留着……"

"屋大维，拿走那首诗吧！"所有纸质的腐朽、纸质的苍白都在光中消失了；光线在风景上空忽闪如象牙。

"我不想看你那蹩脚的诗……你想怎么办就怎么办吧；我不需要它。"

"那不是蹩脚的诗。"

皇帝站住了，瞥向了皮箱。"对我来说它已经变成了蹩脚的诗了；是你自己把它贬低成这样的。"

"你知道，这首诗本来是要写给你的，写这首诗的时候我一刻不停地在想你，你在诗中一直都献身于工作，你就是这样……"

"你之前也这么奉承过我。显然你一直觉得我是盲目的，像刚出生的猫一样，这就是对我盲目信任你的惩罚，对我许久以来一直信任你和你的虚伪的惩罚！"

"我没有虚伪。"

"如果你没有，那么现在你正是因此而恨你自己的作品，因为它包含了我的面孔。"

"我想要为你写完它。"

"我应该相信你吗？"皇帝又瞥向了箱子，他感到难堪；但现在他也束手无策了。

哦，甚至连最微小的、坠落的分秒，连从人类灵魂中飘出、为了在时代的深渊里消失的不可把握的分秒都比所有作品更伟大，皇帝的灵魂里也有这样的分秒飘出，友谊的分秒、喜乐的分秒、爱的分秒，他可以清楚地感到这一点，但皇帝只是说：“我们再考虑一下。”

说出接下来的话是最艰难的：“把手稿拿到罗马去吧，屋大维……我会借众神的帮助在那里取回它。”

皇帝点了点头，这一瞬间，皇帝点头的动作显得极为平静，一种与他相关的平静，像一道气息从一颗心中飘出，穿过了所有不可见的东西，一再抵达另一颗心，寂静的强力：棕褐的木质屋顶又变成了森林，从林中飘到了房间里，花环的月桂香气又变成了最遥远的隐蔽之影，静息在阳光流连的叶片之谷里，周围飘荡着泉水的潺湲，像沼泽的笛声一样飘忽而轻盈，却沉静而坚定，像橡树一样沉重，而心中不可阐释的气息也就是关于彼此的永恒知识的气息。是这丝气息吹动了吊灯银质的挂链，让它最后一次摇动吗？此外万籁俱寂，水面充满了平静，好像屏住了呼吸；航行充满了平静。奥古斯都站在挂着月桂花环的榆树下，一只手放在月桂叶上，说道：“你还记得过去的事吗，维吉尔？”——“是的，我记得很多事，但很少有关于我自己的。”——“你还记得我们一起挑选的骏马和猎犬吗？”——“记得，我记得；你买下它们的时候，我在观察它们的敏捷程度和力量。”——“那是几匹克罗托内马和几条伊比利亚猎犬。”——“有一匹公马我不让你买，但你还是买了，屋大维。”——“是的，你一直坚持不让我买；那匹公马确实没有什么用。”——“你付了一笔大价钱，你本来可以把这笔钱省下来，因为我的建议是对的。”——“但有时候不听从你的建议也是好的，维吉尔。”——“为什么？已经过去很久了。”——“是很久了。那匹公马看上去很不错，那是一匹头颅纤小的黑马。真可惜。”——“是啊，真可惜。那是一匹黑马，却有白色的蹄冠，它的后蹄太弱了，尽管几乎看不出来。”——“十分正确，它的后蹄太弱了，但它的身上没有一点白色。”——“不，奥古斯都，它的蹄冠是白色的。”——“我看动物都是过目不忘；我保证那是一匹全黑的马。”——“我们在安德斯见过许多马，我对马的记忆非常敏锐；所以我坚信自己的说法，没有人可以说服我，包括你，奥古斯都。”——“你本来就是一个固执的农民。”——“我是农民，是马夫的儿子；我小时候就在草场上放过马，紧攥着群马的鬃毛。”——“如果你骑过的那些驽马也不比你的记性好多少，你就不要这么自大了。”——“它们不是驽马。”——“你的记性也不算记性；我的记性更好。”——“一样的，不管你是不是奥古斯都，就算你说上几千遍，那匹马的蹄冠也都是白的，像雪一样白。”——“你生气也没有用，它的蹄冠不是白的。”——“我说是白的，就是白的。”——“我说不是。”——“真的，屋大维，别反驳我；如果它的蹄冠不是白的，就让我去死！”奥古斯都一直低垂的头颅突然抬了起来，充满了沉思，好像他不止想要保留这一段回忆，还想保留这份寂静：“这样的话，我们就没法继续下去了，我禁止你这样说，因为这对我来说代价太高了；我还是觉得蹄冠不是白的。”两人都不禁爆发出了大笑，被对方心口不 的笑声所感染，被对方心口不一、有点伤人的飘忽笑声所感染，显然奥古斯都也有点被刺伤了，因为他的面庞变得忧伤——或者他渺远的眼中有泪光闪烁？——好像他的咽喉和胸口都感到了疼痛。像梦中的笑声一样伤人，一样疼痛而愤怒，唉，因为没有人会在梦中发笑，唉，因为当奥古斯都大梦初醒般地抬起了头，环抱他们的幸福寂静就疼痛地蒸发了。寂静消逝了。

太阳是否又变得阴沉了？大地和海洋的震荡是否又开始了，被波塞冬的骏马所撼动？上空的寂静是否消散了？不，它没有消散。鸽子咕咕叫着，在窗台上踱着步，温柔、世俗而平和。那歌声依然温柔，象牙般的光线依然温柔，航行还会继续下去，只要轻舟还在继续平稳地匀速滑行，就没有什么可怕的。但又传来了一片马蹄的声音，只持续了一瞬间，然后那个少年穿过了空气，出现在眼前，开心地紧攥着马鬃，开心地在马背上呼叫。他骑的不是黑马，而是一匹雪白的马，但蹄冠是黑的，在皇帝面前高高腾起，然后继续奔驰，从窗前匆匆跑过。但这少年在皇帝面前、在他面前就像一个过往的使者，他那戴着花环的头颅像一个前来献礼的人，人们也把他当作了献礼的人。

“作为致意，”奥古斯都说，依然倚靠着烛台，一只手放在月桂叶上，“你想把那首诗献给我，我从你手中接受它，因为你就是吕萨尼亚斯；我认识你，尽管我从没有去过安德斯，你也认识我。”

“你是神圣的皇帝奥古斯都。”

“你是怎么找到通向我的道路的？”

少年再次背诵道：

“……这就是皇帝，他和尤利乌斯[1]那一支都将升入高高的大气

1　尤利乌斯家族是古罗马历史悠久的显贵家族，最著名的代表人物是恺撒。公元前44年，屋大维被恺撒收为养子。

穹顶：

这就是他，就是人们所期待、命运所预言的那个人，
皇帝奥古斯都，神之子，在意大利的土地上
他重新建立了黄金时代，像那时的农神；
他的帝国一直延伸到加拉马特和印度，
直到阿特拉斯以巨大的肩胛转动地球的地方，
那闪光星籽簇拥的地方也被这皇帝统治，
大地在年月与太阳的流转之下猛烈地颤抖。
里海的帝国已在他近旁颤抖着等待，
亚述海已经因神谕而颤抖着期待，
强大的尼罗河的七个河口也已经颤抖着涌出浪沫……”

少年背诵着，诗歌激起的图景几近窒息地浮了上来，不是源自记忆，不是源自这个少年或他自己的记忆，而是来自一种永远在场的陌异，苍白而缄默，轻描淡写，却充满了颤抖的期待，如同狂风骤雨。

但没有时间思考了，因为皇帝带着赞同的神情听完了这一节诗，说道："就是这样。你就是这样写的，是为我而写的……还是说你现在改变了主意，我的维吉尔？”

“我没有改变主意，屋大维。那首诗属于你……”

皇帝拍了两下手，房间里又挤满了人，他们刚刚就站在门边等他呼唤。其中有普洛修斯·图卡和卢修斯·瓦里乌斯，还有来帮忙的医生；现在那个奴隶的身影也看得清清楚楚，他和其他奴隶站在

一起。只有普洛娣娅不在，但她显然也没有离开。她可能也站在他们中间，藏在了某个地方。

但皇帝说道："在这么多人面前，我要大声告诉你们；我站在我爱的朋友们面前，你们和我是一条心的，现在我要以朋友的身份告诉你们，我们的诗人决定了，一等他康复，也就是不久以后，他就要继续写《埃涅阿斯纪》……"

奥古斯都真的爱这些朋友吗？他觉得他和他们说话的方式与和人民说话的方式截然不同，他统治人民，却一点也不爱他们，但他的这段话开头却和面向人民演讲的时候毫无区别。现在他极富技巧性地停顿了片刻，以使人们充分理解他的话，从而引发人们的回应。

卢修斯·瓦里乌斯及时地插了话："我们就知道你能够说服他，哦，奥古斯都。所有胜利都来自你。"

"我只是罗马人民的传声筒，我们都得听从人民的话。我受到了他们和众神的委托，我要求他把《埃涅阿斯纪》保留下来，而维吉尔出于他对人民的热爱，承认这是一笔财富，一笔恒久不变的财富。"

但那个奴隶站在其他奴隶中间，他奴性的面孔平静地绷紧了，他轻轻补充道，但当然也没有人听见："通向真正自由的道路开启了，人民会踏上这条路；只有这条路才是恒久的。"

"我是人民的代表，"奥古斯都继续说，脸上闪耀着亲切，他从来就不能完全逃脱皇帝那亲切的神情中摇摆的真挚，"只是一个代表，一直都是，维吉尔也承认这一点；我为他的承认感到骄傲，我也很荣幸，因为他的承认，我有幸获得了这首诗的保管权……”

“这首诗属于你，屋大维。”

“到现在为止我还只是罗马人民的代表；别人都有私人财产，但我没有，这你知道。”

奥古斯都纤细的、一向不安分的手指从月桂枝叶编成的花环里伸了出来，他就这样站在月桂的奔流、月桂的窸窣、月桂的荫翳中，站在那边的烛台旁边，俊美、矮小而庄严，但他的话却——尽管他对此深信不疑——如此质朴，因为他尽了全力，使尤利乌斯家族繁衍壮大，这大家都知道。奴隶又开口了，他说得很对，幸好没有人听见：“你撒谎，皇帝。”或者正在说话的皇帝确实听见了，所以他正盯着手稿箱，以微笑作答？

“不管你喜欢它的哪一点，我都要把这首诗献给你；但我必须求你开恩。”

“你有条件，维吉尔？……我还以为这是给我的生日礼物……”

“这个礼物是无条件的；发不发慈悲的决定权也在你，这都看你愿不愿意。”

“那让我听听你的条件，我愿意听一听。但是记住你自己说过的话，我的维吉尔，”——皇帝的眼中又闪过了一丝狡黠而友善的闪光——“保护被征服者，克制你的傲慢。”

“未来。”奴隶在人群中说道。

是的，他想说的就是这个。未来，人类那深不可测的未来，美德的未来和谦逊的未来——但屋大维显然还处在今天的表层。尽管如此，《埃涅阿斯纪》也必须献给他。“你一直在限制奴隶的自由，奥古斯都；请给我的奴隶以自由。”

“什么？马上？”

多么奇怪的问题！是不是马上做——不是一回事吗？“不是马上，奥古斯都，是在我死后。这就是我的遗嘱，我现在请求你的同意。”

“我当然会照办的……但是想一想，维吉尔，我记得你有个同母异父的弟弟在安德斯经营你的田产，他会赞同吗？你会给他带来困难，如果你把他的奴隶一下都释放了……”

“我的弟弟普洛克鲁斯知道怎么照顾自己。而且他是个好人，那些人作为自由人也会留在他身边。”

“很好，这就不关我的事了；我只需要签个字……真的，维吉尔，如果这就是你唯一的条件，我们就不用争论那么久了！”

“也许争论也有好处，屋大维。”

“是，是很好。”——奥古斯都友善而严肃地点了点头——“很好，除了你浪费了我的时间。”

“还有遗嘱，屋大维……”

“如果我没有记错，你早就在我的档案室留了一份……”

“当然，但现在必须补充一下……”

“因为奴隶的事？不用着急，你在罗马也可以补充。”

“此外还有一些修改，我不想耽搁了。”

“你着急，我却不着急……但你可以自己决定这是否属于紧急的工作，我不可以，也不想阻止你现在修改它。但我不能在这里久留了。我请你之后把它交给我或者寄给我，我会给你盖章，表示它是有效的……”

“普洛修斯或者卢修斯会把遗嘱带给你，或者是他们两个一起，奥古斯都。感谢你。”

“时间太紧了，我的维吉尔。我觉得等待我的人们已经很焦急了……尤其是维普撒尼乌斯·阿格里帕，他已经到了……我必须走了……”

“你必须……”

房间突然神奇地变空了，只剩下他们两个人。

“真可惜……我必须走了。”

“我的心与你同在，屋大维。”

“你的心和你的诗。”

皇帝挥了挥手，两个奴隶突然凭空冒了出来，站在了箱子旁边，双手握住把手。

“你们要把箱子抬走吗？”

奥古斯都轻盈而迅速地走到了床边，当他几乎难以察觉地俯下身来的时候，他又成了屋大维。“我会给你保管好的，维吉尔，不是抬走，只是抵押。”他把夹在手指间的月桂幼枝放到了床单上。

“屋大维……”

“是，维吉尔……”

“万分感激。”

“我感激你，维吉尔。”

奴隶把箱子抬了起来，当他们迈出了第一步，有人突然放声哭了起来，不是很响亮，却狂野而充满激情，好像永恒突然闯入了人类的生活，好像抬尸人抬起了棺材，要把它抬出房屋，好像与此相关的人们都被某种亘古不变的东西触动了。一声永恒的呜咽，尾随着棺木，一声永恒的惊呼，来自普洛修斯·图卡那宽阔而强壮的胸膛，来自他那善良而强大的人类灵魂，来自他那感人而强悍的人类心灵，他的哭声尾随着手稿箱，而箱子被抬出了房门，那实际上是一具棺木，一具孩子的棺木，一具生活的棺木。

现在阳光又转暗了。

奥古斯都走到了门口，再一次转过身来；皇帝友善的目光再一次搜寻着他友善的目光，他们的目光再一次相遇了。“愿你的双眼永远歇息在我的眼中，我的维吉尔。”屋大维说，站在开敞的门边。站在这里的还是屋大维，瘦削、骄傲而威严，但当他匆匆而去的时候，他就只是皇帝了。一只淡金色的狮子跟在他后面，跟在那棺木后面，步伐沉重，又极为温柔，在场的人都退下了。

普洛修斯那善意而潮湿的叹息持续了片刻，终止于一次呼吸，被几声“唉，是啊！”打断了。阳光再次变亮的时候，他的叹息彻底平息了，窗台上的鸽子又开始咕咕叫了。

愿你的双眼永远歇息在我的眼中。屋大维就是这样说的，他说的就是类似的话，这句话还在继续回响，留在这里，仍在房间里，仍在房间里摇摆，和已经远走的皇帝紧紧联系在一起，因为实现了它的意义而变得牢固。屋大维与这句话的联系是如此牢固，但他走了——为什么？为什么他走了？为什么普洛娣娅走了？唉，她像许多人一样走了，消失在自己的命运里，消失在自己的事情里，消失在自己的逐渐成熟和衰老中，渐渐失色，发不出声音。但那无形的桥梁还在，曾经通向他们，也永远通向他们；那一度延向他们，也永远延向他们的无形链条还在，那无形的月桂之桥，无形的银质锁链；那牢固的联系还在，永远牢不可破，一起延向前方——向着哪里？向着无形的虚无？不，另一岸的无形之物并非虚无，不，尽管人们看不见它，它却是真实的生活，永远是屋大维，永远是普洛娣娅，只是她奇特而躁动地拂去了她的名字和她可爱的形体。哦，多么深，在我们内心的深处，在我们的自我、心灵与灵魂难以设想的远方，栖息着认识，没有被我们肉体的衰朽所触及，没有因我们意义的削减而受损，没有任何变动，无法看透、唤来、找到并认识自己，它在陌生的灵魂中、心中和无形的深处寻求相反的认识，在陌生的反认识里寻求自己的镜像，试图唤醒它，看透它。所有永恒的事物依然存在，桥梁永存，延伸而去的铁链永存，相遇的一瞬永存，尽管千变万化，却依然永存，因为只有在相遇的时候，话语的意义才能实现，世界的意义才能实现，回声中才有为人所知的认识：尽管他的双眼紧闭，他却可以看见它，实现了意义，入迷地躺在外面不可度量的事物中间，在静静颤抖的正午阳光下闪着金黄的气息，像白葡萄酒一样金黄，在红褐色的、有黑条纹的和黑暗朽坏的城市屋顶上，可见又不可见，一面期待着镜像的镜子，期待着那摇摆的道，期待着认识，认识尚未显露，却已经出现在了空间里。未来的东西到来了，在那位未知神明所守护的法则中，存在着没有打破誓约的轻松，割裂成了真正的知识，审美又得以在法则中存活。然后，是的，然后几只鸽子扑扇着翅膀，傲慢地飞离了窗台，飞走了，它们的羽毛在幽蓝的阳光中闪烁，飞向高空那不可度量的烧热；它们就这样飞进了视野，他的目光沉落，它们也消失了。哦，愿你的双眼永远歇息在我的眼中。

普洛修斯擦干了他肥胖脸颊上的泪水。“我太蠢了，”他说，“太蠢了，就这么被感动了，只因为维吉尔终于战胜了他的疯狂……”

“也许让你感动的是屋大维的行为。”

“我觉得不是……”

“我想马上立遗嘱。”

“这可一点都不感人……所有人都要立遗嘱。”

“我根本也不想感动你。我必须现在立遗嘱，就是这样。”

卢修斯却反驳他说：“奥古斯都说得对，他也应该在场，你可以等你康复了再做这些事，据我们所知，你的时间还很充裕，不用急着立遗嘱……”

他清楚地看到了普洛修斯和卢修斯，他应该也能看见吕萨尼亚斯，因为他应该还待在房间的某个角落里，也许有点伤心，因为他之前没有呼唤他，因为奴隶占据了他所有的注意力——对了，他又在哪里？那个奴隶又在哪里？他不太可能和奥古斯都一起离开，他应该还在房间的某个角落里，他当然应该待在这里，可现在他却消失了；不完全是这样：如果他搜寻得更仔细一点，如果他的目光更敏锐一点，他就能清楚地看到他的两个朋友都隐隐约约地陪伴着他，他看不见他们，没有人看得见他们，他们的存在和目光都没有成形，也许甚至——他难以区分他们——织入了彼此，尤其是在那边，在阳光涂抹的地方，聚集着许多接近人形的无形之物，几乎造成了一种假象，好像跟着皇帝拥出房间的人群又拥回来了；他想找的人也依然深藏在这些图景之下，他显然无法唤来他们，因为他不想放弃自己的名字。

“吕萨尼亚斯……！”他不能唤来那个奴隶，却可以呼唤那个少年；那个少年应该过来，应该给出一个解释。

“你又说起这个吕萨尼亚斯了，”普洛修斯说，“你又说到他了，可他却从来没有露过面……或者他和你急着要写的遗嘱有什么关系？”

不可否认的是，少年和奴隶都和遗嘱没有直接的关系。他没法给普洛修斯解释实际的关系，只能以表面的原因搪塞：“我想给他留下一点东西。”

“那么他就有责任出现。否则我真的没法相信他的存在。”

少年本来就在，他的诽谤很不公正。只要普洛修斯想看到他，他就能看到他，普洛修斯的诽谤只是在指责他自己。也许他最好不要呼唤吕萨尼亚斯，因为现在他来了，以双重的形体，既是少年也是奴隶，两者负担着同一个名字，两者都听到了他的呼唤，奴隶和少年都听到了。实际上这也没什么奇怪的。奇怪的是两个人无法取得一致，少年想要尽力走到床前，却被他更高大也更健壮的同伴拖累了；少年吕萨尼亚斯的道路一再被阻挡，他觉得他好像已经不那么灵巧了。

普洛修斯叹了口气，又走向了他之前坐过的沙发。“全世界都建议你休息，你却忙着立遗嘱，考虑把什么东西送给谁……皇帝在你这里待了一个多小时，从你的声音可以听出你累了……现在我可不会听你摆布……”

“对，”卢修斯怀着若有所思的好奇说道，“一个多小时……你们只是在聊《埃涅阿斯纪》吗？……等等，不要回答，这会让你疲倦的……”

奴隶站到了床边，出人意料地长高了，长得极为强健；他体内散发着安宁的寒意，像一个在凛冽的冬日走进了温暖的房间的人，他站在那里，健硕而有力，看都不看那个少年一眼，尽管少年已经站上了桌子，试图爬上他的肩头。

“让那个奴隶走开……”

“唉，因为要立遗嘱？”——普洛修斯坐在沙发上环顾房间——“他们都走了。放心吧，你可以开始了。”

卢修斯习惯性地整理着长袍的褶皱，小心翼翼地坐到了床边的椅子上，修长的双腿优雅地交叉着，抬起纤长的手，打着手势说明道：“是，伟大的皇帝经常发表长篇大论。坦白来说，他不算一个出色的演说家，至少他没有以古典的罗马式雄辩说服我们……你们还记得以前元老院的演讲吗？大家都那么享受！现在没有人那么演讲了，所以奥古斯都的雄辩似乎也足够好了……维吉尔，我要避免可敬的皇帝的错误；我不想让你疲倦……”

为什么那个奴隶站着不动？！他像一块坚冰一样牢牢地站在那里，像一座冰山，好像还要长得更高，他笔直地站在那里，完全挡住了瘦小的吕萨尼亚斯，他感到他的寒意越来越危险，亘古不变，从他体内飘出，激起了疲倦的巨浪。

"你急需的是安静，"——卢修斯挥了一下手，下了断言——"你急需的是安静，如果你需要医生，我们就把他叫来。如果你想要独处，也可以。"

他不否认自己需要安静，他对安静的渴求甚至是诱人而甜蜜的，被疲倦的巨浪裹挟而来，因为亘古不变而如此危险。哦，他必须战胜它！必须立刻战胜它！卢修斯刚说过想要把医生请来，就觉得有必要再安慰他一下，仿佛是听从了那众多的透明形体的召唤，卢修斯的唇上迟钝地浮现出了一个微笑，他说："你康复了，维吉尔，我很荣幸地告诉你这个消息，因为我的艺术拥有我的所有谦虚允许我宣扬的所有东西，它也能起到这样的实际效果……"

他的通报令人高兴，却不太意外。"我康复了……"

"这有点夸张了，不如说，感谢众神，你基本上康复了。"普洛修斯在外飘窗前说道。

"我康复了……"

"你很快就会康复。"奴隶纠正道。

"把他打发走。"——少年的声音微弱地抱怨着——"如果你想要康复，就把他打发走；他也想杀死你。"

他几乎可以触到疲倦那汹涌的寒意；寒意来自那个冰山巨人，他自己也冻成了冰块，结成了冰冻的巨浪，封闭了一切，包藏了一切，压碎了一切，但他的内心却是火热的，温暖的安宁闯入了裹挟一切的僵滞。"我康复了，医生没有得逞。"

"就算你觉得自己已经康复了，就算你觉得自己再也不会生病了，至少医生是与真理同在的，"——卢修斯站了起来——"现在我们要走了。”

“别走！”

他没有喊出声音。没有人听到他的话。

“哦，让他们走吧，让他们都走吧。”普洛娣娅有些谄媚地请求着他，却无法掩饰她的恐惧，“把他也打发走，他拥抱了你；我的手臂比他的手臂软弱，你应该恨他。”

很显然，那个巨人灼烫又冰冷的手臂已经抱紧了他，把他从床上、从大地上抬了起来，拥向这巨人无尽的胸膛，那里面已经没有心脏在跳动，没有呼吸在往复，那里有一种亘古不变的安宁，可怕、甜蜜而诱人。

他被那巨人从黏土的大地上举了起来，却躺在了巨人的胸膛上，它坚实而有力，像大地原初的黏土。

“他要压死我。”少年最后的微弱声音无望地喘息着。

“他的时日到了，”巨人说，几乎在微笑，“不是我要杀他，是时代要杀他。”

巨人像大地一样有力，他负担着大地，负担着安宁和死亡——难道他不是因此也必须负担着时代吗？

“我脱离了时代，”普洛娣娅回答道，“我不会变老，别让他也把我杀掉。”

他可以拯救那个少年吗？可以拯救普洛娣娅吗？可以拯救他自己吗？还有他的遗嘱和《埃涅阿斯纪》？巨人抱得更紧、更沉重、更用力了，越来越冰冷，越来越灼烫。灼热与冰寒的感觉已经汇成了唯一的存在，进入了非存在，与它合为了一体，四下的安宁已经变得十分浓厚了，没有任何声音可以从中挣出，没有任何声音可以击溃它，它似乎已经不可击溃了，但不是为了普洛娣娅，不是为了那少年，不，为了自己的生活，他也必须做出最后的挣扎："我想活下去……哦，母亲！"

他在喊吗？他不知道他有没有冲破那安宁的界限。这巨人的胸中没有心跳，没有呼吸，世界也没有心跳，没有呼吸。过了很久，巨人才说道："我放开你，不是因为女人的恳求，不是因为少年的恳求，也不是因为你自己的恐惧；我放开你，是因为你想要在尘世间服务。"这几乎是一种警告。不管怎样，他感到紧抱着他的双臂松开了，巨人把他放回到了黏土的地面上。

"我想活下去……我想活下去！"

是的，他喊出来了，这是声音的知识，是耳朵的知识，尽管有些嘶哑，却已经足够响亮了，足以让他的两个朋友一惊而起；普洛修斯蹒跚着走过来，卢修斯立刻冲到了他面前，充满责备地说道："你会的！"

手臂松开了，巨人消失了，令人恐惧的诱惑消失了，余下的只有一贯的烧热，那也像一块灼烫的坚冰抵在胸口，从他疼痛的咽喉里挤出呼吸。但这一切是那么寻常、那么熟悉，甚至嘴里渐浓的血味也不能令他恐惧了。他仍置身于熟悉的病房。吕萨尼亚斯蜷在桌上，他也精疲力竭了，专注地望着他。

"你会的……你会的……"

很难判断这责备的喊叫是针对疾病、针对病人还是针对卢修斯自己的，卢修斯说道："医生……"

他依然身处熟悉的病房。吕萨尼亚斯在这里，好像他就应该在这里，但那两个年长的人，普洛修斯和卢修斯却不该在这里，他的母亲不在这里。为什么普洛修斯站到了窗前，占据了祖父的位置？也许是因为他像他的祖父一样笨重而肥胖。他沉重的身躯坐在椅子上，椅子腿在黏土地上划出了许多尘土堆积的裂缝，曼托瓦的原野在窗前铺展，沐浴着正午的阳光。必须把母亲从厨房里唤来："我渴……"

卢修斯还没来得及回头去看，普洛修斯就立刻找到了一只水杯，他接满了墙上喷泉里的水，走到床边，润湿了病人满怀期待的双唇。病人的头埋在另一只手里。"好点了吗，我的维吉尔？"他问道，因为走动而有点气喘吁吁，出了点汗。

他不想说话，只是点头感谢着普洛修斯。厨房里传来了母亲的声音。"马上，"她开心地喊道，"我的孩子马上就有牛奶喝了。"这么说母亲还在世；她脱离了时间，没有变老，充满了诚挚的欢愉。"我的病还没好吗，母亲？"——"还有一点，但我的孩子很快就能下床玩耍了。"是，他很快就会去玩耍，在厨房的地上，在母亲的脚边玩耍，在外面花园的沙地上玩耍。母亲怎么能容许他玩这种游戏，捏着黏土，只是在不断重复父亲的行为，重复上帝的行为？在未经塑形的大地上，这种游戏难道不已经是反叛了吗，反叛大地原初的黏土，却没有引起那位全知的母神的狂怒？现在他当然不能继续思索了，因为普洛修斯不允许他继续思索；因为普洛修斯依然站在窗前，他拿来的不是牛奶，而是水，起源于大地的清水。

他吞了两大口，洒了一点水在枕头上——现在他又可以说话了:“谢谢，我的普洛修斯，现在好多了。你救了我……”

杯子是用棕褐色的牛角制成的，边缘刻着一只公鸡的图案。一只精良而坚固的、农人的杯子。

“我去请医生。”卢修斯坚持道，走向了门边。

“为什么要请医生?”真奇怪，医生就在这里，他那脆弱而飘忽的迷雾身影刚刚变回了实体。

“我们想问问他，”普洛修斯说，“要不要给你放血，我经常感觉比你还糟，但只要放几盎司的血我就活过来了，还觉得整个可怕的发病过程是最有益健康的。”

卡戎达斯医生梳理着他的胡须。“罗马的学派和罗马的治疗方式不赞成这一点。在你这种情况下，我们不会再取走你的体液了，而是要注入体液……我请你尽量多喝水。”

“再给我一杯……!”

“你又想喝酒了吗?”吕萨尼亚斯问道，举起了那只象牙酒盏。“胡闹，”医生打断了他，“不能喝酒。你在这里没有发言权。”

真的，这清凉的、潺湲的水流就如同良药。“我康复了。医生自己也这么觉得。”

“所以我们想找他确认一下。”卢修斯站在门边，手握着门把手。

“我们总得顾及小小的反复发作。”医生圆滑地微笑了，“这可不是小小的反复发作。”

“别走，卢修斯……小小的反复发作是不可避免的。我必须现在立遗嘱。”

卢修斯回到了桌边。“至少推迟到傍晚吧。我保证在我们动身之前帮你立完遗嘱。”

不，必须马上立完遗嘱。他们肯定是要动身的，遗嘱只是一个脱身的借口。这样回到尘世是不是太卑微了？他心中升起了一种羞愧，折磨着他，鞭打着他，像高烧的热度一样折磨、鞭打着他。高烧持续着，尽管只是小小的反复发作。

吕萨尼亚斯依然蜷在桌上，想要安抚他：“偶然之中才有羞愧，哦，维吉尔，你的道路上没有偶然，一切都是必然。”

“走回头路的人会感到蒙羞。”

普洛修斯叹了口气，靠近了床缘：“那么这是什么意思？”

“我必须马上立遗嘱，不能耽搁了。”

“我不理解为什么你觉得推迟几小时就是侮辱你了，你也没那么当真。”

“我因为奥古斯都而放弃了焚毁《埃涅阿斯纪》的愿望……现在因为你们，我要把我的遗嘱也放弃掉？”

“我们只是为你的健康着想。”

“我的健康允许我，对，我的健康强迫我继续走自己的路。我不会回头。”

“我从来没有引领你走过回头路，”少年转过身，“我们永远都在向前。”

“现在去哪里？”

吕萨尼亚斯沉默了，他不知道答案。

“现在由我来接管领路的任务，”普洛娣娅接着说，“我们现在走的是我们共同的道路，我们爱情的道路。”

“去哪里？我必须先找回自己……”

“你错了，维吉尔，”普洛修斯·图卡生气了，重重地坐到了床上，床垫陷了进去，“你错了，你没有权利彻底拒绝我们的帮助和我们的爱……”

普洛修斯尽管还在吵吵闹闹、颐指气使、不容许任何反驳，但他坐在床缘上的样子却是极度无助的；而卢修斯的文雅风度也摇摇欲坠了。他清楚地感到他们已经准备好顺从他了，顺从这个病人，他刚刚动摇了他们的意志。到底是什么造成了这种变化？他们是否只是顺从于疾病那强悍的命令，而此前他们却没有察觉到这种命令？他们是否已经预感到了疾病背后的声音？爱那通报的声音，在这种声音里，死亡与生活合为了一体？哦，他们一定是预感到了，否则他们不会这么强烈地抵制他最后的意志，那已经是死亡了！

卢修斯说道：“我不想再反驳你，但是……”

“不要再说什么但是了，我的卢修斯……我的行李在角落里，你可以在里面找到我的纸笔……”

普洛修斯来回晃着脑袋。“很好，我们不得不听你的了，因为我们没法阻止你……”

他们的顺从并没有让他开心，两个人依然待在原地不动；他只感到了一阵寒栗的危险。“再给我盖一层被子……”

普洛修斯愤怒的脸上的关切消失了，愤怒加剧了。“你的要求太多了。”

“只是要再盖一层被子……仅此而已。”

“我来帮你。”卢修斯说道。

卢修斯还没来得及把用人唤来、说出自己的要求，奴隶就已经进来了，似乎有所准备，他严峻的面孔难以看透，不是巨人，只是一个普通的奴仆，礼貌而娴熟地给他盖上了第二条被子。月桂叶又开始在头上窸窣，叶片因为奥古斯都揉过而变得神圣，沉重的被子迅速地在他身上展开，他不禁自问，要求再加一条被子有没有必要，是不是正确的——难道这不只是一个把奴隶叫回来的借口？他需要一个解释：

“你刚刚不在吗？”

“我收到了命令，不要再离开你。”

少年吕萨尼亚斯从桌上跳了下来，走到了近旁，不让奴隶再把他挤走。“就算没有任何命令，我也一直待在你的身边，就算没有任何命令，我也要待在你的身边。”

少年的话无关紧要，像一种已经忘记、现在已经难以理解的语言，他的语调有些躲闪，话语中却流露出了奇特的信任：“为什么你之前没来？”

“只有在你服务的时候，我才可以服务于你。”

普洛修斯抓住了他被子下面冰冷的脚。“像冰一样，我的维吉尔！”

“我现在感觉很好，普洛修斯。”

“你要照实讲，”卢修斯说，从他的书写工具里找出了文件包，“这就是你先前的遗嘱。”

“把纸给我。”

卢修斯感到惊诧：“什么？你要亲自写吗？”

“我想看看……给我。”

“别急，维吉尔，给你。”卢修斯打开了皮质的文件包，从剪裁整齐的纸卷里抽出最上面的一张，递给了他。

哦，这是一张上好的纸，表面粗糙而冰凉，十分适于书写，准备书写时，用手指轻轻抚过它的表面是那么令人愉快。如果逆着光看，就可以看出纵横的纹理。哦，纯白纸上的第一笔，创世的第一笔，踏出永不消逝的境地的最初之道！

他爱不释手：“真是一张好纸，卢修斯……”

“我的肉体洁白、光滑而柔软，”普洛娣娅轻声抱怨着，“你却不想碰一下。”

卢修斯把纸拿了回去，他的手指也小心翼翼地抚过了纸面，也把它逆着光线举了起来。“很好，”他像行家一样表示赞同，“是一张好纸。”然后准备好写字。

普洛娣娅曾是不可触碰的，她的命运过于沉重，却又像绒毛一样柔软，他能够负载它，他可以负载它，但她陌生地消失在了陌异之处，人们不会在那里相遇；她的戒指还在，她却不再出现了。

普洛修斯说：“如果你只是要对遗嘱进行补充，不是要修改，你可以说得简短一些。”

不，普洛娣娅没有出现。相反，其他形体都走出了蜂拥的阴影，有些带着奇特的熟悉，有些要费很大力气才能认清，因为他们很快就掠过了，繁多的人民，下面有许多戴着金色假发的妓女、许多酒鬼和大肚汉，也有侍者和俊俏的少年。一瞬间他看到了阿荔吉，在他远远的身后看到了他，他倚在船栏上，俯瞰水面，所有坠落之物都落入其中。少年悲伤地警告他："我们一起走过了所有道路，我引领你走过了所有道路；哦，但愿你还记得……"

"我认识许多……"

"这也属于遗嘱吗？"卢修斯问道。

"我认识许多……"不，他不再认识什么人了，只认识那唯一的一个人，真令人惊异，因为他和屋大维的告别是痛苦的诀别，诀别是不能重演的，而现在屋大维却打破了所有约定，再次出现在了这里：他站在那团阴影旁边，在烛台旁边，他的黑眼盯着那个奴隶，尽管别人看不见那个奴隶，而奴隶正在催他说话。

"说吧，"奴隶请求他，"下令吧。"

这是皇帝下令了，实际上不是真的下令。"我命令你，维吉尔，"他说，"把你的一部分遗产赠给你的奴隶。"

"是应该这样；我想感谢我的奴隶，但必须确定出版《埃涅阿斯纪》的事。"

"我会替你出版这首诗的。"

"这对我来说还不够。"

"维吉尔，你不知道我是谁吗？"

少年说道："看，那颗星升起来了，属于皇帝的埃涅阿斯之星，赐予田野火热的丰收，让葡萄园里的葡萄成熟。"

"我明白了，"卢修斯说，"是关于出版《埃涅阿斯纪》的事的……你还要补充什么？"

少年在说谎；他看不到星辰，至少那颗预言过的星没有再次照亮成熟之前的时间，他看不到与他相遇的星，那颗负担了所有认识与重新认识的星，那巨大的、揭露的秘密，时代那空洞的激流，充盈了他，让他平静了下来，再次开始了神秘而不可停歇的涌动——不，少年在说谎，他什么也没有看到，还没有看到！

“还没有出现，却已经出现了！”有谁说过类似的话？是少年还是奴隶？他们两人都望向东方，重新一起望向东方；那颗星在东方升了起来。

“那颗七月之星在西天闪烁，”皇帝犹疑地说，“而你却不想看它，维吉尔……你的恨意消散了吗？”

“出于爱意，我把《埃涅阿斯纪》献给了奥古斯都，但在他存在的彼岸，有一颗新星高悬在空中。”

皇帝没有做出回答，他默默地消失了。

“《埃涅阿斯纪》……”——普洛修斯轻轻叹了口气，双手捋着灰白的疏发——“对，《埃涅阿斯纪》，七月之星将永远照耀着它。”

“如果我没有理解错，遗嘱里应该首先写明把《埃涅阿斯纪》献给皇帝。”卢修斯说，用羽毛笔蘸了墨水，专注地等待着具体的说明。但他只是空等一场。因为他蘸湿羽毛笔的地方不是墨水瓶，而是安德斯的房前水塘，真的，他不是坐在一张普通的桌子旁边，那上面突然建起了安德斯的农庄，农庄就立在那里，一座铅栅围拢的监牢，而普斯里普海湾的水浪闪着金光，和那片水塘的波浪汇在了一起：真的，卢修斯把羽毛笔浸入了那片水塘，水波轻轻地、轻轻地从他插入羽毛笔的地方一圈圈漾到了水塘边缘，激起了水中鹅和鸭子的叫声；鸽子在田间的藤蔓上咕咕叫着，桌子周围坐满了难以计数的人，紧紧地围拢在一起，等着他立遗嘱。他一直都觉得赛贝斯想要他的遗产，想住在那座农庄里，而阿荔吉走过了那条专用通道的双重转角，也在这里游荡。等待遗嘱的人群是如此无礼，奴隶必须进来管住他们，这些人极不情愿地被他驱散了。过了很久，幸运的是，卢修斯面前的桌子终于空了，这时他重新提醒他，几乎有些不耐烦："我准备好了，维吉尔。"

他费了很大力气，才立刻回归了现实；事实上，卢修斯可能也陷入了幻想。"马上，我的卢修斯……"

"慢慢来……我们不着急。"普洛修斯说道。

"听着，我的朋友们，在我们开始之前……请你们想想奥古斯都的话……"

"当然。"

"现在，皇帝为我的第一份遗嘱做了见证，我觉得我可以让你们，让现在站在我身边的你们把改动传达给他……"

"还有别人在场……"卢修斯突然打断了他，指向那个奴隶。

"那个奴隶？当然，我认识他……"

他认识那个奴隶，那个奴隶也认识他——他和他一直在相遇，他们被永远锁在了一起，他们的内在和外在都被永远锁在了一起，和负担锁链的人们同在。

"你之前不是因为要立遗嘱，所以想把奴隶打发走吗？"

真是奇怪，卢修斯那么自然地说出了这一点，没有敬畏，却也没有后果：奴隶立刻面不改色地离开了房间，却同时还留在这里，好像他分了身。

普洛修斯双手交叉着放在腹部，拇指相抵。“很好，现在只有我们了。”

普洛娣娅十分轻蔑、十分鄙夷地说道：“你们想要单独在一起做什么？爱需要独处；但你们，你们谈论的是金钱。”

“不是我的钱，不是我的钱……”普洛娣娅的话那么伤人，就算她离得很远，她也应该知道这从来都与金钱和财产无关。

“你已经立过了关于自己财产的遗嘱，你正在立关于自己财产的遗嘱，”普洛修斯反驳道，“说其他的就离题了。”

幸好他想出了回答，不需要普洛娣娅插话：“我的朋友们出于仁慈和善意赠予我金钱，现在把钱还给他们也是合情合理的……我也还在怀疑，我对我的弟弟普洛克鲁斯是否公正，是否应该还是照第一版遗嘱办，他对我一直都善良而正直。”

“这当然也跑题了。”

“古老的可敬习俗要求把遗产保留给家庭内部的成员，这也有利于国家的福利。”

“说真的，维吉尔，”普洛修斯说道，“你可以也应该拥有你的财产，理由很充分；你自己挣来的东西最终应该属于你自己，那是你的成就的报偿。”

“我的成就和从朋友那里涌向我的财富没有关系，因此我首先应该把我在埃斯奎利诺山上的罗马式住宅和那不勒斯的住宅还给皇帝，把我在坎帕尼亚的地产还给梅塞纳斯……我还要请求皇帝给阿荔吉在埃斯奎利诺山的房子里保留一间客房，他已经在那里住了几年了，我也要请求普洛克鲁斯眷顾一下赛贝斯，随时欢迎他来安德斯住，乡村生活对于他脆弱的健康和他的诗歌创作都是有益的……最好也让他管理一块土地……”

“但两个人都什么也得不到？”

“不……我的钱财远远超过了我的所需，我得说我是违心的，是因为我朋友的意愿才变成了一个百万富翁，这大家都知道，至少对你们来说已经不是什么秘密了……赛贝斯和阿荔吉都会得到十万元的遗产；我也不会给别人留什么遗产了，我不用再给谁钱了，还有一部分留给我的奴隶……”

“好，”普洛修斯同意道，“在过去的一年里，你的许多观点都没什么变化，你鄙视金钱也没有用，你骨子里就是个农民，像所有农民一样，你发自内心地坚信众神的祝福有时会给你带来金钱；因此你的财富还会增长……”

“我们不要争论这个，普洛修斯……不管怎么样，我的遗产有一半留给普洛克鲁斯，四分之一留给奥古斯都，剩下的四分之一由你、卢修斯和梅塞纳斯平分……大致就是这样……”

普洛修斯的脖颈、秃顶和面孔都泛起了暗淡的、泛着青紫的闪闪红晕，卢修斯举高了双手。“你在想什么啊，维吉尔！我们是你的朋友，但不是你的继承人！”

“你们用我的遗产行善，这样我就能自在地离开了。”

一个跛子高举着拐杖，咄咄逼人地走到了床边。“有钱的人能得到东西，一无所有的人什么也得不到！”他咆哮着，向着虚无不断咆哮，如果奴隶没有夺过他的拐杖，他肯定会打到他。

“是的，我忘了我还要留下两万元，用于布林迪西姆人民的伙食供应。”

“你可以把这笔钱从我继承的部分里扣掉。”普洛修斯嘟哝道，转开了眼睛。

“你们得到的东西，远远比不上我从你们那里得到的！”

这时卢修斯·瓦里乌斯演员般善变的脸上流露出了讽刺。“维吉尔，你想说你从我这里得到了很多钱吗？”

“而你想说你的史诗写得不如我吗？我没有从你那里学到很多东西吗？是不是，卢修斯？这些可以用钱来衡量吗？幸运的是，你从来都没有什么钱，却一直都需要钱，这样的话，我的遗产对你来说也不是完全没有用……”

普洛修斯脸上的红晕没有消退；现在他的胖脸绷紧了，充满了被冒犯的愤怒。“你不需要感谢我的诗，我也很有钱，满可以放弃你的遗产……”

“哦，普洛修斯，我怎么能只顾及圆滑的卢修斯，却不顾及你呢？！这三十年来你们一直都是我的朋友，你对我的帮助胜过了任何在诗歌上给了我教益的人。首先，我不太愿意提到的是，我是因为你才出了名，挣了钱……你们是我最老的朋友，一直和我在一起，你们应该分享我的遗产，你要接受它，你应该接受它，我求你……”

“我才是你最老的朋友。”少年打断了他。

“在我看来你也是个农民，普洛修斯，你对我的描述对你自己也适用……”——唉，说话又变得困难了——“但我不想只让我的朋友空空地回忆我……我在那不勒斯和罗马的住宅，我的家具和私人财产……我的朋友，也就是你，普洛修斯，还有你，卢修斯，还有贺拉斯和普罗佩提乌斯……你们应该把所有你们喜欢的东西、所有你们想要拿来纪念我的东西都拿走，尤其是我的藏书……剩下的就留给赛贝斯和阿荔吉……我的纹章戒指……”

普洛修斯用拳头拍打着肥胖的腿。“现在完了……你想把什么都留给我们!”

普洛修斯的身影又变得模糊了，先前沉重的步履声也变得沉闷了。或许这也是不错的完结，但他还有很多很多东西要说:“至于你们……我也要求你们有所回报。”

“而你对我一无所求? 你要坚决地把我打发走?”吕萨尼亚斯在抱怨。

“吕萨尼亚斯……”

“快点告诉我们那个男孩藏在哪里……”

是啊，他藏在哪里? 但普洛修斯的形象和声音也不比吕萨尼亚斯更清晰。普洛修斯也变得难以企及了，好像他是站在一面厚厚的玻璃后面，这块玻璃永远蒙翳，好像要变成一堵铅质的墙。

普洛娣娅还不来要回她的戒指吗?

“我们是要帮你找那个神秘的少年吗?”卢修斯和他开玩笑，“这就是你想要我们做的事吗?”

抬起手用了很久很久。他的手不听控制，伸进了虚空，伸进了盲目和虚假的盲目。

“所有眼睛，所有张开的眼睛都会被我重新合上，”医生说道，“看看我的镜子，你也会重新看到东西。”

“我不再知道了……”

他要说的是这个吗？他是不是突然坠入了虚无？他是要说这个，还是要说什么截然不同的东西？他的话还是可以理解的，肯定还是自己的话，却在一瞬间消失了，滑入了虚无，变成了陌生的牙牙学语，在声音的乱网中迷了路，陷入了寒冰与烈火。

但跛子又来了，身后还跟着一大列人影，一列长长的队伍，一个人终其一生也没法数清他们到底有多少人。真的，整个城市都来了，不，许多城市，不，地球上的所有城市，拖着步子走过石化的地面，一个肥胖的婆娘喊道："回家！向家宅进军！回家！"

“向前走，”跛子命令他，“向前走，你，你这个自以为是诗人、自以为特别的人；向前走，你和我们是一类人……”

“向前走，你学会了走路，却还要别人抬着你！”婆娘补充道，以使跛子的命令更有力。

她的话激起了其他女人的一阵大笑，她们淫荡地伸出手指指点点，实际上却并不淫荡，他们的队伍拐进了穷巷。一级一级地下行，看不到街巷的尽头，一直在下行，在孩子中间，在山羊、狮子和骏马中间拥挤着跳下台阶，吕萨尼亚斯在这里守护着火炬——火炬的残余在他手中熄灭了，烧成了冰冷的焦炭——他和别人一起开心地死缠烂打，好像除了这种游戏，世界上就没有其他重要的事情了。

“你还是带着我走了回头路，吕萨尼亚斯，尽管你从来都不想承认！”

看啊，吕萨尼亚斯根本没有回答；好像他只是一个走在前面的陌生人，只是迅速地抬头瞥了一眼，立刻又转身继续自己的游戏。

一级一级地下行。

普洛修斯却坐在轿子上，肥胖的双腿悬在轿子的边缘，从容不迫地说道：“回去啦？好，好，我们带你回到生活里。”

“离开这里，”普洛娣娅说，“这里的气味凄惨又危险。”

是，这里散发着臭气；所有门口，所有疯狂地裂开的门口，房屋里所有燃烧的、呼吸的肮脏粪堆都散发着臭气，在漆黑的狭小监牢里，赤身裸体的老人们也散发着臭气。就连奥古斯都也躺在那里哭泣。

一级一级地下行，有一点拥堵，却从未停步。

许许多多的人民大众，渴求着盲目，渴求着胜利。在他们中间，在那些拥堵的、堆积的人群中，卢修斯坐在那里写作；他坐在那里孜孜不倦地写作，书写了一切，内在与外在发生的一切，他一边写一边抬起了头。“我们要为你做什么，维吉尔？你想要我们做什么？”

“书写，把一切都写下来……”

“写遗嘱？”

“你不需要遗嘱，”普洛娣娅的声音像一只倔强的蚊子，单薄而尖锐，像蜻蜓一样翩翩起舞，“哦，你不需要遗嘱，因为你会永生，永远和我生活在一起。”

一个矮小黝黑的叙利亚人，颈环上挂着断裂的锁链——他的独眼同伴在哪里？——跳上了台阶，穿过人群欢呼着："黄金时代已经开始了……农神统治世界……上界就是下界；下界就是上界……可以回忆的人必须遗忘；遗忘一切的人可以回忆……和你一起下行，和你一起下行，你这头肥猪……未来与过去合为一体；永恒，永恒，永恒！"

人群在欢呼声中渐渐散去了。上面摇晃的轿子也彻底平静了下来，惊人的是，像希望的微光一样惊人，那个医生的举动里无疑蕴藏着希望；医生依然留在这里，却踮着脚尖，轻盈地穿过了聚集的人群，照着镜子，迅速地从所有病人手中收钱，微笑的双唇像镜子一样圆滑地说道："你康复了……你也康复了……对，你也康复了……还有你也康复了……死亡是邪恶的，但你们康复了……"

"邪恶的是生活。"奴隶说道，奴隶的样子没有改变，但现在是奴隶在轿子上俯瞰着他。

现在奥古斯都站了起来，摇摇晃晃地走了过来，他的颈环上嵌着——好像他就是这个矮小的叙利亚人消失了的同伴——锁链的终端，显然是银质的，他的声音也在摇摆："来吧，维吉尔，到我这里来，躺在我这里，因为我们必须回归，继续回归；我们必须归于负载我们的人群，我们必须归于开端的土壤……"

"走开……"奴隶命令道。

一切都消失了，甚至皇帝也痛苦地变成了一个侏儒，向着虚无咒骂。人影纷纷坠地，好像他们是提线木偶的影子，他们的线突然被剪断了，整个世界的线都被剪断了，万物都坠落在地，内在和外在的东西，开始的和终结的东西——沉回了床褥之舟的枕头上，这小舟在这一瞬间重新开始了它温柔的航行：真的，它出发了，那只从内部和外部紧握着它的手松开了，那只手曾经是一只铁拳，现在变得温和了，变成了温和的安宁。

“你现在就来吗？”普洛娣娅问；几乎有些不耐烦，自己已经给出了那令人失望、充满了失望的回答，也就是她的呼吸，“唉，你不想来……”

“走开……”奴隶再次下令，“你也帮不了他。”这时——他在一瞬间清清楚楚地看见——普洛娣娅像魔鬼一样消失了，她的胴体是象牙色，火红的长发飘飞。

谁将会帮他？没有人可以留下，连普洛娣娅也不行；一切都在驱赶她，他变得孤独，也得到了安宁。是，现在四下一片安宁，在这许诺般的安宁中，在这警醒的安宁中，在鲜花的树林和月桂的树影中，有什么在向他预言一种未来的漫游，在生长中超越了自己，在这预兆面前，安宁变成了某种正在成形的东西，绽放成尚未诞生的东西，它就想变为尚未诞生的东西，就想在它不可企及的隐蔽中找到自己的内在。他还必须找到许多东西，因为他要浸入平静的流水，平复独自寻求的痛苦，他的存在是孤独的，他的名字、他的疼痛、他的鲜血和他的呼吸都是孤独的，他在遗忘与遗忘的纯洁之中漫步！

“遗忘也帮不了你。”奴隶说道。

哦，如果遗忘也无济于事，谁还能帮助他？如果行动无法完成，没有完成的事无法继续，谁还能抚慰他？！完成的和没有完成的行动都一样有效，都一样战无不胜——那么他还想要哪一种救助，哪一种使他解脱、正在消解的救助？曾有一个声音说过话，但那只是通报，还不是行动，现在连这个声音也消失了，连它也被遗忘了，像他自己的声音，在不可呼唤的世界里作响、征服。

现在奴隶说道："呼唤救助之名的人将会得到救助。"

呼唤救助？再一次呼唤？再一次为了空气而搏斗，和舌尖的血味搏斗，再一次疲倦地喘息，越喘息越疲惫，不得不唤回自己和自己的声音？！哦，他忘记的名字是哪一个名字？！在一瞬间内，在短暂的一瞬间内他看到了那不可磨灭的人类面孔，用坚硬而斑驳的棕褐黏土捏成，脸上露出了最后的微笑，和善而强烈，父亲那长存的面孔进入了最后的安息，又回到了长存的事物之中，然后隐匿了。

"呼唤吧。"奴隶说。

嘴里的血让他窒息，他身上包裹着无数层黏土，浑浊、不透光、无法穿透，裹在他的外面，但他却看不见这些。哦，他看不见呼唤的目的，认不出那个名字！

"呼唤吧！"

他必须竭尽全力，使他的呼唤穿透所有窒息他的东西，穿透所有黏土。哦，声音，呼唤那声音！

"呼唤吧！"

父亲——

他喊出来了吗？

"你喊出来了。"奴隶说。

他喊出来了吗？奴隶表示赞同，好像他是接受这声呼唤的中介，也许已经接受了它，也许现在还不想回答。

“请他救助你。”奴隶说。

他恢复了呼吸，不需要花太多力气来请求，过去的思想从体内消失了：“走向我吧……”

到了审判的时候了吗？谁会来审判？或者是他已经被审判过了？他可以发声，可以让人们听见他吗？他会变为一种行动吗？何时，哦，何时？！那区分善恶的审判，分开有罪与无罪的东西，那呼唤名字、使无罪者与他的名字合一的审判，法则那真实的真理，最后的也是唯一的真理——哦，已经宣判了，判他在这里等待。

之后什么也没有了，没有行动，没有声音，却还有某种东西，有某种人们难以占有的东西。因为一些使者从呼唤传来的地方走向了这里，骑着沉默的、脚步轻柔的骏马穿行于空气，他们像回声一样到来，或者他们就是回声的使者，极为缓慢，越来越慢，他甚至觉得他永远都不会遇到他们了。只是，他们的未曾到来也已经是一种到来了。

然后一张和善的圆脸俯向了床榻，依然隔着许多层朦胧的玻璃，只是隐约可见，他的声音疏远了，变得沉闷了：“我们要怎么帮你呢？你还要喝水吗？”

“普洛修斯，是谁把你派来的？”

“派来？……如果你一定要这么说，是我们的友谊……”

普洛修斯不是那使者；也许他是使者的使者，或者是链条再下面的一环。他也不想要他再帮他倒一杯水了，尽管再喝点水也许有好处；嘴里的血味没有减弱。在这链条的开端是那个把普洛修斯派来的人，是那个给干渴者送水的人；他的未曾到来也已经是一种到来了。

“如果你渴，就喝吧，”奴隶说道，“泉水从大地涌出，你依然在尘世间服务。”

他的胸中有什么在飘动，怀着过于宏大的迷醉，但这令人恐惧、过于宏大的迷醉就像一位朋友，因为那就是心，那就是他依然还在跳动的心，但它也许还能再次被驯服，驯顺地恢复它那平静、均衡的跳动；这几乎就像一种知识，关于即将到来的、最后的幸福胜利：“被责任驯服……再次履行尘世的责任……”

“你只需要恢复健康就好，此外你没有什么责任了。”

“《埃涅阿斯纪》……”

“等你完全康复了，这才会成为你的责任……现在它由奥古斯都妥善地保管着，它会毫发无损地回到你手上。”

《埃涅阿斯纪》也许还在那个流浪汉盘踞的地方，在老迈、赤裸、毫无权力的奥古斯都所躺卧的地方，他难以相信它正被人妥善地保管着，普洛修斯的话那么易于理解，却显得陌生、僵硬而沉闷，尽管那块玻璃变得清亮了，开始松动了。一切都是那么不协调。所有人类的作品都是不协调的。《埃涅阿斯纪》也是不协调的。

“一个词也不改……”

卢修斯立刻理解了他的意思。“没有人胆敢改动维吉尔的手稿，没有人可以给它润色，奥古斯都肯定也不会的！”

“皇帝将会失去权力，他将不为任何东西负责。”

“他应该为什么负责？他不为任何东西负责。你多虑了。”

对方的话依然是陌生的，是陌生人对客人说的语言，他恰好还能理解这种语言，却已经忘了要怎么说，或者根本就没有学会怎么说，这当然是奥古斯都的话，尽管他的脚跛了，却已经走了很远，离家很近了。

普洛修斯把水杯拿了过来。“给，维吉尔！”

“马上……先给我一只枕头。”他的心跳加快了，想要在另一处躺下，以驯服他的心脏。

这时奴隶拿来了枕头，把它小心地推到了他的背后，轻声提醒他："时间不多了。”

泉水潺湲。潮湿的黏土昏暗的气息从某处飘来，还有燃烧的陶土和水罐更明亮的气息，轻盈地掠过，吸入了他疼痛的肺，平息了痛楚。一张陶匠的工作台在某处轰鸣，它高亢的音调轻轻作响，然后工作台终于停下了，它的声音摇摆不定，沉寂了下来。“时间……的确，时间不多了……”

“根本不用着急……”普洛修斯咆哮着。

“真实在期待着你。”奴隶说。

真实在真实后面堆积：这里是朋友和他们的语言的真实，后面跟着一段难以磨灭的美好回忆，一个少年在玩耍，再后面是穷困的空穴，奥古斯都肯定就住在那里，接着是咄咄逼人的乱麻，在存在者之上、在世界与非世界之上铺展开来，在它后面是那鲜花之林的真实，哦，还有那不可认识的、真实的真实，那从未被人听见，却已被遗忘、已被通报过的道之真实，重新创世的真实，在星辰看不透的眼中闪闪发光，家乡的真实——普洛修斯手中的杯子是象牙做的。

他颤抖着，也许是因为奴隶在场而感到困惑，也许是被奴隶强大的意志撼动了，但普洛娣娅又来了，清晰而确切，从无尽的无声远方走了过来:“你鄙弃我的家乡；现在安静下来，和我一起入睡吧。”

她在哪里？他的四周一瞬间又贴满了墙壁。青绿的墙壁拔地而起，难以穿透，不断生长，好像这铅质的监牢变成了荫翳的树叶岩穴，它曾想把他和普洛娣娅锁在其中，——这无法穿透的密林无尽地延伸，延入了最无穷的远方，在一片青绿的中心，有一丛灌木的叶片闪着金光，几乎触手可及。但他还必须跨过一条宽阔的激流，一条平静的激流，极轻地在他面前潺湲，那从不停息的、奔流的神秘。而在那边，在灌木的金枝里响起了普洛娣娅的声音，西比尔的声音，轻盈地和他道别。

唉，激流漫过了她！唉，漫过了那个消逝的女人，她已经走到了激流的另一岸，走到了所有渴望的另一岸，变得不可企及。“我无欲无求……”

“这就对了，”普洛娣娅说，“无欲无求就对了。”

“如果你需要什么，”卢修斯补充道，“我们两个就在这里……你先说你想要我们两个做什么。”

在那空虚激流的彼岸！那没有河岸、没有源头与出海口的激流。我们下潜的地方和浮出水面的地方已经难分彼此，因为这是一条负载时间、负载遗忘的生物激流，通向那没有终结也没有开端的回归——他可以涉过这道激流吗？显然，不管可不可以，他连尝试一下都是不被允许的，奴隶显然有些不耐烦了，开始追问本质性的东西，而河流消失了："去履行你的责任。"

他从枕头上坐了起来，他的呼吸变得轻松，他不再咳嗽，又可以说话了。但他还是有些困惑："还是没有人来做我的向导。"

"你把你的作品留在了这个时代，因为它会引领你穿行于众时代；这就是你的知识，因为光的预感会变成你的预感。"

服侍他的奴隶站在床前，专注而平静地说道。——他说出来了吗？考虑到刚刚眼前的变化，他一定是说出来了，就算这些话是缄默的，它们也引起了变化：真实的第一层存在重现了，四周的事物变得亲切，朋友们也变得亲切。他不再是一个身处异乡、说着异国语言的过客，预言中真正的家乡也静静地立在了眼前，只是还没有被人认出，此时此刻，世间再次出现了片刻的安宁，尽管也许只是极为短暂的安宁。

卢修斯表示赞同："你的诗就是向导，也将一直是向导。"

"《埃涅阿斯纪》……"

"当然，维吉尔，《埃涅阿斯纪》……"

激流消失了，树叶的岩穴消失了，只有潺湲声还在耳边盘旋；但那只是墙上喷泉的潺湲声。

"我不可以毁掉《埃涅阿斯纪》……"

"你还在想这个吗？"普洛修斯的声音里包含了不悦的猜疑，准备爆发出新的咆哮。

激流消失了，但原野还在，还在正午低鸣的寂静之中，在蟋蟀的低鸣中。或者那是陶匠的工作台，又开始了浅吟低唱？不，不是——但潺湲的声音还在。

“毁掉……不，我不想毁掉《埃涅阿斯纪》了。”

“现在你真的康复了，维吉尔。”

“可能是这样，我的普洛修斯……但是……”

“怎么了？”

总有什么东西在悸动，总有什么不会腐朽，坐在内心深处，正在献祭，也渴望着献祭，而奴隶好像知道它正在悸动，他说道：“不要再恨了。”

“我不恨任何人……”

“至少我们希望你不要再恨你的作品了。”卢修斯说道。

“你恨尘世。”奴隶说。

他没有回答。奴隶说得对，他屈服了：“也许我是太爱它了……”

“你的作品……”卢修斯说，两只手肘都深思熟虑地架到了桌子上，羽毛笔深思熟虑地抵着双唇，“你的作品……爱它吧，像我们大家一样爱它。”

“我想试着这样做，卢修斯……但首先我们必须考虑出版的事。”

“一等你写完，人们就会帮你出版……在这之前你不用操心……”

“你们两个要负责出版《埃涅阿斯纪》。”

“这就是你想要我们做的？”

“是的，就是这样。”

"你疯了……"普洛修斯现在是真的发火了,"你得自己处理自己的事,就算我们很愿意帮你。"

"你们愿意全权负责吗……?"

普洛修斯摇了摇浑圆的胖脑袋。"不是不能全权负责……但你想想,维吉尔,我们已经老了。你应该找个更年轻的人来执行遗嘱。"

"你们是我的首要人选……这样可以让我安心,我坚持我的决定。"

"好,那我们就没什么可反对的了。"卢修斯发自内心地表示赞同。

"那么我把手稿留给你们,你们必须要帮我,哦,我不是要报偿你们愿意为我出这份力,我想让你们知道我爱你们……"

这句话引起的效果是惊人的。两人沉默了片刻,脸颊飞红,然后传来了一阵深沉的抽噎声,来自普洛修斯的胸腔,他好像又开始哭了,而卢修斯尽管对于可以拿到遗产感到感激,却还保持着冷静——至少还待在原处——他飞快地打着手势,一跃而起。"维吉尔的手稿,维吉尔的手稿……你知道你的赠礼有多么伟大吗?"

"需要人们负责的赠礼就不是赠礼。"

"哦,天啊,是的,"普洛修斯叹了口气,平复了心情,又可以说话了,"唉,是的……尽管如此,以后还必须考虑这件事,还必须考虑到你把手稿交给奥古斯都了,现在没法从他手里拿回来……"

"《埃涅阿斯纪》是为皇帝而写的……因此他可以保留第一份完

美无瑕的抄本；这是规矩，我也赞同这一点，因此毫无疑问，他会把原始的手稿还给你们……”

他的回答提醒了普洛修斯，普洛修斯点了点头，却仍有异议：“然后，维吉尔，还有一件事……就是……我是个普通人，不是诗人……所以出版的主要工作将会由卢修斯来做，那么手稿也就是他一个人的了。”

“没错。”卢修斯说。

“没错，只要你们没有共同出力……或者你们都把这项责任当作遗嘱留给对方，这样到时候还在世的人就可以去做这件事……”

“聪明。”卢修斯表示赞同。

“但如果我们两个都去世了呢？这种事迟早会发生……”

“这就是你们的事了，我就不管了。你们可以让赛贝斯或者阿荔吉来接管这项工作，他们两个一个是诗人，一个是文法家；两个人都很年轻……”

普洛修斯又开始抽泣了：“哦，维吉尔，你赠给了我们礼物，你的礼物让我们难过……”

“等你开始工作，那才会真正让你难过，因为你要一节诗一节诗、一个词一个词，实际上是一个字母一个字母地仔细阅读全文……这不适合你，我也很愿意顺从众神的意志，让卢修斯来做这项工作……”

“别挖苦我……”

“是，这项工作很辛苦，可以交给卢修斯来做，我也会在遗嘱里要求皇帝给他相称的奖赏。”

卢修斯拒绝了："维吉尔，这不是一项需要酬劳的工作。相反，我可以给你找出许多甚至愿意花钱来做这份工作的人……这一点你自己也知道。"

"不，我一点也不知道，因为对于一个诗人来说，比如你，卢修斯，对于一个诗人来说，有一些地方他可以写得更好，甚至整首诗都可以写得更好，因此他也会发现许多不协调的地方、许多需要润色的地方，仅仅更正文字的错误是很难的，是非常难的……"

"我不想修改维吉尔的一行诗……你的诗不能再补充，也不能再删减了。我很清楚，你只是希望负责出版的人有这项能力。"

"是这样，我的卢修斯。"

"这种工作需要的不是诗人的能力，而是一个老练的文法家的能力，在这方面我得自夸说没有几个人比我更出色了……但维吉尔，那些有待替换的诗节该怎么办呢？"

那些有待替换的诗节！是的，现在那只是一些暂时的诗节，要等快写完的时候才会被替换掉——唉，它们不会被替换掉了！想到这一点，他感到难过，他的话又变得酸楚了："让它们保持原样吧，卢修斯。"

卢修斯似乎并不满意；可以看出来，他觉得他自己和《埃涅阿斯纪》都受到了伤害，而他承担的工作也有点受到了侮辱："好吧，维吉尔，好吧……现在我们不必谈这个。你迟早会把它们替换掉的。"

"我？"

"不然还有谁？当然是你……"

“永远不会了……”说话的更像是奴隶，而不是他自己。

“永远不会？”普洛修斯高喊道，“你想用这种话来吓我们吗？或者你还要发誓，说是众神不想要你完成？！”

“众神……”

“众神也不会允许你这么一派胡言的……”普洛修斯像船夫一样弯曲着双臂，摇晃着毛发浓密的拳头。

众神不想要他写完这首诗，不想要他改变这首诗的不协调，因为所有人类的作品都必须出自暮色，出自盲目，也就是停留在不协调的状态；这就是众神的决定。但他也知道：这种不协调不仅仅是一种逃亡，它也是一种恩赐，不仅表明了人类是多么不完美，也表明了人类是多么接近神性，不仅说明了人类灵魂的不完整，也说明了它的伟大，不仅是生于盲目的人类作品的盲目，也是作品那预感的力量，没有这盲目的观看，也就没有预感，因为它——在所有作品中都有什么在萌芽——超出了自己和自己创造的东西，远远超出了这些，把创造者变成了创世者；因为只有当人们在万物中发挥了自己的作用，才会有所有的不协调——神与动物都不会产生这种不协调——只有在不协调的状态下，人类命运那可怕的美好才会揭示，才会超越自己；在动物与上帝的沉默之间立着人类之道，等待着，等它自己也在狂喜中沉默下来，被一只眼睛照亮，它的盲目看上去充满狂喜：狂喜的盲目，绝不徒劳。

“哦，普洛修斯，众神……我了解他们的恩赐和不悦，我接受他们的善意与沉重……对二者我都心怀感激……”

“这也没错……一直都是这样……”

“对二者我都心怀感激……生活是那么丰富……我也感激《埃涅阿斯纪》，就算它还有不协调的地方……让它保持它的不协调吧……也因此……遗嘱，普洛修斯……也因此必须提到这一点……就算是为了众神……”

“我没法和一个农民讲理……你以后也不想修改了吗？”

“必须如此，普洛修斯……而你，卢修斯，你可以把我说的话写下来吗？”

“这没有什么困难，维吉尔……按照规矩，我应该把你口述的愿望如实写下来。我只是在权衡该不该说明出版工作是无偿的……”

“很好，卢修斯，这样你就可以从皇帝那里得到手稿了……”

“那么你想要开始口述了吗？”

“口述……我要口述了……”——他还能做到吗？——“我要口述了。但先给我一口水喝，以免我又会咳嗽……而你，卢修斯……你可以把日期记录在文件里吗……今天？”

普洛修斯把杯子递了过来：“喝吧，维吉尔……保护你的嗓子；小点声说……”

清凉的水穿过了咽喉。杯子喝空后，他吸了一口气，他的声音服从于他的意志：“你写完日期了吗，卢修斯？”

“当然……布林迪西姆，罗马建城730年，10月6日……对吗，维吉尔？”

“当然，没错……这就是今天的日期……”

潺湲声平息了，墙上喷泉的潺湲，树荫下的潺湲，那奔流不息、越来越宽阔的激流的潺湲，他已经不能到达彼岸了，甚至连看都看不见了。他也不需要再涉过激流了，就在此岸，就在床单上，那只手触手可及，闪着金光：月桂的嫩枝！那是奥古斯都、是众神、是命运、是朱庇特伸来的手；叶片金光闪烁。

“我准备好了，维吉尔。”

他的声音服从于他的意志：

“我，普布利乌斯·维吉利乌斯·马罗，现年五十一岁，身体和灵魂的健康都处于完美的……等等……不要写‘完美的’，而是‘适宜的状态’……对，处于适宜的状态，想要补充我之前的遗嘱，它现在存放在盖维斯·尤利乌斯·恺撒·屋大维·奥古斯都的档案馆里……你都写下来了吗，卢修斯？”

“当然……”

他的声音服从于他的意志：

“奥古斯都曾给过我许多恩赐，出于他的愿望，我很遗憾没有……不，把‘很遗憾’划掉，如果你还没有写下来就更好了……也就是，出于他的愿望，我没有烧毁我的诗，因此我决定，首先，把《埃涅阿斯纪》题献给奥古斯都；其次，把我的手稿赠给我的朋友普洛修斯·图卡和卢修斯·瓦里乌斯，作为他们的共同财产，在一方过世之后，手稿将作为在世一方的私有财产。我委托这两位朋友整理我的遗作，并且可以拥有自己整理的那一部分的手稿；最终只有仔细审阅的抄本才可以交给想要得到它的出版商，尤其是不能有任何删改和补充。皇帝奥古斯都将得到一份整洁无误的抄本。这些都由普洛修斯·图卡和卢修斯·瓦里乌斯负责……你都写下来了吗，卢修斯？”

“当然，我的维吉尔……你想到什么就直接说吧。”

他的声音再一次服从于他的意志：

“奥古斯都允许我给我的奴隶以自由；在我去世后就马上给他们自由，奴隶每为我服务一年，就可以得到一百元的遗产作为报酬。我还决定拿出两万元……不，三万元，尽快投入到布林迪西姆人民的伙食供应中。其他财产的分配我在第一版遗嘱里已经提到过了；那些人依然可以继承我的遗产，只是继承的份额因为新的支出而有所削减，我的主要财产还将赠给皇帝奥古斯都、我的弟弟普洛克鲁斯、普洛修斯·图卡、卢修斯·瓦里乌斯和科尔努斯·梅塞纳斯，希望他们不会觉得这是不友善的行为……就这样……这就够了……是吗，够了吗？”

他的声音不再服从于他的意志了。他最后的话语已经透着可怕的空虚，现在除了空虚什么也没有了，一种精疲力竭、难以看透的空虚，无尽地铺展开来，他察觉不到它的庞大、它的转折，一种没有恐惧的恐惧空虚，一种遗忘的空虚，其中只有极度贫乏的遗忘之清醒，高烧在这空虚的空壳里气喘吁吁地迷了路。但在烧热的飞掠之间，仍有一些尚未说出的、看不见的事情，仍有一件必须说出的事情，与过去的一切相关，却又没有关系，他必须想起这是什么，他刚刚说的还不够。这件事和诗歌本身一样重要，过去应该被销毁，现在又必须保留下来。

“那个……那个箱子在哪里？！”

普洛修斯沉郁地抬起头。“维吉尔……在奥古斯都那里，保存得好好的……别担心……”

现在卢修斯已经给文件签了字，尽管它还有遗漏。或者遗漏的只是签名？他遗漏了什么，他能够想起来吗？

“把……”

卢修斯签过了名，但他却不能读一下文件；因为这显然还不够，字母还在跳舞。“你还得补充一点，卢修斯……补充一点……不能毁掉那些诗歌……”

“好，我的维吉尔。”

卢修斯再次准备好听他口述。

“那些诗歌……不可以毁掉，还有……不许增加或者删除一个字……”

“我已经写过了……”

“写下来……写下来……”他找不到支撑，这是他最后的力量；虚空不想再给予任何东西，没有声音，没有记忆，甚至没有那灰暗水流的潺湲。只有手指还拥有自己的生命；手指在床单上逡巡，不断交错着，松开又重新交错。那些诗歌不能毁掉，任何东西都不允许被毁掉；这非常重要，但这还不是他真正想说的东西，那件事还隐藏在黑暗中。哦，在虚空放开它所藏匿的东西之前，甚至连虚空自己也不能毁掉它，手指知道这一点，因为它们在虚空中四处游荡，寻找着什么；它们把虚空紧紧地压在一起，好让它交出隐藏的东西，当它们越来越拼命地压在一起时，事情发生了：在手指之间，在虚空深处，几乎无法察觉，仿佛苍穹的所有迷雾都已飘散，那里闪烁着微弱的光芒，就像褪色的星星发出的叹息，但也已经在他的嘴唇上，发出如释重负的叹息，寻找，而现在居然奇异地被他寻到了："把戒指留给吕萨尼亚斯。"

"你的纹章戒指？"

他在尘世间做的已经足够了；他的声音闪着光，轻得几乎听不见："留给……吕萨尼亚斯。"

"根本没有这个人。"有人低语道，可能是普洛修斯。

"给那个孩子……"

4

以太——归乡

还有人在低语吗？那是普洛修斯善意的低语吗，美好而强悍地保护着他？哦，普洛修斯，哦，一切都在持续，哦，低语在持续，那平静的低语，使他平静，从内在与外在不竭的深渊里涌出。现在他的工作完成了，现在他完成的事情已经足够了，不需要再做什么了，哦，一切都将永远持续下去！真的，一切都在持续，低语不息，不可忽视地轻轻涌来，又轻轻涌去，一浪又一浪的低语，每一浪都很小，但所有波浪的圈子延展开来，却是不可度量的。低语声就这样持存着，不需要倾听、不需要努力把它们保存下来，是的，这些低语根本不想被保存下来，因为它们奋力向前，融入了喷泉的潺湲、流水的潺湲，和它们一起化为了一种无色而强大的力量，负载着那平静的流体，自己就是自己所负载的东西，自己就是平静，就是流体，船骨与船舷轻轻地溅起水花，伴随着一阵浪沫。他的航行不认识什么目标，也不认识出发的海港；不曾撞上一道堤坝，来自无穷，也驶入无穷，却严苛而清晰地坚持着它的方向，被一只稳重的手引领着，好像只要转过身，就能看到船尾的舵手，那是他迷途上的同伴，是领航员，认识出发的海港。那个人既是同伴、朋友，也依然是眼前的普洛修斯，他既是屈尊，也是抬高了自己的身份，承担了奴隶划桨的工作，他口中的低语声沉寂了，沉寂地融入了万物，在这无须费力、毫无痛苦的前进中，几乎听不见他的气喘吁吁。他就这样弯曲着双臂，在低语的、沉默的无色水面上默默地划着船，不像人们以为的那样疲惫，船桨几乎没有抬起来，几乎没有切入寂静的水面：吕萨尼亚斯坐在船头，或者是站在那里，一个在船上唱歌的少年；而因为他，因为尘世间的万物，普洛修斯不能转身，因此他既看不见那个少年，也看不见航行的目标。普洛修斯没有转身，也没有瞥向那个少年，他一动不动地直视着前方，从乘客一直望向了船尾的舵手，遵从舵手的指示，他也从舵手望向了曾经存在的无穷，他们就从那里来。海岸依然在身后，他像是在和面前消逝的人类居所轻轻告别，和变幻的不变之物告别，和所有熟悉的繁多之物告别，和那边熟悉的图景与面孔，还有灰雾中消逝的墓穴告别，也和依然在书写的卢修斯告别。卢修斯依然坐在桌边，不断向真实的边缘推进，马上就要从高高的海岸山岩上坠落，令人恐惧，但这也是不可避免的。他和许多仍在下面漫游的人告别，比如贺拉斯和普罗佩提乌斯，他们正在下面友善地仰望。这些熟悉的图景，毫无痛苦地淡化，而同时，轻舟航行的水面上也挤满了各种各样的船只，尽管没有几艘和它往同一个方向航行，没有几艘要回归它们出发的港口、回归那难以企及的港口，反而有数不胜数的船队被派了出去，一定要把无穷的海洋拓展成另一种无穷，以使它们都有足够的航行空间，所以流水与空气之间不再有任何界限了，这也没有什么可奇怪的。船只似乎在光中漂游，难以一眼望穿，布满船只的海面和那向着看不透的共同目标进发的船队本身就已经像一种目标了：船只成群结队，四周笼罩着温和的呼啸，像一片无形的云。这里有各种各样的船，有商船和战船，也有奥古斯都那金光灿灿、紫帆飘扬的华丽巨船，有许多渔船和其他海船，但最引人注目的是一艘极小的驳船，时而在这里，时而漂到那里，像是从水下钻了出来。它们都加入了这无穷的航行，奇怪的是，它们都保持着相同的速度，不管是只有几支桨推动的小驳船，还是奥古斯都那由几层楼的划手推动的大船，都在向前漂流，好像都没有重量，好像根本就不需要浸入水中，好像是从水上飘了过去。风帆紧紧地绷着，好像是被一阵不可感知的风暴吹胀了；那风暴来自空虚的空气，因为这里寂静无风，温和的呼啸落入了无处。海上卷起了平缓、温柔、几乎是平坦的波浪，极为轻柔，泛着暮光的灰暗，那低语声在铅般坚硬却又如气息般轻柔的海面上渐渐消隐，在这暮光的力量中悄无声息地消隐，这力量的镜面托举着气息般轻盈的船队。而上空，天空那依然没有颜色的珠母贝开启了，普洛修斯划着船，那些生活的响动留在了身后，风从沉沦的遥远海岸把它们吹送过来；群山的歌吟留在了身后，永远都无法捕捉；笛声也留在了身后，永远都在逃亡；甚至自己胸中的回音也留在了身后。他听到的东西沉落了，变成了从未经历过的东西，他从未经历过那些低语，和低语的、曾经存在的万物，而——一道轻柔的金光织入了天空——那少年也从来都不曾放歌。好像这种沉默还是太吵闹了，一种新的寂静出现了，另一种寂静，一种更高层次的寂静，它的波浪平缓、温柔而平坦，像海洋之镜的映象，铺展在海洋上空。如果它已经变成了某种新的东西，变成了某种寂静的流体——没有任何船只可以揉皱它，它几乎不是由一滴滴水构成的，没有一滴水沾在抬起的船桨上，没有一滴水从船桨上滴落——那么它就变成了镜面与反镜面的合一体、寂静与反寂静的合一体，变成了一种同在的过渡状态，充满了新的、共时的、匀速的同时也是可以听见的东西，因此尽管那些可以看到、可以听到、可以感觉到的东西早就看不到、听不到也感觉不到了，留在了身后不可寻得的无穷之中，却依然毫发无伤，尽管坠回了不可命名的东西，却既没有失去它们的名字，也没有失去它们的本质——它们留在后面，却仍在此刻，依然留在后面，却还会赶上来，它们能够留存下来，是因为它们在赶超，在赶超的过程中变成了变化的持存之物，一切都没有例外，因为这就是万物本身，是将会赶超上来的万物，繁多的万物，它们的内容紧迫而充满人性：船只互相伴随，互相问候，成群结队地出航，但现在它们的使命完成了，它们开始赶超彼此，不像是在竞争，不像是在赛跑，不，它们的速度没有改变，没有降低速度，也没有自愿落到后面，他自己的船也根本没有放慢速度。普洛修斯放松了下来，不再划桨了，他现在开始休息了，他的呼吸如此平静，船桨如此平静，他倚在船舷上休息，因为这里所有航行的人都不再需要这尘世的工具了。而船桨不管是已经从激流中抬了起来，还是仍然浸在水里，都突然消失了，一切都渐渐销蚀，一艘艘船抹去了它们的存在，沉入了遗忘，也包括奥古斯都的船——沉入了留在身后的无穷。而奥古斯都站在华丽巨船的朱紫帆篷下，手中握着短短的指挥棒，当他发现所有加速的努力都是徒劳、现在连继续航行都不可能了的时候，他就松开了指挥棒，失去了他的权力，也随之失去了名字，失去了迄今为止他所负载、所拥有的所有名字，甚至屋大维这个名字现在也必须抹去。但奥古斯都却没有失去自己，他向他投来匆匆的一瞥，目光依然留在他的身上，在这永不再见、永不重返的诀别时分，在奥古斯都的手势疲惫而老迈地告别的时候，持存者也得以永存，那变化的持存者，在遗失的过程中从未失去，因此奥古斯都的面孔突然寂静如遗忘，他的身形、他尘世的名字都寂静如遗忘，尽管他迅速地——唉，那么迅速地——沉入了不可呼唤的东西，但在更高层次那更新、更高的寂静中，他又可以把他唤来，又可以看到他了。因为现在一切都起了变化，外在进入了内在，眼见的层面与心中的层面融为了一体，这也是他从那时起就在追求却一直没有完成的变化，那不断生长的变化，终于在此时此地成熟了：一瞬间，那个迄今一直叫作奥古斯都的人坠入了无穷，他在心中看到了他，带着做梦者和失梦者内心的视力，当他忘掉了自己也身处尘世——他在梦中认识到了——认识到了自己就是自己的比喻，当他认识到了他的个性最后的、不可毁灭的、水晶般的根基也只是一种形式，只是水晶的排列，在最后的梦中只是一个空虚的数字。现在内心的视力超出了自身，他也看到了那边消失的人，看到了那个朋友——哦，那个赤裸的人是那么难以磨灭，他在内心看到了他。哦，终结变成了开端，象征变回了原初的图景，哦，友谊！尽管没有什么比这张脸更熟悉的了，他的朋友们会叫他屋大维，所有其他形体现在也没有什么变化，和那艘大气的轻舟一起航行，一个赶超了另一个，他们的面孔遁入了永恒，却没有消失。永远在这里一起航行，在目力可及的地方，自己的目光已经退缩，他们一直以来都叫什么，现在叫什么——他们是谁？那真的是提布卢斯吗，忧郁而深情、英年早逝的阿尔比乌斯·提布卢斯？那是卢克莱修吗，因为极度的疯狂变得高大而冷酷？那是撒鲁斯特吗，年过五十，带着经年不变也不会改变的成熟，是那个剥去了自己名字的命名者吗？那是可敬的马库斯·特伦提乌斯·瓦罗吗，他已经老态龙钟，却依然精神矍铄，正在消失的老迈面孔上挂着略带嘲讽的智慧微笑——？哦，他们过去就是这样，现在他们聚集了起来，友好而温柔，与他诀别，一个持存者和安慰者的队列。他们都聚集了起来，一张张脸，有的蓄须，有的光滑，有男有女，他们的面孔或快或慢地消逝了，他们都消逝了，他们的名字最后的残余也变得不可呼唤，坠回了概念，被遗忘了，完成了最后的变化。他们人类的面孔变成了他们的本质那极度清澈、不可言说的表达，抛弃了所有联系，深刻而真实地嵌入了那没有边界、没有名字的自我，不再需要尘世的手段，也不再需要尘世之名的呼唤，因为他在内心看到了他们所有人，认识了他们所有人，他们走进了朋友的目光，和朋友的目光一起开始了自我认识，走出了最深的自我，走出了感觉彼岸的自我深渊，不再是血肉的人，不再是血肉的比喻，只是一幅水晶的原初图景，是他们本性的水晶整体，如此纯净地歇息在他们本质的底部。所有朋友的形象都融入了回忆那全新的过渡状态，一种充满理解的过渡状态，在寂静中缄默地震响，盈满闪亮的阴影。他们进入了另一种无穷。

寂静在寂静内部——四下的边界都开启了，尽管有那么多东西被抛在了身后，永远无法再次寻回，但在寰宇的均衡中什么也不会失去。真的，有那么多东西被抛在了身后，但他既没有和别人相拥，也没有和别人分离，他的周围几乎是不断地变得拥挤，因为已经遗忘的东西依然留存了下来。非回忆的空间不断蚕食着回忆的空间，在这空间里守候着回忆，两个空间越来越紧密无间，融为了另一种回忆的空间，在第一种回忆的空间内部，融为了一种更透明的回忆、更无穷的回忆的空间，存在加倍了，形成了一个新的整体，甚至连水上那温柔的铅灰色寂静也和空中那铺展的、温柔的金黄镜像形成了一个新的整体——回忆在回忆之内——融为了那迎接歌者的寂静。在歌者开始弹奏之前，在这片寂静中，七弦琴没有奏响，等待的人毫无期待，歌唱者和倾听者、歌手和听众都形成了一个新的整体，因为星体之歌那强大的缄默又开始了窸响，生于缄默，却也生于双方的体内，在寂静中震响，却也在双方的体内震响，在他们合二为一的整体里震响，与寂静、等待和七弦琴在歌声中合为了一体，存在者被星体的存在吸走了。人们不再等待了，也不再有万众期待的东西了，人们不再倾听了，也不再有可以听见的东西了，不再有呼吸者和气息了，不再有干渴者和清泉了，在这全新的、双重的整体中不再有一分两半的分裂，分裂之物融成了一个永不分离的整体，融成了等待本身、倾听本身、呼吸本身和干渴本身。而那涌向整体的无穷激流就是这等待，就是这倾听、这呼吸、这饥渴，越来越多，越来越紧迫，越来越不可避免，变成了祈祷，变成了通报。普洛修斯也是这样，因为他仿佛得到了一种扬弃所有时限的知识，一种关于开端与结局的统一体的知识，但也是一种双重的知识，所有整体都在它面前臣服，同时它也臣服于所有整体，他就这样摆脱了自己存在的同一性，至少是在一瞬间，他也变成了两个人，一个坐在船夫的椅子上静静歇息，另一个却站了起来，迈着水手的步子摇摇晃晃地走了过来，再一次把水杯递给干渴的他，显然也是最后一次——哦，他渴吗？！他再一次一饮而尽：这时他发现，他喝下的不是水，在他体内消解的不是干渴，不，这是一种分裂的感觉，他加入了所有的双重映象，被拽入了无尽的激流，被无形之物内心的视力所看穿，同时也毫无知觉地了解了认识之环、那什么也没有围拢的圆环的接合点，这本身就已经意味着接合了。双倍的无限之物接合了，未来在其中变为过去，过去在其中变为未来，所以现在——哦，加倍中有加倍，镜像中有镜像，无形之物中有无形之物——他不再需要任何手段或工具了，不再需要盛放流体的杯盏，不再需要递来杯盏的手，几乎也不再需要啜饮的嘴了，这些他都不需要了，因为所有的行为，无论是饮水还是别的什么，因为所有的生活都被一种交织的力量所拆解、所消融，扬弃了所有不协调，不再有任何分裂。看，象牙的杯盏变成了坚实的褐色牛角，隐在了褐色的云中，而所有曾经存在的东西都和杯盏一起消失了，这不是一种梦境般的魔术，而是一场真实的梦境，其中的持存之物绝不是徒劳的。因此现在普洛修斯也消失了，因此他的双重存在也失去了形体，走上了其他同伴的道路，和他们一起沉入了永恒之名最后的残余，沉入了不可追忆的东西，却仍留在记忆里，仍是他一直都是的那个人，仍是他的朋友。就是这样，当没有湿度的流体、没有味道的清水从唇上流进了咽喉，没有润湿双唇、舌头和咽喉，普洛修斯就与他诀别，向他施以朋友的救助，然后诀别。而朋友那真理般纯净的目光被万物之眼所注视，被万物之泪和万物遗忘的湿气所簇拥，回归了朋友的目光，两个人都没有流泪，抛弃了痛苦，消解了痛苦，那么轻，越来越轻，一次轻盈的诀别——寂静在寂静内部。

没有什么可以保存下来，没有什么需要保存下来，没有什么还是不协调的了，他，普布利乌斯·维吉利乌斯·马罗，现在也不再需要名字了，他可以抹去自己的名字，可以让它变成纯粹的知识，变成一种温柔的、极度洁净的遗忘，因为穿过另一种无穷的航行是孤独的，即便他身边还有其他人相伴。他不再怀有任何忧虑，不再需要遇到任何人。光线也变得更加孤寂，更加纯正、洁净，变成了暮光，变成了飘忽的持存之物那奇特而惊人的暮光，他不知道它是何时开始的，不知道它要持续多久，因为太阳沉到了海流那不可度量的边缘，像是在犹豫要不要潜下去，它就停在那里，沉湎于它所寻求的天蝎座，在无云的空中闪着疲倦的光，四周星辉流溢。太阳不受时代的限制，平静地滑过这空虚的寂静；航程已经静止了，却仍能确切地感到自己的目标，仍然可以依靠星辰辨别方向。那个少年站在船头，暮光环抱着他，尽管少年的形体依然清晰地立在天穹之下，天穹那过于遥远的清澈已经超出了所有清澈的界限，他却不清楚少年的手势是在指路，还是在表达一种渴望，少年高举着手臂，身体也伸展开来，希求着那个目标，却捕捉不到它。这还称得上航行吗，这种不需要船桨也不需要船帆的滑行？他是不是已经停了下来，只是因为那繁星密布的穹庐在运动，才觉得自己也在运动？不管是不是在航行，这就是知识的过渡状态，也将一直都是。船夫在身后静静守候着，他仍能感到他强烈的在场，一如既往地稳固，从未缩回那更想逃离、更为飘忽的少年形体，不，是船夫决定着方向，只有他决定着方向，即便航向依赖于星辰运行的真理。太阳沉得更深了，燃成了低处一片昏暗的火红；它的光芒依旧疲倦，却在没有云雾的空中闪耀，清朗的暮色渐渐沦入了夜色，群星的空间闪烁。天色已经昏暗，但还没有入夜。星体沉默的歌声越来越昏暗，像夜晚一样寂静，像夜晚一样丰盈，在星光缄默的铙钹声中响起，这声音越响亮，音响的纱幕就越是一层层剥落，少年的身影就越清晰，越来越清晰地剥离了黑暗，在一道寂静的光中清晰可见。光线来自少年那高高举起的指路的手，慢慢变得强大，成了此刻的中心：是那只戒指，是那只赠给了吕萨尼亚斯的戒指，现在他骄傲地把戒指高高举了起来，戒指放出光芒，像一件光芒的大氅裹在吕萨尼亚斯的肩头，起初它的光只是滑向了苍灰的晨光和暮光中几颗星的目光，只是刚刚照到了它们，现在却像一道指路的磷光飘向前方，指向星辰的微笑，它被少年的手高高握住，高高举起，闪着光芒，像一段幸福的回忆，从尘世遗忘空间的最深处飘了出来，被更宽、更高、更深的东西漫过，被时间漫过，被火炙与冰寒的疼痛漫过。它自己也被回忆漫过了，从光明的戒指里飘了出来，像回声一样轻轻吹来，在边界痛苦而幸福地开启的时候，它也像回声一样顺从。因为现在万物都失去了名字，只有少年吕萨尼亚斯还带着他的名字。那不可捕捉的幸福回忆、挤入了无回忆的现在的回忆、去感官的感官对过去的回忆，这一度加倍又分裂的、尾随的闪光将要被人遗忘，在它回声的呼唤中，少年吕萨尼亚斯还能保有他的名字。回忆在呼唤中消逝了，进入了关于另一种无穷那无知无觉的知识，更高一层的知识，遁入了所有其他知识崩散的地方，和戒指的光芒一起消逝，却又留在光中，涌入了吕萨尼亚斯的微笑，涌入了他不再说话的声音、不再投来的目光，像没有声调的音乐涌入了他体内，又像少年内心的视力一样涌了回来，像一种囊括了远方与近处的知识，涌入了暮光，涌入了激流上朦胧的暮光，使所有双重的存在无论远近，都合为了一个共同体，既是观看者，也是发光者。哦，暮光，哦，过渡地带，奔流着汇入了过往，奔流着汇入了灵魂！真正的夜晚还没有降临，真正的暮光就已经消隐了，扬弃了这片过渡地带。在极为明耀的星海之下，冰冷而暗红的太阳深深静息在那金如铅块、铅如黄金的海平线下，他觉得它好像已经潜了下去，但它的光线还在反射，因为自己的光被突然打断了，因为它开始沿着地平线轻柔地滑动，好像局限在下界的星体中，好像身处洋面之下的镜面，穿过了一个又一个星座，奔向东方，将在那里再次升起，带来早晨。太阳，滞留于夜晚的存在，难以判断那是它的镜像还是它自己，是镜像在运动还是它自己在运动，是在尘世的监牢里还是在自由的大气中，而上界和下界的范围交织成了一种无知，最终的无知，在旋转的、美丽的繁星穹顶下如此庞大：好像他要驶向太阳，好像那就是目标，好像少年那充满渴望的手势指向的就是太阳，而船夫追随着那火红图景的道路，船头也缓缓旋转，指向星辰，开始了真正的或虚假的旋转、真正的或虚假的运动。现在一切真的变得难分彼此了，因为在夜与非夜的进程中，他的小舟奇异地延长了，无疑还在继续延长，他和船头少年的距离惊人地增长，他感到身后的船夫掉到了水里，船只向着前后和两侧延长，不断生长，这是出于改变航速的要求，船只的生长改变了航速，在船只那难以阻挡、包揽一切的生长中，航行持续着，直到航行甚至夜晚本身达到了完全的静止，四周旋转变幻的世界就也一定停了下来。航速无尽地放慢了，上界与下界的寰宇一片宁静，在星辉中映照，延续着静止的滑行，这寂静的星体目光，在自己体内映照，水面苍灰的眼睛和上空苍灰的眼睛，二者都延入了彼此，延入了明亮的夜晚，延入了暮光，在那里不再有时限，也不再有进程，不再有名字、偶然、回忆和命运。他躺着，却已经没有在躺着，也没有站着或坐着，这只是一种非肉体的观望和前行，尽管他还被束缚在小舟的中心，却已经脱离了它的束缚，仿佛挣脱了最后的锁链，仿佛终于实现了一种久已忘却、久已不可追忆的预感，仿佛他预感到的回忆像气息一般回归，关于一种自由飘荡的回忆。想要参与其中的愿望越来越强烈，想要实现这飘荡的预感，想要飘入其中，飘入不可追忆的东西，那同时也是已经预感到的未来了。他想要飘入戒指的光芒，自由地飘向吕萨尼亚斯，只有他还保有名字、命运和回忆。唉，但愿他能够飘向那环流的光芒，它清凉的九月羽翼也许能够、也许已经笼罩了一个年轻的农民，像大气一样触动了他，那是一个天使。唉，但愿他能够飘荡，能触到这对羽翼，能再次端详那再次变得熟悉的面孔，在繁星指环那友好的光亮中，揭露脸上的深渊，感受那一道道深渊，这愿望越来越强烈，对于心怀渴望的指路人的渴望越来越强烈，变成了另一种渴望，渴望过去的激流那温和的呼啸，渴望那流连于过去的浅灰色潺湲——他的愿望越来越痛苦，在诀别时分包含了一切恐惧，想要保留那最后的面孔。他的渴望越来越痛苦，抵御着最后的知识，怀着对诀别的恐惧颤抖，因为未来预感中的灵魂如此渴求最后的自由飘荡。放弃航行的过渡状态、进入另一种无穷是那么艰难，禁止自己转向过去熟悉的无穷是那么艰难，更艰难的是要遵从未来那单一的命令，最终毁掉自己多义的存在：少年还充满渴望，想要依照命令指出唯一的一条路，但一切依然是多义的，他身边的光亮在映照与反映照中如此多义，太阳的图景闪着红光，星辰燃烧，月亮闪着疲惫的金色，戒指的光芒毫无方向，存在过的与将要到来的东西交织成了一道唯一的光芒，海洋与天空那暗暗闪烁、繁多而多义的光线和那指路的天才图景交织在一起，要永远留在它体内，永远留在那指向未来的手势里，充满闪烁的不稳定性，被所有存在过的、繁多与多义的东西照透。他的形体极为不稳定，一直在变化，他的面孔也一直在变化，时而是赛贝斯的脸，时而是阿荔吉的脸，其中甚至还有埃涅阿斯的图景，他对他的回忆比对其他人的还要飘忽。尽管他们都没有名字，永远被吕萨尼亚斯自己的面孔覆盖，但他们仍在诱惑他在未来寻找过去，仍在引诱他转身向前，那已经不再是引诱了，而是一种新的知识，当那个少年在触碰不到的地方飘荡，他显然已经不是一个引诱者了，几乎也不再是一个向导了，而只是一个指路人，一个指向前方的人，他指向前方的手不会沉落，永远无动于衷——诀别。真的，就连少年这飘荡的、转向内心的微笑中也包含了如此清晰、如此确切的诀别。诀别是一种共同的知识，关于扬弃过渡地带的知识，关于另一种无穷的知识，他的航行在另一种无穷中静止了，关于身后船夫的知识，关于船尾那提供庇护、提供陪伴、提供安宁的领航员的知识，现在他应该是唯一的向导了，最终前来服务的向导，因为尽管他们之间的距离在增长，他的身影却没有淡化，只有他还有力气用他庇护的手抓住他的灵魂，而灵魂贴在手上、躺在手心、倚在手掌，被这只手立了起来，顺从于它亲切的命令，可以无畏地加入这种知识，在安稳与渴望的紧张状态之下摇摆，在无穷之间摇摆，这渴望知识、守候知识的灵魂毫无期待地等待着。而预感中那摇摆的渴望开始实现了，摇摆着实现。像前面船头上的那个少年一样摇摆，追求着知识，追求航行在这共同的摇摆中平静下来，这一切持续得越久，夜晚和夜间小舟的生长持续得越久——这一切持续的时间难以估量，所有限度都难以估量，夜光饮尽了阴影，食饱了阴影——少年那飘荡而去的形体就越飘忽，越来越飘忽，越来越赤裸，嵌入了明亮的星辉，嵌入了阴影，剥去了衣袍，还不只是剥去了衣袍，他变得完全透明了，夜晚和少年就这样飘入了彼此，哦，如此透明。还不是却已经是了——这是真实的前院吗？是家乡的前院吗，所有日月星辰都在其上盘旋，盈满了光芒？少年指向了那边，但他只是漫无目的地指向了某个发光的地方，小舟驶向了那里，但几乎已经静止了下来，因为这生长的小舟已经快要变得无穷无尽了。那是知识，是关于夜晚的知识，还不是关于白日的知识，只是关于未来的知识，但也已经是一种完整的知识了，知道自己将要被一道激流漫过，它比所有气流和水流都更强大，也更温和，头上也笼罩着同一片亘古不变的天空——寂静亘古不变，却已经进入了一种更高层次的新的寂静，即将变成新的寂静；知识亘古不变，却已经变成了新的知识，即将变成新的知识：随波流去的几乎已经不再是一艘小舟了，它同时被寂静和知识运载，被它们同时抬起，失去了自己的重量，那只是一幅不停摇摆的夜晚图景，几乎没有触到水面，却在无穷中溶解了；它自己就是无穷的，自己就即将进入平静，飘进生长的无穷那漫无目的、不可预感的世界，飘向夜间的彩虹。彩虹也在摇摆，是静息的时间一道摇摆的七色大门，绷在东方与西方之间，浸入了流水，却没有触到流水。他靠近了太阳再次升起的地方，却越来越缓慢，极为缓慢，几乎静止了，像这渐渐静止的航行一样缓慢，像踟蹰的太阳一样缓慢，小舟几乎已经无声无息地溶解了，渐渐变得模糊，然后看不见了。而前面，原来是船头的地方已经在朦胧的光中离得很远了，吕萨尼亚斯的身影飞离了小舟，闪闪发光，飞入了夜空，像一个领航的手势一样飞了起来，像一只指路的手、一道闪光的路标。好像夜晚面临着终将消逝的命运，想要再一次展开它此岸的繁华，星辉变得更明亮了，星辰聚得更密了，好像是要最后一次问候他、陪伴他，它们聚成了尘世间最后的美，被银河漫过，在整个寰宇里都看得清清楚楚，尽管他现在要转开目光了，它们都知道这一点，它们都无言地知道了这一点，一张张星辰的面孔，一个个名字，包括那些早已进入了遗忘之空间的名字，还有美，包括那早已超出了所有审美的美，它们都知道，在星辰的第一个回忆空间的内部，还有另一个回忆空间，包裹着那冰冷的、由恶龙之印守卫的天极，它们的数目众多、图景丰富，甚至已经消失的东西也会像镜像一样，再次浮出水面：北边的天上是天蝎座那弯曲的火焰躯体，周围有几颗星拱卫，东边的长蛇延展开来，抬起它闪耀的头颅，而在西天的深处，所有其他星辰都准备好了诀别，佩加索斯的白马那泉水般玎玲的蹄声平息了，静息在天顶的边缘，在繁多的闪光的边缘。他可以一眼看透这繁多星体的天顶，它本质上只是一种结晶，极度熟悉，又极度陌生，在内心深处的本质目光中，天顶和天顶所囊括的一切都历历可见，切近而遥远，遥远而切近，也怀着知识等待——在繁多星辰的拱顶之下，它的等待如此繁杂，在内心深处看到了万物，它认识到的认识不会再失去了，那触不到、看不到、唤不来、听不到的星辰面孔——但在天之深渊那透明的光中，那个少年的身影，吕萨尼亚斯那飞掠的、赤裸而透明的身影发生了奇特的改变，他飘向了前方，却依然留在这里，一幅天才的图景，一个星座，一个象征，变成了同一种本质，自己就变成了闪烁的万物的个性，飞入了万物那开敞的拱顶，飞入了七色的彩虹拱门，穿过了它。当这一切发生，甚至在这一切发生之前，那条长蛇就燃起了红光，整个东方的地平线燃烧起来，七种色彩都在红光中焚毁了，迅速褪成了象牙的白色，因为太阳脱离了它平静的轨道，温柔地升了起来，温柔得几乎难以察觉，好像不受任何重力制约，好像没有重量，从旋转不息的繁星天顶升了起来，那向前飞去的天才身影领航的手势运载着它，万物都一同运载着它。在这共同的进程中，万物互相制约，运动决定了反向运动，静止决定了反静止，所有实质的基本个性彼此维系、彼此交织、彼此映照。这既是一种变动，也是一种静止，这永恒的静止如此多变，这永恒的变动如此平静，万物在变动与静止中不断地摇摆，平静地变化，摇摆、消失，变成了所有星体沉默的歌吟，在晨星升起时像铙钹一样轻轻击响，在飞向天才图景的火舌里像七弦琴的象牙之音一样击响，而群星也被这沉默的声调引领，怀着知识，在观看的、倾听的万物中升起。所有星辰都留在空中，尽管将临的清早光芒愈发明亮，比星辰更亮，星辰却依然一个也不少，在穹顶下宛若水晶，面孔上依然带有最纯净的、难以言说的表达，而那天才的图景穿行过这些水晶，飞向了太阳，终于甩脱了、割离了那蒸发的、摇摆的图景，那曾是他乘坐的轻舟。少年的面孔上带有莫名的迷醉，被自己的光辉大氅所笼罩，在光照下开始了最后的变化、最后的赐福，征服了渐强的光线，越来越强大，越来越亲切，还是同一张脸，却有了新的名字，少年的面孔变成了普洛娣娅·希丽娅的面孔，少年与她合为了一体，她与少年合为了一体，在那闪光的、摇摆的领航手势中合为了一体，她代他摆出了这个手势，戒指戴在她的手指上，指向了东方。那长蛇期待着她，期待着这新的向导，通体闪烁，映红了更远的一片天空，燃烧了太阳，统治着东方，而西方白日欲晓，飞马黯然沉坠，骑在马上的船夫也一起沉坠，完成了他的服务，锁链崩开了。他向着太阳航行，也翳暗了太阳。哦，最后的变幻！天才的身影原本是像奔流的回忆涌出了第一种无穷，此刻却在另一种无穷中变成了一种指路的希望 现在天色欲晓，他是不是也终于要消失了呢？是不是也要因为更高层面的更高知识而归于未知，归于更高层面的更高知识？他飞了出去，闪着象牙的光芒，他的躯体闪烁着，失去了躯体，星辰吹拂着他的头发，一朵冰冷的火焰。他们之间的距离还在增长，那只指路的、戴着戒指的手已经触到了不可企及的天顶，却没有消失，依然存在，中魔般地滞留在这里，织入了变为白昼的光线，好像飞在前面的少年变了形，变成了许多个少年，彼此制约、彼此相生，从彼此的体内绽放：绽放的是白日，还在继续绽放，变成了温柔的魔咒，静息在自己的光中，融入了自己的体内，它从日出之火里升了起来，而当日光之火消退了，它就把可见之物变成了轻轻变幻的持存之物。那温柔的金光在变幻，定格在了蓝天之上，它的光芒负载着水晶的白日穹顶，可爱而温和的无穷之水晶。繁星的面孔消融了，变得温和而晦暗，明亮的湛蓝辉映着繁多的星辰，它们悬在其中，不再能发出任何光线，而现在——繁星闪着蛋白石般的银光，月亮闪着牛奶般轻柔的银光，空中的白霜闪着象牙的气息，像对夜晚光辉的一次追忆——现在就连普洛娣娅手中白霜的闪光也溶解了，变得晦暗、微弱，像一种更加轻柔的象牙的气息，极为飘忽地飘荡着，她的爱意像一道气息一样飘散了，而她在气息的飞涌之中上升，进入了最为透明的终结，珠母贝的蓝天上一道蛋白石的闪光。航行结束了吗？他已经走了这么远了吗？他不再需要航船了。他飘过了、迈过了这道激流，他四周是永久的春天和清早的寂静，是安宁与安宁之白日的气息，天空那流动的镜面吸入了它，又把它呼向了镀金的水面，上界与下界呼吸着彼此，太阳的宁静、星辰的宁静与大海的宁静融为了一体，融为了春日那唯一的、永无止境的呼吸，在春日变成了风景，变成了春日的风景，好像它唤醒了头上碧蓝的太阳天顶，也被天顶唤醒了，运载着天顶。海岸从海流中浮出，从海流中生长而出，堆砌而起，这摆脱了一切比喻和象征的真实，毫无期待地期待着，这是航行的真正终点。他不再摇摆了，而是以更轻盈的方式随波逐流，然后又毫不费力地随风而去。那边，在晨光流溢的地方，站着普洛娣娅，她刚刚还在前方飘荡，现在已经落了下来，就站在那里，走在前面，等他从后面赶上来，而一颗星在他们头上闪烁，闪着蛋白石一样的柔光，顺从于他们，顺从于天空，闪着微光，四周晨光流溢。如果没有这道星光，如果这颗星的柔光没有变得繁多，穿过了整个天顶，像一个温和却固执的守候者，那一再觉醒、不断增强的金光就会令人惊异又自然而然地宣告它的到来，真的，这几乎已经是一个尘世的春日早晨了，生活在明朗的澄澈中，静静地苏醒过来。普洛娣娅的形体是那么凡俗，不再裹着那件光芒的大氅，她的手上没有戒指，也没有光线：但她依然保持着指路的姿态，她指向空中，好像她把戒指还给了那颗照耀她的星星，好像戒指的光芒被星星吸了回去，和星星的目光合为了一体，一起变成了一种永存的、温柔的清醒。

岸边林木丛生，它们阴影斑驳的叶片之巷悄悄向着大地内部攀升，引诱人们靠近，水面尽管依然保持着永恒的平静，却以轻捷的白浪拍击着海岸，留下一点小小的浪沫，像无声的沉默里些微的声响，在涨潮的低语声中显得极为友善，在退潮的潺湲声中显得极为友善。流动的元素躺在他身后，坚实的元素立在他面前，两者都无边无际，也无边无际地汇入了彼此。他靠了岸，航行却还没有告终，因为没有此前，也没有此后，尽管他感到自己踩上了坚实的土地，他却既没有站着，也没有在行走，而是处于一种运动的过渡状态，在原地飘荡，仍受困于没有边界的边界，受困于没有边界的存在中心，它把一切都吸引到它那里，保留了它们，把它们变成了内在与外在的共同体，中心的沉默——他抵达的是存在的中心吗？这里有一棵树高高耸起，像榆树，像梣木，却缀满了未知的金色果实，普洛娣娅的目光从上面投了下来，宛若星辰，闪闪发亮，穿过了光亮的枝条，在自己的光芒中隐没，她目光的回声、她的欢迎与她的问候、上界与下界之间沉默的理解，都变成了一种无回忆的重新认识，比所有问候都具有穿透性，变成了静止与运动之间一种流动的赞同，难分内外，难以分辨这一进程是在哪里发生的；难以分辨是树林来到了他这里，还是他飘向了树林；难以分辨是哪一方留驻在了原地，哪一方向前迈步了：他到达了，但陆地还不是终结，他清醒地飘过了地面，双脚极为轻盈，但比起轻盈的普洛娣娅还是太沉重了。不只是他滑了过去，普洛娣娅也在向他滑行，两人都是被迫的，也都是自愿的，普洛娣娅小心翼翼、满心赞同地迈出了一步，然后犹豫着又迈出了一步。她赤身裸体，美丽而自然，被一种自然而然的氛围所包裹，像初生时一样赤裸，她优美的赤裸接纳了缄默的星体之歌，为了被它接纳，被它大气般的音响吸走，被它的回响吸走，永远如此缄默。赤裸？他也赤身裸体。他注意到了这一点，却没怎么在意，不怎么为自己的赤裸感到羞愧，普洛娣娅也是一样：她的身体那么迷人，但他却已经不能再把她当成一个女人看待了，而是从内心观看她，观看她最内在的个性；他已经不再把她当作一具肉体看待了，而是当作一种透明的实质，不再是女人，不再是少女，只是一个微笑，一个所有人都经历过的微笑，当人类的面孔上浮现出微笑，毫无羞愧地抬了起来，露出了没有完全准备好的忧伤，向着迷醉的、使人迷醉的爱情抬起了头。这深爱的微笑极为动人，极为凛冽，指向上空那颗飘荡的星，它的光芒清冷如少女，清冷得惊人，这种渴望带有少女的、几乎是孩童的无性的纯洁，指向了那过于纯洁、最为遥远的星体。而他满怀渴望的仰望已经实现了他的渴望。因为透明的暮光绷在上界与下界之间，所有尘世之物都无法穿透，歌声和尘世那穿刺的渴望都无法进入这无穷的星体，它们在这不可穿透的星体上撞出了回声，灵魂的回声，缄默的内在面孔显然还不完美的外在回声，以及更不完美的、他所渴望的星体之歌的回声。而当非尘世的奇迹完成，当外在与内在合为一体、自我与万物合为一体，分隔万物的回声之墙就崩塌了、消失了。因此以后不再有尘世的歌了，不再有渴望了，不再有爱情了，或许也不再需要指向上空的引领了，因为渴望已经实现了，星体之歌同时在内部与外部震响，普洛娣娅最内在的实质在这里变成了万物的个性，变成了那囊括一切的结局，扬弃了尘世之物与尘世间造物的偶然，却依然沉醉，扬弃了偶然的羞愧与偶然的形体，并揭示了摆脱偶然、摆脱羞愧的事物，那迷醉的、最初的无罪状态的可怕尊严。这是最后的共时性的无罪状态，这种尊严穿过了它，飘过了它；这是最后实质的无罪状态，同时留在了每次形体的变幻之中，所有本质变幻的真理，在所有疯狂的变幻中穿过无罪之物，不可度量，还没有学会如何度量；这是温和而可怖的无罪状态，因为不知轻重而显得温和、可怖，因为这种共时的平静而显得温和、可怖——在真理面前显得温和而可怖，清早那明快的寂静就是这样，星辰面孔的回声不可度量，人类面孔、动物和植物面孔的回声也都不可度量。在这里，它闯进了这不可度量、不知道有多大的花园，闯进了它美丽的果实、它可怕的美，得到了无罪的赤裸，赦免了它赤裸的罪过。森林的阴影蔓延，花朵长到了树木的高度，花丛中站着几株极为低矮的植物，比花朵还要矮，无论那是什么植物，是橡树还是灌木，是罂粟、肉桂还是水仙，是紫罗兰还是百合，是青草还是灌丛，它们都适应了自己的大小。不可度量的植物平静地相连，一株草茎像塔楼一样高耸、僵直，被常春藤环绕，在它旁边，在荫翳的明朗平静里充满了彼此交织的植物，延向灌木，穿过了沼泽。因为在一片静息的绿意中，有什么正在飘荡而过，潺湲的气息清凉如石，根须深渊里的黑暗，催生植物，又饮尽了植物，一直饮尽了它们最外层的纤维，最后的面孔重现了，再次映出了星辰、人类、动物和植物的面孔，再一次从尘世飘来，和它们尘世生活最后的整体维系在一起，大地最深处的面孔和它母亲般荫翳的安宁重现了。于是他游荡着，行走着，飘向了安宁，进入了静止，被月桂飘香的希望吸纳，它使万物都绽出了平静的微笑。动物也在四周静息，在尘世静息，像植物一样静息，它们的安宁无边无际，它们的目光和形体难分大小，被黑暗漫过，有时会沉入睡眠。但只要它们醒着，它们的眼睛就追随着这个漫游者：幼鹿睁大了眼睛，毫不畏怯地躺在狮群身边，狮子的目光充满了睡意，毫无威胁，黄龙伸长了颈部，清澈而自然的双眼透过灌木的拱顶窥视，蟾蜍像狼一样巨大，在睡莲和熊爪草之间眨着眼，一只生着山鹰头颅的小鸟在盛开的白女贞上迷惑地跳来跳去，目光锐利，而甲虫挪动着一码长的腿，没有眼睑的眼睛一直追随着漫游者；

有一些动物甚至开始了挪动，跟随着漫游者。只有蛇蜿蜒而去，长长的身子闪着青绿的银光，滑进了草茎和树叶那金光闪烁的青碧。血红的葡萄挂在狂野的刺荆上，最坚硬的橡树皮渗出了蜂蜜一样的树脂；林中悬挂着灰绿的榅桲和栗子、蜡黄的李子和金黄的苹果，但他不用采摘果实果腹，不用掬水以保持清爽，饱足和清爽的感觉悄悄地到来了。一次微笑，来自那摆脱了羞愧的无罪，来自花园那巨大的微笑，来自花园那不可度量的深渊，没有名字、语言和面孔，这没有面孔的微笑，静息在自己体内。花香笼罩在河流上空，从一座树林飘到了另一座，饮尽了太阳的雨水，去往他们的去处，沿着河流飘荡，穿过金黄麦浪的田野，或跨过看不见的桥梁，去往他们的去处，晨星平静地照耀着他们的头顶，那是东方赐福的太阳的使者，温和的光明使者，它自己的光只让人预感到了无尽的光亮。七种色彩像珠母贝一样温柔地重现了，那是彩虹在万物的穹庐之下最后的回声。群山堆砌而起，像春天一样无穷，像春天一样平和，一道坚硬的微笑，灰白的山谷之壁几乎寸草不生，带着平静的、岩石的赤裸微笑冲向天空，创世那坚硬的骨架。但在光秃的石山上，是峰顶的绿色草甸，闪着明亮的金光，头上是透明的蓝天，布满了蛋白石般的星辰，山鹰、秃鹫和苍鹰在那里盘旋，静静地飞行，没有冲向下面吃草的羔羊和森林边缘的花斑小山羊，阴影笼罩的黑色山坡在那里变成了草场，静静地长出草叶。而溪水从这里流过，在飘香的草场之间潺湲，在船只摇摆、草色依稀的两岸之间潺湲，这里，天上的星辰在清澈如镜的水潭里映照，渔民们瞪大眼睛，静静地站在那里，轻轻吹着笛子，他们的影子在澄澈的水潭的最深处嬉戏，白鹭从空中高高掠过，没有向下俯冲。那是太阳与阴影，不只是太阳，也不只是阴影，因为头上那布满蛋白石的明亮天顶不只是天空，脚下那洒满繁星阴影的花园田野也不只是大地，上界和下界都不可度量，天顶不可度量，花园也不可度量，两者都不是无边无际的，都局限在真正的无穷，也就是另一种无穷之内，在这真正光明、真正可以分清彼此的无穷之内，这种无穷不靠光与影塑造、认识形体，只靠它们最内在的本质，因此，就连黑暗和光明在这里也汇到了一起，上界与下界都空无所有，既没有星辰，也没有阴影。甚至是那变成了星辰的人类精神也不再投下语言的阴影。精神在静息。在这里漫游的是星辰和阴影，它们的灵魂手挽着手，摆脱了语言；它们在失语的纯洁平静中理解了彼此，而追随它们的动物也和它们互相理解。当黄昏来临，它们平静地漫游，在平静之外静息，在平静之内静息。它们静息在动物中间，望向西方旋转的天顶，望向那颗静止的星星，预感到了那颗星星体内的无形之物，那是天顶背后的另一种无穷。它们仰望着，直到太阳再次沉入朦胧的暮光，它们的观看仿佛一种审美的观看——但显然已经到达了审美的彼岸，因为所有亲切、轻盈、深刻而坦然的东西都照亮了它们。这绝不是无知的美，不，这是一种知识，照耀着所有存在最内在和最外在的边界，不只是象征，不只是边界的象征，不，这就是存在的本质，它们都轻易地参与到了其中。没有什么是陌生的，一切都如此熟悉，吞食了远方的每一个点，把所有远方都变成了近处，使一切都带有了一种直接的迷醉，与它们同在，达成了更深的、灵魂上的理解。暮色更深了，暮色也在夜晚中静息，而他这个静息的人在星辰之下静息，星辰又开始像蛋白石一样闪亮，很快，在星光之下，他就什么也看不见了。他看不见他的女伴，看不见四周静息的动物，这时，星辰的魔力才真正变成了共同体的内心视力，变成了自己的共同体和周围的进程，这时，这种魔力才与天空、星辰、动物和植物一起，变成了与普洛娣娅的双重联系，在认识与自我的认识中，在双重的内心目光中：而灵魂、动物和植物彼此映照，共同体在共同体中，本质的深渊在本质的深渊里，他自己在普洛娣娅映照的黑暗深渊里，他认识了她体内的孩子和母亲，他在母亲的微笑中瞬间认识了自己，认识了父亲和尚未出生的孩子，他在普洛娣娅的体内认识了吕萨尼亚斯，他自己就是吕萨尼亚斯，他在吕萨尼亚斯的体内认出了那个奴隶，他自己就是那个奴隶。他在戒指的接合点上认识了原初的孙辈和原初的先祖，戒指戴在普洛娣娅的手上，飘向了天空；戒指的光源升了起来，他在里面认识了命运在彼岸的永灭、本质层面与本质肢体的闪耀永灭；他认识了存在的统一本质之上的深渊，那是他最内心的东西，不只属于他，也属于普洛娣娅的灵魂，哦，也属于她的灵魂，尽管她从其他的根须萌发，从其他的枝干坠落，从其他的兽性里升起，她还是必须穿过许多镜面，穿过许多镜面与非镜面，像他灵魂的镜像一样到来，再次在她的体内映照自己，所有本质那完满的平衡。他被镜面和非镜面荫翳，映照着自己，入睡了。他在睡眠中还在继续认识，他感到了这种永灭是永无止境的，感到了映照的普洛娣娅滑入了自己体内，滑入了自己的每一部分，滑入了可感和不可感的东西，一个共同体滑入了他生活的共同体，滑入了骨架的山岩、与大地维系在一起的根须，滑入了植物和土木、他肉身和肌肤的兽性，他感到普洛娣娅变成了自己的一部分，变成了他内心深处观望的灵魂，他感到自己静息在她的目光之下，他的目光也从心底望入了她的体内。他的睡眠是祖先的链条，也是孙辈的链条；他穿过了本质的行列，背负着本质的种子，它在睡眠中与他合一，缩小成了沉睡的自我，进入了他体内，和普洛娣娅一起进入了他的体内，不被任何名字羁绊——所有成形之物那无空间的镜像，在睡眠的内部映照，再次变成了彼此铺展开来的空间，觉醒就在那里发生。它变成了明亮的白日，他在白日醒来，图景与本质环绕着他，太阳照耀着他，星辰在他头上，但这平衡的进展已经打断了，因为普洛娣娅不见了。他没有失去她，但她消失了，留在了另一个记忆的空间里，无尽地被遗忘，无尽地被记住。什么也没有改变，因为什么也没有失去，什么也不能失去，普洛娣娅变成了他自己的一部分，却没有改变他，她没有留在这里，却一直都在。缄默的星体之歌仍在震响。只有那微笑来自他漫步穿行的花园，只有那微笑消失了，因为只有平静在微笑，仅此而已。而一再袭向他的是一种躁动，至少是不平静。或者这种躁动来自那些动物？他感染了动物的躁动？越来越多的动物聚在了他的身边，陪他走上他的道路，它们从四面八方到来，它们的脚爪、蹄子和脚掌一刻不息，这一刻不息的队列，迈着均匀的步伐，更确切地说，迈着内心充满躁动的均匀步伐，它们共同的清醒摇摆着，和他的清醒紧紧联系在一起，他被迫加入了动物们无声的齐步行进。他们的行进持续得越久，他的步伐就越带有兽性，他就越被这兽性的变幻所征服，兽性就越发强烈地从地下升起，从他行走的脚步中升起，在他行走的身躯里升起，兽性不断充盈他，使他变得简单，变成了任人摆布的动物，他也觉得自己变成了任人摆布的动物——从下界到上界的动物，从上界到下界的动物，他像张开的血盆大口，不想咬紧；像生着利爪的动物，不想撕碎任何野兽；像长羽毛的动物，负载着自己，以内心观看。他听到了动物那缄默的语言，和它们一起倾听，倾听它们的交谈，他听到了自己体内星体之歌的缄默回响，被大地最深的黑暗回声运载，他理解了前生物与前造物，它们躁动地睡在所有兽性黑暗的地底，它们缄默的语言织入了一切：此前曾是个性的认识的东西，豺狼、狐狸、猫、鹦鹉、马和鲨鱼的本质认识，现在都敞向了动物的无个性，在一种更不为人知、刚刚形成、还在酝酿的个性中，在内心的注视之下，它在开裂的深渊里把自己放逐到了认识的根基里，那下动物、后动物的根基，他觉得那是所有生物的实质最内在的根基。周围那些奋力说出无词语言的东西在闪闪发光，尚未完成，鼓动着过于沉重或过于轻盈的舌头，奋力创世。那是无数繁多的动物，也是纯粹的动物，因为它们的繁多像雨滴一样碎裂，又聚合成了一个共同体，像雨云中的水滴，坠落又升起，变成了一整张根须之网，而这些动物所形成的共同体无形而透明，成了他知晓的认识，他知道他将归入它们，以他迈步的透明肉体的兽性。光线是透明的，天顶背后那认识的光亮还要更加透明，那闪光的认识，那静静伫立的星辰，像上界和下界那摇摆的清醒，昭然若揭，甚至动物也能理解它。在这不可度量的原野上，它们一整天都在毫无目的、躁动不安地跑来跑去，太阳落山的时候，它们的躁动加剧了。花园不断延展，越过了山峦和溪谷，变得无边无际，也突然充满了不安的躁动，当红热的太阳沉到了深沉的地平线上，夜晚那不可计量的进程就开始了：动物突然有了目标，突然达成了一致，突然开始在四处游荡，走出了所有山坡、所有丛林，从四面八方到来，沿着河流，走向宏大的海洋，甚至鱼也顺流而下，毫无恐惧、毫无仇恨地漫游，却听从于一道强制性的命令，因为河流的两岸在动物的面孔后面直接合拢了，大地被那不可抵抗的、生长的植物根须驱赶着向前，所有植物都长到了难以预感的高度，生出了枝杈，长成了密不透风的灌木，大地在这一片原初的萌芽中变得沉闷，只有蝾螈和青蛙才能在其中生活，而这片密林甚至对飞鸟来说也太密了，它们只能在最高的树梢筑巢。在众多兽群的漫游中，没有一只动物迷路，也没有一只动物死去，它们只是消失了，消失在了夜晚的海洋里，消失在了夜晚的大气里，加入了那些生着鳞片或羽毛的动物，充斥了夜晚与白昼的海洋、夜晚与白昼的空气。而他和它们一起漫游，他这个直立的动物，失去了眼睑，失去了睡眠，长出了鱼的眼睛和鱼的心脏，站在岸边的沼泽地里，笔直地站在那里，身上覆满了海草，长出了鳞片，织入了植物，像青蛙一样，像植物一样，他只能听见星体的歌吟，他继续听，它继续吟唱。因为他还是一个人，他什么也没有失去，他那属于人类的、漫游的宏大感受仍在颤动，没有失去，那颗东方之星仍在他头顶闪烁。他就这样期待着早晨，他，一个直立的非动物，却是一个人，期待着早晨。早晨又来了，太阳在潮湿的雾中微笑；而饥渴的火焰从不可度量的绿地上升起，像唯一一株呼吸沉重的植物，长得像山一样高，在昔日的花园上空伸展，上面万里无云，青绿的晨光里出现了一道彩虹，而下面绿地的镜面在颤抖，和植物一样沉重地呼吸着，渐渐被越来越浓重的晨雾盖过，变成云朵，沉坠下来，蛋白石一般的星光也在灰暗中消逝了。他看到了这一切，他期待着一场雨。但没有下雨，尽管鸟群高高飞起，鸟群的云霭和其他像鸟一样群聚的东西，绕着他沉静的头颅飞旋，常常落到他的肩头。他的脚边挤满了游鱼，他涉过咸涩的水，沿着海岸跋涉，寻求着某种他说不清的东西，肯定不是普洛娣娅，更可能是她迎接他的那片海滩，但他什么也寻不到，什么也无法重新认识，在一片齐整的森绿屋顶里，没有哪一棵树比其他树更高。在他进行这无限的漫游的时候，他一直没有远离海岸，好像海岸以某种难以解释的方式束缚了他，好像有一种难以解释、几乎是植物性的疲惫压倒了他，就算他的双臂变成了羽翼，可以飞上树梢，他也不会移动。他好像也预感到了他不会移动。无言之物从上面飞过，无言之物从下面游过，像龙一样庞大，和鸟一起飞行，和鱼一起遨游，无限地繁殖，无限地庞大，使上界和下界合为了一体，因为永远有新的鱼群跃出水面，永远有新的鸟群潜入水中，它们都依次变成了龙的形体，不断变化着，鳞片和羽毛彼此交换。飞鸟和游鱼之间的差异越来越小，二者的本质都在流失，好像回归了一个难分彼此的群落，好像自愿变成了一个难分彼此的整体，像植物的整体一样，那青绿的屋顶不再容许有哪一棵树生长而出。它们还想要飞行，还想要遨游，却已经像植物一样附在了洋底，都还保有自己单独的个人形体，无论是生有羽毛、鳞片、甲壳、皮肤、脚掌、利爪、鱼鳍还是鸟喙，它们的眼与非眼里都盘踞着蜥蜴的面孔，以及有着蛇蝎目光的青蛙面孔，它们回归了蛇的样子，像是它们所有最后还属于自己的生物特性，像它们最后的共同个性，像植物、像动物、像原初的样子，而个性最后的根基先于创世，在这种根基之上，本质才能被塑造成生活，它们体内只有生活和创世所遗留下来的东西。飞行的和游泳的动物越聚越多，堆成了一片密不透风的树林，林中逐渐挤满了非动物，逐渐受到了未完成与创世前的东西的威胁，逐渐盈满了天空和海洋最深的透明深渊，因为越来越清楚的是，一切都会在这里汇流，就在这里，在他站立的地点，这里成了万物的进程一个强大的中点。于是他也看到了海洋的源头，它最深的根须深渊，泉源之内的泉源，在那里，在这最深的深渊的泉源，躺卧着有七种颜色却像冰一样透明的长蛇，合拢成了时代之圈，这长蛇环绕着中心的虚无。漫游的事物亘古不变。这泉源像火山口一样扩大，好像长蛇的圈子将会变得无所不包，而它周围的东西都僵滞了，一动不动，所有浮游的东西、飞行的东西都一动不动，在长蛇那僵绿的目光中僵滞，那来自虚无、投射虚无的目光。那些动物还在不在？是不是在最后的变幻中，它们还没有失去自己最后的本质，无法逃脱长蛇的眼睛？天空也一样僵滞，单调而灰暗的云层也一样僵滞，没有落下一滴雨，而背后的太阳像一块无形的沉闷光斑，描画着它僵滞的轨道。而他这个人还是一个人，他和他尚未完成的共同体，他站在游走的动物和萌芽的植物共同体的中间，嵌入了两者，身上和体内充满了透明的羽毛、鱼鳍和藤蔓，他被锁在了这僵滞的进程中，也在一动不动地等待，毫无期待，他也是默默消逝的生物，但他人类的眼睛并没有失去区分的力量，他知道星辰的面孔藏在云后。太阳的光斑抵达了夜晚的朦胧，一点灰红的闪光，现在它成了白昼下缘的边界，而星辰在浓重的夜晚亮起，它们的闪光起先犹豫着，然后越来越清亮，冲破了浓雾的屏障，越来越多，越来越亮，不只是在上界，也在下界，在这里变成了另一片星空、另一道镜像，在漆黑的深海、在植物那潮湿的漆黑屏障中向上仰望，变成了一道唯一的漆黑镜像，变成了繁星密布的唯一天顶。没有什么还能把植物的笛声和流水的笛声区分开，海洋越过所有堤岸，涌进了植物，植物也在海上，气态的和流体的动物在上界与下界的星辰之间僵滞地摇摆。下界的天顶是星辰的回声——那么上界的天顶是不是已经是植物的回声了？上下都是一体，都被双倍的天空、双倍的海洋运载，结合成了一个唯一的共同体，长满了植物与星辰，锁闭了世界，也锁闭在世界之中，在它的空间里，没有什么可以从中离散出来，它也不允许有任何离群的行为，所有离群的冲动都消解了：不管是山鹰、白鹭还是恶龙之鸟，不管是鲨鱼、鲸鱼还是游泳的蜥蜴，它们都还是一个共同体，仅仅是动物那唯一的屏障，是唯一填满了空间的本质，现在变得越来越透明，一片动物之雾，终于在无形的、最为无形的事物里蒸发，在星光中消散，被植物所吸吮。所有动物都走进了虚无，世间动物的呼吸消散了，没有一颗心还在跳动，冰冷的长蛇也炸碎了，时间的长蛇炸碎了。突然，夜晚穿过整个白昼，没有任何时间在敲打，夜晚突然抛弃了时间，太阳立在中天，被蛋白石般的群星环绕，一颗星也不少，皎洁的月亮也在，那颗静静伫立的东方之星发出繁多的光芒。上面就是这样，而下面的镜面上，植物也突然开始了最后的疯狂生长，像是在和大地上根须与石头的束缚搏斗，像是在尝试超越自己，摧毁自己的植物属性，为了在过于无穷的世界里像动物一样离群、运动，在光中突然聚集，它吸纳到体内的兽性突然开始催动它，但相反，这一片青绿狂野不羁，长成了一片无穷无尽、万物归一的根须之网，超出了自己，一片原初生长的存在土壤，布满了不断变化、不断更新的萌芽之物、奔走之物，尽管它们依然被倾斜的藤蔓束缚，被长蛇的藤蔓缠络，却早已不是树木了，已经冲进了不可企及的高处，时而多节，时而光滑，时而盘绕，时而倾斜，带着难以预感的可怕野性——而他可以一同观看、能够一同观看、必须一同观看，和那进入植物体内的兽性一起摇摆，加入植物的生长，他自己就是植物，他变成了植物的内在和外在，穿过大地搏动，生出树根、树皮、苇管、树干、树痂和叶片，但依然保持着人性，人类的眼睛不曾改变：他的个性也许会慢慢失去，他的本质也许会赶超自己，被创世放逐，但人类的眼睛不变，只要它依然望向前方，历经所有变化、所有遗忘中不被遗忘的事物，依然存在，进入另一种无穷，继续注视，仍在注视，一颗难以磨灭的星。他是一株观看的植物，不再想追回任何东西，包括他的动物性。时辰流逝，但已经不再是时辰了，白日没有尽头，无穷无尽，星辰的轮回也无穷无尽，没有快慢之分，太阳的前进无穷无尽，四周事物的生长也无穷无尽，那包揽一切的、植物万古的生长，他自己也像植物一样加入了其中，也像万古一样无穷无尽，静止与运动的状态互换，抛弃了时间，融入了难分彼此的、奔流的平静，万古的变迁——白日也突然破晓——夜晚瞬间脱离了群星的回环，从它无尽摇摆的静止状态中爆发了出来，像某种原初的黑暗，隐秘地拘禁在最外层的繁星天顶后面，现在脱离了光轨，却没有消灭一道光轨，以不可照透的黑暗充盈了存在的穹庐：最内在的世界黑暗爆发了，那尚未成形的黑暗，无穷无尽，不只是没有光明，不只是缺少光明，多么有力的阳光都不能穿透它、照亮它，即使是在正午。尽管正午太阳的光线没有减弱，依然亘古不变地立在中天，被众星拱卫，但这一切都被深沉的夜色环抱着，一幅夜晚的图景，沉入了夜晚的盾牌，和群星一起从上空映在了下界的黑暗中，它们的图景在那里加倍，一轮下界的太阳，一个下界的天顶，被中心的深井捕捉，在它的光芒漂流的深渊里浮游，再次被创世之水托举起来，那黑暗环流的回声，在流动的瞬息流失。上面是星辰的面孔，下面是星辰的面孔，在双倍的黑暗中，双重的夜晚天顶褪去了植物浪涛的青绿色，变成了青蛙一样银白的闪光，变成了植物自己的光亮，在最后的疯狂分叉中，会变为几乎透明的可见之物。地下和水下的根须也一样明亮，一样清晰可见，和藤蔓、枝丫、所有疯狂的萌芽一起，迅速织成了一张苍白而狂野的共同体之网，向夜空的所有方向展开，向所有方向蔓延、发射、蔓生，在所有方向面前都几乎漫无方向，像无穷的空间本身，一层悬在自己体内的厚重大气，却仍在不断奋力向上，上方的光亮、星辰那不可见的轨道决定了它的方向，天空之光的无形面孔从一开始就画在其中，被带向了那道回声。现在中心的泉源也开始向着上方和下方生长，向着上方和下方伸展，流水潺湲，在自己飘起的光中变得透明，变得像植物一样，几乎不再是口井，而是一株透明的树，长出了枝杈，在它根须的深渊里有太阳的回声，光耀而不可看透的植物和星辰在它周围生长。他辨认不出植物和星辰之间到底还有没有界限，植物和星辰是不是已经准备好了在原初的图景里融合。星辰的回声与植物的回声汇到了一起，一起生长，一起融化，直到触及镜面的深渊，上界与下界的天穹在那里毫无边界地彼此相触，熔成了世界的球体。天穹的进程可见又不可见，可见却不可认识——但他，他这个观望者，他也理解了所有生长，他这个织入了植物、织入了动物的人，也从天穹延展到天穹，穿过了万物的星辰潮汐，像动物的根须、动物的藤蔓、动物的叶片一样站在大地上，同时也站在最遥远的星体上，他的脚踩在那深深沉入了西天、盘根错节的七星长蛇的星宿旁边，而他的心成形了，七弦琴的烙印在双倍的三和弦中闪闪发亮，他的头顶无穷无尽地耸入了最高的穹顶，接近了那颗东方之星，尽管他还没有触到它，却已经耸向了它，那颗预兆之星，它无穷的光芒曾是他的旅伴，现在他靠得更近了，无遮无拦，不断靠近。他已经不再有人类的面孔了，他已经成了一座观望的山峰，仰望着那颗星，仰望着天空的面孔，它聚集了所有生物的面孔，阐释着它们，和人类与动物的脸融为一体，他凝视着那负载太阳、归于太阳的深井，它是那么透明，在中心闪着光芒，在它的枝杈间，世界的寰宇像海洋一样涌流、像海洋一样震颤，像是捕捉了一个未来的共同体，自己也被这种震颤捕捉。囿于海洋的那颗心也在一起震颤，一起漂流，早已不再是一颗心了，不，只是一把七弦琴，变成了一把七弦琴，好像它星辰的琴弦终于要奏响它预言的东西了，还不是那首歌本身，却已经宣告了它，是那首歌的时辰，是诞生与重生的时辰，他毫无期待地期待着的双向时辰，时代之圈的接合点的歌声的时辰，在世界的整体中、在万物最后的呼吸中震响：它是一种强有力的准备，强劲而紧张，但七弦琴没有奏响，它不能奏响，也不可以奏响，因为这存在者汇流的共同体像海洋一样，从天穹震颤到了天穹，是植物所有生长的力量，是植物所有不可打破的缄默，在星辰那不可打破的缄默之下，那就是不可打破的万籁俱寂。他巨大的强力不可打破，悄无声息，以最后的生长力量使一切融合，最后一次，以最外在的意义扼杀了萌芽的东西；他大地的力量闪着苍白的光，他的努力苍白地跳闪，使他透明的峰顶冲向了黑暗天顶那最远、最高的边缘；他生长的激流不可遏制，征服了一切，征服了星辰和天空，天空也燃起了最后的火焰，好像是要抵御他的冲撞，抵御这株植物。天空午夜的面孔转向了太阳，听从太阳的命令，燃起了最后的迷醉，人性一如既往地从它的生物性中发出光亮，更纯净、更庞大、更温和、更虔诚、更澄澈，也更透明，却注定要熄灭，可以被征服，被植物那生长的激流所征服，被下界黑暗而苍白的根须的力量所吸吮。天空的面孔消失了，被厚重的大气覆盖，星星一颗一颗地消失了，消失在它们自己的、向着它们高高耸起的镜面里，一切都被刈倒了，这是双倍的消亡。尽管如此，熄灭的东西却没有真的熄灭，没有一颗星星的光芒真的消失了，每颗星的光芒都依然如故，不可磨灭地汇入了这征服一切的、植物自己的光明，一束束光线坠入了相反的光线，孕育着某种不可度量、不断增大的强力，不断在内部增强，不断增长，直到最终太阳也坠入了它的镜像，被世界的深井里那发射火焰的透明枝丫所捕获，也在镜像中消逝了，和它的冠冕一起消失不见。那冠冕曾经悬在高高的、闪烁的榆树中心，在一瞬间、在极为短促的一瞬间坠落，成为它天穹四宇上所有的华彩。一道道天穹，挂满了阳光一样的金黄果实，却都在一声缄默的叹息中蒸发了，和星辰与镜中的星辰、太阳与回声的太阳一起消失了，在那布满星光、盈满天空的万物之植物所有苍白的光中消失了。他抵达了植物的边界，他生长的轨迹覆盖了所有空间，覆盖了所有天空，与星辰的内部合为一体，而那涓涓涌流、那赐予人们生活的中心泉源枯竭了，在清凉的光中消融了。他已经跨越了至高点。这株万物之植物，它的生长耗费了巨大的力气，精疲力竭了，它最后的闪光耗尽了呼吸，在叹息的缄默中呼出了自己。它像苍白的光线灌木一样悬在幽暗之中，清晰可见，尽管没有发光，但它的光芒也随着它生长的力气流失了，一点一滴地流入了幽暗，在幽暗的另一种无穷中无穷地挥发、蒸干，像世界的深井和世界的枝叶都在无穷中蒸干了，这株植物的光在幽暗中清晰可见，渐渐枯萎，渗入了黑暗。原初的黑暗统治着这些依然存在的东西，存在被放逐到了它们和它们的缄默之中，只有它们得到了回答，这些植物熄灭的呼吸，不再能得到任何植物的光亮、星辰的光亮。时间的天平平静地摇摆着，维持着它无声无息的平衡，在这无声无息的黑暗中，在原初缄默的环抱中，内部与外部的呼吸停止了。被无穷荫翳，却显然还没有进入无穷，织成了原初的夜晚，却显然还不是最后的夜晚。黑暗中的一切都太清晰了，不像所有可以把握的东西那样，把自己的对立物包藏在自己体内。而天空的所有潮汐、心中的所有潮汐都仿佛已经永远死灭，一种神圣的表象再次渗出了黑暗，好像它吸纳了植物和星辰那苍白的光，与它们的本质合为了一体——星辰与植物那孕育黑暗的、共同的本质深渊在原初石化；黑暗再次减弱了，向空间报以一种飘忽的明亮，提醒着白日，那不是白日，却胜过了白日，铺展在存在者之上，没有星辰的呼吸，没有植物和动物的呼吸，那是没有呼吸的世界之白日。在无影的世界之光中，静止的海流像夜晚一样漆黑地延展开来，不再拨弄日光；在无影的光中，山峰一样高耸的根须之林像夜晚一样苍白，不再能夺回它的青绿，大地那不可度量的原野渐渐枯萎了。但他剥去了动物性，剥去了植物性，他是用黏土、泥沙和石头砌成的，像山一样高，一座未经塑形的无形塔楼，一块黏土的山岩，他的所有肢体构成了一个不成形却有力、不成形却高高耸立的石头巨人，虽然在那难以度量的大地之盾面前还是如此渺小。大地之盾躺在天空之盾的下面，像一面与之相抵的盾牌，布满了骨节和棱角，高高耸起，大地之盾那不可度量的表面，他跨过了、他飘过了它高低起伏的山岩，不，他被流水冲了过去，他，一个石化的、没有面孔的人。但他预感到了天顶盾牌后的光亮，看到了它，当那颗晨星触到了他的肩头，它的目光落向他岩石般的额头，像第三只眼睛悬在另外两只眼睛之上，像石头一样盲目地嵌入了石头，在他观望的双眼之上，具有异乎寻常的天分，极为神圣，却还是人类的眼睛。那片苍白的巨人森林越来越稀疏，枯萎的树干越来越疲倦，缩回了地面，缩回了它们曾经开始喧闹地生长的地方，在枯萎中死灭；透明的植物最后的残余也已经在地底萎落，世上铺展的只有最赤裸的存在，像石头一样，消耗了根须最后的、最透明的纤维。黑暗又回到了世界的空间里，又变成了夜晚，变成了剥落了呼吸、剥夺了呼吸、没有呼吸的世界夜晚，已经不再是夜晚了，已经胜过了夜晚，尽管没有注入任何可怕的东西，却显得那么可怕，它幽暗的内核不断生长，极为强大。这夜晚没有时限、没有时间地流逝，亘古不变，显然也是无穷无尽的，只是某种可以看到、可以察觉到的东西，但也超出了这些，在夜与非夜的彼岸，在夜晚流逝的时候，他感到所有坚固的、持存的东西都消散了，他感到脚下的大地下沉了，沉入了不可度量的深度，沉入了遗忘，沉入了遗忘的无穷，它把图景和原初的图景合成了一个整体，大地的黑暗流回了河流——天空的镜面和海洋的镜面融成了唯一的存在，就是那变成了火光的大地。当流动的光线沉坠，从无穷的世界被永远冲回了天顶，天顶就重新变成了光线。但这种回归不会成为回忆，石头与泥土仍会被人遗忘，他所踏出的、为他塑形的东西仍会被人遗忘，而他巨大的透明形体没有形体，像光线一样不可把握，像那环抱着他的、流动的世界天顶一样不可把握，一片最透明的阴影：他身上只余下了眼睛，额头上的那只眼睛。他就这样在流动的镜面之间摇摆，在上界流动的光雾和下界流动的海潮间摇摆，隐藏在浓雾后面的永恒之光在水中映照，建立了共同体，负载着共同体。迷雾柔软而温和，海流柔软而温和，都与温和的光紧紧相连，他觉得那就像一只巨大的手，托着他穿过了这双倍温和的暮光、双倍温和的存在，像托着一片云，不断前行，永无止境。而现在，上界和下界的整体融成了一个更内在的共同体，扬弃了上界与下界之间最后的分别，雨水开始飘落。雨声起先十分轻柔，然后越来越密集，最终成了唯一的洪流，从整个空间缓缓飘落，几乎带有某种隐蔽的柔软、某种无穷大的温和的黑暗，隐蔽地涌向了万物，他已经分不清这水流是在向上飞升还是在向下沉坠了。幽暗变得完满，共同体变得完满，其中没有方向、没有开端和终结。共同体！永无终结的共同体，真的没有终结，好像它的黑暗凝成了一个共同体，现在光线再一次从中渗出：在一片幽暗的中心，像一条温柔的长蛇，像一阵轻柔的气息，天顶的屏障突然消失了。天顶突然熠熠生辉地开敞了，唯一的眼睛立在天宇之上，像一颗巨大的、唯一的星星，他自己的眼睛在其中映照，既在上界，也在下界，既是内在的天空，也是外在的天空，既是最内在的边界，也是最外在的边界，囊括了共同体的水晶，这水晶的透明凝聚了所有湿气。然后水晶的光芒变成了万物的共同体，天空和尘世的共同体都被这水晶的光芒所囊括，在折断的无穷光线和无穷的映照之中，无穷无尽，不可磨灭，因为原初的光亮就是全部的存在，在唯一的存在之光中，闪着原初的光，这是开端、终结和新的开端，星辰的面孔像水晶一样迷醉。在万物中，他自己的面孔在哪里？——星体的水晶容器是不是已经把他吸走了，或者他已经置身于虚无，被所有内在与外在排斥？——他已经不再飘荡，已经没有哪只手托举着他，他到底还存在吗？——哦，他存在，因为他在观看，他存在，因为他在等待，他的观看在一片光芒中闪光，同时也是那水晶本身。他的等待怀着渴望，等待那只托举的手，它抓住了万物透明的琴弦和万物的心，那颗等待之心，等待者震响的心，他毫无期待的等待也是这水晶的等待，是这水晶关于生长的知识，想要——知晓这些——生长成更完美的、呼吸静止的状态，水晶的所有意志如此强大，未来的、尚未响起的星体之歌的前回声如此强大，大气的前回声如此强大，在万物最后的火海里，在创世最后的火海里，光线再一次坠入了幽暗，同时幽暗也再一次开敞，二者合为了——在坠落与反向的坠落中——一个共同体，不再是水晶，只是最黑暗的光线，不再是某种个性，甚至也不再是水晶的个性，而是无个性本身，是无边的世界深渊，是所有个性的摇篮。星辰的中心开启了，戒指的中心：孕育的虚无，为失眠者的目光而开启——观看的盲目。

这时他可以转身，这时传来了转身的命令，这时他转身。

他再一次观看，在他眼前，虚无再一次变成了存在的和存在过的东西，再一次无穷地延展开来，变成了时代之圈，而那圈子变得无穷无尽，再一次合拢了；天宇无穷无尽，再一次拱起的天顶无穷无尽，世界那无穷的盾牌无穷无尽，无穷回忆的七色桥梁环绕着它。光明与黑暗再一次出现，昼与夜再一次出现，日日夜夜再一次出现，无穷再一次具有了高度、宽度和深度，天空再次向四方开敞，上界与下界、云层与海洋再一次出现；陆地再一次从海洋的中心升起，这世间的绿岛，长满了植物，布满了苔藓，不变中的万变。旭日东升，进入了它的轨道，开始跨越寰宇，而追随旭日的晚星一直堆到了北极点，在极点那没有石块的中心，统治着那掌管天平的公正，在北方，闪耀的十字在上空辉映。而山鹰掠过了晨光，海鸥掠过了高空的风，绕着海岛盘旋，海豚浮出了水面，倾听那缄默的星体之歌。一列动物从西方走来，向着太阳与星辰，想要和太阳与星辰相遇，荒野里和草场上的动物友好而平静地合为了一体，狮子、公牛、绵羊和乳房胀满的山羊，都奔向东方，找寻东方的牧人，奔向人类的面孔。而在世界之盾的中心，他可以看到最无穷的深渊，在人类居所的中间，他最后一次也是第一次看到了：那友好的平静，友好平静中的人类面孔，他可以看到母亲怀里的少年，在悲伤的、微笑的爱意中和母亲合为了一体。他就这样看着，看到了少年，看到了母亲，在他看来他们都异常熟悉，他几乎可以叫出他们的名字，但显然他没有想起他们的名字。比起面孔和想不起来的名字，他更熟悉的是那微笑，是那连接了孩子和母亲的微笑，好像那微笑已经包含了这无穷进程的全部意义，好像那微笑已经宣告了那意蕴丰富的法则——人类命运那温和而可怖的庄严因道而生，在道的创生中，道之意义、道之慰藉、道之恩赐、道之关切、道之解脱、道之法则与道之重生再一次表达出来，也一直都可以表达，还不够充分，却也是充分的，这些人类的行动、人类的漫游在尘世间的图景，在其中永远被宣告、被保留、被重演。道在深爱的认识中承担了心的渴望，承担了对宏大共同体的思虑，自己就变成了它的必然一种绝不徒劳的力量，承担了过客变成儿子的渴望，完成了它的使命。在道的感召之下，溪涧与河流开始潺湲，轻柔地拍向岸边的火，钢青色的海洋轻盈地涌流，下界的罪孽之火催动着它。在共时的深渊里，一切都清晰可见，都可以感知到，因为他转向了他一度抛在身后的无穷，他透过它看到了此时此地的无穷，他望向身后，同时也望向前方，他倾听身后，同时也倾听前方，过去的呼啸已被遗忘，沉入了不可见的世界，却又升到了现在，变成了奔流的共时性，永恒歇息在其中，所有图景的原初图景。他打着寒战，他的寒战如此剧烈，几乎已经是终结了，因为时间的指环合拢了，终结就是开端。图景沉落了，所有图景都沉落了，都保留在了不可见的世界里，只有呼啸声在持续。

中心那涌流的泉源，在不可度量的、知识的恐惧中点亮，他看不见它：虚空充满了空虚，变成了万物。

呼啸声持续，在光明与幽暗的交融中震响，二者都被那扬弃的声响激发，因为它现在才开始击响，这声响不只是歌吟，不只是琴声，它超出了所有响动，超出了所有声音，因为它同时是所有声音，从虚无与万物中爆发而出，像一种理解一样爆发而出，高于所有认识，像一种意义一样爆发而出，高于所有理解，像一种纯净的道一样爆发而出，耸立在所有理解与意义之上，它既是终结也是开端，它强大有力又号令万物，令人恐惧又庇护万物，仁慈又行雷霆之怒。那是区分之道、誓约之道和纯净之道，它就这样呼啸而来，呼啸着漫过了他，不断膨胀，越来越强大，压倒了一切，在它面前，没有什么还可以留存，万物都在道的面前消逝了，在道中消散了、扬弃了，却也在道中保存着，销毁了，又重塑成了永恒，因为什么也没有失去，因为终结嵌入了开端，可以再次诞生、再次孕育。道飘过了万物，飘过了虚无，飘到了可以表达与不可表达的彼岸，而他被道漫过，被呼啸拘禁，和道一起飘荡，它越是遮蔽着他，他就越是穿透了那漂流的声响，也越是被它穿透，道就越来越难以企及，越来越庞大，越来越强大，越来越飘忽，它是一片飘游的海洋，是一束飘游的火焰，像海洋一样沉重，像海洋一样轻盈，却依然是道：他不能保留它，他不可以保留它；他不能把握它，也不能说出它，因为它在语言的彼岸。

译后记

梁锡江

一

19世纪末至20世纪初，名存实亡的哈布斯堡王朝已经步入了风雨飘摇、分崩离析的绝境。“在1859年（奥意战争）和1866年（普奥战争）战败之后，在与匈牙利成立二元统治之后，虽然宫廷与贵族的权威仍然得以延续，但是自由的市民阶级（Bürgertum）终于获得了对奥地利的历史发挥影响的权力。”[1]自由化进程无疑极大地促进了艺术、哲学和科学各个领域的自我意识的觉醒，从而为当时的奥地利文化带来了崭新的动力。在短短的几十年间，奥地利文化开始迸发出一种前所未有的辐射力，五光十色的精神潮流和文化现象在这里纷呈融合，在世纪末的伤感与对光明前景的憧憬之间的张力中呈现出一幅极为诱人的多元化景象。而作为这一文化的中心，1870年至1930年间的维也纳是世界上在精神和文化生活方面最富创造力和变革意识的城市，堪称20世纪世界

1 Herbert Lehnert: *Geschichte der deutschen Literatur vom Jugendstil bis zum Expressionismus*, 1978, S.290.

文化的“孵化器”。只要看一下下面列出来的名字，我们就可以大致明白维也纳对20世纪乃至当今文化产生了多么深远的影响：西格蒙德·弗洛伊德（Sigmund Freud，精神分析学鼻祖），威廉·莱希（Wilhelm Reich，性学大师），西格弗里德·伯恩菲尔德（Siegfried Bernfeld，教育改革家），奥古斯特·艾希霍恩（August Aichhorn，精神分析教育学创始人），阿尔弗雷德·阿德勒（Alfred Adler，个体心理学创始人），路德维希·维特根斯坦（Ludwig Wittgenstein，哲学大师），莫里茨·石里克（Moritz Schlick，逻辑实证主义哲学家）与维也纳学派，伊格纳茨·塞麦尔维斯（Ignaz Semmelweiß，感染控制技术先驱）与维也纳医学院，胡格·冯·霍夫曼斯塔尔、阿图尔·施尼茨勒及斯蒂芬·茨威格（Hugo von Hofmannsthal, Arthur Schnitzler und Stefen Zweig，文学家），奥托·瓦格纳、约瑟夫·霍夫曼、科洛·莫泽尔（Otto Wagner, Josef Hoffmann und Kolo Moser，建筑与设计大师）及古斯塔夫·克里姆特（Gustav Klimt，画家）与维也纳分离派[1]，阿道夫·卢斯（Adolf Loos，建筑大师），埃贡·席勒和奥斯卡·科柯施卡（Egon Schiele und Oskar Kokoschka，表现主义画家），马克斯·莱因哈特（Max Reinhardt，舞台剧权威），古斯塔夫·马勒与阿诺德·勋伯格（Gustav Mahler und Arnold Schönberg，现代音乐大师）。自由化进程的另一个积极作用就

1 19世纪末，一批维也纳艺术家离开了保守的学院派，成立了“维也纳分离派（Sezession）”，他们的口号是“时代的艺术，自由的艺术”。

是加速了维也纳的犹太移民融入当地社会的进程，被同化的犹太市民在参与维也纳的文化生活方面表现出了极高的热情，他们在奥地利文化的发展中扮演了十分重要的角色，在我们上面提到的二十一位名人里面是犹太人或有犹太血统的就有九位之多。而赫尔曼·布洛赫就诞生在那个时期维也纳的一个犹太人家里。

赫尔曼·布洛赫生于1886年11月1日。正如他在一封信（KW13/3，357）[1]中所披露的那样，他的父亲，约瑟夫·布洛赫，很小的时候就从奥匈帝国的摩拉维亚侯国[2]来到了维也纳，并且像许多来自波希米亚-摩拉维亚地区的犹太人一样从事起了纺织品贸易。在相对较短的时间内，他就从身无分文的穷小子变成了一个在波希米亚和下奥地利地区都拥有很多生意的纺织品批发商。1885年他与维也纳一个犹太世家小姐的婚姻，一方面标志着他的地位终于得到了社会的肯定，另一方面也是有着犹太文化背景的他为维也纳市民文化所接纳、所同化的标志。而赫尔曼·布洛赫实际上也是这两种文化传统结合的果实。如果说大城市的基督教-市民文化为赫尔曼·布洛赫的个人发展提供了先进的文化知识和理念的话，那么犹太民族的犹太教-家长制文化则更多地是从伦理层面上影响了他。

1 本文所有的一手材料，即布洛赫本人的作品或文字均引自Hermann Broch：*Kommentierte Werkausgabe* (KW), hrsg. von Paul Michael Lützeler, 1974–1981。该文集一共十三卷，括号中1到13的数字分别代表着文集的卷数，而逗号后面的数字则是引文所在的页码。

2 摩拉维亚侯国，目前在捷克境内，另一位著名的犹太人弗洛伊德就出生在那里。

有关赫尔曼·布洛赫的生平[1]，以1927年为界，可以明确地划分为两个大的时期。从1897年到1927年，这段时间也可以称之为布洛赫的“彷徨期”。与同为犹太人的卡夫卡一样，年轻的布洛赫也生活在父亲的阴影之下。他所受的教育、培训和从事的职业都是父亲一手安排好了的，而这一切却都与儿子本人的愿望大相径庭。正是由于父亲的要求，本来希望进入文理中学（Gymnasium）的赫尔曼·布洛赫最终成为一名实科中学（Realschule）的学生。虽然数学和哲学是他的偏爱，但是他最终却选择了纺织技术；虽然他更愿意在大学的哲学系拿到博士学位，但是纺织工程师却成了他的头衔；虽然他年轻时的梦想是成为数学家或是哲学家，但是他却成了父亲工厂里面的助理经理，并且最终接替父亲，成了工厂主。虽然他屈从于父亲的意志，但是同时他也继续保持着自己对哲学和数学的兴趣。他试图在家族责任和个人兴趣之间建立一种平衡。事实上，这个时期的赫尔曼·布洛赫过的是一种双重生活（这一点也与卡夫卡非常类似）：白天他处理工厂里的业务，而其余的时间则用来从事数学与哲学研究，以及一些零星的文学创作。早年的布洛赫的主要兴趣就集中在数学、认识论以及价值和历史理论。由于商业工作对他来说已经成了妨害自我发展的阻碍，所以早在1920年，他就试图卖掉工厂，以便获得更多的时间

1 参见Paul Michael Lützeler：*Hermann Broch. Eine Biographie*, 1985; Paul Michael Lützeler：*Hermann Broch. 1886–1951. Eine Chronik*, 2001; Manfred Durzak：*Hermann Broch*, 2001; Erich Kahler：Einleitung zu H. Brochs „*Gedichten*“, 1953, S.7–10。

从事研究。虽然此事由于家人的强烈反对而告吹，但是在1925年，由于面临着严峻的经济萧条，布洛赫终于说服家人接受他的决定。也正是从这一年开始，三十九岁的布洛赫正式注册成为维也纳大学哲学系的学生，主要攻读数学和哲学。他在那里一共学习了九个学期，直到1930年。而在1927年，他终于卖掉了工厂，彻底解除了一切商业职责，获得了全心全意进行精神追求的机会。

对于过去的三十年，特别是从他进入父亲工厂（1907年）开始的二十年职业生涯，布洛赫事实上并没有多少认同感，他更多地认为这段岁月不值一提，如果可能，他实际上更愿意抹去这段经历。他甚至把它称为“1907到1928年间的一段空白”（KW13/3，357）。他认为自己与卡夫卡及穆齐尔一样“都没有真正的传记”，都只是“曾经活过、写作过”（KW13/3，287）。但是事实上，这段“彷徨期”并不像作家本人所描述的那样一无是处，因为作家的很多重要思想都是在这段长达三十年的时期内（差不多是作家的半生岁月）形成的：正是在这一时期内，在奥托·魏宁格（Otto Weininger）、尼采、叔本华以及卡尔·克劳斯（Karl Kraus）的影响下，在第一次世界大战的阴影下，他开始了文化批判之路。而那篇集中反映他前期价值论思想的文化批评杰作《价值的崩溃》（*Zerfall der Werte*）就诞生于这一时期。与此同时，作为“奥地利原料加工企业法院调解委员会”的成员，他还被委派去从事消除失业的工作，而正是这段经历为他后来的群众心理学研究奠定了基础。尤为重要的是，赫尔曼·布洛赫终于慢慢认识到了文学的价值，而作为一个时刻以“认识世界”（KW13/1，

63）为己任的人，他的兴趣点主要聚焦在数学和哲学。事实上，布洛赫之所以选择数学也是为了更好地为他的“认识论–哲学的研究”服务，因为在他看来，“没有数学，人们就无法进行哲学思考”（KW13/3，288）。而文学最初只不过是才能全面、兴趣广泛的布洛赫偶尔涉猎的一个领域。他在维也纳大学的学籍资料显示[1]，他选课的范围主要集中在数学、哲学以及原子物理、艺术史和拉丁文。而在长达九个学期的大学学习期间，他竟然没有修过一个文学专题研讨班或者听过一节日耳曼学讲座。但是，在另外一方面，当时在维也纳大学风头正劲的是以石里克和卡尔纳普（Rudolf Carnap）为代表的维也纳学派，他们所倡导的逻辑实证哲学在布洛赫看来也难以令人信服。虽然逻辑实证主义认为哲学必须成为一门严密精确的科学的假设与他试图以数学作为哲学思考基础的观点不谋而合，但是逻辑实证主义要求将哲学研究的范围严格限定在逻辑和认识批判领域，而对过去哲学关于伦理学和形而上学的问题避而不谈，这样的做法在布洛赫看来是无法令人满意的，因为推动他从事哲学研究的动力正是来自上述两个领域（KW10/2，195）。布洛赫被迫寻找新的领域来处理这些问题："那些用数学手段无法处理的哲学领域，首先是伦理学和形而上学，只有从神学意义上讲才是‘客观的’，而从其他意义上讲都是相对主义的，最终都是‘主观的’。而正是这一主观性迫使我进入可以使之绝对合法化的领域，也就是文学。”（KW13/3，288）于是，

1 Siehe Paul Michael Lützeler：*Hermann Broch：Die Schlafwandler*, 1983, S.200.

在1928年，布洛赫完成了他由哲学和数学向文学的转向。

1928年，已经四十二岁的赫尔曼·布洛赫正享受着向往已久的全面独立生活，他人生的“觉醒期”终于来临。在完成了“文学转向”之后，他把目光投向了现代小说。在两次世界大战之间，乔伊斯、纪德、曼氏兄弟、卡夫卡以及穆齐尔等作家共同开创了小说的“新革命”，他们突破了传统小说的现实主义框架，将长篇小说变成了深刻反映时代内部复杂趋势的艺术形式和帮助作家对时代重大问题进行多重思辨的认识手段，包罗万象的长篇小说更是成了他们手中协助探讨各种问题的理想工具。正是在这些作家以及理论家（例如卢卡契）的影响下，布洛赫把长篇小说看作可以最好地表现自己价值与历史哲学思考的文学媒介，并开始创作他的第一部长篇小说，也是他的成名作——《梦游人》(*Die Schlafwandler*)三部曲。小说的三个部分［“1888年——帕塞诺夫或浪漫主义”(*1888 · Pasenow oder die Romantik*)、“1903年——埃施或无政府主义”(*1903 · Esch oder die Anarchie*)和“1918年——胡格瑙或务实主义”(*1918 · Huguenau oder die Sachlichkeit*)］分别以德国威廉二世登基、统治中期和退位为时间点，将“浪漫主义”、“无政府主义”和“务实主义”表现为一个持续的相互关联的政治和社会变化过程，通过三个德国人的命运来反映在世纪交替前后整个欧洲所面临的政治与社会危机。作为文化哲学家，赫尔曼·布洛赫试图通过作品来向人们说明，欧洲出现危机是有其深刻的伦理乃至宗教根源的，欧洲的没落实际上是现代欧洲伦理沦丧的表现。而一切价值在这个过程中历史地走向崩溃，人的行为趋于无意识和毁灭。

也正是基于上述考虑，作家才会将他的文化批评之作《价值的崩溃》作为附录直接嵌进了这部完成于1931年的小说。

随后布洛赫又在1933年创作了一部篇幅较小的小说《未知量》（*Die unbekannte Größe*），小说讨论了如何在一个非理性的世界中理性地应对生活的问题，布洛赫还在其中利用了20世纪20年代理论物理学和数学的新发现与新变革（布洛赫对这两个领域的知识都很熟悉）。同时他还从事了一些戏剧与诗歌创作。但迄今为止，这些作品在很大程度上仍未引起人们的关注。

在《梦游人》里面，布洛赫试图展现出当旧有价值体系面临崩溃与解体时社会的发展趋势：失去伦理规范的“恶”（das Böse）将会对社会秩序和人的行为造成莫大的冲击。而1933年，作家的这一担心伴随着希特勒的上台竟然变成了现实，法西斯的肆虐让作家觉得有必要利用小说这一媒介对之进行模式化的展现和批判。于是就有了1935年的长篇小说《着魔》（*Die Verzauberung*）的第一稿[1]。小说以奥地利阿尔卑斯山区的一个村庄为背景，村子里是两个形成鲜明对比的主人公：以希特勒为原型的马里乌斯·拉

1 这部小说最初被作家命名为《着魔》，而在与朋友的信中，因为这部作品是在山区创作的，作家又喜欢把它称为《山居小说》（*Bergroman*）。进行第二稿修改的时候，作家把题目改为《得墨忒尔或着魔》。而在1954年，苏黎世莱因出版社出版布洛赫全集的时候，负责整理该书遗稿的菲利克斯·施德兴格（Felix Stößinger）以第二稿为蓝本，并综合第三稿对之进行了编辑，他最后选择的题目是《诱惑者》（*Der Versucher*）。而1976年，保罗·米夏埃尔·吕策勒（Paul Michael Lützeler）在编辑布洛赫文集（校勘版）的时候，因为依据的是第一稿的文本，所以又把小说的题目重新改回了原来的题目《着魔》。但是根据后来所发现的遗稿来看，这部小说的题目应该是《漫游者》（*Der Wanderer*）。

提（Marius Ratti）和精通医术的吉松妈妈（Mutter Gisson）。马里乌斯利用政治诡计和虚假承诺来煽动群众，并且在他的“武装部队”的帮助下取得了对村庄的控制权。值得我们注意的是，布洛赫始终坚持他的文化批判立场，认为政治与社会上出现的危机实际上是更深层次上的文化危机的体现，并且归根结底是宗教危机的表现。在创作《梦游人》系列的时候，布洛赫就希望通过对价值崩溃的描述表达出自己对“唤醒与救赎的渴望”以及对“一种新伦理”（KW1，723）的憧憬。所以，在《着魔》当中，作家塑造了吉松妈妈这样一个形象，她认识到村民的行为是源于脆弱和恐惧，因此针锋相对地提出“关爱”与“知识”与之对抗。她的关于“心灵”的思想正是布洛赫试图通过小说表达的“新伦理”和新的宗教观。1936年，布洛赫又对《着魔》进行了第二稿修改，这一次他把小说命名为《得墨忒尔[1]或着魔》（*Demeter oder die Verzauberung*）。从题目的相似性我们就可以知道，布洛赫原本是想把它也写成类似《梦游人》那样的三部曲，而该小说只是计划系列中的第一部，可惜这第二稿由于“在维也纳过多的逗留以及其他各种各样的牵扯和阻碍而彻底停滞下来”（KW13/1，477），最终未能完成。[2]

伴随着法西斯的上台，布洛赫已经深深地体味出这价值彻底崩溃的社会的悲凉，传统的文化和价值已经走向了终结。对于

1　得墨忒尔，古希腊神话中的农业女神。

2　1951年，作家还开始了第三稿的修改，但是由于作者的逝世，这一稿也是未完成稿。

“进行纯粹精神创造的人们以及艺术家”来说，现实的社会是一个怀有敌意的社会，“进行精神创造的人们和他们的劳动被彻底地排除在了整个世界的社会与物质生活之外”。（KW10/1，53）这一文化困境促使布洛赫进一步思考“文化终结”与艺术的关系。事有凑巧：1933年，也就是希特勒上台的那一年，在圣灵降临节，受到法西斯野蛮政策刺激的布洛赫为维也纳电台写了一篇题为《文化终结时期的艺术》的演讲稿，后来由于电台方面的要求，布洛赫又改为朗读《梦游人》的一个片段作为替代，但是对于上述主题的关注却一直在作家的内心深处萦绕不去，他也在思考如何将“文化终结与文学”这样一个主题以短篇小说的方式表现出来（KW13/3，63）。在这个时候，他很自然地想起了他已经研究了很长时间的维吉尔[1]。在他看来，公元前1世纪与他所处的时代有很多相似之处：历史与个人的命运都为内战、独裁以及古老宗教形式的衰落所左右。更为重要的是，一个关于维吉尔在临终之时要求焚毁《埃涅阿斯纪》的传说打动了我们的作家，布洛赫对这一举动的解释是：“一个维吉尔式的心灵绝对不会是在微不足道的原因的驱使下产生这一绝望的想法的，一定是那个时代全部的历史的与形而上的因素起到了作用。”（KW13/3，63f）于

1　在1930年，维吉尔诞辰两千年之际，在德国和奥地利出版了一系列的维吉尔传记，也在一定程度上掀起了“维吉尔热”。正是在这一热潮的影响下，布洛赫开始了他的维吉尔研究。尤其值得一提的是，台奥多尔·黑克尔（Theodor Haecker）所撰的《维吉尔——西方之父》（*Vergil—Vater des Abendlandes*）一文给了布洛赫决定性的影响，促使他开始思考古代诗人的现代意义。

是，在四年后（1937年）的3月17日，布洛赫在维也纳电台朗读了一个大约二十页的短篇《维吉尔归乡》(*Die Heimkehr des Vergil*)，这也是这部小说的初稿。在写作的过程中，布洛赫迅速被小说主题的丰富性所打动，他也因此停下了手头即将完成的《着魔》，转而对《维吉尔归乡》做进一步修改，希冀可以驾驭小说复杂而又多变的主题，于是就有了小说的第二稿和第三稿。在第三稿的写作过程中，即1938年，纳粹部队吞并了奥地利，布洛赫发现自己处于非常危险的境地。越来越逼近的"死亡威胁"逼迫他必须对死亡做好心理准备，而他正在创作的维吉尔题材的小说也因此突破了维吉尔所处的历史框架，而具有了作家本人的死亡意识，变成了"关于自身死亡的想象"（KW13/3，65）。当他因为订阅苏联杂志而被认为是"共产主义分子"并因此入狱的时候，这种"死亡威胁"随时都有变成现实的可能，活着出狱似乎成了一种奢望。在这一困境之下，"写作"似乎成了作家与暴政和死亡相对抗的唯一手段。而死亡主题的凸显在小说第三稿的题目上也得到了体现：《死亡小说》(*Erzählung vom Tode*)。

幸运的是，在詹姆斯·乔伊斯等朋友的帮助下，布洛赫在出狱之后获得了英国签证，开始了他的流亡生涯。在英国短暂停留之后，1938年10月，与二战时期许多德国流亡者一样，他来到了美国，在那里他"最初住在纽约，然后在新泽西州的普林斯顿生活了七年。1949年以后，他定居在康涅狄格州的纽黑文"[1]。1940

1 Erich Kahler：Einleitung zu H. Brochs „*Gedichten*", S.9.

年，布洛赫又完成了小说的第四稿，这次的题目是《维吉尔的归乡之旅》(*Die Heimfahrt des Vergil*)。事实上，在第四稿完成之后，布洛赫就已经开始采用《维吉尔之死》(*Der Tod des Vergil*)这个题目了。又经过了近五年的大规模删改，作家终于完成作品的第五稿，也是最终稿，并于1945年在纽约同时出版英语和德语两个版本，题目最终定为《维吉尔之死》。这也是作者最重要的代表作，在现代小说中堪与乔伊斯的《芬尼根的守灵夜》相媲美。

但是，在完成了《维吉尔之死》之后，布洛赫本人也完成了“诗人”向“勉强为之的诗人”(Dichter wider Willen)[1]的转变。所谓“勉强为之”，就是说布洛赫虽然是一个诗人，却不愿意做一个诗人，而他虽然不情愿成为一名诗人，却无法摆脱作为诗人的命运和责任。究其原因，这一方面显然与他多方面卓然不群的才华有关：“1886年11月1日出生于维也纳的赫尔曼·布洛赫是旧奥地利最后一位通才(Polyhistor)”[2]。熟悉他的人们都知道他是诗人、文学家和人文主义者。而他同时也是数学家、纺织工程师、工厂经理，还是纺织业协会的干部。作为“奥地利原料加工企业法院调解委员会”的成员，他对失业问题相当熟稔。作为一位极负盛名的文化批评家，他在认识论、形而上学以及伦理学方面都有很深的造诣。最后，但也可能是最重要的一点，他还是一

1 Hannah Arendt：Einleitung zu H. Brochs „*Dichten und Erkennen, Erkennen und Handeln*“, S.5.

2 Hubert C. Ehalt/Manfried Welan：Vorwort von „*Hermann Broch. 1886–1951. Eine Chronik*“, S.1.

位极具洞察力和预见性的人权与法律思想家和民主理论家。总而言之，这是一个在艺术、科学和政治三大领域都表现出极高才华的人，而文学创作只是这位“通才”诸多兴趣点中相对重要的一个。而在另一方面，从更深的层次上看，布洛赫对待文学的态度实际上是他内心矛盾和灵魂冲突的反映。正如布洛赫研究权威保罗·米夏埃尔·吕策勒所言：“布洛赫并不是一个天生的诗人，一个以艺术构思为乐的小说家，也不是一个对文学创作怀着极大兴趣的故事讲述者，而是一个误入文学这条歧途的哲学家，他可以在哲学（包括政治学）与文学两种语言写作之间游刃有余，并且经常很从容地在哲学家与诗人之间进行角色转换。”[1]可以看出，布洛赫首先并不是一个诗人和文学家，而是一个从事哲学研究与文化批判的思想家。“认识”与“伦理”是他赋予自己的使命，而“真实”与“价值”（或者说“真”与“善”）是他毕生所追求的目标。所以最开始的时候，他才会对形而上学和伦理学产生兴趣，而正是这两个领域促使他从事哲学和数学研究。但是当他注意到现行的逻辑实证哲学无法满足他的要求时，他转而从事起文学创作。他试图让文学来承载他对“认识”和“伦理”的追求，因为在他看来，“诗就是认识的躁动”（KW9/2，49），并且可以承担“艺术的、社会的以及政治的责任”。但是从事文学创作的作家所遭遇的却是一个价值体系崩溃的时代和一个敌视精神创造的社会，作家对文学的价值和存在理由不能不一再地产生怀疑。早在1932

1 Paul Michael Lützeler：*Hermann Broch：Die Schlafwandler*, 1983, S.203.

年，布洛赫在给友人的信中就已经流露出困惑："总是有不安一再地袭上我的心头，生怕所有文学的东西、所有诗意的东西都变得毫无意义，不再具有任何存在的理由。"（KW13/1，190）而在作于同年并修改于1936年的讲演稿《詹姆斯·乔伊斯与当今时代》（*James Joyce und die Gegenwart*）（KW9/1，63–94）里面，作家又一次大谈特谈长篇小说与"诗"[1]（Dichtung）的存在价值以及它们存在的可能性。作家似乎是在为自己加油鼓劲，并用自己似乎坚定的艺术信念来冲淡因价值崩溃而造成的对于"诗"的意义的困惑。但是这一困惑并没有因此被解决，反而伴随着法西斯的上台和二战的爆发愈加猛烈起来。整个世界正处于可怕的大动荡之中，犹太人在集中营里被大肆屠戮，无数最残酷最惨无人道的暴行接踵发生，人类正面临着有史以来最大的灾难。身为伦理作家的布洛赫这个时候深深地感受到文学作品在面对暴行时的软弱无力，他对文学意义的困惑也变成了深刻的怀疑，甚至否定。正是在这种情况下，他完成了由"诗人"向"勉强为之的诗人"的转变：一方面，他依然无法摆脱作为一个诗人的责任。于是他再一次拿起笔，将他对于文学（或"诗"）的深刻怀疑诉诸文字，将作家内心的苦痛与挣扎艺术地再现出来，于是就有了《维吉尔之死》这部长篇杰作。而另一方面，他已经对文学心不在焉。因为在他看来，文学的语言已经无法承载他对于文学使命的要求，那

1　在本文中，"诗"是在原初意义上来使用的，指通过语言的诗化活动建构意义世界的目的行为，包括诗歌、小说、戏剧等各种语言艺术形式。

就是“认识”与“伦理”。所以这位“误入文学歧途的哲学家”又恢复了对于哲学写作的热情，重新用准确的学术的语言表达自己对时代的深刻见解与认识，以及对未来世界的憧憬和期待。正是在美国流亡期间，布洛赫开始了他深入而又富有成效的理论研究，写出了一系列涉及历史哲学、文化批判与政治理论的著作与文章，其中最为知名的就是他未完成的巨著《群众性癫狂研究》（*Massenwahntheorie*）和研究奥地利著名诗人霍夫曼斯塔尔的一篇论文《霍夫曼斯塔尔与他的时代》（*Hofmannsthal und seine Zeit*）。

1949年，一位德国出版商找到布洛赫，要求重印作家战前的一部分短篇小说。这可以说是布洛赫依然没有摆脱诗人命运的另一个证据——他依然背负着“作家”的称号。但是布洛赫并没有依从出版商的意见，他试图把这当成一次表达自己政治观点与立场的机会，于是他重新创作了几篇小说，同时又对需要重印的小说进行了修改，以便它们能够与小说的整体的叙述框架相吻合。这部由十一篇中短篇小说组成的长篇小说被他命名为《无罪的人们》（*Die Schuldlosen*）。作者在小说里以现实主义的笔触，描述了德国20世纪20到30年代各种各样所谓的“无罪的人们”。这些“无罪的人”恰恰是法西斯产生的根源，因为正是他们在政治上漠不关心的态度和道德上的腐败堕落助长了法西斯独裁的孳生和猖獗。因此，这些人表面上无罪，实际上却是有罪的。布洛赫的这部小说是战后清算法西斯主义的一部不朽文献。

在创作《无罪的人们》的同时，布洛赫又开始了《着魔》的第三稿修改。时间对于布洛赫来说变得越来越吝啬，而他的精力又不时为各类事务所牵扯。1949年他写信给朋友抱怨说："我现在手头有八本书要完成。其中有两部长篇小说（为了糊口），而这八本书竟然没有一本是对我最为重要的哲学类著作（除了一项认识论研究），目前的我根本看不到任何回到我真正的工作上去的希望。"（KW13/3，356）与此同时，他又不得不耗费大量的时间和精力处理来往的信件。于是，夜以继日、废寝忘食地工作和写作也就成了他的日常习惯，而这也极大地损害了他的健康。而另一方面，流亡美国的布洛赫生活日渐拮据，不得不依靠写作换取微薄的稿费，而他的几部长篇小说根本无法让他得到物质生活上的保障。虽然他不时得到一些美国基金会的赞助，但这也是杯水车薪、聊胜于无。1950年他被耶鲁大学德语系吸纳为名誉讲师，但那也只是有名无实的教席。贫病交迫之下，布洛赫积劳成疾，于1951年5月30日因心力衰竭在自己的寓所里与世长辞。

二

《维吉尔之死》全书共分四章，情节相对较为简单，主要描写了古罗马诗人维吉尔在临终前十八个小时内对人生以及艺术价值的反思。布洛赫似乎有意按照交响乐的原则进行编排，作品的划分类似于交响乐的四个乐章，分别冠以四大元素之名："水""火""土""以太"。并且与交响乐一样，特定主题动机会一再地被处理、被变形并在新的背景下得到呈现。四个乐章又可分为两个主要序列：前半部分为下降和下行，后半部分为返回和上升。

第一章“水——抵达”描述了身患重病的诗人抵达布林迪西姆港口的情景，这里展现了维吉尔所属的外部世界。船队—海港—贫民区—皇宫，就是小说的空间坐标。布洛赫以细腻生动的写实方式描写了这些地点，而在此过程中，两个对立的世界呈现在读者面前：一方面是由划船的奴隶、港口喧闹的人群以及贫民窟里的城市无产者组成的“下层世界”，另一方面则是由围绕在屋大维周围的帝国精英组成的“上层世界”。罗马的地位是通过残酷剥削这些没有权利和自由的奴隶才得以建立的。此前的维吉尔对于他们是视而不见的，直到此刻，在他接近人生的终点的时刻，他才意识到这一点。他从弱势群体的苦难中所获得的崭新认识使他重新审视自己的生存、周遭的环境乃至整个世界。而这在搭载他返回的船队上就已经开始了：

> 那些人绝不仅仅是一些寄生虫，一些在他周围优哉游哉、无所事事、嘴里不停发出咀嚼食物的声音的寄生虫，即便是奥古斯都也不得不容忍这种人出现在他的周围，不，他们中有许多人曾经取得过各种各样的成就和业绩，但是由于旅行的百无聊赖，他们干脆陶醉于某种自我的暴露，将其平时的大部分品行统统抛去，只剩下盲目的傲慢还毅然挺立，保留在浑浑噩噩的贪欲里，保留在满是贪欲的浑浑噩噩中。而在下面，在下面那片昏暗混沌中，一下接着一下不停劳作着的，

壮观而又迷乱地劳作着的，如牲畜和贱民般劳作着的，是那些戴着镣铐、划着船桨的奴隶。下面的那些人并不理解他，对他漠不关心，而上面的人则宣称，他们崇拜他，是的，他们甚至相信这一点，然而，无论怎么样，无论是因为审美上存在着重复性的谎言，所以他们误以为自己非常热爱他的作品，还是因为他是罗马皇帝的朋友，所以他们向他表达恭顺和谦卑，这是同样虚假的谎言，他，普布利乌斯·维吉利乌斯·马罗，尽管命运将他推进了他们的圈子，但他与这些人毫无共同之处，他们让他恶心，若不是暮色降临，海风吹起，将欢宴和厨房的臭气从船上吹散，病症刚才就会发作。他确认了一下，装着《埃涅阿斯纪》手稿的那只箱子，还静静地放在他的身旁，他眯起双眼，望着西边那片深邃的星斗，将大氅一直拽到颌下；他冷。

在那艘象征着人类世界（现世）的船上，上层的朝臣贵族和下层的奴隶分别象征着人性的丑恶与人世的苦难。在清醒的诗人眼中，原来人的高贵、尊荣和伟大都不过是禽兽般的高贵、尊荣和伟大，人不过是自然欲望的奴隶，被自然性的激情和欲望玩弄于股掌之间；而人的生存也不过像尘土一样随时可能被时间吹走，在苦难面前，人要么逆来顺受，要么麻木不仁，要么报以几声软弱无力的惨叫（例如奴隶们在鞭笞下的反应）。人生充满了得不到说明的残酷与不幸，无法逃避奴役与死亡，在历史的道德世界里，无处不有赤裸裸的血腥、混乱、恐怖和无法慰藉的烦恼，这才是真实的世界。诗人的觉醒并不是什么伟大的人本主义式的觉醒，而是面对人的本性以及对世界的恶无法做出说明、找不到力量克制的手足无措感与巨大的虚无感和荒唐感。所以作为人类世界的旁观者、真正清醒而不盲目的诗人，维吉尔不得不“将大氅一直拽到颌下；他冷”。维吉尔终于认识到了人世的恶与生存世界的荒唐，却因为无法对此做出说明而引发了巨大的虚无感和荒唐感，寒冷正是诗人心理上的虚无感与荒唐感在身体上所引发的最真实的反应。至于诗人拽动大氅的行为，则完全是他在面对人世的恶与生存世界的荒唐时下意识的保护自己的动作。

当生病的诗人被抬上轿子，穿过城市中最贫穷、最肮脏的小巷时，女人们疯狂地咒骂他是“无赖”“皇帝宝座上的钱袋子”“尿裤子的废物”，帝国的著名诗人几乎被从宝座上扔到了泥土里。对于生活在这条小巷中的苦难民众来说，他只不过是上层社会的代表。而在维吉尔看来，这些侮辱既疯狂又毫无意义，但他从中悟出了真理。他曾试图用诗歌逃避时间，而现在，时间在这些嘲讽中直接对他说话：

> 但那真的只是女人们的声音吗，那些公正的嘲讽，那些责骂他的声音，那些揭露了他无用妄想的声音？难道这里咆哮的声音不比世间的任何女人、世间的任何男人、世间的任何疯狂造物的声音都响亮？哦，嘲讽地向他喊叫的就是时间本身，亘古不变地流去的时间带着它的许多声音，带着存在于它体内、只存在于它体内的所有吸吮的力量，化入了女人

们的声音，以她们的咒骂抹去了他的名字，而他剥去了名字，剥去了灵魂，剥去了所有歌声，剥去了心中如歌的永恒，坠回了夜晚不可言说的事物与存在的土壤，沦为了最苦的泡沫，一段磨损的记忆最后的残余——

在这里，命运的主题也首次出现。正如扉页献词所显示的那样，“这个人被命运驱赶”，维吉尔无法逃避，他必须接受自己的命运：

时间无所不晓的众多声音，它们知道那不可逃脱的、命运那不可逃脱的监牢！哦，它们知道，就连他也无法逃出亘古不变的命运，那里有一艘船，不管他有多么想要反抗，他都必须登上去，命中注定要被送回去；哦，它们知道赤裸的两岸之间那赤裸的生物激流，它的道路被原初的黏土环绕，没有一艘船能够通航，没有一株绿树点缀，两岸一眼就能看透的妄想，但也是命运的真实，是看不透的妄想的真实；它们知道每个人都注定要沉回到这激流之中，而他再也分不清自己下潜的地方和过去浮出水面的地方，因为他的归途必须使命运之圈合拢——

第二章“火——下行”不再关注现实世界，而是探索维吉尔的内心世界。

在这里，维吉尔最主要的感觉是听觉，他独自一人在夜晚的皇宫的寝室中倾听自己的声音。这引发了他对自己人生选择的彻底批判：为了寻求真正的命运，他过早地放弃了所有的职业道路，仿佛在梦中虚度了一生。无论是当农民还是当医生，无论是当天文学家还是当哲学家，他都没有得到满足。维吉尔的爱情也是失败的，他无法与心爱的普洛娣娅建立真正的伴侣关系，无法真正参与她的生活。在一首哀歌中，他的寻找和不安被解释为某种准浮士德式的努力：

因为只有在迷误中，只有经过了迷误，
经过了他囚禁于其中的那难以逃脱的迷误，
人类才能变成寻求者，
他就是寻求者，
是寻求的人类

纵观整个第二章，维吉尔完全是在反省，在做一个心理学上的自我剖析。与之相对应，第一章中呈现的外部世界在这里几乎全部淡出。但有一个来自外部世界的场景在本章发挥了关键性的作用：两男一女三个酒醉之人经过维吉尔的窗下，在他们粗鲁的唠叨和咒骂中，维吉尔听到了暴民的声音。恺撒、罗马的秩序乃至整个人类，都在这里受到嘲弄和羞辱。在这恶魔般的笑声里，人的一切价值都被消解为原始的混乱，这笑声就是虚无主义的象征。然而，维吉尔突然发现，这笑声却是如此美丽。但是他进一步发现，美实质上是向原始混乱的一种倒退，因为在上帝消遁的世界黑夜，艺术的美在肯定有限生命的前提下将有限生命绝对化了。既然唯有生命欠缺本身值得肯定，那么在审美的光照下，生命欠缺及其连带的邪恶、纵情、浑浊都得到了肯定。而作为歌颂美的艺术家，他痛苦地认识到："真实的内容会被空洞的形式所取代，正确的认识会被纯粹的美所取代，在恒久的交替和回环往复中，因为陷入了封闭而无法重获新生，不再扩展成任何东西，不再发现任何东西，既没有堕落中的神性，也没有人类神性中的堕落，只有一个空洞的形式，只有空洞的言辞，在这难辨彼此的世界里令人着迷，是的，如果没有誓约，艺术就成了非艺术，诗歌就成了卖弄文学。"诗人终于在虚无的笑声中认识到了自己的罪，认识到自己在美之"迷醉"中的沉溺。而在这背后潜藏的实际上是诗人对于"爱"的能力的丧失，在爱的群体中生活的能力的丧失，"他无力施加实际的救助，无力做出爱的实际行动，他无动于衷地旁观人类的苦难，只顺从于污秽而僵滞的记忆，顺从于那污秽而美丽的图景，旁观着可怖的进程"。在这样苦痛的心理状态下，罗马诗人对于艺术与写作能否赎回欠缺的人生的问题已经绝望，羞愧与苦痛填满了他的胸膛，以至对他而言，"只剩下唯一一种可行的解决方案，就是自我的消解和死亡"。正是在这一信念的驱使下，维吉尔做出了焚毁作品《埃涅阿斯纪》的决定。

在诗人发出"烧毁《埃涅阿斯纪》！"的呼喊之后，深入内心的漫长下行到达了谷底。之后的维吉尔至少获得了一些灵魂的安宁，他的意识开始逐渐上升。事件变得越来越像梦境，过去的回忆、现在的情形与未来的幻象相互交织变幻。在与男孩吕萨尼亚斯的对话中或者说深夜的呓语中，维吉尔表达了对于时代转折与新的救赎的渴望。在这一章的结尾，一个天使出现了，他对诗人说道：“来吧，参与创世吧，它曾经出现，现在又会再次来临”。这句话其实也是对小说第四章的预言，人将迎来救赎的时刻，今天的偶然性和破坏性被克服，人将进入幸福和谐的明天。这种看似传统的“对于幸福的期许”使得布洛赫的作品明显有别于典型的现代主义小说，后者通常描述的是一个毫无希望的世界，而主人公在“超验的无家可归”中徒劳地寻找。布洛赫在《维吉尔之死》中塑造了这样的一个诗人，他通过自己的努力，在内心唤醒了一个经验领域，在该领域中，异化和价值观的丧失将被克服，新世界秩序的梦想再次成为可能。

第三章“土——期待”的情节体现了维吉尔的内心领域和外部社会领域之间的交织错杂。维吉尔在梦境中获得的洞见，现在他要在外部世界中将其表达出来，并且为之辩护。他在第二章中以内省的方式所唤起的东西，现在被表现在了他与朋友们、与医生，乃至最后与奥古斯都的争论中。如果说第二章的形式特色聚焦在哀歌上的话，那么这一章的突出形式则是戏剧式的对话。但同时，这一章也是以内部聚焦的方式进行叙述的，即一切仍从维吉尔的视角来进行观察和感受。

对话再次涉及小说的核心问题，即艺术问题或者说“诗人何为”的问题。进行对话的原因是维吉尔打算焚毁《埃涅阿斯纪》，而他的朋友和奥古斯都则试图阻止。维吉尔与奥古斯都的长篇对话无疑是这部小说的高潮之一。布洛赫本人将这次对话描述为“宗教人物与政治人物之间不可调和的对立”。这在某种程度上也和当时德意志流亡文学的主题颇为类似，即探讨精神与权力之间的问题。但是布洛赫并不满足于此，奥古斯都的形象也不仅仅代表权力政治家，他也没有使用强力手段夺取诗人的手稿。他同时也是一位朋友和同胞，命运将他与维吉尔抛入了同一个艰难的时代。奥古斯都之所以要挽救这部作品，不仅仅是因为这是一部赞扬他的作品，同时也是因为他真的认为，维吉尔是一位伟大的诗人，他把维吉尔看成真正的朋友，并且希望自己为帝国所做的一切能够像维吉尔的《埃涅阿斯纪》一样不朽。而因为维吉尔一直固执己见，不肯让步，以致罗马皇帝甚至开始怀疑起他们之间的友谊，并且因此喊了起来。正是因为看到奥古斯都身上所体现出的友情之爱的闪光与不经意间迸发而出的真正的爱，维吉尔才决定不再焚毁作品，而是将它作为礼物送给奥古斯都。另一方面，维吉尔也通过这份礼物获得了释放奴隶的许可，这意味着他可以在临死时履行他对自己的道德要求。也有学者将他不焚烧手稿的决定解释为一种更大的牺牲：维吉尔为自己的行为、错误和利用《埃涅阿斯纪》美化罗马帝国的罪过承担责任，不愿在死前表现得清白无辜。从某种意义上而言，他也完成了由一个审美诗人向救赎诗人的转变。

维吉尔向救赎诗人的转变同时也是布洛赫诗学主张的体现，因为布洛赫本人正是一位救赎诗人，他对诗的伦理功能与宗教性的坚持就是明证。布洛赫的这一主张实际上正是其向西方宗教传统回归的表现。首先，“爱”乃是基督教文化的根本精神。对于基督徒而言，它不仅意味着社会成员之间的互助精神，更为重要的是，它也是人类存在的终极意义，它从耶稣基督为人类献身的神学意义上获得神性的光辉，它是人类终极性的天命，是人类的自我拯救之道。而如我们前面所论述的那样，维吉尔关于人类存在与真实的终极思考，正是围绕“爱”这一精神核心展开的。其次，正如海德格尔所言，在虚无主义时代，人因为无法认识死亡，所以才会变得焦虑，变得对死亡无法承受。所以克服焦虑，进而克服死亡与虚无的最佳办法就是“死亡认识”（Todeserkenntnis），即从总体上把握人向死而生的存在，即从身体、感情和认知等各个层面上进行把握。在布洛赫看来，“死亡认识”首先要以俄耳甫斯（Orpheus）意识为前提，即诗人首先要进入深渊，经历地狱的煎熬与黑暗的漂泊，然后才能从困境中找到神性的基础，感知到神性的光芒。而在他笔下，诗人感受死亡的方式是以一种极具神秘主义色彩的方式进行的。

这首先就体现在第四章的标题“以太——归乡”（Äther — die Heimkehr）上。如果说小说的前三章叙述的是维吉尔如何进入丧失神性基础的深渊，经历了地狱的煎熬与黑暗的漂泊，一步步地克服“自傲”，“弃绝”自足意志，并最终在困境中认识到，“爱”与“死亡认识”乃是拯救之道的话，那么本章叙述的乃是维吉尔最终返回神性故土的归乡之旅，而这一旅程被表现为濒死的诗人临终前的神秘体验。海德格尔曾言：“诸神唯在天穹之中才是诸神，天穹（Äther）乃诸神之神性。这种天穹的要素是神圣（das Heilige），在其中才还有神性（die Gottheit）。对于远逝的诸神之到达而言，即对于神圣而言，天穹之要素乃是远逝的诸神之踪迹。”[1]维吉尔旅行的终点就是诸神的居所——天穹，那里也是灵魂的神性故土，在那里，诗人的灵魂将在一种无物无我的狂喜境界中与上帝合而为一。维吉尔的死亡在这一章里被表现为朝向本源的“兵解飞升”，接近上帝，从而达到创造的最高点，在那里，存在与非存在乃是一体，生与死也首尾相接，如蛇衔尾，圆转不断。而维吉尔的死亡过程的每一个层次都被描述成与上帝创世过程的每一个层次相颠倒的过程。他经历了创造史的回归，他由人变回了动物，然后成了植物，由植物开始他又返回到了无机物的存在，成了石头、流动的光、结晶体、灰暗的射线等。但是不管怎么样，神性的创世之道在上述所有的过程里（人、动物、植物、无机物）都清晰可循，返还到最后，只剩下那条神性的创世之道存在于那里。而从这一点开始，神性之道又让一切从虚无中重新开始，让虚无重新成为存在，于是重生开始了：诗人的自我原本只是无限中的一个微小的点，现在已经无限延伸至宇宙的终端，无限地趋近神圣者，他的精神囊括了整个宇宙的存在，实现了真正的超越，超越了界限与语言，达到了“大解脱”（Nirwana）的状态。在那里，灵魂已经直达神性的深渊，与上帝结合为一体。小说就在这种充满基督教色彩和未来希望的基调中结束了。

1　海德格尔：《诗人何为》，见《林中路》1997年版，孙周兴译，第276页。

三

从表面上看，布洛赫秉持的似乎是德意志艺术家小说的传统。艺术家小说通常描述一位艺术家或天才的命运，揭示其作品、生活、社会和个人环境。主人公可以是真实人物，也可以是虚构人物。作为一种文学体裁，艺术家小说（Künstlerroman）算是“成长教育小说”（Bildungsroman）的一个子类。但两者的不同之处在于，成长教育小说通常是主人公梦想成为一名伟大的艺术家，但最终却只能成为一名普通的有用公民，而艺术家小说则不同，其主人公的态度通常是傲慢地拒绝平凡生活。

其思想源流是德国早期浪漫主义。从18世纪下半叶开始，德国知识精英针对市民社会的功利主义与道德主义倾向，纷纷展开强烈的批判。他们认为市民社会是丑陋、庸俗和功利的；为了与之相抗衡，精英们纷纷举起艺术大旗，认为人只有通过艺术才能脱离世俗，达到美与崇高，从而认识到世界的本质。因此，以艺术家为主人公的艺术家小说成为德国文学的一大种类，而个体与社会之间的矛盾与冲突乃是此类小说的核心主题。其核心逻辑一般是个体先于社会，所以主人公通常都会拒绝生活的平庸，而坚持孤独甚至绝望的艺术道路。其叙事模式一般是艺术家出生在一个冷漠无情的世界，在一个充满分裂和纷争的社会中长大，发现自己处于一种永远沮丧的状态，而唯一能抚慰他的焦虑不安的方法就是创作。艺术因此成为创作者的真正家园。

但对于维吉尔来说，艺术并不能成为他的家园，因为艺术已经拉开了他与自身的距离，加深了他内心的冲突。只有放弃艺术，他才能获得心灵的平静。心理发展的过程不是通向艺术，反而是让功成名就的艺术家远离艺术。艺术家小说中的主人公通常努力消除阻碍他创作的所有外部和内部冲突，而维吉尔则认识到艺术活动阻碍了他的创作，使他无法感知或者逃避这些冲突。艺术根本无法帮助他感知现实，更深入地了解自我与世界，而是成为掩盖他真实状态的面具。通过想象以及在想象当中进行的探索是没有结果的，因为它脱离了实际生活和现实世界。它将诗人与其他人隔离开来，诗人成为社会边缘的孤独人物。对比另外一部描写艺术家最终生涯的作品——黑塞的《克林索尔的最后夏天》——可以看出，在现代的艺术家小说中，主人公的目的是要从日常生活的平凡存在中解脱出来。而布洛赫的《维吉尔之死》则是一个特例，因为在一部令人印象深刻的艺术作品中，艺术的合法性和作家的社会角色受到了怀疑。该小说的悖论在于，布洛赫似乎以“诗”为媒介来反对“诗”，恰恰在一部文学作品中，文学本身的无能、局限和道德弱点成了主题。几乎整部小说在叙事层面上都伴随着维吉尔对写作的自我反思，以一种近乎元叙事的方式对自己作品的先决条件乃至于整个文学领域都提出了质疑。“(艺术家们)对世界视而不见，对自己和他人身上的神性视而不见，他们会沉醉于孤独，仅仅能看到自己身上的拟神性，好像这就是他们唯一可以看出来的特征了，因此，自我的偶像化就渐渐变成了他们创作的唯一内容，渴求着别人的认同——他们背叛了神性，也背叛了艺术，然后艺术品就会变成非艺术品，变成艺术家的虚荣不洁的外衣，……就算它能像真正的艺术一样找到那条路，也只是一条虚假的路，是孤独的出口，却不是通往人类共同体的入口，不是真正的艺术所追求的人类之追求。不，这是通往暴民的入口，不能征服真实，也不能创造什么真实，甚至不想去征服或创造什么真实，宁可在暮光中忘掉所有真实，像非艺术一样失去真实，像那些卖弄文学一样失去真实，这就是所有艺术家最为内在、最为深刻的危机。”所以从这个意义上来说，《维吉尔之死》是一部反艺术家小说。或者是柏拉图的“诗人说谎”论断的现代翻版。

而在布洛赫看来，能够带来弥合与安慰的只能是新的神话与宗教。在1934年撰写的文章《精神与时代精神》（“Geist und Zeitgeist”）中，他指出：“无论是托马斯·曼对神话中的流浪者雅各的重塑，还是詹姆斯·乔伊斯对神话中的流浪者尤利西斯的重塑，都不能被视为神话。无论曼的成就有多大，他把心理小说的传统形式推向了一个新的高度，也无论乔伊斯的文字力量有多强大，他突破了旧小说的形式以达到一种新的形式，它们都不是神话。乔伊斯笔下的布鲁姆先生不是神话人物，也永远不会成为神话人物，但这并不是因为其艺术突破尚未完全成功，也不是因为乔伊斯在美学范畴内仍然依赖旧的形式，而是因为在布鲁姆身上体现了时代整个宗教性的虚无主义和相对主义：神话人物始终应该是一种属于安慰和宗教的人物。”（KW 9/2，197f）

在这里，布洛赫的论述非常清楚地表明，他所关注的不是具体的故事和神话，也不是现代作家可以改编的传统素材或者是传统素材的现代戏仿，他并不是“为艺术而艺术”的小说家，他关注的重点在于艺术的伦理目的。或者套用中国文论的术语，他是“文以载道”的代表。

虽然思想内核是传统的，但他采用的形式却是极具现代性的。在《维吉尔之死》中，布洛赫使用了极为庞杂的修辞、象征和母题链条，仿佛是在与语言和诗歌的界限赛跑。在布洛赫的其他小说中，没有哪一部作品的语言如此具有艺术表现力。在《维吉尔之死》中，语言几乎不负责创造情节，而完全是意识的表达。有节奏的、上下起伏的、无休止的句子，不断重复的词语，词语的变化、各类新颖甚至拗口的表达方式，完成的是对自我和世界有时近乎痛苦的审视。整部作品简直就是一股思想与情感的洪流，同时也是梦幻般的深夜独白与死亡独白。

有许多迹象表明，布洛赫的这部作品受到了乔伊斯的启发，但不是很多研究中反复用作对比的《尤利西斯》（布洛赫本人拒绝接受这种比较），而是《芬尼根的守灵夜》。在20世纪30和40年代写给多位友人的信件中，布洛赫都将《维吉尔之死》的风格与《芬尼根的守灵夜》紧密联系在一起，尽管书名很少被明确提及，但其中的所指却十分明确。布洛赫在《维吉尔之死》的写作过程中已经了解《芬尼根的守灵夜》，而且从他在信里的评论中可以清楚地看出，这部作品对他来说是一个挑战，同时也是一个参照物。

事实上，在这部利用德语这门语言对小说的语言和形式进行最大胆尝试的作品中，我们确实可以发现一些与《芬尼根的守灵夜》相似之处。首先《芬尼根的守灵夜》这个标题就让人联想到死亡守夜或者从梦中醒来，整部小说可以说是一部夜曲，它用联想、象征和梦境逻辑取代了情节、人物和背景，从而达到了布洛赫本人所向往的那种抽象的普遍的境界。两部作品都分为四章（或四卷）。在《芬尼根的守灵夜》中，乔伊斯将各卷对应维柯在《新科学》中提出的人类历史的四大发展阶段：父母卷对应神的时代，子女卷对应英雄时代，民众卷对应人的时代，最后一卷则直接使用了《新科学》里最后阶段“回归”的意大利语“ricorso”，这一卷同时代表着结束、新的开始和进一步的发展。而《维吉尔之死》中的四个章节分别以构成世界的四大元素命名，而最后一章也表征了结束和新的开始。两者似乎都体现出循环的历史观，并且将历史的循环与表现整体的四元性结合在一起。

因为《芬尼根的守灵夜》讲述的是整个世界的历史（芬尼根不是一个人，而是从史前时代至今的爱尔兰，同时也代表整个人类），因此水在其中扮演着重要的角色。小说从利菲河的回溯开始，到河流注入爱尔兰海的咸水结束。而《维吉尔之死》始于亚得里亚海的波涛，而以“它是一片飘游的海洋，是一束飘游的火焰，像海洋一样沉重，像海洋一样轻盈，却依然是道：他不能保留它，他不可以保留它；他不能把握它，也不能说出它，因为它在语言的彼岸”结束。而在《维吉尔之死》的最后一章，就像《芬尼根的守灵夜》一样，空间和时间的坐标完全消解，维吉尔也穿越了这个世界历史，经历了各种变化与变形：“他剥去了动物性，剥去了植物性，他是用黏土、泥沙和石头砌成的，像山一样高，一座未经塑形的无形塔楼，一块黏土的山岩，他的所有肢体构成了一个不成形却有力、不成形却高高耸立的石头巨人”。而类似这种梦幻般的蜕变在《芬尼根的守灵夜》中也有体现，例如布洛赫特别欣赏的章节“安娜–利维娅的事”，两个洗衣妇在利菲河对岸交谈，然后变成一棵树和一块石头。而安娜–利维娅本身也可以是一条河流，但她也是一只鸟、树叶、一场雨和夏娃。

但是作为一个更多从伦理视角看待诗歌的作家，布洛赫承认乔伊斯所发展的抒情式的音乐式的叙事手段非常高妙，但只有当抒情式的音乐式的手段能够唤醒灵魂的宗教力量，并使人的目光投向新的整体乌托邦时，它们才具有作用和理由。布洛赫清楚地认识到，《芬尼根的守灵夜》在艺术上达到了一个全新的高度，而其他人也不能落于其后。乔伊斯在他这部极具创造力的作品中形成了一种方法，一种完全不同于托马斯·曼或者布洛赫本人的方法，毕竟后两者的小说在某种程度上依然受制于传统和公众对娱乐的需求。但这种方法很遗憾只停留在了形式层面。布洛赫立即意识到，这样一部作品的深奥性具有道德上的缺陷，因为它只能影响少数人。虽然在很多评论中他对乔伊斯作为20世纪最重要作家之一的钦佩之情溢于言表，但正是上述的认识令他后来远离了乔伊斯。

布洛赫试图将深刻的内容与可理解的形式结合起来。1935年7月，他向出版商丹尼尔·布罗迪（Daniel Brody）解释说，作为一名作家，他的创作计划是“将在乔伊斯身上所呈现的艺术与思想的多样性，转化为一种可传播、可产生影响的形式”（KW 13/1，357）。既希望表达出深刻的内容，同时又希望这内容能够被大多数人所理解，而他尝试的结果就是《维吉尔之死》。

几乎整部作品都是一股巨大的意识洪流，通过大量使用自由间接引语，将思想与个人意识以第三人称的形式表现出来。其巧妙之处在于，它从形式上让读者在缺乏语境的情况下无法将其与客观的叙事区别开来，方便读者从内心世界到外部世界的自由切换，避免了第一人称内心独白所带来的技术和语言限制。它可以保证处于谵妄状态的主人公表现出最大程度的深入性和直接性。作家将现实与梦境在作品中融为一体，创造出一种近乎超现实主义的风格。小说中，现实人物（奥古斯都屋大维、医生、朋友普洛修斯和卢修斯）与想象人物（昔日的情人普洛娣娅、既是维吉尔童年写照也是其灵魂指引者的吕萨尼亚斯以及那位作为人间苦难的代言人与新秩序的预言者的奴隶）在维吉尔的世界里彼此交错。所有这些人物构成了小说里的各个声部，代表了维吉尔尘世与精神生活的各个层面。即使在空间的表现上，经验与具象的呈现也与幻象愿景的呈现彼此交融。维吉尔似梦似醒的感知力似乎让每一个物体、每一句话都充满了意义，作品在散文叙事中使用了抒情的力度，使得整个情节得到最大程度的简化，并将焦点集中在一个直抒胸臆的自我身上。作品以“唯我论”的方式呈现了“历史的内在化”，完全从一个体验者和受难者的角度来呈现历史、形而上学的衰落以及对未来的预感。在某种意义上，他似乎在用“诗言志”的方式来表达“文以载道”的内涵。

《维吉尔之死》的现代性体现在其叙事态度和对时间的处理上。小说中，时间几乎停滞不前，瞬间绵延成永恒，过去和未来在其中交会。按照保罗·利科（Paul Ricoeur）的观点，现在具有三重结构，它既包含回忆，即属于过去的现在，也包含期待，即属于未来的现在。而在维吉尔的诗学思考中，将瞬间扩展为永恒乃是真正艺术作品的条件："只有那被从万物的河流中挑选出来的，不，被拯救出来的独一无二者，才能向无限敞开自己，……只有那真正的被把握之物，哪怕它只是时间长河里的某个唯一的瞬间，它也会是永恒的，它会变成指引方向的歌唱，变成引领者；啊，生命的某个唯一的瞬间，被扩展成了整体，被扩展成了整体认识的圆圈，无限地敞开着"。而在作品中反复出现的主题词"不再和尚未"反映的正是这一时间的辩证性。在《维吉尔之死》中，时间的统一象征着意识或灵魂的统一，时间就是灵魂的时间。而由此产生的同时性和复杂性增强了作品的抒情性，从而可能也增强了作品的复杂性和魅力。

事实上《维吉尔之死》一书似乎很难归类，人们也很难给它一个明确的体裁定义。它不是一般意义上的小说、诗歌、哲理散文或戏剧。但它以这样或那样的方式融合了所有这些形式：它是一部小说，小说的中心是维吉尔的心路历程与他想要烧毁《埃涅阿斯纪》的愿望；它是一首长诗，维吉尔的抒情之声贯穿其中；它是对死亡的哲学沉思；同时，在那些明显受柏拉图启发的对话场景中，它也是一部高度戏剧化的文本。布洛赫本人也承认这是一部混合型的作品，它绝不是一部长篇小说，而是一部"抒情作品"（KW4，473），或者像他在1945年5月10日致赫胥黎的信中写到的那样："这部作品是在问题丛生的情况下应运而生的"（KW

13/2，452）。

1946年2月12日，在给美国日耳曼学教授赫尔曼·魏干特（Hermann Weigand）的信中，布洛赫谈到了他之所以选择维吉尔作为长篇小说主人公的原因。在他看来，公元前1世纪与作家所处的时代有很多相似之处：个人与时代的命运都在战争、独裁以及古老宗教形式的衰落中挣扎。小说中的时代实际上是我们这个时代的象征和譬喻。而更为重要的是，布洛赫选择维吉尔同时是因为一个关于维吉尔在临终之时要求焚毁《埃涅阿斯纪》的传说打动了我们的作家。布洛赫对这一举动的解释是："一个维吉尔式的心灵绝对不会是在微不足道的原因的驱使下产生这一绝望的想法的，一定是那个时代全部的历史的与形而上的因素起到了作用。"（KW13/3，63f）可以看出，"时代全部的历史的与形而上的因素"才是布洛赫真正关注的东西，也是他力图在作品中加以表达的信息。

而这个因素首先就是他多次强调的："人与人类的整座价值大厦都面临着沦落为无意义-虚无的兽行的危险"（KW12，176）。与布洛赫的时代认知相同，无数诗人、哲学家与宗教人士的言说表明，纠缠我们这个时代的根本性问题就是虚无主义。现代理性的以权害生，现代道德的麻木不仁，现代环境的急剧恶化，现代文化的全面荒芜，这些都促使危机中的哲人更迫切地思考生命的终极意义。而在这里，布洛赫英勇地试图超越现代虚无主义，试图用传统的宗教神秘主义去弥合人与世界之间的鸿沟。因为他坚信，人生的意义就是"上帝"。这个"上帝"象征着人生的超越意义，相信“上帝”意味着不向“事实世界”屈服，而是要努力在人的灵魂中建立起一个“意义世界”和“价值世界”。也许维特根斯坦下面的这段话代表了那个价值虚无时代所有有思想的人的呼声，而这也是布洛赫和维吉尔孜孜以求、不断追问的拯救之道：“相信上帝意味着，对世界的事实还不能漠然置之；相信上帝意味着，生命有意义。”